El testigo

Juan Villoro

El testigo

EDITORIAL ANAGRAMA
BARCELONA

Ilustración: «Espera», Enrique Guzmán, 1974

Primera edición en «Narrativas hispánicas»: noviembre 2004
Primera edición en «Compactos»: marzo 2007
Segunda edición en «Compactos»: julio 2013
Tercera edición en «Compactos»: octubre 2016
Cuarta edición en «Compactos»: enero 2018

Diseño de la colección: Julio Vivas y Estudio A

© EDITORIAL ANAGRAMA, S. A., 2004
    Pedró de la Creu, 58
    08034 Barcelona

ISBN: 978-84-339-7284-2
Depósito Legal: B. 7928-2007

Printed in Spain

QP Print, Miguel Torelló i Pagès, 4
08750 Molins de Rei

El día 8 de noviembre de 2004, un jurado compuesto por Salvador Clotas, Juan Cueto, Esther Tusquets, Enrique Vila-Matas y el editor Jorge Herralde, otorgó el XXII Premio Herralde de Novela, por unanimidad, a *El testigo*, de Juan Villoro.

Resultó finalista *Todos los Funes*, de Eduardo Berti.

A Margarita

Cuando emprendas tu viaje a Ítaca
pide que el camino sea largo...

KONSTANTIN CAVAFIS

Sólo algunos llegan a nada, porque el trayecto
es largo.

ANTONIO PORCHIA

¿y qué más haría sino seguir y no parar y seguir?

FERNANDO PESSOA

I. Posesión por pérdida

1. LOS GUAJOLOTES

Le gustó que le tocara el cuarto 33. A ese hotel no había llegado la pretensión de que el cuarto 33 fuera el 303. Además, Ramón López Velarde había muerto a los 33 años y él necesitaba coincidencias. Cualquier dato supersticioso que lo acercara al poeta lo haría sentirse más capacitado. Sabía lo normal acerca de Ramón, lo cual equivalía a nada. Todo mundo sabía todo de él.

En cambio, su propio nombre, escrito en la tarjeta de registro del hotel, le produjo repentina extrañeza: «Julio Valdivieso», leyó en silencio, como si tuviera que cerciorarse de que regresaba en representación de sí mismo.

No había apoyado el portafolios en el piso (el *bell-boy* aguardaba su propina como una obsecuente estatua) cuando sonó el teléfono:

–¿Qué pues? ¿Ya llegaste? –dijo una voz desconocida.

–¿Quién habla?

–¿Ya no te acuerdas de los cuates? El Vikingo.

–¿Quién?

–Juan Ruiz. En el taller de Orlando Barbosa me decían el Vikingo. Llevo siglos en publicidad. Nadie ha hecho más que yo por el consumo de cuadripollo en Aridoamérica.

«Cocaína», pensó Julio Valdivieso. Siguió escuchando:

–Llegas caído del cielo. Me urge verte. ¿Qué te parece dentro de dos horas? Los Guajolotes está a la vuelta de tu hotel.

–¿Estuviste con Orlando Barbosa?

–Queríamos ser escritores pero nadie la hizo. –El Vikingo rió al otro lado de la línea, como si el resultado fuera espléndido–. Me acuerdo de ti: anduviste con Olga Rojas, la chilena.

–No anduve con ella.

–¡La modestia ya no está de moda! Puta, estoy entrando en una zona sin cobertura –un zumbido se apoderó de la línea–... usar un celular en este valle de los lamentos es una hazaña... ¿entonces qué? ¿En dos horas?

La comunicación se cortó. Julio hubiera preferido cenar solo, en la cafetería que vio junto a la alberca, pero ya no podía rectificar. No había querido llegar a casa de su madre para amortiguar su regreso a la patria, y ahora se sentía metido en un embrollo. ¿Quién era el Vikingo? En veinticuatro años europeos no había tenido un amigo con apodo (le decía el Hombre de Negro a Jean-Pierre Leiris, pero ése era un apodo secreto). Pensó en Olga Rojas, la chilena que parecía rusa. Sus ojos sugerían episodios trágicos. Por desgracia, Julio no fue uno de ellos. Olga tenía piel de jabón de avena, la mirada irritada por la nevisca, un cuerpo para temblar entre vapores de té y sábanas calientes.

Cerró los ojos y se vio sentado detrás de Olga en el taller literario. La silla tenía un respaldo pequeño y dejaba ver la parte baja de la espalda, la camiseta descorrida sobre tres vértebras, una franja de piel pálida, cubierta de diminutos vellos dorados, una breve constelación de lunares y la línea negra del calzón. Olga Rojas sólo usaba calzones negros, al menos en el taller. Una tarde, un calvo de gabán esperaba a Olga al pie de la torre de Rectoría. Un tipo hosco, al que ya le habían pasado los dramas que anunciaban los ojos de ella. Aquel hombre acarició el pelo rubio de Olga con dedos gruesos y uñas sucias. Un deportado de Siberia. ¡Qué mal adaptaba la vida a Dostoievski! Olga se fue con él. Tal vez el Vikingo lo confundía con el asqueroso tipo del gabán.

En Europa siempre soñaba en el Canal México: veía Insurgentes, Niño Perdido, Obrero Mundial, el cine Alameda de San Luis, con su falso cielo nocturno. Su inconsciente no era de exportación. No recordaba haber visto al Vikingo en «la difusa patria de los sueños», como decía otro poeta (a últimas fechas, cualquiera que no fuese López Velarde se convertía para él en «otro» poeta). Alguna vez vio al tipo del gabán, muchas a Olga, espléndidamente triste, el pelo revuelto por la estepa que merecía, la nariz afilada y altiva en el aire helado, los ojos con lágrimas de furia o éxtasis.

Bajo el chorro de la regadera, luchó para otorgarle facciones al Vikingo. Se llamaba Juan Ruiz («como el Arcipreste de Hita», pensó Julio, para cerciorarse de que aún tenía memoria).

Disponer de un nombre era como entrar al vestidor de una compañía de teatro para reconstruir a un personaje por una prenda. ¿Quién existía bajo un gorro verde? ¿Un duende, un cazador, un príncipe en desgracia?

La regadera tenía una presión perfecta. Otro motivo para no llegar de inmediato a casa de su madre, en eterna guerra santa contra las tuberías. De pronto, al respirar el cloro que caía con el agua, se vio en la Alberca Olímpica. Estaba en las gradas de la fosa de clavados, con un absurdo libro en la mano (¿ya Pavese?, ¿todavía Cortázar?). Un amigo del taller tenía una eliminatoria. Vio al Vikingo subir a la plataforma y recorrer con parsimonia el trampolín. La suerte del clavado dependía de la concentración que se ganaba arriba. Despeñarse era un asunto mental. Esa tarde supo por qué le decían el Vikingo: siempre se quejaba de que el agua estaba tibia.

Juan Ruiz se mantuvo al borde del trampolín durante segundos eternos y se lanzó en piruetas espectaculares que sin embargo no bastaron para seleccionarlo. Había sacado demasiada agua al contacto con la superficie. Arqueó la espalda en forma imperceptible para Julio pero no para el entrenador. Un deporte hecho para la mirada paranoica y la cámara lenta.

Lejos de la fosa de clavados, el Vikingo parecía vivir con la misma celeridad del que cae en giros difíciles de evaluar.

Mientras se secaba en el hotel, Julio recordó su último encuentro en París con Jean-Pierre Leiris. Colocó su copa de Pernod muy cerca de la nariz para mitigar el olor del Hombre de Negro. Su colega era lo contrario del proselitista: no quería convencer sino agraviar. En el sopor del Café Cluny, Leiris asumió su habitual tono retador: le parecía increíble que Paola, la esposa de Julio, estuviera mucho más al tanto de lo que pasaba en México y tradujera a autores que él apenas conocía. Luego Leiris habló pestes de los intelectuales mexicanos, mandarines subvencionados que conspiraban al modo de los clérigos: «A ver si no te vuelves un protegido cuando regreses, uno de esos chulos de putas», habló con incierto españolismo, «aunque más bien eres un criollo metafísico, un mariachi evaporado.»

Había sido bueno ver a Leiris. Se quedó con cuatro tesis de doctorado que Julio estaba dispuesto a dirigir pero no a leer.

Curiosa la forma en que viajaban los olores. Julio carecía de la nariz de presa de Paola o de las niñas para detectar pestes contemporáneas, pero le llegaban con facilidad aromas de otros tiempos, el cloro de la alberca, el beneficio dulce del anís mezclado con la negra transpiración de Jean-Pierre. Por desgracia, esto jamás dependía de su voluntad. Una ráfaga de viento le traía a Nieves o a Paola, su deliciosa mezcla de secreciones y perfumes, pero no podía convocar la sensación adrede.

Se puso más loción para quedarse en el presente.

Al fondo del pasillo un torero esperaba el elevador. Seguramente filmaban un comercial en el hotel.

En una ocasión, en Niza, había visto un gigantesco frasco de yogur que flotaba en una alberca. Dentro del frasco nadaban muchachas en bikini. En la plataforma de clavados, una cámara normalizaba la escena.

Al llegar a la planta baja buscó al equipo de filmación que volviera lógico al torero.

—¡Miguelín, hijo mío! —Un hombre de unos cincuenta años

y espléndida chamarra de cuero abrazó al matador con grandes aspavientos.

Detrás del hombre había tres tipos regordetes, con camisetas que les quedaban cortas y dejaban ver los ombligos. Estaban ahí con el aire de sobrar y sin embargo ser urgentes. Fueron ellos los que otorgaron extraña realidad a la escena. El apoderado chasqueó los dedos y le pidió a uno de los mozos que ayudara al diestro con la montera y los paños que cargaba. Los otros dos obedecieron antes que el aludido.

Miguelín y el hombre de chamarra enfilaron rumbo a la salida. En la calle los aguardaba un coche negro.

El coche avanzó muy despacio. Los tres acólitos trotaron detrás de él.

—Aquí se visten los toreros —le informó el *bell-boy*—. La plaza está a tres cuadras. Esta tarde hay corrida.

En el camino a Los Guajolotes pasó por un bar del que salía un resplandor morado, un sitio de plástico, lleno de espejos. Cometió el error de asomarse por una ventana y escuchó las voces agudas y nasales de Supertramp.

Hay cosas que se detestan y otras que es posible aprender a odiar. Supertramp llegó a su vida como un caso más de rock basura, pero esa molestia menor encontró una refinada manera de superarse. El destino, ese *croupier* bipolar, convirtió las voces de esos *castratti* industriales en un imborrable símbolo de lo peor que había, no en el mundo, sino en Julio Valdivieso. Había educado su rencor en esa música, sin alivio posible. Olía a caldo de poro y papa, el caldo que bebió en la cafetería de la Universidad Autónoma Metropolitana, unidad Iztapalapa, el día en que Supertramp dejó de ser un simple grupo infame con sinusitis crónica para representar la fisura que él llevaba dentro, una versión moral de la sopa de poro y papa o del cáncer de hígado o alguna otra enfermedad que el destino tuviera reservada para vencerlo.

Apuró el paso con rabia, seguido de las voces tóxicas: «*Good-bye Mary, good-bye Jane...*» No quería pensar en eso ahora. Vio un perro al que le faltaba una pata. Un perro callejero, color cerveza. Corría entre los autos con nerviosismo suicida. Esta imagen le ayudó a no recordar lo que llegaba con esa música. La Caída. El caldo ruin de la universidad.

Entró a Los Guajolotes en busca de una silla donde desplomarse.

La fragancia del chicharrón de pavo, los manteles verdes y blancos, el rostro asombrosamente familiar de un mesero –bigote canónico, nariz de muñeco de palo– le hicieron sentir que no había salido de México ni había dormido en los últimos veinticuatro años.

Como siempre, el capitán de meseros lo invitó a pasar al terrible segundo piso, que sólo servía para ligar con discreción. Como siempre, él insistió en quedarse junto a la pared de cristales gruesos, que convertía el tráfico de Insurgentes en una agradable marea difusa.

El sitio estaba casi desierto. Los televisores que pendían del techo explicaban la razón: Miguelín triunfaba en la Plaza México, llena hasta el reloj. Las mesas estaban reservadas para los aficionados que llegarían después. El rumor de la arena a cinco calles de distancia se alcanzaba a oír en el restorán. Los oles verdaderos parecían un eco de la televisión.

–¡Alcancé a llegar antes del sexto toro!

Julio alzó la vista. Encontró a un tipo robusto, con coleta entre castaña y pelirroja, barba ceniza, bolsas bajo los ojos, brazos fuertes, chaleco de corresponsal de guerra y una sonrisa cómplice que dependía de la mirada: «fui yo pero no lo digas». El Vikingo Juan Ruiz.

–¿Todavía vas a los toros? Escribiste un cuento que se ubicaba ahí, ¿no?

–«Rubias de sombra».

–Ése. Era bueno el jueguito entre el color del pelo y la sección de sombra de las gradas. ¿Sigues siendo aficionado al toro?

–En París no hay toros.

–Se me olvidaba –el Vikingo se pegó en la frente–. ¿Tú

crees que la coca produce Alzheimer? —su antiguo amigo se precipitaba a mencionar la droga para dar por zanjado un tema tan obvio.

—¿Cómo supiste en qué hotel estoy? —preguntó Julio.

—Félix Rovirosa. Sabe todo de todo. Los comparatistas están cabrones.

Julio recordó el dictamen de Félix sobre sus cuentos: «Se puede ser simple sin ser Chéjov.»

El Vikingo se rascó un antebrazo con fuerza y se frotó los ojos, con energía sobrante. Llamó a un mesero; pidió dos cervezas *micheladas*, dos tequilas Cazadores dobles, en copa coñaquera, la cesta del pan, con bolillos pequeños, por favor, la salsa de pico de gallo, la cazuela de chiles y ajos en salmuera, ah, y la mantequilla, lo básico para sugerir que luego comerían.

Entretanto, Julio pensó en Félix Rovirosa. En cierta forma, estaba en México por él.

Rovirosa había hecho la preparatoria en West Point. En una época en que el *Libro Rojo* de Mao se vendía en los supermercados y los duros juzgaban imperialista beber Coca-Cola, Félix se declaraba conservador. Había sufrido en el internado pero se ufanaba de la disciplina castrense, como si las duchas de agua helada lo predispusieran a asumir el rigor que predicaba Orlando Barbosa. Julio viajó con él a la Feria de Texcoco para participar en un delirante ciclo de nueva narrativa. Compartieron cuarto y supo que en aquella institución de élite Félix había aprendido todo lo que debe saber un mayordomo. Tendía la cama como quien cumple un dogma y colocaba encima la cobija gris con ribetes dorados de West Point que por lo visto llevaba a todas partes. Imposible saber si esas destrezas de sirviente impregnaban carácter.

Félix citaba a Eliot en un inglés de piloto de Delta y defendía sus juicios impopulares con una entereza que hubiera sido admirable a la distancia, de no ser porque Julio también se acordaba, y muy bien, de lo que dijo de él y Chéjov.

Después de doctorarse en literatura comparada en la UNAM, el ex cadete se ocupó de los asuntos que más le molestaban; sus muchos intereses eran una forma intelectual de la irritación; investigaba a autores para demostrar lo mal que las endebles glorias nacionales lo habían hecho antes que él.

Julio había llegado a los cuarenta y ocho años sin comprender un delicado enigma de la condición humana: la preferencia que ciertas mujeres admirables sentían por la agresiva legión de los Félix Rovirosa. En el taller de Orlando Barbosa, una compañera dijo a propósito de él: «es el diablo», como si no hubiera mejor motivo para entornar los labios como quien besa algo que está a punto de perder el celofán.

Sí, un diablo cabrón. También un trabajador compulsivo en un país más bien aletargado. Y también: un amigo cariñoso por contraste. Bastaba que mitigara sus sarcasmos para que el interlocutor sintiera que lo trataba con deferencia. En el caso de Julio, tenía que reconocerlo, había ido aún más lejos. Cortejaba a Paola con el deportivismo de quien se sabe derrotado, derrochaba en él cenas con vinos recomendados por otros comparatistas, le regalaba oscuras ediciones del grupo de Contemporáneos.

Félix se veía a sí mismo como un incómodo heraldo de la verdad. Sin embargo, necesitaba amigos muy distintos de él. Con su peculiar mezcla de afecto y belicosidad le había dicho a Julio: «La hipocresía es el último de tus defectos y la primera de tus virtudes.»

Se habían encontrado unos meses atrás en el Jardín de Luxemburgo. Félix respiró el aire primaveral de los castaños. Acababa de llegar de México y para él todos los días de París eran ése, tenue y fragante. Su humor mejoraría aún más cuando comieran con Paola en el cercano restorán Balzar y él la hiciera reír con su habilidad para contar horrores de los amigos comunes.

Durante la comida, Julio tosió con el humo de un cigarro y Félix le dijo: «Cuídate, por Dios, pareces la Dama de las Camelias. Tienes que regresar al DF, el aire te hará bien.» La frase era algo más que una broma. Su antiguo compañero del taller lo había buscado para eso: estaba al frente del patronato de la

Casa del Poeta, donde murió Ramón López Velarde, y que ahora albergaba un pequeño museo y un centro cultural. Había sustituido en el cargo a Guillermo Sheridan, biógrafo del poeta. «Sé que se acerca tu sabático, Paola me lo dijo.» Esta frase era falsamente delatora. Sí, Paola se lo dijo, en presencia de Julio, cuando cenaron en Toulouse un año atrás. En todo caso, lo sorprendente es que Félix atesorara el dato. Buscó la complicidad de Paola; en su calidad de traductora al italiano tenía que respirar el español de México, empaparse de la delgada luz del Valle de Anáhuac, conocer las especias, las flores, los coloridos aromas de los mercados.

Ante el entusiasmo de Félix, Julio se limitó a acariciarse la barba.

Antes de esa arenga, Paola ya estaba dispuesta al viaje. Quería que Claudia y Sandra conocieran la tierra de su padre. Aunque Julio sabía que su impulso de ir a México estaba más condicionado por las novelas que traducía que por lo que Félix decía en la mesa, le molestó que estuvieran de acuerdo. Trató de desviar el tema a Roland Barthes, que había almorzado en ese mismo restorán antes de morir. Lo atropellaron a unas calles de distancia. «No recuerdo una sola foto de Barthes sin cigarro», agregó Julio. «Por eso lo atropellaron», Félix dio por zanjado el tema, y volvió a lo suyo: el regreso. Julio era perfecto para formar parte del patronato; no estudiaba a López Velarde pero conocía bien a autores paralelos o circundantes o derivados; nadie sospecharía que estaba ahí para beneficiarse de algo. Había que cuidar las formas. «En México la forma es contenido», Félix citó a un político olvidado por Julio. El comparatista avanzó su tenedor al plato de Paola y picó una papa. Un abuso de confianza, a pesar de que ella había dejado todas sus papas. «Quiere un socio fantasma», pensó Julio, y su viaje a México comenzó a adquirir realidad.

También las pláticas con Jean-Pierre Leiris contribuyeron al retorno. Julio era de los pocos en Nanterre que aún tenía el privilegio de que el Hombre de Negro le dirigiera la palabra.

Vestido con total indiferencia por el clima (la única persona a la que Julio había visto sudar el chaleco y la corbata), Leiris estudiaba la literatura latinoamericana como una vasta oportunidad de documentar oprobios. El machismo, el cacicazgo, el ecocidio, la corrupción integraban la mitad *yin* de sus estudios; la mitad *yang* constaba de la barroca sofisticación con que los intelectuales mexicanos avalaban el régimen que los protegía. Leiris estaba en contacto con una difusa ONG que lo ponía al tanto de los abusos y las prebendas de la cortesana sociedad literaria del país de los aztecas. Aceptaba a Julio porque, a diferencia de sus paisanos, no tenía subsidios del gobierno (y sobre todo porque no tenía sirvienta). Sí, lo aceptaba, pero como se acepta un té cuando no hay café. Julio no estaba libre de pecados: enseñaba a autores semiperdidos, poetas exquisitos en tiempos de Revolución, seres de cejas depiladas, ajenos al devenir de la historia. En su oscura torre de marfil, el mexicano de Nanterre se evadía de la realidad: «¿Cómo puede ser que no vayas a México ahora que hay democracia?» En el Café Cluny, Leiris azotó un ejemplar de *Libération* que informaba de la caída del PRI después de setenta y un años de mandato.

Después de dar clases en Nanterre, a Julio le gustaba caminar por el barrio Picasso y seguir al parque Salvador Allende. Admiraba los altos edificios de fachadas onduladas, decorados con nubes para alegrar esa zona de inmigrantes. A diferencia de sus colegas de México, que conseguían sabáticos cada tres años y medio, Julio podía obtener uno o a lo sumo dos en su vida parisina. La oportunidad de ir a México adquiría un aire definitivo, rojo o negro en la ruleta.

Ante la camisa transpirada de Leiris, decidió su apuesta. «Negro», pensó, con nervios de apostador. A los pocos días fue a despedirse de las tumbas de Montparnasse, de Vallejo, que previó su muerte en París, un día de lluvia, del que ya tenía el recuerdo. Con la misma nostalgia anticipada pasó por la carita sonriente en la tumba de Cortázar, él, que leyó *Rayuela* como un libro de autoayuda, fue a París a agregarle un capítulo y no hizo otra cosa que vivir ahí. Entre las lápidas pensó en López Velarde y «El retorno maléfico». Recordó las palabras de remate, «una íntima tristeza reaccionaria», mientras buscaba la tumba de Porfirio Díaz. Finalmente dio con ella, una cripta como un armario con techo de dos aguas, con puerta y ventanita. Julio se asomó a ver la previsible Virgen de Guadalupe, las fotos del dictador, un florero que reclamaba mejores atenciones. Al borde del piso, le sorprendió una placa de piedra, con la leyenda: «México lo quiere, México lo admira, México lo respeta». El mensaje estaba firmado por un hombre de San Luis Potosí, con fecha al calce: «1994». En el año del levantamiento zapatista en Chiapas y el asesinato de Luis Donaldo Colosio, un paisano de Julio, potosino como él, había decidido homenajear al tirano que provocó la Revolución mexicana. ¿Para colocar la placa habría contado con la anuencia de la familia? Ahora, el PRI había caído después de setenta y un años en el poder. Ese hombre, que añoraba el pasado porfirista, ¿se sentiría justificado por el cambio? Los familiares con los que Julio aún tenía contacto en San Luis Potosí y la ciudad de México estaban fascinados con el triunfo de la decencia, veían la democracia como el regreso a las buenas costumbres y, sobre todo, como el fin de la Revolución. Había tratado de explicárselo a Jean-Pierre, pero su colega sólo creía en las rupturas hacia adelante: México se radicalizaba, Julio no podía seguir en su torre de marfil. En la cripta de Porfirio Díaz, el tiempo volvía sobre sí mismo. En 1994 alguien anheló ahí el remoto edén del orden y la fuerza. La lluvia empezó a caer, no tanto para honrar poéticamente a Vallejo, sino para inquietar a Julio con un cosquilleo frío en las ropas, como arañas del tiempo. Sus parientes lo instaban a regresar a México como si él fuera un exiliado de la Revolución y al fin pudiera repatriarse con decoro. «No ganó la derecha: perdió el PRI», Leiris tenía muy claras sus prioridades.

Julio decidió volver a México por un año, sin compartir del todo las razones de Leiris; caminaba por París con aire de sonámbulo, como si ya recordara el paisaje a la distancia.

¿Por qué soportaba la guerrilla de nervios que significaba hablar con su colega? Jean-Pierre pensaba que los otros existían para ser corregidos. Julio Valdivieso aprovechaba esta tendencia pasándole los trabajos de fin de curso que debía revisar. Hacía cuatro años que el Hombre de Negro calificaba en forma indirecta a sus alumnos (consciente del excesivo rigor de Leiris, Julio se ocupaba de subir todas las notas).

–¿Entonces qué? ¿La ola de racismo te expulsó de Europa? –el Vikingo mordía una galleta con abundante salsa.

Julio no tuvo necesidad de responder porque Juan Ruiz había ido a Los Guajolotes a hablar sin tregua ni concierto. La única función de su interlocutor consistía en tener cara.

Había regresado a México para satisfacer a Paola y sus exigencias de exotismo, para aclararle a Félix Rovirosa que no era el miembro fantasma del patronato (alguien incapaz de reaccionar al tenedor que metía en el plato de Paola), para mostrarle a Leiris su capacidad de cerrar un libro para entrar en la realidad. Seguramente había más razones, pero ninguna de ellas incluía al Vikingo, y sin embargo, al respirar sus palabras cargadas de tequila, le vino a la mente el nombre que tantas veces se decía y durante años representó el dolor de estar lejos de México. Nieves no fue con él. Había muchas formas de evocar su ausencia y demostrar por qué era decisiva. Ahora, ante el caldo xóchitl y los flotantes trocitos de cilantro, le llegó una de las muchas escenas que convocaba ese nombre idolatrado y perdido.

Estaba en una terraza, en Puerto Vallarta, viendo un atardecer perfecto, el disco de fuego que se hundía en un mar azul ultramarino. El sitio se llamaba Las Palomas; el Flaco Cerejido bebía un coctel margarita en un vaso para turistas, del tamaño de un florero. Julio había regresado por unos días a México para participar en un congreso, y aceptó la invitación del Flaco a Vallarta. Nieves acababa de morir.

Caminaron horas por la playa; como siempre, el Flaco lo hizo sentir bien con su curiosidad, como si la vida de Julio fuera intrincadísima. Le preguntaba las minucias más absurdas; si aún extrañaba el chile piquín, tonterías por el estilo. Con los años, la amistad de Cerejido se había vuelto imprescindible precisamente por esas bagatelas. Alguien se acordaba de los detalles, custodiaba su vida en México como si no se hubiera ido, o no del todo.

El Flaco llegó a Vallarta con su bronceado de sociedad civil. Había militado en numerosas siglas de la izquierda (PMT, PSUM, PRD) y apoyaba reivindicaciones que lo hacían gritar en Paseo de la Reforma y soportar horas de sol y discursos en el Hemiciclo a Juárez.

Cerejido sugirió los días en Puerto Vallarta porque un amigo le prestó un departamento y porque Nieves le había dejado un mensaje para Julio, algo simple, pero que no podía transmitir así nomás.

Los tres se conocían desde la infancia en San Luis. El Flaco vivía a tres casas de la suya, sobre una fabulosa tienda de refacciones eléctricas, que olía a inventos futuros y tenía miles de cajones llenos de resistencias como arañas de alambre y bulbos que se encendían como tubérculos hechizados.

Compartieron vacaciones en la hacienda de Los Cominos, donde también el Flaco se sometió a la precisa y cautivadora tiranía de Nieves. Quizá la amó en secreto, como se amaba en esas casas viejas, con miedo y vocación de martirio, con ganas de ser uno de los santos torturados que decoraban las paredes. En casa de los Cerejido había menos cuadros piadosos que en la de Julio, pero algunos recordaba. Un San Andrés crucificado en equis, un Cristo con estigmas al rojo vivo.

Según contó en Las Palomas de Puerto Vallarta, el Flaco veía poco a Nieves en los últimos tiempos. Ella tenía sus hijos, sus asuntos, un marido que la llevaba mucho a Monterrey, pasaba ocasionales vacaciones en Tampico, el puerto al que los tres llegaron en una borrachera adolescente, después de manejar la noche entera desde San Luis. La prima de Julio se había convertido en una mujer asombrosamente normal, del todo ajena al destino que presagiaban su risa y sus impulsos juveniles. Esto le dolía a Julio, como si fuese responsable de esa medianía, por más que fue ella quien faltó a la cita para huir juntos.

Dos o tres meses antes de que Nieves se quedara dormida en el coche que manejaba en la recta de Matehuala, el Flaco Cerejido se la encontró en San Luis, en la chocolatería Costanzo, la de ellos, la del centro de la ciudad, no las nuevas que seguían la dispersión de los nuevos centros comerciales. Nieves sostenía una caja de madera decorada con flores y soltó una de esas frases vagas, ambiguas, que adquieren coherencia retrospectiva cuando pasa algo terrible. Le preguntó al Flaco por Julio y le pidió que si acaso lo veía le dijera que ella estaba bien. No lo había olvidado, pero estaba bien. Llevaba una pequeña cruz de plata en el cuello, discreta, nada ostentosa, que la asimilaba a tantas señoras de camioneta Suburban o Cherokee de San Luis. El Flaco vio a los hijos de Nieves asomando del coche, allá afuera. Ella se despidió de prisa: «Dile a Julio que me acuerdo de él cada que leo *Pasado en claro*.»

Ante el Pacífico teñido de rojo por el crepúsculo, Julio recordó para sí mismo: «Familias, / criaderos de alacranes...» El poema de Paz les había servido de contraseña en su amor furtivo; ahora esa transgresión era un tiempo sin muchas vueltas, que no ameritaba puesta en claro. Le gustó que Nieves pensara en él y se lo dijera a su mejor amigo; también, que se mantuviera fiel a la poesía en la vida de ranchera rica que Julio le atribuía. Para el Flaco, la entrevista tuvo un tono de despedida profética, pero sólo lo pensó al enterarse del accidente en el que Nieves y su marido perdieron la vida, con la lógica artificial de todo destino que se piensa hacia atrás.

En Vallarta Julio disfrutó la compañía del Flaco, casi siempre silenciosa –los pasos de un gato en la sombra, la presencia que importa porque no se advierte–, antes de volver a Europa, a la fría Lovaina, por esos tiempos.

Juan Ruiz había pasado por dos matrimonios fallidos en medio de toda clase de *affaires*. Las mujeres habían sido para él un derroche del que estaba orgulloso pero en el que ya no quería incurrir. Se sentía como un piloto que ha chocado demasiados coches, un sobreviviente de lujo, al que le sobraban cicatrices. Naturalmente, estaba enamorado de una actriz de veintidós años.

Vio a Julio con ojos inyectados de sangre y le contó que había hecho un comercial siguiendo el desafío de Mallarmé del soneto en «ix» (llevaba la cuenta de lavadoras Bendix) por el que recibió varios premios, uno de ellos en el fuerte de San Diego, en Acapulco, con reflectores orientados hacia el cielo y edecanes de calidad *playmate*. Ahí había conocido a su novia actual.

–Perdón por tanto rodeo, manejar en esta ciudad te acostumbra a evitar las líneas rectas.

–¿Dejaste los clavados? –le preguntó Julio, sintiendo el cansancio en los párpados.

El restorán se llenaba con gente que venía de la plaza.

El Vikingo dijo que ya sólo se lanzaba de clavado al tequila y describió su desastrosa vida actual. Tenía un hijo en Cancún, que trabajaba de Hombre Langosta para anunciar una marisquería; su segunda mujer padecía ataques de vértigo y apenas le permitía ver a la hija que tuvo con ella; su novia de veintidós años le había exigido que instalara un gimnasio absurdo en la casa de campo que acababa de construir en Xochitepec.

Julio recordó una lejana sesión en el taller de Orlando Barbosa. Él había leído un inolvidable cuento infame. El taller se celebraba las noches del miércoles, en el piso 10 de Rectoría, las oficinas que habían dejado libres los burócratas; por los ventanales se veía la sombra del estadio olímpico. El resto del campus era una mancha negra. Nunca antes Julio había puesto tanto de sí mismo como en el relato que leyó ese miércoles. Escribió con desolladora franqueza, confiado en la virtud intrínseca de la autenticidad. La trama copiaba la relación con su prima. Describió el vello púbico de Nieves, erizado junto a los labios vaginales, terso y muy escaso en el monte de Venus, con un dejo de talco que recordaba a la niña de otros tiempos. Ningún cuento suyo sonó tan falso como esa confesión genuina. Los más aventajados del taller no creyeron una palabra: Julio era virgen. Faltaba veracidad, olor a cama, semen, el sexo abierto como un caracol enrojecido, según proclamaba un poeta recién premiado con el Casa de las Américas. Julio no sólo escribía mal: no cogía, o no cogía *en serio*. Aunque estaba prohibido defenderse, él balbuceó algo sobre el meollo del asunto y Orlando Barbosa lo atajó con un albur: «Lo que a esta mujer le falta es precisamente meollo.» Durante tres o cuatro sesiones agraviantes a Julio le dijeron el Meollo.

La tarde en que descubrió que la verdad descrita con minucia no siempre es literaria, el Vikingo tuvo la generosidad de cancelar la sonrisa con que oía los textos, su rictus de solidaridad en la derrota («a mí sí me gusta»). El cuento ni siquiera ameritaba esa compasión. Juan Ruiz se limitó a pasarle un brazo por la espalda. Lo acompañó los diez pisos de horror que los separaban de la planta baja. ¡Qué asesina podía ser la memoria! Hasta unos segundos atrás, Julio tenía presente su inolvidable cuento infame, pero había olvidado la mano decisiva del Vikingo que lo ayudó a salir del edificio sin desplomarse. Sólo ahora que su amigo era un desastre recuperaba ese gesto.

–Ahora ando en otros rollos –el Vikingo le puso una alarmante cantidad de sal a su taco de chicharrón de pavo–. Una onda supergenial y escabrosa. A ver, te cuento.

Su voz recobró ímpetu. La novia de veintidós años se llamaba Vladimira Vieyra, nombre tan vergonzoso que hacía soportable el seudónimo de Vlady Vey. Se habían conocido en aquella premiación en el fuerte de San Diego, entre los reflectores orientados al cielo, como una plegaria para que Acapulco fuera Hollywood. Él sostenía un trofeo que le daba autoridad, un atlante de Tula cromado, como un invasor extraterrestre (de hecho, las edecanes les decían «astronautas» a los trofeos; no sabían que eran figuras toltecas). Vlady Vey le gustó a pesar del abismo mental que anunciaba su mirada. La invitó a su siguiente comercial, de Pato Purific. De un mundo que aceptaba un producto llamado así, se podía esperar cualquier cosa, incluyendo: 1) que fuera excitante verla acariciar la botella de Pato Purific, y 2) que ella se excitara acariciando a un publicista de cincuenta años. A partir de entonces, Juan Ruiz la tomó bajo custodia. Vlady Vey estaba transformada. No sabía que los griegos iban antes que los romanos, pero era algo más que una belleza que cachondea envases y confía en la expresividad poscoital de su pelo revuelto.

–Es de Los Mochis –el Vikingo resopló, como si soltara una confesión difícil.

–¿Y?

–Está buenísima pero es muy bronca. Los diálogos de una telenovela le suenan como Lope de Vega.

Julio se dispuso, fascinado, a escuchar horrores de la mujer que cautivaba al Vikingo Juan Ruiz.

El complejo de inseguridad de Vlady era tan grave que se preocupó de lo único de lo que no valía la pena preocuparse: su cuerpo. Después de sexualizar el Pato Purific, debutó como actriz en escenas que casi siempre incluían una alberca, un gimnasio, un río que debía cruzar con el agua hasta los pechos. Aunque sólo la contrataban por sus méritos biológicos, ella temía que en cualquier momento le brotara la verruga de la mala suerte.

Una noche llegó llorando al departamento del Vikingo porque había tenido que decir «parafernalia» en un diálogo, nada muy dañino, por supuesto, pero preocupante para alguien que no sabía lo que significaba «parafernalia». El director de escena, una gloria del teatro universitario que odiaba las telenovelas de las que vivía, expuso la ignorancia de Vlady ante los demás actores con el sadismo con el que había logrado que algunas de las mujeres más hermosas de México fueran sus amantes.

Vlady no pertenecía a la legión de las mujeres ofendibles. Estaba ofendida de antemano. Tampoco sucumbía a los encantos de la crueldad. La humillación del director le arruinó el día y casi la vida. Esa misma tarde conversó con su maquillista sobre un tema infinito: lo delgados que eran sus labios. De nada sirvieron los comentarios de Juan Ruiz cuando ella lloró en su departamento. El avión suicida de Vlady Vey había despegado.

En los comerciales de televisión, los fotógrafos le pedían que «relajara» la boca, lo cual significaba que debía adoptar el gesto de quien se dispone a chupar algo desconocido. Si se lo pedían tanto no era porque disfrutaran de su sugerente oralidad, sino porque sus labios estaban flacos.

El Drama de Parafernalia terminó así: Vlady se inyectó colágeno. Nadie volvería a pedirle que relajara la boca porque la tendría en perpetuo estado de excitación. Todo dependía de que el cirujano plástico actuara conforme a la estética pitagórica. El Vikingo bebió un largo trago: la operación no fue pitagórica:

−Salió de la chingada. Le quedó un gesto de disgusto. Muy ojete. Hasta cuando sonríe se ve de malas. Tiene veintidós años y ya sólo le ofrecen papeles de villana. Por eso me urgía verte.

Julio sentía los párpados de arena y una confusión mental que no sólo provenía de su cansancio.

Las televisiones repetían la corrida. Algunos fanáticos coreaban oles. El Vikingo se levantó para ir al baño. Julio fue tras él.

Había olvidado los urinarios llenos de hielos y bolas de naftalina. Un placer bizarro derretir hielos fragantes.

−Estoy que me caigo −dijo Julio−. Si no me das cocaína o cacahuates me desmayo.

−¿Lo dices en serio?

−Lo de los cacahuates fue broma.

Sin esperar otra respuesta, el Vikingo sacó un teléfono celular de uno de los muchos bolsillos de su chaleco. Marcó un número, dijo que hablaba de parte de Juanjo, saludó a una persona por su apodo: el Borrado.

−Ningún servicio funciona mejor en México −el Vikingo guardó su celular−. No pensé que los académicos fueran tan atacados.

−Sólo para adaptarnos a México.

Las veces que Julio había tomado cocaína había estado en el país.

Veinte minutos después, un tipo delgado, vestido como oficinista sin relieve (saco que no combinaba con el pantalón, corbata color aguacate), entró en Los Guajolotes y buscó el chaleco descrito por el Vikingo. El Borrado.

Se sentó unos segundos a la mesa, tomó el billete que el Vikingo había envuelto en una servilleta de papel, entregó un sobre de Federal Express:

—Mensajería urgente —sonrió con dientes afilados.

En su segundo trayecto al baño, Julio fue observado por las mujeres de la mesa de junto, «rubias de sombra», como las que él describió en su cuento. Debían de tener unos cuarenta años bien llevados; sin embargo, un brillo molesto les inquietaba la mirada, un brillo alimentado de un rencor que pretendían convertir en una virtud altiva. No habían dejado de revisar a Julio y al Vikingo, aunque tal vez lo hicieran para irritar a sus maridos, que habían dedicado sus últimos veinte años a engordar como signo de opulencia. O tal vez los veían con la intensa curiosidad que les suscitaban los pobres diablos con los que por suerte no se casaron.

Inhaló en el baño y el beneficio fue instantáneo. ¡Qué intoxicada delicia estar en México! Se lavó la cara con agua fría y se pasó las manos por las sienes con un furor sensual, sintiéndose despierto, alerta, capaz de doblar esquinas, recorrer distancias, fracturar a todo Supertramp. Se sintió, por definirse de algún modo, como un «archipiélago de soledades». En su condición de profesor en éxtasis, nada se le ajustaba más que esa definición del grupo de Contemporáneos. Julio era la corriente que unía sus muchas soledades. No una isla mental, aislada por la droga, sino un archipiélago, un torrente, el agua quemante de tan fría que azotaba sus partes sueltas.

El Vikingo inhaló en el compartimiento de al lado. Desde ahí dijo:

—¿Te sigo contando?

Regresaron al restorán con paso de comando. El Vikingo al frente, como si volviera a la plataforma de clavados.

Pidió otra ronda de tequilas y tomó a Julio del antebrazo:

—Adoro a Vlady, cabrón. Me la estoy jugando con ella al todo por el todo. Te digo que tengo un hijo en Cancún que trabaja de Hombre Langosta. También tengo una hija en Bosque de Las Lomas y la veo todavía menos. No puedo seguir improvisando.

Antes del colágeno, el Vikingo creía estar *enculado* con Vlady; sólo después, al verla llorar de desesperación, supo que la amaba con locura. Estaría con ella, sin que importara la forma en que su boca desairaba al mundo.

Juan Ruiz dejó la publicidad para escribir guiones de acendrado sentimentalismo. En las agencias había aprendido a hacerle creer a los anunciantes que sus ideas se le ocurrían a ellos. Esta destreza le ayudó a conseguir benefactores para la carrera de Vlady. Ahora estaba fascinado y aterrado. Contaba con apoyos casi inverosímiles para un megaproyecto:

—El tema es genial.

Julio se hizo un poco para atrás, estudió las facciones de su amigo, enrojecidas por la intensidad de su discurso. ¿Lo que diría a continuación sería suficiente para justificar las miradas de interés de las acaudaladas rubias en la mesa de junto?

—La guerra cristera.

Juan Ruiz sorbió tequila con suficiente lentitud para simular una comunión.

—Hace falta un melodrama que una a México —prosiguió el Vikingo—. Es increíble que una rebelión popular se haya silenciado de ese modo. Todo mundo es más o menos católico pero el PRI hizo hasta lo imposible por ocultar la verdad sobre los cristeros. Es una deuda moral que viene de los años veinte. Esa gente sólo luchaba por que la dejaran rezar, gente pobrísima, como la que murió en la Revolución. ¿Te das cuenta de la injusticia?

Julio supuso que no eran ésos los argumentos con los que su amigo convencía a los productores.

—Ahora que hay democracia y el PAN parte el queso, la Iglesia se ha vuelto chic y podemos hablar de la represión más silenciada de México.

–Supongo que Vlady tiene un papel.

–Es el meollo del asunto. ¿Te acuerdas de cuando te decíamos Meollo? ¡Qué cuento tan pinche escribiste!

–Para eso volví a México, para que me lo recordaras.

–Si te ofendes es que la coca es mala. Los productos que maneja el Borrado te vuelven inmune a las ofensas, al menos a las mías –el Vikingo sonrió, abriendo mucho la mandíbula.

«Una quijada de marioneta, de cascanueces de madera», pensó Julio.

–Acaba de una vez –dijo–. Quiero saber por qué estoy contigo. Digo, aparte del gusto de verte.

–Sí, Vlady tiene un papel estelar. Con la iluminación adecuada, su cara es la de una mártir; deja de parecer una quejosa insoportable y se transforma en alguien que sufre a conciencia, por una causa. Será la hija de un hacendado de los Altos de Jalisco. Deja todo (pretendientes, caballos, jolgorios) con tal de apoyar la fe. Las mujeres jugaron un papel decisivo en la Cristiada. Viajaban en tren para transportar municiones. Llevaban verdaderos arsenales bajo las faldas. ¿Hay algo más cachondo que la lencería con explosivos? Aparte de las escenas semieróticas (la tele nacional no da para mucho, ya lo sabes), habrá una trama documentadísima. El criterio de autenticidad es tan fuerte que ¿sabes cómo se llama Vlady en la historia? Vladimira. ¡Su nombre real! Se acabaron las María Vanessa y las Yazmín Julieta. La gente ya no se traga la historia de la sirvienta de ojos azules, ya pasó la época de la otomí que es una princesa clandestina. Vladimira es una mujer de a deveras, que se jode y resiste y espera más de setenta años para que el país se entere de su historia. Antes de que me crucifiques, te digo que no estoy en esto por beatería. Lo que contamos es la puritita verdad. Además, el catolicismo permite mucho morbo.

–¿Cómo se llama la telenovela?

–*Por el amor de Dios.*

Esa noche Julio Valdivieso quiso saber muchas cosas que no le importaban. La telenovela sería vista por veinte millones, un hito en la cultura nacional. Habría escenas fuertes: ahorcados, fusilamientos, torturados, la incómoda verdad.

Hubiera sido capaz de compartir su torta especial de chorizo a cambio de que Jean-Pierre Leiris escuchara que México había entrado a la democracia para recuperar su fervor católico. Eso era el futuro: un viaje atrás, al punto donde la patria erró el camino.

–¿Por qué estoy aquí? Perdóname por ser directo.

–Ya lo sé, no vives en México, las cosas se te escapan –el Vikingo sorbió el exprés que acababan de traerle, en el que había exigido una cascarita de limón–. Hablé con tu tío Donasiano. Félix Rovirosa me pasó sus señas. Queremos filmar en Los Cominos. Treinta mil dólares por tres meses de renta. Tu sueldo sería aparte.

–¿Mi sueldo?

–Tu tío lleva años juntando papeles. Me dio cartas, fotos, actas de nacimiento, demandas, cosas de tu familia, papeles que se extienden de Jalisco a San Luis Potosí. Una tercera parte del territorio estuvo en manos de los cristeros; hay miles de datos cotidianos de la época, pero todo está hecho un desmadre. Tú puedes trazar conexiones, reconstruir circunstancias reales. ¡Tu tío me dijo que te llamas Julio por el Niño de los Gallos, el personaje del corrido! No te pido la información básica, para eso tenemos historiadores. Lo tuyo es distinto: ármame el archivo de tu tribu. Te ayudará a regresar a México. Y no te molestarán los cuatro mil dólares mensuales.

En la mesa aledaña, una rubia cambiaba la intensidad de su mirada y se aburría ante sus uñas color nácar.

–La cosa va en serio. Estamos hablando de cien capítulos, ciento cincuenta si nos va de lujo. Entre investigación y rodaje es un año de trabajo. No está mal para un sabático, ¿verdad?

–No sé un carajo de la guerra cristera.

–Son historias de gente tuya, te costará muy poco reconocerlas. Tu familia padeció y nadie les ha hecho justicia. Ya lo dijo Marx: la historia ocurre dos veces, primero como tragedia, luego como telenovela.

—¿Y si lo pienso?

—Ya lo pensaste.

—Por Dios, hombre, unos días...

—*¡Por el amor de Dios!*

2. EL SAMURAI

Volvió a soñar con el puente. Avanzaba por un camino de sombra, atraído por una voz: «Ven, ven.» Aunque no veía nada, se sabía en lo alto, entre dos edificios de una ciudad desconocida. Caminaba con mayor esfuerzo hasta que sus pies se fundían con el piso. La voz repetía: «Ven, ven.» Era Nieves, o mejor dicho, la niña que fue Nieves. Él trataba de moverse. Sabía que si lo lograba, el puente entero se vendría abajo.

Despertó con taquicardia. Vio el reloj de cuarzo en el televisor: 5:32 a.m. La cocaína lo había mantenido despierto hasta pasadas las tres.

Fue a la ventana. Vio el fluir parejo y escaso de los coches; a la derecha, el bulto negro de la plaza de toros. Se preguntó si los matadores dormirían en el hotel o sólo lo usaban para vestirse de luces. Tal vez, dos habitaciones más allá, Miguelín roncaba después de lidiar reses bravas mientras él era incapaz de conciliar el sueño porque unas manos débiles le rozaban la cara y una voz decía: «Ven, ven.»

Nieves era el nombre que nunca pronunciaba y a diario repetía en silencio. A la distancia, le parecía menos insólito haber sido amante de su prima que el que ella hubiera sido su única mujer antes de Paola.

Protagonizaron un escándalo magnificado por las pretensiones de decencia de su familia. El tiempo había pasado con suficiente fuerza para reducir su nerviosa pasión de entonces al rango de las anécdotas curiosas, que envejecen mal y empiezan a parecer artificiales, como si dependieran de una tecnología del recuerdo ya obsoleta que revelaba que el drama se montó en un escenario de cartón piedra.

Pero Julio no podía olvidar el cuerpo de Nieves sudando junto a él, los dedos que tocaban su rostro como si le agregaran algo definitivo, la reparación o la promesa que él necesitaba. La perdió, sin saber por qué, un alfiler que no se había sacado.

Iban a huir de México juntos, hacia el perdón y la dicha que ganarían estando lejos, pero ella faltó a la cita y lo convirtió en la persona que se definiría por esa cancelación.

Julio vivió en Florencia, La Haya, Lovaina y París (más en centros de estudio que en ciudades), con una sola constancia: estaba ahí sin ella. De poco servía saber que encontró pronto a Paola, en la casa de su director de tesis, el venerable Benedetto, y su mujer, la hermosa Chiara. Poco importaba que el matrimonio lo hubiera llevado a una dicha sosegada, con algún sobresalto ocasional para romper el tedio y convencerlo de que no había caído en el torpor mongólico. El enigma de Nieves seguía ahí. No fue. Lo dejó plantado.

Tal vez al cabo de unos años se habrían peleado hasta tirar el despertador por la ventana, pero también le inquietaba no saber eso.

Paola estaba al tanto de esa oportunidad perdida, la única sombra antes que ella. Conoció a Julio cuando parecía un huérfano con más deseos de ser adoptado que de ligar. Por suerte para ambos, ella asoció su insoportable tristeza con la cultura mexicana. Había leído *El laberinto de la soledad* y se disponía a traducir a autores de ese país desgarrado, que reía mejor en los velorios. En los ojos de Julio vio el culto a la muerte y la vigencia de los espectros. Poco después, en el diván del psicoanalista, entró en una fase de regresión y también asoció a Julio con algunos perros perdidos en las películas de Walt Disney y el inolvidable peluche que dejó en la costa amalfitana y no pudo recuperar. A partir de ese momento, los gestos inermes de su joven marido le resultaron menos interesantes y codificados. Detestó descuidos y torpezas, pero aceptó quererlo por ellas. Incluso elogiaba la defectuosa manera de cuidar sus manos. Julio no podía cortarse las uñas sin olvidar alguna. Días después, descubría que el índice o el meñique no habían pasado por la poda. A esa uña absuelta le decía el Testigo.

Paola era la chica cursi y buena que quería un perro sin raza y era la chica esnob que asociaba el descuido de Julio, su peinado de sonámbulo, con la negra noche de los aztecas, el pueblo que se buscaba el corazón con un cuchillo de obsidiana.

Algo de fantasmal había en la vida de Julio, la mujer que no quiso estar ahí y le dejó su sombra. A veces Julio la recordaba en presencia de Paola, se abstraía en forma extraña, como si su mente tuviera un escalón flojo y cayera al vacío de un pozo sin agua.

Paola conocía un poema de Ramón López Velarde ideal para definir esos lapsos en que él se ensombrecía y se abismaba hacia un recipiente de todo lo perdido:

El pozo me quería senilmente; aquel pozo
abundaba en lecciones de fortaleza, de alta
discreción, y de plenitud...
Pero hoy, que su enseñanza de otros tiempos me falta,
comprendo que fui apenas un alumno vulgar
con aquel taciturno catedrático,
porque en mi diario empeño no he podido lograr
hacerme abismo y que la estrella amada,
al asomarse a mí, pierda pisada.

La hacienda de Los Cominos tenía un pozo en su primer patio. Nieves y Julio se asomaron ahí infinidad de veces. Al fondo del círculo enlamado había un agua nunca distinguible, a veces purificada por una tortuga, a veces envenenada con historias. Una llave precisa, unas joyas faltantes, un cuchillo incriminatorio podían estar ahí.

A veces, la boca de piedra olía mal, a veces concentraba la fragancia de los naranjos como un aliento vertical. Nieves y Julio tiraron ahí sus dientes de leche. Años después se juraron amor ante el agua invisible de allá abajo.

«¿Te fuiste al pozo?», le preguntaba Paola cuando él tenía la mente en blanco. También Julio fue un alumno vulgar de ese taciturno catedrático. No pudo imitar al pozo, volverse abismo para que Nieves buscara el hondo reflejo de una estrella o de su rostro y perdiera el equilibrio hacia donde él la esperaba.

La vida de la hacienda había transcurrido en torno a ese altar cotidiano. Desde su cavidad umbría, el círculo de agua había reflejado sus ritos, sus crisis, sus jolgorios. López Velarde había entendido el pozo como monumento a la mirada y álbum fotográfico:

> En la pupila líquida del pozo
> espejábanse, en años remotos, los claveles
> de una maceta; más la arquitectura
> ágil de las cabezas de dos o tres corceles,
> prófugos del corral; más la rama encorvada
> de un durazno; y en época de mayor lejanía
> también se retrataban en el pozo
> aquellas adorables señoras en que ardía
> la devoción católica y la brasa de Eros;
> suaves antepasadas, cuyo pecho lucía
> descotado, y que iban, con tiesura y remilgo,
> a entrecerrar los ojos a un palco a la zarzuela,
> con peinados de torre y con vertiginosas
> peinetas de carey. Del teatro a la Vela
> Perpetua, ya muy lisas y muy arrebujadas
> en la negrura de sus mantos.
> Evoco, todo trémulo, a estas antepasadas
> porque heredé de ellas el afán temerario
> de mezclar tierra y cielo, afán que me ha metido
> en tan graves aprietos en el confesionario.

Julio regresaba a su propio pozo con menos ternura. No tenía suaves antepasadas de vertiginosa peineta que iban a dormitar a la zarzuela. Su tía emblemática, Florinda, era una mujer seca y macha, de voz recia y lunar con pelos. Sin embargo, aquellas figuras evocadas por López Velarde le llegaban como un entorno verdadero. Durante casi un siglo la provincia mantuvo ciertas esencias imprecisas que adquirían curiosa realidad en los poemas velardianos.

Durante su primera década en Europa recibió pocas noticias de Nieves, hasta que ella murió en la carretera. La noticia lo devastó en Lovaina, pero ni así habló de ella.

En la medida en que custodiaba este secreto, su estancia, por más larga que fuera, mantenía su aire provisional. Algo lejano lo afectaba, ardía dentro de él. «Los mexicanos no saben emigrar; todos quieren regresar el próximo jueves a ver a su abuelita», le decía Jean-Pierre Leiris, y aunque Julio ya llevara veinticuatro años fuera, tenía que aceptar que no, la estancia nunca había tenido la contundencia de una decisión tomada sino el aire incierto de quien avanza sin rumbo fijo y dobla esquinas, del doctorado en Italia al Centro de Estudios Latinoamericanos en La Haya, donde consiguió un trabajo de generalista absoluto, dedicado a vaguedades culturales, que se prestaba para calentar motores y luego conseguir algo más ceñido a la literatura latinoamericana (Lovaina), y finalmente a los autores caprichosos, minoritarios, que pactan bien con el misterio (Nanterre, en las afueras de París). Si alguna decisión tomó fue la de restringir su campo de estudios, dominar el «archipiélago de soledades» que fue el grupo de Contemporáneos, saltar de isla en isla en un precario esquife, conquistar el prestigio de lo remoto, de los autores con dificultad de acceso, que en Europa no estaban a la moda ni a la vista, a los que había que peregrinar con auténtico fervor. Nanterre le dio esa opción de archipiélago distante y cartografía rara.

Sus retornos a México apenas calificaron como tales: tres o

cuatro congresos, una visita a su madre cuando ella se rompió la cadera, una tardía comparecencia en los funerales de su padre. En sueños, Nieves volvía a él como un olor a nísperos y tierra mojada, a violeta de genciana y viejos remedios de farmacia, a chicles de grosella y refrescos de naranja química; un repicar de campanas neuróticas y granizo en el patio; una sensación de calcetines mojados que hacían chirriantes los zapatos; casas con largos pasillos y cuartos como vagones de ferrocarril, puertas de cristal translúcido, cucharas pesadísimas en sus manos pequeñas, jaulas vacías por una epidemia que se llevó todos los canarios, donde ellos pusieron aviones de papel en miniatura sin pensar que hacían instalaciones; sombras, claroscuros, semisombras, años en los que siempre faltaba luz. Esta escenografía difícilmente sugería una infancia de los años sesenta; era como si se hubiesen conocido en un tiempo anterior; estuvieron rodeados de demasiadas cosas viejas desde entonces, atesoradas por una familia convencida de que lo gastado otorga señorío. ¿Existiría aún ese país? ¿Habría existido alguna vez fuera de su imaginativa nostalgia?

México era Nieves. De modo dramático, desde hacía diez años era la tumba de Nieves.

Veinticuatro años atrás, la tía Florinda había dicho como si se sacara una semilla de melón de la boca: «Nadie se repone de un incesto.» Hizo una pausa para que Julio tragara saliva y las palabras se asentaran en un lugar de su conciencia, y alteró su mirada con su elaborada técnica para agraviar sirviéndose de los párpados.

Por aquel tiempo la conciencia de Julio era como la casa que rifaba el periódico *Excélsior*. Cada año, su padre lo llevaba a ver los pisos de parquet lustroso, el jardín rectangular, el garaje para dos coches, los clósets que olían a nuevo. Salvador Valdivieso mostraba la construcción como si entrañara una moral. Si ganaban la rifa, en esos cuartos serían no sólo más prósperos, sino mejores. No dejaban de ir a la casa de turno, como si sus posibilidades aumentaran con la reiteración de las visitas; iban ahí con el morboso interés de imaginarse modificados por la fortuna y la rencorosa certeza de que la suerte les tenía ojeriza.

La mente de Julio se parecía a esa casa; un inmueble vacío, obtenido en un rifa.

La Revolución y los repartos agrarios privaron a los Valdivieso de suficientes propiedades para que creyeran que habían tenido muchas más cosas de las que alguna vez tuvieron. Su agraviada memoria dilataba las haciendas y hacía brotar viñedos en breñales más bien secos.

A medida que mostraban su incapacidad para adaptarse al presente y asumir alguna de las humillantes profesiones en las que no serían sus propios jefes, los Valdivieso se convencían de la magnificencia de un pasado que, Julio lo sabía, no tuvo otra realidad que la de sus vencidos anhelos.

Por lo demás, su entorno era tan poco señorial que no costaba mucho imaginar que en otro tiempo, forzosamente distinto, la familia estuvo cerca de la nobleza. No faltaba quien agregara alguna leyenda para reforzar la hipótesis: un virrey español había pernoctado en una de las haciendas, un jefe chichimeca puso cerco a una troje y rindió ahí sus cuchillos de pedernal, un depósito de granos estuvo en la ruta de las diligencias por las que había pasado Maximiliano (¿o era Iturbide?). Estas vagas noticias bastaban para inscribir un puñado de terrenos en la historia grande. Julio creció oyendo los agravios de los que habían sido objeto; un pasado remoto dignificaba a sus parientes sin rumbo ni trabajos fijos.

¿Cuántas veces se comentó en su casa la historia de Quique, uno de esos primos mayores, lejanos y borrosos? El gobierno le expropió una vecindad para hacer una planta de tratamiento de aguas. Con la indemnización, apenas le alcanzó para un Impala, gran coche, eso no se discutía, pero una bicoca a cambio de una casa. Se estrelló en el Impala y tuvo que pasar una noche en la delegación por conducir en estado de ebriedad. Iba de *smoking* y sus compañeros de celda lo trataron bien porque pensaron que trabajaba de mesero. La anécdota cifraba el destino de su familia: los Valdivieso no volverían al fantasioso pasado en el que se vistieron de etiqueta; las galas de otros tiempos les sentaban como falsos uniformes.

De tanto hablar de casas perdidas, parecía no sólo lógico sino necesario que El Periódico De La Vida Nacional les diera una. Pero no recibieron otra cosa que un asador de carnes donde su madre, tan afecta a los mártires, inventó las chuletas San Lorenzo. La casa de *Excélsior*, vacía, impregnada del aroma químico de lo moderno, quedó como un ideal inalcanzable.

Aunque estudiaron en colegios religiosos, vivieron rodeados de imágenes de estupendos hombres desollados y ordenaron su vida en torno a pascuas y cuaresmas, Nieves y Julio lograron amarse, con torpezas y obstáculos, pero sin otros cargos de conciencia que el temor de echar a perder una pasión tan maravillosa que los volvía estúpidos.

Entre las muchas formas de recordarla, Julio prefería el absolutismo de los sentidos, los pechos pequeños de Nieves en sus manos, las palabras obscenas, deliciosas, que le decía cuando la penetraba, el dedo pequeño del pie apenas encaramado en el siguiente, la cicatriz en el muslo que se hizo con la jarra de colonche y que él besó mil veces, la mirada con que ponía en duda lo que veía, su manera de estar ahí, con la naturalidad de quien ignora que su presencia es un milagro repetido. Alguien por quien mentir y robar y salir huyendo. Hasta que ella no fue a la última cita, y él creyó entender problemas previos, la odió por cobarde, le tuvo lástima por timorata, sintió celos del enigma que la retuvo en México, trató en vano de olvidarla, se resignó a definirse en esa ausencia.

Veinticuatro años después vivía en París y su trabajo en Nanterre quedaba a unos minutos en tren. Amaba a Paola y a las niñas. Una vida cumplida, monótona como todas las dichas. «Ven, ven», decía Nieves en el sueño. Esa fisura, tenía que admitirlo, se había vuelto agradable. Su vida sosegada se dejaba interesar por las conjeturas de lo que hubiera sido con ella, la imposible trama paralela que lo definía.

Paola sabía poco del asunto. La historia ganaba fuerza al no contarla. Era su talismán, el cofre en la isla.

Cuando empacaba sus cosas en París para volver a México, encontró un broche de carey entre las cosas de su mujer. Un objeto sencillo, hecho sin segundas intenciones, pero que representaba el símbolo matemático del infinito. Nieves había tenido uno igual, quizá lo llevaba cuando se quedó dormida en la recta de Matehuala o en la cabeza de sombra con la que regresaba en sueños.

Odiaba el oportunismo de su memoria, esa verdulera sin escrúpulos. Regresaba al pasado como a un dolor elegido, como si lo peor de esa tristeza fuera la posibilidad de perder su recuerdo.

A los dieciocho Julio temía a sus deseos y, si alguien lo correspondía (así fuera con la timidez de un entorno donde se consideraba indecente mascar chicle), se sentía humillado de gratitud.

Nieves carecía de la fuerza disruptiva de las «hembras desconocidas», como le decía Florinda a las muchachas de piernas flacas y cabello recogido con hípica destreza. De algún modo, ella era la costumbre, lo sabido, alguien con quien intensificar los juegos y los misterios de la infancia. Lejos de Nieves, Julio tuvo miedo del mundo ruidoso, extravagante, en el que había que usar palabras sin fin para que una desconocida permitiera que él adelantara sus dedos hasta el cierre de su chamarra de plástico.

Más difícil resultaba saber lo que Nieves veía en él. Quizá Julio fue uno de sus experimentos, como la sopa de musgo que preparaba en Los Cominos, quizá fue un juguete para desquiciar a la familia y luego acatar la norma, llevar una vida adormilada hasta salirse de la carretera. ¿Qué vio en la última luz que tocó sus ojos? ¿Una cactácea que el crepúsculo encendía como un hombre en llamas? A veces él también soñaba eso. Ella había muerto y él caminaba al funeral. En llamas.

–¡Jesús bendito! Pareces un arrepentido. –Las palabras de su madre significaban que había dormido donde no debía.

Aún desvelado por el *jet-lag* y la cocaína, Julio revisó la casa, encogida por las desventuras de la familia. Cuando se instalaron ahí, recién llegados de San Luis, ocupaba casi toda la manzana; luego vendieron el jardín y finalmente parte de la construcción. Las tuberías de los vecinos estaban conectadas a las suyas; de pronto, un rumor de arroyo recorría el techo o una pared.

Su madre se había achicado como la casa. Una mujer enjuta, con un brazo torcido que no se quería operar y un épico pleito con la sirvienta a la que no se atrevía a despedir.

Julio odiaba el aire neblinoso de Europa, que exigía tanto a los ojos y justificaba que hubiera una óptica en cada esquina. También odiaba el resplandor encendido de México, que parecía surgir de ninguna parte y lo obligó a comprar unos lentes oscuros de Corea a un vendedor ambulante.

Besó a su madre sin quitarse los lentes. Un boxeador al otro día de su derrota. Habló de Paola y las niñas. Seguían en Italia, con el venerable Benedetto y la hermosa Chiara, en lo que él conseguía un departamento. «Con vista a muchos tinacos y antenas de televisión», había exigido Paola, contenta de disfrutar incluso los horrores de los paisajes que traducía en las novelas. Le habían recomendado la Colonia del Valle, ni muy cara ni muy barata. «Con tal de que no tenga un *look* renacentista», exigió Paola, ávida de viajar a *lo otro*. No, la del Valle no se parecía al Renacimiento.

Recordó esto mientras revisaba la casa. ¡Qué extraordinaria capacidad la de su madre para suspender el avance lineal de la época! Los electrodomésticos –y hasta los alimentos– parecían provenir de una tecnología anterior a los supermercados.

Hacía falta aire. Julio abrió una ventana de cristal rugoso. Respiró una atmósfera inerte. Su madre tenía un tanque de oxígeno junto a la cama pero rara vez lo usaba, como si sufrir los malestares sin paliativos fuera una forma de mantenerlos a raya. De buena gana, él se hubiera colocado la mascarilla para aspirar con fruición.

47

En la sala seguían los cuadros de siempre. Se quitó los lentes coreanos para volver a verlos: el Bosque de Chapultepec en una época de verdor feraz, cuando su manantial alimentaba de agua dulce la ciudad; una vista del desierto cargada de desolación y desamparo, y una curiosa alcoba nocturna, donde una mujer de cabellos rubios dormía en una cama rígida y un anciano asomaba tras una cortina. Era el cuadro «griego» de la casa, una concesión al padre de Julio, que estudió Derecho y se sentía moderno en grado suficiente para considerar que la mitología no siempre es pornográfica.

–Donasiano ha estado hable y hable –dijo su madre con voz rasposa–. Está tan ganoso de que vayas a Los Cominos que hasta invitó a Licha, la hija de Nieves. ¿Sabías que tenía una hija y un hijo? –Se mordió los labios y sonrió con nerviosismo, mostrando lo mejor que conservaba de su juventud, los dientes blancos, protegidos por la legendaria cal de las tortillas de su infancia. Hizo una pausa tan larga que él recordó el cuarto de azotea.

A las seis de la tarde las sirvientas iban al pan. Un doméstico cambio de guardia. Nieves y él aprovecharon la ausencia de la criada para entrar en su cuarto, oloroso a combustible de aserrín y telas impregnadas de humedad. Hicieron el amor con tal inexperiencia que la escena empeoraría en sus recuerdos sucesivos. Vivida como presente, su abrumadora novatez pasó inadvertida en el torrente de nervios, palpitaciones, escalofríos.

Más de veinte años atrás, en la azotea, Julio levantó la vista al techo manchado de salitre y trató de configurar una Virgen de Guadalupe para distraerse de algo más inesperado que el descubrimiento del sexo. Nieves no era virgen. Antes de que él lograra discernir la silueta guadalupana, ella dijo, como si fuera un aparato: «Me estrenó Tomás.» Luego le explicó de quién se trataba: el hermano de Beto, que también se había acostado con ella. «Son gemelos», añadió, como si la semejanza redujera la estadística.

En esa cama estrecha, Julio contrajo una gripe que tal vez viniera de Tomás o Beto. «Fue un juego, ya no los veo, se fueron a Guaymas, su papá controla la aduana.» Julio guardó el silencio que en las películas se llenaba con un cigarro, pensando qué parte de la frase era mentira. Pensó en matar a Nieves para ser el primero en algo. La vio desangrarse, pálida y perfecta, y tuvo otra erección. No lo volvieron a hacer porque ella oyó un crujido.

Julio no lo entendió en su momento pero los gemelos fueron un apoyo decisivo. Tomás y Beto estrenaron a Nieves. Fueron ellos los ganadores de la rifa, los dueños del magnífico celofán. No había desflorado a una virgen, eso no estaba en su destino, las mujeres le llegaban preusadas. En el fondo, era mejor así. Julio no significó un rito de paso ni cambió la vida de Nieves. Lejos de esa responsabilidad, podía aspirar a que ella lo amara con la pasión y la tristeza de las películas que les gustaban.

Todas las historias que compartieron en los años setenta trataban de espléndidos fracasos amorosos. Nieves y Julio anhelaban ser amantes de posguerra. Faltaba niebla, un tren, una gabardina decisiva, pero no importaba.

La película favorita de Julio no incluía mujeres, o no recordaba que las incluyera, pero también trataba de la crisis de pareja. Alain Delon era el protagonista y estaba solo la mayor parte del film. Su único trato ocurría con un canario. Esquivo, melancólico, elegante, interiormente vencido, Delon aguardaba el momento de liquidar a una persona. Un moderno samurai al margen de los otros, con un código de honor propio, una vida tristísima que engañaba a todo mundo. El atractivo de esa soledad consistía en que ellos la miraban en la compartida oscuridad de la sala. Delon derrochaba sus gestos, soltaba el humo del cigarro en su buhardilla, caminaba por calles húmedas en señal definitiva de todo lo que dejaba de hacer, las mujeres que no acariciaba, el jazz que no oía, los tragos que nunca paladeaba. Cuán maravillosa era la mirada de Nieves al ver a ese samurai tan solo en París, en ese alejamiento radical que los especta-

49

dores veían como si fisgaran por la cerradura de su buhardilla. Julio quería sufrir de ese modo para ser visto en secreto por una encendida mirada cómplice, con el perfecto *voyeurismo* que despertaba la hermosa cara preocupada de Alain Delon.

También esa película fue de amores fallidos. Aunque el protagonista fracasaba ante sí mismo, caía con la empática emoción del que ha sufrido para que lo vean. Nieves lloró en silencio y él quiso tener una gabardina.

Apenas visitaban otra sala que no fuera el cineclub que los dominicos operaban en Copilco. Una tarde, vieron ahí algo de la nueva ola francesa sobre la incomunicación hombre-mujer en blanco y negro. Luego tomaron un capuchino en una cafetería que tenía relojes grandes, con las horas de Tokio, París y Nueva York. Faltaba la de México, pero ésa no era un lujo.

El capuchino de Nieves se enfrió hasta que ella dijo algo difícil: no quería volver a acostarse con él. Eran primos; habían pasado de un inocente jugueteo a un acostón accidental.

Julio quiso abandonar la mesa pero en ese momento la camarera trajo el *banana split* que había pedido y lo dejó como un dogma imbécil y certero de la alegría forzada. Tres bolas de helado. Ante las horas de Tokio, París y Nueva York, sosteniendo la cucharilla larga del *banana split* que pronto sería un objeto de anticuario, Julio aseguró que no eran tan cercanos: crecieron juntos, sí; se vieron mucho en Los Cominos, también; se mudaron al DF al mismo tiempo, cuando sus respectivas familias se quedaron sin horizonte en la provincia, desde luego; pero ella regresó a San Luis a terminar la secundaria y casi concluir la preparatoria, se convirtió en otra persona, apenas ahora comenzaban a conocerse.

La arenga causó poco efecto. Julio se vio a sí mismo como el samurai de París. Había pasado su niñez en soledad, estaba acostumbrado a no oír otra cosa que su respiración; se iría lejos, si necesitaba una presencia compraría un canario; en caso de requerir una voz, oiría los quejidos del catarro que no lo abandonaría. Dijo más o menos eso, con un desorden útil, que impidió que ella pensara en la película con Alain Delon y permitió que lo viera, acaso por única vez, como alguien capaz de padecer una soledad interesante, la misma a la que ella lo condenaría unos meses después.

Nieves encendió un Baronet y lo vio de frente: «¿Entonces no te importa?», preguntó. «¿Qué?», Julio desvió la vista a los relojes mientras Nieves daba la hora mexicana: «Lo de los gemelos.» Julio sólo respondió cuando se dio cuenta de que había tomado un cuchillo y estaba rebanando el *banana split*. «No me digas que preferías que fuera virgen; imagínate el cargo de conciencia», Nieves mostró una desconcertante sonrisa promocional, como si se hubiera acostado con Tomás y Beto para poderse acostar con Julio. Tenía razón, y volvería a tenerla ante las acusaciones de la tía Florinda. «Con uno bastaba», pensó Julio, pero no lo dijo. Pidió la cuenta. «En París estaríamos dormidos», dijo hacia el reloj. «O cogiendo», Nieves le tomó la mano, mientras se encajaba un popote en el colmillo. Así le dieron la vuelta al tema. La vida tenía sentido. Con suerte, los gemelos se ahogarían en Guaymas.

–Perdón –dijo su madre–. No me gusta hablar de los muertos. Pero la hija de Nieves va a ir a Los Cominos. Casi nunca viene de Estados Unidos.

Julio había hecho bien en instalarse en el Hotel Beverly, lejos de ese tiempo que no fluía.

De regreso en el cuarto 33, encontró una caja sobre la cama, llena de papeles y fotografías. El archivo de Donasiano, enviado por el Vikingo.

Su tío fue un historiador aficionado hasta que el padre Torres le cortó las alas en un periódico de San Luis Potosí. Torres era una gloria municipal, un erudito de aldea, de impositiva y tediosa competencia. No quería aficionados por ahí. Extrañamente, Donasiano estuvo de acuerdo con él y no volvió a escribir. Se limitó a juntar libros y cachivaches en apasionado desorden.

El ingreso de Julio al patronato de la Casa del Poeta mereció unas líneas en la sección cultural del *Excélsior*. Esto motivó al tío a escribirle a París desde Los Cominos. Lo llamaba «joven sanforizado» para resaltar la juventud de su sobrino. La expresión sonaba tan arcaica que resaltaba la vejez de ambos. Luego informaba que tenía muchos papeles revueltos, tal vez entre ellos hubiera algo que interesara a la Casa del Poeta.

Julio lo llamó desde París. El tío no sabía que había tarjetas de descuento y que las llamadas del primer mundo al tercero son baratísimas. Se puso nervioso con la larga distancia. «No se me dan las maquinitas», dijo. Julio le preguntó si tenía papeles de López Velarde. «¿Cómo quieres que te cuente la guerra de las Galias por teléfono?»

De esa llamada, Julio sólo sacó en claro que el tío conservaba su resistente voz ronca. Con todo, le gustó que su tío le diera otro motivo para estrechar vínculos con el poeta más leído y recitado del país.

¿Qué zona de López Velarde podía interesar al tío Donasiano? El poeta había sido un renovador reacio, que hacía pasar sus invenciones por hallazgos populares; su compartible cotidianeidad lo protegía de sus elaborados artificios; se presentaba como alguien con un pasado ingenuo («entonces yo era seminarista / sin Baudelaire, sin rima y sin olfato») y alternaba las expresiones insólitas («acólito del alcanfor») con las estrofas de lo diario («tierra mojada de las tardes líquidas / en que la lluvia cuchichea»). El autor de *La sangre devota* (más por deformación generacional que filológica, Julio escribía ese título en siglas: *LSD*) había logrado el consenso de dos públicos rivales, el que celebraba su «íntima tristeza reaccionaria» y el que buscaba verlo «envenenado en el jardín de los deleites», el católico atravesado de nostalgia y el dandy transgresor. López Velarde admitía en sus poemas las pugnas favoritas de la cultura mexicana: la provincia y la capital, las santas y las putas, los creyentes y los escépticos, la tradición y la ruptura, nacionalismo y cosmopolitismo, barbarie y civilización. Su rara autenticidad dimanaba de esas contradicciones como caso único en la historia para fundirse en la «lúcida neblina» de sus versos. En López Velarde la fe se tonificaba con «íntimo decoro»; al mismo tiempo, los habituales del *table-dance* podían encontrar en él a un cantor de las putas, «distribuidoras de experiencia, provisionalmente babilónicas».

Julio no pensaba agregar nada a los estudios velardianos. Se trataba, a fin de cuentas, del único poeta asimilado al mito. Lo decisivo, en todo caso, era el vínculo con él. Un talismán. Un fantasma decisivo. Para el tío debía de ser una presencia más próxima, alguien que anduvo por ahí, un afiebrado pariente conjetural que quizá, con buena suerte, dejó un papel perdido.

Recordaba al tío como un excéntrico impetuoso en un clan perturbado por la amargura. La guerra revolucionaria y los repartos agrarios que llegaron hasta 1943 arruinaron la economía y el carácter de la familia, pero Donasiano aprovechó el descalabro para coleccionar antigüedades que nadie más quería.

Con letra elaborada y temblorosa, escribió en aquella carta a París que estaba muy interesado en «nuestro Ramón». Resultaba extraño que hablara del poeta con ese aire patrimonial, aunque el tío tendía a ver la historia regional como un asunto de su propiedad; las artesanías y los papeles recuperados lo compensaban de las tierras perdidas.

Julio barajó algunas hipótesis. Se sabía, por ejemplo, que Ramón mantuvo una activa correspondencia con su padre en 1908. El poeta estaba en San Luis mientras don Lupe agonizaba en Jerez. El hijo no quería seguir la vocación jurídica dictada por el padre pero se sentía obligado a no abandonarla. Según todos los testimonios, procuró tranquilizar a don Lupe en su tránsito al más allá, aun al precio de prometer que dejaría la literatura. Por desgracia, esa correspondencia se había perdido. Recuperar el momento de tensión, dudas, promesas cumplidas con amorosa voluntad y luego rotas por el impulso poético, contribuiría a cerrar una laguna decisiva.

Después de leer la carta de su tío, Julio cedió a una infantil vanidad académica. Se vio en un auditorio donde daba a conocer inéditos de López Velarde. En primera fila estaba su amiga Lola Vegas, la hispanista española. Sus ojos color ámbar lo miraban con intensa aprobación.

La hispanista española no tenía una idea formada sobre López Velarde. Antes de salir de París, él le mandó un *mail* a Salamanca y prestigió al poeta en plan eurocéntrico: Samuel Beckett lo había traducido. Luego agregó, como no queriendo, que Borges y Bioy Casares lo admiraban al grado de recitarlo de memoria. Tenía que preparar a Lola para que admirara sus futuros descubrimientos. Sus ojos se encenderían como la más profunda miel.

El azar cerró bien sus círculos: el sabático coincidió con la invitación de Félix al patronato, el deseo de Paola de vivir en México y su más reciente encargo (traducir a Constantino Portella, autor de una arriesgada saga narrativa sobre el narcotráfico) y, sobre todo, se repetía a sí mismo, con el posible hallazgo del tío Donasiano.

Julio revisó las fotografías en su habitación del Hotel Beverly. Hombres de a caballo, con bigotes inmensos, crucifijos y escapularios en el cuello, sombreros de un tamaño absurdo, casi paródico. Aquellos campesinos improvisados como combatientes parecían una compañía de teatro sin suficientes recursos para disfrazarse de cristeros. Abundaban las fotos de cadáveres: guerreros de rostro beatífico, custodiados por mujeres que no derramaban lágrimas, orgullosas de su dolor. Vio hombres ahorcados de un balcón, de postes de telégrafo, de un pirul cualquiera. Encontró un retrato del general Gorostieta, tan extraordinario que lo llevó a releer largos pasajes de *La Cristiada*, de Jean Meyer, el libro que durante años fue la solitaria vindicación de la insurrección católica en la academia. Gorostieta, masón contratado por los cristeros como profesional de la guerra, acabó convertido a la fe cristiana, no tanto por los pregones sino por la humilde devoción del pueblo en armas. Así lo

54

atestigua en sus últimas cartas. En la foto, sus ojos carbónicos brillaban a través del tiempo, con raro énfasis, como si se supiera visto después de ser acribillado. «Otro samurai», pensó Julio.

Había imágenes singulares de misas a la intemperie: un ejército de rodillas, con blancas ropas de labranza, carabinas en bandolera, sombreros colgados de la espalda. También había domésticas fotos de la época, tal vez de parientes suyos. Hubiera pasado por alto una de ellas de no ser por la cuidada caligrafía al calce: «Julio Valdivieso, San Andrés, 1927». El Niño de los Gallos, fusilado a los once años por tratar de salvar a los animales en una iglesia convertida por el ejército federal en un establo donde los caballos comían hostias.

Nunca le había atraído esa historia que pretendía singularizarlo. Hubiera preferido que su nombre proviniera del santoral o de un abuelo sin relieve.

No recordaba fotos del mártir niño. Esa imagen había sido tomada en un estudio. Una cara mofletuda, de aficionado a la leche quemada y los dulces de arrayán, los ojos entre adormilados y esquivos del que está harto pero no quiere decirlo y procura pensar en otras cosas (¿su gallo favorito?). Sostenía con dificultad un crucifijo exagerado, casi un *bat* de béisbol. En cambio, llevaba con gracia un sarape en el hombro.

Julio silbó una tonadilla, la melodía de «Carabina 30-30», con la letra del «Corrido del Niño Muerto» o «Corrido del Niño de los Gallos»: «ya se avistan los jicotes», decía la letra. ¿Qué carajos eran los jicotes?

En un sobre amarillo encontró una carta de un tío lejano, dirigida a su hijo en combate: «si tú sufres, Dios está contento».

Leyó otro texto: una larga acusación contra la Iglesia institucional, que pactó con el «supremo gobierno» mientras el pueblo llano derramaba sangre.

Durante décadas, mencionar a las víctimas de la guerra cristera había sido reaccionario. «Un pacto entre el gobierno jacobino y la cultura dominada por la izquierda», dijo el Vikingo en Los Guajolotes. «El pueblo se jodió dos veces: primero por revolucionario, luego por católico, pero sólo uno de sus calvarios fue contado; la Revolución, no la Cristiada.» De poco sirvió que Julio mencionara a los especialistas en el tema. Para Juan Ruiz sólo ocurría lo que pasaba en televisión. El pueblo tenía que verse a sí mismo, tal como fue en una tercera parte del país durante los años veinte, arriesgando la vida para rezar, con Vlady Vey en trance de cachondería mística.

Incluso el Flaco Cerejido, siempre bronceado por las marchas adonde lo llevaba la sociedad civil, le dijo a los pocos días que los cristeros tenían su interés: un pueblo sin Iglesia, rebelde, como los cristianos primitivos, masacrado por el ejército federal. «Deben formar parte de la historia de la disidencia popular», agregó con esa facilidad que tenía para adoptar un tono de Amnistía Internacional. Habló de torturas y crímenes de guerra hasta que supo el motivo de las preguntas de Julio: una telenovela llamada *Por el amor de Dios*. Entonces su mejor amigo lo vio con un afecto enorme, como un Cristo algo miope, demostrando que la misericordia puede ser una virtud laica y que su amistad de tantos años estaba por encima de los problemas personales de Julio Valdivieso:

–La verdad es asquerosa, no van a permitir que se vean esas imágenes.

Eso fue lo que Julio sintió al revisar las fotografías salidas de la hacienda de su tío. Ser fieles a la realidad significaba comunicar un horror. ¿Tenía caso? ¿No había una transgresión moral en el solo hecho de mostrar esa carnicería? ¿Suscitarían el deseo de regodearse en ella o incluso de imitarla a través del ultraje o el martirio? El país, siempre al borde de la violencia, ¿podía banalizar de esa forma las heridas?

El Flaco Cerejido no quiso seguir hablando del asunto. Le preguntó por sus hijas, como si implicara que ellas merecían conocer otra cara de la historia.

Donasiano había reunido papeles como otros metían dedos en formol o juntaban reliquias dispersas, ropas ensangrentadas, uñas de guerrilleros, sogas de ajusticiados, Biblias ametralladas, con la pasión del catolicismo por las escabrosas pruebas de la fe. Como buen católico, vivía entre signos de carne desgarrada. Desde niño, Julio temía a esas imágenes. La sanguinaria derrota de los cristeros había llegado a su familia no tanto para justificar su credo sino la decoración. La hacienda y las casonas de San Luis estaban llenas de Cristos y mártires torturados, figurillas policromadas con temible pelo natural y bruñidas llagas.

Nada de eso podía interesarle. Iría a Los Cominos en busca de datos reveladores sobre Ramón López Velarde. Nada más.

3. SUPERTRAMP

Pasar por Jerez no era la ruta más directa a Los Cominos, pero Julio quería entrar en el ambiente del poeta.

Llegó en autobús, unas horas antes de la cita convenida con Eleno, definido por su tío como el Hombre Orquesta que pasaría a buscarlo en una *pick-up*.

Visitó la casa museo de López Velarde, con «su viejo pozo y su viejo patio»; tomó un café en un sitio donde los manteles tenían impresas estrofas de «La suave Patria»; recorrió el cuidado Jardín Brilanti; vio un busto del poeta, el rostro joven y sencillo, difícil para la estatuaria, y una sucursal de Mexicana de Aviación con el nombre «Viajes López Velarde»; respiró un olor ácido, a animales de corral, en el que se mezclaba una fragancia de miel, chicharrón y pan dulce; se detuvo ante la papelería El Perro Enciclopédico. Sólo en Lisboa había tenido una sensación equivalente, la de una ciudad habitada en cada rincón por su mayor poeta.

En una bocacalle, una mujer lo vio de frente y lo escrutó sin miramientos, como si buscara un lunar en sus facciones para cerciorarse de quién era. La mujer parecía tener ochenta años. Tal vez veía muy mal, se confundía, o sencillamente estaba loca.

Para apartarse de esa mirada, entró a una tienda de ropa para vaqueros elegantes. Botas de piel de víbora, carísimos cinturones de cuero piteado, hebillas de plata, sombreros de muy variadas alas, pañuelos rococó, espuelas de compleja orfebrería, una curiosa mezcla de vida bronca e infinita coquetería.

Al salir, la calle estaba desierta. El ruido de una sinfonola entristecía la distancia.

Caminó por la Alameda, entre paseantes que se detenían a comprar globos, raspados, billetes de lotería. Un México rústico, más próspero que los sitios con población indígena.

Fue al Teatro Hinojosa. Estaban pintando un muro en el vestíbulo. Un obrero se servía de una cartulina para formar un diseño de grecas. Olía a pintura fresca y aceite de linaza. De algún sitio le llegó el canto de un pájaro. Caminó por un pasillo hasta un patio lateral, donde encontró la jaula de un canario. Vio el plumaje «con un verde inicial de lechuga», como diría López Velarde.

Una puerta lo llevó a otro pasillo y a un acceso lateral al teatro. Las sillas no estaban empotradas; hacían pensar en un escenario del lejano Oeste.

Se demoró en ese espacio que recordaba una elegancia desaparecida, cuando los ilustrados de la provincia se esforzaban por hacerse de un París a su alcance. Entró en un palco; se sentó a contemplar el foro.

—Puede decirme de muchos modos, pero mi nombre es Librado —oyó una voz encima de él—. A las claras se nota que usted no es de aquí. Anda de prisa. Cuando los pies se aclimatan a estas tierras, apenas se deslizan por el suelo. Somos de pies rasantes, casi no los despegamos al andar. Nos gustan los pasos talladitos.

Julio se asomó en busca de su interlocutor. No vio nada.

—No crea que lo seguí, mi amigo. Me gusta sentarme en este palco, pero al verlo entrar a tropezones entre la sillería, fue como si yo lo hubiera perseguido y usted se escondiera de mí. Y ya ve, estoy arriba. Librado Fernández, por si pregunta. Supongo que es de los que vienen en memoria de Ramón. Trae un portafolios que es casi un veliz.

Julio volvió a asomarse; sólo vio el borde sobredorado del palco superior.

La voz guardó silencio. Cuando volvió a hablar, parecía

disponer de menos energía, como si se hubiera movido de sitio para evitar ser descubierta y el ejercicio la agobiara.

–Yo también viajé hace años, a Laredo. Me aceptaron el pasaporte sin problemas, en tiempos difíciles. Ahora cualquier chamaco va sin papeles. Jerez vive de los centavos que los paisanos mandan del otro lado. Hasta la peluquería está dolarizada. Hasta el ponche de granada y los calmantes se pagan en dólares. ¿Conoce los calmantes? Así les decimos en mi pueblo a las botanas para el alcohol. No soy de aquí, pero como si lo fuera. Conocí este pueblo cuando las mujeres se iban a trabajar de sirvientas. Un lugar de hombres solos y débiles. Las mujeres seguían mandando desde lejos. Ahora son los hombres los que se van. ¿Quiere que le recite un poema? Si le gusta, déjele diez pesos al canario, que se lo va a agradecer.

Julio iba a solicitar un poema pero la voz siguió sin consultarlo, con el tono enfático, molesto, de los que recitan por oficio:

> ¿Dónde estará la niña
> que en aquel lugarejo
> una noche de baile
> me habló de sus deseos
> de viajar, y me dijo
> su tedio?

Después de la última estrofa, Julio aguardó unos segundos.

–¿Señor Librado? –preguntó, con la formalidad que le imponía la pequeña provincia.

No hubo respuesta. Bajó del palco, caminó entre las sillas, subió al escenario y contempló el teatro entero. El recitador se había ido.

Fue a la jaula del canario. Un sobre de cartón colgaba del borde. Ahí dejó el billete. Repasó el poema, uno de los pocos que sabía de memoria a pesar de la facilidad con que se grababa la métrica de López Velarde. En su mente, sin la voz sobreactuada del recitador, los versos le traían a su prima Nieves:

Niña que me dijiste
en aquel lugarejo
una noche de baile
confidencias de tedio:
dondequiera que exhales
tu suspiro discreto,
nuestras vidas son péndulos...

Dos péndulos distantes
que oscilan paralelos
en una misma bruma
de invierno.

Volvió al jardín. Se sentó en una banca de hierro que seguía un diseño floral. Una *pick-up* se estacionó frente a él. Tenía placas de Texas. La parte trasera estaba llena de electrodomésticos. Se incorporó para ver mejor. El conductor retiró una frazada y descubrió un mosaico rosáceo de videos porno.

Julio sintió que alguien lo miraba. Se volvió: la misma anciana le buscaba un parecido o un lunar o un nombre para el rostro. Julio le sostuvo la mirada. Ella se persignó con barroquismo.

Regresó a la banca con flores de metal. Dormitó hasta que una voz lo sacó de su modorra:

–Soy Eleno.

Un hombre alto, de sombrero texano blanco, le tapaba el sol. Un poco más lejos vio sombras en torno al kiosco, el «perímetro jovial de las mujeres».

Eleno le tendió una mano huesuda, con un anillo de ópalo.

El Hombre Orquesta del tío Donasiano había envejecido de un modo atlético. Aunque estaba cargado de hombros, la camisa de mezclilla cubría músculos firmes. Costaba trabajo seguirle el paso. «Nos gustan los pasos talladitos», Julio recordó al recitador del teatro. Eleno no parecía del lugar.

Subieron a una *pick-up* atiborrada de víveres en la parte trasera. Fueron por el equipaje de Julio a la estación de autobuses. Su maleta grande quedó entre dos sacos de harina.

61

Tomaron carreteras estrechas, mal asfaltadas, hasta entroncar con una definitiva e interminable senda de tierra. El paisaje semidesértico, de cactáceas tan altas como la *pick-up*, era atravesado de cuando en cuando por el vuelo de un zenzontle o por bardas de piedras que no parecían contener ranchos ni sembradíos, delineamientos caprichosos que no hacían sino separar un desierto de otro idéntico. El cielo, de un azul purísimo, invitaba a ser rayado por la cauda de un jet, pero sólo avistaron una avioneta roja que no dejaba huellas.

Al cabo de dos horas, encontraron unas pequeñas chozas de tablones, destinadas a brindar cobijo a algunas cabras, en las que parecía imposible que alguien pudiera pasar la noche. Siguieron de largo.

Llevaba demasiados años sin volver a la hacienda y ahora lo hacía por la punta más agreste, aunque quizá las otras sendas estuvieran igual de abandonadas.

En su infancia, Julio había conocido a Eleno, pero no le prestó atención. Ignoraba si entonces era taciturno. El capataz sólo hablaba para ejecutar una acción; ignoraba las conversaciones en las que se reproducen escenas que no se pueden modificar. Julio entró en un torpor interrumpido por los bamboleos de la ruta.

Durante décadas, la metáfora dominante de su vida había sido el submarino. Pasillos estrechos en las universidades, cuartos encaramados unos arriba de otros en la parte vieja de las ciudades, una vida sin clósets, con la ropa de invierno dentro de una maleta bajo las literas de sus hijas. Faltaba espacio. Corredores angostos, túneles del metro, escotillas. Vivió en la profundidad de un buque, con demasiada gente en torno para sentirse samurai. Ahora estaba fuera, a la intemperie (en «el abierto», como italianizaba Paola), en un valle sin nadie del que pasaba a otro valle sin nadie.

Un viento sesgado arrojaba polvo en una ladera donde una recua de mulas avanzaba sin que pudiera verse a su patrón.

Hacía calor. Bajaron las ventanillas. El rumor del viento mitigó la incomodidad de no tener nada que decirse.

Julio pensó en su tío, que lo llamaba «joven sanforizado» a los cuarenta y ocho años. Tenía ganas de verlo. Recordó su eterna chamarra café de piloto de la Segunda Guerra Mundial, sus botas de excursionista, traídas de Austria por el padre de Nieves, sus pantalones color caqui, su larguísima linterna, su distraída manera de estar ahí, como si fuera un testigo sin facultades para intervenir. De niños, le habían puesto hasta tres lagartijas en su escritorio sin que él hiciera nada por apartarlas. En una estirpe de quejosos, era incapaz de advertir molestias evidentes. Una noche, la mitad del techo se vino abajo en su cuarto, él se dio media vuelta y siguió roncando.

Donasiano había vivido con Florinda la mayor parte de su vida. Los dos fueron solterones inveterados. Cada uno resultaba demasiado excéntrico por su cuenta como para que además se les pudiera imaginar un incesto.

Entre los empellones de la *pick-up* y el polvo que los rodeaba sin que tuviera sentido cerrar las ventanas a causa del calor, Julio recordó la fruición con que sus abuelos, padres, tíos, primos hermanos y primos segundos remojaban sus galletas en el café con leche. Quizá una tara genética les impuso ordenar su existencia en torno a una taza bien azucarada. Mientras pudieran seguir como chupagalletas, el mundo tendría sentido para ellos. Su orden axial fue ése. Perdieron las haciendas y las propiedades urbanas pero siempre pudieron chupar una galleta. Se quejaban, por supuesto, pero podían relamerse los empalagosos dedos y entrededos. Sólo el tío Donasiano detestaba las galletas. De ahí venía su fuerza. También la tía Florinda las detestaba, pero no valía la pena recordarlo.

Gracias a los papeles que le dio el Vikingo, Julio reconstruyó datos de Los Cominos. En el siglo XVIII fue una hacienda de beneficio que dependió de la minería. En el tercer patio estaban las muescas de piedra que molían el mercurio y la capellina de la que se sacaban bolsones de oro. En ese espacio se «beneficiaba» el mineral. El fundador del predio fue un asturiano rencoroso. Su padre le había dicho que su destino valía un comino. Cuando pudo hacerse de un latifundo lo bautizó con deliberada ostentación: Los Cominos. El plural aumentaba la venganza: muchas nadas.

Donasiano había preparado con cuidado el encuentro. Luciano, el hijo menor de Nieves, vivía con él («cultiva las plantas con mano de benedictino», le dijo por teléfono). Alicia, hija mayor de Nieves, llegaría desde Los Ángeles.

Entre los visitantes, el tío también anunció al padre Monteverde, confesor al que le contaba «pecados imaginarios» («no doy para más diabluras, sobrino») y que sabía todo, absolutamente todo, de López Velarde. Pero costaba trabajo echarle el lazo al sacerdote. Andaba metido en muchas cosas, asistía a congresos, asesoraba a una ONG, participaba en una red eucarística por la paz.

Entre los muchos hombres que podía ser López Velarde, Donasiano seguramente elegía al que volvió a su Jerez natal en tiempos de Revolución y encontró un «edén subvertido», el joven fervoroso que militó en el Partido Católico Nacional, apoyó al demócrata Madero y se horrorizó ante las hordas de Emiliano Zapata.

Para Julio, López Velarde era Nieves y un verso que no dejaba de dolerle: «la refinada dicha que hay en huirte».

Llegaron con el crepúsculo. Julio dormitaba y al abrir los ojos le pareció contemplar un falso amanecer. Envueltas en un polvo liviano, se discernían las siluetas del pueblo, casas bajas de muros de adobe. En los techos había palanganas, botellas, bidones, baldes de plástico.

–Tuvimos lluvia chueca –dijo Eleno, refiriéndose, tal vez, al agua escasa y sucia que había sido recolectada en esos trastos.

El Hombre Orquesta extendió un índice torcido para señalar el campanario entre los pirules. Siguieron por una calle de arena. Siluetas escuálidas asomaban de los zaguanes, mujeres de rostros absortos que veían el cielo como si ahí volaran pájaros.

Aminoraron la marcha en el lecho de un río seco. Siguieron adelante por una pendiente y un terraplén polvoso. Julio vio una recua de burros, un borracho que dormía con la cabeza sobre una rueda de bicicleta, una cancha de basquetbol. Los tableros no tenían redes. Tenían el emblema del PRI.

Llegaron a la plaza. La iglesia al frente, el cuartel de los antiguos lanceros a la derecha, el casco de la hacienda a la izquierda. Los muros de Los Cominos se alzaban como una fortaleza. Salvo el portón, no había otra oquedad que diera hacia la calle.

De niño, las vacaciones eran un encierro en esa propiedad. Lo de afuera, el pueblo, era un territorio donde todos estaban borrachos.

Eleno tocó el claxon.

Una mujer abrió el portón entre el alboroto de los perros. Se estacionaron en el primer patio, el de los naranjos. Eran las siete.

—Ya llegaron —dijo Eleno. No se refería a los otros huéspedes: señaló los árboles donde revoloteaban murciélagos—. Es por aquí —tomó la maleta de Julio.

En el pasillo, bajo las vigas de madera picada, Julio respiró el guano del murciélago, el inconfundible olor de Los Cominos.

Donasiano había decidido que se hospedara en la troje de invitados, al fondo de la propiedad. Traspusieron el segundo patio. En las juntas de las losetas crecían hierbajos, como si ahí el suelo fuera más fértil. Bajo los arcos de las antiguas caballerizas, un tractor desvencijado, hierros abstractos, una planta de luz que ronroneaba.

Siguió a Eleno por un camino de acacias.

—A cada rato se nos va la luz —dijo el Hombre Orquesta—. Cuando vuelve, hace un méndigo ruidajero y el radiostato se enciende solo, allá al fondo del galpón.

—¿Qué es el radiostato?

—Ya le enseñaré ese chisme. Una araña que suena.

A lo lejos, la penumbra dibujaba bultos irregulares; muros con vidrios rotos, tal vez.

La puerta de la troje se había hinchado. Eleno tuvo que empujarla tres veces con el hombro. Un foco desnudo pendía del techo, a cuatro metros de altura.

Las repisas de la antesala estaban llenas de ejemplares rojos y despellejados: la revista *Time* coleccionada con monomanía de varias décadas.

Junto a la cama de dosel con mosquitero, un pellejo de cacomixtle o gato montés.

Lo importante estaba en el buró: un perro disecado. Pertenecía a una raza flaca, de pelaje ralo, horrible, tal vez muy valorada. Un galgo pigmeo o un superchihuahueño. Una cruza aberrante y difícil. Julio quiso guardarlo en el armario pero no pudo. El perro estaba clavado al buró.

La hacienda era un museo de la taxidermia. En otros salones había berrendos, pumas, jabalíes, ocelotes, coyotes, borregos cimarrones, lobos, venados cola blanca, liebres. Aunque no le encontraba virtudes decorativas a la cacería, Julio se sintió discriminado. Dormiría junto a los negros ojos del galgo enano.

Una camioneta pasó al otro lado del muro y un altavoz anunció un baile con el grupo Los Merengues, el próximo sábado en Los Faraones, cabecera del municipio: «Beto en la batería, Memo en las congas, Lucio en el bajo...» Luego vino la publicidad de una farmacia, una ferretería, un expendio de salsas, seguida de un rap sincopado por los sobresaltos de la camioneta.

¿Qué tanto sabría el padre Monteverde de López Velarde? ¿Iba a la hacienda a ver si Julio merecía los hallazgos hechos por el tío? No era extraño que Donasiano encomendara una decisión privada a un miembro de la Iglesia. Todavía en los años treinta, cuando la hacienda producía mezcal, un sacerdote solía vivir ahí de modo permanente.

El padre de Julio, Salvador Valdivieso, pasó la infancia y la adolescencia sin ver una película que no estuviera aprobada por el clero. Por su parte, él no vio una película que no hubiera visto antes su padre, versión atemperada pero inflexible de la Providencia. Ya en México, en la adolescencia, tuvo la suerte de que los dominicos fueran afectos a Godard.

La camioneta regresó a repetir su estruendo. El baile de Los Merengues tenía un lema: «Dale la mano a un paisano.» Siguió la propaganda de los pequeños comercios locales y luego, contra todo designio racional, una canción de Supertramp.

Julio estaba en un sitio miserable, en la orilla de la nada. Tenía que estar a salvo de ese sonido que lo perseguía sin remisión ni salida. ¿Por qué existía Supertramp? ¿Cómo pudo sobrevivir a las drogas fuertes, las intrigas, las crisis del mercado? ¿Era concebible que las modas no hubieran aniquilado algo tan derivativo y falto de personalidad? Poco antes de dejar París vio carteles que anunciaban una gira del conjunto y afeaban la ciudad como manchas de mostaza. Ignoraba si Supertramp tenía un nuevo disco o reiteraba su malestar nasal de siempre.

La camioneta al otro lado del muro parecía conducida por un chicano delirante. Nada tan fácil como odiar a Supertramp. Pero la angustia que le provocaba tenía historia.

Le gustaba pensar que toda vida recta, pero a fin de cuentas normal o interesante o digna de su nombre, se alimentaba de una fechoría incumplida o aplazada o no del todo significativa. Julio Valdivieso y su secreto incómodo. No podía considerarse un impostor pero comenzó su trayectoria con una suplantación. Cometió un plagio que en el arsenal de los pecados podía ubicarse junto a las mentiras piadosas y los sobornos necesarios. Nada muy distinto de lo que hizo todos los domingos a los dieciocho años: dejó unos pesos en las manos de un sargento, en el Parque de los Venados. Ése fue su servicio militar.

Mejor para él y para el ejército. Algo semejante pasó con su tesis de licenciatura. Le urgía salir del país, había sido admitido para un posgrado en Florencia, necesitaba el título, Nieves y él ya tomaban clases de italiano en la Dante Alighieri.

Durante meses llenó una caja de zapatos Blasito con fichas sobre los Contemporáneos, la prueba de que estaba dispuesto a joderse. Leyó y pensó lo suficiente pero le faltó tiempo y concentración para que ese magma se volviera tesis.

Hizo su servicio social en la biblioteca de la Universidad Autónoma Metropolitana, unidad Iztapalapa. En la orilla oriental de la ciudad, los edificios rectangulares de la UAM semejaban una estación espacial abandonada en un planeta sin oxígeno. La biblioteca era un cubo subdividido en celdas donde los alumnos podían dormir sobre sus antebrazos en espera de que los libros llegaran a los anaqueles.

El incipiente catálogo necesitaba clasificadores para las caprichosas donaciones y las compras apresuradas. En aquel tiempo anterior a las computadoras personales, el registro se hacía a mano en cuadernos cuyo tamaño sugería una función «técnica». Eran demasiado grandes para moverlos del escritorio donde estaban.

Con pulso de autómata Julio llenó etiquetas hasta que una tarde en que comía charritos y clasificaba con los dedos espolvoreados de polvo rojizo, su indiferencia se disolvió ante un nombre: *Máquinas solteras en la poesía mexicana. La generación de Contemporáneos*. Una tesis de licenciatura, escrita en Uruguay.

Sin siquiera chuparse los dedos, guardó el tomo en su morral de ixtle y manchó la carátula de perdurable chile piquín. Odiaba ese bolso pero tenía que llevarlo a la biblioteca porque se lo había regalado la doctora Ferriz y Sánchez, que dirigía el inmueble desde un rectángulo acristalado.

Sólo si él clasificaba el envío se sabría que había llegado ahí. Mientras lo tuviera en su poder nadie notaría su desaparición. Aunque el hurto de la tesis ocurrió como un impulso primario, concibió el crimen perfecto después de leerla.

El uruguayo había tenido dificultades para acceder al material. En un prólogo narrativo, quizá demasiado victimista, se quejaba de lo difícil que resultaba encontrar a los clásicos vivos del idioma. Montevideo era una metáfora de la incomunicación, una playa en un río sin orillas, una balsa loca, a la deriva. Sin embargo, a pesar de sus lecturas insuficientes, arrinconadas, casi defensivas, el autor trabajaba con solvencia al «grupo sin grupo». Por momentos adjetivaba sin control, como si su prosa incluyera a un novelista suprimido que se sublevaba en giros de irritación o hartazgo. Los miembros de Contemporáneos eran bautizados con atributos homéricos, como personajes de una gesta rabiosa. Uno aparecía como «el del hígado de lumbre», otro como «el sin cejas», otro más como «el que escribía con un solo ojo».

Un afluente central de esa geografía era Ramón López Velarde, a quien el uruguayo dedicaba un capítulo notable. Ahí estaba lo que Julio Valdivieso quería decir. Con modismos y arrebatos estilísticos ajenos a él, pero expresado con una nitidez de la que se sabía incapaz.

Al terminar la lectura se vio al espejo. Al filo de la barba —menos guevarista de lo que anhelaba— despuntaba un barro. Le pareció un símbolo de sus desvelos y lo oprimió hasta hacerse sangre. La tía Florinda había puesto el grito en el cielo, las campanas de San Luis Potosí repicaban como un eco del escándalo, todo mundo afilaba tijeras y cuchillos, su padre lo llamó a su despacho de abogado y lo conminó a que acabara el «enojoso asunto» como «hombre cabal» (no sugirió método alguno; hubiera aceptado el asesinato si venía revestido de compleja jurisprudencia). Julio necesitaba recibirse para obtener la beca de Florencia, no podía perder las caricias de Nieves, su lengua lamiéndole las pestañas, las frases sucias y deliciosas que le decía al oído, el viaje ya fotografiado por su recuerdo como las películas que tanto les gustaban, con el filtro azul de la melancolía. Por desgracia, la realidad se ensañaba en parecerse a algo que no quería ver, una película de horror de bajo presupuesto que lo cercaba con uñas largas. Debía salir cuanto antes de ese cine. *Máquinas solteras* había llegado como un salvoconducto.

Guardó la tesis en el cajón del que ya muy rara vez salía su raqueta de badmington.

En los dos peseros y el microbús que lo llevaban a la UAM-Iztapalapa sus ideas no cobraban otra forma que la divagación sobre el futuro. En la curva del Cerro de la Estrella veía tendajones con objetos para baños –una larga hilera de excusados y lavabos donde los perros callejeros se refugiaban de las tolvaneras–; nada podía ser lógico en esa región donde los artículos de baño se exponían junto a la avenida, como si se compraran por una repentina inspiración de los automovilistas. En un terreno tan accidentado casi nada podía ser delito. La universidad estaba rodeada por la cárcel de mujeres, un vasto tiradero de basura y un convento perdido. Iztapalapa conformaba una periferia extrema, un suburbio libre y asociado que se sometía a otras leyes, todas modificables.

En el Cerro de la Estrella los aztecas encendían el *fuego nuevo* cuando comprobaban que se acababa el año sin que se acabara el mundo. Un sitio castigado y duro que fomentaba ritos de supervivencia. Pionero de esa tierra baldía, entre mujeres presas, basura y monjas vicentinas, Julio podía forjarse una ley a su medida. Este impulso de *far west* encontró condensación y fuerza decisiva en una imagen desoladora.

Julio acariciaba el sobre con la aceptación condicionada de la Universidad de Florencia (sus dedos disfrutaban el magnífico papel rugoso), cuando se detuvo en la explanada de la UAM, ante el pequeño edificio de Rectoría, para ver a un perro de pelambre color cerveza. Su lengua morada lamía las costras y las llagas que le moteaban el cuerpo; sus ojos, de una depresión sin fondo, aguardaban que alguien tuviera la misericordia de sacrificarlo.

El cielo se cubría de humo negro, procedente de las quemas de los basureros. Julio se propuso no olvidar ese momento.

Pasara lo que pasara, fuera donde fuera, sería el que estudió en esa lejana orilla. Nada lo curaría de esa miseria. Aunque lograra escapar se llevaría consigo el dolor y la inmundicia.

Le sirvió mucho atesorar ese momento. Había sufrido lo suficiente para merecer una compensación.

Acarició el sobre italiano hasta llegar a la cafetería. Rara vez entraba ahí desde que los de Ciencias Biológicas hicieron un inventario de las infecciones que podían contraerse en un plato de macarrones. En una mesa vio a Claudio Gaetano, su profesor de historia.

A pesar de haber sufrido cárcel y tortura en Uruguay, Gaetano era un hombre fuerte y optimista. Llevaba una raqueta y tenía el tic de los tenistas de fuste que se concentran acariciando las cuerdas.

Julio no pensaba sacar el tema, pero la disposición del maestro a entrar en contacto con los alumnos y el filo del sobre italiano en su pecho lo llevaron a mencionar al joven uruguayo, autor de un libro (no dijo «tesis») sobre los Contemporáneos. El profesor detuvo su mano en la raqueta, como una estrella de mar fosilizada. Sí, conocía al tipo, había sido su alumno en Montevideo. Un fenómeno. Todos lo adoraban, principalmente las chicas. Los militares lo habían matado, hacía ya unos cuatro años. Gaetano habló con la sobriedad con la que se refería a los horrores que tanto conocía, sin alardes sentimentales ni frases vengativas. Su discreción y su reticencia hacían que sus palabras secas fueran más estremecedoras. En este caso, lo único que delataba un cambio de tono era la mano detenida en la raqueta.

La tesis no había sido enviada a México por un colega deseoso de entrar en contacto con sus pares mexicanos. Alguien –la madre, una novia, una mano devota– había querido que esa voz tuviera un eco final, un exilio póstumo en el país al que sólo había viajado por sus letras.

Julio vio el rostro de Gaetano, las canas ensortijadas en las sienes, su saludable piel de tenista, la sonrisa cómplice, el aplomo con que mostraba que el espanto se supera. Enseñaba historia, con humor y datos precisos, convencido de que hay verdades mínimas y duraderas. En el suburbio libre y asociado de Iztapalapa los planes de estudio se improvisaban tanto como los caminos de tierra para acceder a la universidad. El curso de Historia Contemporánea de Gaetano se cruzó en la carrera de Letras Hispánicas de Julio. Julio adquirió ahí un inolvidable acervo circunstancial. Nunca sabría qué hacer con datos como el impuesto del azúcar o las cafeteras que cambiaron la historia, pero recordaría esa aula como se recuerda un dibujo que resume una moral. No sólo estuvo ante el perro agónico en Rectoría. También estuvo en un curso donde las pequeñeces, los objetos secundarios y laterales, se discutieron con la certeza de que eso integra un orden, el reverso de un tapiz. Sin aspavientos, del todo ajeno a la grandilocuencia, Gaetano resistía.

En la mesa, el profesor habló con la voz serena con que demostraba la caída de un imperio a través de la sorprendente combinación de muchas minucias.

Alguien había muerto para que Julio viviera. Se asombró tanto con este juego de correspondencias que el plagio de la tesis se le hizo casi necesario, un truco doloroso pero inevitable. La presencia del gran Gaetano (sólo podía pensar así en el uruguayo, con ese nombre de obispo, mago o centro delantero) magnificó la villanía de Julio, y en cierta forma le otorgó imparable fatalidad.

Durante cuatro años había visto lavabos en esos puestos absurdos del camino a Iztapalapa, estaba en un territorio ajeno a la razón, tenía derechos de azteca, haría arder su fuego nuevo. Gaetano le reveló que el otro escribió *su* tesis en circunstancias más atroces; la usurpación de Julio era más cruel de lo que suponía; al mismo tiempo, el dato preciso (nadie como Gaetano para eso), la muerte del otro, facilitaba las cosas; nadie le reclamaría ese hurto a fin de cuentas transitorio.

Iba a despedirse cuando otro estudiante se sentó a la mesa. Por amabilidad o por su infinita curiosidad, Gaetano le preguntó qué significaba el nombre estampado en su camiseta. La camiseta decía: Supertramp.

Hasta ese momento, lo único que Julio sabía de ese compañero es que pertenecía a una variante integrista del vegetarianismo que le impedía tomar miel de abeja. Ante la pregunta de Gaetano, sacó de su morral de mezclilla una grabadora portátil con la voz de los *castratti*. El profesor volvió a mostrar su entereza ante la tortura mientras el tercer comensal hacía coros convulsos. Supertramp se convirtió para Julio en emblema del ultraje, la pista sonora de su despojo intelectual.

En noches de insomnio, imaginaría los últimos días de ese vegetariano: participaba en un suicidio colectivo en el Caribe para unirse a una dimensión superior de la energía.

La mesa en la cafetería estuvo cargada de muerte. La muerte real del alumno uruguayo, la muerte sorteada por Gaetano, la muerte deseada al condiscípulo que lo miraba como si fuera un caníbal.

También él cortejó su propia muerte. Se sintió tan mal que se sirvió caldo de poro y papa para darle al destino una oportunidad de liquidarlo con una tifoidea. Ya sabía lo que iba a hacer en el improbable caso de sobrevivir: arrancaría la carátula y las primeras páginas de la tesis. La haría suya, como el depredador que era. El vegetariano tuvo la delicadeza de no hablar del sufrimiento de los animales ante su sándwich de jamón, pero su camiseta fue implacable.

Julio se despidió de Gaetano como de un héroe al que se acaba de traicionar. La rueda del destino estaba en marcha.

Dos semanas después, ocurrió algo insospechado. Julio olvidó el nombre del autor de *Máquinas solteras de la poesía mexicana* (retitulado, en forma más previsible, como *Archipiélago de soledades)*. Ni siquiera él podría rastrear su plagio. La desmemoria lo perdonaba y protegía.

El profesor Gaetano había presenciado tantos oprobios que seguramente sabría perdonarlo. Sin embargo, cuando las voces de Supertramp salían de alguna adversa esquina, Julio cobraba conciencia de lo que era. El que comía animales y se nutría de la sangre de los otros.

Se recibió con mención honorífica. Para su sorpresa, los sinodales de su examen profesional esperaban precisamente eso de él. La suplantación reveló algo atroz: lo lejos que estaba de cumplir las expectativas normales que había generado. Fue necesario un delito para seguir el curso obvio que su trayectoria prometía.

Después del examen fueron a celebrar a una bodega más o menos española. La doctora Ferriz y Sánchez lo vio con cariño iniciático tras sus anteojos de media luna y le regaló una primera edición de *Muerte sin fin* que aumentó su sensación de necrofilia.

A la una de la mañana, Julio estaba apoyado en el hombro leal del Flaco Cerejido. «Yo no soy así», dijo, mientras miraba un jamón que colgaba del techo. Una estampa goyesca. *La gruta del depredador*, hubiera podido llamarse.

El Flaco opinó que no era tan grave ser académico. Hombre, la vida tenía cosas más interesantes que las tragedias de pie de página, y estaba bastante probado que los hispanistas copulaban poquísimo, pero Julio nunca sería tan erudito como para estropearse el destino de ese modo. El Flaco lo abrazó con afectuosa conmiseración, mientras él sollozaba como si lo perdonaran por comer carne del prójimo.

Esa noche soñó con el uruguayo. Despertó de madrugada y fue completamente de izquierda durante unas horas. Se entregaría al Tribunal Russell, aceptaría una disciplina personal molesta, comería todas las raíces necesarias. Luego cayó en un sueño sin imágenes.

Al día siguiente despertó a un mundo raro donde Nieves lo admiraba por la tesis y donde aún no recordaba el nombre del uruguayo. Hizo un pacto consigo mismo. Cuando recordara el nombre, lo confesaría todo. Para entonces ya habría escrito libros que harían llevadero ese pecado de juventud.

En unos días los trámites sustituyeron a los escrúpulos. Veía a escondidas a Nieves, cada vez menos, pero con la alegría anticipada del tiempo del que dispondrían en Europa. Él propuso un matrimonio al vapor, con un juez de Cuernavaca. Ella comentó que no debían agitar más las aguas; les sobraría tiempo para casarse en Italia, enterar a su familia por correo, preparar poco a poco la normalidad, la aceptación, el regreso. Nieves hablaba con curiosa seguridad de estas etapas, como si ya las hubiera vivido. Estaba tan convencida de su felicidad futura que insistió en que la partida tuviera un toque aventurero. Citó a Julio en la plaza de Mixcoac, la de *Pasado en claro*. Si alguno de los dos no se presentaba es que se había arrepentido. Se querían tanto que podían otorgarse esa posibilidad de duda, de juego y episodio cinematográfico (mejor iniciar el viaje en una plaza que en un mostrador del aeropuerto).

Comenzar la vida académica con el pie izquierdo podía ser una estupenda oportunidad de enmienda, para seguir, a partir del dolor primero, un camino de perfección. Julio no pudo ufanarse de estas virtudes compensatorias. Los libros originales no llegaron. En Italia conoció al célebre hispanista Benedetto Capelli, quien le presentó a su hija Paola y le allanó el camino contándole a ella extrañas maravillas de su alumno mexicano. A los cuarenta y ocho años no había escrito libros excepcionales, pero acaso su talento no consistía en crear obras sino circunstancias.

A veces soñaba que jugaba al póquer con un chino. Cuando el rival mostraba su mano triunfadora, algo se modificaba en la placidez de su rostro, como si hubiera jugado para mostrar un vicio oculto. Entonces el chino pronunciaba el nombre del uruguayo, con un acento de criador de ovejas en el Río de la Plata. Julio veía los naipes en la mesa, el póquer enemigo, y escuchaba apodos en serie como barajas adversas: «el del hígado de lumbre», «el sin cejas», «el que escribe con un solo ojo». Despertaba bañado en un sudor frío. Repasaba los nombres de los poetas de Contemporáneos. Admirablemente, había vuelto a olvidar el del uruguayo.

4. MONTEVERDE

Tomó la linterna larga que le había dejado Eleno, con la humilde recomendación de que la usara «si no le producía molestia». El Hombre Orquesta hablaba como si la ayuda pudiera ofender al interlocutor.

Afuera de la troje, entre los hierbajos que crecían en la senda de las acacias, Julio alumbró tres lagartijas amarillas. Pensó que tenían ese color por efecto de la luz. Poco más adelante encontró otras; se cercioró de que su piel era así, color amarillo plástico.

En el patio de los naranjos una figura llenaba la puerta de mosquitero. El tío Donasiano. Aun antes de entrar en el salón, reconoció las pieles de coyote en el piso, las cornamentas de ciervo en las paredes, la chamarra de piloto de su tío, los libros apilados por todas partes, los mapas que colgaban de las estanterías como pieles puestas a curtir.

—¡Caramba, sobrino! —Donasiano lo abrazó con fuerza—. Acabo de perder una pantufla. Ayúdame en esta lucha cuerpo a cuerpo.

Se dirigieron a un escritorio de cortina. El suelo estaba atiborrado de papeles.

—Una vez perdí un zapato por seis meses entre títulos de propiedad y documentos que andaba meneando para un libro.

La pantufla apareció bajo una carpeta.

—Tu sobrina Licha y el cura andan retrasados. ¿Quieres un agua de Lourdes? Debes tener sed.

Julio sintió que el tiempo volvía sobre sí mismo con esa expresión de San Luis, «agua de Lourdes» por «agua con gas». Afuera se oían ruidos de grillos y pájaros nocturnos. Una sensación distinta de la que le produjo volver a la casa de su madre en la ciudad de México. No estaba ante un pasado inerte sino ante un pasado actual, en tensión.

Un muchacho se había detenido en el quicio de la puerta.

–¡Lucianito! –exclamó Donasiano, como si llevara meses de no verlo.

El sobrino de Julio saludó con formalidad; sostenía su sombrero del ala, como un campesino al entrar en una iglesia. Tenía las mejillas encarnadas por el sol, las manos resecas, el pelo cortado con descuidada severidad. Producía una instantánea y algo incómoda sensación de bondad, de inocencia prolongada en exceso, vida intacta, al margen del siglo. Tal vez algún bisabuelo había sido como aquel sobrino. Hacía falta desandar varias generaciones para verlo como un familiar cercano.

Los focos palpitaban. El tío mostró el «vestibulito», un cuarto anexo a la biblioteca. Daguerrotipos y fotos en sepia decoraban las paredes. Julio trató de asociar los rostros con las imágenes que le entregó el Vikingo. Había algo extraño en esos parientes desconocidos. Llevaba demasiado tiempo lejos, aunque tal vez, de haber permanecido en México, tampoco sabría quiénes eran esos muertos con bigotes de manubrio, las damas con mantilla en la cabeza, los bebés que parecían sus hijas retratadas por un artista decadente.

Vio su propio rostro reflejado en el cristal de una fotografía, manchado de óxido. ¿Se parecería Alicia a su madre? Oyó ruidos en el salón de junto. Volvió a la biblioteca.

El padre Monteverde ya tomaba una copita de mezcal.

–¡Qué gustazo, don Julio!

El sacerdote tendría unos cincuenta años bien llevados. Su camisa con collarín y un relicario en el cuello definían su oficio. En lo demás, parecía un próspero hombre de campo: cinturón con hebilla de plata del que pendían un estuche de cuero piteado para la navaja y otro para el celular; pantalón de mezclilla; botas con puntera de metal. Curiosamente, en los antebrazos llevaba guardamangas de hule.

Donasiano había encendido un quinqué de petróleo del que salía un humo ondulante.

–Ya ahumé toda la biblioteca –señaló el entorno–; mis lecturas huelen a gasolina.

Tomó una alforja que estaba en el piso; la colocó en el respaldo de su silla.

–Para la cena –palmeó el bulto, como si fueran a ir de campamento.

–Hace mucho que lo tenemos en la mira –Monteverde apuntó a Julio con una carabina imaginaria.

El tío Donasiano entregó a su sobrino una copa redonda, de vidrio verde, llena de aristas, como una fruta incómoda. El mezcal tenía regusto a madera.

–Es como beber violín –bromeó el tío.

Los antebrazos del sacerdote brillaban en la débil luz del salón. A Julio le intrigaban esas guardamangas; sin embargo, Monteverde creyó que sus miradas se concentraban en lo que llevaba al cuello.

–Un benditario, don Julio. Lo usó un tío abuelo que anduvo en la guerra cristera. Era sacerdote y le entró a la refriega. Ya ve que la jerarquía se opuso a que los curas se afortinaran y echaran bala, pero hubo algunos que no dejaron solo al pueblo. Anduvieron por cerros pelones, santiguando a cuanto muerto veían. Cuando el presidente Calles prohibió el culto, Dios se fue a la sierra. El deber de los sacerdotes era seguirlo, pero la mayoría se arrugó. Mi tío llevaba este benditario para aliviar el tránsito de los moribundos, con la «gota categórica» del agua bendita. Qué sonido de goteo logró el canijo Ramón: «la-go-ta-ca-te-gó-ri-ca». Mi tío abuelo cayó en las batallas del 29. Un milagro que esta pieza siga entre nosotros.

El cura sonrió y Julio pudo ver sus dientes manchados de ocre, tan comunes en las regiones mineras.

El celular sonó en la cintura de Monteverde. Se tapó la otra oreja con el índice y respondió a algo que le decían:

–*Omnia bona trina.*

La comunicación debía de ser mala porque se dirigió a la puerta y siguió hablando en latín en el patio.

El tío Donasiano abrió mucho las manos, como diciendo: «Te dije que era excepcional.»

Al regresar a la biblioteca, Monteverde volvió a sonreír con sus dientes manchados:

–Era el padre Dao. Es chino, pero habla pésimo inglés y preferimos comunicarnos en latín. Andamos metidos en un congreso eucarístico, pero ése es otro cantar. Cuénteme de usted, don Julio, ¿cómo le sienta la patria?

Intercambiaron fruslerías hasta que el tío dominó la plática. Julio le preguntó acerca del paisano que había puesto una placa en la tumba de Porfirio Díaz, justo en 1994, cuando el país se desgajaba por el asesinato del candidato del PRI y la guerrilla en Chiapas.

–Ese hombre viene de una familia estupenda. Ellos ayudaron mucho al doctor Nava en su cruzada por la democracia en los años ochenta y principios de los noventa, incluso formaron su guardia de corps.

La información enrarecía la presencia de esa placa en la tumba del dictador. Un miembro de una familia que apoyó con alto riesgo la oposición cívica al sistema, rendía homenaje al México de «orden y progreso».

Donasiano no simpatizaba con Porfirio Díaz, un oaxaqueño de la ralea de Benito Juárez, pero encontraba lógico que un disidente contemporáneo se remontara a una arcadia anterior a la Revolución:

–Los agraristas nos hicieron cisco; destruyeron los espejos porque nunca habían visto algo que los reflejara; les dio miedo ver sus caras de bestias. Quemaron altares, violaron mujeres, inundaron las minas. Ésta fue una hacienda de beneficio. San Luis se apellida «Potosí» por su riqueza minera.

–Pero se agotaron las vetas, tío –dijo con timidez Julio.

–Pamplinas, cuentos jacobinos. Aquí lo que se acabaron fueron las ganas de trabajar. Con las armas en la mano, los agraristas inventaron que no eran criminales sino ejidatarios y se repartieron el desierto hasta que a cada quien le tocó un terrón inservible. Ahora esto es un terregal dominado por homínidos. Es muy peligroso que gente como usted los bautice, padre, porque les da apariencia humana.

–Hombre, Donasiano, no exagere –protestó el cura.

A Julio le simpatizaba la gente de dientes manchados, que no buscaba remedios de porcelana en el dentista y renunciaba a servirse de la sonrisa como gesto vengativo: ellos jamás reirían mejor al último.

Monteverde quiso matizar:

–La Revolución tuvo dos caras, Donasiano. Tuvo muchas, pero por lo menos tuvo dos –vio a Julio, como si le pidiera atención especial–. Pensemos en López Velarde. La política lo sacó de la provincia monótona, lo acercó a convicciones modernas que no hubiera tenido de otro modo, lo llevó a la capital. ¿Qué hubiera sido de él encerrado para siempre en Jerez? La nostalgia mejora las alacenas de compotas y los dulces de la infancia. Sin ese viaje no hubiera extrañado «el santo olor de la panadería» ni «la picadura del ajonjolí». Fue progresista en la política pero entrañablemente reaccionario en los recuerdos. La Revolución le permitió ese doble movimiento.

–Ramón no necesitaba de la capital –dijo Donasiano–. No me venga con sandeces, querido confesor mío. La provincia era entonces un lugar ilustrado que ni nos imaginamos. Había teatros, óperas, cantidad de periódicos católicos de primera fila con novedades de la poesía francesa, tertulias filosóficas. Había gente de bien, vestida con una prestancia ahora inconcebible. En este país aletargado la cultura viaja mejor en carreta.

–La Revolución metió a López Velarde en el país grande, lo hizo mayor de edad. Fue un mazazo necesario. Le abrió los ojos.

Julio tuvo la impresión de que asistía a una discusión que proseguía como un ritual donde las minucias más esquivas servían para animar a los eternos polemistas.

Se sintió al margen y un poco en entredicho. Si su tío había dado con un inédito, ¿qué méritos tenía él para apropiárselo? Para los otros dos, el poeta era una sombra familiar, una noticia reciente, un encendido motivo de disputa.

El tío movió el dedo índice como un metrónomo, en claro desacuerdo con el sacerdote:

—Recuerde las últimas cartas que Eduardo J. Correa le manda a López Velarde. Pocas gentes lo quisieron tanto. Correa fue su editor en los muchos periódicos que fundaba y financiaba. Era un Quijote con toda la barba. Reconoció el talento de un chamaco de diecisiete o dieciocho años. Fue el primero que tomó en serio a Ramón, lo trató de tú a tú, incluso fomentó la petulancia de ese jovencito tan seguro de sí mismo. Al final, Ramón tuvo con él desplantes de solterona, fue injusto y vil, ¡fue *chilango!* El DF destruye al más pintado. Ramón sabía ser coqueto. Se dirigió a Correa con seductora precocidad y el buen hombre lo adoptó, ¿y todo para qué? Para que la Revolución llenara de pájaros la cabeza del poeta. Hacia el final de la correspondencia, Correa le reprocha que se acerque a Carranza, un bandido de siete suelas, un megalómano con barba de profeta, que para colmo usaba unos lentes horribles, de cristales ahumados. Ramón se puso de parte de ese falso caudillo, contra la voluntad de su mentor. Lo hizo por cálculo interesado o por vanidad o por simple contagio de los aires de la capital. Correa, ya resignado, le pidió que al menos usara su influencia para socorrer a un sacerdote amigo de él. Ramón se hizo el sueco. Fue un gran hombre pero tenía sus defectillos, que ni qué, y el desastre iba en aumento —Donasiano comenzó a toser; desvió la vista a un rincón de la biblioteca en el que había una escupidera de porcelana. Fue un alivio que se repusiera sin necesidad de abandonar su sillón.

—De modo que usted cree que Dios se lo llevó a tiempo —dijo Monteverde.

—A veces me pregunto qué hubiera sido de Ramón en caso de no morir a los treinta y tres años. Los buitres que nunca faltan dicen que su poesía ya acusaba cierto cansancio y se podía convertir en un poeta de feria, un pintoresco cantor de las esencias nacionales. Yo me pregunto qué hubiera sido de él como hombre. ¿Qué tan hondo podían calarle la ciudad de México, infestada de meretrices, esas «mariposas de sangre», como las llama con un símil que, la verdad, me horripila?

—¿Para qué pensar en lo que Ramón no fue? Su sobrino va a creer que lo invitamos a defenestrar al héroe. —El padre, que con tanta soltura había hablado en latín con un chino, ahora luchaba para someter a su feligrés.

—Ramoncito resistió como pudo, tampoco voy a negarlo —dijo el tío—, tuvo la entereza de llegar a la edad de Cristo como un soldado de Dios, un soldado tambaleante, pero soldado al fin.

Monteverde pasó sus dedos largos y morenos por sus sienes, produciendo reflejos en sus antebrazos forrados de hule. Sólo entonces advirtió que llevaba puestas las guardamangas. Se las quitó en el acto y se dirigió a Julio:

—Estuve revolviendo papeles de su tío. No sabe la de polvo y tinta que sueltan. Encontré una conferencia suya sobre López Velarde: «Posesión por pérdida».

—Me la mandó tu amigo —informó Donasiano—. El doctor Félix Rovirosa, un tipo finísimo, de los que ya no se hallan.

Lo mejor de esa conferencia, escrita de prisa para un congreso, había sido la presencia de Lola Vegas.

—Me gustó su opinión sobre los amores imposibles del poeta —dijo Monteverde.

Félix Rovirosa se metía donde no debía. Era increíble que enviara un trabajo tan endeble.

Julio se disculpó. En realidad, trabajaba otros autores. Escribir sobre López Velarde era como hacer el servicio militar, todos lo hacían. Estaba en el Patronato de la Casa por la rara virtud de que no se ocupaba a fondo de él; no podía suscitar sospechas de estar ahí por interés o favoritismo.

—Me buscaron por imparcial. Los que aman lo mismo se odian entre sí.

—¡Has dicho un apotegma! —se rió el tío—. También se odian los que no quieren lo mismo. Todos nos odiamos, sobre todo en este páramo donde las espinas se pasan al alma.

«Posesión por pérdida», buen título para el congreso en el que la hispanista española lo dejó plantado a su manera, con la insinuación de que el siguiente congreso sería distinto.

–José Emilio Pacheco se ocupó mejor del tema. –Por ningún motivo Julio quería pasar por especialista.

–Ese asunto tiene mucha miga –Monteverde seguía el impulso de sus reflexiones, sin reparar en la reticencia de su interlocutor–. A Ramón le gustaba verse bajo las advocaciones del León y la Virgen, la furia y la pureza, la carne pecaminosa y las amadas intangibles. ¿Qué sería de la literatura erótica sin la transgresión? La verdad, el catolicismo le ha dado su ayudadita al género.

Por lo visto, el cura deseaba mostrarse como un ilustrado que domina con desparpajo cosas en las que no cree. Recordó que López Velarde se veía a sí mismo como un «sacristán fallido», un místico con experiencia en los burdeles («los conocidos gabinetes galantes», como dijo con precisión y decoro Xavier Villaurrutia). Abrazó cuerpos hasta envenenarse con el mal venéreo y escribir «La flor punitiva», una prosa claramente confesional. No podía probarse esta circunstancia, digna de médicos forenses, pero moralmente plausible:

–Ramón buscaba el sacrificio. Recuerde que no se casó con Margarita Quijano, la Dama de los Guantes Negros, por algo que él le confesó e impidió la unión, un secreto que ella se llevó a la tumba, a los noventa y siete años. Vivió hasta 1975, ¡imagínese nomás! Ramón la conoció en un tranvía y le escribió el poema «Tus dientes». Luego la vio recitar (fue ella quien leyó en un acto luctuoso el poema que Manuel Gutiérrez Nájera llevaba en el bolsillo cuando murió), inició un tenue asedio amoroso, la «vacua intriga de ajedrez» que refiere en el poema «Despilfarras el tiempo...». ¿Ha reparado usted en algo?

La pregunta era retórica, una pausa del orador para seguir hablando:

–Las cuatro novias de Ramón murieron solteras: Josefa de los Ríos (su «Fuensanta»), María Magdalena Nevárez, Margarita Quijano y Fe Hermosillo. «Si soltera agonizas, irán a visitarte mis cenizas», escribió el poeta. Algo indican estas bodas castas, ¿no le parece?

Los tres bebieron mezcal.

–Es posible que el poeta estuviera tocado por una vergüenza íntima que le impedía el matrimonio. Había frecuentado a demasiadas muchachas de nocturnidad. Pero a fin de cuentas es irrelevante y de mal gusto averiguar eso. Lo decisivo es la disposición moral del poeta, que tan bien estudia usted en su trabajo. Él y Margarita se aman pero algo impide que se casen. De algún modo, el poeta *necesita* ese impedimento. No estamos ante las vacilaciones obsesivas de Kafka con las mujeres, sino ante un obstáculo compartido.

El nombre de Kafka saltó como el sonido del celular en la conversación. El sacerdote sorprendía con sus referencias:

–Ramón no era un profesional de la paranoia y la posposición como Kafka. Algo se apoderó de su cuerpo para impedirle la unión, algo que ocurrió adrede, un drama buscado. Tenía la voluntad de sufrir, de lastimarse, de hacer de su carne un altar. Tuve la suerte de conocer a Raúl Barragán Sierra, pianista de profesión. Él vio a Ramón en su agonía y me dijo que sus últimas palabras fueron: «Fe, Fe.» El pianista estaba convencido de que se refería a Fe Hermosillo. Lo interesante, para nosotros, es la identidad entre la mujer y la fe. ¿Por qué no pronunció otro nombre? ¿María o Fuensanta o Margarita? Hay que recordar que conoció a Fe en el hospital donde agonizaba Saturnino Herrán, el pintor, uno de los amigos más queridos de Ramón. Quizá desde un principio la vio como una compañía para el tránsito final. Fe, el «monosílabo inmortal» que combina la religión y el éxtasis. Él se preciaba de extraer ese monosílabo del cuerpo de las mujeres; si, como afirman algunos, se trata del orgasmo, hay una clara identidad entre erotismo y mística; repase su San Juan de la Cruz, don Julio, y compartirá conmigo la importancia de esa exclamación: «Fe.»

Julio necesitaba algo de comer. Desvió la vista a la alforja del tío y estuvo a punto de abrirla. Pero Monteverde retomó su discurso. Él se rascó la barba para concentrarse. No podía perder uno de los muchos detalles que podían llevarlo a un inédito de López Velarde.

—Ramón no fue un cínico ni un libertino; sus pecados tienen otro signo. Tampoco fue un arrepentido de pueblo, uno de esos hipocritones que se vuelven decentes gracias al dinero, las gestiones de la familia, usted sabe de lo que hablo, don Julio. No, él quiso pagar sus goces con la vida, y lo logró. Por eso se confesó con Margarita. ¡Qué fácil hubiera sido romper con ella! Lo difícil era confesar su caída como un último acto de amor y penitencia, crear un pacto que los trascendiera a ambos.

Julio sintió un latido en las sienes. ¿Tendría el mezcal el mismo efecto en los otros? A través de la puerta de mosquitero creyó distinguir el resplandor que llegaba de una ventana ilocalizable, una brillantez difusa que otorgaba al patio una vibrante liquidez de acuario. ¿Dónde estaba Alicia?

En la biblioteca, el tiempo parecía deslizarse hacia sí mismo. Ramón López Velarde volvía a morir, el 19 de junio de 1921. Justo entonces, el padre dijo:

—El poeta nunca usó reloj, pero poco antes de morir sacó del armario uno que le había dado su tío Sinesio. No servía, pero lo llevó consigo. ¿Por qué lo hizo? En «El minuto cobarde» se refiere al valor simbólico del tiempo y al venenoso castigo por alterar su curso. Así cayó López Velarde, se arriesgó a robarle un instante irregular al siglo, «envenenado en el jardín de los deleites».

Cuando el poeta empezaba a convertirse en un cuarto comensal en la biblioteca, Luciano abrió la puerta. Llevaba una linterna. El chorro de luz deslumbró a Julio.

—Licha llegó hace rato —informó el sobrino—, pero no se siente bien. Ya le di una cafiaspirina. Que cenemos solos.

Luciano volvió a salir al patio.

—Es tan bueno —dijo Donasiano—, y me recuerda tanto a su madre. ¿Te acuerdas de ella? —Se volvió hacia Julio.

El tío lo vio sin ironía. Veinticuatro años después, el escándalo de una familia se disipaba en esa bruma: «¿Te acuerdas de ella?»

Una mujer robusta entró en el salón. Llevaba un platón de cerámica en el que brillaba un queso fresco.

—¡Al fin, Herminia! ¿Fuiste a ordeñar ovejas para hacer el queso? —le preguntó el tío.

La mujer dejó el platón sobre una mesita de cuero crudo. Salió del cuarto sin decir palabra.

Monteverde comió con apetito el queso con totopos, pero esto no frenó su discurso:

—¿Qué sería de los poetas amorosos sin los límites morales? Los obstáculos fomentan raras soluciones. Piense nomás en lo que se ha dicho gracias al soneto, que obliga a ser libre entre catorce rejas. Lo mismo se puede decir de la moral, ¡es la métrica del cielo! —el padre rió y un trocito de queso fue a dar a una piel de coyote; luego siguió, imperturbable—: No crea que voy a hacer una defensa de la represión para justificar las heridas de amor. Lo decisivo es que el sexo sólo es poético si se convierte en un canijo problema.

Había algo desbordado en esa comprensión extrema del ardor literario. Tal vez el padre tenía hijos regados por toda la sierra y buscaba una manera complicada de justificar las descargas que cancelaban su voto de castidad.

Monteverde tomó otro cuadrito de queso, lo vio con concentración y habló como si alabara sus propiedades:

—Ya sabe lo mucho que López Velarde admiraba a Manuel José Othón, al que tanto queremos en San Luis. Los dos fueron jueces de pueblo, candidatos a diputados (aunque el potosino sí ganó), católicos torturados por la carne. En el poema «Remember», Othón dice: «Señor, ¿para qué hiciste la memoria, la más tremenda de las obras tuyas?» Repasar el pecado es tan nefasto como cometerlo. Ramón compartía la convicción de su maestro, pero no evadió el recuerdo, se hundió en él, se confesó con Margarita, quiso que alguien supiera que había caído y estaba dispuesto a pagar por ello.

Julio necesitaba aire. ¿Cuánto le habían dicho que cobraba un *full-professor* en Yale, Princeton o Boston University? Podía arrancar con cien mil dólares al año. ¡Arrancar! La extraña ceremonia de la que era testigo valdría la pena en el futuro. Lola Vegas escucharía en primera fila la conferencia sobre sus hallazgos en la olvidada provincia mexicana. Desde el estrado, Julio alzaría los ojos a la zona de visión lejana de sus lentes para ver los pechos de Lola, tan admirables a pesar de los suéteres que usaba, tejidos por alguna caritativa asociación peruana, demasiado calurosos para las salas europeas con calefacción; aunque tal vez ella fuese ciclotímica, tuviera las nalgas frías y necesitara que los pechos se le entibiaran deliciosamente bajo el tejido de alpaca.

De vez en cuando, Lola le enviaba desde Salamanca una postal con la foto de un autor muerto. Durante dos años habían sostenido un flirteo de colegas, cuya principal motivación consistía en demostrarse que podían ligar sin necesidad de desvestirse ni, propiamente, de ligar en absoluto. Ninguno de los dos había dado el paso decisivo. Julio temía las consecuencias. Lola era implacable con sus obsesiones de pie de página, su perfecta erudición de hormiga, sus descubrimientos de minucias. Cuando leía una ponencia le salían manchas rojas en el cuello. Esto resultaba excitante desde la primera fila, y quizá lo fuera en la cama, pero las causas de las manchas debían de hartar a los pocos meses. Las pocas ocasiones en que le fue infiel a Paola (una cifra demasiado baja para ser memorizada), supo que probar otro cuerpo y avistar otra mente sólo servía para mejorar a Paola. La infidelidad lo volvía monógamo. Si era así, ¿por qué intentar con Lola? ¿Había un oculto placer en decepcionarse de ella y elegir de nuevo a su mujer, o buscaba el punto, acaso existente, en que Paola dejara de ser preferible? Pensó en los novelistas célebres y banales que su esposa traducía al español, hombres mundanos, viajados por muchos países y muchas mujeres, a los que resultaba injusto atribuirles una idea profunda pero también una noche aburrida: agradables casanovas de cincuenta o sesenta años, de un vitalismo sin descanso que les exigía entusiasmarse con su traductora al italiano.

No es que ella les diera alas, abiertamente no lo hacía,

pero quedaba maravillada por los amenos monos gramáticos que le miraban el escote o los muslos o los labios con un provocativo resto de salsa bechamel. Ella reconocía sin trabas la bobería y la falta de rigor de esa gente que le divertía tanto: «¿Pero quién quiere cenar con Thomas Bernhard»?, le decía a Julio al volver a la casa, un poco borracha, antes de besarlo con una pasión que en buena medida se debía a haber sido deseada durante horas. Esas noches en que la niñera les salía carísima, Paola aún llegaba con ánimos de servirse otra copa y ya en la cama lo besaba como sólo en esas ocasiones, y le pedía que le tocara el culo, se movía de otro modo, le rogaba que aguantara, que no se viniera, no todavía, quería tenerlo ahí y luego tenerlo por detrás.

Aunque él era el principal beneficiario de los encuentros con los novelistas traducidos, le costaba trabajo asimilar esa dicha. Una mañana en que una huelga de transportes les impidió salir de casa, le habló a Paola del «tercero incluido», el testigo incómodo que a veces se colaba en su alcoba, en el tono superobjetivo de la enésima película francesa sobre el *ménage à trois*. Luego fue más específico. Paola sonrió de un modo avasallante: «¿O sea que traduzco para que me sodomices? Ahora dime algo *en contra* de mi trabajo.» Paola se burló de él hasta la siguiente cena con un colombiano de paso por París en la que estuvo curiosamente reservada, todos se aburrieron y ella se fue a la cama sin otra compañía íntima que un somnífero. Julio le pidió perdón en el desayuno y desarrolló una teoría de la traducción, muy confusa, en la que resultaba maravilloso que ella se sirviera de deseos ajenos e imaginarios para la versión real y definitiva que ellos dos lograban en la cama. Paola lo insultó en un tono que significaba que podía querer a la variante de tarado que él representaba.

Perdió la oportunidad de acostarse con Lola antes del sabático. La separación inminente, con un océano de por medio, se prestaba para un lance sin demasiadas complicaciones; hubiera tenido un año de tregua para buscar pretextos atribuibles a la convulsa tierra mexicana, para cortar o reincidir.

Bajo la vacilante luz de la biblioteca, pensó que un hallazgo velardiano podría llevarlo al cuerpo de Lola. La recordó con un vestido tejido, ceñido al cuerpo, hecho en Manos del Uruguay, una cooperativa progresista que sugería un club de sexo en grupo.

–Prueben este prodigio –Donasiano señaló el plato que la sirvienta había traído al salón–: Herminia sabe convertir su odio en gorditas potosinas.

Julio comió la masa picante con tal concentración que tardó en advertir que su sobrino Luciano estaba tendido sobre una piel de coyote.

–Se queda así por horas, como el león de San Jerónimo –comentó Donasiano.

Al ver a Luciano ahí, aburrido con placidez, Julio pensó en el hijo que no tuvo con Nieves. ¿Cómo hubiera sido? ¿Llevaría el estigma de las sangres demasiado próximas? ¿Sería como Luciano, bueno y sin gracia alguna?

Donasiano siguió hablando, como si el muchacho no estuviera en el cuarto:

–No sabes cómo alivia mi soledad. Lucianito tiene una mano de marfil para los jardines, pero aquí nos falta agua. Los agraristas se roban la poca que tenemos. Anda haciendo sus tanteos con gallos de pelea. Les frota arena en las pechugas para hacerlos bravos. ¡Con que conocieran a Herminia serían más fieros!

El tío se incorporó y las rodillas le crujieron. Se puso la alforja al hombro.

–Lástima que Licha no cene con nosotros. Ya verás qué loca tan chula –le dijo a Julio.

El comedor para treinta personas estaba rodeado de vitrinas con platos de cerámica. En el techo, una rueda de carreta con candiles y cuernos de venado dejaba caer la habitual luz insuficiente.

Julio se acercó a ver un cuadro oscuro en un rincón: un oleaje negro que, desde cierto ángulo, adquiría la sinuosidad de un cuerpo.

–¿Te gusta Ruelas? –le preguntó Donasiano–. Fue el gurú de los modernistas. Qué sentido de la pesadilla tenía el pelado.

–¿El cuadro es de él?

–¡Cómo pasas a creer! Lo hizo tu tía Florinda. ¿No te parece horrendo? Si Ruelas te apasiona, el cuadro se vuelve soportable. Si viviste cincuenta años con Florinda, sientes que todavía anda por ahí, pintando barbaridades.

–Siempre pintaba el mar, ¿no?

–¿Qué más se puede pintar en el desierto?

–López Velarde no conoció el mar –terció el cura.

Hubo un silencio en el que se sirvieron arroz. Luego Monteverde señaló uno de los aparadores con platos de cerámica y recitó:

A la hora de comer, en la penumbra
quieta del refectorio,
me iba embelesando un quebradizo
sonar intermitente de vajilla
y el timbre caricioso
de la voz de mi prima.

¿Sabía Monteverde de su relación con Nieves? Tal vez no fuera otra cosa que un cura caliente, deseoso de sublimar su cachondería en poemas.

No quería hacerlo pero recordó a su prima en esa sala, llevando una jarra de colonche, el fermentado de tuna que bebían los adultos. Él jugaba bajo la mesa con un trompo y Nieves tropezó con su brazo. La jarra se rompió y Nieves quedó cubierta de una mancha roja que al principio sólo fue de colonche y luego de sangre. Un vidrio la cortó con suficiente profundidad para dejarle una cicatriz en el muslo. Una cicatriz que él besaría con devoción muchos años después. En aquel momento, sin embargo, sólo se fijó en los ojos vidriosos de su prima, el resplandor con que se sobreponía a las heridas, con una entereza temible, como si soportara eso porque veía algo peor a la distancia.

Después de su separación, Nieves se convirtió para él en el reverso de las cosas, donde nada ocurre y todo importa, la oportunidad que perdió y no podía olvidar. En cualquier rato perdido, en las horas muertas bajo los cielos grises de su exilio, recordaba el animal que inventaron y merodeaba por la troje de invitados, los fuegos fatuos que veían en el cementerio de Los Cominos, la lengua puntiaguda con que ella lamía el chile piquín que le ponía en el ombligo, la caja de flores esmaltadas de la chocolatería Costanzo donde guardaban sus dientes de leche, el escritorio del tío, con esa cavidad umbría, fresca a la hora de la siesta, donde ella se quitaba los calzones y le mostraba algo rojo, incómodo, todavía indescifrable. Recordaba en detalle los raspones y los pájaros de esa infancia, luego venía el traslado al DF de las dos familias, el abandono de las viejas casonas de San Luis, con sus Cristos sangrantes y sus monjas coronadas, los juegos en el jardín de la casa de Nieves en el DF, una casa que se caía a pedazos y quería imitar sin lograrlo el rancio esplendor de la provincia... A partir de ese momento, los recuerdos se precipitaban, perdían espesor y consistencia. Venía la crisis de la familia de Nieves, la huida de su madre, el regreso de la hija a San Luis, a un internado, los años de adolescencia en los que no se vieron y empezaron a ser otros, a preparar el reencuentro como si debieran descubrirse, reconocerse poco a poco al quitarse las ropas en el cuarto de la criada, sobre un colchón vacilante, oloroso a los carbones de la miseria. Y todo para llegar a una plaza vacía, ante la iglesia de Mixcoac, a la ciudad sin Nieves, lo que ya sólo existiría como ausencia, la prueba de que nunca haría nada tan definitivo como no estar con ella.

—Te evaporaste, sobrino —le dijo Donasiano.

—Perdón —Julio apenas pudo acabar la palabra; algo le raspaba la garganta.

Herminia había entrado en el comedor con un anafre. Una espesa humareda hizo toser a todo mundo.

–Hay tasajo, hay chiles toreados –dijo la mujer, como una vendedora.

El tío se sirvió mientras Monteverde hacía un rápido ademán, dando por santiguada la cena. Entre grandes bocados, Donasiano volvió a hablar:

–Lucianito se desperdicia en esta imitación de monasterio. En cuanto junte unos fierros, lo mando a Italia. Los cistercienses podrían confiarle un huerto. A ver si me ayudas con las conexiones de tu esposa.

Julio asintió, como si Paola conociera algún convento.

–Lucianito, abre la ventana, esta mujer nos va a asfixiar. Por cierto, ¿revisaste el refri?

–Se llevó los quesos.

–¿¡No te digo!? Se roba los huevos, las latas, las botellas. Nos esquilma sabroso. Miren –Donasiano tomó la alforja que había colgado en el respaldo de su silla; sacó de ahí un bulto envuelto en tela–: ¡es mi jamón curtido! Lo tengo que guardar en la caja fuerte de mi cuarto para que no me lo birle, la muy jija –blandió un cuchillo delgadísimo, cortó una rebanada, comió sin ofrecerle a nadie, con concentración absoluta.

–¿Cuánto tiempo lleva contigo? –preguntó Julio.

–¿Herminia? No sé. Unos veinticinco años, ¿no te acuerdas de ella?

–No. ¿Y desde entonces te roba?

–Desde siempre. Es la Urraca Ladrona –dijo con fuerza suficiente para que lo escuchara la mujer que volvía al comedor.

Herminia llevaba otro anafre con chiles. Salió del cuarto seguida de una cauda de humo.

–Me tengo que afortinar en mi cuarto con mis pertrechos. ¿Les parece justo? Lucianito, abre la ventana, que me ahogo.

El sobrinieto le recordó que estaba atrancada. Podía venirse abajo con todo y marco.

El padre estornudó con fuerza. Era un hombre de impulsos retóricos y su silencio resultaba extraño, casi ofensivo. La reunión se relajó cuando volvió a hablar:

–Mire, don Julio, contamos con su apoyo pero también con su discreción. El Vaticano está lleno de intrigas.

Julio dejó los cubiertos sobre el plato y vio al padre con asombro.

–«De Roma viene lo que a Roma va», dice el dicho. Si ahí llegan noticias falsas, nos pueden arruinar la iniciativa. ¿Ha conocido a algún vaticanólogo? Gente que interpreta y conspira en la Santa Sede, su astucia es refinada; también es infinita.

–Perdone, padre, pero no entiendo nada.

–Usted pertenece al patronato de la Casa del Poeta. Lo necesitamos para la causa.

–¿Cuál causa?

El tasajo era incomible y el aire irrespirable. Luciano se disculpó: no tomaría el queso de tuna ni el café con canela.

Salió del cuarto. Julio hubiera querido seguirlo, pero sentía una insoportable curiosidad por la demorada revelación de Monteverde.

–México ya cambió –dijo el sacerdote–. Llevamos casi un siglo esperando esta oportunidad. La Revolución se acabó.

–Se acabó en 1921.

–Es increíble que los intelectuales se hayan creído la historia oficial. ¿No mencionó usted la placa de ese patriota en la tumba de Porfirio Díaz? En 1994 clamaba por el fin de la ignominia. ¿Le parecen pocos setenta y un años con el PRI en el poder? Vea esta hacienda. Los Cominos era un vergel. Ahora está hundida, como el resto del país, devastada por el agrarismo. ¿Y qué me dice de los cristeros, gente masacrada por su fe?

Los argumentos de Monteverde le parecieron rebatibles. También lo convencieron del potencial de la telenovela fraguada por el Vikingo Ruiz.

–Acuérdese de ese personaje de Ibargüengoitia, don Julio, un generalote que reconoce que si en México hubiera elecciones libres ganaría el señor obispo. El gobierno no le pudo robar la fe a la inmensa mayoría. Ya hubo elecciones libres. La historia nos debe una, se lo digo sin revanchismo, es un mero hecho de justicia. Piense en su propia familia, mancillada durante décadas de expropiaciones. Era gente de trabajo. En Los Cominos los hacendados vivían como pobres y morían ricos. Su único lujo era dejar algo. Hemos vivido un siglo de corrupción y despojo. Pero el asunto rara vez se enfoca con luces verdaderas. Perdone si me pongo incómodo, pero los intelectuales subsidiados han defendido una violencia que jamás padecieron; las universidades se llenaron de profesores socialistoides para rendirle culto a Villa y Zapata. Acuérdese de lo que esos bárbaros hicieron en la ciudad de México; entre otras cosas, los zapatistas arrasaron el jardín japonés del poeta Tablada. Ramón López Velarde había ido a esa casa en Coyoacán y admiraba al autor de *Hostias negras* —Monteverde extendió una mano que en la penumbra parecía enguantada—. Le pido que no me descarte como curita de pueblo. No hablo en nombre de la gente «decente», criolla, «linajuda», como decimos aquí en San Luis *Polvosí;* eso se lo dejo a los fanáticos sin lecturas. Pienso igual que los grandes poetas de este país. Aquí la palabra ha sido salvada por los conservadores ilustrados. Algunos de ellos tuvieron sus veleidades izquierdistas, como Paz, pero todos optaron por la civilización en contra de la violencia.

—¿Más jamoncito? —preguntó el tío, que no le había ofrecido a nadie.

Herminia entró en el cuarto con un molcajete humeante, como una deidad prehispánica.

—¿Me llamó?

—Para nada —respondió Donasiano.

Cuando ella salió del cuarto, Donasiano dijo:

—Prófuga del metate. Yo *sí* soy racista —se volvió hacia Julio—: Tú también lo serías si vivieras entre homínidos.

El padre tosió. Cuando se recuperó, tenía un semblante preocupado. Había querido ofrecer una argumentación respaldada por grandes poetas y el tío encajaba un cuchillo en su mesurada versión de los hechos.

—No lo dudo —dijo Julio por aligerar la situación.

—Al amparo del PRI y su furia anticlerical, la cultura oficial fue de izquierda —continuó Monteverde—. Los escritores católicos se las han visto negras. Es tiempo de que López Velarde sea reconocido.

—Es el poeta más comentado de México, ¿qué más quiere?

—«El misterio de la fe», como dice la liturgia.

—Fue un católico como tantos. Dijo que le iba muy bien con el credo y muy mal con los mandamientos.

El cura habló con voz solemne:

—Se inmoló en su carne. «Como se aspira en un devocionario / un perfume de místicas violetas.»

Julio sorbió el café. Demasiado dulce.

—¿Para qué encasillar al poeta? —se limitó a decir.

Monteverde sonrió en forma afectada:

—Puso su cuerpo al servicio del Señor. No murió en vano. Repase la forma en que perdió la vida. Contrae una pulmonía, una gitana le profetiza un destino atroz, ¿y qué hace? Va al teatro, se desvela, habla de Montaigne hasta la madrugada, respira el aire letal de la ciudad de México, regresa como puede a su cuarto en la avenida Jalisco, sube tosiendo la escalera, la neumonía es ya una pleuresía, conserva la calma, se mantiene casi alegre, pide un sacerdote, habla con amigos, dispone sus últimas voluntades y se entrega a Dios con una serenidad pasmosa, para ejemplo de todos nosotros.

—Amén. —Donasiano habló sin la menor ironía, a pesar de la loncha de jamón que le asomaba de la boca.

Julio vio el mantel con duraznos bordados. Contó tres, cuatro frutos. Se animó a decir:

—López Velarde amó a las mujeres, a las mujeres de verdad. Quería medirlas «con dedos maniáticos de sastre». Alguien que pide respirar «la quintaesencia de tu espalda leve» no está pensando en el espíritu. Luego se podía arrepentir, como tantos de nosotros. El tema ya se estudió hasta la saciedad.

—Esto es otra cosa, no vamos a escribir un ensayo. Se lo diré de una vez: necesitamos su ayuda para canonizar a Ramón López Velarde.

Julio tragó una rebanada de queso de tuna.

—Un caso de santidad —continuó el padre—. Así lo acreditan

el martirio y el evangelio de su obra. Esto sería causa fundada pero no definitiva. –Abrió un compás de espera para que sus palabras gravitaran–: Ramón ha obrado milagros. Tenemos dos muy comprobados. Necesitamos el tercero para enviar el expediente al Vaticano.

–¿Quieren que yo les comunique un milagro? –sonrió Julio.

–Necesitamos el aval de la Casa del Poeta –terció el tío–. La prensa *chilanga* es méndiga, jacobina. Nos van a acusar de mochos, retrógrados y cuantimás.

–Nosotros no expedimos certificados de santidad.

–No se trata de eso. –Monteverde retomó su tono sereno–. Es decisivo que se insista en la identidad entre la vida y la obra de Ramón. Fue un poeta católico y así hay que verlo. No sólo la prensa de barricada se va a meter con nosotros. Los adversarios más fuertes están bajo la cúpula de San Pedro; nuestro candidato compite contra muchos otros. Necesitamos un expediente intachable, con el apoyo de eruditos. Con todo respeto para el Santo Padre, pero ha tomado demasiado en cuenta a santos preverbales o semilocos o demasiado comunes. Hay una corriente fuerte que apuesta por una renovación de los criterios, una mayor excelencia de los santos. La supervivencia de la fe depende de la mejoría de sus ejemplos.

Julio tenía la nuca sudorosa. Se secó con la servilleta.

–Dígale de Juan Diego –Donasiano se dirigió al cura.

–Ahora que tenemos democracia ya se pudo canonizar al testigo del culto guadalupano. Creo, como Chesterton, que la teología debe ser una forma de la razón. Desde Fray Servando sabemos que no hay pruebas para el culto guadalupano, lo dijo hace poco el mismo abad de la basílica, pero en la canonización se premia la fe del pueblo. Los mexicanos somos guadalupanos y punto. Pero no nos podemos quedar en este primitivismo, don Julio, el catolicismo necesita otros aliados.

–¡Ya cuéntele! –exclamó el tío, como si el padre llevara horas en silencio.

–Míreme –el sacerdote se rodeó la cara con los dedos morenos. Sus uñas transparentaban un piel clara, muy rosa. ¿Qué quería decir con esas manos que improvisaban una custodia sacramental en torno al rostro?–: Soy el primer milagro. Más bien, el primer milagro fue mi padre, pero de ahí vengo.

–¿El primer milagro de López Velarde?

–Ey –asintió como un ranchero, y puso las manos sobre el mantel–. Mi abuela asistió al poeta en sus últimas horas. Ramón siempre fue muy querido. Manos amigas lo acompañaron en su tránsito. Si damos crédito a todos los que dicen haber pasado por esa alcoba, el poeta hubiera muerto en un teatro del tamaño de Bellas Artes. Pero mi abuela sí estuvo ahí, incluso le tomó unas grabaciones, que están en poder de su tío. Mi abuela era muy amiga del padre Pascual Díaz, el jesuita que fue el último confesor del vate.

–Pascual Díaz dijo que, antes de morir, López Velarde preguntó si podía ser incinerado, una idea muy poco católica.

–Ramón deliraba. El padre lo reconvino, le recordó sus deberes y el poeta entró en razón. Murió con Dios. Además, no me parece extraña la tentación de las llamas; el mártir buscaba un ardor último, como San Lorenzo en su parrilla o Juana de Arco en la hoguera. Como le digo, mi abuela le llevaba el pan de Jerez que tanto le gustaba. Ella perdió a su marido a causa de una neumonía y advirtió los signos fatales en Ramón, días antes de que Dios se lo llevara. Tenía un rostro hermoso, purificado por las fiebres. Si no fuera una frivolidad, diría que Ramón murió como una forma de la cortesía.

–Una manera muy mexicana de morir –dijo Donasiano–, la otra es que te mate tu mejor amigo, con un cariño raro.

–Aquí viene lo interesante –Monteverde alzó el índice–: En su lecho de muerte, Ramón le pidió a mi abuela que leyera su texto «Obra maestra». Él mismo le dio el recorte del periódico. Ahí, el poeta habla de su soltería y el calvario que comporta: «El soltero es el tigre que traza ochos en el piso de la soledad.» ¡Qué imagen de fiera enjaulada! ¿Se ha fijado en la firma de López Velarde? Está atravesada por un ocho: el recorrido del soltero, preso de sí mismo. El tema le importaba mucho a Ramón. A diferencia de tantos artistas celosos de su privacía, él imaginó un hijo posible. Hacia el final de ese texto ejemplar, se refiere al vástago que no ha tenido; esa criatura potencial es su obra maestra: «como ángel absoluto, prójimo de la especie humana».

El padre hizo una pausa para que las palabras se asentaran en el mantel.

—La descripción de un imposible —opinó Julio.

—Mi abuela entendió otro mensaje. El mensaje dirigido *a ella*.

Julio comprobó que ciertos defectos se vuelven interesantes a medida que empeoran. Estaba encandilado. ¿Adónde podía llegar Monteverde?

—¿Qué mensaje? —le preguntó al cura.

—Debo ponerlo en antecedentes. Mi abuelo murió de neumonía, como le dije, sin preñar a mi abuela. Toda clase de médicos y curanderos le aseguraron a ella que era estéril. Su frustración era tal que soñaba que daba a luz un mojón de tierra, imagen atroz, ¿verdad? Tenía cuarenta y cinco años y dos meses cuando el poeta le pidió que leyera «Obra maestra». A esa edad había perdido toda esperanza de concebir. Pero entendió lo que el poeta quería decirle: ella tenía, dentro de sí, un hijo negativo.

—¿Y qué hizo?

—Juntó la babita del poeta.

—¿¡La babita!?

—La saliva, el sudor, lo que pudo. Le digo que velaba el sueño de Ramón. En los estertores de su martirio, el santo transpiraba mucho y la babita le escurría. Mi abuela juntó las secreciones en este benditario —Monteverde se tocó el corazón de plata que le pendía del cuello.

—¿Y qué hizo con la babita?

—Se la untó en el vientre. A los pocos días dejó de reglar.

—¿Tuvo un hijo de López Velarde?

—La Providencia no trabaja de manera tan simple. Los Monteverde tenemos este defectillo —abrió la mano izquierda; el cordial y el meñique estaban unidos por una membrana—. No me he operado por respeto al milagro. Mi padre tenía esta marca, igual que mi abuelo. El santo le dio un hijo legítimo a mi abuela, cuando ya era viuda. Entonces no existían pruebas de ADN y ya se imagina la de murmuraciones que sufrió mi abuela. El propio Ramón la previno en su agonía. Sus palabras se pueden oír en una de las cintas que custodia su tío. El poeta fue grabado en radiostato. Un vecino de la avenida Jalisco era fanático de esa técnica; las grabaciones estaban de moda; se registraba mucho a los moribundos para averiguar cosas del más allá.

–Ningún santo se va sin hacer ruido –aportó Donasiano.

–Hay más. Después de muerto, López Velarde se le apareció tres veces a mi abuela, siempre vestido de verde, color que no usaba en vida porque guardaba luto por su padre. En esas apariciones preguntó por el niño con voz serena y le infundió ánimos a mi abuela para superar la maledicencia. En su última aparición le entregó este dominó en miniatura. –Monteverde sacó una caja diminuta y la abrió–. La mula de cuatros está marcada: ¡es el ocho del soltero!, un juguete para el hijo negativo, su obra maestra. No he encontrado otro dominó igual. Peiné los mercados de Jalisco, Zacatecas, el Bajío, San Luis y niguas. ¿Pero qué más prueba que mi propia existencia? Por eso me consagré a la religión. Hace unos años me hice pruebas de ADN, no porque dudara, sino para unir la ciencia a la fe. En varios álbumes teníamos cabellos de mi padre y de mi abuelo. El cotejo fue perfecto.

–¿Puedo ver el dominó?

Aun con sus lentes para leer, Julio tuvo dificultad para distinguir la mula de cuatros.

–Ya es hora de que dejemos de temerle a nuestros santos. México cambió el 2 de julio del 2000.

Julio desvió la vista a la turbia marina pintada por la tía Florinda. Costaba trabajo creer que la democracia llegara para renovar la vida hacia el pasado.

–¿No estábamos mejor contra el PRI? –ironizó, pero se arrepintió al ver el rictus del padre.

Monteverde le había simpatizado. Un hombre rústico y

moderno a la vez, enterado de muchas cosas. Pero las conclusiones que sacaba eran como los Cristos flagelados que había en las casas de su familia, con sangre policromada y pelo natural en la cabeza. Creer en el perdón de ese sistema de creencias le resultaba más aberrante que pecar.

¿A qué nuevo aluvión retórico se sometería ahora?

Monteverde acarició el mantel:

—El segundo milagro ocurrió en su propia familia.

Julio pensó en el perro disecado en el buró de su cuarto. Si su familia tenía que ver con un milagro, seguramente incluía a ese animal.

Qué lejos quedaban sus discusiones en el Café Cluny con Jean-Pierre Leiris. Cómo le hubiera gustado que el acólito de la insurgencia latinoamericana entrara en el comedor con su hábito negro para revisar esa provincia.

—Se le fue el santo al cielo —Monteverde sonrió.

—Pensaba en el segundo milagro —respondió Julio.

—Ése es otro cantar.

—Me caigo de sueño. —Donasiano amagó una tos final. Con manos cansadas, envolvió el jamón en la tela y lo guardó en la alforja—: Los santos son canijos: primero me dan hambre, luego me dan sueño.

5. LA PUERTA DE BABILONIA

Al día siguiente, muy temprano, recorrió el pueblo. Cuando alguien lo avistaba desde el quicio de una puerta, se sumía de inmediato en la sombra, como si verlo trajera mala suerte.

Se detuvo al oír un motor. La *pick-up* de Eleno.

–Tenga cuidado con los agraristas. Ayer nos mataron unas gallinas. La semana pasada nos envenenaron un pozo. No vaya a ser que le agarren cariño y le metan un plomazo. –Eleno arrancó. Julio tuvo que esperar un buen rato a que el polvo se asentara.

Entre las huellas de la *pick-up* vio una lagartija amarilla. «Una plaga indomable», le había dicho el tío. «Antes teníamos venados, ahora tenemos lagartijas.»

Siguió adelante hasta que las casas de adobe fueron relevadas por huizaches, vallas de palos, bardas en desorden.

Vio la ráfaga de una liebre. Oyó el piar de pájaros desconocidos. Siguió la carrerilla torpe de unas codornices.

Llegó a dos casas apartadas. Eleno le había hablado de ellas en el desayuno, mientras consumía las sobras de la cena, rociadas con una insoportable cantidad de sal gruesa.

Esas casas, modestas en cualquier barrio del mundo, representaban ahí una riqueza inusual. Sus propietarios vivían en California. Cada tanto, regresaban en un taxi con cajas en el techo.

Un curioso pasillo enrejado unía ambas construcciones. Ahí dormitaba un perro flaco, blancuzco, con manchas color canela. Un galgo de carreras. Se había llamado *Speedy* en Estados Unidos, como el ratón de las caricaturas. Con ese nombre ganó una fortuna en el galgódromo. Cuando envejeció, el dueño se lo regaló a su jardinero mexicano. El dueño se llamaba Bob. Por eso ahora el perro se llamaba Don Bob.

Julio caminó hacia los cerros, bañados de una luz dorada. De niño, Donasiano le contaba que en esos cerros había más comida que en las selvas tropicales. Lo decía como si alguna vez fueran a refugiarse ahí.

Subió la cuesta hasta tener una perspectiva de la hacienda y el pueblo entero.

¿Cuántos perros había visto en el trayecto? Ocho, tal vez diez, todos desplomados, de una mansedumbre extrema, como perros de ciego. Desde la ladera, vio sus cuerpos como bultos arenosos. ¿Qué retenía a su tío en esa pobreza? ¿Necesitaba una guerra sorda, sentirse asediado, último custodio de un vergel extinto? Esa mañana, cuando lo vio salir, le dijo: «Ten cuidado con la gente, no les vayas a hacer un chistecito que te cueste caro. Los indios no son irónicos.» El pueblo: su enemigo, la raza infame. Y, sin embargo, minutos después de ese comentario estaba en el zaguán de la hacienda, socorriendo gente. Todos los días improvisaba un dispensario en el que regalaba medicinas, vendaba alguna pierna, le daba dinero a un hombre gangrenado para que tomara un camión a San Luis Potosí. Conocía a todos por su nombre, sabía de sus animales, de sus parientes en Estados Unidos. «Me roban el agua y me matan animales, pero me hago pendejo, sobrino. Esta gente es mala pero no tiene nada.»

Donasiano pertenecía a Los Cominos sin disyuntiva. La realidad podía ser horrenda, pero no concebía la posibilidad de abandonarla.

Julio advirtió un movimiento en el pueblo. Don Bob había sido liberado. El galgo corría, doblaba esquinas como una ráfaga canela, se perdía de vista hasta que una espiral de polvo delataba su avance. Alguna vez aquel perro había dado dinero. Ahora corría en círculos, como el inútil lujo del pueblo.

Los demás perros fueron indiferentes a su paso. Casi inertes, aguardaban a los ciegos que los hicieran necesarios.

Mientras tanto, Don Bob avanzaba, sin principio ni fin, como si fuera, al mismo tiempo, el guía y el ciego.

Donasiano dedicó largo rato a mostrarle sus cachivaches. Tenía un ajedrez hecho con huesos de aceituna y un nacimiento del tamaño de una mesa de ping-pong. En cada rincón aparecían cajas con revistas, documentos, fotografías. Lo puso al tanto de las novedades del lugar.

Alicia había llegado en autobús desde Los Ángeles. El traslado, de por sí extenuante, se había complicado por la avería del transporte. Tuvo que dormir en Mexicali, donde había maravillosa comida china. Tal vez se intoxicó con unos camarones. La cabeza le dolía. Herminia le llevó a su cuarto un caldo de gallina que recogió intacto a las dos horas.

El padre Monteverde había desaparecido en la madrugada. Tenía asuntos que atender. Dejó recuerdos afectuosos para Julio, estaba muy impresionado con él.

En una azotea Julio vio a un labriego improvisado como electricista. Después de mucho esfuerzo, el peón logró que algo echara chispas.

Se sentía en una película en proceso de edición. Todo pasaba varias veces. Luciano lo miraba desde algún sitio con respetuosa lejanía, Eleno le preguntaba si se le ofrecía algo (iba a Los Faraones por unos decilitros de aguardiente), el tío le enseñaba la escopeta de dos caños que le salió tan barata en la armería El Berrendo de San Luis.

Pensó con desesperación en Paola, las niñas, el mundo lejano donde algo sucedía.

Una campana los sacó de la hacienda, no el toque pausado que da las horas sino un repiqueteo continuo.

–Llaman a muerto –dijo Eleno.

Junto a la iglesia había un revuelo de mujeres. Llevaban sus negros ropajes de siempre, pero la circunstancia los volvía luctuosos. Sobre un tractor, el cuerpo de un hombre rubio, delgado en extremo, de unos sesenta años. Lo habían atado de pies y manos para que no cayera. Parecía víctima de un suplicio que no le había dejado heridas.

–El gringo de la Arcadia –dijo Eleno.

–Le dieron su agüita –comentó una mujer.

–Mírele la boca –Eleno señaló el cadáver.

Los labios morados del hombre contrastaban con sus mejillas hundidas, color cera.

–Lo hallaron por la noria –terció una mujer.

–Era un ladrón de agua. Lo tenían sentenciado. Fuímonos –Eleno tomó a Julio del brazo.

Cruzaron la calle hacia el portón de la hacienda. Una vaca recorría las arcadas del antiguo cuartel de los lanceros.

Antes de empujar la pesada hoja de madera, Eleno se volvió. Julio trató de seguir las cambiantes rutas de sus ojos. Creyó distinguir una silueta en una azotea, otra encaramada en una veleta, otra más en el campanario roto de la iglesia. Eleno sonrió.

–Ya se me hacía raro que no se mostraran –dijo.

Para Eleno, esos cuerpos repentinos, avistados contra el sol, conformaban una caligrafía, la firma de un asesinato. Lo que entendía era adverso pero le daba gusto entenderlo.

–Quieren que los veamos.

Donasiano se les unió en ese momento, envuelto en una cobija.

–Los agraristas andan por ahí. Como moscas –dijo Eleno.

Donasiano dirigió la vista a las azoteas:

–Todo lo hacen en zigzag. Así echaron bala en la Revolución, así cultivan sus milpas, así hacen sus trámites, así se refocilan en sus petates, así bailan cuando se emborrachan.

–Se escabecharon al gringo –informó Eleno.

–Indios zigzagueantes –dijo Donasiano.

El tío parecía a punto de echar espuma por la boca; sin embargo, cuando las mujeres advirtieron su presencia en el portón y se le acercaron a pedirle cosas, las trató con suavidad, casi con dulzura. Les prodigaba adjetivos cariñosos, estrafalarios, que parecían sacados de traducciones de novelas rusas. A una mujer de unos noventa años le llegó a decir: «lechuguita mía».

Donasiano pidió a las mujeres que se ocuparan del muerto y prepararan un velorio con café en el patio de la hacienda. Él hablaría con el padre Monteverde para ver si podía volver a oficiar una misa de difuntos.

Las mujeres tocaron la cobija que Donasiano llevaba en los hombros como si tuviera algo bueno y desprendible.

El tío les entregó billetes para la ocasión.

—Tenemos jodida a esta gente —le dijo a Julio cuando se quedaron solos.

—¿No que eran homínidos?

—Lo son. Como yo. Como todos en este terregal. Como el gringo. Se llamaba James Galluzzo. Un nombre de mafioso, ¿verdad? Y así murió. Era mi inquilino, en la hacienda de San Damián el Solo. Unas ruinas que no servían para nada y que él rebautizó como Arcadia. Ahora vamos a tener que ir ahí, no sea que los agraristas encuentren algo antes. Mira que asesinarlo así. Los agraristas tienen una piedra en el corazón.

—¿Cómo sabes que fueron ellos?

—Aquí sólo ellos se mueven. ¿A quién más le van a interesar estos cerros pelones? A mí me la traen jurada, pero no me pueden liquidar porque se les acabaría su diversión. Me ponen ratas muertas en los jagüeyes, me matan el ganado, me asustan a Lucianito, pero todo de a poquito. Si acaban conmigo, ¿a quién más van a perjudicar?

—¿Galluzzo estaba amenazado?

—Les robaba agua, para qué más que la verdad. A las claras le dijeron que lo iban a quebrar, pero no hizo caso. Con eso de que era jipi, siempre andaba abstraído. Llegó aquí como desertor de la guerra de Vietnam, huyendo de la violencia, y mira nomás. ¿Ya viste a tu sobrina? —preguntó de pronto.

—No.

–Me pareció oírla en la madrugada. No sé por qué pensé que hablaba contigo. O lo soñé todo, el tasajo de Herminia produce monstruos.

Un viento fresco sacudió los naranjos del patio de un modo fragante. Donasiano vio el cielo.

–Vamos a tener algarada.

–¿Qué es eso?

–Caballería de altura. Un motín con nubes. Ponte chamarra. En diez minutos nos vamos a la Arcadia.

Un árbol se llenó de pájaros. Al cabo de un rato resultaba imposible distinguir una hoja. El follaje era un vibrar de alas.

No fue posible conseguir a Monteverde. Las mujeres enlutadas se quedaron en el patio, rezando por el muerto al que apenas conocían.

A bordo de la *pick-up*, Julio recordó otra tarde en que los árboles se llenaron de pájaros. Nieves había sido castigada. Estaba sola, en el comedor para treinta personas, con una mano atada al respaldo, ante un cuaderno que debía llenar con una frase: «La letra es mi alma pura.» Había hecho algo torpe con la mano que tenía atada y debía reivindicarse con la otra, demostrar en la caligrafía lo que en verdad llevaba adentro.

Julio la espió desde el patio, entre el insoportable piar de los pájaros. Los ojos de Nieves brillaban por la rabia o el esfuerzo. Se mordía los labios, a punto de hacerse sangre, como si apenas pudiera guiar su mano de tanta rabia o tanto cansancio. En un momento, se volvió hacia él pero no lo vio. Tal vez todo en el patio era opaco para ella o el vidrio estaba sucio o sencillamente la vista se le había nublado. El caso es que se volvió como una ciega, sin dejar de escribir, y Julio temió que la letra se le arruinara rumbo a un nuevo castigo o que la sangre que estaba a punto de brotarle en el labio se derramara para manchar el cuaderno.

Había pensado en esa escena muchas veces, pero sobre todo una noche en Roma. Se hospedaba con Paola en un hotel cercano a la estación de trenes. Ella se durmió temprano y él salió a dar una vuelta. El barrio era inhóspito, como suele ser el entorno de las estaciones. Gente de paso o que aguarda para aprovecharse de los que están de paso, basura en las esquinas, bares de mala muerte, hoteluchos peores que el suyo. Caminó por una explanada donde había algunos taxis y un autobús nocturno hasta advertir los pájaros en los árboles como un segundo follaje, más denso y tembloroso, hecho de alas.

Siguió de largo, hacia la plaza de Santa Maria Maggiore. La iglesia estaba iluminada de un modo indirecto, como si recibiera la luz de la luna o de una emanación secreta de las piedras. En lo alto, se distinguían unas pinturas al fresco. A pesar de la imponente aparición de la iglesia, su mente estaba llena de pájaros negros, el piar que lo regresaba a Los Cominos y a una niña castigada para lograr una caligrafía como su alma.

Una razón imbécil unía ambas circunstancias, la misma perfección fanática torturaba a su prima y levantaba las piedras de esa iglesia. Se alejó de Santa Maria como años antes se alejó de la ventana en el patio, temeroso de enterarse de algo, de que la sangre se deslizara por el labio de Nieves y ensuciara el cuaderno.

—¿Gusta un *fuerte*? —preguntó Eleno. Julio abrió los ojos en la *pick-up*, como si volviera en sí. El conductor le tendió una cantimplora con aguardiente.

La bebida le supo a rayos a esa hora de la mañana. Estuvo a punto de vomitar en las hondonadas que los sacaban del pueblo.

Don Bob los siguió un largo trecho. Corría sin ladrar, como si anduviera tras la liebre de metal en un galgódromo.

—Nunca me pagó alquiler, el condenado —Donasiano se rascó una ceja abultada—. Se instaló en San Damián el Solo sin avisar, con un colchón de rayas azules y blancas y unos cuantos triques. Hizo algunas obras para adecentar las ruinas de la hacienda. Pensé que nos haría menos daño que los agraristas. El casco de San Damián es cosa perdida; esas tierras no dan nada;

dependían de las minas que fueron anegadas en la Revolución. Galluzzo apenas molestaba. Un ermitaño lleno de tatuajes. Estaba tan jodido que los años lo mejoraron; cobró un aspecto más respetable. Usaba un chalequito negro, de mago de feria o pastor protestante, y el pelo muy corto, en tajos desiguales, como si se lo cortara sin espejo. Le entraba duro al peyote. Una tarde me trajo un dibujo que según él era un mapa mágico de la región. Los dioses del desierto lo habían invitado a venir. Lo descubrió después de muchos años de estar aquí. Me habló del dios venado y del nahual. A partir de ese momento le dio por hacer cultivos raros. Por eso empezó a necesitar agua. Me pidió planos antiguos de la región, de cuando las presas estaban conectadas, antes del reparto agrario. Para entonces ya no hablaba bien ni inglés ni español. Además, se metió en líos de faldas en Los Faraones. Los hombres se van al otro lado y sólo se quedan los que son del otro lado. Un pueblo de viejas y maricas. Hay cantidad de güeritos corriendo por la plaza. Los hijos de Galluzzo. Alguna vez me dijo, con una de esas frases que le venían de pronto, que él era un accidente tratando de ocurrir. Pues tardó treinta años en suceder, el muy canijo.

La camioneta enfiló hacia un horizonte de cerros azules. De tanto en tanto, cruzaban un caserío de piedra del que salía una fumarola de humo. Luego el camino se hizo muy estrecho; las laderas de los montes se acercaron. Eleno condujo más despacio. Las pencas de los nopales rozaban la *pick-up*.

Manchas negras motearon el paisaje: reses bravas. Cuando estuvieron cerca, Julio les vio el cuadril. Llevaban herrado un tridente. Al cabo de varios kilómetros encontraron la entrada a un rancho, una reja con un diablo de hierro.

–El Rancho del Diablo. Es de un ex gobernador. Su familia se quedó con él desde la guerra cristera. Para contestar al grito de «¡Viva Cristo Rey!» los federales decían «¡Viva el Diablo!». Aquí adelantito vamos a ver otro de sus crímenes.

Salieron del cañón y Eleno aceleró la marcha. A unos cien metros vieron la falda de un cerro. Un inmenso rótulo de cal invitaba a votar por el PRI.

–Por aquí pasa un peregrino cada muerte de un obispo. ¿Tú crees que ese letrero podía influir en las elecciones? El candidato tenía arreglada la elección, pero le dieron dinero para propaganda y usó a los peones de su rancho. Se ahorró gastos y se quedó con el resto. Aquí llueve muy poco. Esas letras infames no se van. Hace mucho que no veníamos por aquí, Eleno. ¡Cómo me gusta recorrer estas tierras!

Hasta antes de que el padre Torres lo desacreditara en la prensa de San Luis, el tío había escrito monografías de pésima distribución y no muy fácil lectura. Su curiosidad era inagotable y siempre local. El universo cabía en Los Cominos y sus alrededores. Coleccionaba fósiles, hacía excavaciones en busca de cuescomates –los depósitos de granos de las tribus chichimecas–, clasificaba la fauna, la flora, los minerales, recuperaba corridos, anotaba con pasión y desorden.

El resto de la familia aceptó irse a San Luis y aun al DF, «hacia el siglo XX». Sólo Florinda y Donasiano siguieron en la retaguardia. Pero eran casos distintos. Florinda tenía «el coco rayado», eso decían todos, incluso los que la admiraban con temor. La más fea entre doce hermanos, fue designada a la soltería para cuidar de su madre. Florinda se convenció de su fealdad al grado de no poder verse en un espejo. En sus últimos años, exigió que retiraran cualquier superficie reflejante de la hacienda. Vivió para pintar convulsos mares negros y para hablar de los demás. Los parientes atesoraban sus comentarios como si, por ser extraña, tuviera inspirada autoridad. Durante unos años se rapó y usó un gorro negro que la hacía parecer una bruja holandesa. Nadie esperaba que se fuera de la hacienda porque su cara y sus ropas, cortadas y cosidas por ella misma, hubieran desentonado en cualquier otro sitio. Uno de sus escasos pasatiempos era la radionovela *Alma grande*. Esa gesta campirana cobró para ella una fuerza oracular. Hablaba de indios y vaqueros como de dioses clásicos.

Estaba suscrita al *Time*, que le llegaba a casa de sus primos en San Luis. Leía la revista hasta despellejarla, incapaz de controlar sus manos. Era incómodo oírla hablar de un dictador etíope o un cosmonauta soviético. No se refería a las noticias como si las hubiera leído sino como si la hubieran espantado en el espejo.

¿Y Donasiano? ¿Por qué siguió en Los Cominos? Le apasionaban las bibliotecas, las tertulias de enterados, las misas solemnes, algunos sitios de San Luis, el café El Oro del Rin y los guisos del Gran Vía. Pero no se mudó a la ciudad y convirtió su alejamiento en una causa de honor. Incluso prescindió de sus visitas al dentista. En una ocasión, Eleno lo ayudó a sacarse una muela con una llave de perico.

La crítica del padre Torres tuvo un efecto fulminante y tal vez lo apartó de la ciudad. El tío era el primero en reconocer su condición de aficionado («un espontáneo que no toma en serio los sesos de su cráneo», citaba a López Velarde). En la hacienda podía recoger los restos de un naufragio, hacer el recuento de los daños, recrear en su mente el vergel que en rigor no llegó a ser suyo, juntar papeles en el pueblo donde repartía insultos y aspirinas.

—Detente en el Batallón de los Vientos —ordenó Donasiano.

Después de pasar por unas rocas rojizas, tomaron una brecha ascendente. Eleno había colgado la cantimplora de una armella; producía un «clanc» metálico en el marco de la puerta.

Llegaron a un escarpado terraplén. Eleno frenó y apagó el motor. El suelo era pedregoso; apenas levantaron polvo.

A unos metros había una terraza de piedra. No parecía un accidente geológico sino un espacio trabajado.

—Anda, sube con Eleno —el tío señaló la cima del monte.

El Hombre Orquesta avanzó por unas piedras dispuestas como escalones. Parecía sencillo escalar la cuesta, pero Julio llevaba años sin hacer un ejercicio que implicara un mínimo de riesgo. Se aferró con torpeza a las matas que crecían entre las rocas. La voz del guía se hizo lejana.

No quiso ver hacia arriba ni hacia abajo. Se concentró en las piedras a unos centímetros de sus ojos.

Un viento frío le golpeó la cara. Estaba en la cima. Se incorporó con cuidado, no muy seguro del efecto que le causaría mirar desde tan alto.

Dos valles desérticos, vacilantes en su hondura, de cambiantes tierras coloradas. Uno al frente, otro a sus espaldas.

–Ahí tiene –Eleno señaló algo que quedaba abajo, en caída vertical.

Se oyó un rumor extraño, un imposible ondear de telas.

–El Batallón de los Vientos –dijo Eleno.

Julio vio las botas que pisaban con seguridad la orilla del desfiladero. No lograba distinguir de dónde salía el murmullo de las telas. A rastras, se acercó al filo del talud y arriesgó una mirada al vacío. El viento le sacaba lágrimas de los ojos, pero pudo ver lo que estaba abajo.

Cientos de estacas sostenían pálidos jirones de tela. Algunos estaban desfigurados, otros conservaban su inconcebible forma original. Eran camisas.

–Oiga el ruido.

El viento traía el parejo golpeteo de las telas.

–Su tío dice que son plegarias. –Eleno se había quitado el sombrero–. Los cristeros se tiraron al barranco. Sus camisas están ahí, rezando. –Se persignó y por un momento pareció a punto de saltar–. El batallón llegó aquí acorralado por el general Amaro. No tenía salida.

El peñasco donde se alzaban las estacas era de muy difícil acceso. Los cristeros arriesgaron la vida para llegar ahí. Luego se despeñaron.

Imaginó al general Amaro. Imaginó su esfuerzo y su decepción al llegar a la cima y encontrar las camisas de los enemigos. ¿Se sintió sobrecogido, superado por el ruido de esas telas? ¿Experimentó horror, admiración, algo incalificable ante la inmolación fanática que volvía inútil su tarea?

Julio sabía que el gran perseguidor de los cristeros, testigo privilegiado de su martirio, fue un hombre que rezaba en secre-

111

to, tal vez con crispación y culpa. Ante la proximidad de su propia muerte, donó su biblioteca a la Compañía de Jesús. El masón Gorostieta, a sueldo de los cristeros, y el general Amaro, su principal verdugo, habían abrazado la fe cristiana, convertidos por la sangre derramada, único argumento que sabía dar el país. Las camisas gastadas por el aire proclamaban su victoria: habían sido dueñas de sus muertes.

–Dicen que allá abajo nunca encontraron restos. Se evaporaron rumbo al cielo.

Julio se incorporó. El tío tocaba el claxon allá abajo.

Descendió en cuclillas, raspándose las nalgas.

–Estos cerros no son para profesores –se burló Donasiano–. Pícale o nos agarra la algarada.

Cerraron las puertas de la *pick-up* entre un viento cargado de arena.

–Cada vez que vengo se arma la reboruca. Las plegarias se alebrestan cuando las escuchan. ¿Qué esperas, Eleno?

–El motor está frío.

–Tenemos puros aparatos chatarra. ¿Le pusiste el capacete al radiostato?

–No me dio tiempo, mi jefe, pero Lucianito se ocupa.

–Eso espero. –Donasiano se volvió a Julio–: ¿Te acuerdas de la tormenta seca?

Recordaba las noches cargadas de truenos y electricidad. En una ocasión Nieves lo despertó para que vieran al Hombre del Quinqué. En un patio distinguieron un resplandor que danzaba con el viento. El fuego fatuo los hizo tomarse de la mano, encajarse las uñas de miedo, disfrutar el horror de estar juntos ante la luz fantasma. Nieves se rió para demostrar que los fantasmas se asustaban con la risa. El resplandor se alejó hacia un potrero. Luego les llegó un ruido, como si el fantasma hubiera tropezado. «Se rompió una pierna», dijo Nieves, y le soltó la mano. Sólo entonces vieron que se habían hecho sangre. Nieves le lamió la palma de la mano y él no pudo hacer lo mismo, paralizado ante el miedo de que fueran ellos los que asustaran al fantasma.

San Damián el Solo se llamaba así porque venía de un reparto, la mitad de una hacienda que antes se llamaba San Cosme y San Damián.

Parte de la construcción se había practicado en la roca al modo de una gruta. Incluso en tiempos de bonanza el sitio debía de haber sido inhóspito.

Entraron en un salón enorme, atiborrado de cosas dispersas.

—Aquí sólo faltan esquíes —dijo el tío.

El desorden no era el de una habitación revisada por extraños sino el de alguien que vive en una confusión de actividades. Paredes tapizadas de fotografías, recortes de revistas, portadas de discos, calcomanías, dibujos hechos sobre papel y sobre el muro mismo, tapices huicholes de estambre, placas de coches y de calles, signos, números. Un botón amarillo, con letras psicodélicas, decía: *«God is alive and well and living in México».* James Galluzzo llegó siguiendo ese mensaje.

Eleno movió muebles, abrió cajones y gavetas, se asomó bajo un armario.

—¿Qué buscamos? —preguntó Julio.

—Mis mapas hidráulicos. Se los presté al gringo para que le robara agua a los agraristas que me roban a mí. Bastantes problemas tengo con ellos para que ahora me cuelguen ese sambenito.

A dos metros de un colchón, había una estufa con tarros de porcelana; parecían venir de una farmacia antigua.

—El gringo hacía mermeladas raras. —Donasiano se sentó en un sillón cubierto por una piel ajena a la región; una peluda cabra de Nepal, tal vez—. Trató de venderlas y fue un fiasco. Sólo los jipis comen esas cosas. Durante un tiempo vivió aquí con unas mujeres rubias, flacas, pálidas hasta el desconsuelo, con pelos como de estropajo. Usaban unos ropones morados o naranjas y faldas con espejitos. Cuando se fueron, él sufrió mucho. Bueno, no me consta que haya sufrido, te digo que era un tipo huraño, reservado, pero se fue a la frontera y regresó con una estela maya tatuada en todo el brazo. ¿Quién que esté a gusto se manda tatuar una estela maya? Sí, yo creo que sufría. Le gustaba morder raíces y maderas. Los dientes se le pusieron como de barracuda. Afilados, en triángulo. Una vez se volcó en su *jeep* y le quedó una cicatriz de degollado. Pero los destrozos le hicieron bien, le dieron la dignidad del que mira raro porque se ha salvado de milagro. Con su pelo cortado a cuchillazos provocaba el respeto de los aparecidos. Iba a los pueblos de mujeres abandonadas y le levantaba la falda a la primera que encontraba. Luego volvía aquí, a estar a solas con sus rocas. La mente se le fue averiando, así de a poco, como un fierrito que se oxida, pero la locura le sirvió, lo puso creativo, lo volvió medio simpático. Para entonces ya la gente le decía don Jimmy. El desierto lo había cuarteado de un modo impresionante y él empezó a sentir que tenía una misión. Fue cuando me llevó el mapa mágico de la región. Había vivido en Arcadia sin otro motivo que huir de la guerra y de un país que apenas recordaba, pero ahora sabía por qué. El desierto lo tenía en prenda. Para comunicar sus mensajes. Entonces se metió en líos.

Donasiano acariciaba maquinalmente la piel que cubría su sillón:

—Supongo que el peyote lo hizo oír voces. Se dedicó a cultivar cactáceas, trajo gente de otros lados, empezó su época grande. Daba muchísima lata. Después de tantos años de no hablar, llegaba a verme a cualquier hora para decirme que lo perseguían, que su misión estaba en peligro, que el dios venado no lo perdonaría si renunciaba. Yo odiaba que tocara la campana del portón como un neurasténico, pero a fin de cuentas me hizo compañía —acarició un palo forrado de estambre, tal vez un bastón de mando huichol—. Cometió el error de querer agua. Con eso no se juega. No aquí.

—¿Y tú lo ayudaste?

—Sí, pero le advertí del riesgo de meterse con los homínidos. Aquí todos estamos amenazados. Él se siguió de frente. Era un fanático. Desde que hizo la ruta de los huicholes a Wirikuta para comer peyote llegó convencido de que los cactus eran sagrados. Necesitaba agua para ellos. Los cactus consumen poca, pero él criaba un rebaño infinito, sábilas curativas y esas cosas. El peyote no lo plantaba porque no se da en sembradío, sólo crece por su cuenta, como el maguey del mezcal. Sí, los cactus lo mataron.

–¿Tú has ido a Wirikuta?

–Fui en el 46, para escribir mi libro de Aridoamérica, que sólo leyeron los correcaminos.

–¿Y probaste peyote?

Julio no esperaba una respuesta, pero el tío parecía dispuesto a decir cualquier cosa desde ese sillón:

–Nunca le he hecho el feo a las costumbres de aquí. Sólo el agrarismo me espeluzna. Tal vez por eso quise ayudar a Galluzzo. Los indios tenían una pureza que se perdió con la Revolución. Él lo veía de otro modo, con su mística jipi, pero teníamos los mismos enemigos. Yo sólo fui una vez a Wirikuta. Florinda se horrorizó al verme regresar con barba de gambusino y ojos de lumbre. ¡Me hizo un retrato en el que parezco Rasputín! En cambio, Galluzzo hacía esa ruta cada año. Empezó a llevar gringos de Santa Fe y de San Francisco. Se convirtió en una especie de guía, casi en un chamán. Les preparaba ritos de iniciación y luego trataba de consolarlos. El peyote es desorientador para el hombre blanco. ¿Cómo regresas a la vida de los supermercados después de sentirte parte del desierto? Esto le dio a Galluzzo su gran idea: conservar los poderes de las plantas y llevarlos al otro lado. Empezó a moler todo tipo de cactáceas, con ayuda de unos indios rarísimos, que ya no eran huicholes; venían contratados desde lejos, indios de exportación, con gorras de beisbolista y collares de brujos de feria, de esos que han cruzado mil veces la frontera y ya no son ni de aquí ni de allá, o sólo son de la frontera. Un anciano dirigía las mezclas. Él sí tenía tipo huichol. Lo vi de lejos, un viejo curioso, como esa gente que es fuerte por un defecto: parecía ciego o loco o sordomudo. Dirigía a los demás, que parecían más traileros que curanderos. Galluzzo recuperó los cuartos de trabajo excavados en la roca y ahí tienes a su tribu, muele y muele quesque «corazón de biznaga» o «polvo de lumbre», nombres raros que él escogía para sus mezclas. El negocio de las plantas fue un éxito, el único que tuvo el gringo. En Estados Unidos hay gente que se muere por un tecito que le cambie el carácter. Digo «negocio» porque supongo que alguien ganaba con tanto trajín. Galluzzo seguía tan fregado como siempre, el asunto se había convertido para él en una cruzada. Estaba magnetizado.

Donasiano había encontrado un pequeño cactus en el piso. Mientras hablaba, le quebraba las espinas con las uñas, que parecían habérsele endurecido para ese fin.

—¿Y el gringo también exportaba peyote?

—No me consta, pero nadie puede controlar las hierbas que salen de aquí. Menos si las llevan los braceros. Así vendía sus productos el gringo. Su gente cruzaba el río con el cuerpo forrado de frasquitos, como si llevaran cananas. Cada año pasan millones, no hay manera de frenarlos. Es un comercio hormiga pero a la larga rinde mucho. Para Galluzzo, el aumento de la demanda era una señal de que su misión tenía sentido. Una cosa sí te puedo decir: o él seguía tomando sus droguitas o el peyote lo deschavetó para siempre. En mi biblioteca, que ya sabes lo lóbrega que es, veía astillas de luz, coronas de espinas, púas fosforescentes...

—Ya abrí —Eleno los interrumpió. En la mano llevaba una ganzúa.

El cuarto de James Galluzzo, esa habitación absoluta en la que se cumplía su vida entera, despedía un tufo enrarecido. Fue un alivio volver a la intemperie.

—Por allá —el tío señaló con el bastón de mando que no había soltado.

El terreno desembocaba en otro precipicio. Pero tenía una puerta. Una puerta que daba al vacío.

Ya cerca de esas hojas de metal, Julio vio el candado en la armella, un corazón oxidado, vencido por Eleno.

El tío empujó con el bastón:

–La Puerta de Babilonia, así la llamaba el gringo.

La tierra extensa se ensombrecía con las nubes. Lo más significativo, sin embargo, estaba justo bajo sus pies. Los cultivos de cactus descendían en terraplenes muy estrechos hacia el invisible abismo.

–Galluzzo quería agua para Babilonia.

Donasiano sonó como un chamán. Hubo algo casi paródico en que el cielo se abriera con un rayo verde.

El viento agitaba las canas del tío a la altura de las orejas.

–Es increíble lo que puede lograr la terquedad. Mira que construir aquí, con las uñas, colgado de las piedras. Tal vez los cactus le parecían valiosos por lo arriesgado que era criarlos. Allá abajo hay tierras aburridas donde hubiera logrado lo mismo.

Julio asoció la alucinada obsesión de Galluzzo con el martirio final del Batallón de los Vientos. Insinuó algo al respecto y el tío lo miró con asombro:

–Hay una diferencia esencial: Galluzzo no sabía lo que creía; en todo caso creía en algo que estaba tratando de entender. Tenía una misión pero no pudo reconocerla. El desierto fue demasiado para él, una exageración que no lograba apaciguar. Los cristeros eran gente humilde pero muy lógica. Si tienes tu fe, el suplicio es un deleite. Galluzzo murió de malas.

Regresaron al antiguo casco de la hacienda. El desorden de la habitación había aumentado. Eleno tenía los planos en la mano.

–Ahí andaban –señaló un frigorífico de tamaño industrial que servía de armario.

Donasiano extendió los planos.

–Las represas estaban conectadas; hay ductos para llevar agua de los pozos a los jagüeyes, pero están azolvados. Abajo de esta hacienda también hay agua. Los yacimientos de la mina fueron inundados en la Revolución. Desde entonces no han sido drenados. «Estoy sobre un estanque y me muero de sed», me decía el gringo. Con decirte que contrató a un buzo para que nadara allá abajo. ¿Sabes qué le dijo? Que el agua estaba muerta, contaminada de minerales. El buzo vomitó un líquido negro. Esto acabó de obsesionar a Galluzzo. Una vez me llevó un dibujo, hecho con crayones, como el de un niño de parvulario. Era una roca sobre el agua. Había pintado al buzo con una torpeza horrible. Se me hace que si no me lleva el dibujo, no le doy los mapas. Fue como ver lo que pintan los locos. Me dio miedo que me llevara dibujos a cada rato. Con Florinda tuve bastante. Me ganó el espanto o la compasión o la debilidad, ve tú a saber. Saqué estos planos; le enseñé la ruta que desviaron los Jiménez, le hice un croquis de la presa del Ciprés, le expliqué por dónde pasaba el acueducto de los franciscanos, hay ramales tapados por todas partes.

Un trueno sacudió la construcción. Del techo cayó polvo de salitre. El tío lo limpió con la mano hasta detenerse en un punto.

—Creí que conocía de memoria las tripas de esta tierra —se rascó la cabeza—. ¿Dices que hallaron al gringo en la noria? —se dirigió a Eleno.

El capataz asintió.

—Ahí hay pura agua salobre. Y mira, no hay ductos que lleven agua. Una isla de agua muerta, sin salida.

—Tal vez lo llevaron ahí de intento, para ajusticiarlo y ya.

—Es más propio de los agraristas quebrarlo con las manos en la masa, para mostrar que se lo merecía. Pero nadie puede intuirlos. Son zigzagueantes, los muy jijos.

—¿Se va a hacer una autopsia? —preguntó Julio.

—Eso pasa en las películas. Aquí no pasan películas.

Donasiano se durmió al subir a la camioneta, la cabeza en el hombro de Eleno. Julio vio su piel rosácea, libre de manchas de la edad. Tal vez el viento del desierto purificaba de ese modo.

Se detuvieron en la noria para que el tío viera el sitio donde encontraron a Galluzzo.

Le costó trabajo despertarse. Miró la superficie de agua con cierto desprecio, como si no estuviera a la altura de sus mapas. Caminaron sobre el bordo, inclinados contra el viento. La tierra cobraba ahí una aspereza lunar.

–Lo trajeron hasta aquí –sacó su linterna larga para buscar huellas.

–¿Qué buscamos? –le preguntó Julio.

–No lo sé. Los agraristas son muy huevones. Podían matar al gringo en cualquier parte, en su casa, por ejemplo. ¿Para qué lo mataron tan lejos, en un lugar donde no robaba agua? Aquí hay que venir en camioneta.

La tierra, seca y agrietada, no registraba huellas. Al cabo de unos minutos, Eleno encontró algo, un papelito amarillo. Una envoltura de chicle Juicy Fruit.

–Aquí todos mascan esas porquerías. No tienen dónde caerse muertos pero les mandan chicles gringos.

Julio vio el estanque, parecido a un cráter. Oscurecía. La tierra se volvía gris a orillas del agua.

–Esto está tan jodido como si el gringo lo hubiera dibujado –dijo Donasiano.

6. TORMENTA SECA

En el patio de los naranjos los árboles seguían hinchados de pájaros.

Julio fue a su cuarto. Necesitaba estirar los brazos y las piernas, lavarse la cara.

Le costó trabajo orientarse en el segundo patio. Se dejó llevar por el ruido de las acacias azotadas por el viento.

Encendió el foco amarillo del vestíbulo. Los ejemplares rojos del *Time* seguían ahí por la incapacidad del tío de tirar las cosas. Tal vez el resto de sus papeles tuvieran un contenido igual de absurdo: historias de tiranos etíopes, fanáticos árabes, disidentes soviéticos, las noticias que Florinda atesoraba.

No quiso usar el agua ferruginosa del lavabo. Tomó la jarra de agua potable que colgaba del aguamanil. Se echó un chorro en el rostro y se secó con fuerza, tratando de reactivar su sentido de la atención.

El espejo, salpicado de sarpullido ocre, le devolvió un rostro que parecía atacado por una erupción. Oyó un zumbido; aplaudió en forma instintiva. Misteriosamente, mató al mosco que no había visto. Un rastro de sangre escurrió en su palma. El mosco venía de picar a alguien. Se lavó las manos con agua sucia.

La oscuridad era tan espesa que el casco de la hacienda parecía haberse alejado. La linterna no alumbraba a más de dos metros. De vez en cuando, un rayo partía el cielo. La tormenta, largamente anunciada por el tío, llegaba con el retraso con que todo ocurría en Los Cominos.

Una risa femenina llenaba el segundo patio. Una risa rasposa, surgida de otro tiempo.

—¡Ven a ver qué chulada! —Donasiano gritó al otro lado de la puerta de mosquitero.

Lo primero que Julio vio al entrar fue un gallo en la mesa. Esta vez Herminia no había puesto un mantel bordado sino uno de hule azul rey, decorado con cerezas.

A la luz de los candiles, las plumas del gallo adquirían un resplandor cárdeno. Luciano le daba semillas.

La mano del tío apuntaba en dirección opuesta.

Alicia era una muchacha pequeña, pálida, con ojeras incipientes. Llevaba un arete bajo el labio inferior y las puntas del pelo teñidas de azul. Sonrió y él pudo ver los incisivos apenas separados.

—Julio Valdivieso —dijo ella, como si él fuera un personaje que se estudiaba en las clases de español de Estados Unidos.

El gallo saltó sobre Luciano. Alicia rió con fuerza. Julio cerró los ojos y vio a Nieves.

—Llévate esa monserga, por Dios, Lucianito —el tío señaló al gallo.

Alicia, en cambio, parecía entusiasmada con los alardes rurales de su hermano. Llevaba pantalones negros de una tela extraña, tal vez una variante de la lycra. Un género nuevo, sin nombre para Julio.

Luciano ató su gallo con pericia en un rincón del comedor.

—No saben cómo me alegra esta reunión —dijo Donasiano—. La vamos a pasar en grande, aunque Herminia nos queme los frijoles. Anda, Licha, cuéntale a tu tío tus peripecias para llegar. Esta chamaca sacó el humor de su madre.

Donasiano encontraba virtudes en todo lo perdido. Julio jamás le hubiera restado un mérito a Nieves, pero no podía inventarle el sentido del humor.

«Una mezcla chaparra de los dos», pensó ante su sobrina.

121

Gerardo, el padre de Alicia, a quien apenas conocía por una foto, había sido un tipo rubio, un gigantón de tórax expansivo, nariz alargada y fina, cuello rojizo, mirada ausente, al que el traje gris le sentaba mal. La cámara lo había captado como un granjero que ese día iba a declarar a un tribunal. Luciano había heredado las mejillas encarnadas y el pelo rubio del padre; Alicia, la nariz delgada (en su caso aún más esbelta) y la mirada de quien está de paso, quizá enfatizada por vivir lejos. Los hermanos no parecían compartir rasgo alguno, como si la genética hubiera anticipado que se separarían. De la madre, Alicia tenía la risa, el pelo negro, las manos, los dientes, un lunar en el cuello. Sin embargo, el mayor aporte de Nieves había sido mitigar la herencia del padre, ese coloso positivo, hecho para cruzar ríos y reparar graneros, lleno de impulsos simples y generosos que todo mundo recordaba con afecto.

Alicia contó su viaje de tres días a Los Cominos. Más que divertida, la historia era enredada. El tío rió hasta que le brotaron lágrimas. El humor era para él un autobús descompuesto por tercera vez en un pueblo sin hoteles, una gasolinera con las bombas vacías, un enlace perdido en una encrucijada donde el viento se había llevado los postes de teléfono, un compañero de viaje sioux o cherokee que se untaba un pestilente ungüento de eucalipto, un chofer borracho, sacado a golpes del autobús y relevado por el sioux, que había conducido un tanque en la guerra del Golfo.

—Mira, me hice un tatuaje en Sacramento —Alicia se descorrió la camiseta y mostró una pequeña salamandra en el hombro.

Julio pensó en las lagartijas de la región.

—Eso es inmundo —dijo el tío—. Dios no te dio el cuerpo para que le pusieras animales. ¿No sabes que eso es para siempre?

Con un español correcto pero tentativo, que avanzaba despacio, como si pudiera estallar, Alicia dijo que para ella ese viaje era para siempre.

—Bienvenida a la patria. —Donasiano pasaba por toda clase

de extremos afectivos. Acarició la nuca de Alicia con una mano que pareció enorme.

Luciano miraba a su hermana con perplejidad.

El cielo retumbó con fuerza y el techo de la hacienda se cimbró. La luz se fue un momento; regresó disminuida, vacilante.

Alicia hablaba en español como un cojo que insiste en correr. Le faltaban palabras pero no hacía pausas. Narró el sorteo que ganó en un sobre de sopa instantánea. Estuvo cuatro días en París. Le pareció un sitio gris, donde faltaba aire. Se quedó en el hotel, viendo caricaturas. No tuvo ánimos de descolgar el teléfono y llamar a su tío Julio.

–*So sorry* –dijo–. Viniste por la secesión, ¿verdad? –Se dirigió a Julio en el tono impulsivo que parecía ser su única modulación.

–¿Para la guerra de secesión? –bromeó Donasiano–. Esta familia siempre ha estado en guerra civil, como todas las que se respeten. Lo que más le interesa a tu tío, Licha, es ver a sus sobrinos y hallar papeles de López Velarde, un poeta que tu mamá admiraba mucho.

–Tú la conociste en su punto, ¿no? ¿Así se dice, *in her prime*?

Alicia dejó intacta la sopa amarilla, cremosa, que el tío comía casi a diario.

Luciano se había asimilado tanto a Los Cominos que parecía provenir de una época anterior a su madre y por lo tanto no podía tener curiosidad por ella. En cambio, Alicia quería hablar de esa mujer que Julio sólo podía mencionar con titubeos:

–Sí, la conocí.

Quiso pensar en otras cosas. Donasiano lo había puesto al tanto de la separación de los hermanos. Cuando sus padres murieron, Alicia fue llevada a Zacatecas, con la hermana de su padre. La solución no parecía drástica; Zacatecas estaba cerca y los parientes podían repartirse la carga de los huérfanos. El padre adoptivo de Alicia era un político local de poca monta que prosperó gracias a corruptelas que un día se hicieron molestas para sus jefes. Huyó a Estados Unidos, con suficiente dinero para justificar los cargos de peculado. Alicia creció ahí. Donasiano hizo algún esfuerzo por recuperarla, pero no tenía la custodia, ella era menor de edad, las cartas se perdían con las cambiantes direcciones que le daban. Ahora, con Alicia de diecinueve años, todo era distinto.

–*He was really dark, wasn't he?*

–¿De quién hablas, chula? –le preguntó el tío.

–Del poeta. Vi un mural en Los Ángeles, «The Suave Patria Bulevar», con imágenes de la muerte y la magia, en colores cabrones. Está fuerte, el bato.

¿Qué habría pensado López Velarde, que veía con desconfianza la cultura norteamericana y detestaba la «crasa dicción de la ralea», ante la confusión de Alicia?

Si algo tenía la hija de Nieves de la impronta norteamericana era la voluntad de expresarse a toda costa, sin miramientos ni enmiendas. Como la patinadora ciega, como la luchadora social paralítica, como el autista algebraico de las películas. Estaba dispuesta a encontrar las virtudes de sus defectos. Hablaba al margen del reposo o el acierto, con indestructible autoestima. A saber qué colegio, qué familia sustituta, qué comunidad de vecinos, qué terapia de apoyo la había ayudado a ser así. Lejos del entorno donde López Velarde encontró tres destinos para las mujeres («marchitas, locas o muertas»), la vida se abría para ella con estímulos que Julio no acababa de identificar. En todo caso, su desordenada vitalidad también demostraba lo que perdió con su madre.

La luz palpitó en los quinqués del candil, sostenidos por una rueda de carreta.

–¿Tapaste tus gallos, Lucianito?

–Sí, tío.

–¿Le pusiste el capacete al radiostato?

Luciano se rascó las sienes. Julio preguntó por esa actividad, que sonaba tan absurda. El tío lo vio con una calma ofensiva, como si él repitiera la pregunta por quinta vez.

–¿No oíste a Monteverde?

–¡Dijo tantas cosas!

Donasiano le recordó que el poeta había sido grabado en su agonía. El sacerdote le confió las cintas. Andaba de un pueblo a otro y no tenía dónde guardar cosas de valor. Con las tormentas eléctricas el radiostato se dañaba; al volver la luz, se encendía solo; los altibajos de la corriente podían estropearlo.

Alicia se rascó el nacimiento del cuello. Julio vio un piquete de mosco. Tal vez el mosco que había matado venía de picar a su sobrina.

En un cajón de su cuarto, ella había encontrado un frasquito con un bucle castaño, atado con hilo de oro. Olía a perfume.

–A agua de rosas –precisó el tío–. Es el relicario de Frumencio Godoy, un pariente lejano. Combatió en los Altos de Jalisco. Murió en la batalla de Tepatitlán, allá en el 29. En los Altos hay mucho trato con los caballos; Frumencio era gran jinete y los federales batallaban para darle alcance, hasta que una vez calculó mal al saltar una barda y se vino abajo con todo y animal. Una tontería. Se quedó ahí, con la pierna rota, aplastado por el caballo. Murió ahorcado, con una dignidad imponente. Con decirles que le infundió firmeza al que le puso la soga. Al verdugo le temblaba la mano y él le dijo: «No te preocupes, hermano, que Dios ya te perdonó.» ¡Qué devoción más bonita!

Alicia hizo una mueca de asco.

–Ya quisiéramos tener esa entereza, a todos nos gusta demasido la sopa para ser mártires –dijo Donasiano.

En cada cajón de la hacienda había un trozo de más allá. Julio pensó en Nieves, sus pasos en el pasillo, tenues, casi ingrávidos, sus dedos largos, crispados por una tormenta de treinta y cinco años atrás, cuando un rayo partió de cuajo un eucalipto sin sacarle lumbre. En esa infancia torpe nunca supo que cortejaba a Nieves y sin embargo los recuerdos de entonces regresaban con mayor precisión que la intimidad que ganaron después; a la Nieves de veintiún años debía evocarla más a conciencia, a veces con esfuerzo, dormida con un dedo entre los labios y una respiración apenas perceptible, como si estuviera en el trance de los faquires. Qué difícil recuperar las palabras deliciosas, turbias, ridículas de su entrañable teatro de amantes, el súbito gesto de dolor cuando él la penetraba, su voz tibia en el oído: «así, el chiste es que me duela, nene», y luego la risa rasposa que transformaba eso en una mentira, un sufrimiento grato, una fisura inolvidable. Incluso entre sus manos, en las camas robadas por un rato, Nieves había sido una oportunidad perdida, algo que debía dejar pronto, una maravillosa confusión de la que sólo atraparía jirones, los labios levemente torcidos en un rictus que parecía de dolor y luego anunciaba lo contrario, la entrada al placer o la revelación de que fingía el dolor o lo sentía como otra forma del placer, el gesto ambiguo que asimila la dicha con el daño. «El chiste es que me duela, nene.» ¿En verdad oyó esas palabras inconfesables? ¿Servía de algo que hubieran sido suyas? En ese comedor, reunido con parientes próximos que apenas conocía, la trama de sus días le resultaba ajena, no alcanzaba a discernir el dibujo que formaba. Nieves respiró con excitación ante su oído, le concedió un anhelo como una flecha transparente, la posibilidad de tocar un tiempo todavía futuro, la llave exacta, el metal sencillo de lo que sería suyo, y todo para llegar a una plaza vacía, una cita incumplida. Ésa había sido su verdadera posesión por pérdida. Nieves ganaría espacio incluso después de muerta, caería a destiempo en otra vida, la de Julio, que se definía por esa gélida caricia, la gota que lo lamía por dentro y volvía para demostrar lo que no fue pero existía.

Le hubiera gustado ser un magnífico héroe trágico, haber decidido su separación, pero se quedó con una maleta en la mano, la plaza convertida en el repentino andén donde comenzaba el resto de su calendario.

Ahora había vuelto. Los años cargaban a Julio de un raro interés. Su tío lo miraba como si fuese algo menos que un pariente, algo más que un fantasma. Alicia entrecerró los ojos, como si analizara la barba canosa de Julio.

Estaba a punto de dormirse. Apoyó el rostro en la mano. El *piercing* bajo el labio pareció lastimarle.

—Lucianito, acompaña a Licha a su cuarto —dijo el tío.

En ese momento se fue la luz. Ruidos lejanos, un grito perdido, maderas que chocaban, un follaje agitado que no podía ser real porque no había tantos árboles.

Luciano sacó una linterna sorda. Donasiano encendió otra, de acomodador de teatro, y la puso sobre la mesa. Julio trató de incorporarse; su tío lo retuvo.

—No sabes la lástima que me da —dijo, cuando Alicia ya había salido del comedor—. Mira tú que vivir en Los Ángeles. ¡Eso es pecado mortal! Licha es una chulada pero tiene la cabeza llena de tiliches. ¡Y ese arete en la boca, Santo Dios!, ¡imagínate si se le infecta aquí en el rancho!

—Pensé que te daba gusto verla.

—Claro que sí, pero lo importante no es eso. —Hizo una pausa—. Apenas veo a los parientes de San Luis. La ciudad se ha vuelto para mí una Patagonia, y tú andas en Europa. ¿Qué se te perdió ahí, sobrino? Lucianito y Licha podrían ser tus hijos. Quiero que estés cerca de ellos.

El viento empujaba un portón mal cerrado.

—Cualquier día de éstos me muero, sobrino. Sé lo que hubo con Nieves y te digo una cosa: los pecados también caducan. Son demasiados años, Julio, hay crímenes peores por los que no te dan un cuarto de siglo. Te voy a hacer una confesión: Licha quiso venir para verte, su madre le habló de ti. Quiero dejarles Los Cominos y que tú seas albacea. Lo único que vale aquí son los papeles y tú puedes apreciarlos. Ni siquiera sé qué tengo. Ya me estás ayudando con lo de la telenovela...

De pronto, algunas escenas vividas de prisa desde su llegada cobraron lógica retrospectiva. Por consejo de Félix Rovirosa, el Vikingo había contactado con el tío Donasiano. Los Cominos podría haber sido la locación de la telenovela sin que Julio interviniera. Obviamente, que él investigara papeles de familia reforzaba la importancia del escenario; sin saberlo del todo, había ayudado al tío. Aunque se tratara de un apoyo accidental, le gustaba que cayera en beneficio del pariente por el que sentía el mayor afecto.

–La renta en dólares me caerá de perlas –continuó Donasiano–, pero Licha y Lucianito necesitan tutoría. La Providencia te puso en su camino. Son muchachos buenos, sin nadie que les eche un lazo.

En otra situación, hubiera sido más categórico con la extravagante solicitud del tío. Pero Julio acababa de reparar en la forma casi involuntaria en que contribuía a mejorar la vida en Los Cominos. No quería perder su ascendiente. Se limitó a decir:

–Tengo dos hijas, tío.

–Ya lo sé. No te pido que te llenes de hijos. Quiero que administres esto para el bien de ellos.

–Y lo de la canonización, ¿va en serio?

–No soy partidario de pedirle favores a los Papas, ¡ni a los gobernantes en el DF! –agregó, como si hubiera alguna relación–. Monteverde me metió en esto. Ya lo viste; aunque es un poco arrebatado, tiene muchas luces. ¡Habló en latín con un chino!

La linterna en la mesa sacaba un resplandor rojo a las cerezas del mantel. Julio oyó un cacareo en un rincón. Sólo entonces advirtió que Luciano había dejado ahí a su gallo. El aire se llenaba de un olor acre.

–Monteverde habló del hijo negativo –prosiguió el tío–. ¡Lucianito y Licha son tus hijos negativos!

En vez de atajar esta aberración, Julio mencionó otra:

–¿Qué hace el perro disecado en mi buró?

–¿Ya lo viste? –preguntó el tío con sorpresa.

–¡Está clavado a la madera! No puedo *no* verlo.

–No te salgas por la tangente. Lucianito y Licha son tus hijos negativos, en el sentido figurado del poeta. Ya viste San Damián el Solo, una ruina habitada por un loco. Algo parecido puede pasar con Los Cominos.

–Me muero de sueño.

–Yo también estoy que me caigo. Piensa en lo que te dije. ¡Ah, cómo me gusta esta linternita!

Donasiano caminó, apuntando la linterna hacia abajo, como si fuera por un cine. Luego se la entregó a Julio.

–A mi cuarto llego a ciegas.

En la senda de las acacias escuchó un zumbido metálico, como un engranaje que se destrabara de repente. A lo lejos, más allá de los límites de la hacienda, brillaron unos puntos luminosos. La luz había vuelto.

Siguió de frente. Un relámpago iluminó la fachada de la troje. Una sombra se doblaba en un rincón. Oyó la voz de Alicia:

–Tienes que oírlo.

Julio se volvió.

–Su voz. Empezó a hablar, después del *black-out*.

Vio el pelo revuelto por el viento, las puntas azules picaban el rostro de su sobrina como chispas eléctricas.

–No entiendo.

–Ven, ven –dijo ella.

«El puente», pensó Julio. Se sintió en la superficie de sombra, unido al piso. «Ven, ven.»

Alicia masticaba chicle con esa experta celeridad que Julio sólo había visto en las películas. Increíble que se necesitara práctica para eso.

–Te llevo. –Alicia lo tomó de la mano.

Lo condujo entre unos matorrales. Avanzó como si ya hubiera hecho el camino, algo casi imposible sin linterna.

Julio trastabilló, a punto de tirar a Alicia, afianzada con fuerza a su mano. Después de superar unos hierbajos que le daban a la cintura, ella señaló una curva de piedra ennegrecida:

–Ahí dentro. El radiostato.

Julio sólo consiguió alumbrar las hierbas cercanas. Plantas secas, muy confusas.

El sonido de un cencerro les llegó de un sitio próximo. ¿Una vaca pastaba ahí? Julio dirigió la linterna en varias direcciones. Se habían acercado a la barda que delimitaba el terreno. Decidió que la vaca estaba al otro lado del muro.

Siguieron hasta percibir un ruido monocorde. Salía del sitio que el tío y Eleno llamaban «el galpón», un antiguo corral con cosas en desuso.

—Se encendió con el relámpago —dijo Alicia—. El poeta está hablando.

—¿Tú lo oíste?

—Muy poco. Me asusté. Luego vi tu linterna. Corrí para allá.

—¿Qué hacías aquí?

—Masticar mi chicle —Alicia sonrió de un modo que daba perfecta lógica a su frase. Se sacó el chicle de la boca, lo convirtió en una esferita y lo lanzó a una mancha de oscuridad.

«Juicy Fruit», recordó Julio, lo único que quedaba de James Galluzzo. ¿Fue él quien masticó chicle mientras bebía agua envenenada?

Un rumor apenas audible llegó del galpón.

Traspusieron la puerta de caballeriza. Julio se volvió hacia atrás, como si necesitara recuperar una imagen de la hacienda antes de hundirse ahí: un horizonte de sombras.

—Ven, ven —dijo Alicia.

¿Nieves le había transmitido esa palabra, el «monosílabo inmortal» que siempre decía dos veces?

Las hierbas habían crecido dentro del galpón, entre pilas de cajones, bultos, muebles apenas reconocibles. Julio desvió la linterna al techo, en busca de alacranes.

—*Shit!* —gritó Alicia, y saltó en un pie.

—¿Qué pasa? —Julio se arrodilló maquinalmente. La luz de la linterna rebotó al alumbrar el cuerpo tan de cerca.

Su sobrina había pisado una penca de nopal; las espinas habían traspasado su suela de goma.

Alicia volvió a gritar, los ojos llenos de lágrimas. Julio respiró su aliento a dulces artificiales. Aun en la desesperación, su mente registró esa minucia. Alicia olía a chicle fresco.

Tiró con fuerza para desprenderle la penca. Alicia mordió su antebrazo.

—Perdón —gimoteó.

—Vamos a donde haya luz, estás toda espinada.

—Antes quiero oírlo.

—No puedes andar.

–Cárgame.

Alicia tenía dos anillos en los dedos del pie.

Julio sostuvo el bulto leve, un cuerpo apenas más pesado que el de una niña.

–Quiero oír su voz. –Alicia chupó sus lágrimas–. ¿A ella le gustaba ese poeta?

–Sí.

En algún rincón estaba el aparato que se movía sin producir palabras. No les llegaba otra cosa que una estática similar a una respiración entrecortada.

Vio los pies de Alicia, del todo distintos de los que López Velarde atribuía a Fuensanta, los pies perfectos y sádicos de la pianista que producía una herida deliciosa en el amante, tendido bajo su presión, con el corazón transformado en el pedal de un piano «para que tus pies aromen la pecaminosa entraña». El olor de los pies era el último desorden de los sentidos que pedía la pasión. Ése era el extraño santo de Monteverde y el poeta que él buscaba en la oscuridad, con su sobrina en brazos, olorosa a chicle, el último sabor que probó el gringo o su verdugo, algo absurdo y lógico en una tierra donde el viento traía el rumor de las camisas de los muertos y él avanzaba en una atmósfera en la que oír con precisión significaba oír más ruidos.

A pesar de la fragilidad de Alicia, los brazos comenzaron a dolerle. Quiso que se le durmieran para no soltarla.

–Escucha –la muchacha puso su mano en la oreja de Julio, al modo de un caracol.

Algo cobraba vida a unos metros. Alicia se apretó contra él, como un fardo agradable. Oyeron un carraspeo, un tono de garganta dolida, apenas un ruido, algo que en la sinceridad del momento era un poeta. Luego sobrevino un rechinido metálico, un brinco, un murmullo, un frotar de arena o de cenizas, y una tos, una tos honda y débil que se disipaba al acercarse a ella, como si no quisiera estorbar o pidiera perdón por estar ahí, un «suspiro discreto».

La cinta era ya casi pura estática, un siseo monocorde del aire sin nada. Julio no había visto el radiostato, oculto tras

131

sombras de otras sombras. De pronto, hubo un murmullo. Dirigió la linterna hacia ahí. Una caja de pino americano, semejante a un archivero, cubierta por una cúpula de metal. ¿Era ése el «capacete»?

—Escucha —las manos de Alicia le tensaban el cuello.

Ramón López Velarde o la tos que llevaba su nombre moría en una lejana grabación. No se distinguían palabras; sólo el silbido de los pulmones exangües.

Sintió el peso de Alicia, cada vez más grave, el cuerpo que quedaba de Nieves, tan ajeno y próximo para él como López Velarde para ella. Sintió una gota en el brazo. Alicia volvía a llorar.

—Tú la querías, ¿verdad?

—Mucho —dijo él, por primera vez a otra persona que no fuera Nieves.

Sólo entonces advirtió que la voz o su eco o su espectro había desaparecido. Quedaba el girar rasposo de lo que no graba nada y sin embargo se oye, como una suciedad del aire.

—No distinguí nada —dijo Alicia.

—Yo tampoco.

La tos o el suspiro o su figuración no eran algo.

La cinta seguía corriendo con su sonido sin forma.

Salieron del galpón. A la intemperie, Julio respiró la nuca de Alicia, y algo llegó del tiempo, un hálito intacto que en la justicia de la noche era «perfume y pan y tósigo y cauterio».

II. La mano izquierda

7. LA POZA

Julio soñó con sus primos formados en círculo en torno a James Galluzzo. Rumiaban Juicy Fruit con el pausado ritmo de los pistoleros. Luego le daban al gringo un vaso de zinc con agua envenenada. Querían quedarse con Los Cominos y San Damián el Solo. Tenían que impedir que Alicia y Luciano fueran los herederos. Pero cometían un error: llevaban a Galluzzo al estanque equivocado, donde él jamás robó agua. Un sitio alejado, incómodo, absurdo. Uno de ellos dejaba caer un papel amarillo. Juicy Fruit, qué poderosa combinación de palabras.

Le contó el sueño a Donasiano, sus parientes metidos a asesinos. Su tío rió durante largos minutos:

—Ay, sobrino, Europa te ha vuelto fantasioso. Si conocieras a tus primos sabrías que son demasiado flojos para matar a nadie. El detalle del chicle te volvió loco. Siempre he creído que mascar chicle deshumaniza. También los agraristas rumian esos chismes. Te digo que fueron ellos, lo raro es que lo hayan hecho tan lejos.

No siguieron hablando porque Herminia los interrumpió para decirles que había llegado «el licenciado».

Un hombre de traje negro aguardaba en el patio. El notario se había desplazado hasta la hacienda a solicitud del tío.

El tío había hecho testamento. Dejaba todas sus propiedades a Alicia y Luciano. Julio quedó como albacea. El hombre leyó un legajo de folios en el comedor, con voz arenosa, sin probar el agua de limón amarillo que le había llevado Herminia.

Los sobrinos asistieron al acto con indiferencia. Alicia acariciaba una cafiaspirina entre el pulgar y el índice. Para Julio, la escena tuvo la acrecentada realidad que las cosas adquirían en Los Cominos.

El notario se despidió con elaboradas frases monótonas, como si su boca siguiera leyendo. Lo acompañaron al zaguán. Partió en un BMW plateado que daba lástima en ese terregal y sugería que los había estafado con su amabilidad de acercarse hasta ahí.

Donasiano puso sus manos grandes y calludas en las nucas de sus sobrinietos:

–Es nuestro secreto –sonrió, como si lo bueno mejorara al no saberse.

Juan Ruiz llegó un domingo con tres personas de la televisora. Llevaba unos anteojos opacos, de aros redondos.

Donasiano les mostró la armería con los rifles 30-06 de mira telescópica, no tanto para vanagloriarse de proezas cinegéticas, que no eran lo suyo («a lo mucho debo las almas de unas liebres»), sino porque las armas estaban bajo llave y él guardaba ahí un preciado aguardiente.

–Si Herminia lo encuentra –le dijo por lo bajo a Julio–, me lo revende al doble en la tienda de su comadre, que es donde me surto. Supongo que es una manera barroca de subirle el sueldo.

Se sentaron bajo las arcadas, en el patio de los naranjos. Los tres acompañantes del Vikingo se disputaron la palabra para elogiar el sabor del México de verdad, representado por esa ruinosa hacienda. Luego mencionaron la genial noticia de los últimos tiempos: *El crimen del padre Amaro* se había convertido en la película mexicana más taquillera de la historia. El catolicismo revolvía los ánimos. *Por el amor de Dios* sería un éxito.

—Un *hit* total —dijo Francesco, un hombre de unos veinticinco años, con una mosca de pelo en la barbilla.

Sólo el creador de la idea parecía al margen de su victoria potencial. El Vikingo Ruiz saboreó el mezcal con calma excesiva y puso una mano en la rodilla de Julio. Se quitó los lentes para que él viera sus ojos:

—No es conjuntivitis. Hace una semana que apenas duermo. Después te explico.

Acompañaba al Vikingo una mujer de unos cuarenta y cinco años, encargada del presupuesto. Sostenía una carpeta como un Libro de Horas. Su traje sastre anunciaba que había ido a la hacienda por el menor tiempo posible. Llevaba el pelo recogido con suficiente fuerza para rasgarle los ojos. Pero sus ojos seguían muy redondos, de una manera casi arbitraria, como los de una caricatura japonesa. A las preguntas del tío sobre «los centavos», respondió con devota seriedad, como una Monja del Dinero. Mientras hablaba, sus uñas esmaltadas en color cutícula repasaban el borde de la carpeta; no podía brindar informes sin establecer contacto físico con los documentos.

Mucho más jóvenes que ella, los dos *scouts* de locaciones parecían invertir horas en afilarse las patillas y despeinarse con intensidad volcánica. Julio no acababa de acostumbrarse a la edad de la gente que tomaba decisiones en México. En Europa había que envejecer para ser jefe de una oficina de correos.

Alicia estableció un vínculo instantáneo con Navarrete, *scout* visual nacido en la exuberancia de Veracruz («por eso el desierto me pone a girar»), y con Francesco, italiano dispuesto a mostrar en cada frase que su compenetración con México era intravenosa. Había pasado unos meses en Ciudad del Maíz y sorprendió a Donasiano con sus conocimientos sobre la selva huasteca y el desierto. Sólo atesoraba datos excepcionales: las tunas amarillas del nopal duraznillo eran las *únicas* que podían comerse con cáscara, el cacomixtle era el *único* felino de uñas retráctiles, los chichimecas de la región... (Julio se perdió en el carácter *único* de esta tribu porque lo distrajo la eléctrica atención con que Alicia miraba a los jóvenes *scouts*).

Su sobrina había visto en Los Ángeles casi todas las series en las que ellos habían colaborado. Los tres coincidían en que eran infames. Se rieron mucho al repasar títulos y escenas, como si no hubiera mejor meta que el desastre.

El calor arreció hacia la una de la tarde. Los *scouts* se quitaron sus chamarras. Entonces la conversación con Alicia versó sobre tatuajes. Julio desvió la vista de la salamandra en el hombro de su sobrina a la previsible lagartija en el piso.

Donasiano estaba encantado. Firmó contratos sobre una mesa de cuero, levantó su copita verde para brindar «por la familia» con un entusiasmo generalizado, que incluía a los visitantes. La Monja del Dinero dijo «qué bonito» en referencia al discurso o al patio o al canario enjaulado a unos metros. Se quitó el saco. Llevaba blusa de seda con un elaborado moño en el cuello. Pidió permiso para cambiarse y entró en un baño con una bolsa de plástico. Salió de ahí idéntica, pero con zapatos tenis. Iba a recorrer la hacienda para hacerse una idea básica de los costos de producción. Donasiano le pidió a Eleno que la acompañara.

Los *scouts* estaban embelesados con los primeros guiones del Vikingo y con Laszlo, el director de la telenovela, un húngaro que en tiempos del deshielo socialista había dirigido a Liv Ullman y ahora revolucionaba las series latinas de Miami con tomas «francamente imposibles».

–Laszlo adora a Vlady –dijo Navarrete, en beneficio del Vikingo.

Los *scouts* elogiaban al máximo todo lo que estaban por hacer y se burlaban sin misericordia de todo lo que habían hecho; reconocer los errores de lo que concebían con tantas ganas era para ellos una forma de preservar el talento.

Se alejaron en compañía de Alicia, caminando como si llevaran pesos desiguales en los bolsillos o escucharan un ritmo inaudible para los demás.

Unos días antes, Alicia no era otra cosa que un nombre incómodo, asociado a lo que Nieves fue sin él. Ahora envidiaba la instantánea familiaridad que Francesco y Navarrete habían logrado con ella.

Julio la había cargado en el galpón, ante la tos y el aire confuso que asociaron con López Velarde. Aquella intimidad regresaba a él con la fuerza de lo irrepetible. Llevó a Alicia a su cuarto, mientras gimoteaba sobre su hombro. Ya en el casco de la hacienda, ella guardó silencio. Por un momento Julio pensó que se había desmayado. Fue un alivio que volviera a hablar; por desgracia, ella le pidió que recitara un poema de López Velarde. No pudo decir palabra. Recordó la voz del recitador fantasma del teatro Jerez, Librado Jiménez. Vio el sobre colgando en la jaula del canario. La escena tenía una estremecedora autenticidad, así era el mundo de López Velarde; al mismo tiempo, parecía una atracción de parque temático. «Estoy en blanco», le dijo a su sobrina, con una voz que también mostraba lo nervioso y cansado que estaba. Nada más ridículo que recitar ahí, y sin embargo, mientras subía la escalera, pensó versos como escalones:

Cuando la tosca llave enmohecida
tuerza la chirriante cerradura,
en la añeja clausura
del zaguán, los dos púdicos
medallones de yeso,
entornando los párpados narcóticos,
se mirarán y se dirán «¿Qué es eso?».

Julio empujó la puerta de Alicia y tendió a la muchacha en la cama. Vio sus «párpados narcóticos». Luego desvió la vista: unos ocho o diez frascos con medicinas inquietaban el buró.

–Gracias –dijo Alicia con voz apagada.

Julio fue al baño. Encontró unas pinzas que su sobrina no usaba para las cejas, con restos de ceniza en las puntas.

Regresó al cuarto. Ella se había quitado el pantalón negro, de ese género tan raro. Previsiblemente, Alicia llevaba un anillo en el ombligo. Por un segundo, Julio sintió una rara incomodidad erótica ante el breve calzón negro de su sobrina, pero ella alzó el pie para que le viera las espinas con el desparpajo de alguien acostumbrada a cambiarse de ropa en campamentos, trenes, fiestas que duran demasiado. Julio se acercó mucho a las pinzas, olorosas a mariguana.

La piel de Alicia olía como la de Nieves. «Un cartón mojado en leche», pensó. La combinación, inocua en la realidad, resultaba estupenda en ellas dos. La miró lo suficiente para saber que tenía nalgas pequeñas y sin chiste. No buscaba excitarse pero no podía compartir su presencia con la neutra solidaridad de un compañero excursionista.

Alumbró la planta del pie con la linterna y se concentró mucho en las espinas y el agradable olor a quemado de las pinzas. Alicia tenía un lunar en la planta derecha que Nieves tenía en la izquierda, un curioso salto genético o una prueba de su mala memoria.

Trabajó largo rato en las espinas. Ella se quedó dormida antes de que él terminara. La cubrió con una sábana que también parecía anticuada, más gruesa de lo común.

Bajó las escaleras y se sentó en el último peldaño. Recordó a su hija Sandra, que jugaba a «fumarse un cigarrito» en el primer escalón de su edificio. ¿Qué estaría haciendo ahora, en el tiempo lejano donde pasaba su vida verdadera?

Al día siguiente Alicia no bajó a desayunar. Herminia le llevó una jarra de café con leche y trajo la noticia:

–La niña sólo almuerza cafiaspirinas.

El tío le pidió a Julio que fueran al huerto de los arrayanes, el único sitio fértil que quedaba en la hacienda, gracias a un manantial que no se acababan de robar los agraristas.

El huerto quedaba lejos del casco de la hacienda. En ese terreno bardeado, Luciano cultivaba árboles frutales. Fueron en la *pick-up*, conducida por el tío con lentitud pasmosa. Luego tardaron media hora en encontrar la llave correcta para el candado del zaguán. Dejaron la puerta abierta y avanzaron por una calzada de encinos. El lugar estaba despejado de las cactáceas que dominaban la región; en esa tierra bien irrigada crecían pirules, sauces, membrillos, perales, tejocotes. El tío los señaló uno por uno, hasta llegar a los arrayanes sembrados en vistosos círculos.

Se detuvieron junto a la poza de agua, cubierta de lirios traídos del Lago de Chapala. La vegetación cambiaba en torno al estanque.

–Esas flores blancas son de aceitillo, que también se llama acahual; si cueces la planta, te sirve de diurético; esa de allá es la altamisa, que estimula la digestión. Aquí los campos fértiles casi siempre son amarillos, por las flores de las cinco llagas, el ojo de pollo o la cabezona; de vez en cuando se dan flores azules: los lupinos o el cordón de San Blas.

Donasiano describía la vegetación como un catálogo que se reeditaba a diario y no acababa de ser clasificado. Al verlo ahí, caminando de un árbol a otro, escogiendo una vara suelta como bastón para sustituirla metros adelante por otra más apta, quedaba claro por qué no había abandonado Los Cominos. Los accidentes del terreno, los brotes de las plantas, el reclamo distante de un pájaro eran el mundo que sabía leer. En ese entorno no podía mirar algo sin nombrarlo. Ciertos nombres de plantas o animales sólo existían en ese sitio, como un lenguaje en extinción.

El sol declinaba, sacando un resplandor violáceo a la superficie del agua, donde flotaban lentejillas verdes.

Donasiano remojó su rama de turno en el agua y se volvió hacia Julio:

–Tienes que conocer la segunda parte de la historia.

–¿Qué historia?

–¿Dónde tienes la cabeza? ¿A qué viniste?

–A conocer a mis sobrinos y a convertirme en su albacea –sonrió Julio, creyendo ver un sapo.

–Me estás ayudando una barbaridad, pero lo de Ramón sigue pendiente. –Donasiano consultó su reloj–. Ah, caray, ya se le hizo tarde.

Oyeron el repicar de un pájaro carpintero y dedicaron unos minutos a buscarlo en la copa de un árbol. Luego escucharon una motocicleta.

En esa tierra húmeda la moto apenas levantaba polvo. Un hombre de casco blanco y visera de mica condujo hasta el manantial. Bajó con agilidad del vehículo, un modelo antiguo para terrenos difíciles; las llantas eran más gruesas de lo común, con firmes hendiduras. El hombre se quitó el casco. Se trataba del cura Monteverde.

–Perdón por el retraso. Vengo de oficiar en tres pueblos.

–Me tenía con el Jesús en la boca, con lo desesperado que es mi sobrino –dijo Donasiano.

El sacerdote olía a cuero. Contó anécdotas de su agitado día mientras Julio miraba la loca carrera de dos ardillas.

El sol creaba un tejido de luz en el follaje; las hojas de las ramas bajas, protegidas del resplandor, parecían brillar con intensidad propia.

Monteverde se acuclilló, tocó la orilla húmeda y dijo:

–Ramón estuvo aquí.

A la sombra, con los ojos bajos de quien evoca algo, Monteverde parecía cansado. Sonrió. Sus dientes manchados volvieron a definirlo como alguien que conocía esas polvosas soledades. Empezó a hablar con el sentido programático de quien tiene una agenda apretada y no concluirá su día en ese sitio:

–Como sabe, Ramón fue juez en Venado, en 1912. Un poblacho aburrido, pero no se la pasó mal. El cura del pueblo tenía un telescopio y se lo prestaba para ver las fases de la luna o fisgar a una vecina. Ramón se divirtió mucho con una polémica local: los mojigatos de triple golpe de pecho estaban escandalizados porque un comerciante anunciaba tallarines con unos versículos del Génesis. Enamoradizo como era, cortejó a María Nevares, hija de un minero. El romance continuó por carta, cuando él ya estaba lejos. A ella le dedicó las famosas estrofas: «Yo tuve en tierra adentro una novia muy pobre: / ojos inusitados de sulfato de cobre.» ¡Qué alejandrino genial! –Monteverde paladeó las sílabas–. Además, la imagen es químicamente exacta. ¿Ha visto los ríos sulfatados? Son azulverdes. Aquí el agua está llena de minerales. A mí sólo me manchó la risa. –No quiso ser demostrativo en exceso y sonrió sin abrir los labios–. Ramón terminó con María por carta. Ya instalado en la capital, resumió la separación con ironía:

Acabamos de golpe: su domicilio estaba
contiguo a la estación de los ferrocarriles
y ¿qué noviazgo puede ser duradero entre
campanadas centrífugas y silbatos febriles?

El sacerdote desprendió una espina clavada en su camisa. Continuó su relato:

–Dejar a María significaba convertirla en una mujer quedada, que con los años se graduaría en soledades. El título del poema es elocuente: «No me condenes...». Ramón sentía una enorme compasión por las «recatadas señoritas con rostro de manzana», las abandonadas muchachas inocentes, pero también por las que tuvieron un comercio más íntimo con él.

El cura hizo una pausa en la que Julio repasó el uso arcaico de esa palabra, «comercio».

–Además de María, Ramón conoció, en un sentido más bíblico, a Teresa Toranzo, hija de un notario, una chica de familia más acomodada, de ojos verdes «como esmeraldas expansionistas». Una prosa habla de esta tórrida relación. Se publicó en forma póstuma en *El minutero*. De nuevo, el título es un acto de contrición: «Mi pecado». Ahí habla del «cálculo zurdo» con que abusó de la muchacha y de la forma en que la abandonó: «Casi no se quejó. Lancé su corazón con la ceguera desalmada con que los niños lanzan el trompo.»

La memoria de Monteverde, sin duda sorprendente, tocaba emociones ya ilocalizables. Julio sintió un impulso de provocarlo:

–En 1912 López Velarde escribió algunos de sus peores artículos; se convirtió en burdo emisario del papa León XIII; criticó a los revolucionarios con argumentos racistas. Llama «animal» a Zapata, dice que los terremotos de Guadalajara son un castigo por la política liberal de la ciudad. La verdad, estaba hecho un imbécil.

Fue Donasiano quien le salió al paso:

—Julito, el panteón de la patria es un bestiario de asesinos. López Velarde estaba horrorizado con la sangre, no podía ver a Zapata como un mártir de Hollywood. Eso vino luego, con Marlon Brando.

Monteverde, en cambio, parecía fortalecido por la resistencia de Julio. Sonreía, ahora con todos sus dientes.

—Un alma confundida partida en dos. ¿No habló él mismo de sus «funestas dualidades»?

Donasiano se había alejado a orinar contra un árbol. Desde ahí gritó, de mal humor:

—Ya dígale, con un carajo.

El cura reanudó el relato:

—Los biógrafos pierden la pista de Ramón de diciembre de 1912 a mayo de 1913. Son momentos decisivos de la Revolución. Nadie sabe dónde estuvo durante el asesinato de Madero ni durante la Decena Trágica. Después de su estancia en Venado, regresó a San Luis. Ahí lo tenemos en diciembre. En mayo aparece en la capital. ¿Qué pasó en medio? Eran días terribles para el país. La Revolución parecía abortada, Victoriano Huerta iniciaba una nueva tiranía. Fue la gran jornada del éxodo, la gente buscaba refugio en sitios alejados. Ramón era responsable de su madre y sus hermanos, no podía desaparecer así como así. Pero no quedan rastros de esos días, ni siquiera en la escritura, y era un grafómano compulsivo. Se hizo humo.

A la distancia, los cerros cobraban el resplandor violáceo que antes había tenido el manantial. El agua ya era negra.

—La parte más extraña de los amoríos de Ramón en Venado es el perdón de Teresa Toranzo. Piense en la provincia de entonces, en lo que significaba transgredir la costumbre. No soy yo quien defenderá los excesos liberales de otros sitios, pero estas tierras han castigado con crueldad las más leves ofensas de amor. Teresa, hija de un notario de provincia, se enamora del joven juez. Le toca en suerte esa mezcla de sacristán y libertino que era entonces el poeta. Él termina arrojándola como un trompo y ella se muestra conforme. Algo extraño, ¿no le parece? Y no sólo eso: en los meses de desconcierto, cuando Huerta se hace del poder y él no sabe adónde ir, Teresa lo rescata. El padre de Teresa y el bisabuelo de usted, don Julio, eran íntimos. Teresa conocía Los Cominos; sabía que aquí rara vez llega el mundo. Le pareció un refugio perfecto para Ramón, consiguió que viniera aquí.

–Por lo que dice, a quien habría que canonizar es a Teresa –Julio afectó un aire indiferente.

–Algo hay de eso. Pero también ella estaba en deuda con el poeta. En una ocasión Teresa fue con su madre a un estanque en Venado. La madre, cosa rarísima, se animó a mojarse los pies y cayó al agua. No sabía nadar. Teresa tampoco. No se le ocurrió otra cosa que rezar. Prometió que si su madre se salvaba renunciaría a lo que más quería: el amor de Ramón.

»Ella no podía ver bien a la distancia porque había esa niebla baja que llaman "pelo de coyote", pero alcanzó a distinguir algo, un brazo, o la sombra de un brazo, que sacaba a su madre del agua. Recordó un poema que Ramón acababa de escribir: "hagamos un esfuerzo de agonía / para salir a flote". Volvió el rostro y vio al poeta, chorreando agua de la cabeza, aunque sus ropas estaban secas. La aparición duró lo suficiente para que ella se cerciorara de esos detalles. He cotejado las fechas; el poema se publicó en el periódico católico *La Nación*, el día de San Juan de 1912. Ramón se lo acababa de leer a Teresa. El asunto del poema era, curiosamente, la separación; no en balde se llama "Rumbo al olvido". En esos momentos, Ramón andaba por San Luis. Su presencia en la poza fue una aparición. Teresa entendió que el santo le proponía un sacrificio: la salvación de su madre y de sus almas a cambio de separarse. Ella le confesó todo al bisabuelo de usted, don Julio. Hay cartas al respecto. Así se explica que Teresa aceptara el abandono. Y encima lo ayudó a venir aquí en los tiempos revueltos. La poesía de López Velarde prefigura estas circunstancias en un poema escrito un año antes de ir a Venado:

145

A fuerza de quererte
me he convertido, Amor, en alma en pena,
y en el candor angélico de tu alma
seré una sombra eterna...

»A partir del salvamento, Ramón se convierte para Teresa en su adorada alma en pena –concluyó Monteverde.

Julio pensó en la infinita soledad de esa mujer, en las tardes lentas de provincia, necesitadas de que algo sucediera, de que una figura alterara la línea del horizonte con la benéfica condición de los espectros.

Se vio a sí mismo de niño, en su casa de San Luis, recorriendo un pasillo decorado con estofados antiguos, santos con las mejillas encarnadas y la mirada estrábica de quien ve portentos que no entiende. Un inmenso cuadro de San Dimas presidía el comedor familiar. A veces, soñaba que el Buen Ladrón descendía de la cruz y se acercaba a su cama para devolverle un carrito de bomberos que se había llevado en otro sueño. Oía las campanadas de la iglesia cercana que al decir de López Velarde «caían como centavos», y contemplaba al santo bandido con una naturalidad que siempre asoció con el sueño pero que tenía todo para calificar como aparición. En ese ámbito mortecino, donde un capelo de cristal protegía un dedo con sangre policromada (lo único que quedaba de un Cristo extirpado de un altar), ver a un tridimensional San Dimas resultaba tan común como almorzar frente al enorme óleo que lo representaba. Ese cuadro formaba parte de un tríptico, pero Gestas y Cristo se habían perdido. Algún antepasado compró el San Dimas sobrante, con un hálito luminoso en la boca que lo inscribía en la escuela holandesa. Resultaba desconcertante pensar en la dimensión del cuadro entero. ¿Quiénes habían podido vivir ante la desmedida realidad de ese Gólgota?

Nunca le dijo a nadie que se le aparecía San Dimas, acaso porque el santo no le dio mensaje alguno. Prefirió pensar que lo soñaba. Por su parte, sus tías recibían a cada rato visitas fantasmáticas. El padre Torres, tan severo con las aficiones intelectuales del tío Donasiano, se despidió de tres miembros de la familia sin motivo aparente. Después supieron que ya estaba muerto y su ánima había buscado a los familiares del agraviado.

Los días quietos y devotos alimentaban figuraciones. A esto había que añadir los ayunos, los voluntarios castigos corporales, la extenuante penitencia de caminar hasta un santuario o prescindir de algo sabroso que provocaba una carencia alimenticia, la pésima constitución de los cuerpos fervorosos. No era extraño que vivieran entre simulacros de personas, bajo la niebla como pelambre de coyote.

Julio respiró cerca del manantial. «Huele al metro de París», pensó. ¿No debería ser al revés? Sus infinitos transbordos en Châtelet no lo trasladaron mentalmente al huerto de los arrayanes. Ahora, la atmósfera semipodrida lo regresaba al laberinto subterráneo donde en las tardes miles de hombres regresaban a casa empuñando una barra de pan.

Le costó trabajo volver a lo que decía Monteverde:

–Hasta aquí el milagro es discutible, no lo niego. Las apariciones deben probarse en forma racional. Nadie más estaba con Teresa, su madre llegó casi inconsciente a la orilla, no hubo otros testigos del prodigio. Tampoco hay pruebas físicas, un objeto, una marca en el cuerpo, la recuperación de la vista, cosas por el estilo. Este milagro pertenece a la categoría de las proezas duplicadas o los milagros en espejo. Ya le digo que Teresa no sólo se resignó a la partida de Ramón sino que lo ayudó. El poeta estaba muy afectado por sus días de juez de provincia; hizo lanzamientos en viviendas pobres, vio a las familias en la calle, rodeadas de sus triques, además cortejó a María y a Teresa, sintiendo que era injusto con las dos. Necesitaba enderezarse. Fue entonces cuando escribió los artículos de propaganda católica que usted menciona. En otra pluma hubieran sido una muestra de torpe proselitismo; en la de él, mucho más hábil, revelan un deseo angustioso de recuperar el rumbo.

–O un cálculo interesado de prosperar en el Partido Católico Nacional –Julio atajó al sacerdote.

–Tiempos confusos para Ramón, sin duda.

–¿Y qué hizo en Los Cominos?

–Pasó por una etapa de reconcentrada espiritualidad. El país se desbocaba, Madero había sido asesinado, el poeta se resistía a dar el paso de mudarse a la capital, dudaba, rezaba mucho, le pedía consejo a estos árboles, nadó en este manantial –el sacerdote metió su mano en el agua; Julio vio la membrana en sus dedos–; un buen día empacó sus cosas y se fue, pero dejó incoado un milagro que se completaría años después.

–Tu tía Florinda paseaba mucho por aquí –intervino Donasiano–. Esta agua le gustaba porque no refleja las caras. De noche es negra, de día está cubierta de lentejillas verdes, en la tarde es morada o tornasolada. Venía aquí de tarde en tarde, una de ellas con Frumencio, un hombre que recogimos, muy fregado por la guerra de Cristo Rey.

Julio no sabía nada de esa historia. El tío continuó, disfrutando la ignorancia de su sobrino:

–Frumencio vivió con nosotros sepa cuántos años. Lo recogimos en la Cristiada. Una tarde Florinda estaba aquí con él cuando un rayo cayó del cielo. Partió en dos ese eucalipto –Donasiano señaló algo que parecía un obelisco–. Una tormenta seca. Frumencio estaba bajo el árbol y el impacto lo aventó al agua. No sabía nadar. Tu tía Florinda se acordó del milagro de Venado. Había leído las cartas que Teresa Toranzo le mandó a tu bisabuelo. Se arrodilló ahí donde estás y le rezó a López Velarde. El cuerpo salió del agua, arrastrado por una corriente extraña. Mira el agua, es casi inerte, y sin embargo algo lo sacó. Florinda nunca olvidó la escena. Por eso siempre pintaba el agua. No pintaba el mar. Pintaba esta poza.

–Aquello fue un baustismo. –Monteverde suspiró–. Acérquese. Vea bien el eucalipto: está fosilizado.

La temperatura había descendido. Un viento fresco calaba en el cuerpo de Julio.

–En este caso sí hubo otro testigo –agregó Monteverde–. Saturnino, el padre de Eleno, estaba aquí, acompañando a Florinda. También él vio que el cuerpo salía del agua y que un hombre vestido de negro se paraba ahí al otro lado. El agua le chorreaba de la cabeza, pero sus ropas estaban secas.

–Florinda iba con su falderillo –dijo el tío–. Un perro horrible, que ahora está en tu buró, allá en la troje. ¡Ah, qué tu tía! ¡Hasta su perro tenía que ser feo! La seguía por todas partes. Cuando murió, lo mandó disecar para no olvidarse del milagro que había visto.

La única intuición correcta de Julio tenía que ver con ese disparate, el perro en el buró.

–¿Te has fijado en la de perros que hay en López Velarde? –preguntó el tío.

–¿Y qué pasó con Frumencio?

–Cuento muy mal las cosas –Donasiano se rascó la cabeza–. Antes del milagro no era devoto, al contrario. Llegó aquí con la guerra cristera pero había estado en el otro bando. Era maestro rural. Un socialista. El milagro lo convirtió. Terminó sus días en la orden de San Francisco.

–Un milagro en espejo, con décadas de separación. El poeta nadó en las dos pozas. –Los ojos de Monteverde brillaban, concentrando en forma única la luz que tenía los montes.

8. EL PRISIONERO

Julio escuchó la motocicleta antes de las campanadas de las seis. Monteverde retomaba su camino. Le simpatizaba aquel hombre que anticipaba sus reparos para incorporarlos a su argumentación, pero hubiera preferido conocerlo en otras circunstancias, un congreso al que el sacerdote hubiera dado atractiva extravagancia.

Permaneció largo rato en la cama. Cerró los ojos y deseó que Paola estuviera ahí, con su sencilla capacidad para mejorar las cosas. Cuando él le ponía gotas a sus hijas, jamás creía dar en el blanco; la medicina escurría en torno a los ojos parpadeantes. Paola arreglaba la escena: «las gotas entraron pero no las viste». Julio necesitaba esa inverificable confianza, saber que a pesar de su mal pulso y su peor vista la medicina alcanzaba su destino. Había nacido para sospechar que su maleta no llegaría a la banda giratoria del aeropuerto y Paola para decir «ya vendrá».

Cuando se preocupó de los celos que Claudia sentiría con el nacimiento de Sandra, Paola comentó: «Si se pone celosa es que necesitaba una hermana.» Con qué facilidad encontraba virtudes en las carencias, incluidas las de él: «Sólo te alteras por cosas que no importan», le decía, acaso incitándolo a abandonar esa neurosis de la pequeñez para dejarse afectar por algo significativo; por ejemplo, la reunión en Bolonia con un titán de la novela histórica venezolana que claramente la pretendía y de la que ella regresaba exultante, como si su regreso a la rutina fuera algo temerario y su verdadera aventura consistiera en estar ahí. La dicha de Paola parecía depender de extremos a los que él no tenía acceso y que en cierta forma no valía la pena cuestionar. Regresaba, era lo importante, a traducir el cuerpo de Julio en otro que descubría con deliciosa extrañeza.

La imaginó a su lado, hundiendo levemente esa cama antigua, contenta de compartir su vida con alguien a quien sólo le afecta lo que no importa.

Encontró al Hombre Orquesta en el segundo patio, engrapando facturas. Julio se había acostumbrado a ahorrarse rodeos en la hacienda. Le preguntó al capataz por su padre, Saturnino, y el milagro de la poza. Eleno no interrumpió su trabajo; presionó su cuerpo de caporal sobre la engrapadora que se había trabado.

Luego vio a Julio como si estuvieran en la esquina de una ciudad y él se hubiera acercado a pedirle una dirección absurda por obvia, el nombre de la calle donde se encontraban.

Se quitó el sombrero y luego se lo ajustó con aparente esfuerzo, como si hubiera encogido en un par de segundos:

–Yo era muy chamaco. Eran tiempos en que me divertía juntando casquillos de la guerra. La gente andaba muy alebrestada, sobre todo en Jiquilpan y San Miguel el Alto. Mi jefecito, que en paz descanse, me llevó allá. Él compraba caballos; por esos rumbos hay muy buenos cuacos. No se me olvida una señora que recibió a su hijo baleado, pero todavía vivo, y dijo: «Qué cerca estuvo de ti la corona del martirio; debes ser más bueno para merecerla.» Fue lo primero que vi. Esas cosas marcan como el hierro de una res, cosas difíciles de ver cuando uno tiene los ojos muchachos. Todo mundo quería ser santo en esos confines. «La santidad está en barata», decían. Mi jefecito conoció al padre Reyes Maza, que montaba un caballo de gran alzada; a todos lados iba con su cuarenta y cinco y su rifle. Era un Pancho Villa con sotana y mirada de cuchillo. También conoció al padre Pedrosa, otro santo de la guerra, que montaba un buen cuaco.

Eleno se había quitado el sombrero, esta vez de forma definitiva.

–¿Y por qué la averiguata? –preguntó.

–Me interesa el milagro de la poza.

–¿No le contó su tío?

–Sí.

–¿Entonces?

–Hay detalles. Me interesan los detalles.

–Ya le digo que yo era muy chamaco. Mi jefecito acompañaba a doña Florinda en el manantial cuando el prisionero cayó al agua.

–¿El prisionero?

–Así le decíamos. Era más bien un convidado o un entenado, aunque tenía sus manitas atadas. Con mecate. Del grueso. Su tío le dijo, ¿no?

–Sí, pero no sabía que estuviera atado.

–Sólo de las manitas, por pura costumbre. Frumencio había sido maestro rural, de los que traían ideas herejes. En la segunda guerra de Cristo Rey, la de los treintas, se afortinó en la escuela de San Miguel con otros maestros. Mi jefecito estuvo ahí, con los cristeros; se arrimaron a la escuela y le pusieron sitio. A los cuatro días, los maestros se rindieron por hambre. Lo normal era agarrar a los prisioneros y cortarles las orejitas. Pero la gente andaba muy corajuda. Las mujeres cantaban «Jesús, aplaca tu ira», pero Jesús no la aplacó. Los maestros estaban tan desnutridos que no hubo que batallar mucho para cortarles las orejitas y despellejarlos vivos. Los ajusticiaron de uno en uno hasta que le llegó el turno a Frumencio. Entonces como que mi jefecito le agarró lástima o hasta cariño. Le cortó las orejitas, pero pos luego lo miró de frente y quiso salvarlo. A mi jefecito se le arrugó el corazón. Se trajo al maestro para acá. Lo metió en el cuarto del cacomixtle. ¿Ya sabe esa historia? ¿Tampoco? Un gato bravo se metió a la hacienda, pero sin buscar bulla, como para rendirse, con ganas de parecer mascota. Lo tuvimos unos meses encerrado hasta que se murió, yo creo que de tristeza. Se le quebró lo que llevaba dentro, las ganas de saltar, todo lo que vino a dejar de hacer aquí. En ese cuarto le echábamos buena comida, pero se murió de puro aburrido. Ahí mismo vivió Frumencio, mucho mejor que el cacomixtle. Casi no pedía nada, si acaso pedía ver sus orejitas.

–¿Quién las tenía? –Julio sintió un vacío en el estómago.

–Mi jefecito se las dio a doña Florinda, que era muy niña. Ella las guardaba. Su papá de ella las curtió, con eso que disecaba animales. Lo más raro del milagro es que el rayo fosilizó el árbol donde estaba Frumencio, pero también sus orejas se fosilizaron. ¡Y estaban aquí en la hacienda, en un cajón! Ahora su tío las tiene en la caja fuerte, con su jamón serrano y los bastimentos que le gustan. Son la prueba del milagro, la mera principal.

–¿Frumencio siempre iba atado?

–Ya le digo que era pacífico, pero también era hereje. Dios nos lo puso en suerte. El milagro lo volvió creyente. Pidió una Biblia y mi jefecito le cortó el mecate. Fue lo último que hizo antes de morir; no pudo ver a Frumencio convertido en predicador. Florinda se lo llevó con los franciscanos y anduvo recorriendo los montes como catequista. Le decían Pico de Oro por lo bien que hablaba. Como había sido maestro, el verbo se le daba. Una vez vino por aquí y celebró una misa al aire libre. Impresionaba mucho su cara sin orejas. Habló del paraíso. Dijo cómo era. Contó que ya muertos íbamos a pasear por toda la galaxia y los jardines de Saturno. Esto se me grabó, «los jardines de Saturno», tal vez porque mi padre se llamaba Saturnino.

Eleno se detuvo y escrutó las facciones de Julio. ¿Qué cara había puesto para que el otro lo mirara de ese modo?

Donasiano le había ahorrado la parte más truculenta del supuesto milagro. «Le tiene miedo a las orejas», pensó Julio. Eran la prueba decisiva, pero el tío la ocultaba por escabrosa. En cambio, Eleno hablaba de las orejas cortadas y los jardines de Saturno como de las cosas que traía de Los Faraones.

Quiso ver el cuarto del cacomixtle. Eleno lo llevó por un pasillo que desembocaba en una puerta enrejada.

—Antes olía peor, con eso de que no hay *water*. Frumencio hacía sus necesidades como podía. Un peón le echaba baldazos de agua pero ni así se iba el olor. Yo le llevaba de comer y me lo careaba un momento. Esa cabeza sin orejitas me daba pesadillas. ¡Y el olor tan jijo! Fueron años de pestilencia hasta que su tía Florinda tomó las riendas de la casa. Su tío Donasiano andaba en sus cosas, lee y lee. Florinda hablaba con nosotros, preparaba las visitas de ustedes, socorría a los enfermos del pueblo, no paraba. Ella se encargó de que Frumencio saliera a pasear a diario, acompañado de mi jefecito, y que se aseara un poco. Lo adecentó, la mera verdad. Ella lo seguía en sus paseos, de lejos, como aquella tarde en la noria. Cuando pasó lo del milagro, Frumencio ya era mansito. Bueno, siempre lo fue, pero entonces casi se volvió santo. Al salir del agua agradeció mucho su martirio. Cantaba letanías que era un primor. Es una lástima que mi jefecito muriera antes de oírlo predicar. Su tía le escogía cosas buenas para comer, patas de pollo, no los pellejos de antes. Ah, qué caray, la historia es tan bonita que ya se nos hizo tarde —Eleno consultó su reloj. Un reloj aparatoso, con cronómetros de buzo.

Julio no sabía qué era peor, la historia que había escuchado o la inocencia con que la narraba Eleno. Monteverde quería tenerlo de su parte con un milagro más tranquilo, ahorrándole pruebas que no podrían ser omitidas ante otro tribunal: las orejas calcinadas de Frumencio, la manos atadas del rescatado. ¿Hasta dónde podían llegar? ¿Había un límite en el misterio de la fe, un punto en que las heridas dejaban de sangrar como milagros y volvían a ser heridas?

Eleno hablaba de las «orejitas» en el tono en que la madre de Julio hablaba de los pechitos mutilados de Santa Ágata o las astillas de la cruz especialmente benditas que habían alcanzado a tocar el cerebro de Jesús. Esas voces, tan comprensivas con las pústulas, los gusanos en las llagas, los estigmas en las manos entregadas al sacrificio, habían clamado horrores cuando él tocó el cuerpo de su prima.

El Hombre Orquesta se alejó hacia el segundo patio. Tenía un porte espléndido a sus posibles setenta años. Parecía conforme con su suerte, entregado a las faenas siempre truncas de la hacienda. Con enérgica calma de titán se hacía cargo de un inmenso mecanismo descompuesto. ¿Habría llevado una vida oculta en otra parte? ¿Tendría hijos perdidos, algún amor suelto en Los Faraones? ¿Qué canciones, sueños o cohetes de feria llevaba dentro? O mejor: ¿existía Eleno por dentro?

Esa tarde Julio caminó por las afueras del pueblo, seguido de Don Bob, que le había cobrado un extraño afecto. Eleno lo alcanzó en la *pick-up*. Llevaba un bloque de hielo en la parte trasera. Había comprado refrescos. Buscó el más frío para Julio.

El aire ardía y fue una delicia beber el líquido que teñía las lenguas de colores. La de Eleno se había puesto naranja. El galgo los miraba, recostado junto a unos huizaches.

Julio sintió que había ganado una repentina camaradería con Eleno, tal vez por su diálogo de la mañana o por el solo hecho de que el tiempo pasara ante ellos. Se animó a hablarle de mujeres. ¿No le hacían falta?

Eleno lo vio, más con detenimiento que con extrañeza. Abrió mucho su mano, de dedos largos, con un anillo de hojalata. La señaló con el índice de la otra mano:

—Mi mujer —Eleno sonrió. Julio pudo ver su admirable dentadura.

Merecía esa respuesta. Obvia. Altiva. Animal. A los setenta años Eleno se masturbaba. Una sencilla prueba de vitalidad.

Julio se había propuesto alertar al Vikingo de los espantos cristeros. No podían falsear la historia con un evangelio rosa. Le mostraría el cuarto del cacomixtle, un cubil inmundo en esa hacienda donde sobraba espacio. No podía silenciar esa aberración, las orejas en la caja fuerte. Pero su amigo llegó devastado a Los Cominos, los ojos rojos, la cabeza llena de preocupaciones. Julio no quiso mencionar el reverso violento de la causa cristera, no tanto por consideración al Vikingo sino porque estaba seguro de que no lo iba a oír.

–¡El campo ha muerto, señoras y señores! –Donasiano levantó su vaso de colonche para improvisar un brindis–. Pero gracias a ustedes hay vida en el más allá. Pensaba que las haciendas ya sólo se salvaban si en sus tierras brotaba agua milagrosa.

–Después de *Por el amor de Dios* la gente se dará puñaladas por venir aquí –dijo Navarrete–. Esto puede ser un hotel de cinco estrellas. Nos ha pasado con otras locaciones. En realidad pertenecemos a una rama secundaria de la hotelería.

–La principal función del México colonial es servir de locación –sonrió Francesco–. La conquista dejó un *set* pintoresco.

Francesco había nacido en Turín y alguna vez pensó en volver ahí, pero lo frenó un hecho decisivo: en Italia sólo los muy poderosos podían ser corruptos; en cambio, en México cualquiera podía saltarse las reglas:

–Aquí hay democracia para las transas.

El tío rió mucho con la ocurrencia, como si toda su vida hubiera anhelado acceder al reparto de la mafia.

–No me sentía tan renovado desde que los espejos volvieron a esta hacienda –tocó los antebrazos de Alicia y Luciano, sentados junto a él.

–¿Qué onda con los espejos? –preguntó Navarrete.

–Cuéntale tú, Julito, que tan al tanto te has puesto en estas cosas. Ahí donde lo ven es un profesor de muchas papayas.

Mientras hablaba de Florinda, en la forma más escueta posible, la historia se ramificó de un modo molesto en su mente.

Julio no recordaba la destacada fealdad de su tía. Ciertamente era una mujer avejentada, sin gracia, indiferente a la mirada ajena; sin embargo, no podía distinguir en ella los acuciosos rasgos que hacían que su madre la llamara «mi monstruito».

Por las fotos que había visto, Florinda carecía de distinción: flaca y enjuta, sin que eso fuera muy notorio. Pero su madre vio en ella fealdad suficiente para justificar su soltería, y Florinda aceptó su sino; peinó a su madre por las noches y le cortó las puntas del cabello en cada luna llena, la acompañó en sus viajes, siempre mal vestida. El desaliño se convirtió para ella en una forma de la subordinación. Al aceptar quedarse sola, también aceptó la causa de esa determinación. Empeoró su condición en todo lo que pudo. Se jorobaba al sentarse, señalaba las cosas con un dedo torcido, entrecerraba los ojos en vez de usar lentes. Perfeccionó el método hasta que le resultó imposible verse en los espejos. No se convirtió en el adefesio profetizado, pero se sintió un monstruo perfecto. Deformada en su imaginación, hablaba mal adrede; decía «Grabiela», «ávaro», «suidad», «jaletina». Con la muerte de su madre, su vida dio un vuelco extraño. Virgen y avejentada, sacrificialmente fea, objetiva prueba de la bondad o la renuncia o la obediencia, vivió sin decir una mentira, desconocía el sabor del tabaco o la sensación de caminar en una playa, rechazaba los dulces y aun las invitaciones a misa (en los tiempos en que tenía suficiente vida social para ser convidada a misa). Cuando iba al dentista pedía que la trataran sin anestesia porque le había ofrecido su dolor a Dios. Quizá su único contacto sensual fue el pelo progresivamente blanco que peinó todas las noches. Esta vida castigada la fue dotando de una curiosa autoridad. Mientras los demás fracasaban en sus negocios y en su intento de ingresar a una vida para la que no estaban preparados, ella mantenía sus convicciones con reciedumbre bárbara. La revista *Time*, leída con teológica fiereza, le permitía hablar del mundo donde un negro ocupaba un cetro fatal y un monzón devastaba una costa impía. La radionovela *Alma Grande* contrarrestaba estas malas noticias con la incansable épica del campo, la inocencia primigenia de los hombres de a caballo que enfrentaban indios y cuatreros como en una misión sacramental.

Se quedó en Los Cominos con el otro solterón de la familia, y se hizo cargo de la propiedad con la firmeza y la legitimidad de quien escogía lo más desagradable para sí misma (al comer pedía siempre «la parte del indio»). Donasiano la dejó hacer porque le temía de un modo que con el tiempo se convirtió en una forma de la admiración.

Después de la muerte de su madre, Florinda se volvió aún más estricta consigo misma, como si la única manera de liberarse de su castigo fuera acentuarlo al máximo para que se confundiera con una decisión propia.

Después de que Frumencio salió de la poza en el huerto de los arrayanes, se hizo traer un caballete y una caja de óleos de San Luis. La mujer que abominaba de su imagen se consagró a la pintura, a los oleajes convulsos que a veces sugerían un rostro, un cuerpo estremecido. Pintaba estanques desmedidos, la pila bautismal donde acaeció el milagro. Su técnica nunca mejoró gran cosa, a pesar de que su producción fue avasallante. Donasiano aseguraba tener una bodega repleta con sus óleos.

Entre las cosas que Julio pensó sin contarle a los visitantes, había una decisiva: cuando se descubrió que él amaba a su prima, Florinda mandó llamar a Nieves a Los Cominos. A todo mundo le pareció normal que fuera ella quien la reprendiera. Tenía el mérito del sufrimiento. Se expresaba mal, movía los labios con reflejos inconexos, poseía una incontrovertible entereza.

Nieves quedó muy afectada por aquella visita a Los Cominos. No quiso repetirle a Julio lo que tuvo que oír. Regresó al DF dolida, como si pudiera haber algo de cierto en el inflexible delirio de su tía. Tal vez la devastó atestiguar de cerca un horror tan minucioso y familiar.

En la sobremesa, que ya duraba más que la comida, Julio no quiso ser muy específico. Mencionó la fobia por los espejos como una excentricidad casi simpática, semejante al olor que soltaban todas esas pieles de coyote o los murciélagos que siempre llegaban a las siete.

El Vikingo lucía cansado; a cada rato se quitaba esos anteojos que le sentaban mal y se frotaba los párpados con fuerza.

Eleno entró un momento al comedor, a entregar unos papeles. Julio lo había visto comer de pie en el patio, a través de la puerta de mosquitero. El caporal extendía su pañuelo sobre cualquier tablón o el brocal del pozo y rebanaba fiambres, frutas, un trozo de pan con su cuchillo de monte, sin dejar rastros ni migajas, en perpetua vigilancia. Julio sólo lo había visto emocionado por un momento, cuando habló con gravedad ante el Batallón de los Vientos.

La Monja del Dinero dijo que el colonche sabía a jugo. Entonada por la bebida, pidió permiso para cantar «algo». No se refería a una canción sino a un recital. La conversación se dispersó en grupos que buscaron una discreta huida de la cantante. Sólo Luciano y su gallo permanecieron a su lado.

La Monja cantaba bien, en un tono quebrado, esencial para esas historias de desamor, como si por dentro llevara a otra mujer, más sufrida e interesante.

Era el momento de pedirle un pase de coca al Vikingo, pero Julio se contuvo al ver a Alicia. Tomó a su amigo del brazo y lo llevó al patio:

—Me ibas a explicar lo de tus ojos rojos.

—¿Qué? —Su amigo seguía ausente.

—Llevas una semana sin dormir. Eso dijiste.

—Tengo una tensión cabrona.

—Tus amigos están felices con el proyecto —Julio señaló a los *scouts*, sentados al borde del pozo, en compañía de Alicia.

—Son emocionados profesionales. Viven así.

—¿Y tú?

—El pasado está de moda. ¿Sabes cómo le dicen al presidente? ¡Foximiliano! Nuestra democracia es tan moderna como Maximiliano de Habsburgo. Eso nos favorece.

—¿Entonces?

—Me llamó Félix. Desde entonces no pego el ojo. Pinche Félix, no es su culpa, pero tiene un tonito que jode mucho, ya lo conoces. Es asesor del señor Gándara. ¡Puta, ni con los cuates puedo dejar de decirle «el señor»! En el canal todos le decimos así, como si fuéramos un rebaño de mil peones. El caso es que Gándara llamó a Félix a su oficina de Tlalpan. Esto es una clave decisiva. —El Vikingo recobraba el ánimo a medida que contaba cosas que le desagradaban—. Los despachos de Gándara tienen un orden simbólico, como la Ciudad Prohibida de Pekín. Si te recibe en Tlalpan significa que empiezas a ser de confianza y que su urgencia es muy, pero muy cabrona. Félix no había estado ahí. Sólo ahorita se volvió tan necesario.

—¿Tú ya estuviste ahí?

—Dos veces. Con Vlady. «El señor» es un putrimillonario de la vieja escuela, una mezcla de Onassis y Hugh Hefner. ¿Te imaginas la humillación que significa ser despedido por alguien que te recibe en piyama? Gándara no comparte su intimidad, te la impone. La segunda vez que lo vi, su médico le estaba tomando el pulso, luego entró su peluquero, a retocarle las cejas; te recibe como si fueras parte de su aseo.

—Suena agradable.

—Gándara lleva años vendiendo telebasura, conoce el negocio mejor que nadie, no tiene necesidad de hacerse el simpático. Hasta cuando te ayuda es ultrajante. Te humilla regalándote el Rolex que lleva puesto, cosas así. En fin, no puedes esperar que el zar del sentimentalismo sea normal. Para mí, lo más extraño es que viva tan aislado y conserve el olfato de lo que pega en la calle. Vlady es de las pocas personas que *no* le dice «el señor». No me veas así. ¡Claro que se la cogió! Miles de mujeres han pasado por él. Pero casi todas le dicen «el señor».

—Una gran diferencia, supongo. Pero tú sí le dices «señor».

—Mira, mi pedo no es de fórmulas de cortesía. Tampoco de celos. Vlady es lo que es. Está buenísima, ha tenido sus rollos... Félix está preocupado. —El Vikingo hizo una pausa—. Gándara lo preocupó.

—¿Te importa la preocupación de Félix o la de Gándara?

—Félix es asesor de primera fila, mueve más hilos de los que supones. Él sugirió que te buscara. Me preguntó si me acordaba del güey que escribió un solo buen cuento en su pinche vida y se arruinó por cogerse a la chilena con la que todos queríamos.

El Vikingo guardó silencio. Alicia se acercaba al rincón donde ellos hablaban. Llevaba algo en las manos. Se acercó otro poco. Julio pudo ver un pájaro recién nacido. Su sobrina

160

señaló a Navarrete. Había rescatado al pájaro del pozo. El *scout* alzaba el pecho como un Guardián de la Bahía.

Julio señaló al Vikingo con los ojos. Alicia entendió que debía dejarlos solos. Caminó hacia el comedor, donde la Monja del Dinero seguía cantando. El gallo había salido al patio; picoteaba el maíz que Luciano le lanzaba desde la puerta del comedor.

El Vikingo volvió a hablar:

—Félix sucumbió al shock de la opulencia. Está enculado con Gándara. En la oficina de Tlalpan hay una barra con cantinero, de película de los años cuarenta, máquina de café italiano y unos sofás de poca madre. El sitio ideal para que te hagan esperar muchísimo. Pero Gándara nunca te hace esperar, no en Tlalpan. Apenas has tomado un sorbo de tu martini cuando una diosa en minifalda te lleva a ver a Midas. Hay que decir que también Félix ha calado en «el señor». Gándara es incapaz de leer una cuartilla, todo hay que decírselo en persona y en idioma de televisión. Contrata a intelectuales para que le hablen como telegrafistas. Ya ves lo mamón que puede ser Félix. Supongo que con Gándara se ha vuelto escueto. A la primera cita de Plotino lo mandaría a chingar a su madre.

—¿Y qué pasó en la reunión?

—Gándara le dijo a Félix que estaba al cien por ciento en el proyecto, pero que no podía cambiar la geografía del país.

—¿Vamos a pedir que nos devuelvan Texas?

—¡No mames, pendejo, esto va en serio! Vamos a grabar en toda la zona cristera, andamos buscando locaciones, ¡yo estoy aquí!

—Ya lo sé.

—Se corrió la voz —el Vikingo desvió la vista para comprobar lo que ambos ya sabían, que estaban solos, en un rincón de la hacienda oloroso a guano de murciélago—. Vlady llegó con un apoyo muy fuerte de dinero al proyecto. En algunos lugares del país no quieren a esos coproductores.

—¿Eso dijo Gándara? ¿Dijo «coproductores»?

—No te claves en las palabras. El cabrón habla como empe-

161

rador chino. Félix entendió esto: Gándara le advirtió que no va a jugar con fuego. La entrevista fue el día que mataron al gringo.

–¿Cuál gringo?

–¿Serás pendejo? El que murió aquí.

–¿Galluzzo?

–Como se llame.

–Robaba agua, lo tenían amenazado.

–¿Y por qué no lo mataron antes? ¿Por qué esa misma tarde encontraron una pinche Suburban con placas de Sinaloa a trece kilómetros de la hacienda donde vivía? Adentro había cuatro pasajeros. Ninguno tenía cabeza. No sé a qué chingados vinieron los de la Suburban, pero murieron como narcos. Tal vez venían a proteger al gringo, a darle un pitazo...

–Era un pinche loco, ¿qué les podía interesar de él? Aquí no hay nada.

–Nada que se enseñe en la Sorbona.

Julio dejó pasar la frase. Sabía que la iba a escuchar en cualquier contexto mientras no regresara de manera definitiva a México.

–El gringo mandaba droga al otro lado, con los migrantes. Es un método hormiga que empezó en la frontera con Guatemala. Con los millones de cruces ilegales que hay al año se asegura un flujo impresionante.

Donasiano había dicho casi lo mismo, pero sólo ahora la información cobraba sentido. Julio pensó en los indios que trabajaban para Galluzzo. Los vio descender por la Puerta de Babilonia rumbo al valle amplísimo. Si era cierto que llevaban droga, ¿cómo se reunían al otro lado?, ¿qué red los articulaba?, ¿quién coordinaba las entregas?

–Galluzzo murió envenenado, como ladrón de agua –insistió, sólo por escoger el horror menos complejo.

–Sólo sé que me está cargando la chingada. Ando en la ultraparanoia, no lo niego. ¡Hasta pensé en el asesinato del cardenal Posadas! Acuérdate que los principales sospechosos eran los Arellano Félix y luego visitaron al nuncio del Vaticano en el DF como si nada. Las relaciones del narco con la Iglesia son rarísimas. Tal vez quieran detener la telenovela.

–O detener al cártel que apoya la telenovela.

–¡Ningún cártel apoya la telenovela! No me jodas.

–¿Cómo le digo a los amigos de Vlady que te tienen tan nervioso? ¿Qué quiere decir «coproductores»?

–Mira, si rascas y rascas, cualquier dinero tiene que ver con el narco. Así funciona este pinche país. La droga mueve tanta lana como el petróleo en un buen año. Algunos de esos billetes están en tu cartera, otros en la mía. –El Vikingo hizo una pausa, respiró hondo, como si le doliera algo–. ¿Sabes cuándo supe esto? Ayer. Entrevistaron en la tele al mamerto ese que traduce tu mujer. Es un hígado, pero tiene mucha información.

–¿Constantino Portella?

–Ése. Escribió una narconovela que es un bodrio exitosísimo. Retrata muy bien el cabrón: parece un actor; por ningún motivo crees que escriba.

«Retrata muy bien.» Paola había descrito a Constantino Portella como semiguapo, no muy buen escritor, pero agradabilísimo.

Julio caminó hacia el patio, dando por terminada la conversación. Todo era culpa de Félix Rovirosa. Él los había juntado, él transmitió la angustia del «señor».

–¿Y si Félix te mintió? –se volvió hacia el Vikingo.

–¿Para qué?

–Le encanta producir ataques de pánico. Por eso se dedicó a la crítica literaria.

Se despidieron con abrazos excesivos cuando las campanas daban las diez de la noche. El Vikingo rechazó las múltiples invitaciones del tío a dormir en Los Cominos. Después de horas de tertulia, los visitantes recuperaban la urgencia de su oficio. El lunes empezaba en unas horas. La Monja del Dinero debía entregarle un reporte al «señor», Francesco y Navarrete esperaban a un técnico de efectos especiales que iba a llegar de Los

Ángeles, el Vikingo tenía dos reuniones simultáneas en dos mesas de un restorán de Polanco. El escape del tiempo había terminado.

Afuera los aguardaba un chofer de piel aceitunada y pelo azuloso de tan negro. Tal vez su letargo en el asiento de la camioneta había sido más extenuante que la reunión en la hacienda. Se dirigió a la Monja del Dinero en forma untuosa y la ayudó con sus carpetas como si fueran láminas de vidrio. Ella se dejó caer en el asiento y se quedó dormida antes de que Donasiano repartiera su último abrazo, que fue para el Vikingo:

—Aquí tienes tu casa, m'hijo —acarició la barba ceniza del guionista.

9. EL SALVAVIDAS

Julio consiguió un departamento amueblado en la colonia del Valle. Había renunciado a exigir un espacio en verdad acogedor. El sitio estaba cerca de donde estudiarían las niñas y esto le bastó de entrada; luego descubrió que tenía otras virtudes y creyó haberlas distinguido desde el principio.

Respiró el aire ajeno que durante un año sería suyo. El encierro había depurado un olor predominante, a campamento africano. Los dueños pertenecían a Médicos sin Fronteras y habían vivido en sabanas y junglas tropicales. Las paredes, las repisas y las mesas mostraban trofeos de lejanas residencias anteriores. Máscaras de ébano, collares con conchas de mariscos raros, efigies de dioses o jefes de tribu. Algunos adornos parecían provenir de Oceanía, otros del sur de Estados Unidos. Un folklor distinto del que Paola esperaba encontrar en México, pero que apaciguaría desde el desayuno sus ansias de otredad.

Le gustaba intuir a las personas por sus pertenencias, vivir en la invisible compañía de esos extraños. Los enseres de la cocina (muy variados, para faenas precisas seguramente conocidas por Paola) informaban de gente con habilidad manual; las artesanías exageradas (un escudo oblongo al final del pasillo, de una madera pesadísima, con dos lanzas cruzadas en equis) hacían pensar en aventureros que conviven bien con los problemas, del todo distintos a Julio, que aprovechó la mudanza para sacrificar libros que en el fondo no le interesaban ni había leído y juguetes fáciles de olvidar para las niñas.

Un detalle le intrigó en el decorado. Un juego de cañas colgaba del techo del baño; parecía algo más que un adorno, algo menos que un utensilio. Quizá alguno de los médicos tenía un padecimiento extraño y colgaba ahí una faja, una tela elástica, una prótesis ligera. O quizá se tratara de un símbolo, algo muy apreciado en un desierto distante. Curioso que los médicos tuviesen un talismán de ese tipo, pero todo era posible. Se le ocurrió descolgar las cañas. Luego juzgó que a fin de cuentas no ocupaban tanto espacio y lo hacían sentirse agradablemente ajeno en su país; ya Paola decidiría si se arriesgaban al maleficio de modificar aquel posible objeto de poder.

El pasillo estaba tapizado de esterillas de delgadísimos carrizos. Era eso lo que despedía el olor africano.

Abrió las ventanas pero sirvió de poco. Hasta las cajas de cereal se habían impregnado del olor. Al día siguiente, durante el desayuno, Julio eructó y reconoció en su aliento el resistente aroma de la esterilla, como si hubiera comido una parte de la casa.

Paola le habló desde Florencia para saber cómo iba todo.

—La casa bien, pero huele raro.

—¿Raro cómo?

—A campamento africano. —Julio vio las lanzas cruzadas en equis al fondo del pasillo.

En Florencia llovía y el aire le traía a Paola melancolías de infancia. Anhelaba una casa bajo el sol, con pieles de leopardo y música de tam-tam. Ésa sonaba de maravilla, un refugio africano.

—¿Y qué más? —preguntó ella.

Julio logró silenciar cosas que le importaban y no sabía cómo contar: los anillos en el pie de Alicia; el cuerpo torcido de Galluzzo en el tractor; Luciano dormido en el pasillo, afuera de la estrecha recámara de Donasiano; las manos de palmípedo de Monteverde; la tímida agonía del aire que giraba en el radiostato; el rostro de Eleno ante el Batallón de los Vientos, hierático, inescrutable, asimilado a los secretos minerales de ese valle; el perro clavado en el buró; el milagro en espejo; el agua oscura de la poza, que le gustaba a Florinda porque no podía reflejarla.

Repasó las imágenes como el galgo que corría en el polvo de Los Cominos, en busca de que eso, de algún modo, significara un recorrido.

–Dime cómo me extrañas –le dijo Paola.

Julio era un desastre para esas ternuras y por eso ella se las pedía. Paola rió mucho con su desastroso esfuerzo de extrañarla con detalles.

En una calle del centro (Victoria o 16 de Septiembre) Julio vio un trozo de horror urbano. El taxi en que viajaba se detuvo junto a un perro tantas veces atropellado que se había convertido en una filmina orgánica adherida al pavimento. Un camión pesado aplastó otra vez la superficie castañorrojiza, desprendiéndole un jirón. Lo peor de eso es que lo había visto muchas veces. Quiso pensar en otras cosas, pero dio con una variante de lo mismo: el perro sarnoso en la Rectoría de Iztapalapa, de pelambre color cerveza, a punto de expirar cuando él tomó la decisión de ir a Italia a cualquier precio. Luego pensó en el perro de Los Cominos, diminuto y tenso en el buró; estaba ahí para eso, para no dejar en paz las ideas y alterar los sueños, escuálido y rapado como el perro azteca que guiaba al inframundo.

Esa secuencia de perros le recordaba las ganas que tuvo de irse de México, la insuperable lacra que se aliviaría muy lejos. Ahora el guión se revertía. Estaba de vuelta, en la tierra borrosa que escogió Nieves.

El viaje de Los Cominos al DF, en tres autobuses distintos, lo puso en contacto con demasiadas películas de karatekas (para colmo, en el tercer autobús su asiento estaba en una especie de promontorio, a treinta centímetros de la televisión). Ante los gritos de dolor o enjundia de esos actores de Hong

Kong, pensó en el miedo que Félix Rovirosa le había metido al Vikingo. «Félix vive para vigilarnos.» Eso había sido siempre, un vigía: en los congresos donde detectaba errores como una extraña prueba de su afecto («lo siento pero otra vez tengo que mejorarme»), en el taller de Orlando Barbosa, en los viajes donde los agraviaba con las destrezas prácticas que aprendió en West Point (qué manga de inútiles eran ellos ante su pericia, no sólo para zurcir sino para elevar a un insólito nivel de perfección lo que creían hacer bien; tender la cama, por ejemplo). Más allá de reafirmar su superioridad de comparatista, ¿por qué se interesaba en ellos?, o más específicamente, ¿por qué se interesaba en él?

Dormitó ante el estruendo de los karatekas, incapaz de seguir considerando a Félix Rovirosa. Ya en el DF, estuvo veinte minutos junto al perro atropellado y todo cristalizó de otra manera. Recordó al comparatista diez años atrás. Félix lo había visitado en Lovaina y de ahí fueron a Amberes. Ansiaba conocer la casa de Rubens («me encantan las carnitas»). Junto a un canal hablaron de demasiadas cosas hasta que se les hizo tarde y su antiguo condíscipulo hizo un enérgico movimiento de boxeador para ver la hora. Julio le descubrió una cadenita en la muñeca, una cadena femenina, de coqueta filigrana. «Voy a ir a Lourdes», explicó Félix, «mi hermana me pidió una medalla; llevo la cadenita puesta para que no se me olvide.» Algo hizo que Julio tomara la muñeca de Félix, como si el encargo de su hermana le interesara mucho. Entonces vio la cicatriz, una cicatriz en equis. «¿Y esto?», preguntó. «Me la hice en Chacahua, con tu reloj», contestó el comparatista.

Nunca antes habían hablado de eso. En los tiempos del taller fueron de campamento a las lagunas de Chacahua y durante varios días Félix mostró sus molestas habilidades prácticas. Rentaron la palapa de un lanchero que también se convirtió en su proveedor de mariguana.

Una tarde, a una hora de pleamar en la que casi nunca nadaban, Julio entró al agua perfectamente mariguano. Una ola lo revolcó y la corriente lo llevó adentro. Tragó agua, abriendo mucho los ojos al entorno verde y repleto de burbujas. Pensó que eso era la muerte. Un vaso de burbujas. Nadó con desesperación hasta golpearse con el fondo. Increíble haber nadado en picada. Las burbujas seguían ahí, ahora enturbiadas por la arena. Braceó y pataleó hasta que sintió un contacto. Félix tuvo que golpearlo para maniobrar con él. Se encajó la hebilla de su reloj; llegó a la arena chorreando sangre. Un testigo de la escena habría creído que el rescatado era el rescatista. Julio miraba el horizonte con la paz que le otorgaba la falta de oxígeno y la mucha mariguana.

En Amberes, Félix sonrió con sus dientes magníficos y se pasó la mano por la melena que empezaba a ser gris: «A veces pienso que te saqué del agua para ver si valía la pena salvarte.» Durante largos segundos silenciosos Félix mantuvo su sonrisa. Miraron una barcaza llena de gaviotas. Se diría que habían apostado algo en esa playa distante, la causa por la que Félix lo sacó del agua, un secreto que él no llegaría a saber, algo que se quedó en el mar para la víctima.

Julio no dejaba de agradecer que Benedetto le hubiera preparado el camino para cortejar a su hija, pero le costaba trabajo sentir gratitud ante la suficiencia con que Félix recordaba su pasado en común. Sacó del mar a un zombi intoxicado. ¿Por qué Julio le dio esa oportunidad, por qué se convirtió en el desastre que el otro podía solucionar? Si tenía amigos de verdad, como el Flaco Cerejido, ¿qué necesidad lo llevó a acampar con alguien que quizá sólo necesitaba sus defectos?

Félix se rascó la cicatriz: «Lo peor es que tu reloj ni siquiera era a prueba de agua. Sólo lo llevabas porque estabas pasadísimo.» Otro detalle agraviante. La cicatriz estaba ahí, bajo su propio reloj.

No dijeron más. Al día siguiente, Félix quería ir a Gante a ver *La adoración del cordero místico*. Hablaron de pintura, los cuadros que en su juventud conocieron por las diminutas reproducciones de los cerillos Clásicos, lo difícil que había sido enterarse de las cosas y la motivación paradójica que había en eso, en llegar a los cuadros obvios como a un misterio largamente pospuesto al que sólo llegan quienes lo merecen, la sensación de que conocer lo normal era «estar en el secreto». La lejana orilla de la que partieron les había dado ese fervor de exploradores. Se trenzaron bajo el agua entre burbujas que se hinchaban como cifras de la muerte y uno de los dos permitió que estuvieran ahí, años después, ante el agua quieta de un canal, repasando la pregunta que podía ser estremecedora o divertida pero no dicha: «¿Valió la pena?»

La planta baja de la Casa del Poeta, el edificio donde murió López Velarde, estaba ocupada por tiendas de música alternativa, artesanías, serigrafías de solidaridad o de protesta.

Nada de eso tenía que ver con Rovirosa. El presidente del patronato detestaba las actividades de la Casa.

—Mira nomás —señaló un cartel a la distancia.

Julio no llevaba lentes y no supo si el otro leía o inventaba:

—¡Impartimos talleres de Escritura Inmediata, Danzoterapia, Makramé Zen, Artesanía del Alma! Puras estafas. Pero no hay dinero para otras cosas y los talleres se subsidian a sí mismos. En el fondo, lo único que logramos es impedir que una mansión de la colonia Roma se convierta en un Sanborns o un *table-dance*. Algo es algo.

Tomaron un café tibio en el bar Las Hormigas. El encargado los trató con deliberada negligencia. Tal vez le molestaba el aire de repentino propietario del hombre de melena ceniza que cada dos meses pasaba por ahí.

Félix contempló su taza de café como si estuviera envenenada. Las deficiencias del lugar confirmaban sus teorías sobre el estado del país. Torció una ceja satisfecha al ver que la taza y el platito pertenecían a vajillas distintas.

Julio le habló de Monteverde. Esperaba un veloz epigrama en contra de los sacerdotes metidos a críticos literarios, pero Félix tardó en responder. Seguía con la mirada el vuelo de una mosca verde. Finalmente habló con distracción, como si sus palabras dependieran del sitio al que iba a dar la mosca. Elogió a Monteverde a su manera, concentrándose en lo que sus virtudes permitían lamentar: había escrito un ensayo espléndido sobre la poesía del padre Ponce; una lástima que no se dedicara más a fondo a la crítica para la que estaba tan dotado:

—Leemos muy mal lo que pasa en provincia, es un país secreto.

Félix había nacido en Puebla. Como Julio, provenía de una familia de terratenientes arruinados. Su madre administraba una tienda de antigüedades. Una de sus aportaciones al taller de Orlando Barbosa fue un cuento erótico que terminaba con barrocos ángeles en llamas. La estancia en West Point y el rencor clasista de su entorno fueron una educación perfecta para que a los dieciocho años ingresara a una célula de comunistas poblanos. Cada miércoles llegaba al taller en la torre de Rectoría cargado de volantes hiperradicales de la Universidad Autónoma de Puebla. Félix el Joven politizaba sus juicios al grado de retirarle la palabra a alguien por vestirse en Liverpool o Suburbia, almacenes alejados de las manos verdaderas que tejían los suéteres de Chiconcuac.

En sus primeros años de lector furioso, Félix descubría signos conservadores con la refinada paranoia de quien ha crecido entre ellos.

Alguna vez Julio acompañó a Félix a la terminal de autobuses de Ciudad Universitaria donde el entonces comunista emprendía su regreso a Puebla. En el andén, su amigo citó a Maiakovski. Un perro callejero se refugió entre sus piernas y movió la cola al ritmo de los explosivos versos rusos. Los ojos de Félix brillaban como si fuera a bajar del autobús en Río Frío para incendiar aldeas hasta que la nieve de los volcanes reflejara las rojas llamas de su rebelión. Julio sintió el morboso orgullo de estar junto a alguien que haría célebres cosas horrendas. Félix Rovirosa hablaba con la contundencia sin fisuras del que se suicidará por su ideal en una selva lluviosa, morirá por la envenenada traición de sus más próximos aliados, perderá un brazo al dinamitar una sucursal bancaria y sobrevivirá para alzar una prótesis cromada.

Nada de eso sucedió. La única acción dramática de Félix fue salvar a Julio. Ni siquiera siguió escribiendo cuentos. ¡Qué escuela de silencio impartió Orlando Barbosa! El vitalismo sin freno de ese maestro con camisas y nombre de orquesta tropical los llevó a vías muertas.

—«No haremos obra perdurable. No / tenemos de la mosca la voluntad tenaz.» —Félix citó a Renato Leduc, tal vez en referencia a su propio pasado de cuentista, a la escasa producción de Monteverde o al simple trayecto de la mosca verde, posada en una botella de Anís del Mono.

Para cuando Julio salió de México, Félix ya leía con pasión a los poetas mexicanos, se distanciaba de la militancia, hablaba del Gulag y el universo concentracionario como si conociera sus letrinas con tanta pericia como los cuartos de West Point. Sus «años rojos» lo facultaron para tener la fe de los conversos del mismo modo en que las costumbres de su familia alimentaron su ira comunista. Lentamente, estas transfiguraciones se detuvieron hasta consolidar al inquietante renegado de la izquierda.

Félix Rovirosa disfrutó su condición de profeta minoritario, cuando no único, en foros, publicaciones y universidades. Inició una extensa cruzada contra lo políticamente correcto en la que reivindicaba las estrategias argumentales de la injuria y la arrogancia. Difícilmente hubiese prosperado en un país de maneras tan cuidadas de no ser porque aportaba datos esenciales, preparaba insuperables ediciones críticas, impartía seminarios donde el rigor y la erudición se convertían en formas de la teatralidad.

La vida privada del conservador ilustrado no había estado libre de rumores. Soltero hasta los cuarenta y dos, fomentó leyendas de donjuanismo que fueron relevadas por sospechas de homosexualidad hasta que, hacía apenas unos cuatros años, se casó con una japonesa a la que conoció en Kioto, mientras estudiaba los haikus de Tablada.

Rovirosa ganaba un dinero desmesurado para un profesor, producto de asesorías a fundaciones privadas y de una certera relación con los medios de comunicación. Rara vez abarataba su imagen apareciendo en pantalla, pero no perdía oportunidad de recomendarle a los gerentes una sesión de «lluvia de ideas» con la seguridad de un brujo maya que recomienda un sacrificio humano. Nada de esto le constaba a Julio, pero en sus encuentros en Lovaina o París y en sus esporádicos regresos a México Félix le hablaba de su trabajo de asesor con el hermetismo de quien tiene un mandato cósmico: «estoy detrás del señor».

A fines de los ochenta, Julio asistió a un congreso en la Universidad de las Américas, con la que Félix estuvo vinculado largos años.

El campus de Cholula parecía extraído de una postal de Estados Unidos. Prados perfectos, canchas deportivas, rutilantes aulas de cristal, cafeterías donde una juventud dorada bebía refresco en lata. Todo esto a unos minutos de la gran pirámide, las iglesias coloniales, los antros donde el estudio se compensaba con atractiva y lóbrega intensidad. En ese ámbito de privilegio, el ascendiente de Félix era absoluto. Los alumnos mencionaban sus cursos con temerario orgullo de corresponsales de guerra. Algunos, muy pocos, se referían al productivo masoquismo que significaba tenerlo de director de tesis. La influencia del comparatista abarcaba los más diversos rincones del campus. Al término del encuentro, el rector dio un almuerzo en su comedor privado y explicó que las truchas habían sido preparadas siguiendo la exigente receta que el doctor Rovirosa había sacado de un texto de Humboldt.

Julio durmió en los agradables cuartos que los estudiantes de hotelería operaban a orillas de la universidad. Félix vivía al lado, en las casitas de profesores. El jueves pasó por él a las diez en punto. Era «noche de aquelarre». El viernes los alumnos se dispersaban rumbo a las casas de sus padres en Puebla o el DF.

Por cada una de sus 365 cúpulas, Cholula parecía tener una discoteca abierta hasta el amanecer. Rovirosa lo llevó a un sitio difícil de asociar con su reputación, un domo del que caían rayos láser morados y amarillos, al compás del *heavy-metal*. Durante horas escucharon algo que parecía un interminable disco pirata de Led Zeppelin. La sugerencia alcohólica del lugar se llamaba «cucaracha». Se tomaba con popote y en llamas. Tres alumnas o ex alumnas de Rovirosa se sentaron a la mesa y bebieron con fruición sus «cucarachas». El alcohol no les produjo el anunciado efecto Gregorio Samsa. Las chicas se limitaron a criticar a Félix por haberles pedido que leyeran *La Regenta* hasta el final.

Entre rayos de luz morada y meseros a punto de caer en su afán de servir las copas al ritmo de los solos de batería, el comparatista habló a gritos con sus alumnas o ex alumnas acerca de un nuevo restorán donde sofisticaban el mole poblano, y del imposible paradero de Usmail, un estudiante dominicano tan errabundo como su nombre. Julio no advirtió el menor flirteo entre Rovirosa y las mujeres, pero vio cómo los miraban desde otras mesas. La situación bastaba para incrementar la fama de priapismo del canoso profesor.

No le extrañó saber, algunos años más tarde, que Rovirosa había salido de esa universidad con un récord no muy limpio. Comoquiera que sea, su reputación no se vio dañada por el rumor de que sus dedos pasaban con facilidad de los ficheros a los tatuajes de las alumnas. Sus infaltables enemigos cometieron el error de denostarlo con detalles *soft-porno* que delataban su envidia, y se perdieron en inciertas interpretaciones lacanianas para tratar de demostrar que las muchas mujeres del comparatista constituían el espejo secreto de su vida *gay*. La maledicencia fortaleció su leyenda.

Bajo el domo del *heavy-metal*, Rovirosa gritó anécdotas a las muchachas hasta que ellas se despidieron con la cautela apropiada para un profesor cordial pero célebre.

–Hay cosas que el diablo construye en una noche –dijo Félix durante un pasaje de reverberación, las cuerdas de la guitarra eléctrica frotadas con un arco de violín. Luego se puso circunspecto–: ¿Eres creyente? –le preguntó a Julio.

El tema, por decir lo menos, estaba fuera de lugar.

–Me persigno en los aviones. –Julio trató de aligerar la conversación–. Son las capillas de los miedosos.

Recordó la madrugada en que llevaron a Claudia de emergencia al hospital. Su hija tenía una oclusión intestinal. El médico de guardia cometió el error de pensar en voz alta: les dijo *todo* lo que podía ocurrir. Él le pidió un cigarro a Paola y salió a toser el humo a la intemperie. Moriría sin aprender a darle el golpe a un cigarro. Odiaba esa sensación en la garganta, pero necesitaba algo en que ocuparse, el humo de los condenados. Estaban en las afueras de París, a orillas de una carretera húmeda y azul. Caminó hasta una cuneta donde encontró una botella azul con flores. Detrás de la botella, entre pastos crecidos, había una cruz. Alguien había muerto ahí. No leyó la inscripción. Se arrodilló maquinalmente y rezó, con infantil desesperación. Había olvidado la secuencia del padrenuestro. Volvió, una y otra vez, sobre las mismas cosas que había que pedir y perdonar. Regresó al hospital, los ojos enrojecidos por el humo y las lágrimas. En la puerta estaba Paola, con una sonrisa que era un permiso para vivir. No pensó que sus plegarias pudieran haber sido oídas ni que el hombre o la mujer o la niña atropellada en esa cuneta hubiera intercedido por ellos desde el cielo. El rezo le ayudó a ocupar un lapso de angustia. Ésa era su religión, como contar ovejas, recordar los nombres de los emperadores aztecas, los sitios de la ruta de Hidalgo, las posiciones de la vuelta ciclista a Francia, una serie entre dos datos decisivos, un rito infantil, como leer las letras ínfimas de la caja de cereal mientras su madre le decía algo espantoso. Nada muy extraño en una especie que tocaba madera y suprimía la fila trece en los aviones.

A Rovirosa se limitó a decirle que su familia era el mejor antídoto contra el catolicismo.

—La mía también. —Félix parecía pensar en otras cosas.

Por seguir la plática, Julio le devolvió la pregunta.

—No sé si soy creyente —respondió Félix—, pero prefiero vivir como si Dios existiera. Lo que sí me consta es que el diablo existe. ¿Ves a ese güey? —señaló a un mesero uniformado, con una pechera que llevaba ocho botones—. Sabe quién soy, pero se hace el desentendido. Me trata con el recelo con el que nos tratamos todos. Teme que lo vaya a joder o a humillar y yo temo que me vaya a transar o a envenenar. Es el pacto del diablo.

En ese momento el mesero fue alumbrado por dos reflectores y bailó como muñeco electrificado. Aunque pretendía «dar ambiente» al lugar, sus contorsiones demostraban la existencia de algo indefinido pero sin duda horrible.

—¿Sabes qué te envidio? —Félix sonrió para subrayar lo insólito de que él le envidiara algo—. Que veas todo como si fueras el mismo de hace años, siempre a punto de irse de México.

—Me fui, Félix, y no es tan cómodo como supones.

—Esa parte no te la envidio. Pero has logrado desentenderte de los dobleces, los agravios, las sospechas, los favores vengativos, las cuentas pendientes de la vida mexicana. Todo se te escapa. Vas a llegar a los ochenta con el hígado intacto.

Por suerte, Félix suspendió su análisis. Una pelirroja volvía atractivos los mismos pasos que antes fueron ridículos en el mesero (otra faena del diablo). Félix la admiró con ojos de lúbrico centauro. En ese momento daba vergüenza estar con él, compartiendo esas sillas que parecían cáscaras de plástico. Tal vez lo suyo era mirar y había encontrado una manera de llevar el comparatismo al sexo.

Luego los ojos de Rovirosa se dirigieron a la bóveda de la discoteca, donde los rayos láser se cruzaban en triángulos. De no ser por el entorno, su rostro hubiera sugerido una contemplación fervorosa.

Se volvió hacia Julio, como si de pronto descubriera que estaba ahí.

—¿Sabes lo que le falta a este país? —Rovirosa tenía las mejillas enrojecidas—. Honor. Eso le falta.

Julio no quiso contradecirlo. Entre las muchas cosas que le faltaban a algo tan defectuoso como México por supuesto que cabía el honor. Pero resultaba una prioridad algo curiosa.

—Nos han jodido. ¿No te da rabia?

Félix Rovirosa parecía más ebrio por sus ideas que por las «cucarachas».

—¿Quiénes nos han jodido? —le preguntó Julio.

–Los otros. «El infierno son los otros», ya lo dijo Sartre, que era un diablo. Este puto país está mal hecho.

–¿Y tú lo vas a componer?

Por suerte, su amigo o colega o antiguo condiscípulo guardó silencio. Se limitó a acariciar la mesa. Tocó el filo de plástico en forma molesta, como si quisiera hacerse daño.

Julio recordó aquello del honor en su visita accidental al cementerio de Montparnasse. Algo se perdió en el pasado y volvía en forma compleja. Un simpatizante del doctor Salvador Nava, el gran enemigo del cacique potosino Gonzalo N. Santos, ponía una placa en memoria de Porfirio Díaz, otro cacique, aún más poderoso. La violencia, siempre a punto de aflorar en el presente, de pronto reclamaba regresar al orden perdido. Félix Rovirosa se consideraba demasiado original para buscar refugio en la *Pax* Porfiriana. Su familia lo había vacunado contra ese camino de regreso. Añoraba o deseaba algo más vago, grandioso y difícil de obtener. Esa noche lo llamó «honor».

Años después Julio entró en el cubículo que el comparatista acababa de estrenar en la UNAM. En la pared había puesto un grabado que representaba a un guerrero en armadura, apenas visible en la bruma de una colina, a orillas de una ciénaga. El grabado había sido impreso en dos tintas. La ciénaga era roja. Félix debía de verse a sí mismo de ese modo. Un héroe solitario, que no deponía las armas, asediado por la niebla y la fatiga, ante un lago teñido de sangre.

Tal vez en su vida secreta tuviera una idea épica de sí mismo, la espada que corregía algo en un país bárbaro. Lo cierto es que Félix acentuó sus defectos de carácter con la seguridad de quien sabe que una misión ulterior los justifica. Hostil y burdo en el trato diario, aspiraba a ser visto como una inteligencia insobornable en el balance de su vida entera. No le había ido mal en el intento. Al hacerse de muchos enemigos menores, despertó las simpatías de varios príncipes de las letras deseosos de recibir los elogios que sólo daba por excepción. Por otra parte, su mal genio permitía valorar al máximo sus ocasionales brotes de amabilidad. «Conmigo ha sido monísimo», decía una colega. «No tengo una sola queja de él», presumía alguien, como si en el caso de Félix el trato normal fuera un don magnífico.

Poco a poco esas manías empezaron a ser vistas como los arrebatos complementarios de un Gran Hombre. De alguien excepcional no hay por qué esperar que sea tratable. Para sus seguidores, la agresividad de Félix dejaba de ser un simple rasgo de mala educación para singularizarse como «personalidad». Un académico con el colérico temple de artista sensible. Un guardabosques solitario, un altivo explorador, un guerrero a orillas de la ciénaga roja, un salvavidas reacio, que ayudaba a pesar de sí mismo.

—Me gustaría que Monteverde se acercara a la Casa. Tráelo por aquí —le dijo a Julio en la Casa del Poeta.

Era justo lo que no deseaba oír.

—México sigue siendo un rancho infumable, pero empiezan a remitir los odios acumulados durante setenta y un años. Lo que el PRI institucionalizó no fue la Revolución sino el rencor.

Curioso que alguien movido por una furia discordante celebrara el fin del odio. ¡Qué trabajo costaba ser contemporáneo de Félix Rovirosa! ¿Soportaría un año en la cercanía de ese compañero de generación que sólo el Atlántico volvía aceptable?

Félix se había sometido a un tratamiento de acupuntura para dejar de fumar. De cuando en cuando se llevaba los dedos a las sienes y presionaba un diminuto esparadrapo. Hacía un gesto de dolor satisfactorio y volvía a la plática, como si las ideas le llegaran de la sien.

—¿Y cómo está tu única virtud innegable, Paola? El alma de las mujeres es una tierra extraña: Olga en tu juventud, Paola ahora que eres un ancianito.

Julio le preguntó por su mujer:

—Sumi es de un refinamiento fabuloso —dijo—. No sabes lo que una japonesa puede hacer con los pies. Pero nunca sabrá quién soy.

–Una ventaja para ella.

–Morirá antes de entender las mil maneras en las que se ofende un mexicano.

–Que lea tus textos.

–Ella es la sádica de la relación, no puedo hacerle eso. –Félix puso cara de masoquista feliz y apuró lo que quedaba del café–. Voy abajo, a firmar unas actas.

10. VAQUERO DEL MEDIODÍA

El rumor del tráfico en Álvaro Obregón entraba por la ventana. La luz caía en diagonal, corpúsculos de polvo flotaban en el aire. El encargado del bar había desaparecido.

Julio sintió una modorra repentina. De cuando en cuando, un ruido llegaba del edificio. Se martillaban tablones, un muro era taladrado en un piso superior. Cayó en un torpor blando y agradable.

Un hombre tropezó a su lado, pero él tardó en advertir lo que sucedía. Abrió los ojos y vio un brazo enfundado en pana que parecía surgir del sueño.

—¿Te acuerdas de mí, cachorro?

Un rostro moreno, picado de viruela, lo veía como si lo conociera.

Julio respiró un tufo a alcohol industrial. El desconocido tenía un pelo ralo que dejaba ver costras. Sus uñas eran negras, sus dedos amarilleaban de nicotina. Llevaba un bastón, hecho con una rama de nudos incómodos. La barba le crecía como una especie de lama. Pero no dejaba de sonreír:

—¿Qué? ¿No te acuerdas del Vaquero del Mediodía?

—¿Ramón? ¿Ramón Centollo?

—Is barniz.

—Perdón, no te reconocí.

—Piso 10. Torre de Rectoría. Taller de Orlando Barbosa. 1973-74 —Ramón Centollo habló como si leyera una placa conmemorativa—. Ahí estuvimos todos. Todos los que después no sucedimos —se sorbió los mocos y agregó, de modo inverosímil—: ¿Te acuerdas de Olga Rojas? —cerró un ojo pícaro—. Yo también me la cogí. Perdón, sé que luego fue tu vieja, pero, como dice la canción: «ya lo pasado, pasado» —canturreó de estupendo humor.

Costaba creer que el poeta Centollo se hubiera convertido en el amasijo que exudaba olor a alcantarilla; costaba creer que fuera de su edad, que estuviera vivo, que se hubiera acostado con Olga, que repitiera la extraña mentira del Vikingo y Félix.

—¿Te retiraste, verdad, cachorro? No sucediste.

—¿Y tú qué, eres el chingón de la pradera?

El tono de Julio le sentó bien a Ramón. Movió el cuello, marcado por un perímetro de mugre, para acomodarse la solapa del saco, y continuó de buen ánimo:

—Yo tampoco sucedí —sonrió—. Las mafias no me dejaron. Ya sabes cómo es esta pocilga. Si no le lames los huevos al príncipe, te jodes. Aquí sólo hay cortesanos. No hay lugar para los poetas de hierro. Nunca habrá genios indecentes, irregulares, hijos de la chingada. Las vanguardias chidas de América (El Techo de la Ballena, los Nadaístas, La Mandrágora) jamás hubieran ocurrido en México. La rebeldía no es de este rancho. Publiqué en revistas de Perú, de Chile, de Colombia, de Venezuela, ahí tengo *brothers*, ahí están mis pares, mis carnales del alma, ¡chupe y chupe! Ahí no importa si un poeta se coge a su perro, no tienes que ser un señorito, un *gentleman* fifirifi, un cosmopolitólogo, todo lo que hay que aparentar en Mexicalpan de las Tunas. Rolé por los Andes y el Amazonas, encontré poetas de lumbre, no mamadas, nada de haikus sobre la caída de la hoja. Luego me regresé y me hicieron el feo. Las viejas no, ellas sí reconocen la calidad, el paño fino —sonrió con atroz coquetería—. Pero me fui cansando, no existí. ¡Me han atropellado dos veces! —agregó, como si eso tuviera que ver con su cansancio o su fracaso poético—. ¿Entonces qué? ¿Me invitas una chela? ¿Una chevita, una chevechita, por los viejos tiempos? —dijo con tierno saliveo.

El encargado había vuelto a la barra. Centollo le produjo un asco superior al desprecio que le había provocado Rovirosa. Julio pidió dos cervezas. El encargado las llevó, como si lo hiciera por narcisismo humanitario. Increíble la fuerza expresiva que podían tener unos párpados. «Ojos de mamerto», pensó Julio.

Ramón limpió la botella con una servilleta de papel, luego con la manga de su saco. Puso enorme esmero en la tarea, considerando que podía haber algo más sucio que su saco.

Julio recordó a Centollo en el taller del piso 10. El poeta era entonces un tipo de hombros cuadrados, chamarra de bolsas múltiples para llevar libros y manuscritos, risa estruendosa para festejar sus propias ocurrencias, melena rizada de astro de las maracas. Incluso Félix Rovirosa lo trataba con miramientos para no activar en mal sentido su ironía. No parecía haber suficiente whisky, suficientes drogas, suficientes separos policiacos, suficientes electroshocks para contener la vitalidad de Ramón Centollo.

—¿Entonces qué, cachorro?

—Deja de decirme «cachorro».

—Es de cariño. A mí me siguen diciendo Vaquero del Mediodía, por la hora en que entraba a las cantinas. No me molesta que en mi actual situación de penuria económica el apodo sea falaz. Pero hay días como hoy que justifican mi mediodía. ¿Puedo decirte «cachorro»? Es sólo un ratito, mi rey, y me excita tanto —Ramón entornó los ojos, como una diva del cine mudo.

—Chinga tu madre.

—¡Eso! Que los académicos espoleen el idioma, que jodan las palabras: «¡Chillen, putas!» —La cerveza parecía tener un efecto inmediato en su organismo; puso cara de honda reflexión y dijo—: Si no te digo «cachorro», ¿cómo te digo?

—Cachorro está bien.

—Mira que si por alguna circunstancia no te gusta, no voy a forzarte. Es de cariño, ya te dije, para pensar que alguna vez hiciste algo más creativo que cogerte a Olga.

—No me la cogí.

–Además de modesto, ¡puto! –Ramón metió la mano en un morral del que podía salir cualquier cáscara–. ¿Te enseño algo?

Le tendió una tira de papel enmicada. Un recorte de periódico. Costaba trabajo discernir las letras a través de la película de grasa que cubría la mica. Aun así, Julio descifró un precipitado elogio de la poesía de Centollo: «un *beat* que mira a través de anteojos en plena combustión».

Centollo le arrebató la reseña.

–No sabes qué es, ¿verdad?

–Una crítica.

–No seas pendejo, no te acuerdas, ¿verdad?

–¿De qué?

–¡Tú la escribiste, pendejo!

El encargado miraba el lugar como si nada aconteciera.

Julio se recordó entregando la reseña en un suplemento cultural de la época. Había llevado dos críticas positivas y el jefe de redacción le dijo: «A la próxima, tráete un ataque. La crítica no es para hacer relaciones públicas.» No hubo próxima vez. Su elogio a Centollo fue su último trabajo de relaciones públicas. Treinta años después, la realidad justificaba la mala leche de ese jefe de redacción:

–No creas que soy de esos hijos de la chingada que se ofenden cuando los ayudas –dijo Centollo–. Me encanta que me hagan favores. 23 de febrero de 1973. Ese día salió tu reseña. No volvió a salir otra sobre mí.

La primera, y acaso única, colección de poemas de Centollo, impresa en mimeógrafo, llevaba el título de *Afta*. Resultaba difícil conciliar al poeta transgresor de entonces con su devoción para conservar aquel recorte. Los ojos le brillaban cuando dijo:

–¿Sabes qué? Hay cosas que te pasan sólo porque eres joven. Cuando fui a casa de los papás de Olga me convidaron un whisky. Nunca nadie me había ofrecido un trago en una casa. ¿Y sabes por qué? Porque tenía dieciocho años. Las cosas me pasaban porque tenía dieciocho años.

Centollo parecía a punto de llorar.

—23 de febrero de 1973 —repitió—. Lástima que luego te jodieras. Porque te jodiste, ¿verdad?

—Un poco. Sí.

—Te voy a hacer un regalito, nomás pa' que veas la gratitud que te guardo. Dispárame otra cheve y te cuento algo bien pinche.

En ese mismo nivel del edificio, a unos cuantos metros, Ramón López Velarde había muerto a los treinta y tres años. De algún modo, también el Ramón que lo miraba con ojos expectantes se extinguió a esa edad. Sus últimos años no habían sido otra cosa que una demolición cuyo misterio consistía en no haber llegado a un total acabamiento. Nada tan decisivo como el fin de los poetas, la firma de su vida. Torres Bodet existió como burócrata, pero murió como poeta, de un tiro en su escritorio. La mitología popular juzgaba apropiados esos desenlaces para los ladrones del fuego. Asunción Silva pidiéndole a un médico que trazara un círculo sobre su corazón para no errar el disparo cuando se decidiera a hacerlo; Pound encerrado bajo la doble llave de la locura; Neruda agonizando en el cerco del golpe militar; Apollinaire alcanzado por una esquirla en las trincheras. A diferencia de la horda dorada a la que deseó pertenecer, Centollo empezó a morir desde el principio y no hizo otra cosa que empeorar sin llegar al fin. También en eso había fallado.

López Velarde padeció mucho la repentina muerte de su amigo Saturnino Herrán («él ignoró que iba a perecer y que perecía»); unos años después, en un cuarto cercano, ¿el poeta entendió que se iba? La hipótesis de Monteverde se fundaba en eso: el poeta supo que agonizaba y buscó un balance espiritual, la fe del minuto decisivo; acentuó adrede su martirio, se entregó en nombre de algo que lo trascendía.

De acuerdo con el poeta, Herrán deliraba en su lecho como un «infantil moribundo», rodeado de mujeres dispuestas a cualquier cosa por él. Un detalle inquietaba a Julio. Según López Velarde, su amigo sintió el brazo entumido y temió no poder volver a pintar; entonces «imploró a las Verónicas presentes que le mordieran la mano». Ellas obedecieron con toda naturalidad. Devotas, entregadas, las «santas mujeres» mordieron con fruición los dedos del pintor.

La escena podía repasarse muchas veces sin que perdiera misterio. Lo mismo sucedía con la muerte de Ramón López Velarde. En cambio, Centollo, destinado al desplome, seguía durando, caía sin fondo, ajeno a la contundencia que el folklor exigía a los poetas. Un poeta sin obra, o sin otra obra conocida que su muerte sin fin.

Julio pidió otras dos cervezas. Sentía el vientre hinchado, pero cualquier molestia secundaria ayudaba a estar con Centollo. Su antiguo compañero de taller volvió a limpiar con esmero la botella.

—Soy hombre metódico, no te dejes llevar por las apariencias. Me caes bien, cachorro. Te voy a pasar una información confidencial. «Sólo para tus ojos», como decimos los agentes al servicio de Su Majestad. El doctor Rovirosa te está poniendo.

—Me está... ¿*poniendo*?

—¿Ya no dominas el idioma de Ilhuicamina? ¿Qué pasó, mi chómpiras de plata? —La segunda cerveza acercaba a Centollo a un desfiladero mental.

—Llevo más de veinte años fuera.

—Cierto. Se te escapan los modismos policiacos inventados desde entonces. Nada ha enriquecido tanto el español de México como la violencia. «Poner» significa fabricar a un culpable; te colocan en situación para que alguien te chingue. No pongas esa cara de borrego misterioso porque el asunto es más cabrón de lo que piensas. Rovirosa trae pique contigo, desde que te cogiste a Olga, supongo. Te tiene ojeriza, te odia sabroso, pero todavía no te quiere dar el arponazo.

—¿Qué espera?

–Tengo dos hipótesis de trabajo. Una es que espera órdenes. Por más cabrón que sea no se mueve solo. ¿Has visto el carro que trae? Rovirosa es lacayo de gente muy picuda.

–¿Y la otra hipótesis? –Julio no podía sustraerse a ese diálogo inconcebible.

–La otra es que espera que mejores como rival. Con todo respeto, como dicen en la televisión, pero no es muy meritorio sacrificarte como estás. El doctor necesita que subas de categoría. Estoy al tanto. Nadie conoce una ciudad como los policías y los mendigos. Perdón por este arrebato sociológico, pero a veces me da por la Escuela de Frankfurt, y yo estoy en una interesante intersección sociométrica: un mendigo con alma de investigador de homicidios. Le he seguido la pista a Rovirosa, me interesa todo lo que tenga que ver con el taller de Orlando, todo lo que *no* sucedió ahí. A veces paso por la casona de Félix, que fue del Indio Fernández y donde nadaron Dolores del Río y María Félix, ¡qué decadencia la de nuestra República: de María Félix a Félix Rovirosa! Paso por ahí y me regalan revistas o alguna botella de vino a la mitad. El cabrón me ha corrido mil veces, pero su esposa la japonesa y sus sirvientas me tienen cariño. Conozco a su jardinero, al chofer que le lleva paquetes del canal de tele, al velador que cuida la casa cuando él anda de viaje, al chavo que saca a pasear a sus perros japoneses, a todo mundo y su tía. Tengo enlaces, apunto cosas, abro los ojos. Rovirosa te odia. Vine a prevenirte. ¿Te parece casual que recorriera diecisiete kilómetros del DF para tropezarme contigo? Respírame, cabrón. ¡Estoy aquí!

Julio no quiso preguntarle cómo sabía que él estaba ahí. Toda la situación empezaba a sobrarle.

–Dame fuego, carnal. –Ramón sacó un Del Prado. Lo lamió con deleite antes de encenderlo.

Mientras lanzaba el humo al elevado techo del salón, volvió a hablar de fechas y frases oídas veinte años atrás, con una memoria de enferma exactitud. Para Julio, lo único bueno de esa época era que ya había transcurrido.

–Tengo que irme –dijo.

Pensó que su antiguo amigo trataría de retenerlo, pero se limitó a decir:

—No te pierdas.

Félix Rovirosa volvió al bar Las Hormigas con rostro descompuesto. Se tocó las sienes. Las agujas seguían en su lugar. Un golpe de aire le había alebrestado la melena. Julio pensó en el grabado de la ciénaga roja. Félix había estado en las oficinas en la planta baja de la Casa del Poeta, firmando papeles en su calidad de presidente del patronato. Pero no era eso lo que le preocupaba.

—¿Sabes quién es Gándara? —preguntó.

—Sí: «el señor» —sonrió Julio.

—Estuve con él hace poco —bajó la voz para subrayar la importancia de ese encuentro—. Nuestro proyecto se ha convertido en la parte central de su visión. Por lo mismo, se trata de algo difícil, lleno de problemas. Ahí tienes al Vikingo.

—¿Qué pasa con él?

—Le sobran ideas. Es un borrego loco. Se enamoró como un perro de Vlady Vey. Qué nombrecito, carajo, apenas puedo pronunciarlo. Está tan enculado que no ve la magnitud del proyecto.

—¿Y tú sí?

—Gándara quiere darle un giro al asunto, volverlo más trascendente.

—Define «trascendente».

Félix se frotó el pelo con fuerza. Olvidó sus agujas en las sienes y se hizo daño. En lo que buscaba una respuesta, Julio agregó:

—¿Más trascendente significa menos cerca de los narcos que apoyan a Vlady?

Sintió que ganaba una mano en la partida, pero Félix lo vio con suficiencia. Dos, tres, cuatro segundos. El silencio trabajaba en favor de su desprecio. No iba a decir lo que sabía y su mirada implicaba que sabía lo suficiente.

Tomó una botella vacía y la hizo girar sobre la mesa. La detuvo antes de que dejara de girar, con la embocadura hacia Julio.

–Gándara quiere otro proyecto. Paralelo a *Por el amor de Dios*. Un *reality-show*. Nada vende tanto como la verdad. La televisión se ha vuelto eso, un circuito cerrado que vemos como si fuéramos guardias de control. Gente en un cuarto. La intimidad es más grotesca que el sentimentalismo actuado. *Por el amor de Dios* va a tener gancho con su reivindicación del morbo católico. ¿Qué pasaría si eso anclara en el presente y fuera *verdadero?*

–Supongo que me lo vas a decir.

–Rodaremos un documental paralelo sobre los milagros de López Velarde, sin tomar partido, con posturas en favor y en contra, una polémica chingona hasta presentar el segundo milagro, que ocurrió nada menos que en la locación de *Por el amor de Dios.*

–¿Hablaste de eso con Monteverde?

–Espérate. Los dos proyectos se cruzan: la historia de los cristeros y el calenturiento calvario de Vlady Vey entronca con la beatificación en vivo y en directo del poeta. Imagínate la discusión al respecto, las magníficas mentadas de madre que nos va a pegar la prensa de izquierda, las entrevistas con gente vinculada con los milagros velardianos. ¿Sabes cuántos están dispuestos a testificar en favor de la santidad?

–El Vikingo dice que a Gándara le preocupan los amigos de Vlady.

–Es un tipo muy cuidadoso. Sabe desconfiar –Félix dijo esto último con enorme admiración.

–¿Hablaste con él de tu *reality-show?*

–Monteverde no quiere que hablemos de la canonización hasta que esté asegurada. Teme que abaratemos o pongamos en peligro el proceso. No se da cuenta de que, si faltan pruebas, saldrán con el fervor de la gente. La santidad se construiría mejor en vivo y en directo.

–¿Desde cuándo hablas con él?

–Un año, tal vez. Cuando nos vimos en París ya estábamos

en tratos. Es muy tozudo, muy secretero, muy de ir poco a poco.

–Tiene razón.

–A mí me da lo mismo si al final no canonizan al poeta. No somos una Iglesia, Julio. Lo importante es discutir a fondo a López Velarde, ponerlo en tela de juicio, ver dónde resiste y dónde no.

–Por lo menos Monteverde cree en lo que dice.

–Monteverde quiere establecer vínculos eruditos entre el poeta y el catolicismo. Necesita, si no el aval, por lo menos cierta simpatía de la Casa del Poeta para darle seriedad a su proyecto; él ve la obra de López Velarde como las *Confesiones* de San Agustín, un pecador arrepentido hasta la santidad. Yo me quiero implicar en el asunto pero con ruido. Es más: me quiero implicar por el ruido. Los efectos me valen sorbete.

¿Cuánto cobraría Félix Rovirosa por su cinismo?

Julio tocó el borde de la mesa. Hubiera querido tener el valor de voltearla para ver si el encargado prestaba atención.

Félix se levantó y dijo en tono suave:

–Donasiano te necesita. Eres su única salida.

11. COCINA INTEGRAL

Despertó a las tres de la mañana. No buscó estrategias para matar el insomnio; fue a la cocina y se preparó un café, dimitiendo de su responsabilidad de dormir. Las niñas habían dejado un tamarindo con chile piquín en un plato. Comió golosamente en lo que hervía el agua. En la sala, tomó la edición de Archivos de López Velarde, siguiendo un impulso que aún no cobraba forma pero que parecía tener meta precisa. Pablo Neruda lo aguardaba con su descripción ficticia de la casa de López Velarde: «Me tocó alquilar la vieja villa de los López Velarde en Coyoacán, a orillas del Distrito Federal de México. Alguno de mis amigos recordará aquella inmensa casa, plantel en que todos los salones estaban invadidos de alacranes, se desprendían las vigas atacadas por eficaces insectos y se hundían las duelas de los pisos como si caminara por una selva humedecida. Logré poner al día dos o tres habitaciones y allí me puse a vivir a plena atmósfera de López Velarde, cuya poesía empezó a traspasarme.» Al paso de los párrafos, la fantasía ganaba precisión: «La casa fantasmal conservaba aún un retazo del antiguo parque, colosales palmeras y ahuehuetes, una piscina barroca, cuyas trizaduras no permitían más agua que la de la luna, y por todas partes estatuas de náyades del año 1910. Vagando por el jardín se las hallaba en sitios inesperados, mirando desde adentro de un quiosco que las enredaderas sobrecubrían, o, simplemente, como si fueran con elegante paso hacia la piscina sin agua, a tomar el sol sobre sus rocas de mampostería.»

Aquel escenario umbrío, adornado con la elegante melancolía de sus estatuas rotas, parecía ideal para otro Ramón, Valle-Inclán, en su fase de Marqués de Bradomín, pero resultaba excesivo para las alcobas pueblerinas de Jerez o los cuartos que López Velarde habitó en la ciudad de México. Y, pese a todo, la fantasía de Neruda conservaba cierta lealtad onírica con el mundo velardiano, un mundo alunado, recorrido por muelles pasos felinos, donde las claves domésticas se perdían en un desorden vegetal. López Velarde-Neruda: un gato soñado por un tigre.

La leyenda se preservaba en esa mentira de estatuas que tomaban el sol. El mito crecía como las enredaderas en la presunta casona de Coyoacán, sobre muros falsos que importaban cada vez menos; el follaje, terco, renovado, los cubría hasta lograr que no hubiera otra realidad que la de esas hojas, siempre a punto de ser otras.

Comió una barra entera de tamarindo, gran combinación con el café cargado. Las ocasionales caídas de agua en las tuberías del edificio eran agradables a esas horas; una seña espaciada de que la vida y sus descargas seguían en ese entorno. Leyó el texto hasta situarse en una casa semejante a la descrita por Neruda. No estaba en un jardín con quiosco ni anchos troncos milenarios, pero tenía el noble deterioro que el padre de Nieves valoraba como «antigüedad».

En los tiempos de San Luis, el DF aparecía en las conversaciones como una tentación y un peligro. Casi siempre fue el fallido último remedio.

Nieves y él llegaron casi al mismo tiempo a la capital, en un intento de sus familias por sacudirse el detenido aire de la provincia. Él tendría doce años, ella nueve.

San Luis se convirtió en un escenario progresivamente lejano, plazas con edificios de piedras rosáceas, chocolates en cajas de madera, palanquetas de cacahuate, la calabaza en tacha que comían en Día de Muertos, la iglesia de San Francisco con su barquito de cristales. Un mundo donde los adultos bebían whisky sin sospechar que el tequila que despreciaban como cosa de pobres llegaría a ser carísimo y donde nadie, absolutamente nadie, comía una lechuga. Casonas en las que sobraban cuartos y faltaban baños, patios con mosaicos blanquinegros, macetas de helechos, picaportes de porcelana, todo más viejo que en el DF, donde los padres de Julio consiguieron una casa que, sin llegar al rutilante esplendor de la que rifaba *Excélsior*, tenía un prometedor aire norteamericano. Sólo Chacho Valdivieso, el padre de Nieves, alquiló una mansión tipo San Luis, un palacete desastrado con un largo jardín que en la imaginación infantil de Julio estuvo tan poblado de estatuas como la casa que Neruda le inventó a López Velarde.

Los árboles, plagados por plantas trepadoras, estaban revestidos de doble follaje. El pasto crecía hasta las rodillas de los niños. En el suelo húmedo medraban las hormigas, las cochinillas, las lombrices. Encontraban agujeros que quizá conducían a remotas madrigueras de roedores. No había nenúfares ni una piscina que se llenara con agua de luna, pero sí una fuente circular con un delfín del que manaba un agua lenta y casi siempre sucia.

Nieves tenía pocos juguetes, incluso para aquella época. El jardín, lodoso de agosto a enero, se extendía como su diversión posible, el terreno donde podían buscar los fantasmas que creyeron ver en Los Cominos.

En la capital, la familia no estuvo tan unida como hubiera exigido su reputación. Quizá hubo pleitos que no se mencionaron, quizá Julio pasó por una de las muchas fases de insoportable hijo único que le echaron en cara sin conseguirle un hermano que las remediara, quizá la ciudad cumplió la temida amenaza de separarlos con sus distancias, sus peligros, sus horarios.

Apenas frecuentó a los demás primos que siguieron el mismo éxodo de la derrota. Nieves y él se veían más porque sus padres llevaban mal tener hijos únicos. Durante años, la madre de Julio consultó a un médico en la Beneficencia Española del DF con el temor de encontrar a un conocido de San Luis en la sala de espera. Pero tuvo que resignarse a esa maternidad exigua y a juntar a su familia con la de Chacho Valdivieso con una asiduidad que no hubiera sido necesaria en caso de contar con más progenie.

Los domingos fueron las tardes junto al delfín que abría su boca de piedra hasta que empezaron a llevar a Julio a otros sitios, más escogidos como sustitutos de un pasatiempo que como auténticas diversiones. Visitaron lotes en Echegaray donde nunca vivirían, fueron a un ballet acuático con payasos insufribles, hicieron una cola extenuante para entrar en un rodeo de coches, todo con tal de no mencionar que habían dejado de ir a casa de Nieves. De pronto hubo silencio, distancia, palabras rotas como claves.

Algo modificó la rutina que llevaban, algo indecible, relacionado con la tía Carola, madre de Nieves, una mujer que llegó a la familia por una ruta más alejada de lo que convenía a los numerosos recelos de la tribu. Carola no participaba en los círculos católicos donde los demás parientes buscaban las no siempre dramáticas emociones del chisme y la filantropía. Venía de una familia sonorense, práctica y numerosa, en la que siete hermanas sabían escribir a máquina con furiosa celeridad.

Para un clan que se aferró a vivir de las haciendas y luego de las rentas, nada resultaba tan sospechoso como los oficios, sobre todo si tenían que ver con las mujeres. En un pasado tal vez perdonable, Carola había estudiado para secretaria bilingüe. Al llegar al DF ocurrió algo atroz: ese pasado se hizo necesario. La madre de Julio pronunciaba con gustoso recelo el nombre forzado del templo pagano donde Carola había ido a parar: Sears Roebuck.

Julio admiraba las destrezas prácticas de la tía Carola. No tejía con agujas sino en una máquina que manipulaba como un teclado, y preparaba un pastel de zanahoria que era una especie de triunfo alquímico: sin ser muy sabroso, asombraba que pudiera ser de zanahoria.

Le maravilló saber que Carola trabajaba en un sitio capaz de torcer la boca de su madre. Para Julio, Sears representaba un paraíso del olfato. Nada olió mejor en su infancia que la bofetada de aire artificial que se sentía al entrar ahí, una atmósfera enriquecida en sucesivos pliegues nítidos: la tibieza de las palomitas, el aroma salado de los cacahuates, la perfumería que mezclaba la infinidad de sus fragancias suaves.

En Navidad, el escaparate de Sears era presidido por un Santa Claus de risa mecánica, muy superior a los Reyes Magos de barbas pobretonas con los que él se retrataba en la Alameda. En su casa, el 6 de enero seguía siendo el día importante en que los Reyes le llevaban regalos que sus padres llamaban «cuelgas». En Navidad recibía unas pasitas cubiertas de chocolate o un cuarto de pistaches. Aunque módicas, estas golosinas pertenecían a la vida dinámica y avasallante, de intensidades fabriles, de la ciudad que empezaba a ser suya.

Durante un almuerzo tan singular que Julio no pudo olvidar el anodino budín del postre, su madre habló de la tía Carola y de su jefe, un gringo de nuca pelirroja. Habló así, como si ese hombre sólo existiera de espaldas.

Desde que Carola trabajaba, Chacho se hacía cargo de los asuntos domésticos; las sirvientas se le regresaban a Los Faraones con una frecuencia pasmosa, fumaba sin parar, tomaba cafiaspirinas cada dos por tres, comía de pie en su propia casa, como si estuviera contratado ahí.

Julio veía al tío Chacho como a un interesante enfermo de los nervios. Todo mundo lo respetaba por su soberano desdén hacia las cosas concretas y porque sabía alemán. Estudió en Austria algo incierto que básicamente lo facultó para tener recuerdos del extranjero. Leía partituras de ópera y pronunciaba tan bien en dialecto vienés que podía decir «Guadalajara» sin que se entendiera. Era el último en despertarse en Los Cominos (si se apuntaba a una cacería, acababan saliendo al mediodía, cuando las liebres ya dormían la siesta). Pasaba horas en una tumbona bajo el sol sin que su piel adquiriera un tono más oscuro que el pan de centeno que tanto disfrutó en Viena. Comía más que nadie pero no engordaba, gracias a un metabolismo que lo llevaba a tapar todos los baños de la hacienda y a que Donasiano le dijera el Liberal.

La indolencia de Chacho, su capacidad para desentenderse de cualquier cosa que pudiera describirse como una «diligencia», la forma en que el sol y los alimentos llegaban a su cuerpo sin producirle efectos, eran vistos como un confuso pero innegable signo de categoría. No se sabía bien por qué, pero estaba por encima de sus circunstancias. Su apostura algo mofletuda no lucía en las fotos y hubiera sido ridícula en un retrato al óleo, pero resultaba ideal para un gobelino. Chacho Valdivieso se hubiera visto bien en un tapiz, rodeado de los perros que nunca sacaba a pasear y el trompo que no se molestaría en recoger.

Cuando su mujer empezó a trabajar en Sears, esta atractiva situación de renunciante se convirtió en la de un abandonado. Una Nochebuena, el tío Klaus Memling, pariente político que sólo veían dos veces al año, lo humilló ante el tazón donde hundían sus jarritos de ponche. Memling había nacido en Hamburgo; él y Chacho se saludaban en forma marcial, tronando los tacones de los zapatos, cantaban canciones de fraternidades estudiantiles con un descolocado orgullo pangermánico, evocaban épicos guisos de ciervo y esperaban que en todos los partidos del Mundial Alemania remontara el marcador en los últimos diez minutos.

A diferencia del tío Klaus, Carola era fuereña de un modo molesto; venía de la rural Sonora, donde nacieron los jefes que consumaron la Revolución y donde nada había durado lo suficiente para que los prejuicios fueran más que los venados. En cambio, Memling era visto como alguien largamente entrenado para enterarlos de las proezas que puede producir la disciplina. Alemania había caído en inconcebibles lluvias de fuego, pero se levantó de los escombros como si recibiera un tónico. Ejemplo de la sobrevivencia dolorosa, Memling tenía una reputación admirable que nadie pensabe en imitar.

Eso le otorgaba licencia para decir cosas raras. Sin embargo, nadie estaba preparado para oír la propuesta que hizo esa

Nochebuena. Un amigo suyo había abierto una agencia de viajes. Chacho podía trabajar ahí. Hablaba idiomas, había ido a buenos hoteles, en México sobraban playas y pirámides.

El padre de Nieves vio el ponche como si buscara una clave para el oprobio en los restos flotantes de caña de azúcar. Luego levantó la vista, con un odio plomizo. No quiso honrar esta impertinencia con una respuesta. ¡Memling pretendía que él repartiera desconocidos por la geografía! Se llevó el jarrito de ponche a los labios y comentó: «Falta azúcar.» En su mitología personal esto era valioso. Atesoraba momentos en los que Bismarck o Metternich enfrentaban una disyuntiva histórica sin perder el interés por mejorar la receta de algún postre. En su mente, la épica estaba representada por una acción pospuesta en favor del punto fino de azúcar *glass*. Quiso ser lujoso en su indiferencia, un mariscal que no capitula ante la provocación, pero todos advirtieron que mientras el tío Klaus hablaba del potencial de Chacho en el turismo, la tía Carola asentía con tal convicción que Julio memorizó su camafeo color compota.

Cuarteadas por el salitre y las goteras, las paredes de la casa de Nieves despedían un aroma que se impregnaba en los muebles y aun en las personas. Nieves olía a trapos, a ropa de criada. El abandono del jardín, fabuloso para los niños, delataba que no podían pagarle al jardinero. Chacho no dimitió en su dignidad (jamás sería empleado), pero su esposa tuvo que hacerse de un trabajo.

Obligado a enfrentar temas domésticos, el padre de Nieves se sintió un intruso en su casa y se apartó al ático donde guardaba grabaciones de ensayos de grandes directores. En sus años buenos, esta afición peculiar despertó en la familia la admiración con que se distingue a los expertos en algo inexplicable. A partir de su aislamiento, los discos en los que Von Karajan regañaba a su primer violín fueron vistos como una preocupante excentricidad.

En forma típica para la familia, la solución resultó peor

que el problema. Se apartaron de Chacho. El pequeño Julio no merecía ver aquel desplome. Pero había otras preocupaciones. Durante aquel almuerzo en que comieron calabaza en tacha, su madre concibió un plan que involucraba a Julio:

–Tú tienes los ojos niños –le dijo–. Miras más.

De manera bastante esotérica, agregó que debía vigilar a su tía para saber si se «entendía» con su jefe. La palabra había sido escogida para proteger a Julio de la comprensión. Su papel le pareció tan vago como el privilegio de tener «ojos niños». De cualquier forma, le gustaba estar cerca de Carola y pasar horas en el almacén.

Empezaban las vacaciones de verano cuando su madre habló con la tía. No tenía con quién dejar a Julio, él la adoraba, ¿podría visitarla en Sears?

Los empleados se acostumbraron a verlo a unos metros del escritorio donde Carola manipulaba la máquina de escribir sin ver el teclado; cada tanto, abofeteaba el rodillo con suavidad, como si lo elogiara por travieso. A su lado, un botellón de agua electropura esperaba el momento en que alguien presionara el botón para producir gordas burbujas de aire y llenar un cono de papel. A Julio le fascinaba la consistencia endeble de los conos, a punto de diluirse en forma fresca.

Muy cerca del escritorio que debía vigilar, se encontraba la sección de alfombras. Julio respiraba el aturdidor aroma de lo que espera ser desenrollado.

Como las primeras semanas fueron infructuosas en lo que se refería a entregar informes comprometedores de la tía Carola, la madre de Julio precisó que «entenderse» significaba «verse bonito» o «tocarse sin necesidad aparente». La aclaración complicó las cosas. Julio estudió al jefe de su tía, un pelirrojo cargado de hombros, con lentes verdosos que dificultaban saber si veía «bonito», y ademanes enérgicos de vendedor de coches en los que resultaba intrincado distinguir si tocaba algo sin necesidad.

En una caja de madera de la chocolatería Costanzo, Julio guardaba fichas de plástico que llamaba «pensadores». Al frotar las fichas entre los dedos podía imaginar con mayor facilidad partidos de fútbol, robos bancarios, cacerías en África. Esta versión primitiva de los videojuegos ocupó el tiempo lento en que vivía.

Carola, preocupada por su sobrino en el sofá, sin más diversión que la de acariciar fichas, mejoraba su situación pidiendo que le subieran de la planta baja nueces confitadas y palomitas. Al final de la tarde, ella recogía las migajas que habían quedado en el sofá con una aspiradora en miniatura, perfecta para un jet.

El coche de Carola tenía aletas de tiburón en la cajuela y toldo verde pistache (el resto era blanco). Cuando llevaba a casa a Julio, él lamentaba que el trayecto, demasiado breve, le impidiera disfrutar a fondo del desodorante de vainilla que salía de un negrito de plástico colgado del espejo retrovisor.

En ciertas ocasiones, la tía usaba un suéter guinda, atravesado por dos horizontales blancas. Un regalo de su hermano, que llegó de Sonora a estudiar en el Politécnico. La prenda de animadora de fútbol americano iba bien con su inagotable energía práctica. Al llegar y al salir de la oficina, se retocaba con una fabulosa serie de ruidos, siempre en el mismo orden: plif, clac, pluc, tac. El lápiz labial, el delineador, el espejito en óvalo, los seguros del *nécessaire* eran manipulados con experto apremio. Costaba trabajo resignarse a que una mujer tan llena de propósitos tomara su coche oloroso a vainilla para dirigirse a la ruinosa casa donde su esposo llevaba tres horas masticando chicle.

Aquellas vacaciones fueron un agradable aburrimiento. Los clientes miraban a Julio con atención, como si evaluaran el precio del sofá con todo y niño.

A veces, la tía sacaba su espejito y, sin dejar de hablar por teléfono, se retocaba las comisuras con el lápiz labial. Reía mucho y salpicaba sus frases con palabras en inglés que pronunciaba con la dicción suntuosa de los presentadores del *hit-parade*.

El gran momento de la temporada fue la inauguración de la sección de cocinas integrales. Hasta entonces, las estufas pertenecían al mundo de lo suelto. Ahora podían empotrarse de manera coordinada con un objetivo futurista, pensado para actividades por venir que tendrían que ver mucho unas con otras, una época en la que se pasaría de una gaveta a la siguiente por razones significativas. La cocina integral estaba hecha para una mujer como la tía Carola.

A Julio no le extrañó que en la ceremonia de apertura fuera ella la elegida para encender la primera llama de la estufa. Sus dedos manicurados hicieron un clic perfecto y él vio las flamas azules de una era todavía lejana.

El jefe pronunció un discurso aderezado de chistes que Julio no entendió pero que todos festejaron. Hubo un pastel con mucho merengue y el hermano de Carola llegó a tomar fotos con tal brío que acabó arriba de un mueble trinchador sin que nadie le dijera nada.

Su tía irradiaba felicidad en ese entorno, el escenario ideal para sus manos hiperconcretas. Sus compañeras la abrazaban como si hubiera inventado las cocinas integrales.

Rodeada de su séquito, Carola le mandó un beso a la distancia. La música (un *swing* que activaba el lápiz amarillo del pelirrojo), las copas de sidra y los flashes de los fotógrafos sugerían una fiesta de despedida hacia lugares preferibles.

Tal vez fue ésa la primera ocasión en que Julio pensó que alguien tenía un destino. Carola merecía otras circunstancias. Estaba hecha para lo moderno y sus inventivos aparatos, algo que su esposo sólo conocería en caso de ser ingresado en Terapia Intensiva.

Julio no pudo seguir viendo la felicidad provisional e intolerable de su tía. Regresó a su sofá, junto a su caja con «pensadores», y empezó a llorar, sin saber por qué. Una empleada le ofreció un klínex y le preguntó si había tomado sidra. Él preguntó por su tía y le dijeron que se había ido por un «rostipollo». Fue el último destino que le conoció. Su mente vio los dorados pollos giratorios, pero sólo por un segundo. Su madre estaba al lado del sofá.

—¿Pero qué te hicieron?

Su madre olía a acetona y miraba en derredor como si buscara malos precios.

Llevó a Julio hasta un sillón Reposet con motor para masajes, y pronunció la palabra:

—Dímelo.

Julio tragó saliva y contestó entre el llanto:

—Sí, se entienden, ¡se entienden mucho!

Lo dijo una y otra vez, sabiendo que así alejaba para siempre a su tía, la enviaba lejos, a una dimensión desconocida donde las flamas tal vez serían azules.

—Vas a tener que decírselo a Chacho —dijo su madre.

Fueron a la casa que se caía en pedazos. En la sala, Julio encaró a un hombre pálido, de piel fofa, bajo una mancha de humedad que parecía el mapa de Groenlandia.

Un viento frío soplaba en la cabeza de Julio. Pensó: «Groenlandia, Groenlandia, Groenlandia», mientras repetía lo mucho que Carola se entendía con el jefe pelirrojo.

Nadie pidió detalles porque eso era vulgar.

Lo último que vio de esa casa fue una rueda de bicicleta entre las plantas mal podadas.

Nunca supo si perjudicó a Carola con su difamación o si la benefició de un modo complicado. Ella salió de la vida familiar, algo que sólo podía ser bueno, pero Julio se quedó sin conocer los pormenores ni las consecuencias.

El tío Chacho se convirtió en un ultrajado ejemplar. Obtuvo la patria potestad de Nieves y la mandó a un internado de monjas en San Luis. Abandonó la casa en la que nunca pareció vivir del todo y se mudó a una granja que Klaus Memling tenía cerca de Ciudad Valles. El clima feraz de la Huasteca le sentó mal. Al cabo de unos años, se había convertido en un gordo alarmante, de dedos asalchichados a los que daba diez nombres alemanes. Su rostro mofletudo ya no era el de un príncipe de gobelino sino el de un tratante de cebúes. Murió de peritonitis, en la única excursión a la que llegó a tiempo.

El principal efecto de estos cambios fue la lejanía de Nieves. Su compañera de juegos permaneció en San Luis largos años. Si acaso, se vieron durante algunas vacaciones en Los Cominos, pero tampoco ahí tuvieron mucha suerte, un día o dos de conversaciones de las que Julio sólo recordaba la insólita lluvia que caía en el patio.

Él la imaginó en el internado con la cruel fascinación con que podía imaginar a las encarceladas por un delito que no habían cometido. Poco a poco, Nieves empezó a ser desconocida.

Sin esos años de separación hubiera sido imposible enamorarse de ella. Nieves regresó a la capital a estudiar el último año de la preparatoria, mejorada por el lapso en que no se vieron. Sus senos pequeños y firmes le abultaban la blusa, su pelo había cobrado una sedosa densidad, sus ojos lo miraban como si también él fuera distinto. De manera asombrosa, Nieves había olvidado la mayoría de sus juegos. Ser borrado fue un beneficio para Julio, que siempre se supo a remolque de su prima.

Ella atesoraba el recuerdo de su padre como el de un enfermo próximo y detestaba a la madre que se había ido.

Sin saberlo, Julio preparó el romance con Nieves al disolver a su familia, aunque nunca se atrevió a decirle a ella que calumnió a su madre. Sólo con el correr de los años hubieran podido revisar juntos y sin sobresaltos ese tiempo de la infancia, el jardín crecido, las intrigas de su madre, hasta recuperar el momento exacto en que liberar a Carola y condenarla eran lo mismo, asombro infantil, insondable psicología.

La orfandad dotó a Nieves de derechos raros, una precoz independencia, recursos compensatorios que nadie trató de restringir porque eso hubiera significado hacerse responsable de ella. No le impidieron quedarse en el DF, en una casa para universitarias en Copilco, el área de influencia de los dominicos.

A veces, en los impulsos confesionales que sentía después de hacer el amor, acariciaba los pezones de Nieves, apenas vueltos hacia arriba, y pensaba en sacarse de encima aquella carga, más inconsciente pero también más pesada que el plagio de la tesis. Fue el falso testigo de Carola. Pero nada de lo que decía tocaba el tema.

Había repasado esta situación durante años, en los puentes

del Sena, ante los ventanucos encendidos en una casa rojiza de Florencia, ante la vetusta calefacción de la biblioteca de Lovaina. Y sobre todo en restoranes chinos. Las tardes solitarias en las ciudades desconocidas lo llevaban a esos platillos que sabían igual en todas partes, a la cascada detenida en la pared, al previsible dragón en una repisa, a los meseros que apenas hablaban el idioma local, a las vajillas de porcelana barata, a la salsa negra que lo confirmaba en la tierra de nadie de Occidente, el restorán chino, el ámbito de pertenencia de alguien desplazado. Solía entrar solo y más bien deprimido. El samurai en su perfecto desarraigo.

La evocación de Neruda le llegó como el follaje de la enredadera que ya no permitía ver el muro; no había otra realidad que la de esas hojas. Cerró la edición de Archivos, lamió un resto de tamarindo en el papel de celofán, pensó que tal vez soñaría con el jardín de Nieves y lo que vino años después. «Me bañé para ti, nene», palabras que llevaba dentro y no podía decirle a nadie, y luego la plaza vacía de Mixcoac, sus pasos en círculo, el enigma para el que no habría suficientes restoranes chinos.

12. «ZAPPING»

El control remoto del televisor le trajo apariciones. Una mujer en tanga anunciaba desinfectantes para baños. Frotó un frasco con lentitud perturbadora. Luego lo rasguñó con largas uñas moradas. Julio vio los ojos de éxtasis y los labios torcidos. Algo le dolía estupendamente a esa mujer. Vlady Vey. Intentó otro canal. Una anciana mostraba el asiento de un coche: «Mire nomás la sangrita de monseñor, le escurrió por aquí cuando lo balacearon.» Julio vio la escena. Por un azar inexplicable, esa anciana estaba en posesión del asiento del Grand Marquis en el que fue asesinado el cardenal Posadas, en el aeropuerto de Guadalajara. Lo conservaba en su sala, rodeado de velas, al modo de un altar. La sangre seca del mártir era el primor que veía a diario. Había tratado de devolver el objeto sagrado a la diócesis, pero nadie parecía interesado, nadie más quería custodiar ese trono de sangre.

Julio pensó en las reliquias de los cristeros, las uñas rotas, los dedos en formol, las sogas de los ahorcados, las ropas ensangrentadas. Luego imaginó a Vlady Vey sentada en el asiento del cardenal, con una obligada minifalda. El Vikingo había encontrado la perfección del morbo místico.

Seguramente, para que alguien de la edad del Vikingo dispusiera de un cuerpo como el de Vlady había que soportar muchas molestias. Julio se entretuvo pensando en cuántas serían. Cincuenta minutos después envidiaba tanto a Juan Ruiz que quiso verlo. Le habló por teléfono. Una mujer de voz rústica le dijo que estaba en una junta «con el señor Gándara» (Julio sonrió: Vlady *sí* decía «el señor»).

Cambió de canal. Un programa con fotografías de niños recién desaparecidos en el DF. Apagó la televisión. Luego apagó todas las luces del departamento. Su sexto piso daba al patio de una escuela con cancha de basquetbol. ¿Por qué el refrán exigía un «sexto piso»? ¿Por qué no el quinto o el séptimo, que igual servían para matarse? La altura exacta de la muerte voluntaria: el sexto piso. Una canasta de basquetbol se reflejaba en las cortinas de su cuarto. Vio los hexágonos de sombra y deseó despeñarse por ahí como un enceste vengativo. La imagen del perro disecado volvió a él, punzante. Supo que ya no iba a dormir, o que sólo dormiría luego de una infructuosa lucha consigo mismo que terminaría ante el botiquín del baño y una pastilla azul celeste de Tafil.

Se tendió sobre su costado derecho, pasó el brazo bajo la almohada, encogió las piernas, la posición que en más de cuarenta años le había asegurado el sueño. Volvió a ver los ojos negros de canica.

El tío Donasiano le había pedido que estudiara la figura de los perros en López Velarde. La canasta de la escuela se reflejaba en su cuarto como una invitación a tirar algo por ahí. Un recipiente abierto, insaciable. Repasó los perros velardianos, como si contara ovejas, anticipando el sabor acre del Tafil al terminar la lista.

¿Por dónde empezar el asedio a los perros velardianos? Ramón se despide de Fuensanta en un poema y «un golpe de aire mata la bujía». Entonces «aúlla un perro en la calma sepulcral». El poeta creía estar a solas con la agridulce dicha de separarse de la amada, pero en la oscuridad hay otro cuerpo inquieto, un testigo indeseado ladra de repente. Algo parecido pasa en «No me condenes...»: «el desconfiar ingénito» de la novia es «ratificado por los perros noctívagos». Los perros surgen como incómodos testigos en la noche; no representan la compañía solidaria que por lo general se les atribuye; sus ojos fijan los hechos y así los trastornan: si la escena no fuera vista, los protagonistas serían menos culpables. Ocultos, ubicuos, intrusos, los perros impiden secretos de nocturnidad. El testigo que ladra está de más.

El perro flaco que Florinda mandó disecar tenía algo de eso. Extraño que recordara un prodigio, el milagro de la poza.

Por cambiar el curso de su insomnio, Julio se imaginó en la situación del perro, alguien que mira sin que eso dependa de su curiosidad o su interés, sino de una circunstancia ajena o aun adversa a la voluntad, como si mirar fuera una traición. De algún modo, eso fue lo que su madre esperó de él cuando le encargó que vigilara a la tía Carola.

Nada tan incómodo como los testigos que no deben estar ahí. En la única foto que conservaba de Nieves, ella tenía la sonrisa derrotada de quien no quiere ser vista. Habían ido de excursión al Nevado de Toluca, con seis o siete condiscípulos de la academia Dante Alighieri, donde tomaban apresuradas clases de italiano. Todos planeaban salir de México con diferentes rumbos en Italia. Podían ser amigos por un tiempo breve, en la antesala de la partida. Estaban destinados a conocerse poco y mal. Esto era una ventaja para Nieves y Julio. Les gustaba tener amigos que no podían volverse próximos. En ese grupo pasajero, su drama provinciano no llegaría a saberse ni a tener importancia.

Compartieron con ellos cafés en la calle Marsella; vieron la última película de Pasolini (el reconfortante escalofrío de encontrar a alguien mucho más católico y transgresor que ellos); hicieron excursiones absurdas en otro contexto pero apropiadas para quienes ya se veían en el extranjero y necesitaban una cuota de pueblitos y paisajes recién visitados para avivar recuerdos y cultivar futuras nostalgias. Ir al Nevado de Toluca con el Flaco Cerejido, el amigo de siempre, hubiera revelado la pobreza del lugar. En cambio, los amigos de italiano, todos a punto de partir, dotaron al viaje de complicidades: lo importante del volcán era que muy pronto no podrían verlo.

Comieron en un escenario lunar, junto al agua quieta del cráter, y pasaron buen rato en torno a una fogata; alguien llevaba una guitarra y trataron de convertir el ponche con ron en un elíxir para el canto. Tomaron fotos que salieron mal por las manos temblorosas, pero hubo una que fijó a Nieves y por algún milagro no se perdió nunca; pasó de cajón en cajón hasta convertirse en la única que sobrevivió al naufragio de las mudanzas y los años.

Ella llevaba un curioso gorro de lana, muerta de frío. Se acercó mucho a la fogata, cuando las ramas crepitaban. La cámara la captó sonriendo, pero no era felicidad lo que su risa denotaba. Nieves veía algo que estaba fuera de la foto, un tizón que saltó de la fogata y estuvo a punto de quemarla. Lo esquivó por un milímetro y se refugió en los brazos de Julio. Un susto de un segundo. Pero la foto eternizó el instante y se convirtió en la única prueba visual de que estuvieron juntos. Nieves miraba la lumbre que podía desfigurarla. Su gesto no revelaba miedo sino algo quizá peor; su cuerpo entregaba el saldo final de la vergüenza, la sonrisa vencida de quien se sabe visto. Había algo peor que gritar por el fuego que la quemaría y desgarraría su piel y su futuro: ser vista. La risa de Nieves: un reflejo instantáneo, orgánico, la certeza de perder ante otros ojos.

Si Nieves hubiera aceptado ir con él a Italia hubieran conservado muchas fotos. Julio no pudo anticipar la separación y sólo se llevó unas cuantas que le robaron con su cartera en sus primeros días de Italia o se perdieron después en su vida itinerante y los descuidos de veinticuatro años. Nieves sería para él la muchacha ante el fuego que se intuía sin aparecer en la foto.

También en Paola había visto esa risa inconexa. Caminaban por el Foro Romano cuando unas gitanas se les acercaron. Una de ellas llevaba un niño en brazos. Se dirigió a Paola, en una mezcla de italiano y rumano, una lengua revuelta, aunque no tanto como las ropas que llevaba, telas color mostaza, morado, azafrán, que despejó como si se tratara de velos hasta descubrir un seno inmenso, una especie de dogma de la lactancia. La gitana apuntó con el pezón hacia Paola y le lanzó un chisguetazo de leche. La situación fue tan estrafalaria que paralizó a Paola mientras la otra gitana se quedaba con su cartera. Julio se quedó como una ruina más del Foro, mientras el rostro de su mujer escurría leche y sonreía, tratando de mitigar el impudor de ser vista.

En su colección de sonrisas derrotadas, la cara de Paola se ubicaba al lado de otra, más impúdica. En los tiempos de Lovaina, Julio se aficionó a un pequeño cine porno, apropiadamente instalado en la calle de los carniceros. Todo empezó porque un amigo boliviano le dijo que el único remedio para la depresión del exiliado era irse de putas, abrazar un cuerpo tan extranjero y vencido como el suyo. Julio compartió su deseo pero se sabía incapaz de acompañarlo a un burdel. Un día último de marzo, Ramón López Velarde dio muerte a su «cándida niñez, toda olorosa a sacristía». A Julio le gustaba ese rodeo para mencionar la primera ocasión en que el poeta se fue de putas.

El amigo boliviano lo invitó a compartir una negra de Surinam. «Seré como Anfitrión», le dijo. Había llegado a Lovaina a estudiar con un célebre mitógrafo flamenco, y en un bar le habló a Julio de la visita de Anfitrión a Tiresias. El vidente le explicó a Anfitrión que Alcmena, su mujer, se había acostado con Zeus, pero sin saberlo porque él se coló en su cama en la oscuridad. En rigor, ella no lo había engañado. Nueve meses después dio a luz dos gemelos, un hijo de Zeus, otro de Anfitrión. Eso era lo que representaba el cuadro griego o clásico o simplemente atrevido en la casa de Julio, el único que su padre había puesto por iniciativa propia, valiéndose de su título de abogado para explicar su gusto por la mitología. Un anciano espiaba tras una cortina a una mujer tendida en una cama dura.

«Me gusta el anfitrionismo», dijo el boliviano que parecía obtener más placer en compartir a la mujer que en estar con ella. Luego agregó algo sobre la barba de Julio. Él se sentía «desoladoramente lampiño». Quizá lo erotizaba ese disfraz posible, el pelo facial que no tenía.

Después de tomar la última copa con aquel transitorio amigo boliviano, Julio caminó por la calle adoquinada hasta ver en el pavimento el resplandor morado de un pequeño cine porno. Entró, sin pensarlo, como si la desagradable propuesta de compartir a una mujer alquilada debiera borrarse con una moderada sordidez.

Siguió yendo a ese lugar una o dos veces por semana. Le ocultó la afición a Paola, no tanto por parecerle, como en efecto le parecía, una primitiva estupidez, sino por inventarse a sí mismo que se trataba de un secreto interesante y no de un pasatiempo normalizado por la televisión en cable y los kioscos que en cualquier esquina de Europa vendían videos XXX. Ni siquiera el hecho de estar en una ciudad católica, acompañado de espectadores (tres o cuatro, casi todos ancianos) que podían ser prelados de la Iglesia, convertía las sesiones de cine en algo fuerte.

Difícil saber por qué fue tantas veces. No compartía el principio de incomodidad que regía el porno. Los tamaños de los sexos y el frenesí de las penetraciones pertenecían al sistema del rendimiento. Un resabio de animalidad, de prestancia zoológica, le hacía respetar este criterio, como se respetan otras molestias físicas sin interés, el récord de inmersión submarina sin tanque de oxígeno, por ejemplo. ¿Había alguien que considerara placentero copular sobre una mesa de cocina, con las piernas penosamente dobladas? Julio hubiera preferido que los actores estuvieran cómodos. Esto lo descartaba como genuino fan del género. «El chiste es que me duela, nene», le había dicho Nieves. ¿Buscaba en la pantalla una confirmación o un desmentido de esa maravilla?

A veces pensaba que su amigo le pidió que se acostaran con la mujer de Surinam para singularizarla de algún modo. El boliviano conocía a Julio en una forma en que jamás conocería ese cuerpo sin misterio posible. Si Julio continuó yendo al cine, fue porque descubrió a una mujer que lo intrigó lo suficiente para separarla del resto. Algunos de sus rasgos eran típicos del oficio (el pelo mal pintado de rubio, con la visible raíz negra; aretes en los pezones; un tatuaje equívoco en el muslo, que semejaba un diseño interrumpido, una especie de greca o letra ele, algo en espera de definición); otros la hacían especialmente atractiva (sus senos no operados, el rostro ideal para anunciar cosas muy alejadas, o quizá no, del porno: perfumes o natillas). Pertenecía a la aristocracia de la industria porque nunca tenía más de un compañero ni era penetrada por el ano ni fornicaba sin condón. Todo esto aumentó el interés de Julio. Durante décadas había sido suficientemente ingenuo para ignorar el extraño estado del mundo: miles de mujeres bellísimas se dedicaban a la pornografía.

Al cabo de unos meses su interés por esa mujer con un corte mohicano en el vello púbico fue derrotado por una escena, la última que pudo verle. La actriz aguardaba la eyaculación de su pareja al término de una escena, con la boca abierta. De cuando en cuando desviaba la mirada hacia la cámara, un poco harta, en espera de una señal para interrumpir la escena hasta que su compañero estuviera en condiciones. Cuando el hombre finalmente eyaculó, una gota de semen dio en el ojo de la actriz. Entonces ocurrió un milagro absurdo, intolerable. Julio vio el parpadeo torpe, un gesto que arruinaba la crasa naturalidad de la escena, y luego la sonrisa vacía, sin sentido aparente, inerme, que buscaba mitigar que eso fuera visto en esa situación donde todo debía ser visto. Julio sintió una vergüenza muy superior a la de ser encontrado ahí por un colega. La vergüenza terminal del testigo. No volvió al cine, como si en la indiferenciada carnicería de las imágenes hubiera buscado ese instante imprevisto, ser uno en el horror con esa mujer hermosa que, ahora se daba cuenta, tanto se parecía a Paola en el Foro Romano, y no sólo por el rastro blanco que le bajaba por las mejillas. Un peculiar sentido de la intimidad estallaba en ese instante fuera de control de la película, la mujer salpicada en el ojo por descuido, un cuadro roto en una secuencia que desconocía el rubor. Había visto a traición, de manera dañina. La sonrisa que pedía una humillada complicidad lo hizo abandonar el cine.

Quizá se castigó en exceso al asociar a la diva porno con Paola, quizá las mujeres no se parecían tanto, quizá lo que pudo en él fue la expresión «anfitrionismo», los celos que Paola le provocaba con su entusiasmo por los escritores que la cortejaban y ante los que tal vez cedía de vez en cuando, sin confundirse como Alcmena sino preparándose a conciencia para volver a él, cambiando un poco entre las manos de los otros.

Mirar de regreso era muy distinto a descubrir; significaba recuperar cosas que decían algo antes y después, detalles hundidos en su memoria, depositados en esa dársena quieta, abrumada de agua negra.

También él había cambiado para los demás. En cierta forma, la lejanía lo mejoraba. Estuvo suficiente tiempo en Europa para que el tío Donasiano lo viera ahora como árbitro imparcial de sus asuntos y los viejos amigos del taller le atribuyeran un romance con la inaccesible Olga Rojas.

Los temas fundamentales de la canción romántica –el tiempo, la distancia, el olvido– lo habían transformado en raro testigo, al modo del perro en el buró. Más que recordar un portento, aquel animal disecado parecía aludir a un agravio o purgar una sentencia.

Los perros de López Velarde merecían un destino parecido. Incluso amaestrados se hacían molestos. Al describir un circo de «desacreditados elefantes», el poeta se refería a un «lamido perrillo enciclopédico», el animal sabihondo ladraba ante las cosas como si las entendiera. En las desiguales horas del insomnio, Julio se veía como un investigador de ese tipo.

Nada resultaba peor que amanecer en lunes de sueño roto. La escuela vecina celebraba la jura de bandera. Un magnavoz esparcía las estrofas de «La suave Patria»:

... tu superficie es el maíz,
tus minas el palacio del Rey de Oros,
y tu cielo, las garzas en desliz
y el relámpago verde de los loros.

La tierra pródiga de López Velarde se había jodido a fondo. En las zonas desérticas no se compartía otra cosa que el polvo. Bastaba recordar la muela de piedra abandonada en San Damián el Solo. En el mejor de los casos, ya sólo molería droga.

La escuela Benemérito de las Américas se había apropiado de López Velarde como el poeta cívico que se recitaba los lunes en la mañana. De nuevo, Julio comprobaba la capacidad del poeta para unir causas discordantes. En casa de Julio, cuando alguien iba al excusado decía: «Voy a Juárez.» El presidente que afectó los bienes del clero simbolizaba la defecación. Chacho, el padre de Nieves, solía pasar tantas horas en el baño que Donasiano lo llamaba el Liberal.

Monteverde le dejó un mensaje en la contestadora: el prefecto de la Congregación para la Causa de los Santos en el Vaticano veía «el asunto» con buenos ojos.

Julio pensó en mandar al carajo a Félix Rovirosa y recuperar sus planes del principio, estudiar papeles dispersos de los Contemporáneos, recorrer el país con su familia, perder gloriosamente el tiempo con el Flaco Cerejido. Pero no quería que Paola y las niñas lo encontraran enfrascado en pleitos y en un posible problema legal. Ya se zafaría después de la telenovela.

Al visitar a su madre, pasó por la sastrería del barrio. Se topó con un hombre al que no había encontrado en sus regresos anteriores. El sastre fumaba un cigarro torcido, en el quicio de la puerta, bajo el letrero de Zurcidos Invisibles. Tenía el mismo aspecto que en la infancia de Julio, alguien instalado entre los sesenta y cinco y los setenta y cinco años, el pelo negro echado atrás con brillantina, el lápiz amarillo en la oreja. De niño, admiraba la habilidad del sastre para llenarse la boca de alfileres y la celeridad con que los ensartaba en el vestido que su madre se hacía ajustar. Él usó el saco vagamente marinero del primo Tete, al que ese sastre le cortó las mangas. Con las ropas de fibras sintéticas, los zurcidos invisibles se habían vuelto menos comunes, y sin embargo la sastrería seguía ahí, con el aspecto de un negocio en el que se trabaja mucho sin prosperar gran cosa (dos ayudantes cosían con frenesí mientras el patrón fumaba en la puerta).

De pronto esa inmovilidad le pareció necesaria de algún modo, alguien debía permanecer para hacer reconocible su regreso. ¿Habría sentido Nieves ese impulso, ser una constancia en una casa vieja, para aguardarlo ahí? Costaba trabajo creerlo.

Entonces el sastre miró a Julio, como si lo reconociera:

–¡Cuánto tiempo! –dijo.

El hombre lo confundía con otro.

–No se me va una cara –dijo–. Estás igualito.

Le preguntó cuánto tiempo llevaba «fueras». Muchísimo, ¿verdad? ¿Cinco años?

Julio tenía una cara común. Hiciera lo que hiciera sería el falso conocido que regresaba cinco años después.

13. SIRVIENTAS

Después de dos meses y medio, tan abigarrados para Julio que semejaban un semestre o un año entero, Paola llegó a México, extrañamente reanimada por el cambio de horas. Elogió el olor a campamento africano y en media hora logró que la recámara de las niñas fuera idéntica a la de siempre.

Hicieron el amor con estupenda torpeza, como si pudieran pasarles cosas diferentes y cada uno debiera estar a la altura de las desconocidas exigencias del otro. Antes de quedarse dormida, ella le acarició las costillas y le dijo:

—Me encanta que no engordes.

El elogio hizo pensar a Julio que en los años por venir, agotados los trucos y debilitada la carne, Paola encontraría maneras progresivamente suaves y piadosas de apreciar el mérito menor de que él no engordara.

En un par de días, ella descubrió un lugar en Coyoacán que preparaba un capuchino fantástico con granos orgánicos, una agencia de viajes con excursiones para asistir a la danza o pelea o ceremonia de los tigres en Guerrero, una ONG de solidaridad con Chiapas cuyo único defecto era que estaba llena de italianos. Con la misma celeridad, Claudia y Sandra aprendieron a decir «chaparrita» y «órale cuate» en tono de dibujos animados.

El único contratiempo de la llegada fueron los recitales de poesía que Ramón Centollo dejaba en la contestadora. Ante la indiferencia de Julio, el poeta de *Afta* comenzó a dirigirse a su mujer: «Esto va para Paola la del Ponte Vecchio, de parte de Ramón, el del Paso a Desnivel. Vivo con mis perros en un puente del Viaducto. Tengo las uñas negras y la mente de lumbre. Si no me has leído es que no has cogido. No le pidas un ejemplar a Julio porque a mí nadie me publica, o sólo me publican las grabadoras. No creo que te hable de mí; a nadie le gusta ese pasado. ¡Somos hermanos de leche! Son datos viejos, mi reina, cosas que ya no ofenden, arqueología, memoria de la especie. Un parpadeo del sol y caen diez civilizaciones. Perdóname, divago..., así me dicen a veces, el doctor Divago. No he dormido. Estuve inflando toda la noche. Antes comenzaba más temprano, fui el Vaquero del Mediodía. Te decía que el tiempo es relativo pero no mi gratitud. Tu marido estuvo a la altura del carnal chido, al menos una vez, por eso no lo dejo, mis poemas son su sombra larga, ya le dije que se cuide, pero no me pela, por eso acudo a ti, Beatriz, Laura, Diótima, Fuensanta, Inés del alma mía, luz de donde el sol la toma, culebrita panzona. El único orgullo de Julio es el olvido. No quiere ver ni recordar. Lo pusieron, lo pusieron, lo pusieron...»

—¿Qué es esto? —preguntó Paola con una mezcla de asco y fascinación lingüística.

—México está lleno de locos. Ya te lo había dicho.

—Si es tu amigo, ¿por qué te insulta así?

—Aquí no tiene caso odiar a los desconocidos. Los enemigos sólo importan si también son tus amigos.

Paola quiso saber más de Centollo. Para no tener que explicar lo que significaba ser «hermano de leche» y evitar la absurda mención de Olga Rojas, Julio habló en detalle del lugar arrinconado que el poeta ocupaba en la literatura mexicana (si acaso ocupaba alguno), de sus pleitos infinitos, su rencorosa condición de francotirador sin foro para soltar su odio. Había tenido un talento inaudito, muy superior al de Julio, pero no fue sino un incendio, quizá iniciado por su propia luz y alimentado después por el silencio de los otros, las drogas progresivamente baratas, los accidentes de tráfico, las horas de la mala suerte, lo que fuera.

Sin que Paola le preguntara, dijo lo que quería evitar: habló de Olga. Le hubiera encantado acostarse con ella, pero eso nunca ocurrió.

–Conmigo no tienes que hacerte el modesto –Paola sonrió, como si dijera varias cosas a la vez.

El Flaco Cerejido se había dejado una barba de feliz Neptuno y acababa de ser padre por primera vez. Su vida, tantas veces confusa, había transcurrido en cada etapa como si las cosas no pudieran salir de otra manera. Tal vez necesitaba más ayuda de la que pedía, pero los amigos no alcanzaban a preocuparse de él. Ni siquiera pareció en peligro cuando vivió con una ex actriz con voz de hombre y pasión por joyas tan vulgares que parecían hechas en ferretería. Julio, que en cierta forma envidiaba una trayectoria de hierro como la de Rovirosa (la monomanía de la vía fija), también envidiaba los vaivenes de Cerejido y su fuerza para sobrevivirlos. El Flaco respiraba como si oliera de más y encendía un cerillo con una precisión agregada, como un actor representando la mejor manera de encender un cerillo.

Su mejor amigo le entregó una invitación para el bautizo de su hijo, una tarjeta cursi, con palomas que sostenían lazos en el pico. Ahora vivía en Mixcoac. No creía en Dios ni en las tarjetas con palomas, pero le gustaba la iglesia de Mixcoac.

–¿Te acuerdas de Olga Rojas? –le preguntó a Julio.

–¿Qué es esto? ¿Una prueba de Alzheimer?

El Vikingo, Ramón Centollo y Félix Rovirosa creían que él había tenido un romance con Olga. Julio usó la palabra «romance» para hacer más improbable el asunto.

–¿No te la cogiste? ¿Qué más da, después de tantos años? –El Flaco hizo una pausa–. Siempre pensé que eso había desanimado a Nieves para seguirte a Europa. Cuando me encontré a tu prima en la chocolatería Constanzo, me dijo: «por algo pasan las cosas». Cada vez que una mujer me ha dicho eso, el tema de fondo es el sexo. Además, puso los ojos que hay que poner.

El Flaco lo vio con absoluta serenidad. No le sospechaba ni atribuía a Julio reacciones secretas. Su lealtad resultaba empobrecedora (las suposiciones sólo podían mejorar a Julio), pero a fin de cuentas era una lealtad.

«Por algo pasan las cosas», pensó Julio. Olga no podía quitarse el suéter en el taller de cuento sin que eso fuera una experiencia voluptuosa. Entrecerraba los ojos como si le molestara la fibra sintética y estuviera a punto de llorar, el pelo revuelto de manera fabulosa; durante un segundo veía la pared o el vacío, al margen de todo, con un gesto confuso, entre la molestia y el éxtasis, una diosa ultrajada por el bendecible nylon o dakrón. La cortejaron simultáneamente y en serie, fue un anhelo público, el pretexto obvio o hermético de muchos cuentos («Rubias de sombra», entre ellos), la prueba de que algo los unía y mejoraba por superior e inmerecido. Ella no escogió ni aceptó a ninguno y así mantuvo su condición de musa, antes de estropearse con una decisión equivocada; encontró un segundo exilio en el taller, perfecta, inalcanzable.

El Flaco la había visto en fiestas y durante una visita ocasional que hizo al taller.

—Si no te acuerdas de la década de los setenta es que estuviste ahí —dijo el Flaco—. Se me han borrado muchas cosas pero no Olga. Supongo que ahora será un horror. A nuestra edad, la gente no mejora, sólo engorda. ¿Cómo le haces para no echar panza?

Aunque la frase salió en tono admirativo, Julio quiso contradecirlo. «He cambiado», pensó, pero no lo dijo. Odió a Paola, que lo quería por ser el flaco de siempre, y también al sastre, que reducía décadas de ausencia a cinco años.

Entre la sulfúrica poesía de Centollo, Monteverde volvió a dejar un mensaje.

Julio le devolvió la llamada desde un teléfono público. Usó una de las nuevas tarjetas telefónicas, con una Virgen de Guadalupe. Monteverde había salido en viaje pastoral. Julio se sintió aliviado.

Bajó al metro con una sensación incómoda. Un tipo alto, de melena flamígera, con una banda elástica en la frente, vestido con *pants* azul celeste, revisaba a Julio con el descaro de la mala vista o del acoso sexual. Parecía un avejentado futbolista argentino o un travesti que acababa de despertarse.

Subieron al vagón, tan lleno que el hombre de melena fue menos inquietante que las manitas de una señora oaxaqueña aferradas al cinturón de Julio.

De manera previsible, el otro descendió con él en la estación Eugenia. Lo siguió por un largo pasillo subterráneo, se detuvo a unos pasos cuando él fingió interesarse en un puesto de discos piratas (una infamia: tres de Supertramp).

Julio caminó por Uxmal, dio un rodeo para llegar a Palenque, con la sensación de ir por una jungla maya con un simio a remolque. Un simio en pésimo estado. Era obvio que seguía a Julio pero provocaba más pena que miedo. El tipo resoplaba. Aprovechó una vacilación de Julio para recargarse en un poste y frotarse su melena de hombre-mujer.

Llegaron a un edificio tapizado de diminutos mosaicos de colores, un diseño de los años cincuenta que parecía un muestrario de materiales. Oyó el zumbido del portero eléctrico pero no fue él quien empujó la puerta:

—Vengo contigo —dijo una voz jadeante.

El hombre le tendió la mano. Una mano huesuda, con uñas largas, muy limadas, su única y horrenda señal de aliño.

—Soy Cisneros, el Cucos, ¿te acuerdas?

—No.

—La neta, yo tampoco te recuerdo. El Vikingo dijo que nos conocíamos. Te seguí por esta foto —le mostró una imagen que Navarrete tomó en Los Cominos—. Sube primero. No hay elevador. No tengo aire.

En el rellano del segundo piso, el Vikingo aguardaba, con una cuba en la mano.

—¿Y el Cucos? —preguntó.

–Allá abajo, buscando oxígeno. ¿Qué chingados pasa?

–El Cucos me ayuda. Jalaba cables en el canal y hace poco perdió la chamba. Le pedí que te siguiera por si había moros en la costa. ¡Es hijo del doctor Cisneros! ¿No te acuerdas? El que sacaba apéndices sin cicatriz para que las modelos pudieran usar bikini. Un güey famosísimo.

–No me acuerdo del doctor y no me acuerdo del Cucos.

–Puta, ya no sé lo que recuerdas, ¡te fuiste hace tanto!

El Vikingo lo hizo pasar a un pequeño departamento. Sobre una maleta que hacía las veces de mesa de centro, había una estrella de rayas de cocaína.

Un rato después, Cisneros empujó la puerta que el Vikingo había dejado entornada. Parecía necesitar un médico.

–Casi no la hago –dijo–. Ayer vendí mis lentes –sonrió, de modo triste.

El Vikingo enrolló un billete con una destreza especial, como si pasara el día enrollando billetes. Se lo dio a Cisneros.

Las suelas de goma rechinaron en el pasillo.

–Se quedó enganchado al «caballo», la heroína –aclaró, en beneficio de Julio–. Era un galanazo, el sí de las niñas, y ya ves qué piltrafa.

Extrañamente, les hizo bien hablar del destruido Cisneros. El encuentro parecía más normal.

Julio revisó el departamento, con un burro de planchar en medio de la sala. El Vikingo había puesto ahí una botella de ron Negrita y una Coca-Cola familiar.

Las ventanas, cubiertas de polvosas persianas, rayaban la luz que llegaba de la calle. La sala eran dos sillones individuales forrados de hule. La maleta con cocaína estaba en medio.

Un pasillo diminuto llevaba al baño y a un dormitorio. En la pared del fondo había un Sagrado Corazón. Sobre una repisa ardían tres veladoras. Los vasos, muy rojos, brillaban en un tono sanguíneo.

–Me están siguiendo –dijo el Vikingo–. Estoy que me carga la chingada. ¿Quieres? –señaló las rayas de cocaína.

Julio negó con la cabeza.

—Apenas veo a Vlady, me evita, tal vez le está poniendo con uno de esos cabrones, o siempre le ha puesto, viene de una vida muy bronca, somos monjitas en comparación con ella...

El Vikingo sacó una pequeña caja rectangular de su chamarra y la abrió despacio, como si contuviera algo muy respetable. Sacó dos esferas de hierro, esmeriladas con el dibujo de un dragón o de una flor exagerada. Se las había dado su acupunturista, el mismo que trataba a Félix Rovirosa. Tenía que presionarlas. Eso lo calmaba, o al menos le mantenía las manos ocupadas.

—Nunca he sido pesimista —el Vikingo habló con trabajo—. La cagué en dos matrimonios pero seguí de frente, no podía frenarme. Estuve en publicidad, estoy en la tele. Ahí la hipertensión es normal, una forma del entusiasmo. Tu día comienza con la llamada de una chava maniática, que imaginas buenísima, y que te dice: «El señor está encantado con tu proyecto.» «El señor» nunca está encantado con nada, pero sus empleados actúan como si sus caprichos fueran arrebatos de dicha. Ya viste a Navarrete y Francesco, fascinados con los horrores que hacen. Cuando un programa se cancela nunca es porque no la hizo sino porque hay un magnífico chance de relevarlo. El chiste no es hacer basura sino hacerla de modo perfecto, y nada es poco para alcanzar esa pinche excelencia. Compites el día entero como si le hicieras un regalo a los demás. Gané un chingo, no lo niego, me cogí a unas viejas de locura. Sí, ya sé que suena mamón, a mí me irrita que te hayas cogido a Olga, ¿y qué? —intercambió las bolas en sus manos, iniciando una nueva ronda de masaje—. No me ha ido mal, es la vida que elegí. No sé si elegí enamorarme de Vlady, pero no me arrepiento. No soy pesimista, te lo juro.

—Ya lo dijiste.

Bebió de un trago lo que le quedaba de la cuba. Se arrodilló ante la maleta. Inhaló con fuerza una raya. El tráfico de avenida Cuauhtémoc, a unas cuadras de distancia, llegaba como un mal oleaje.

—Estoy que me cago —el Vikingo cerró los ojos—. Perdón, no se lo había dicho a nadie. Mira.

219

Le tendió una fotografía tomada con tan mala luz que parecía en blanco y negro. Un torso pálido, apenas carnoso, y algo más, quizá un brazo.

—Mira bien —el Vikingo habló con rabia, como si la nitidez fuera asunto de concentración.

—¿Qué es esto?

—¡Mira! —su amigo señaló un rincón de la fotografía—. El brazo está separado del tronco.

—No veo nada.

—¡No sabes ver!

—Cálmate. —Julio le tomó la mano. Estaba caliente, quizá por efecto de las bolas, que debían de absorberle energía—. Juan, ¿quién vive aquí?

—Carmelita —respondió el Vikingo, como si hablara de una figura pública—. La planchadora —agregó—. Vivía aquí. Anda huida. Todo es por mi culpa, ¡por mi pinche culpa! —se zafó de Julio y chocó las bolas de metal. Un chirrido llegó de la calle, como un eco de las bolas. El Vikingo se volvió, muy inquieto.

—¿Quién es Carmelita? —preguntó Julio.

—Ya te dije. La planchadora. Trabajó siglos con mi familia. Ahora vive aquí, bueno, vivía. Es de Los Faraones. Ella me puso en tu pista. Me habló de Los Cominos.

—¿No fue Félix el que te pidió que hablaras conmigo?

—Primero fue Félix, pero no le hice caso. Ya ves lo mamón que es. Quiere controlarlo todo. No tiene la menor idea de lo que es la telebasura pero gana una fortuna. Le vende confianza a Gándara. Una confianza complicada, que «el señor» confunde con el prestigio —descubrió un rastro de coca cerca de su nariz, lo recogió con la uña, inhaló con fruición, parpadeando mucho—. Cuando Carmelita me habló de ti, te volviste interesante. Los Faraones es una gran cantera de sirvientas. Es una suerte que Carmelita sea de ahí.

Se oyó un zumbido. El Vikingo se puso de pie. Se volvió a los lados. Dejó caer las esferas de metal. Julio las vio rodar hasta la pared. El suelo estaba marcado con la huella de un mueble o un aparato. Un televisor, tal vez.

El Vikingo fue de rodillas hacia las bolas. Las recogió con trabajo, luego las besó.

–¿Me preparas una cuba? –le pidió a Julio–. ¿Cargadita?

Julio fue a buscar hielos. Abrió el refrigerador, vacío a excepción de una masa abstracta, cubierta de hongos, que tal vez había llegado ahí en forma de sopes o tlacoyos.

Volvió a la estancia. Contempló el resplandor enrojecido en el pasillo.

–¿Hace cuánto que se fue Carmelita? –Preparó una cuba tibia, desagradable. Se la tendió al Vikingo.

–Este departamento es de mi familia. Está en litigio y ella lo cuidaba. Yo venía una vez al mes a darle su pensión.

–¿Tú prendiste las veladoras? –preguntó Julio–. ¿Para qué?

–Olía de la chingada. –El Vikingo dejó de frotar las bolas–. La neta, sentí que me protegían..., puta, ya no sé ni lo que pienso.

–Juan, ¿por qué estamos aquí?

–Tengo la cabeza hecha un camote. No podemos hablar en mi casa. Me tienen vigilado.

–¿Quiénes?

–No sé, cabrón. Crucé una raya que no debía cruzar. Estoy enculadísimo con Vlady, la adoro, ¿sabes lo que es eso? En mi puta vida había querido a alguien así, ni a mis hijos, en serio, neta, ¡neta, neta! –golpeó el suelo con la palma–. Ella estaba desesperada después de la operación, necesitaba un papel, algo que la salvara. El PAN ganó las elecciones y se me ocurrió lo de la guerra cristera. Suena sencillo, ¿no? Y hasta entonces lo era. En el canal desconfiaban del tema, hasta que ella llevó unos coproductores putrimillonarios. Nadie preguntó por el origen del dinero, pero de pronto Gándara recibió señales, habló con Félix, entró en la paranoia más cabrona. Los Cominos está en otro cártel. No me veas así, pendejo, este país sólo tiene una división geográfica importante: los cárteles. El de Ciudad Juárez domina el norte, el DF, la relación con las FARC en Colombia. No quieren que el cártel del Pacífico se meta en Los Cominos. Los desiertos en el Trópico de Cáncer son de Juárez.

–¿Sabes lo que dices, Juan?

–Estoy cruzado, estoy pedo, estoy coco, ¡y sé lo que digo! Todo mundo sabe eso. Te fuiste demasiado tiempo, cachorro.

–¿Hablaste con Ramón Centollo?

–Me vino a ver, me vendió un ejemplar de *Afta*. Odia a Félix y eso me cae bien. A ti te quiere, y un chingo, aunque no sé si eso es bueno. Mira nomás quién te esperaba del otro lado del mar, un teporocho de mierda, el perro de Ulises.

–Era un poeta.

–Era. Ahora come basura. ¿Qué te estaba diciendo?

–Los narcos, me enseñabas el mundo según los narcos.

–No me creas, entonces –el Vikingo desvió la vista a la maleta: le quedaban dos rayas–; a veces hay matazones gruesas, un cártel entra en el territorio de otro. Lo del gringo fue una señal. Los hombres sin cabeza estaban donde no debían, en el Trópico de Cáncer, donde aterrizan otras avionetas. Además, los narcos son muy creyentes y están llenos de supersticiones. ¿Conoces la capilla de Malverde en Culiacán? Es un lugar incómodo, casi un cepo, como la celda de Chucho el Roto en San Juan de Ulúa. Las paredes están ahumadas por las velas, pero ahí están las placas doradas que los narcos mandan de todas partes. Tal vez lo que está en juego para ellos es el control de un lugar sagrado: Los Cominos. Nadie es tan paranoico ni delicado como un narco. Viven en estado de alarma, todo los ofende, todo los delata, todo les afecta –volvió a inhalar–. Te voy a contar lo que me pasó una vez, volando de Tijuana al DF. En el aeropuerto de Tijuana vi a un güey en un teléfono público. Me coloqué detrás de él pero el cuate tenía para rato: había puesto un fajo de tarjetas de larga distancia encima del aparato. Vas a decir que eso es normal, que hay gente que hace llamadas de trescientos dólares. Perfecto. Subimos al avión y yo viajaba en primera, cortesía de Gándara. Él se sentó con otro cabrón, justo delante de mí. Llevaba una camisa como las de Orlando Barbosa, sólo que de seda. Versace narco. El otro iba de negro, muy acá, no de negro obvio sino como un chino vestido de negro. Se pasaron todo el vuelo jugando cartas. Apostaban billetes de cien dólares. Vas a decir que también es normal que en primera clase se apueste así. ¿Has volado en primera?

–No.

–Vale madres. ¿Sabes cómo supe que esos güeyes eran narcos? Cuando les ofrecieron de comer. Había dos opciones y ellos hicieron como veinte preguntas, que si picaba, que si llevaba mostaza, pidieron ver los platillos, abrieron la tapita de aluminio, escogieron un guiso, luego se arrepintieron y quisieron el otro. Apenas lo picotearon, con muchísimo cuidado. Nadie es tan delicado como un narco, te digo. En el aeropuerto del DF fueron recibidos por un tipo de gabardina, acompañado de dos guaruras. Si esa comitiva se dirigiera a mí, pensaría que me iban a arrestar. A ellos sólo podía protegerlos. Narcos, te digo.

–Okey. Los narcos temen que los envenenen.

–Ah, se me olvidaba, en el viaje tomaron medicina homeopática. Compartían el frasco de chochitos, como dos solteronas. –El Vikingo se puso una esfera de metal en la sien; cerró los ojos, sometiéndose a un alivio doloroso.

–A ver, viste dos narcos hipocondriacos o paranoicos...

–Cuando saludaron al tipo de gabardina me fijé en una de sus maletas, una maleta de diseño, carísima, con una Virgen de Guadalupe bordada en hilo de oro. En ese giro de trabajo no basta una buena dieta ni un homeópata. Sin la Virgen estás jodido, la Virgen de los Sicarios en Medellín o Malverde en Culiacán. Estás hablando de cabrones superdevotos, armados hasta los dientes. Gente muy, pero muy delicada, que te mata al primer retortijón.

–¿Y Vlady está con ellos?

–No exactamente. No sé ni cómo decirlo. –El Vikingo soltó las bolas; volvieron a rodar al mismo sitio de antes, siguiendo el declive del piso–. Creció en una maraña donde el amigo de un amigo de un amigo es alguien a quien le debes un favor y a quien debes proteger. La cosa no es tan fácil. Es jodido aceptarlo, pero los narcos han ayudado a un chingo de gente, gente que no tenía el menor chance de hacer algo. Cuando no son padrinos de una boda es porque son padrinos de una comunión, dan limosnas por todas partes, préstamos, le pagan el hospital a tu madre, el entierro a tu padre, le dan trabajo a tu pinche primo vago que en su puta vida había hecho algo. ¿Y sabes qué es lo más increíble? Que se creen inocentes. Yo me siento culpable todo el tiempo, por cualquier chingaderita, hasta por lo que no he hecho. Ellos no. Después de tantos sobornos, torturas, putas, asesinatos, traiciones y mierda y media, cualquier narco es capaz de sentirse como un Robin Hood místico porque ha ayudado a más gente de la que ha jodido y supone que Dios lo quiso así. Antes de matar bendicen sus AK-47, como los cristeros bendecían sus carabinas. Llevan crucifijos de oro por todas partes. ¿Sabes cuántos crucifijos llevaba el Chanchomón cuando lo mataron? Más de veinte. Era un capo de los más cabrones, por si no sabías. Tenía un calzón del que colgaban Cristos en miniatura. Ríete de la fe de los cristeros; los narcos hacen lo que sea por comprarse un ranchito en el cielo. Han aprendido a ver el peligro como una forma de martirio. Félix, tan mamón como siempre, habla de «autofiguración». Es la pinche vida que los narcos se cuentan a sí mismos. Se autofiguran inocentes. Sólo recuerdan sus limosnas, sus apoyos a la Iglesia. La telenovela les vino como anillo al dedo. Pero hay intereses cruzados. El tema es demasiado gordo. Los Cominos, que parece estar en la nada, está en un cruce invisible, la frontera de los cárteles. Tengo la boca seca. Prepárame otro chupe.

Julio obedeció. El Vikingo tenía las bolas de metal en las manos. Trató de sostener el vaso con ellas, como si se le hubieran pegado a la carne.

–Lo pongo en la maleta –dijo Julio.

Su amigo miró la cuba con fijeza; parecía buscar ahí una inscripción. Se acercó a gatas al vaso, bebió un sorbo. Tomó el billete que seguía sobre la maleta. Aspiró la última raya. Reculó hacia la pared. Apoyó la nuca con fuerza en el muro. Al cabo de unos segundos se veía igual de destruido pero hablaba en tono más compuesto.

—Abre la maleta.

Julio retiró la cuba.

—Está en la redecita.

—¿Qué?

—Ya verás.

La maleta contenía un par de mudas de ropa, papeles revueltos.

—¿Para qué traes la maleta?

El Vikingo le contó que la llevaba a todos lados. No sabía en qué momento tendría que escapar. Lo dijo como si estuviera en condiciones de moverse y cargar equipaje. En la red de la maleta había una fotografía. Julio la vio. Un bebé. Una foto vieja, maltratada; parecía haberse desenfocado con el tiempo. Julio se la mostró al Vikingo. El otro sonrió:

—Eres tú, pendejo.

—¿Y qué hace aquí?

—La tenía Carmelita. Se la dio una amiga de Los Faraones. Tenía otras de Florinda, de Donasiano, de tus padres. Ustedes son la gente fuerte de donde ella viene, como dioses raros. Esas pinches mujeres se pasan la vida contando chismes, nunca de ellas sino de los patrones. Atesoran su memoria, coleccionan fotos, las intercambian. Se saben la fecha de la boda de alguien que no han visto pero forma parte de esa mitología: «El señor Julio se casó con una italiana muy guapa en una ciudad que le llaman Florencia...» Eso me dijo. ¿No te parece increíble, esa vida en la sombra? Tu foto estaba con otras en la repisa de las veladoras. Como si fueras un santito.

Julio recordó a la mujer que lo vio en Jerez con extraña atención mientras recorría las calles en espera de Eleno. Tal vez también ella lo conocía de algo o lo había visto en una foto, más reciente que la de ese bebé, idéntico a cualquier otro.

—Lo importante no es eso, o eso es sólo parte de lo importante —dijo el Vikingo—. La nieta de Carmelita, una chamaca de dieciséis años, fue violada en Venado. Sus hermanos atraparon al agresor, pero el juez les pidió dinero para meterlo a la cárcel y luego les pidieron dinero para mantenerlo ahí. Una especie de renta para aplicar la condena. Una cantidad ridícula que para esa gente es una fortuna. Carmelita estaba desesperada. Entonces hablé con Basilio Cedrón.

–¿Un amigo del Chanchomón?

–Un amigo de Vlady. Basilio me preguntó si de veras quería que él interviniera. Lo hizo para que yo supiera que le debería un favor. Un favor chancho. La nieta de Carmelita tuvo mala suerte. No se la llevaron tres chavitos pedos con ron Bacardí, sino alguien que trabaja para gente organizada. Gente fuerte. Por eso el juez pidió dinero; su miedo tenía precio. No es fácil retener a un cabrón de ésos.

El Vikingo se frotó la nariz. Un hilillo de sangre le bajó de una fosa. Sangre espesa, casi negra. Se limpió con la camisa y prosiguió:

–Hace unos días volvieron a llevarse a la nieta de Carmelita. Una venganza del tipo que estaba en la cárcel. Le conté el pedo a Basilio. Buscó a los cómplices de aquel cabrón para amedrentarlos. Eran del cártel de Juárez. La gente de Cedrón hizo su trabajo. Luego pasó lo del gringo y los muertos de la Suburban, una señal para que el cártel del Pacífico se apartara, en esa zona no quieren a los amigos de Vlady Vey. Tal vez a Galluzzo lo mató otra gente, pero es un hecho que trabajaba para Juárez, tal vez sin saberlo, parece que estaba piradísimo. Total que Gándara sabe de todo el pedo. No quiere broncas. Yo le debo un favor a Basilio, ¡pero sólo uno! Es un pinche círculo, un juego de ping-pong en el infierno. Hay chingos de mujeres secuestradas, tantas que la sobrina de Carmelita ha valido madres, ni siquiera sale en los periódicos de San Luis. En Ciudad Juárez van más de trescientas mujeres mutiladas y no agarran a nadie. Si viéramos todas las *snuff movies* que se han hecho con eso nos volveríamos locos, pero supongo que con esto basta –el Vikingo volvió a señalar la primera fotografía que había mostrado, el brazo desprendido del torso–. La nieta de Carmelita.

–¿Cómo sabes que es ella?

–La foto llegó aquí. Alguien la puso bajo la puerta.

–¿Dónde está Carmelita?

—En Los Faraones, ¿dónde más?

«Vlady trajo la foto», Julio no podía decir esa frase ni podía argumentarla, pero no podía dejar de pensarla.

Una puerta se abrió en un departamento, quizá en el mismo piso. El Vikingo escuchó con atención. Se acercó al vaso que Julio había puesto en el piso. Lo tomó con mucho cuidado, apenas se mojó los labios, como si todos los peligros pudieran venir de ahí. Luego se llevó a la cara la bola que aún sostenía en la mano izquierda. Se la tendió a Julio:

—Tócala.

Julio tomó la esfera. Estaba ardiendo.

—Ayúdame, cabrón.

—¿A qué?

El Vikingo empezó a llorar.

—Estoy que me lleva la chingada. No sé qué hacer. Ayer traté de hablar con «el señor». No contestó la llamada, y luego la cagué.

—¿Qué hiciste?

—Fui a su oficina, primero a la de Salto del Agua. No estaba ahí. Me fui a Tlalpan. Llegué muy acelerado, lo sé, ni siquiera me dejaron entrar al estacionamiento. —Los ojos del Vikingo, de por sí enrojecidos, estaban abultados por las lágrimas—. Gándara no quiere tratar conmigo. Félix dice que es por lo del gringo y las muertes en la Suburban. Yo digo que es por Basilio. Ese cabrón me puso un cuatro. Hizo lo que él quería hacer por sus huevos. Yo no le pedí que se cargara a nadie. Aprovechó para seguirse de largo el muy ojete. ¡Ayúdame, hijo de tu pinche madre! —El Vikingo se aferró a su brazo; Julio sintió sus uñas a través del saco y la camisa.

—Vete a Europa. Te puedes quedar con cuates —mintió Julio; ninguno de sus conocidos recibiría al Vikingo.

—Estamos hasta aquí —se llevó la mano al cuello—, no podemos huir así nomás.

—¿Vlady sabía que viste a Basilio?

—Ella me lo aconsejó. Me dijo que no podía dejar colgada a esa chamaca. Es muy considerada.

Julio vio los dedos de Vlady, la delicia con que acariciaban un envase de Pato Purific. «Lo vendió.» ¿Había forma de decírselo al Vikingo?

—O muy calculadora —contestó Julio.

—¿Qué chingados te pasa? Ella tenía más que perder.

—No parece muy afectada.

—Mira, yo siquiera hago esto por Vlady. ¡La adoro, hijo de puta! ¿Y tú qué? ¿Qué ganas con esto?

Julio apenas pudo confrontar los ojos encendidos del Vikingo. Su cabeza había dejado una mancha de sudor grasoso en la pared. La sangre le formaba una plasta en el bigote.

—*Tú* me metiste en esto.

—Te invité, que es distinto. Y tú le entraste. ¿Por pinche morbo? ¿Por levantar un billete? ¿Por lamerle los huevos a Félix? El cabrón te odia y tú vas y le chupas la verga. Centollo, que tiene el cerebro diluido en cemento, te lo dijo, ¿no?

Qué facil hubiera sido patear al Vikingo ahí en el piso y salir de ese cuarto para siempre.

—¿Quieres que te ayude o quieres que te rompa la madre? —Julio escuchó estas palabras con una reverberación extraña. Sí, estaba diciendo eso.

—Te voy a decir una cosa: no sé por qué chingados entraste en esto pero no te puedes salir. Te conocen, güey.

—¿Quiénes?

—No me pidas que sea tan pinchemente... específico. Los cabrones que nos regalaron esta foto. Seguramente Carmelita les hablará de ti. Van a mover todas las pinches piedras de Los Faraones hasta dar con ella. Ella fue la primera en mencionarte para todo el pedo. Me habló de Los Cominos, del milagro en la poza, de tu tía Florinda, de que te cogiste a Nieves, en el cuarto de otra sirvienta, ¿cómo se llamaba?

—Fulgencia.

—Fulgencia le contó todo. Por eso te fuiste de México. Hubo un escándalo cabrón.

—No fue así.

El Vikingo no estaba para interrupciones; prosiguió como si el otro no existiera:

–Si quieres saber algo, pregúntale a una criada. Son el pinche archivo mudo. Lo único que les sucede es lo que hacen sus patrones. Saben todo, las hijas de la chingada. Juntan, juntan, juntan. Papelitos, chismes, historias, fotos, lo que sea, como ratas almizcleras. No les sirve de nada pero lo juntan. A veces ni lo entiendo, pero vale madres; están ahí para ver y juntar.

–Estás pedo, Juan.

–Estoy cruzado, pero sé lo que tú no sabes. Esas fisgonas viven entre los tinacos pero están en todas partes. En mi familia hablaban en inglés para que ellas no se enteraran de algo importante. ¡Vale madres! Lo detectan todo. Pasan cuarenta años en una casa sin que les suceda nada. Sólo tienen recuerdos ajenos, que nunca olvidan. No sabes hasta dónde puede llegar una india informada. Carmelita hasta te tiene afecto. Canturrea ante tu foto el corrido del Niño de los Gallos. Te llamas así por ese cabrón, ¿verdad? Ya ves: «Van saliendo los jicotes...» –el Vikingo canturreó con entonación delirante.

De pronto, guardó silencio. Algo crujió en otro piso. El Vikingo tenía un miedo contagioso, tangible, cutáneo. Vio a Julio sin el odio de antes. Lo había incluido en su preocupación; necesitaba su desesperada ayuda.

–Tengo que irme –dijo Julio.

–Carmelita les habló de ti. Todos te conocen. Tú no sabes quiénes son. Necesito volver con Gándara, llevarle algo sólido, limpiar este puto enredo. Vamos a grabar el milagro, la historia de Florinda. Sólo eso nos puede proteger: tenemos que ser necesarios, y tú, sí, tú, nos vas a ayudar –el Vikingo lo señaló con el índice, sin soltar la esfera de metal.

Julio salió del departamento. Sentía un vacío en el estómago, las piernas le temblaban.

En la planta baja empujó la puerta de cristal y fue como si la noche entrara en el edificio. El aire era menos denso afuera.

Al otro lado de la calle, bajo un poste de luz, vio la silueta desgarbada del Cucos Cisneros. Llevaba una bola de estambre en las manos. Tejía con destreza. Levantó la vista hacia Julio y lo miró como si no lo conociera.

Subió a la azotea de su edificio. Pasó entre las puertas de lámina de los cuartos de servicio, como camarotes de submarino.

Vivian, la sirvienta que le consiguió Eleno, no estaba en la casa; había ido a sacar su número del Seguro. Julio llevaba un manojo de llaves. Casi todas cabían en la cerradura. Finalmente dio con la correcta. Olió el inconfundible aire a encierro y pobreza que no había aspirado en un cuarto de siglo. En el baño, encontró un zacate, una piedra pómez, tres jabones de colores terrosos. A pesar de su nombre, Vivian vivía como Cata, Consuelo, Lupe, Fulgencia, las criadas del pasado. El único saldo de la época: una calcomanía de Garfield en la pared.

Se sentó sobre la cobija de cuadros, con flecos en las puntas. Estuvo un rato ahí hasta que su pie tocó algo por accidente, abajo de la cama. Una maleta (seguramente Vivian le decía «veliz»). Pesaba mucho y le costó trabajo arrastrarla. Contenía calzones en tonos inverosímiles (durazno, rosa purpurino, verde pistache), una bolsa con conchitas (algo extraño, hasta donde sabía Vivian no conocía el mar). Sobraban peines y telas baratas, faltaban zapatos. Cerró la maleta.

En un rincón, tres ganchos sostenían vestidos de diseños florales. La cajonera contenía una veladora, cremas de concha nácar, ungüento para el mal de ojo.

Julio no vio el cuarto al escoger el departamento. Era tal como pensaba que sería.

Levantó la almohada, jaló varias veces la cadenita de la lámpara. ¿Vivian advertiría que había estado ahí? Trató de borrar el incierto desorden que había creado. Necesitó más tiempo para suprimir sus posibles huellas que para revisar el cuarto.

En la tarde, Vivian jugó con las niñas. Las trataba como si apenas fuera un par de años mayor que ellas, con un infantilismo que divertía mucho a sus hijas. Julio escuchó sus risas desde su cuarto. Habían tenido suerte en conseguir a Vivian.

A eso de las siete fue a la cocina a servirse un tequila. Pasó junto al cuarto de las niñas. La puerta estaba entreabierta. Vivian sostenía un pollo de peluche en una mano y un muñeco de plástico en la otra:

—Éste es el niño —dijo— y éste es el gallo: «Ya se avistan los jicotes...» —canturreó.

Sus dedos, muy largos, tocaban un cuchillo de plástico.

Las niñas la veían absortas.

14. UNA FIRMA

Aunque le quedaba bastante lejos, la Biblioteca de México era un buen sitio para leer. El viejo edificio en la Plaza de la Ciudadela, donde se decidió la suerte de Madero, a quien tanto admiró López Velarde, había sido renovado en forma vistosa. Un techo cubría el antiguo cuartel como un paraguas, sin que los muros llegaran a tocarlo (por ese espacio se colaban los pájaros).

Casi todos los visitantes eran alumnos de secundaria que iban a hacer sus tareas o dormitar sobre las mesas. También abundaban los ancianos, con un libro sin abrir delante de ellos, como un requisito legal pero inútil para estar ahí.

Cerca de la mesa de Julio, una secretaria guisaba tortitas de papa en una hornilla eléctrica. A veces, el delicioso olor lo acompañaba en el metro de regreso a casa, impregnado a su saco.

Después de su último encuentro con el Vikingo, volvió a los papeles de su tío en un estado casi alucinatorio. Nombres sin sentido, reclamaciones difusas, agravios ilocalizables. La destrucción y el horror eran evidentes, pero parecía imposible reconstruir en detalle ese enredo de datos sueltos, encontrar ahí un dibujo, un trazo nítido.

El tío Donasiano le había dicho: «Todo mundo tiene historias pero muy pocos tienen destino.» Lo decía con la certeza de haber quedado al margen; él pertenecía al grupo de los que sufren o disfrutan anécdotas sin que eso marque una línea resistente. Los Cominos semejaba un mecanismo temporal averiado, donde las pausas y la suspensión de los minutos simulaban intentos de compostura. En uno de sus muchos ratos perdidos, Donasiano le comentó: «Aquí no había otro lujo que el trabajo. Esto era una fábrica, no un palacio. Cuando nos jodieron se jodió la región entera porque aquí no se puede trabajar en parcelas, no hay agua. Yo me quedé con un museo, rodeado de espectros. Casi pensé que lo merecía, siempre me gustó leer más de la cuenta, en desorden, sin enderezar mis ideas; en eso el padre Torres tuvo razón: soy un admirante de historiadores, no un historiador. Tal vez mi pecado fue meterme a juntar papeles. La hacienda se volvió un papel más. Los Cominos no llega a ser un cementerio, ni siquiera para esa tristeza alcanza. ¿Sabes lo que es un cenotafio? Un monumento funerario donde no está el cadáver. Eso ha sido Los Cominos todos estos años. La gente desaparece aquí como si no existiera. No me hago esperanzas para mí, o sólo me hago la esperanza de que de veras se sienta que morí. Tus sobrinos no tenían donde caerse muertos y tú les diste una oportunidad. Hiciste bien. Acuérdate: pocos tienen destino.»

Entre las fotos de los cristeros, le sorprendió una en que se fusilaban relojes para detener el tiempo de la historia. El pueblo en armas de Cristo Rey fue dueño de su tiempo por tres años. Luego desapareció de la memoria oficial. Seguramente, la vocación de martirio facilitó la derrota. Julio leyó en la carta de un combatiente: «¡Qué fácil está el cielo ahora!» Una frase celebratoria, escrita por alguien más dispuesto a morir que a luchar. La vida ultraterrena era recompensa suficiente.

En un país de caudillos, a los cristeros les faltaron jefes. Aunque algunos sacerdotes fueron comandantes decisivos, y se contrató a Gorostieta para definir la táctica militar, en esencia no hubo otro líder que Cristo. Costaba trabajo describir esa rebelión sin mayor estrategia que las tropas articuladas por el repicar de los campanarios.

En otra carta leyó que un batallón no se preocupaba de no haber comulgado porque muy pronto recibiría el bautizo de la sangre. La felicidad de la muerte o su conversión en hecho sacramental resultaban intolerables para Julio. Se sentía revisando testimonios talibanes después del 11 de septiembre. Al mismo tiempo, no podía ser indiferente ante la veracidad del sufrimiento, la inocencia de esas voces, la pureza y la severa necesidad de su fe. En el país derrotado por esa guerra surgió el PAN, la opción política de los católicos, que sin embargo ya era difícil asociar con los cristeros.

Revisar ese archivo no producía certezas. Si algo quedaba claro era que sus antepasados no apoyaron la causa cristera, un proyecto suicida, en manos del pueblo llano, que no contaba con el apoyo de la Iglesia, tan dispuesta a pactar con el gobierno. Sólo una vez asesinados, los cristeros se incorporaron a la larga lista de agravios que sus parientes mencionaban mientras hundían sus galletas en café con leche.

En la sala de lectura, un anciano dormitaba frente a Julio, ante un ejemplar de la Ley Federal Electoral. Llevaba un luido traje gris. Un burócrata jubilado que continuaba ahí su letargo en las oficinas. Una tarde, un gorrión se le paró en el hombro durante unos segundos. El hombre cabeceó sin salir del sueño. Julio recordó al cristero que dormitó con la soga al cuello, segundos antes de morir. Para la gente del campo nada resultaba tan grave como morir por sorpresa en el sueño, sin encomendarse a Dios. La guerra les dio oportunidad de fallecer a conciencia y por una causa. El presidente Calles representaba a Herodes y ellos al pueblo de David. El más allá era un campo de flores que jamás conocerían en ese yermo. Julio releyó el testimonio de un testigo presencial: el cristero estaba tan cansado y conforme con su suerte que se durmió de pie, la soga ya amarrada al cuello. El verdugo le encajó un clavo para que despertara, sin saber que le regalaba algo valioso, la conciencia de su muerte.

Donasiano decía: «Soy recolector de granos, no sé cultivar.» En los datos que juntó en desorden se mezclaban cartas de familia y papeles recogidos en pueblos lejanos.

A medida que Julio se familiarizaba con el tema aumentaba

su sensación de extrañeza; leía como alguien que se mueve con desesperación para salir de un pantano y no logra otra cosa que hundirse en él. Al avanzar retrocedía. Ahí estaba, por ejemplo, el proyecto de reforma agraria de uno de sus parientes, escrito en 1911, cuando Madero ocupaba la presidencia. El documento era de una extraña modernidad para venir de alguien de su familia. Su bisabuelo, entonces dueño de Los Cominos, reconocía la injusticia feudal del latifundio y proponía una reforma eficiente, más moderada y ajustada a las necesidades de la árida Mesa Central que el reparto que se decidiría desde un escritorio en 1938. En un apartado se refería a Juárez como un presidente honesto y democrático, nunca como el indio anticlerical que la familia recordaba al defecar («voy a verle la cara a Juárez»). El proyecto de ley no fue aprobado por el congreso local). Al perderse esa oportunidad, la familia adoptó posturas progresivamente reaccionarias, alimentadas por el rencor, la decepción, la impotencia. Costaba trabajo creer que ese ponderado análisis del campo proviniera de su bisabuelo. Hubo un tiempo, perdido en la neblina, esa pelambre de coyote, en que los suyos pudieron ser sensatos.

Se preguntó qué hubiera pasado con López Velarde en caso de llegar a la vejez. También él fue un católico maderista, un liberal, pero no vio el país roto; la revuelta revolucionaria «subvirtió» su provinciano edén sin mancillarlo del todo. Compartía el afán de cambio, la necesidad de aire fresco; al mismo tiempo, repudiaba la barbarie, la cuota de sangre de la Revolución, y estaba arraigado a tradiciones a punto de desaparecer. Su alma dividida lo volvió atractivo para bandos irreconciliables. ¿Cómo hubieran coexistido esas contradicciones en los años que no llegó a vivir? La pregunta era inútil y retórica, pero señalaba la trágica oportunidad de esa muerte. El poeta expiró antes de que la realidad lo forzara a simplificar su espíritu escindido. En caso de buscar reducciones, Julio admitía mejor la idea de un colorista de las esencias nacionales que la de un beato o un místico. Pero ¿cómo habría tomado López Velarde la guerra cristera, ese copioso derrame de «sangre devota», los pueblos arrasados, los graneros quemados, la tribu de David en su martirio pueblerino, abandonada por todos los poderes? ¿De qué modo lo habría tocado esa gigantesca oración fúnebre? Ramón López Velarde murió con su futuro intacto. Imposible saber cómo se habría movido en el país despedazado que vino después. La fractura, la vida rota había sido de sus lectores.

La única conclusión que le dejaban esos pliegos de descargo: todas las luchas eran perdidas por los campesinos, sin importar que fueran zapatistas o católicos.

Descansó viendo los pájaros que de tanto en tanto recorrían el falso cielo de la biblioteca, y al volver sobre sus apuntes se sintió como un perro velardiano, fisgando en la oscuridad cosas que nadie debía ver, o como la sirvienta que desde su cubil en la azotea registra la vida que no puede llevar y fluye en los cuartos principales sin ser retenida por sus protagonistas.

Algo se le escapaba, tal vez porque no lo merecía o no debía fijar esa sustancia evanescente, y algo lo retenía en esa confusión. Estaba ahí como el cristero dormido en el cadalso o el verdugo asombrado por la fe que no entendía.

Quienes fueron testigos de esos hechos reaccionaron con la perplejidad del adversario o la aceptación beatífica del militante, y eso dificultaba entenderlos. Revisar lo que esa gente había comido, mirarlos en su día, ante el mudo horror o la incompatible entrega de sus miradas, producía el estremecimiento de adentrarse en territorio ilícito, una región que sólo se tolera a la distancia o en ausencia, como otra posesión por pérdida.

Al salir de la biblioteca atravesaba la Plaza de la Ciudadela, donde los jóvenes jugaban fútbol, y a veces seguía rumbo a la Alameda, a mirar los cortejos de los novios, la gente que salía de un cine desvencijado, los coches que se sumían en el estacionamiento de Bellas Artes. Ciertos rincones cobraban la espectacularidad de un circo. ¿Cómo pasar por alto las tiendas de jugos, sus repisas atestadas de frutas de colores, el techo pintado en rojo, verde y amarillo, como una juguetería del trópico? Julio había vivido en sitios donde esa exaltación cromática sólo resultaba posible en carnaval, y sin embargo la distracción le duraba tan poco que a la mitad de un licuado de mamey ya estaba mentalmente en Los Cominos.

Alicia habló poco con él después de la intimidad que compartieron en el galpón del radiostato. Quizá por ello, él recordó muy bien las escasas palabras que le dijo. Ella creció ante un nombre prohibido: «Julio», *dirty word*. La tía que la adoptó se refería a él como a un «ácrata guapísimo». Durante años ella le dio vueltas a lo que podía significar «ácrata», sin estropear sus figuraciones abriendo el diccionario.

Alicia no insistió en que Julio le hablara de su madre. En alguna de las tardes detenidas en que miraban el cielo lapislázuli, ella dijo: «me falta», y tocó tímidamente la mano de su tío. Habían perdido a Nieves de distinto modo. Alicia apenas la conoció, una mano protectora en las noches, una sonrisa necesaria. Era lo que le faltaba. Julio, en cambio, recordaba demasiadas cosas, su ausencia llegaba como algo que sobraba, datos invisibles que determinaban, y a veces parecían ahogar, un presente imposible de compartir con su sobrina.

Paola estaba tan deslumbrada con las sorpresas del entorno que sobrellevaba bien al zombi que tenía enfrente. A veces le pellizcaba un brazo y le decía: «¿Estás ahí? ¿Te fuiste al pozo?» Julio no había regresado a México sino a sus recuerdos, el tiempo irreal donde Ramón Centollo lo llamaba «cachorro». Paola se quejaba poco de su talante evaporado. Bastaba un capuchino bien hecho, una mesa moteada de sol bajo una jacaranda, una llamada elogiosa de Constantino Portella para que su tarde se condensara en una intensa felicidad. Todo era mejor de lo previsto.

Julio veía las cosas de otro modo. Los veinticuatro años que siempre negó como un exilio regresaban ahora como una evasión. ¿De qué?

Ir a la biblioteca se convirtió en una forma de saberlo. No

devolvió los mensajes de Félix ni una angustiosa llamada del Vikingo. No quería negociar con ellos su abandono del proyecto. Averiguaría lo que pudiera, lo que a él le significara algo, y presentaría el trabajo. En bloque. Un paquete definitivo, con su despedida. Un cenotafio para el tema.

Había olvidado los aguaceros torrenciales del DF. La ciudad quedaba sitiada por el agua. La biblioteca tenía tantas goteras que en la sala de lectura se colocaban hasta veinte cubetas en sitios estratétigos. Las fisuras del techo eran desiguales y unas cubetas se llenaban antes que otras, produciendo ruidos distintos. El azar las «afinaba» en escalas: plip-plap-plop. El curador de un museo europeo hubiera pensado que se trataba de una instalación artística. Julio se acostumbró a vaciar una cubeta cercana a él, sustituyéndola durante unos segundos por una lata de leche Nido.

Llovía mucho cuando revisó las fotografías con nuevos ojos. Las imágenes eran tan contundentes que en ocasiones pasaba por alto minucias, una frase escrita al calce o al reverso. Forzado a matar el tiempo, se concentró en las palabras superpuestas a las fotos. Sin saber muy bien por qué, le llamó la atención una jota esbelta, diluida, una especie de alfiler, con la curva como un lazo que la acercaba a una ele. Había sido escrita con tinta blanca sobre el fondo negro. La calidad de la imagen era mala, acaso se trataba de una fotografía de otra fotografía. Alguien había escrito ahí: «J. V., 1948». Más que ver sus iniciales, le sorprendió la jota flaca, escurrida, neurótica, familiar. La había visto antes. Volvió a las carpetas con manuscritos, con atención maniática. Estaba tan absorto que olvidó vaciar la cubeta. La encargada de la sala –un mujer de sólido lunar en la barbilla– lo miró como si incumpliera un contrato.

Pasó de párrafo en párrafo, sin leer ninguno, en busca de la letra que lo llamaba desde la fotografía, con la retentiva gráfica, de enferma precisión, que a veces cobra la memoria. Antes de que se colmara la siguiente cubeta, encontró el papel. Ahí estaba, la jota como un flaco cuchillo: «Julio Valdivieso». Una relación sobre el Niño de los Gallos, aquel pariente remoto y desmedido, fusilado por querer salvar a su mascota. En la esquina superior izquierda, el papel tenía la huella de óxido de un clip, como si durante largos años hubiera estado enganchado a otros papeles o a una fotografía. Julio revisó las imágenes que llevaba de su casa a la biblioteca. Habían sido maltratadas y rayadas de diversas formas, pero pudo encontrar la que conservaba, al modo de una jota abierta, bien trazada, el rastro de óxido que correspondía al clip de la carta. La fotografía que ya había visto del Niño de los Gallos, a los cuatro o cinco años, en traje de charro. La esquina inferior izquierda del papel estaba rota, pero se alcanzaba a ver un trazo escurrido, la jota, el flaco cuchillo. Comparó al niño con el hombre en la otra fotografía, con las iniciales y la fecha al calce: «J. V., 1948». Los mismos pómulos salidos, las orejas de boxeador, los párpados adormilados, el labio indolente. Si acaso, la actitud de conjunto era distinta, pero qué actitud no cambia con los años. Curiosamente, los ojos del *segundo* Julio Valdivieso parecían más ingenuos que los del niño orgulloso de posar de charro. El adulto miraba con un asombro sin brillo, un idiota peinado para la ocasión que no podía ocultar la opacidad de su mirada.

El Niño de los Gallos había sobrevivido a su calvario, invalidando la leyenda y los corridos acerca de su martirio. No fue fusilado por defender a su mascota. Estaba ahí, en 1948, un imbécil de labio inseguro, fijado por la cámara en un gesto de abulia.

Su familia, tan afecta a los mitos, borró todo rastro del Niño adulto. ¿Por qué entonces la fotografía? Había sido tomada en el estudio de un fotógrafo. Un enfoque de torso entero, no una foto de trámite para una credencial o un pasaporte. El traje de domingo sugería una ceremonia, un momento especial.

Su nombre no venía de un mártir sino de alguien que miraba el mundo como si sobrara. Ninguna decepción a fin de cuentas, no para Julio. Jamás le interesó la dignidad folklórica de aquel personaje de corrido. Como tantos nombres, el suyo evocaba a un idiota que estuvo de más.

Siguió lloviendo largo rato. Una lengua de agua entró en la sala de lectura. Varios empleados de uniforme azul y botas de hule lucharon para devolverla al patio a golpes de trapeador. Julio estuvo al cuidado de su cubeta hasta que un pájaro cruzó el recinto. Había dejado de llover.

Por teléfono, costaba trabajo pensar que Los Cominos se encontraba en un desierto. Las llamadas tenían un eco denso, que sugería nubosidades. A López Velarde le gustaba mucho la lluvia, tal vez porque ocurría poco y alteraba la costumbre:

> Tierra mojada de las tardes líquidas
> en que la lluvia cuchichea
> y en que se reblandecen las señoritas, bajo
> el redoble del agua en la azotea...

Donasiano se oía como si habitara la «alcoba submarina» que imaginó López Velarde, un cuarto llovido en el desierto. Julio le habló de las dos fotografías. El niño en traje de charro, el adulto de elegancia mustia:

—¿El Niño de los Gallos estaba vivo en 1948?

—¿Cómo supiste? —respondió su tío.

Julio repitió su información: el manuscrito, la huella de óxido, las dos fotografías.

—Un chamaco tarado, eso fue lo que pasó. Lo vi una vez, no sabes la pena que daba. Le dieron un susto en la guerra y eso lo volvió tontito, sabe Dios cómo se corrió el rumor de que lo habían matado con su gallo. Desapareció, eso sí. Se lo llevaron a Guadalajara, a ver si lo curaban. Cuando volvió ya era una leyenda, tan incómoda para la familia que lo sacaron de ahí para siempre. Murió en el DF, en una casa de asistencia, ya muy mayor, pero siempre imbécil. —Donasiano hizo una pausa. «Tarde mojada, de hálitos labriegos, / en la que reconozco estar hecho de barro», recordó Julio–. No creas que tus papás sabían esto –prosiguió el tío–. Fue chiripa que te pusieran Julio. Luego, cuando alguien les recordó a ese pariente lejano, se apuntaron a la leyenda. Tu papá era bastante listillo, no perdía oportunidad de inflarse, le convenía que te llamaras Julio por algo que no se le había ocurrido (también era haragán, con todo respeto). Una vez quise aclarar las cosas, aquí en Los Cominos. Él se había echado sus mezcales. No le gustó nadita que le dijera que Julio Valdivieso no murió como niño mártir sino como un anciano con más taras que Herminia. La guerra lo volvió así, no tenía la culpa, un alma de Dios. Cuando dije eso, tu papá empezó a mentar al padre Torres como si hablara del Papa. La plática se acabó. Acuérdate que era abogado. Fregaba bien sin ocupar argumentos. Total, guardé las fotos por lo mismo por lo que guardé tantas cosas, por si algún día alguien se animaba a averiguar algo y a mandar al infierno al padre Torres. Si no me creen a mí, que le crean a esos papeles. A mí me mató el desorden, Julio, mi cabeza es una tilichera. Nunca tuve sistema. Puse el buró encima de la cama envuelto en una cortina. Eso es mi cabeza. ¿Cómo vas a tener sistema aquí? Te matan el ganado, te envenenan el agua, te traen a sus enfermos.

–Si la familia ocultó al niño para que su mito siguiera vivo, ¿por qué entonces lo fotografiaron de ese modo? –preguntó Julio.

–¿De qué modo?

Julio describió la foto de estudio, de elegantón orgullo pueblerino. Mientras tanto, escuchó la respiración asmática del tío.

–Esos años están tupidos de telaraña, pero me acuerdo de algo. El Niño vivió con monjitas y luego en la casa de asistencia donde finalmente murió. Siempre le dijeron así: «el Niño», por taradito. Pero la familia tuvo que acreditar que vivía porque unas tierras estaban a su nombre. Un día lo bañaron, lo perfumaron, lo vistieron, le tomaron la foto y las huellas digitales, y volvieron a encerrarlo. Suena raro, pero entonces se hacía mucho, no te creas. Estos pueblos han estado llenos de desahuciados mentales que nunca salieron de sus casas. Sólo te enterabas que existían cuando sacaban la cajita para ir al cementerio, o ni eso. Me da un gustazo que investigues bien. Un perro de cacería, sobrino, eso eres, un pointer fino, ya no quedan muchos.

–¿Tienes algo de López Velarde?

–¿Que si tengo qué? –la voz de Donasiano se alejó.

–Papeles, cartas, artículos de periódico.

–La hacienda es tuya pero está de cabeza. ¿Cuándo vuelves para enderezarla?

La comunicación, de por sí precaria, se hizo más tenue. El tío hablaba entre burbujas. «Tierra mojada de las tardes olfativas / en que un afán misántropo remonta las lascivas soledades del éter [...] Tardes en que el teléfono pregunta...» No pudo haber despedida. La línea se extinguió, como si el uso la extenuara.

Julio se quedó inmóvil junto al aparato. No había colgado. La estática salía de la bocina. Algo lo abría por dentro, una letra escurrida, un flaco cuchillo.

15. CASUS BELLI

Ramón Centollo en la contestadora: «Es la hora de las complacencias, Cachorro de Algo, pide la jitanjáfora que quieras; no me olvido de ti, te pienso mucho, carnal, te pienso. ¿Sabes quién me saludó ayer? El Vikingo. Llegó a palacio sin pedir audiencia, con nórdica franqueza. Quise elevar el tono de la discusión y le dije que se veía tan jodido que ya podía ir pensando en una barca en llamas. Así entierran a los vikingos, supongo que lo sabes. Él desconoce su mitología. Le recordé sus tiempos de clavadista, cuando se ganó su apodo porque no quería que entibiaran la alberca. "Nadar sabe mi llama el agua fría." Quevedo. Francisco de, no Miguel Ángel de. Tampoco ante esto reaccionó. Anda evaporado. ¡Un vikingo evaporado! Le enseñé mi libro: "Éste es un asalto chido", le dije. Me dio veinte pesos, como si yo pidiera caridad. Se los acepté por lástima. Luego sacó uno de a cien. No sé por qué. Por el pasado, por lo que no fuimos, por algo que lo trae jodido. Vi su barca en la noche, flotando a la deriva, con la proa de culebra. Vi la flecha encendida en el aire. La vi arder en llamas. Brindé por Thor y Tezozomoc. "Nadar sabe mi llama." ¡Qué definición más chingona del mezcal!, ¿no te parece? ¿Estás ahí? ¿Me sigues, Cachorro de Algo?»

Julio borró el mensaje, lamentando haberlo oído. La voz de Ramón Centollo lo persiguió en la tarde. Paola y las niñas habían descubierto que el video de *El libro de la selva* mejoraba con el doblaje de Tintán. El departamento se convirtió en el sitio donde un Cachorro Humano luchaba por seguir lejos de la Aldea del Hombre. La palabra «cachorro» le traía a Ramón Centollo.

Julio abandonó su aldea del hombre.

Se detuvo frente a una armería. Un cartucho color verde esmeralda anunciaba la venta de municiones.

Recordó la escopeta de doble caño, calibre 16, con la que disparaba en Los Cominos. Mató tórtolas, liebres, codornices, una aguililla que por una tarde hizo célebre su puntería. A los doce años participó en las batidas de sus parientes, una estirpe de depredadores deportivos. Sólo el tío Chacho, el tío Donasiano y las mujeres permanecían en la hacienda. La aguililla lo apartó para siempre de la caza. Al regresar a Los Cominos fue el centro de la cena. Las alas blancas, negras y café se desplegaron en detalle en la conversación. Resultaba casi imposible alcanzar un blanco tan lejano con una escopeta. El tío Chacho se enfrascó con entusiasmo en una disquisición sobre la Austria imperial y real, y el águila de dos cabezas. Eso le faltaba a México, un emperador tranquilo y longevo como Francisco José. Julio sintió la extraña embriaguez de la pólvora y la sangre derramada, el gusto físico de desmembrar un cuerpo y llegar a contarlo para compartir bromas solidarias, una lealtad primaria que permitiría hacer otros alardes juntos, hasta que su primo Tete lo llamó al patio. Había revisado el botín de caza: su aguililla seguía viva.

Tete no quiso hablar delante de los otros de la presa que en rigor Julio no había acabado de cobrar:

—Tienes que rematarla —dijo en voz baja, y le tendió un cuchillo de monte.

Julio lo siguió a las caballerizas. Tete alumbró la parte trasera de la *pick-up* con una linterna. Hubo un revuelo horrendo. De buena gana, Julio hubiera disparado diez veces para que esas plumas dejaran de moverse. Su primo había elegido otro método:

—La agarro y le cortas la cabeza. —Tete se puso unos guantes de electricista.

Aunque se sintió al borde del vómito, Julio supo que iba a obedecer. Dos días antes, se había detenido en un descanso de la cacería a orinar contra unos matorrales. Tete se acercó a orinar con él. Podía haberlo hecho en cualquier otro sitio, pero su primo quería mostrar la camaradería viril que tanto apreciaba. Julio llevaba la escopeta en el brazo derecho. Al saberse acompañado, bajó la mirada y vio que estaba orinando su propia escopeta. Tete se volvió hacia él y tal vez vio en la cara de Julio la sonrisa vacía y descolocada. Bajó los ojos hacia la escopeta que escurría orines y mantuvo un silencio cómplice.

Lo que Tete vio sin mencionar en aquellos matorrales, lo que supo callar, obligó a Julio a soportar el temblor de su mano, la repugnancia de degollar el ave.

La cabeza apenas pesó en su mano. Ese tajo lo apartó de la cacería. Era el menor de los primos varones y durante años vio su alejamiento como una limitación. Ahora, ante los animales de peluche y los dibujos animados que hablaban de la Aldea del Hombre, le sorprendía la brecha que separaba su infancia depredadora de la de sus hijas, convencidas de que Mowgli vivía mejor en la selva. Un impulso sordo le reveló el placer de matar con eficacia y una pifia, un cruel error, le impidió seguir matando.

El cartucho verde esmeralda de la armería le trajo la delicia de la pólvora en el aire frío de la mañana, la patada del arma en el hombro, los ojos expectantes, el cosquilleo en el espinazo al saber que había hecho sangre.

¿Sería capaz de recuperar esa pulsión? No dejaba de recordar que había arruinado unas vacaciones en Pisa por golpear a dos empleados que le entorpecían un trámite. Sólo Italia producía esos centuriones altivos, peinados durante media hora ante el espejo, que retrasaban o impedían un trámite con deliberada provocación, calando al otro en su paciencia, sus posibilidades de seducción o de soborno, una estrategia de sádica sofisticación que hacía que le hirviera la sangre y recordara, con fiero narcisimo, el sitio mucho peor del que venía. Entonces los muslos le temblaban, sus sienes percutían y todo se transformaba en asunto de puñetazos y patadas, donde se lastimaba contra un mueble, hacía el ridículo, quedaba como un salvaje en el país de Paola. Un salvaje que tenía razón, pero un salvaje.

Sus esporádicas escenas de violencia regresaban para avergonzarlo de un modo casi orgánico. Volvía a orinar su escopeta.

Julio se alejó de la armería.

Cuando regresó al departamento, Paola y las niñas bailaban la danza del oso. Nadie iría a la Aldea del Hombre. Comerían plátanos sin trabajar.

Le contó a Paola del cuchillo que le tendió Tete. Cada vez que hablaba de Los Cominos, ella ponía cara de película neorrealista. Esas historias le llegaban en melancólico blanco y negro, un mundo precario donde la vida se arriesgaba para robar una bicicleta y los santos eran pobres diablos. A él le molestaba que su pasado recibiera esa comprensión de filmoteca. Recuerdos rayados por el tiempo y la mala producción.

Su historia de cazador arrepentido sólo tenía un detalle interesante: la escopeta orinada en presencia de Tete, la humillación que lo comprometió con su testigo y lo llevó a obedecerlo cuando menos quería.

–El tema de tu padre –dijo Paola.

Julio la vio sin entender. «Félix le inventó algo», pensó, movido por la paranoia: «Se mete en todo, el hijo de su puta madre.» Quizá el mejor motivo para no tener una escopeta era que le sobraban motivos para usarla contra Félix.

Asombrosamente, el comparatista no tenía que ver en el asunto.

–¿Te acuerdas de su funeral? –le preguntó Paola–. Sus colegas hablaron de él. Te sorprendió que hubiera pasado su vida estudiando algo que ignorabas. La figura del testigo. ¿Recuerdas?

–Es increíble que te acuerdes de cada pendejada que digo.

–Me acuerdo de cada pendejada que dices cien veces.

Cuando regresaste a París no hablabas de nada más. Su vida en la sombra, lo que nunca conociste. Estabas obsedido...

—Obsesionado.

—Te dije que le pusieras una piedra arriba.

—Que hiciera «borrón y cuenta nueva», así se dice aquí.

—¿Te jode que te recuerde tu tema de ese año?

—¡Mi «tema del año»! Me haces sonar maravillosamente insípido.

—Ese año me hiciste cosas ricas, pero la conversación no fue tu fuerte —Paola le acarició la nuca.

—«Una piedra encima.» Suena mejor. Una tumba para el tema, un cenotafio. Además de insípido, necrófilo —sonrió Julio.

—Te doy otra oportunidad. Dime lo que te faltó de mí ahora que no estaba.

Susurró algunas tonteras tiernas, las suficientes para que ella riera con su esfuerzo y llegaran abrazados a la cama. Paola le lamió la oreja. Su aliento tibio dijo:

—Sabes rico, insípido.

Ningún regreso a México fue tan precipitado, neblinoso y caótico como el que tuvo que hacer para el entierro de su padre. Salvador Valdivieso murió de repente y su único hijo llegó a resolver demasiados asuntos, vencido por la ausencia inesperada, el cambio de horas, la falta de práctica ante las oficinas mexicanas.

Asistió a un homenaje al difunto en la Facultad de Derecho de la UNAM. Por uno de los discursos supo que su padre era un especialista, acaso el principal del país, en la figura jurídica del testigo. ¿Por qué este dato lo tocó como una lluvia fina, casi transparente, que se le metería por el cuello, no el cuello normal de todos los días, sino el de su impermeable secreto, el del samurai que imaginaba en las tardes grises de París, con las solapas levantadas, de espaldas a los otros, indiferente y triste, de espaldas al peligro?

Su padre pertenecía a la barra de abogados; daba clases sin

cobrar en la Libre de Derecho (filantropía un poco mitigada por su legendaria severidad en los exámenes orales), y asistía a la tertulia mensual del grupo Casus Belli en el restorán Bellinghausen (en la pared más cercana a la mesa de costumbre, una placa de bronce conmemoraba dos décadas de reuniones). Por alguna razón insondable, no fue abogado general de la Universidad Nacional, cargo para el que parecía predestinado y todos vaticinaban que tendría.

Había logrado más cosas que sus parientes pero caía en la zona parda de las profesiones. Además, ser abogado no le sirvió para litigar en beneficio de los suyos. Alérgico a los tribunales y las sentencias, Salvador Valdivieso escogió la parte especulativa del Derecho, lo cual equivalía en cierta forma a capitular ante sus responsabilidades familiares. Un penalista inmóvil en un clan ultrajado por la ley. No se lo decían, porque era de mal gusto, pero deslizaban palabras de recelo, vagos comentarios contra la capital, el atrevido óleo de Zeus y Anfitrión que Salvador colgó en su casa del DF, las recurrentes huelgas de la universidad, el mundo que él representaba.

Su padre hablaba del rector de turno con el respeto que merecen los muertos trágicos y de la Junta de Gobierno como de un inapelable accidente de la naturaleza. Después de comer, dormía la siesta de quince minutos que le enseñaron los jesuitas, sin quitarse los zapatos, boca arriba, con las manos entrelazadas como un cadáver insepulto que no soltaba su rosario. Al despertar, se frotaba la nuca con un pañuelo empapado en colonia Yardley, listo para defender normatividades.

Aunque murió en forma inesperada, de la rotura de un aneurisma, algunos amigos parecían tener preparado su obituario desde mucho tiempo atrás. Los elaborados discursos que pronunciaron en la biblioteca de la Facultad de Derecho desconocían la espontaneidad.

El sitio confirmaba la afición de los abogados por las placas conmemorativas. Julio se entretuvo leyendo inscripciones mientras un colega de su padre hablaba de los remotos tiempos de San Luis o criticaba a Lázaro Cárdenas por la reforma agraria y la congelación de rentas que destruyó a una generación de propietarios mexicanos.

Hubo demasiados oradores para su *jet-lag* y su jaqueca. De cualquier forma, entre la densa retórica se abrió paso aquel tema sorpresivo, el núcleo de interés de su padre, la flama cautiva en su interior. Desde su tesis de licenciatura, dirigida por el célebre Manuel Pedroso, se ocupó de la figura del testigo. ¿Qué requisitos legales se necesitan para que alguien rinda confiable testimonio de los hechos? Según sus colegas, la vida se le fue en responder esa pregunta. No quiso litigar ni ambicionó altos cargos en un mundo de carroña y zopilotes; prefirió la reticencia de quien mejora o al menos matiza a los otros con su asesoría en la sombra.

Los discursos fúnebres, cargados de formalismos y oficiosas cortesías, lograron construir un personaje desconocido para el hijo del abogado, alguien que adquiría lógica retrospectiva. Salvador Valdivieso había sido, en efecto, un testigo ejemplar. Desempeñó funciones institucionales en grupos colegiados o comités, sin singularizarse como responsable de una oficina. Tal vez esa renuncia le impidió ser abogado general de la universidad.

Cuando estaba en casa, Salvador Valdivieso solía encerrarse en su despacho a «hacer jurisprudencia». Eso significaba que no podían hacer ruido.

Se acostumbraron a esos encierros como a los accesos de asma de la cocinera o al refugiado vasco que cada tercer día hablaba para preguntar si ahí era el Frontón México. Nadie levantaba la voz en ese lapso. El silencio ocurría conforme a derecho. Protegido, inescrutable.

Sólo una vez Julio se atrevió a profanar aquel santuario. Abrió la puerta porque había olvidado ahí su bolsa de canicas. Su padre estaba recostado en su silla, los pies sobre el escritorio, viendo la luz rayada que entraba por las persianas. La pose y la penumbra sugerían la tarde de un detective. Un escenario que requería de una mujer de ojos violáceos y un sobre abultado de dinero para volverse interesante.

En algunas sombrías sobremesas su padre hablaba de leyes.

Julio sabía que cuando cuatro (¿o eran cinco?) casos no podían ser abarcados por la ley, se sentaba un precedente para una reforma legislativa. ¿Su padre buscaba cuatro o cinco acciones raras que pudieran crear una costumbre? Tal vez en sus tardes de jurisprudencia se limitaba a poner la mente en blanco, como un monje zen vestido del modo erróneo.

Su padre no escribió otra cosa que mesurados informes. La tinta y el papel eran evidencias demasiado fuertes para un profesional de la duda, que no contaba con salir absuelto de un escrito. Sus refinadas consideraciones sobre el testigo habían pertenecido a una cultura oral, que confió a los oídos del grupo Casus Belli.

El viernes siguiente al funeral, Julio fue invitado al Bellinghausen a ocupar la silla de su padre. «Un filete Chemita vale el viaje a la Zona Rosa», le dijo el abogado que, ya en la mesa, ordenó por él, como si fuese inconcebible pedir otra cosa que un consomé al jerez y un Chemita término medio.

Julio deseaba regresar cuanto antes con Paola, salir de esa ciudad ruidosa, tan llena de basura, restos de tortilla en todas partes, botellas vacías en las ramas altas de los árboles.

Pero aún debía ser rehén de algunas ceremonias, despedir al desconocido que su padre fue en esa mesa a la que él no tuvo acceso.

Se sentó entre dos hombres de respiración trabajada por los años que sin embargo eran estupendos bebedores. Decían muchas cosas, casi todas de inspiración retrógrada. Cada copa de tequila los volvía más parlanchines y reaccionarios.

Los veinte o veintidós miembros de la tertulia llevaban traje oscuro en memoria del difunto, aunque costaba trabajo atribuirles ropas de otro color. Sostenían sus *caballitos* con dedos temblorosos, manos salpicadas de pecas, uñas cuarteadas y amarillentas. Varias veces se pronunció la palabra «probo» en relación con el difunto, adjetivo difícil de utilizar fuera de esa ronda de abogados.

Salvador Valdivieso fue probo en una anécdota tras otra hasta que las miradas de los comensales se encendieron. Julio vio las sonrisas levemente canallas, los dedos con que todos se señalaban: «probo, probo, probo». El elogio se había transformado en una clave sospechosa.

—Salvita nunca fue tan «probo» como con Teresa —un abogado sonrió con sus blanquísimos dientes falsos y los demás soltaron la carcajada que se venía incubando en los comentarios anteriores—. Supongo que usted está al tanto, don Julio —el hombre le atenazó el brazo con fuerza sorprendente.

—Sí —respondió, sólo por no interrumpir.

—En realidad, la diosa Fortuna lo volvió probo. ¿Qué tal si Teresa le hace caso?

Julio no hizo preguntas. Volver a México significaba fingir naturalidad. No tenía otra forma de hacer suyas las rarezas que extrañamente formaban parte de su vida.

Su silencio fue recompensado. Cuando llegó el plato principal (filete Chemita, menos para dos operados recientes que sólo toleraban pescado blanco de Pátzcuaro), los tertulianos se arrebataban la palabra para narrar el romance del difunto con Teresa, legendaria belleza del exilio español.

La familia Valdivieso admiraba a Franco tanto como detestaba a Cárdenas. Teresa era hija de un general republicano, algo especialmente morboso. Un abogado hundió un trozo de filete en el puré de papa, le encajó el tenedor una y otra vez mientras explicaba con rítmica enjundia que nada resultaba tan natural como que los refugiados españoles fueran artistas, putas, cineastas, maricas, obreros o comunistas. Lo inaudito (en este punto el tenedor quedó encajado en la carne) era que alguien con suficiente tenacidad, disciplina y sentido del deber para llegar a general hubiera optado por el bando de los *rojos*.

—La hija del general estaba buenísima —dijo con solemnidad el más alto de todos, de pelo platinado.

—Un cromo.

—Una chulada.

El filete se enfrió en el plato de Julio mientras oía aquel

episodio perdido. Después de terminar su bachillerato en San Luis, Salvador se trasladó a la capital a estudiar Derecho. De aquellos años, Julio sólo sabía que duraron demasiado. Su abuelo deseaba un hijo práctico y litigante. Pero el hijo resultó especulativo y cedió a algunas tentaciones de la ciudad grande. La más importante, ahora lo sabía, fue Teresa, su ruidoso amor cosmopolita.

¿Había algo superior a enamorarse de la hermosa hija de una familia odiada? Un hombre de bigote de morsa confesó que le hubiera gustado ser obispo para enamorarse de una monja.

–O, ya entrados en gastos, de una meretriz –dijo otro.

Durante unos minutos se discutió qué transgresión sería mayor para un obispo: «refocilarse» con una prostituta o con alguien que también transgredía su fe. El consenso se inclinó por la monja como forma perfecta de la pasión pecaminosa. Los abogados rieron de la magnífica oportunidad que habían perdido. Gruesos lagrimones de risa bajaron por el rostro del hombre sentado junto a Julio mientras exclamaba «¡Ah, qué Salvita!», como si el difunto sí se hubiera acostado con una monja.

Costó trabajo pero los abogados volvieron al cauce de la historia. Convencidos de que sus familias no aceptarían su enlace, Teresa y Salvador decidieron fugarse hacia algún lugar que suscitó discrepancias entre los tertulianos. Uno dijo que planearon tomar el siguiente barco a Europa, otros aseguraban que Salvita tenía buenos contactos en el sur de Estados Unidos, otro más especuló que irían a Cuernavaca, a menos de cien kilómetros, una distancia perfecta para probar la fuerza de su amor y arrepentirse en caso necesario. Todas estas conjeturas eran vanas: Teresa dejó a Salvador, de modo repentino e inapelable.

A partir de ese momento, Julio cayó en un pozo, se precipitó en lo hondo, rumbo al agua fría y quieta donde caían las monedas, incapaz de volver a la intemperie donde los demás esperaban que ese pozo les cumpliera algo.

—Gracias al rechazo de Teresa existe usted —Julio fue interpelado pero apenas logró esbozar una sonrisa.

La mano le temblaba. La puso bajo la servilleta manchada con salsa de pico de gallo. De algún modo captó el resto de la historia. La familia de Teresa vivía en Mixcoac, en una casa que les dio el general Cárdenas. Salvador Valdivieso regresó a San Luis con estudios teóricos que no tenía dónde acomodar y la cabeza mareada por el abandono. Vivió como un zombi, se casó con la madre de Julio, representó un papel secundario en la dramaturgia familiar hasta que pudo volver al DF, donde su difusa abogacía tenía mayor sentido. Lo extraño, lo que ninguno de sus amigos de tantas décadas podía entender, fue que se instalara en Mixcoac, a unas cuadras de la casa de Teresa. Salvador pasó el resto de su vida como testigo próximo de su mayor frustración de juventud.

Julio recordó las tardes en que su padre salía de paseo. Solía llevar un objeto para ocupar las manos (un fuete de montar, un paraguas, una raqueta de tenis con las cuerdas rotas). ¿Se acercaba a la casa de su antigua novia? ¿Buscaba una ventana, una silueta, una fisura en la cortina?

Las voces en la mesa se convirtieron en un rumor indistinguible.

—Su anís, don Julio —su vecino de mesa le acercó una copita.

Un vendedor de lotería interrumpió la conversación. Parecía habituado a pasar los viernes por ahí. Dejó un billete entero sobre el mantel y los contertulios procedieron a fraccionarlo. Julio recibió su trozo y un abogado le dijo:

—La herencia de Salvita.

—Perdón por hablarle de cosas que ya sabe —dijo el hombre a su derecha—. Así somos los viejos.

La tertulia se disolvió con celeridad.

Afuera del Bellinghausen aguardaban varios choferes. Vestían de negro, como si también ellos guardaran luto por su padre.

Caminó un rato por la Zona Rosa. El antiguo bastión de la bohemia, las joyerías y los restoranes de moda había sido invadido por vendedores ambulantes. Le ofrecieron hámsters, casets pirata, cortaúñas, un enorme martillo inflable.

Había sencillos puestos de tortas y jugos para quienes se dirigían a la estación del metro. Muchachas jóvenes, atractivas, casi todas en *pants*, entraban en los locales de *table-dance* donde se empezarían a desvestir en poco tiempo.

Afuera de una tienda de artesanías vio a un mendigo de *papier mâché*, de tamaño natural. Estaba encadenado con un grillete, para que no se lo robaran. La protección parecía un castigo por su mendicidad. ¿Cómo sería la casa donde ese hombre de mano extendida resultara decorativo? ¿Había algo más extraño para un mexicano que estar en México?

Julio sintió una irritación profunda, un deseo de irrumpir con alevosía en el despacho del licenciado Salvador Valdivieso.

«El tema de tu padre», había dicho Paola. También su padre se definía por una ausencia, la mujer de la que decidió ser vecino invisible, la herida que lo marcaba a su manera, como el rayón tenue pero definitivo que invalida un documento.

Horas después metió la mano en el bolsillo del saco y sintió el billete de lotería. Recordó la ocasión en que su padre ganó un premio. Fue a cobrarlo al edificio de la Lotería Nacional en Reforma, y en vez de depositar la suma en el banco la guardó en una mochila de lona, con hilos para colgar perdices. «¡Esto es para mi capricho!», gritó, lo cual indicaba que había bebido demasiado en la reunión de Casus Belli.

Pocas veces Julio quiso a su padre como ese día. En alguien tan formal, un gesto irresponsable y egoísta equivalía a algo emotivo, inspirado, casi romántico. Salvador Valdivieso sonrió, como si la mochila llevara oro molido y reparara tantas visitas inútiles a la casa que rifaba *Excélsior*. Esa noche les confesó que quería ir a Las Vegas. Había ganado para seguir apostando, en una infinita espiral de la fortuna.

Tomó una botella de cava catalán enviada por el rector en la última Navidad. La abrió con torpeza y la agitó como un deportista que celebra en un vestidor. El tapete quedó hecho un asco y dio lugar a una intensa disputa familiar.

Julio se puso de parte de su padre, como si su madre hubiera colocado el tapete en espera de la torpeza ajena, la noche de pulso incierto en que su esposo al fin sería simpático.

Tal vez en las demás familias los objetos se cambiaban al dañarse. En la de Julio permanecían ahí, no por dejadez sino como incómoda prueba de conducta. Nadie había reparado el picaporte que Klaus Memling rompió cuando habló de los nibelungos, nadie había barnizado la mesa rayada por un tenedor cuando su padre supo que unos facinerosos habían tomado la Rectoría. Su madre dejaba los estropicios porque ninguno era de ella. Sufría sin dañar la casa.

Al ver el tapete, Salvador supo que la mancha se quedaría ahí, como agraviante evidencia. Entonces saltó como un comanche, para acentuar el deterioro.

No volvió a mencionar los refulgentes delirios de Las Vegas ni su idea de apostar en serie, de ciudad-casino en ciudad-casino. El dinero de la lotería desapareció de las conversaciones hasta que también desapareció de la casa. Una tarde Salvador salió de su sesión de jurisprudencia con el pelo revuelto: no encontraba su mochila de cazador.

Siguiendo un impulso atávico para resolver rarezas, fue directamente a la azotea. No encontró a Fulgencia, la sirvienta que llevaba diez años con ellos, sino a la lavandera. Por primera vez hizo un interrogatorio de tribunal. La mujer acusó a Fulgencia, que le había confesado todo, «con la risa del dinero».

Cuando Fulgencia regresó de la tintorería, Salvador Valdivieso le ordenó que regresara a Los Faraones, sin rebajarse a oír versiones o excusas.

–¿Qué clase de abogado eres? –le preguntó su esposa.

–El que te da de comer.

La ronda de insultos se espesó mientras Fulgencia juntaba sus pocas cosas. Entre sus estampas de santos y sus tiliches que olían a rancio llevaba al menos un secreto fuerte.

¿Cuántas veces Julio amó a Nieves en la cama de Fulgencia,

entre el tufo carbónico del calentador de leña y el perfume dulce de los jabones en forma de corazón que la criada insistía en dejar sobre el buró? Irrumpían en ese cuarto con desesperación y descuido. Nieves olvidó ahí aretes que reaparecieron con discreción en el cuarto de Julio.

Habían contado con la necesaria complicidad de la sirvienta, algo difícil para esa mujer que en Semana Santa usaba un horrible hábito café, conocía rezos complicadísimos, colocaba hojitas de palma en los marcos de las puertas, profesaba devoción por santos rústicos que beneficiaban de modo muy particular y quizá no formaran parte del canon oficial. Ella sufrió como una penitencia que su cuarto fuera un hotel de paso hasta que salió en silencio de la casa, con una maleta cuarteada color pistache y una caja de galletas Gamesa atada con mecates, tomó los tres camiones que llevaban a Los Faraones, se detuvo lo justo para dejar su equipaje, y se dirigió a Los Cominos, al segundo patio donde la tía Florinda desplumaba una gallina. Ante el tieso eje moral de la familia, contó la historia de Nieves y Julio.

La primera noticia del escándalo llegó en la forma de un platón roto. La madre de Julio, que no dejaba huellas caseras de sus angustias, hizo trizas una bandeja al recibir la llamada de Florinda. De modo absurdo, logró cortarse al recoger los trozos de cerámica. Cuando Julio llegó a ver qué pasaba lo arañó con dedos sangrantes.

Él hubiera hecho cualquier cosa con tal de frenar el estertor de su madre. Hubiera comido veneno para ratas, se hubiera arrodillado a suplicarle que lo perdonara. Pero no había remedio para eso. Nieves era una imbécil. Fue lo primero que pensó. Había dejado sus aretes en la cama de la criada. Seguramente habían dejado otros rastros, pero en ese momento crucial Nieves fue una pinche descuidada incapaz de proteger su amor. Quería ser descubierta, por rijosa, por peleonera, por torcida. Julio acarició el pelo cenizo de su madre. Sólo el contacto con ese pelo seco le hizo pensar en lo triste que sería perder a Nieves.

Ella fue llamada a Los Cominos para recibir una reprimenda. Huérfana de padre y madre, estaba en manos de la tía. Regresó alterada, circunspecta, molestamente discreta. Julio extrañó su valentía, su abierto desafío a los demás.

Aunque les faltaban ánimos se dijeron muchas veces que la persecución confirmaba y reforzaba la necesidad de su amor. Hablaron de la partida y ella propuso la cita que él repasaría mil veces, la plaza de *Pasado en claro*, uno de sus poemas favoritos.

No se le ocurrió que ella lo citaba para no ir ahí, para dejarlo como años antes Teresa abandonó a su padre, para reiterar, acaso sin saberlo, una maldición y hacerla costumbre, posible jurisprudencia.

16. «AGUA EN BOCA»

Paola contestó el teléfono mientras cocinaba. Dejó caer al piso un espagueti en forma de signo del infinito. Vio a Julio sin poder hablar. Pisó el espagueti, se llevó las manos a la cara, escribió en un papel, como si sólo pudiera referirse por escrito al poeta del que sólo conoció la voz: «Ramón Centollo».

La funeraria Gayosso fue el sitio más elegante en el que entró el Vaquero del Mediodía.

El estacionamiento estaba lleno de coches con chofer. Flotillas de periodistas merodeaban en la acera. Alguien ilustre o rico o poderoso era velado en una capilla contigua a la de Ramón Centollo. Las coronas de flores llegaban hasta la planta baja.

En la escalera, Julio chocó con una mujer que descendía de prisa. Fue un empellón agradable, oloroso a pelo recién lavado. Pidió disculpas aunque había sido él el embestido. La mujer llevaba lentes oscuros. Seguramente veía mal en el interior del edificio. No respondió a las palabras de Julio. El nervioso repiqueteo de sus tacones la sacó de ahí. Piernas ágiles, torneadas, en un cuerpo que a los cuarenta o poco más se conservaba bien. ¿La amante del cadáver célebre? Alguien con ganas de salir de ahí antes de que le atribuyeran las cosas que ya pensaba Julio. Su urgencia de discreción sólo lograba delatarla.

En la capilla de Ramón, una mujer de rebozo azulino rezaba un rosario junto a dos hombres con chamarras de plástico. La madre y los hermanos del poeta, según supo Julio. Un muchacho de mejillas encarnadas y ojos fijos, extáticos, que sugerían años de ingerir peyote, repartía fruta en una bolsa de papel de estraza. En un rincón, junto al cochecito de un bebé, una mujer escuálida comía un durazno. La esposa de Centollo.

El cuarto resultaba demasiado grande para los asistentes que estaban ahí como en una terminal de autobuses. Algunos sonreían como si les contaran chistes inaudibles.

Julio preguntó si podía hacer algo por la familia.

—No se preocupe, joven —le dijo la madre—: el licenciado Rovirosa pagó los gastos. —Señaló una corona que decía «A Ramón». Así, sin apellido, como si hubiera muerto un peluquero. Félix Rovirosa era capaz de reciclar bandas impresas con el nombre de Ramón López Velarde.

Pasó de un pequeño grupo a otro, con el respeto excesivo del que cree que el suelo está lleno de cáscaras de cacahuate. Tres parientes le dijeron lo mismo por separado: Ramón no tenía miedo a la muerte; ya lo habían atropellado dos veces (uno de los familiares dijo «machucado»); vivió con mucha intensidad. Los accidentes de tráfico, provocados por sus borracheras, se narraban como ritos que lo habían templado, muestras de su desbordada energía. Lo único malo (algún dato negro había que conceder) fue que tardaran tanto en identificarlo. Ramón nunca tuvo licencia ni credencial del IFE. La familia tardó una semana en encontrarlo. Visitaron hospitales y separos policiacos. Ésta era la tragedia que todos comentaban. No la muerte de Ramón sino los días que pasó perdido, más solo que muerto.

Julio llevaba una hora ahí cuando se enteró de lo que debió saber desde el principio: el poeta había sido asesinado, por la espalda, con un punzón o un cuchillo largo. Un golpe calculado y traicionero, ajeno a cualquier intento de robo (¿quién querría los trapos, el manuscrito previsiblemente premonitorio que Ramón llevaba en su morral?). La aguja ensangrentada atravesó la conversación –una herida profunda, rara, caprichosa–, pero sólo por unos segundos; luego se mencionaron otras desgracias, ya asimiladas, que en cierta forma restaban fuerza al asesinato. Ramón hubiera muerto pronto de cualquier manera, tenía el hígado hecho trizas, problemas en el páncreas, una costilla le había perforado el pulmón en su segunda atropellada, respiraba con dificultad, boqueaba como un pez, perdía la vista, podía caerse en cualquier sitio. Una mañana se había derrumbado en la estación Hidalgo del metro. Se golpeó la cabeza en un zoclo de piedra, a unos metros de la capilla improvisada para la Virgen del Metro. Perdió el conocimiento unos segundos. Según la madre de Ramón, la Virgen lo salvó del trance. Según el poeta, fue ella quien lo noqueó. Escribió un poema al respecto: «El *sparring* de la fe», donde era vandalizado por la Virgen.

Sólo uno de los compañeros del viejo taller de Orlando Barbosa se asomó a la funeraria, pero su presencia no significaba un gesto literario porque aquel ex poeta se dedicaba ahora a bailar boleros en televisión. Ramón ardió en sus versos sin llegar a tener colegas. Más asombroso es que tuviese familia. Sus manos amarillas por la nicotina acariciaban a una esposa que evidentemente lo quería; sus hermanos recordaban su humor; un tío con chaleco de borrego y entonación rústica habló de lo «querendón» que había sido. Lamentó en forma abierta la manera en que cayó Ramón: «a espaldas de su muerte». Había una diferencia en ver al asesino.

Julio se apartó hacia un florero con un ramo blanco, de olor turbador, orgánico, casi sexual. Ramón se fue sin saber quién disponía de su vida. Quizá ese instante de conocimiento hubiera sido una forma de venganza; el asesino sabría que el último rostro que vieron los ojos de Ramón fue el suyo; ese acto de presencia podía dañar a su verdugo.

Julio recordó algo que oyó de niño en Los Cominos: los

asesinados por la espalda quedaban condenados a vagar como fantasmas; sólo vivían su muerte verdadera hasta aparecerse frente a su asesino.

Le costaba trabajo irse de los sitios. Cruzó frases inútiles con esa gente a la que no volvería a ver, comió un tejocote ácido ofrecido por el muchacho de benévola mirada detenida. Cuando finalmente abandonó la capilla, lo desconcertó la luminosidad de los vestíbulos. Pensó en la mujer de lentes oscuros, deslumbrada en la escalera.

Afuera encontró a un hombre alto, delgado, muy moreno, el pelo obsesivamente peinado hacia atrás. Parecía aguardarlo.

–¿Doctor Valdivieso? –le tendió una mano delgada y firme–. Comandante Amílcar Rayas, de Homicidios. ¿Me da unos minutos?

La camisa, escrupulosamente blanca, contrastaba con la corbata negra. El hombre no aguardó la respuesta de Julio; lo condujo hacia el estacionamiento en forma amable pero enfática. Se acercaron a un muchacho gordo que comía pepitas. Llevaba el pelo casi a rape; un remolino se le disparaba en la coronilla, al modo de una cresta. Sostenía un ejemplar de *Spiderman*. Vio a Rayas y sonrió con angustia de subordinado.

–Espérame aquí, Hormiga –dijo el jefe.

Caminaron entre los coches de lujo que seguían llegando a la funeraria. Llegaron a un pequeño islote de cemento en el que había una banca de parque que parecía extraviada ahí.

Rayas sacó un Delicados sin filtro, lo golpeó en el dorso de la mano. Le ofreció a Julio:

–Dicen que ya se van a acabar. Aproveche: papel de arroz.

–No fumo.

El hombre sólo necesitó un movimiento para encender el cerillo. Aspiró hondo, se quitó una hebra del labio inferior:

–¿Todavía escribe en los periódicos?

–¿Yo? No.

–Con razón. No es que lea todos pero soy aficionado. Ramón Centollo llevaba un artículo suyo en su morral. Vi su nombre, «Julio Valdivieso», y me extrañó. Ya le digo, no soy experto, pero me peino los periódicos.

—Escribí eso cuando éramos jóvenes.

—¿Escribía bien entonces?

Julio no esperaba la pregunta, no de un policía. El hombre, disfrazado de civil, tenía un tono en exceso cortés para lo que podía esperarse de la ley.

—No sé.

—Usted es especialista, ¿no? Debe saberlo.

—Doy clases, de autores muertos.

—Ya puede ocuparse de Centollo. En eso nos parecemos.

—En el 73 o el 74 me parecía un genio. Tal vez sólo quería que un amigo mío fuera un genio.

—¿Se habían visto últimamente?

Julio habló de su encuentro en la Casa del Poeta y los recados que el Vaquero dejaba en su contestadora.

—¿Notó algo raro?

—Ramón sólo era raro. Nunca hizo nada normal.

—¿Tenía enemigos?

—Todo mundo lo odiaba. Era un apestado. No pudo publicar un solo libro en una editorial decente. Pero nadie lo odiaba para matarlo. Estaba fregado, daba lástima.

—Lo sé. Hablé con los empleados de la Casa del Poeta. Todos lo detestaban y a todos les horrorizó su muerte.

Julio acababa de leer un reportaje sobre una banda de juniors que salía a cazar mendigos. Por puro deporte. Ramón no era un mendigo, pero lo parecía. Se lo dijo a Rayas.

—En los asesinatos nunca hay que creer nada muy rápido —Rayas buscó otra hebra de tabaco en su labio inferior, esta vez imaginaria; soltó el humo por la nariz, una nariz fuerte, de indio norteño—. Leí un poemita de su amigo. No me gustó. Soy anticuado. Necesito entender. —Volvió a sonreír, como si le costara hacerlo, a pesar de que lo hacía cada tres frases.

—Ramón murió por la espalda, ¿verdad?

—Sí, ése es un detalle.

—¿De qué?

—No sé. Todavía no sé. —Sacó otro cigarro; de nuevo le bastó un solo roce del cerillo—. Hay un patrón, un dibujo. Tres muertos esta semana, con un aguijón de hierro. No un cuchillo, algo más delgado y preciso, en plena yugular.

—¿Los otros muertos eran mendigos?

—No. Un médico, un locutor de radio y Centollo.

Julio vio a su interlocutor en espera de algo más. El otro tomó su tiempo en decir:

—El médico hacía abortos, el locutor era un homosexual reconocido y tenía uno de esos programas de polémica, sobre libertad sexual, había pasado por muchas estaciones, siempre con escándalo.

—Nadie conocía a Ramón.

—Mire esto —metió una mano al bolsillo del saco; extrajo varios casets—; son los mensajes que Ramón dejó en la Casa del Poeta. Yo trabajo en los separos, ya se imagina lo que oigo. Me gusta hablar sin garabatos, con respeto; me he vuelto indiferente a las majaderías. O me había vuelto. Con todo respeto para su difunto amigo, pero sus poemas parecían la confesión de un narco. A usted también le llenó el caset de mierda... Ramón daba recitales en otras contestadoras, molestaba mucho. En todo caso, alguien quiere dar ejemplo, quiere que sepamos que es él. Un aguijón con una causa. No por nada escogió a un abortero, un marica mediático, un poeta del albañal.

Una carroza fúnebre salía del estacionamiento, seguida de un numeroso séquito de deudos. ¿Un actor, un político, un torero?

Amílcar Rayas apagó el cigarro contra la suela de su zapato. Sacó una caja de cerillos y guardó ahí la colilla. ¿Hizo lo mismo con el primer cigarro? Curioso no haber advertido antes esa pequeña urna.

—No es un lugar para dejar cenizas —sonrió—, no de éstas. ¿Usted estudió con curas?

—De niño, en San Luis, ¿por qué?

—Por la forma en que se sienta. No cruza las piernas, no separa las rodillas, no se apoya en el respaldo; está rígido, al borde de algo, una pose de refectorio.

–No recuerdo que me enseñaran a sentarme.

–Es el resultado de todo lo demás que le enseñaron. A veces pienso que la misión de la doctrina era ésa: un curso para tomar asiento. Yo también estuve con ellos. Los agustinos me sacaron de mi pueblo, en Chihuahua, en plena zona tarahumara. Luego ingresé al seminario, con los jesuitas, pero antes de la tercera aprobación me ganó el siglo.

«West Point», pensó Julio. La conducta de Félix Rovirosa derivaba de su forma de tender la cama. El comandante veía en él una impronta similar. San Luis, Los Cominos, un perro en el buró, cosas que no se quitan.

–¿Cuánto lleva en esto? –Julio no se acostumbraba a las maneras atenuadas del policía.

–Desde que salí del seminario, una barbaridad. Estuve años en Tlaxcoaque. ¿Conoce el sitio? Estábamos en un sótano, abajo de la iglesia. No oí las confesiones que oyen los sacerdotes sino las del piso de abajo. A lo mejor no hay tanta diferencia. Ahí estuve en el grupo de Indicadores. Policías de civil. Tengo mis años, no se crea. «Cuando el indio encanece, el español fenece.» Lo más raro de la iglesia de Tlaxcoaque son los angelotes de piedra, con rasgos indígenas, de indios encabronados, con caras de judiciales –sonrió y le tendió una tarjeta a Julio–: Llámeme si sabe algo. –Luego señaló un botón de la camisa–: Lo trae desabrochado. Lleva mucho fuera del país, ¿verdad?

–También en el extranjero se abrochan las camisas –sonrió Julio.

Rayas lo vio de lado. Por primera vez Julio advirtió hostilidad en su mirada.

Habían caminado entre los autos hasta el sitio donde se encontraba el auxiliar de Amílcar Rayas.

El inspector se volvió hacia Julio:

–¿Entonces qué? ¿Era buen poeta?

–No lo creo.

–Me lo imaginé. Hábleme si sabe algo. Fuímonos, Hormiga –le dijo al hombre que leía *Spiderman*.

Ramón Centollo murió sin ver a su asesino. Julio trató de recuperar los pasos insalvables que lo llevaron al rincón donde no podría volver el rostro, de espaldas a su muerte.

Caminó sin rumbo fijo, tratando de cansarse. Las piernas le dolían pero su mente seguía revuelta. No pudo concentrarse en la cena. Vio el arroz como algo indescriptible.

Desde su regreso a México, el pasado fluía hacia adelante y la vida fluía hacia atrás. Demasiadas cuentas pendientes. El cambio, del que tanto habló en París con Jean-Pierre, parecía una cripta mal cerrada.

Paola se enfrascó en una larga distancia con su madre, inmersa en otro mundo donde el destino era algo que se repetía: de nuevo las rebajas de ropa, las elecciones municipales, la fiesta del patrono, los asientos reservados para el festival de otoño.

En algún momento, Julio la oyó decir una frase que siempre le había llamado la atención, «*aqua in boca*», y cuyo significado era «no se lo digas a nadie». Ninguna manera mejor de silenciar a un testigo, sobre todo a uno como él, que estuvo a punto de morir ahogado.

Cuando ella colgó el teléfono, Julio le preguntó dónde estaba el Tafil. Pensó en todas las cosas que no sabía cómo decir y habló de ellas con la sensación de tener agua en la boca. Describió como pudo el funeral de Ramón, su muerte sin derecho a ver a su verdugo, las hipótesis de Amílcar, lo extraño de encontrar un detective tan sacerdotal.

–Últimamente todo mundo te parece sacerdote –dijo Paola.

–Tal vez todos lo son.

17. LA OTRA PLAZA

El Flaco Cerejido le habló para recordarle el bautizo de su hijo. El ex militante del Partido Mexicano de los Trabajadores, el ecologismo, el ácido lisérgico y el psicoanálisis lacaniano estaba emocionado con esa ceremonia en la que no creía. Pero ¿qué se podía esperar del Flaco? Lucía auténtico en cada una de sus absurdas encarnaciones.

Después del bautizo habría un desayuno en casa de los suegros, a unas cuadras de la iglesia de Mixcoac.

Hubiera querido ir con Paola para pensar menos en Nieves. Pero ella no podía y su motivo era horrendo: ese sábado, Constantino Portella los había invitado a su casa de campo en Tepoztlán, con todo y niñas. Claudia y Sandra se morían de ganas de pasar el día en la alberca, ir al bautizo no era plan para ellas. Tendrían que dividirse.

La última conversación al respecto fue incómoda porque su mujer se rasuraba las ingles y se probaba el diminuto traje de baño que usaría en Tepoztlán. Paola explicó que Constantino adoraba a los niños, los fines de semana reunía a los hijos de sus dos matrimonios, tenía toda clase de animales domésticos, se moría de ganas de conocer a Claudia y Sandra. Además, las niñas habían preparado el postre. El novelista era un cocinero excelente, pero quería probar las especialidades de sus hijas.

Julio se resignó a ir solo a la iglesia y quizá por ello se predispuso a que alguien le gustara mucho y, sobre todo, a mencionarla cuando Paola volviera de Tepoztlán.

Caminó por un callejón que bordeaba el atrio de la iglesia. Al fondo, una mujer perseguía a su pequeña hija. Seguramente pensó que estaba sola y se agachó con descuido. La falda, breve y suelta, descubrió unas nalgas perfectas. Una tanga color violeta se hizo notoria cuando ella se agachó otro poco.

–¡Chamaca de porra! –bromeó la mujer, y alzó en vilo a la niña, peinada de fiesta, con no menos de tres moños, un arreglo tan elaborado como el falso desaliño en caireles de la madre, un corte de agradable vulgaridad sexy.

También ellas entraron en el atrio. Ya en la iglesia, siguieron a un grupo rumbo a una capilla lateral. Llegaban tarde y el sacerdote oficiaba cuatro bautizos simultáneos. Julio respiró el olor a nardos, incienso, velas y, un poco más cerca, el perfume de la mujer de la tanga morada. Tan brutal y cautivadora había sido la primera imagen de ella –las nalgas impecables, el torso inclinado con maravillosa elasticidad– que sus labios grandes y sus párpados un poco caídos le parecieron atractivos. Vio un lunar en el hombro, rodeado de vellos dorados, y estuvo a punto de tener una erección. Olió su perfume, fuerte, seguramente barato. El vínculo con la mujer era tan orgánico que ciertos defectos la mejoraban. A Julio no le gustaban los senos tan grandes, pero ahora le gustaban.

El sacerdote repartió agua bendita con un hisopo sobre los cuatro bebés, como un distraído director de orquesta. Julio se preguntó si ella iría al mismo bautizo.

Un fotógrafo encendió un ramal de focos. El destello obligó a Julio a concentrarse en los lóbulos de la mujer, donde una fina pelusa se erizaba a contraluz. Deseó que un brusco movimiento de la niña la empujara contra él. Alguno de los arcángeles dorados de la capilla oyó su ruego porque sintió el cuerpo deliciosamente presionado contra el suyo. La mujer le pidió perdón y le puso una mano en el hombro, los dientes a diez centímetros de su boca. Dientes grandes, demasiado grandes, pero alegres, confiables. En ese momento, el fotógrafo apagó las luces, creando una repentina intimidad entre ellos. Julio la tuteó:

—¿A qué bautizo vienes?

—Al de Jonathan María.

Julio había olvidado el nombre del hijo del Flaco. Deseó que, en su afán de metamorfosis, hubiera cambiado lo suficiente para llamar a su hijo Jonathan María.

Al salir al patio buscó a algún conocido en la deslumbrante luz del sábado. Unos niños jugaban en torno al pozo, otros habían lanzado un trompo chillador. Julio envidió al hombre de traje color trucha que le dio un demorado abrazo a la mujer de la tanga violeta. Se tocaron con la soltura de los cuerpos que se conocen bien. Luego ella bajó la vista, con repentina tristeza. Una madre soltera o divorciada que asiste al bautizo del hijo de su amante. La trama ideal para que él fuera un consuelo.

No podía seguir mirándola sin volverse molesto. ¿Había forma de cambiar de bautizo? ¿Se atrevería a proponerle a la mujer que lo acompañara al desayuno del Flaco Cerejido? Desvió la vista. ¿Dónde carajos estaban sus conocidos? El patio, lleno de gente, celebraba a los cuatro bebés recién ingresados al cristianismo sin que él diera con un rostro familiar. Había llegado tarde, pero no era para tanto.

Vio a un capellán en la puerta de la iglesia. Le mostró su invitación. El hombre sonrió:

—Pasa muy seguido, usted va a la otra iglesia de Mixcoac, la que sólo tiene una torre, cruzando Félix Cuevas.

Como un alfilerazo le regresó el poema de Octavio Paz donde la iglesia tenía una sola torre. Ahí lo citó Nieves. Veinticuatro años atrás había cometido el mismo error.

Salió a la plaza. Vio el kiosco, las arcadas al fondo, las casonas coloniales. Un idílico entorno repugnante. El catolicismo era una mierda que había construido una iglesia en cada esquina. Por culpa de esa furia edificadora no supo dónde hallar a

Nieves. Pateó una piedra que fue a dar a los pies de un policía. El policía hizo un amago de acercarse. Se detuvo al ver el rostro de Julio.

Perdió la cita más importante de su vida. La culpa era suya y de la mamonería de Nieves, dispuesta a complicar el destino con azares innecesarios y *Pasado en claro*. De cualquier forma, Julio tenía que saber dónde estaba la plaza. En una ocasión se perdió en la colonia Condesa cuando buscaba la casa de José Emilio Pacheco. Le quedaban un par de días en esa estancia en México y el poeta había accedido a hablar con él de los Contemporáneos. Logró orientarse al ver un árbol mencionado en un poema, un árbol humillado por cables de luz, alcayatas y cicatrices de enamorados, pero firme, resistente. Pacheco había comparado esa entereza entre heridas con la del escritor Juan García Ponce. El árbol del poema lo llevó a la casa del poeta. Esa tarde sintió un orgullo filológico infantil, de *boy scout* absoluto, ignorando que había fallado en la cartografía que más le interesaba, la plaza donde lo citó Nieves.

Él fue de Mixcoac al aeropuerto. Nieves podría haber hecho lo mismo. Julio se equivocó, fue un pendejo, pero tomó el avión.

En el bolsillo del saco llevaba una cucharita de plata para el nuevo miembro de la familia Cerejido. Ahí seguía el billete de lotería. Rompió el billete y arrojó los trozos en un basurero verde. «Casus Belli», se dijo a sí mismo. Una querella contra el tiempo. De poco servía saber de quién era la culpa, pero Julio logró desplazar la irritación que sentía por haberse equivocado hacia el rito absurdo que propuso Nieves, la cita de película en la plaza. Luego empezó a trabar otra serie en su mente: ella tomó esa decisión después de ser reprimida por Florinda en Los Cominos. Vio a su tía con ese gorro que la afeaba al modo de una bruja holandesa. Imposible saber lo que dijo en aquel encuentro. La asociación de ideas avanzó otro poco, hacia atrás: los descubrieron por culpa de su padre, porque en su único arrebato de abogado penalista interrogó a una lavandera que acusó a Fulgencia.

Semanas después de ese suceso, Salvador Valdivieso se encerró en su despacho y encontró la mochila con los aros para colgar perdices. El dinero seguía ahí. La mochila había estado oculta tras los ejemplares empastados del Diario Oficial de la Federación. Fulgencia fue despedida en forma injusta, por eso su venganza fue tan clara. El gran arrebato feliz de su padre, el triunfo en la lotería, su danza comanche sobre el tapete, la promesa de que iría a Las Vegas, todo se arruinó por el olvido momentáneo del sitio donde puso la mochila y la desconfianza que él sentía hacia la gente de Los Faraones, de la que siempre dependió para recibir un plato de sopa. ¿Julio había regresado a eso, a cerciorarse de que no podía sortear su herencia? Su padre provocó las casualidades que lo llevarían a él en vano a Mixcoac. Su legado fue esa plaza sin nadie. ¿Podía todo ser tan nimio y catastrófico?

Julio había roto su billete de lotería al presentir el aluvión de recuerdos que se le vendría encima. Seguramente, el billete saldría premiado.

Sintió un vacío en el bolsillo. Tocó la cucharita de plata que llevaba para el niño. Había hecho tantas cosas mal que al menos debía entregar ese regalo.

No tuvo presencia de ánimo para entrar en la casa. Le entregó la cucharita a un guardaespaldas que llevaba un audífono en el oído. El portón estaba entreabierto. Alcanzó a ver el jardín con mesas mal clavadas en el suelo lodoso, las cabinas de plástico que servían de baños, la cocina improvisada en el *garage*. Respiró el delicioso olor de los tamales, pero estaba roto. No podía ver a su mejor amigo.

—Entendido —dijo el vigilante, como si recibiera un arma.

La cucharita lucía ínfima en su mano.

—No tan rápido, mi amigo.

Julio se volvió.

Monteverde caminaba atrás de él.

—Me siento mal —Julio habló para explicar su rostro, segu-

270

ramente desencajado–. ¿Qué hace usted aquí? ¿Lo contrató Félix Rovirosa?

Sintió una punzada en el esternón, deseos de tenderse en el
asfalto.

–Se olvida que todos somos de San Luis: Cerejido, usted y
yo. A él lo conozco antes que a usted, desde que era chamaco.
Me habló para el bautizo, con una pregunta curiosa. Quería saber si todavía se mencionaba al diablo: «*Vade retro*, Satanás.» Le
habían dicho que yo definía el mal de otro modo en los bautizos. Eso quería él: alejar la corrupción, el oprobio, el ecocidio,
el Flaco ha pasado por muchas militancias. ¿Se siente un poco
mejor?

Julio se recargó contra un auto. Monteverde lo tomó de los
hombros. Le hizo bien sentirse asido por esas manos fuertes.

–Me equivoqué de iglesia –dijo Julio.

–A veces yo pienso lo mismo –sonrió el cura–. Siento mucho lo de su amigo. Centollo se llamaba, ¿no? El doctor Rovirosa me habló de él. Ya lo ve: en México la población es mucha
pero la sociedad es poca. A ver, respire hondo –le puso un brazo en el pecho; luego le tomó el pulso–. Tome, un poco de
agua –de un maletín sacó una botella de plástico, como las que
usan los ciclistas.

–¿Ve mucho a Rovirosa? –preguntó Julio.

–Cada vez menos. Tuvimos discrepancias. Quiere darnos
un madruguete. Ya conoce la frase célebre: «El verbo que con-
juga la política mexicana es el verbo "madrugar".» Él quiere
anunciar el milagro en vivo, constatarlo en un documental. Un
albazo informativo. Ante ese *show*, prefiero la fe como incertidumbre.

–¿Ya no le interesa la santidad de Ramón?

–Me interesa, pero le temo al espectáculo. Ya tiene mejor
color, don Julio. ¿Qué le pasa?

«Mataron a Ramón, Paola está en Tepoztlán con Portella,
llegué a la plaza equivocada por culpa de toda la gente que he
conocido.» ¿Cómo resumir su confusión? Julio dijo:

–Perdí un billete de lotería.

–Hombre, don Julio, la Providencia es reparadora. Si estaba premiado, ya regresará –el cura vio su reloj–. ¿Me acompaña a Félix Cuevas? Acabo de ver a una chiquilla preciosa en el bautizo del Flaco, una chamaquita de Los Faraones que trabaja con él. Las mujeres de allá están muy solas, es una tierra abandonada. Me da gusto que algunas anden por aquí. Esa gente ha sufrido mucho.

–¿Aquí sufren menos?

–Hombre, se sufre en todas partes. Acuérdese del Libro de Job: el sufrimiento no es un castigo como creen los amigos de Job sino un misterio de la experiencia. Esa chamaquita al menos come tres veces al día en casa del Flaco.

El Vikingo había hablado de la cofradía de las sirvientas como de una amenaza. Esas mujeres peinaron a Julio, le dieron de comer, espantaron sus terrores nocturnos, vieron con pasmosa naturalidad su fisiología («Soltaste una pluma», le decían con afecto cuando se tiraba un pedo). Estuvo mucho más cerca de ellas que de sus padres, y las olvidó o las convirtió en una marea intercambiable de cuerpos morenos que olían bien y callaban mucho.

Se acercaron al ruido de la avenida. Julio se sentía mejor, lo suficiente para pensar sin sobresaltos en que el tráfico iba de la iglesia de Mixcoac a la funeraria. «Calle del tránsito», pensó. El rostro de Monteverde parecía invitarlo a que dijera algo.

–No entiendo, padre; si tanto le interesa la santidad de López Velarde, ¿por qué le preocupa que Félix haga un programa?

–Me preocupa el tono, o, mejor dicho, *nos* preocupa el tono. No me mando solo, recuerde. Hay que darle vueltas al asunto –distinguió un taxi a la distancia, agitó la mano; el taxi iba ocupado.

–La verdad tiene su propia fuerza, ¿no?, se impone donde sea.

Monteverde dejó de ver el tráfico. Entrecerró los ojos, como si buscara algo en los de Julio.

–A veces hay que proteger la verdad revelada.

–No es lo que dijo en Los Cominos.

–La religión es flexible, si no, de nada serviría. ¿Se ha preguntado por qué Jesús resucitó ante unos cuantos? Si lo hubiera hecho ante todos, en forma categórica, no habría dudas del prodigio. Escogió a unos cuantos testigos. ¿Por qué?

–Supongo que me lo va a decir.

–Me interesa mucho la idea del dios oculto. Jesús no se hace evidente, no para todos, así convierte la fe en algo especulativo: «Bienaventurados los que creen sin haber visto.» Ese ocultamiento es lo que da fuerza a la libertad de creer; ante la falta de una certeza absoluta, podemos tener fe o no tenerla, debemos elegir. Sería muy fácil creer lo obvio.

–O vivir sin todas esas complicaciones.

–Tiene razón. La fe es un problema voluntario. Nuestro Ramón estaría de acuerdo. No sé hasta qué punto llegó a reflexionar en esto, pero ya Dostoievski había tratado el tema con una claridad canija. Sería muy aburrido tener fe en un mundo resuelto; el enigma de la creación es que no ha terminado, somos parte del borrador y tenemos que decidir; a veces la aceptación piadosa y la libertad se oponen; fue lo que el poeta experimentó de manera ejemplar. ¿Qué sentido tiene estar aquí? ¡Acaban de matarle a un amigo, don Julio! La creación no está saliendo muy bien, que digamos, y le voy a decir otra cosa: tengo miedo de que Félix Rovirosa la empeore otro poquito. Cuando él me habla de revelar misterios en horario triple A, recuerdo las bondades del dios oculto. ¿Qué le parece esta prédica de banqueta?

Julio vio los dientes manchados del sacerdote, que sonreía al descubrir un taxi.

–Me juego más de lo que usted se jugó con su billete de lotería al tomar este taxi. Rece por mí, usted, que se complica menos la fe. Se siente mejor, ¿verdad? Perdone que me vaya, pero ya ve cómo está el borrador del mundo. A ver si al menos corrijo una frase.

Monteverde subió al taxi. El chofer jaló la cuerda con la que cerraba la puerta. A unas tres calles, Julio distinguió el cartucho verde esmeralda de la armería. Le hubiera gustado descargar una caja de municiones, sin rumbo ni objetivo, por el anhelo reparador de oler la pólvora y sentir los músculos tensos, dispuestos a cobrar algo.

Paola regresó de Tepoztlán cuando él ya estaba a punto de llamar a Locatel. La imaginó muerta de varios modos, en las rocas de La Pera, la carrocería del coche arrugada como un celofán; en casa del novelista, a manos de ejidatarios armados con machetes; en una clínica miserable donde no había antídoto para piquetes de alacrán. No se atrevió a presagiar destinos semejantes para sus hijas. En las variantes de la tragedia, Sandra y Claudia lloraban en un rincón, implorando su presencia.

Como de costumbre, el celular de Paola no tenía cobertura. Ella le echaba la culpa al Valle de México, un pozo saturado de llamadas. Él sabía que nunca lo cargaba a tiempo.

A eso de las siete sonó el teléfono. No era Paola. Alicia le hablaba de Los Ángeles. Había recibido una remesa de dinero, a cuenta de lo que el tío Donasiano ganaría por rentar Los Cominos para la telenovela. Había ido a una iglesia a prender una vela por Julio. No rezaba nunca, pero le gustaba prender velas. También le dijo que había encontrado un cuaderno de su madre. Se lo iba a mandar. Poco antes de colgar le dijo que lo oía raro.

La voz de Julio era normal para alguien que ha bebido media botella de tequila Corralejo. No fue al bautizo del hijo de su mejor amigo, su mujer estaba ligando con un novelista, sus hijas lloraban en un rincón porque su madre ya había muerto.

–¿Estás bebido? –le preguntó Alicia.

–Me sacaron una muela –Julio colgó con suavidad.

Cerró los ojos. Un cielo naranja se apoderó de su mente, el cielo de la carretera donde murió Nieves, el cielo donde el Niño de los Gallos buscaba escapar de su leyenda.

Una rabia sorda le subió a la boca. Empezaba a desear que de veras Paola estuviera en el fondo de un barranco cuando sintió un maravilloso alivio: la llave en la cerradura.

Sandra llegó en estado de berrinche y Claudia adormilada.

Fueron a su cuarto sin reparar en su presencia. Paola abrió los brazos y sonrió, como si fuera estupendo encontrarlo perfectamente ebrio.

—¡Celebraste por tu cuenta! —el beso de Paola olió a vino—. Qué *sbornia*.

Normalmente, a Julio le gustaba la contundencia de tirabuzón de esa palabra, *sbornia*. Ahora la odió.

Paola contó las peripecias del regreso. Un camión de carga se volcó frente a ellos, tuvieron que abandonar la autopista de cuota, regresaron detrás de un apestosísimo camión de borregos. Sandra vomitó en Topilejo. Luego les tocaron todos los altos de Insurgentes.

—¿Estabas preocupado?

—No.

—¡Te extrañé horrores! —Paola le acarició el pelo—. ¿Me crees *se* te digo que *si* te ve lindo? —el vino la hacía italianizar—. La vanidad de los novelistas no tiene límites; ni en una *palestra* de Roma hay tipos así; fuimos a nadar al ego de Constantino Portella. Tiene de qué creerse, pero lo horrible es que lo haga.

Aunque el discurso le pareció lúcido, Julio escogió la frase «tiene de qué creerse». Ella se sirvió una copa de Jimador y describió su jornada en Tepoztlán.

El narconovelista estaba en una forma física imponente. Montaba a caballo, nadaba miles de metros, escalaba rocas y hacía submarinismo. Esa mañana, un fotógrafo brasileño había ido a retratarlo y le pareció divertido que el escritor posara lejos de sus libros, en la intemperie donde sus personajes se rifaban la vida. Constantino escaló un talud alucinante y se hizo un tajo terrible en el muslo, pero no dejó de sonreír, como si las heridas fueran un favor.

El brasileño venía de exponer en Milán y preparaba un fotorreportaje sobre la selva lacandona. Los otros invitados eran un sociólogo que conocía chismes atrozmente divertidos de la clase política, una modelo de cuerpo envidiable descaradamente enamorada de Portella, un empresario sesentón de paliacate al cuello, gran conocedor de la cultura italiana (recitó unos versos del *Inferno* y luego pidió una guitarra para adaptarlos a la canción ranchera), y un eslavista que asesoraba a Constantino para su próxima novela, sobre la mafia rusa en América Latina. En fin, un zoológico estupendo. Después de la comida, un editor llegó con una enorme bandeja de dulces mexicanos. Habló de la entrega, la valentía y la generosidad de Portella, como si el anfitrión no se dedicara a la profesión más egoísta del mundo sino a la filantropía.

Julio estaba a punto de vomitar pero de algún modo resistió la descripción de la casa de adobe, con una terraza que daba al cerro del Tepozteco. Paola habló de la tensa energía que emanaba de esas placas minerales: entendió que hubiera una pirámide en la cima. En la parte baja de la tarde, el cielo se tiñó de un azul pavorreal. Entonces comieron helado de chicle, sí, ¡helado de chicle!

Los hijos de Portella eran una delicia, habían cuidado a las niñas en todo momento. Ella se relajó mucho, no tuvo que vigilarlas para nada y se le pasaron un poco las copas. Por eso se esperó para salir. Constantino tenía la cafetera Aldo Rossi que a ella tanto le gustaba y la llenó varias veces. Naturalmente se ofreció a traerla, siempre considerado, pero ella se negó. Entonces él le habló a un amigo para preguntarle si pensaba regresar a la ciudad a esa hora y le pidió que fungiera de chofer. ¡El célebre Ricardo Sacristán había manejado su coche en el trayecto de regreso!

Julio fingió no saber quién era Ricardo Sacristán.

–Sale en las noticias. Nunca lo había visto pero en verdad tiene una cara mediática.

Paola cruzó las piernas y habló de lo malo de Constantino. A primera vista, no parecía megalómano, pero su manera de sonreír, de pasarse la mano por la quijada afeitada con escrúpulo, de recibir los halagos como si no significaran nada, de tocar siempre la tecla justa (el contacto preciso con la policía; la exposición que nadie debía perderse y que él pudo recorrer el lunes en que cerraban el museo; el libro que acababa de leer en manuscrito, de un autor mucho más intelectual y riguroso que él pero que no podía prescindir de su instinto animal para la trama), todo eso denotaba que en su vasto reparto de personajes ninguno superaba al que veía al lavarse los dientes.

Paola le mordió el cuello:

—Tengo ganas de hacer algo muy guarro.

Julio fue dominado por otra urgencia. En forma providencial, alcanzó a vomitar en el baño. Vio el juego de cañas que colgaba del techo. ¿Servían para que un jefe de tribu perfectamente ebrio se preguntara sobre el sentido del mundo? Volvió a vomitar.

Estuvo abrazado a la taza del excusado el tiempo suficiente para que Paola se desnudara en su fantasía erótica y se quedara dormida en el sofá.

Antes de dormir, Julio encendió la televisión. Ricardo Sacristán daba una noticia que llamaba «revelación». Monteverde estaba en lo cierto, nada mejor que un dios oculto.

18. CUADERNO DE ESCRITURA

Julio envió el sobre manila con los datos que había armado, genealogías más o menos precisas, anécdotas que podían dar pie a historias, leyendas familiares convertidas de pronto en noticias muy lejanas. Para él, lo más decisivo era el embuste del Niño de los Gallos, pero dejó el mito intacto, no tenía caso luchar en su contra. Desconocía la trama de *Por el amor de Dios*. Los datos remitidos a la oficina de Félix Rovirosa eran suficientemente abrumadores para que lo dejaran tranquilo.

Marcó varias veces el número del Vikingo, sin éxito. ¿Habría ido al funeral de Centollo a otra hora del día? Ni siquiera la muerte los congregaba como en el taller de Orlando Barbosa.

El Flaco Cerejido llamó para agradecerle la cucharita y se ofreció a verlo en el acto. Julio se negó. Era lo que más necesitaba, vomitar sus temores a lo loco, pero algo lo frenó, quizá la frase misma de «vomitar temores a lo loco». Nunca se curaría de lo que malaprendió en su adolescencia. Sus palabras sonaban fechadas, tenían una psicodélica historicidad. Décadas después de que creyó que el mundo valía la pena en una pista con luz negra, le quedaban jirones de miedo «a lo loco». Un delirante a go-go, un demente ye-ye.

Odiaba a Supertramp por derivar de todo eso, sanguijuelas que envenenaban lo que absorbían sin volverlo original. Plagiarios, como todos los virus.

Decidió llamar a Amílcar Rayas. No sabía muy bien qué

iba a decirle, pero desde que oyó su voz, aún más sosegada en el teléfono, empezó a hablar del Vikingo. Su amigo era inocente y estaba en problemas, presionado por gente del narco (del cártel del Pacífico, para ser precisos). También Juan Ruiz había sido amigo de Centollo. Julio estaba desesperado por ayudarlo.

–Primero ayúdese usted, mi amigo: cuelgue el teléfono.

Amílcar Rayas cortó la comunicación. Al cabo de unos minutos le habló desde otro teléfono (la línea tenía una acústica diferente). «Un teléfono limpio», pensó Julio. De nada le servía saber algunas palabras de jerga policiaca. Había hablado con total imprudencia en la llamada anterior.

–Lo espero en la iglesia de Tlacoquemécatl, a las cinco –Rayas colgó el teléfono.

Paola le preguntó adónde iba. Julio salió sin contestar, molesto por la larga visita a Portella. Luego recordó el féretro de Centollo y las manos temblorosas del Vikingo. Tenía motivos para no decir adónde iba. No callaba por despecho sino para proteger a Paola.

El comandante mordía una brizna de pasto cuando él se le acercó en la plaza.

–Es usted muy atrabancado, mi amigo –dijo Rayas–. ¿Cómo se le ocurre hablar del narco en un teléfono de la policía? Si quiere tratar conmigo, haga el favor de no ser tan pendejo.

El comandante perdía su empaque sacerdotal. Le pareció más confiable a Julio.

Contó su última entrevista con el Vikingo. Lo hizo desde la perspectiva del amigo, otorgándole realismo a lo que antes le pareció pura paranoia.

–¿Sabe lo que me está diciendo? ¿Sabe lo que ya dijo en el teléfono?

–No muy bien.

–Mejor.

Cuando se despidieron, Julio se volvió a los lados. ¿Los había visto alguien? ¿Existía una conexión entre la muerte de Centollo y el Vikingo? ¿Estaba él en esa rueda?

La puerta de la pequeña iglesia estaba cerrada. De cualquier forma, Julio no hubiera entrado ahí a rezar. Estaba dispuesto a hacer algo que no sabía qué era. Se equivocó de plaza, tenía que reparar algo, como cuando orinó su escopeta y ese acto imbécil lo comprometió a sostener el cuchillo para decapitar al águila. No era valiente, lo sabía muy bien. Si acaso, podía estar muy desesperado, acumular la fuerza de sus errores. Copió una tesis para estar con la mujer que idolatraba pero luego se equivocó en la cita decisiva. Su atrevimiento aún no había sido pagado. Debía hacer algo. No podía dejar colgado al Vikingo.

Volvió a reunirse a los dos días con Amílcar Rayas. El investigador lo trataba con desconcertante deferencia. Incluso sugería que en algún momento le pediría que lo acompañara en la investigación («ya verá cuando revisemos ese tema...»). Amílcar parecía explicar todo de más y procuraba atemperar sus reacciones, como si estuviera ante un ex convicto al que debía proteger.

El investigador había confirmado sus sospechas. El Vaquero del Mediodía solía leer su poesía vanguardista o radical o tal vez sólo obscena en diversas grabadoras. El episcopado, la nunciatura vaticana, ProVida, los legionarios de Cristo, varios diputados del Partido Acción Nacional habían sido escogidos para sus recitales. El poeta, ignorado en la comunidad literaria, tenía un amplio auditorio de enemigos telefónicos.

–A mí también me dejaba mensajes. Ramón era un loco. –Julio hizo una pausa.

–No a todos los molestaba por igual. Pero no vine a decirle eso: hablé con Juan Ruiz. Está muy alterado. Se tiene que pelar. Hay que sacarlo del país.

–No me contesta las llamadas.

–Mañana a las cuatro, en el Parque Hundido, frente al reloj de flores. Llévele dinero. No sé si vaya, ni siquiera sé si me entendió, pero es el único chance.

Amílcar Rayas empezó a caminar, se alejaba de él:

–No me siga –atajó a Julio.

Supo que no debía preguntar más. Rayas lo había ayudado.

A las cuatro de la tarde estaba en el sitio indicado. Tres mil dólares en efectivo le abultaban la bolsa interior del saco. Pasaron suficientes minutos para que recordara algo que Juan Ruiz le había contado: su primer clavado en la plataforma de diez metros. Todo mundo le había dicho que el miedo se vence en el trampolín; al caer, la excitación justifica la disciplina, el pavor a la altura, todo lo demás. Pero cuando se tiró por primera vez se sintió peor que nunca. Otro principiante le preguntó qué había sentido. Él habló del éxtasis. No lo sintió pero contó lo mismo que todos los demás, entendió que ésa era su misión de clavadista, la fuga que no había terminado.

El Vikingo no aparecía. Julio desvió la vista. Estaba en un bosque de ojos. Lo veían sin que él los viera. ¿Lo engañó Rayas? ¿Alguien se interpuso ante el Vikingo? ¿Caerían sobre él y lo matarían fingiendo un atraco de tres mil dólares? El viento agitaba los árboles, un viento cargado de polvo y pequeñas basuras. Tenía que salir de ahí.

Cuando llegó a Insurgentes la lluvia ya era densa. A sus espaldas, el Parque Hundido se abría como un hueco en espera de la tormenta que iba a anegarlo. Sintió un golpe en la oreja. Caía granizo. Rayas lo mandó ahí de balde. ¿Dónde carajos se metía el Vikingo?

Alicia le mandaba postales desde Los Ángeles. Fotos de taquerías psicodélicas, cuadros inspirados en Frida que parecían manteles de fondas tex-mex, fotogramas de películas, aparentemente mexicanas, de las que él no sabía nada.

Julio le contestaba por *e-mail*, un medio donde las frases parcas no resultaban descorteses; bastaba amortiguar la histeria implícita en ese ámbito ultraveloz para lucir amable.

El nuevo envío de Alicia llegó en una funda de plástico de UPS. Contenía un cuaderno de Nieves, de cuando estuvo interna en San Luis. Pensó que a Julio le gustaría tenerlo.

Revisó las planas escritas por su prima a los catorce o quince años, sencillos ejercicios de caligrafía, extraños para esa edad, corregidos por un lápiz rojo. Las frases no tenían otro fin que practicar la letra. El lápiz rojo precisaba la tilde de una eñe o la redondez de una vocal; no corregía faltas de ortografía sino caligráficas.

Él recordaba a la perfección los trazos de Nieves, los coquetos e innecesarios círculos sobre las íes, el remate sinuoso de la a minúscula. La caligrafía del cuaderno le pareció desconocida, como si los sufrimientos del internado hubieran alterado el pulso de su prima o como si otra persona escribiera sus tareas. Una letra enferma, aquejada de sobresaltos y omisiones.

Recordó a Nieves en Los Cominos, castigada por la tía Florinda cuando volcó la jarra de colonche, y aquella maniática sentencia: «La letra es mi alma pura.»

La tía Carola llevó a su hija a la mesa de castigo, incapaz de oponerse a una resolución de Florinda. Julio vio la escena desde el patio: la mano izquierda amarrada al respaldo de la silla, los ojos encendidos por las lágrimas, el labio que mordió hasta hacerse sangre, el hilillo que descendió apenas por el labio, lo justo para que él se alejara, incapaz de intuir el segundo castigo que ella recibiría por manchar su enmienda.

Repasó las letras del cuaderno enviado por Alicia, que no decían nada o sólo decían la desesperación de ser escritas. Acarició el relieve como un ciego que leyera al modo árabe, de derecha a izquierda, hasta que esa confusión tuvo algo de partitura rota, de ruido que tal vez podía ordenarse. Entonces leyó, con interesado malestar, temiendo entender lo que empezaba a suponer.

Seguramente exageraba la exactitud con que recordaba la letra de Nieves: en todo caso, se volvía exacta al compararla con los vacilantes trazos del cuaderno. ¿Se rompió la mano, tuvo un brote psicótico, ensayó caligramas con la zurda? Esta última suposición hizo que Julio sintiera que perdía suelo. Había estado años ante esa evidencia como ante un pozo al que no quería asomarse.

Alguna vez, ante la hispanista española, tuvo presencia de ánimo para ser cursi, pedante y veraz. Lola Vegas rechazaba sus tenues pero sostenidos flirteos de un modo altamente prometedor. No quería con él por ahora pero necesitaba que él se siguiera acercando para tal vez querer con él durante el próximo congreso. La ronda los divertía sin preocuparlos. Mejor que ligar era poder ligar. «¿Para qué cruzar la raya?», había preguntado ella, geógrafa de la pasión. Julio cometió el error de ser sinceramente teórico. Habló de la intimidad que sólo se obtiene con la entrega de los cuerpos, la comunicación surgida de las caricias, muchas veces incluso ajena a las palabras, lo que sólo se decía después de «haberlo hecho». Lola, sexy y ocasional fan de la hermenéutica, apreció el interés discursivo que Julio tenía en bajarle los calzones, pero no quiso ponerlo en práctica.

Sí, había elogiado el sexo por sus efectos narrativos. Una estupidez decirlo, sobre todo porque en su caso era cierto. Nada le gustaba tanto como oír lo que una mujer decía con el codo apoyado en la almohada. Aunque había escuchado suficientes mentiras y sandeces, en las grandes ocasiones había creído entrar como nunca en contacto con algo invisible al lado de él. Esto era cursi, por supuesto, y un poco alienígena, pero altamente gratificante. Penetrar a Lola incluía un campo semántico. ¿Fue eso lo que ella rechazó con admirada suavidad, proponiendo que siguieran luego con el tema? Más eficaz hubiera sido el arrebato, lanzarse sobre ella como para cruzar un río, la lujuria africana del cazador, la sorprendente animalidad que podía albergar el cuerpo de un hispanista. Su teoría sobre «haberlo hecho» hubiera caído de otro modo después de haberlo hecho.

Quizá la técnica sería perfecta para una azafata, no para una hispanista que deseaba ser tratada como azafata. Le dolió fallar con algo que en verdad sentía, la sinceridad de sábanas revueltas y los cuerpos que de pronto tienen otra historia.

El cuaderno de escritura lo llevó a algo que le contó Nieves y él escuchó casi dormido, una de esas confidencias que anhelaba atrapar y asombrosamente olvidaba o confundía con el sueño.

En el internado, Nieves entró en contacto con una maestra que la tomó bajo custodia, una monja que le prestó libros ajenos al temario, la invitó a alguna excursión, la incluyó en recitales que hacía en una asociación de beneficencia. Una mujer joven, atractiva, de una cultura que apenas se podía asociar con una monja del siglo XX. Su ilusión era trabajar en una misión en África. Lo más interesante de ella parecían ser las muchas cosas a las que estaba dispuesta a renunciar para atender leprosos. Enseñaba literatura pero tomó a Nieves como discípula absoluta. Corrigió su postura desgarbada, su desaliño al vestirse, su acento bronco, con un filo incriminatorio. En cualquier otra maestra estas llamadas de atención hubieran sido desagradables. Pero esa monja (una lástima que Julio no recordara el nombre) tenía una forma tranquila de intervenir en la intimidad ajena. Rara vez apelaba a los recursos de doctrina; transformaba el afecto en un asunto de firmeza, un gesto sencillo, inevitable.

¿En verdad oyó todo eso en labios de una muchacha, hacía un cuarto de siglo? ¿Aquella monja perdida en los pasillos de su memoria fue eso para Nieves? No pudo seguir el tren de pensamientos porque cerró los ojos y vio las letras destrozadas por la mano de Nieves, en rápida sucesión hasta detenerse en un alfiler que removía algo, la jota escurrida, el flaco cuchillo, el comienzo de su nombre, tan similar a la letra que vio en los documentos y la fotografía del Niño de los Gallos. Por eso le había llamado tanto la atención. La inicial que tantas veces Nieves escribió para él tenía una torpeza parecida, era el único rasgo que unía las dos caligrafías de Nieves, la que él recordaba y la que tuvo en el internado de San Luis.

La mano que escribió en los papeles y en la foto del Niño de los Gallos venía de otro tiempo, pero aguijoneó a Julio porque traía algo de Nieves, algo sabido y sepultado. El destino ficticio del Niño de los Gallos lo tenía sin cuidado. Era Nieves quien cortaba con el filo de esa letra.

Sintió una lucidez incombustible. Fue a la sala, abrió la caja con dulces de leche, tratando de ahuyentar la realidad acrecentada, los detalles de innecesaria precisión que le traían a Nieves en el internado, bajo la tutela de una monja sagaz, una inteligencia penetrante que le dio libros curiosos, corrigió su forma de sentarse, estudió sus reacciones hasta sospechar un desarreglo, el eje roto dentro de esa adolescente.

Una tarde, en plena clase, la monja la sometió a una prueba decisiva. Caminó por el pasillo que separaba los pupitres y se detuvo a unos tres metros de Nieves. Sacó un llavero, un llavero emblemático, lo único que podía asociarla con alguien que no vive en un cuarto normal. Un estuche de plástico corrugado con seis o siete llaves, un cortaúñas, un silbato largo. Un llavero de prefecta o celadora. La monja tomó ese objeto y lo sopesó como para calcular su condición de símbolo. Luego lo lanzó hacia Nieves. Ella lo capturó al vuelo. «Ya sabía», sonrió la monja.

La frase, incomprensible para el resto del salón, durante unos segundos también lo fue para Nieves. Tal vez en otra escuela eso hubiera parecido el primer brote de locura de la profesora. En esa enseñanza marcada por arbitrarios hermetismos fue lo que tantas otras cosas, una rareza normal. Nadie le comentó el hecho a Nieves. Sin embargo, al término de la clase ella ya sabía lo que el llavero había abierto. Nieves lo atrapó con la mano izquierda.

Nieves era zurda, pero la obligaron a dominar su vida con la mano derecha. La mano cancelada se notaba en sus zapatos mal anudados y la torpeza con que usaba el tenedor. Todo lo que hacía en presencia de los otros llevaba el sello de un desaliño esencial. Sólo con Julio, en sus juegos apartados, hacía nudos hábiles y encajaba espinas con buen pulso.

Cuando la jarra de colonche se le cayó en Los Cominos, la castigaron porque la llevaba con la mano izquierda, su mano natural. No se le cayó por eso, sino porque chocó con el trompo lanzado por Julio, pero la familia lo tomó como un capricho más de esa niña indómita. Nadie tenía por qué ser zurdo entre ellos. Florinda ideó aquel castigo ejemplar: la mano izquierda atada al respaldo de la silla, la derecha, la mano del colegio, obligada a escribir «la letra es mi alma pura».

Quizá en su condición de mecanógrafa frenética, la tía Carola juzgó que las dos manos resultaban indistintas. Su habilidad ante el teclado, que Julio idolatraba, volvía ahora como una tara práctica.

Seguramente la monja de San Luis había conocido a otras familias que odiaban la excepción. Una intuición sencilla y poderosa la llevó a desbaratar el nudo.

Nieves recuperó la escritura con la mano izquierda, pero no de un día para otro. Aquel cuaderno correspondía al lento despertar de sus facultades. Sólo una letra, tantas veces admirada por Julio, por señalarlo precisamente a él, conservaría la torpeza de la mano cancelada.

Julio oyó una sirena a la distancia. Se llevó las manos pegosteosas al rostro y sólo al tocar la humedad en sus mejillas supo que había llorado. La primera mujer que amó había llevado ese castigo dentro. Él la vio desde el patio de la hacienda, una niña atada a la silla. Le gustaría pensar que la amó para desatar esa mano, pero sabía que se alejó de la ventana cuando vio la sangre en el labio y temió que escurriera hacia el cuaderno; no hubiera soportado un castigo mayor para Nieves, la crueldad que acaso ocurrió y él no llegó a ver, como tampoco llegó a la plaza donde lo citó años después, como el zurdo mental que era.

No volvió a hablar con ella, vivió lejos, rehízo su destino sobre la sombra de otro. El agua del pozo siguió ahí. Algo le pedía desde lo hondo que deshilvanara algunas cosas, con la inicial de su nombre, el flaco cuchillo.

Le importó muy poco haber sido descuidado al hablar del Vikingo ante Amílcar Rayas. Tenía que hacer algo, posiblemente había hablado con precipitación y descuido, pero lo único que podía hacer era hablar. El riesgo que corría era insignificante para alguien que no supo atrapar en su día aquella historia del internado, contada por Nieves en el cuarto de Fulgencia. Julio dormitó sin entender lo que se condensaba ahí, la trama que volvería con la letra rota en el cuaderno de escritura, el momento en que Nieves atrapó al vuelo lo que la mano podía abrir con esas llaves.

III. El tercer milagro

19. MIGAS DE PAN

Con satisfacción negativa, Julio firmó su carta a Félix Rovirosa con una jota escurrida, la daga que recuperó en el cuaderno de Nieves. Esa noche, a Paola le estallaba la cabeza. El Flaco Cerejido le había dicho: «La crisis de un matrimonio va del momento en que tu mujer empieza a fingir orgasmos al momento en que empieza a fingir dolores de cabeza.» Julio pasó la mejor parte de la noche leyendo en la sala.

Volvió a sus papeles de siempre, el distante archipiélago de los Contemporáneos. Encontró un apunte al margen, escrito hacía años: «López Velarde, Marte en Libra.» Le interesaba la astrología de los poetas. En este caso, el planeta beligerante se encontraba atenuado por el signo de la armonía y la diplomacia. López Velarde fue débil en los conflictos. Un guerrero desarmado. O quizá encontró una forma sinuosa de transformar la lucha en aparente cortesía. Un conciliador interesado.

El otro Ramón, su amigo Centollo, había sido lo opuesto. Se abrió la frente en todos sus ataques. Julio no estaba en condiciones de saber si había derrochado una obra posible, apenas conoció sus primeros pasos en la poesía, versos fulgurantes, destellos de una mente que parecía original y quizá sólo fuese incontrolada. Tal vez había dejado una descomunal producción inédita o tal vez tampoco sucedió a solas, se dejó vencer por un medio de inocuos poetas multibecados que repudiaban la confrontación de las normas. Ésa era la hipótesis del Vaquero del Mediodía: las vanguardias de lumbre no podían ocurrir en las palaciegas oficinas de la cultura mexicana. En eso coincidía con Jean-Pierre Leiris. Centollo se veía a sí mismo como un raro sin permiso de residencia, pero, más que orgullo, su condición le daba rabia. Julio no podía olvidar la intensa cursilería de su mirada, el estremecedor gesto de cariño cuando releía la reseña enmicada que él escribió. Los mensajes que dejaba en las grabadoras representaban un genuino deseo de ser oído, no una provocación. En eso se equivocaba Amílcar Rayas, o se equivocaban quienes se sintieron ofendidos. Ramón Centollo no convirtió el rechazo en un programa de trabajo, ni se alimentó de la resistencia que le oponía el entorno para superarla con un incendio que exigía ser visto. Buscaba oídos, elogios, patrocinios (que en su caso ya alcanzaban el rango de limosnas). Era algo más dramático que un rebelde: un derrotado por la sociedad literaria que despreciaba, pero cuyas infinitas regulaciones terminó por aceptar; luchó hasta el final por tener un mínimo espacio; pensaba que el repudio que sufría era injusto, pero no se hizo a un lado ni desapareció hacia una catacumba o al paso a desnivel que tanto mencionaba en sus mensajes. Reconoció, como nadie, la validez del sistema que lo rechazaba; con cada golpe que se daba en la frente, ratificaba la supremacía del muro. Tal vez, a fin de cuentas, no fuera sino un pésimo poeta, un vanguardista por falta de otros méritos, un asesino de la tipografía, un *beat* sin más gasolina que el rencor social. «Rayas no lo sabrá nunca», pensó Julio, como si protegiera a su antiguo compañero de su mayor delito. A la tristeza de su muerte y la vida que los trató en forma tan desigual se aunaba la posibilidad de un vacío central: que el poeta hubiese olido a rancio y a atarjea sin que eso significara un peaje para obtener visiones de magnífico maldito. El Vaquero del Mediodía al menos podía contar con el silencio de Julio. El investigador de homicidios, con su extraño aire de sacristán en asueto, no le iba a sacar mayor explicación en torno a sus poemas. Julio prefería recordar a Centollo por su monomanía escritural y su obsesión fanática consigo mismo. Ese egoísmo incandescente lo aproximaba a cualquier genio literario. Es posible que de los grandes precursores sólo tuviera los defectos; sin embargo, él prefería atesorar esa gestualidad. Ramón Centollo vivió como Musil o Rilke, tiranizado por su poética, pero sin resultados a la vista. «Le gustaba sufrir de gratis», diagnosticó el Flaco cuando él le habló del asunto. En uno de sus poemas, «El libro de *job*», Ramón Centollo enumeraba los trabajos en que lo habían rechazado.

No podía envidiar la vida de Centollo, pero podía envidiar su vocación. Después de «Rubias de sombra» no escribió nada más. ¿Qué le impidió a Julio convertirse en uno de los novelistas comunes y exitosos que traducía Paola? Algo lo desplazó al estudio de los muertos; se transformó en otro guerrero desarmado. También él tenía Marte en Libra. ¿Qué hubiera sido de López Velarde y sus «intensidades corrosivas» en el México que vino después de la Revolución? En ese país de jóvenes jefes armados que buscaban legitimarse con proyectos educativos y la cercanía de los intelectuales, ¿habría optado, como tantos otros, por combatir la barbarie desde el Estado, al precio de mitigar la rebeldía? Curiosamente, lo que apartaba a López Velarde de los designios oficiales era su talante de criollo católico y conservador. ¿Qué pactos y pacificaciones habría llevado a cabo consigo mismo, bajo la advocación de La Balanza? ¿Habría aceptado el dudoso honor de convertirse, en beneficio de su fama, en un versificador de la identidad nacional, tan cotizada por entonces, o habría llegado a un magnífico poema tardío, irreverente, delator, necesariamente póstumo, como «El idilio salvaje» de su maestro Othón? Y, en el plano más personal, ¿habría resistido las imposturas de la celebridad, la envidia, las rencillas en pos del poder, la posible merma de sus facultades, el aislamiento del soltero que «traza ochos en el cuarto de su soledad», la tentación de trabajar su monumento y administrar en vida su posteridad? La muerte a los treinta y tres años lo salvó de encarar estas normalidades. ¿De qué materia estaba hecho? ¿Qué angustias o deleites podían perfeccionar o entorpecer su poesía?

Marte con una medida de equilibrio en las manos. Deseoso de rehuir conflictos futuros, el poeta quiso desandar sus pasos:

Fuérame dado remontar el río
de los años, y en una reconquista, ser de nuevo
la frente limpia y bárbara del niño...

El impulso del regreso siempre se tiñó de melancolía. El anhelo de ser «una casta pequeñez» en la «tarde inválida» donde juegan los niños era un teatro de imposibilidades, una inocencia artificial, recuperada a voluntad. El viaje al pueblo de su infancia en tiempos de Revolución fue aún más grave, un «retorno maléfico» que lo enfrentó con calles marcadas por la «mutilación de la metralla». Ahí definió su «íntima tristeza reaccionaria», las ganas de volver y preservar lo antiguo como un novedoso atributo de los sentidos. La tentación del pasado y el fervor ante las cosas por venir se tensaban como otra de sus contradicciones. El poeta que veía en la lluvia un bautizo y un baño lúbrico, apostaba al cambiante valor de los opuestos; su mito se complicaba por el rico tejido de sus versos y por la vida abierta que dejó a los treinta y tres años.

Después de lo que escuchó en Los Cominos, Julio no podía leer a López Velarde *sin más;* participaba de ese enredo irrenunciable y gratuito, la sobrevida del poeta. Incluso cuando se sintió al otro lado de la investigación cristera y la lectura de *Zozobra*, y quiso volver a sus islas de siempre, Julio dio con una mención que lo regresaba a Jerez, San Luis, la ciudad de México, el «más bien muerto de los mares muertos». Desde el futuro del poeta, Julio rebobinaba sabiendo que su propio futuro corría hacia atrás.

Una voz llegó del cuarto contiguo. Paola murmuraba algo en sueños. Julio no alcanzó a oír lo que decía pero le sorprendió que hablara en español. Dormida, seguía siendo traductora.

El Flaco Cerejido le habló con exaltado dramatismo. El más tolerante de sus amigos le había fracturado la quijada a un falso vendedor de hot-dogs. Una historia absurda: Cerejido caminaba por el Parque de los Venados cuando un carrito de hot-dogs le bloqueó el paso. Trató de sortearlo y otro carrito de hot-dogs salió de un sendero. Volvió sobre sus pasos: un tercer carrito de hot-dogs. Esto debió alertarlo. Estaba en un mundo donde un carrito es un carrito pero tres carritos son una «acción» o algo por el estilo. Atrapado en ese tráfico, perdió los nervios. «Hice un berrinche apache.» Finalmente, un hombre de camiseta llegó a avisarle que estaba en un programa con cámara escondida. ¿Ser visto por la nación entera justificaba ese abuso? Su furia se volvió perfecta. Arremetió contra la cara que le quedaba más cerca. Todo fue grabado en video. Tenía los nudillos despellejados y una demanda por lesiones.

Cerejido había hecho los desfiguros concebibles cuando no hay testigos sin saber que lo acosaban en función de los testigos.

Julio recordó los videos que le había dado el ginecólogo de Paola: sus hijas como manchas verdes en el vientre de la madre. Ellas pertenecían a la primera generación que al crecer podría verse en calidad de feto. Más allá de la conveniencia médica, ¿tenía sentido ese *souvenir*? Lo que más le sorprendió de ese video, semejante al radar de un submarino, fue que Paola llorara tanto al verlo. Tal vez sus hijas, acostumbradas a tantas pantallas trémulas, también se conmoverían al ver las manchas que fueron en otro tiempo.

El Flaco fue víctima de otro tipo de cámara intrusa. Hizo el ridículo en dos etapas, sin saber que lo veían y porque lo veían. El espionaje se justificaba por un abuso estadístico: el alto *rating* de la televisión normalizaba la intromisión en su vida.

—Necesito que hables con tu amigo Rovirosa —le pidió el Flaco.

El comparatista sugirió que tomaran una copa. Muy en su estilo, lo citó a una hora de limonada. Julio llegó al portón a las once de la mañana. Una buganvilia encendía el muro. Al pie de la puerta, un sapo de piedra anticipaba el sólido gusto artesanal de los dueños de la casa.

Le habían hablado mucho de la mansión que probaba que Félix Rovirosa se había vendido. Algunos rumores la asociaban con el Indio Fernández y la época de oro del cine mexicano; otros, con la amante polaca de un productor.

Una criada con vestido azul pálido y delantal blanco abrió el zaguán hinchado por las lluvias.

–Pase, joven.

La fachada de la casa seguía una línea curva en torno a un jardín. Había sido edificada con materiales de demolición, trozos de iglesias, balcones de palacetes, ventanas virreinales. Un sitio frío y agradable.

La sirvienta lo dejó junto a una alberca. El comparatista debía de sentirse un doméstico Neptuno en ese estanque donde posiblemente se remojaron las diosas del cine de los años cuarenta.

Una mesa blanca, de hierro forjado, sostenía una jarra de limonada, bajo una sombrilla amarilla y blanca. Julio se sentó a esperar. De la casa vecina llegó una voz melodiosa. Cantaba algo triste, sobre un amor perdido con razón. Luego se oyó el triscar de unas tijeras. Un tenor jardinero.

Félix llegó a los pocos segundos, con el abundante pelo cenizo recién lavado, lentes oscuros, el saco colocado sobre los hombros, como un productor de cine.

El agua de la alberca no parecía muy limpia. Julio le preguntó si la usaba.

–Casi nunca. Sumi *también* es fóbica al agua.

Aunque la frase le interesó, Julio no preguntó por otras fobias.

Un extraño silencio se cernía sobre la casa. Desde un sitio lejano del jardín salía agua de un rehilete. Bajo una palma en forma de abanico había una casita. Una perrera o una trampa para ratas.

Félix se dio masaje en su pulposa cabellera. «Le molestan las agujas», pensó Julio.

–Supongo que ya te buscó el cartaginés.

–¿Quién?

–Amílcar, el seminarista que investiga la muerte de Ramón.

–Sí.

–Su teoría de la conspiración me pareció un alucine, pero le he dado vueltas. En México todas las explicaciones son conspiratorias. Las verdades sencillas nunca han tenido un chance. Ramón jodía mucho. Una vez me lo encontré dormido en un cajero automático, a dos cuadras de la Casa del Poeta. Lo desperté y le dije que le podíamos dar un catre en algún cuarto. Empezó a usarnos de hotel. Llegaba pedísimo, con su mujer. Una tarde el cuidador los sorprendió haciendo el amor.

–Qué pudibundo te has vuelto: «haciendo el amor»...

–No puedo decir que estaban cogiendo. Las diosas del cine «cogen», los descastados «hacen el amor». El decoro ya sólo se aplica a lo que no quieres ver en video. ¡Besar a Ramón era un triunfo del espíritu sobre la carne! Total que tuve que pedirle que no abusara. Me odió más de lo que ya me odiaba. Empezó a dejarnos mensajes en la grabadora, recitales de pornopoesía. Amílcar Rayas me dijo que lo mismo hizo en la casa de los jesuitas en la colonia Roma, en la nunciatura, en cualquier sitio donde pudiera escandalizar. Hay grupos católicos que no se andan con tiquismiquis. Ya viste lo de la manifestación en Guadalajara, miles de fanáticos dispuestos a proteger a un cardenal medio narco. ¿Has visto al Vikingo?

–Está de la chingada.

–De eso quería hablar –Rovirosa habló como si la cita hubiera sido iniciativa suya; tomó la jarra en la que flotaban hielos y limones exprimidos–. Vlady vino a verme. No puede con el Vikingo; el güey trae una paranoia galopante. Ella ya desconfía de él. Supongo que el Vikingo movió demasiadas cosas por su cuenta. La coca te vuelve omnipotente –desvió la vista hacia Julio y se quitó los lentes oscuros–. Gándara lo ha hecho a un lado. Le prepararon una liquidación muy generosa, pero el Vikingo no se conforma, anda buscando gente, dando lata, se está metiendo en camisa de once varas. ¿Por qué no hablas con él?

—Ya hablé con él, está jodido, me dijo que lo persiguen. Luego lo volví a buscar y se esfumó.

—La coca también te vuelve paranoico. ¿Tú ya la dejaste? —Félix le sostuvo la mirada.

—Hablas como si fuera Maradona.

—Tengo datos. El negocio está más controlado que las listas de regalos de bodas en Liverpool.

—¿Qué te dijeron?

—Que en Los Guajolotes no sólo pides torta de chorizo.

No esperaba ese golpe; le alarmó la precisión del dato; sabían lo que su torta llevaba dentro.

El jardinero volvió a cantar en la casa de junto. Una voz estupenda, desolada.

—¿Sabes qué, Julio? Siempre pensé que habías plagiado «Rubias de sombra». Me acuerdo perfectamente de cuando lo leíste en el taller. Olga llevaba un suéter rojo ambulancia. Tú leías con un sonsonete, como si quisieras agregarle música al idioma, un tonito detestable, de culto de pueblo. Pero el cuento era bueno. Te odié. Supongo que te envidiaba a Olga. No podía ser que además escribieras eso. Estaba seguro de que no era tuyo. En aquella época no eran muchos los cuentos que podían haberte influido. Era demasiado obvio que copiaras a Borges pero podías haber copiado a uno de sus favoritos, alguien en la sombra, Papini, Buzzati. Además, tu cuento trataba del doble, otra forma de la copia. Busqué por todas partes pero no di con nada. ¿Lo copiaste? —Félix sonrió como si Julio debiera agradecer tanto interés.

—¿Qué importa?

—¿Nos engañaste?

—No. ¿Te decepciono?

—Algo. No es común ser el autor de un cuento único.

—Se me acabó la gasolina, así de simple.

—Quiero enseñarte algo —Félix se incorporó.

Fueron a la casa. El césped desembocaba en una terraza de losetas que seguía la forma curva de la construcción.

Pasaron a un vestíbulo tan frío que Julio tuvo que regresar

por el saco que había dejado en el respaldo de la silla. Cuando volvió al pasillo, Félix había desaparecido.

—¡Por aquí! —gritó desde algún cuarto.

Julio se demoró en la sala principal. El comparatista parecía haber heredado todas las antigüedades de la tienda de su madre en Puebla. Cuadros de monjas coronadas, candelabros excesivos, un ángel policromado, un crucifijo inmenso. ¿En qué pensaría la esposa japonesa al ver eso? En una cámara de torturas, tal vez.

Tomó un corredor. En las paredes había espejos enmarcados en latón. Volvió a oír la voz de Félix y se dirigió hacia ella. Pasó por un umbral absurdamente bajo, un pasadizo de minero. En las paredes colgaban cadenitas con pinchos. Eran cilicios de convento. Pasó los dedos por el metal afilado, listo para el flagelo.

Al final del corredor se vio deformado por un espejo antiguo, dio vuelta a la derecha, tropezó con un arcón. Empujó una puerta de madera basta que le dejó polvo en las manos.

Pasó a un espacio enorme, de doble altura. El techo de bóveda catalana hacía pensar en una capilla.

Los libreros contenían volúmenes encuadernados en piel, la mayoría antiguos. Un facistol virreinal sostenía un Libro de Horas, iluminado a mano. Sobre una repisa había instrumentos de astronomía (un sextante, un astrolabio). El escritorio era una mesa larga, de refectorio. Había una computadora en cada extremo. Ambas estaban encendidas; la imagen que protegía el letargo cibernético simulaba un acuario.

Félix se dirigió hacia un mueble bajo. Explicó que era un sagrario sacado de una iglesia. De un cajón curvo sacó una botella sin etiqueta. Lo del trago iba en serio.

—«Mezcal, dijo el Cónsul» —citó Felix—. Me lo dio el gobernador de Oaxaca.

Hacía mucho que Félix no había publicado un ensayo, ni siquiera un artículo de circunstancia. Se había alejado de los temas que le dieron persecutoria celebridad. En la Casa del Poeta cumplía con un par de exasperadas visitas al mes.

Rovirosa sirvió dos copas. Levantó la suya hacia un arcángel de madera que colgaba del techo:

—Por los viejos tiempos —dijo.

Julio buscó con la vista un radiador o una chimenea. En vano. El clima de espartana austeridad le parecía elegante a Félix.

—Monteverde es menos friolento que tú —Félix le tendió una frazada—. Estuvo aquí. Un hueso difícil de roer.

—Pensé que lo apreciabas.

—Lo aprecio, pero es terco, ladino, gente del desierto. —Félix lo vio de frente—. No soporté que escribieras algo tan bueno, aunque sólo fuera una vez o precisamente por ser sólo una vez. Imaginaba que el talento sólo podía encarnar en alguien excepcional, raro o por lo menos ojete. Tú tenías la cara que puede tener cualquiera. En cierta forma todavía la tienes. Eso me gusta ahora, como si la vida no te hubiera lastimado mucho, como si aún esperaras algo, tal vez por irte lejos tienes esa cara de andén, alguien que aguarda. La gente te cree, Julio, no porque seas convincente sino porque a nadie se le ocurre que puedas maquinar algo, salirte con la tuya. ¿Qué sería salirte con la tuya? Supongo que ni tú lo sabes.

—El mezcal te pone metafísico.

—La rueda de la fortuna de Malcolm Lowry: Yvonne regresa a Cuernavaca, Día de Muertos. Ahora no me asombra, o más bien me importa un bledo que un texto bueno salga de la gente más extraña, pero entonces creía en una predisposición del carácter; había que vivir en cierta forma para escribir mejor; supongo que fui un puritano insoportable; creía en una heroicidad de la conducta y de pronto escribiste ese cuento, tú, con tu cara plana; ni siquiera podías explicarlo. Barbosa, que no dejaba hablar a los incriminados, te preguntó cómo lo hiciste, también a él le ganó la curiosidad. No dijiste más que sandeces; tal vez la admiración repentina te jodió. ¿Te jodió?

—¿Hace cuánto que no lees ese cuento? Debe ser pésimo.

—Lo releí ayer. Excelente, redondísimo. Si tuvieras nombre, «Rubias de sombra» estaría en todas las antologías del cuento hispanoamericano, pero es difícil que existas con una obra completa de ocho cuartillas. Tus ensayos son prescindibles, ya lo sabes.

Félix lo vio con su quijada trabada, la «mordida de trinchera» que le dejaron las tensiones de West Point.

Julio oyó pasos a sus espaldas. La sirvienta llegó con un florero de talavera. «Perritos.» ¿Se seguían llamando así esas flores regordetas, de tantos colores? Detrás de la sirvienta venía un hombre vestido de tenista, con el brazo derecho enyesado. El instructor de Sumi, según explicó Félix.

Su anfitrión se incorporó para hablar con el tenista; parecía muy interesado en la condición de su mujer en la cancha, como si ése fuera un delicado sitio de convalecencia. A pesar de la antipatía que le causaba el encuentro, admiró la preocupación de Félix, la solícita manera de preguntar, los ojos muy abiertos ante las respuestas, la mano detenida en el yeso del profesor, la quijada que, ahora sí, cobraba neurótico sentido. Bajó la vista. También las noticias deportivas de su esposa eran difíciles. Firmó un cheque. «Le molesta que yo esté aquí», pensó Julio. Félix desvió la mirada a la mesa que sostenía las copas casi intactas de mezcal.

Regresó con pasos firmes a su lugar; bebió un trago largo.

–Háblame de tus hijas –dijo.

Su tono había cambiado. Una gota de sangre le inquietaba el iris de un ojo.

Julio no quiso hablar mucho de eso. Sandra y Claudia estaban bien. En México había más gente de la edad de ellas que de la de Julio. Gritaban en todas partes sin que nadie se quejara.

«Se conmueve por otra cosa», Julio vio la mirada brillante de Félix. Costaba trabajo asociarlo con emociones, vencer la coraza de seguridad y sarcasmo que se había echado encima. Recordó que había perdido a un hijo, a los pocos meses de nacido, y que Sumi no podía volver a embarazarse. El comparatista lo miraba con ojos brillosos. No habló de su hijo muerto, no era su estilo. La única vez que agregó ciertos detalles ocurrió en París, caminando entre los árboles de la calle Charles Floquet; quizá lo hizo porque Paola estaba presente. Llegaron a los Campos de Marte y la presencia de los niños que volaban papalotes (uno de ellos con un inolvidable sombrero con lazos de colores) llenó de lágrimas los ojos de Félix. Entonces dijo que, luego de la pérdida del niño, se había abierto una distancia insalvable entre él y Sumi. Los dos se culpaban a sí mismos de la falta de cuidados; jamás pensaron que el otro hubiera actuado mal, y sin embargo el solo hecho de vivir juntos avivaba su dolor; fueron testigos de lo mismo; no necesitaban hablar del tema para que estuviera ahí, como la débil respiración del niño que sólo los acompañó unos meses.

Félix se casó muy tarde y pospuso al máximo tener hijos; sin embargo, una vez que depuso sus reservas, se entregó en tal forma a la paternidad que la pérdida lo devastó. Eso dijo en los Campos de Marte, cautivando a Paola y sorprendiéndolo a él. «El guerrero desarmado», pensó Julio. En cierta forma, ahora se ocupaba de Sumi como si fuera su hija. La diferencia de edad se había vuelto más notoria con la muerte del niño. Además, ella demandaba atención; tenía toda clase de pequeñas dolencias menores, reales o imaginarias, pero altamente significativas. En primera instancia, alguien en condiciones de jugar tenis (así fuera contra un rival enyesado) no debía de estar tan mal, pero todo en Sumi cobraba un aire de difícil convalecencia.

Julio la había visto dos veces, en un coctel en que parecía una estatua enrollada en seda lapislázuli y en una mesa lejana del restorán San Angel Inn, donde la confundió con una actriz. Sumi tenía esa condición de estar en un sitio como si se representara a sí misma. A Paola le pareció deslumbrante, bellísima. «Mira hacia adentro», pensó Julio entonces.

El sonambulismo de Sumi, su condición de estatua móvil, tenía un innegable atractivo a la distancia. Nada hubiera sido más normal que ver a un pájaro posarse en la palma de su mano. Julio había decidido derrochar esa noche para darle la bienvenida a Paola, pero lo más impresionante del sitio no fue el antiguo casco de hacienda convertido en comedor, sino la sutil inmovilidad de Sumi Rovirosa (así se presentó, pronunciando encantadoramente mal las dos erres). «Félix no la merece», esta idea fue común y vulgar; luego le vino otra más inquietante: «Félix la va a romper.» Sumi tenía algo de muñeca, de mujer regalo a la que de pronto le falta una pierna.

Se despidieron de beso y fue como oler una sombra.

Le hubiera gustado ver de nuevo a Sumi, pero entonces hubiera tenido que frecuentar más a Félix. Cuando los Rovirosa los invitaron a cenar, Sumi se sintió mal y la reunión fue un caso de anfitrionismo puro, con la rareza de que en este caso Julio, el visitante, se transformó en anfitrión erótico. El comparatista cortejó a Paola con una vehemencia teatral tan obvia que resultaba inofensiva y muy molesta.

–Te envidio. –Seguramente Félix se refería a sus hijas. Esta vez no brotó el filo molesto con que hablaba de Olga o de «Rubias de sombra».

Julio no podía abrirse a ese afecto, no ahora. Félix y Sumi llevaban mal el hecho de haber visto lo mismo, la muerte de su hijo. Esto le recordó por qué estaba ahí. La trampa en la que cayó el Flaco Cerejido, la conspiración de los testigos. Le mencionó el asunto a Félix.

–Dile a tu amigo que no se preocupe. El canal le dio una compensación al agredido y retiró los cargos. Todo listo –el comparatista sonrió, satisfecho de esas frases objetivas, lo mucho que resolvía en pocas palabras.

–Gracias.

El objetivo de la visita se había cumplido. El problema del Flaco estaba resuelto. Julio había previsto algún tipo de resistencia, ciertos devaneos que revelaran lo difícil que resultaba acceder a su petición y la compleja gratitud que debía mostrar a cambio. Félix volvía a sorprenderlo.

–¿Qué te parece la casa? La concha de un caracol. –Su anfitrión hizo una pausa, un tiempo que se hubiera llenado con mayor facilidad si Félix hubiera servido otro mezcal–. Me gustaron los datos que mandaste. Hay que trabajarlos pero están bien. La historia no es lo que sucede, es el remedio que aceptamos para la realidad. Aunque sean ciertas, algunas cosas que mencionas no se creen. Para eso tenemos a un guionista de raza. Me preocupó el tono de despedida de tu carta.

—No es un tono de despedida, es una despedida.

—Estás bajo contrato. Firmaste.

—¿Me vas a demandar?

—Te voy a convencer de que te quedes.

Félix hablaba con una firmeza suave, sin alzar la voz; la vida con Sumi lo había atemperado, tal vez por los modos orientales de ella, tal vez por el sufrimiento en común. Compartir el dolor no llevaba a superarlo sino a tenerlo más presente. Las miradas de Félix y su mujer: un juego de espejos donde proyectaban el drama que los unía y sólo terminaría si uno de los dos apagaba la luz y salía de ahí. Todo podía cambiar si ella se embarazaba, pero su cuerpo parecía indispuesto a esa presión; Félix la adoptaba lentamente, quizá ni se acostaba con ella. Resultaba molesto suponerle estas cosas; las fisuras del otro minaban las resistencias de Julio, un mal oponente. Marte en Libra. «La tristeza de Sumi le da fuerzas», pensó, sabiendo que era él quien cedía en su oposición a Félix.

—¿Conoces a Constantino Portella? —la mano derecha atenazó una aguja en la sien. Julio sintió un aguijón en el estómago.

—Paola lo traduce —respondió.

Tenía la boca seca. Se sirvió otro mezcal.

—¡Ah, claro! —exclamó Félix con afectación—. Hicimos un fichaje de oro: Constantino aceptó coordinar los guiones. Nos costó un huevo y la mitad del otro, pero dijo que sí. Es impresionante la energía que despliega ese cabrón. Reformuló todo el equipo. Exigió que contratáramos a un documentalista inglés, del Channel Four, muy amigo de él, para acentuar la veracidad de la historia.

—Pensé que Portella sólo escribía de narcos.

—Es un tipo bastante versátil.

—No hubieras dicho eso en los tiempos en que ejercías de crítico.

—Julio, esto es una telenovela: no le dices que no a Balzac. ¡Es el único escritor al que la DEA y la PGR identifican de inmediato! Su poética podrá ser inexistente, pero se ha jugado la vida. Sobrevivió a dos atentados. El cártel de Tijuana le puso precio a su cabeza. Salió en la portada de *Newsweek* para América Latina como el enemigo número uno de los barones de la droga.

—¿Vas a recibir dinero del narco y a contratar al novelista antinarcos? ¿Qué eres? ¡¿Un obispo de Guadalajara?!

—Constantino no acepta presión de nadie, es una garantía de independencia. Tiene unos huevos de titanio, el hijo de la chingada. Vamos a remover las conciencias que no se habían meneado en setenta años. ¿Te parece poco?

—¿Y además vas a recibir dinero de los amigos de Vlady?

—Eso se arregló con el despido del Vikingo. Nos puso en un camino equivocado. ¿Te acuerdas del camino sagrado que une las ciudades mayas?

—Obviamente no.

—Se llama *sacbé*. Quiere decir «camino blanco». El Vikingo quiso tendernos un camino blanco hacia el santuario de la cocaína, pero lo frenamos a tiempo.

—¿Sin despedir a Vlady?

—Sin despedir a Vlady.

El pegajoso nombre de Vlady Vey no podía salir de los labios del comparatista sin algún tipo de justificación:

—Digamos que tiene *charm* —Félix habló como vendedor de cosméticos.

—¿Así le dices a sus amigos?

—Julio, ¿qué carajos quieres? Estamos ayudando a tu familia, recibiste una lana que ni te imaginabas al llegar a México, te acabo de ayudar con el amigo que se madreó a un camarógrafo del canal, ¿no conoces la palabra «gratitud»? La mejor forma de tener un enemigo en este valle del rencor es ayudarlo. El que más te odia es el que te debe más favores.

Julio resopló. «Tiene razón, *en parte*.» Pidió disculpas, repitió que estaba agradecido por el favor al Flaco. Usó palabras torpes, lo hizo mal, aunque tal vez eso siempre se hace mal. Félix Rovirosa no necesitaba su gratitud sino su rendición.

—El problema no soy yo —dijo Julio—. Es el Vikingo. Él inventó todo y hablas de él como de un tumor.

—Me gusta la imagen del tumor. Una célula loca; se reprodujo en forma alucinada. Si no nos lo sacamos de encima, nos jodemos. Demasiada gente depende de esto. El Vikingo sobornó a un juez y contrató a unos narcos para que se metieran en una cárcel de San Luis; hizo que un cártel provocara a otro, ¡en el escenario de la telenovela! ¿Te parece poco?

—Está jodido. Es nuestro amigo.

—Hablas como el peor programa del canal: «Vales chorros, nunca cambies, cero te dejes influenciar.» ¿Has oído esas mamadas? Son tu espejo.

—Perfecto, sigue con Vlady y con el pendejo de Portella.

—¿Te molesta Constantino? —Félix recobró el tono infame en que había dicho: «En Los Guajolotes no sólo pides torta de chorizo.» Si sabía algo, Julio no quería oírlo.

Se puso de pie.

—No tan rápido, mi cuate. Siéntate otra vez.

Estúpidamente, Julio obedeció. ¿En qué momento dejó de ser el samurai? Al menos para irse y dar la espalda debía ser bueno. Tal vez si lloviera, el clima lo estimularía en su melancólica huida. En México hacía demasiado sol. «Nunca se ve el sol, pero *hace* sol», Julio vio la mancha de luz en una claraboya de la bóveda de ladrillo.

—Firmaste un contrato que tiene letras chiquitinas que no has visto. Si fueras un erudito las revisarías, pero el aparato de notas, la auténtica academia, te tiene sin cuidado. Nadie te va a dar una mejor oportunidad que ésta. Además, me temo que no te queda de otra.

Félix se incorporó. Caminó hacia un rincón. Se detuvo un momento ante el facistol, como si se distrajera de repente; luego siguió hasta una columna. Junto a la base había un bulto rectangular cubierto por un bordado de Oaxaca o Chiapas. Félix levantó la tela: una caja fuerte. Se arrodilló con trabajo. «Él no juega tenis.» Julio pensó en Sumi, una sombra blanquecina en la cancha de arcilla. Nada más lógico que su instructor tuviera una mano enyesada. Tal vez ésa no fuera su mano sobrante, sino la que sostenía la raqueta. Un jugador estatua.

Félix giró la perilla de combinación, abrió la puerta de metal, extrajo un manuscrito engargolado. Una carpeta color vino que hacía juego con los sillones.

El comparatista volvió a su sitio con una lentitud que empezaba a ser agraviante. Le tendió el texto a Julio. Una tesis: *Máquinas solteras en la poesía mexicana*. Un olor a humedad y musgo y vacío. Un pozo adentro de sí mismo, hacia las entrañas que habían dejado de estar calientes. Julio cerró los ojos. Con una caricia de hielo en la espalda recuperó un nombre y un apellido. Durante veinticuatro años olvidó las letras que nombraban su usurpación. Ahora la cubierta color vino, el título, la sonrisa sobrada de Félix fueron claves para recordar. Un momento para oír el estruendo de los *castratti* eléctricos y sufrir un derrame cerebral. La tragedia perdió su pie de entrada. Julio oyó el tictac de un reloj, curioso no haberlo advertido antes. Un reloj náutico, empotrado en una cajita de madera, a unos metros de él.

—Supongo que te acuerdas de esto —dijo Félix, en forma innecesaria.

En algún lugar del mundo, Supertramp seguía cantando.

—Tengo un ejemplar de tu tesis; me lo dedicaste cuando te recibiste —dijo Félix—. Me acuerdo de tu tono de marista arrepentido, de solterona que escribe para no fumar tanto. Pero había ideas brillantes que por desgracia no son tuyas.

—¿Dónde la encontraste? —A pesar del sabor acre en la boca, Julio no pudo contener su curiosidad.

—En Tlaxcala, hace tres años. Me doy mis vueltas por las bibliotecas universitarias de provincia, pero en este caso tenía una pista previa. No sabes lo mucho que Internet nos ayuda a los paranoicos. ¿No te parece curioso? Quise encontrar un plagio en «Rubias de sombra» y siglos después me topé con esta joya. Me equivoqué de crimen pero no de culpable.

—La tesis fue una pendejada. Tenía que irme de México.

—Porque te estabas cogiendo a tu prima. Una vida modelo.

—Si tanto te jode lo de la tesis, ¿para qué me invitaste al patronato?

—Nunca sabes cuándo vas a necesitar de alguien con un secreto. No se pueden desperdiciar tus debilidades.

Félix hizo una pausa deliberada para que su cinismo se asentara en la mesa y Julio pudiera pensar en algo más grave: la playa desierta, el agua de mar que salió de sus pulmones, la mano sangrante de su rescatista. Trató de ver la cicatriz en equis en la muñeca. No pudo, sus ojos ya no respondían. ¿De qué cosas se apropió el otro cuando lo sacó del agua?

Félix lo vio como si pudiera decir algo que no iba a decir. Ese remanente de piedad o comprensión le daba fuerza.

—Julio, el plagio de una tesis no da para un escándalo, pero te puede joder. Supongo que en Nanterre no les gustaría saber que tienen contratado a un estafador. Piensa en Paola. ¿Sabe que fuiste a Italia después de copiar una tesis? Su padre es filólogo, ¿no? El buscador *Google* es una de las maravillas de Internet. Aún no hay un *link* entre tu nombre y la palabra «fraude», pero eso se arregla fácil.

—¿Qué quieres?

—El rector de la Universidad de Tlaxcala es un buen amigo. Tengo *Máquinas solteras* bajo mi custodia. Si te portas bien, te la devuelvo. Te ofrezco más de lo que me estás dando a mí. ¿Te parece una vulgaridad *new age* que busque tu superación? —Hacía mucho que el comparatista no escribía sus corrosivos ensayos; su ironía estaba fuera de forma; agraviaba como un cuchillo sin filo que debe encajarse demasiadas veces para hacer daño.

Félix se llevó la mano al pelo y se hizo una curiosa coleta, un surtidor cenizo. Estaba en su elemento:

—¿Sabes cuál es la ambición oculta del plagiario?

—...

—Ser descubierto. Tarde o temprano alguien sigue la pista. Ustedes son como los niños del cuento que dejan migas de pan en el bosque oscuro; no lo hacen para encontrar el camino de regreso sino para que los siga el lobo. Copias algo por la tensión y el miedo de ser descubierto en el futuro, un placer masoquista. No te ven, pero te verán. Tu amigo se jodió por hacer un berrinche con cámara escondida. El plagiario actúa a escondidas pero siempre deja un rastro, la posibilidad de tener un testigo, y estoy seguro de que es eso lo que lo cautiva. ¿Exagero?

–...

–Compraste ese riesgo y aquí me tienes, recogiendo migas en el bosque. Pero te encontraste al lobo bueno, cabrón, o simplemente al lobo cansado, tampoco quiero adornarme. Prefiero ayudarte, si te dejas.

–¿Qué chingados quieres?

–Dos cosas: Los Cominos es una locación ideal; no quiero interferencias y, sobre todo, te necesitamos para el programa paralelo sobre la santidad de López Velarde. Ya te lo dije: la gente te cree, tienes ese tipo de cara. Necesitamos testimonios de tu familia, que tú salgas a cuadro y hables del tercer milagro.

–¿Un simulacro?

–¡El plagiario hablando de autenticidad! No te pido que finjas; adapta la devoción de tu familia y su fervor por López Velarde al mundo de las anécdotas. No tienes que mentir, es cuestión de ver como no lo has hecho. Los prejuicios te nublan la vista. Ya te lo dije: una historia no es lo que sucede, es el remedio que aceptamos para la realidad.

–Quiero vomitar –Julio se puso de pie, soltó la tesis. Con pasmosa lentitud la vio caer sobre la mesa de centro y derribar su copa de mezcal. Sintió vértigo. Félix lo detuvo. Julio respiró su loción, punzante, asquerosa. Luego olió otra cosa: merthiolate. El comparatista se había cortado y tenía la muñeca teñida de tintura naranja. La *otra* muñeca. «Sumi lo rasguñó», pensar esto y sentirse mejor fue una sola cosa. Respiró acompasadamente.

–Ya, ya –Félix le habló como a un niño–, ya pasó.

Julio volvió a sentarse, vio el desorden en la mesa.

–¿Te sientes mejor? –preguntó Félix.

–No.

–Te voy a contar algo que no puede salir de este cuarto. Los Cominos está en la zona del cártel de Juárez. James Galluzzo trabajaba para ellos; no sé si lo sabía o no: era un jipi senil, igual se aprovecharon de sus visiones mafufas; el caso es que mandaba un flujo constante de droga al otro lado. Un dato espeluznante que me pasó Constantino: la diferencia de ingresos entre Estados Unidos y México es la mayor que existe entre dos países vecinos en el mundo. ¿Te das cuenta qué pinche fatalidad?

–¿También eso va a salir en la telenovela?

–Lo que quiero decirte es que el Vikingo la cagó, tienes que estar convencido. Involucró a conocidos de conocidos de Vlady Vey, que pertenecen al cártel del Pacífico, en un desierto que no es de ellos. Vlady le pidió que le parara, pero él se siguió de frente. Lo dijiste bien: ¡una célula loca!

–Lo están usando, está aterrado.

–La coca lo volvió omnipotente y luego paranoico, ya te dije. Tuvimos que hacer negociaciones complicadísimas para limpiar el asunto. Constantino Portella es una garantía de pureza.

–Hablas como si fuera un puto detergente.

–Los narcos lo respetan.

–¿No dices que lo tienen amenazado?

–Según él, la señal vino de gente del ejército o la PGR vinculada con el narco, gente que no quiere dejar de ordeñar a los *capos*. No es que sea el ídolo de los narcos, pero los ha retratado con suficiente complejidad para humanizarlos. Ahora hará lo mismo con los cristeros. El país está roto. Es hora de que se vean los sufrimientos de todos.

Julio recordó aquella lejana conversación al compás del *heavy-metal*, cuando Félix habló del diablo y dijo que a México le faltaba honor.

–Todavía podemos creer en algo, Julio. –Imposible advertir un resto de chantaje en el nuevo tono de Félix; las venas de la frente parecían a punto de reventarle.

–Estás hablando de una telenovela, Félix. Telebasura. O como mucho, gracias a Portella, de telebasura de autor.

—Es sólo el principio.

—¿De qué?

—De que se vean las cosas. Una caja de cristal, sin secretos. ¿Te parece chingón vivir con un siglo de ocultamientos encima?

—No encajo, Félix.

—Tú no, pero tu cara sí, y tu familia y tu hacienda. Eres el testigo perfecto; ni siquiera eres creyente. Conocías el milagro pero no te habías dado cuenta y ahora, con la telenovela, se te cae la venda. Resultas verosímil, con esa expresión tan tuya, a medio camino entre lo que no pasó y lo que podría pasar. Velo como terapia. Dejaste migas para que alguien te siguiera y aquí estoy. No puedes confesar el plagio; supongo que eso te liberaría mucho, pero puedes hablar en la tele, en tono confesional.

—Son cosas distintas, no te hagas pendejo.

—«Cada palabra tuya servirá para sanar tu alma», parafraseando la liturgia —la sonrisa de Félix tenía algo diabólico y él lo sabía; se conocía bien en el espejo—. En tu caso, «sanar tu alma» significa quemar este volumen al que ya le chorreaste mezcal. El rector de Tlaxcala sabrá perdonar su desaparición, de seguro ni lo recuerda. En la tele no importa la convicción de tus palabras sino la de tu cara. Quien te ve se identifica contigo, como si advirtieras: «Se los digo para que no les pase lo mismo.» Acuérdate de Fitzgerald; se preciaba de hablar «con la autoridad del fracaso». Eres igual. La cagaste, por eso puedes decir las cosas.

¿Cuántas lecturas de juventud habían caído al fondo de un mar negro? Llevaba siglos sin pensar en Fitzgerald. Recordaba mejor su corte de pelo que cualquiera de sus frases. Tal vez Rovirosa había inventado la cita; no, en ese caso se la hubiera atribuido a alguien que otorgara más prestigio: Kafka, Borges, Pessoa, Musil, Nabokov.

—Tienes que seguir tu estrella; unos triunfan hacia arriba, otros hacia abajo —sonrió Félix—; a fin de cuentas es más elegante saber que el éxito no valía la pena. Tal vez seas el insípido mesías que este país necesita para reconciliarse.

Cuando Julio volvió a ponerse en pie las piernas le temblaban. Tenía un zapato desamarrado. Cometió el error de verlo. No tenía fuerzas para agacharse a corregir el nudo. «La autoridad del fracaso», se repitió.

Félix Rovirosa entendió su predicamento. Puso una rodilla en tierra y le ató el zapato, con el nudo perfecto que había aprendido a hacer en West Point. Se incorporó y palmeó los hombros de Julio. Lo acompañó al jardín, donde volvió a ponerse los lentes oscuros.

Ya en el portón, le dijo a Julio:

–Te devolveré la tesis –se besó los dedos en cruz–, por ésta que no le he hecho fotocopias. Eso lesiona los derechos de autor –el comparatista sonrió en forma oblicua.

20. OGARRIO

Bajo las frondas de las jacarandas, un afilador soplaba su silbato. Julio lo vio acercar un cuchillo a su piedra, activada con un pedal de bicicleta. La vida seguía, con extraño ritmo pueblerino, a unas cuadras de la casa de Félix Rovirosa.

Recordó el último poema de Othón:

> Afilador que paseas
> mi calle, a la luz del sol,
> anunciando tu presencia
> con tan lastimero son
> ven, agúzame un cuchillo,
> porque quiero, afilador,
> clavárselo a la traidora
> en medio del corazón.

Ésa había sido la rencorosa despedida del excepcional precursor de López Velarde. En la caligrafía de Nieves, Julio había encontrado un cuchillo para aguzarse el corazón. Demasiado tarde entendía lo que la maltrataba por dentro. Félix tenía razón en algo: le hacía falta entregarse, pagar, aunque fuera tardíamente. ¿Pero ante quién debía hacerlo? «Lo que no es autobiografía es plagio», recordó. Después de hablar con el comparatista, se sentía más en deuda con la primera parte de la proposición. Copiar no era tan grave como carecer de historia propia. ¿Qué tribunal lo absolvería por no haber tenido vida?

Desde un teléfono público llamó a Amílcar Rayas. ¿Sabía algo del Vikingo? El comandante colgó la línea, sin decir palabra.

En una esquina, Julio vio a un hombre sentado sobre un acordeón. Mordía una brizna de pasto y sonreía, a nada y a nadie. Dos sirvientas uniformadas salían de una paletería, el pelo recién lavado, casi hasta la cintura. Nunca entendería ese esencialismo del pelo. La ciudad se había desplomado sobre sí misma, con el alarde de una poderosa civilización vencida, sin que las sirvientas dejaran de cepillarse ese pelo de cascada. Ahí estaban, con un aspecto extravagante y dogmático, como diosas del ultramundo, desaparecían, negaban sus otros rasgos, peinadas con rústico exceso, como bucólicos travestis.

Al pasar junto a ellas respiró un aire recién lavado. Las sirvientas de su infancia usaban jabones maravillosamente frutales, pero sus cosas olían mal. «¿Por qué no me llevas a un hotel de paso, como buen amante ilegal?», le preguntaba Nieves. ¿Era necesario encontrarse en el cuarto de Fulgencia y que él le tapara la boca con la mano para amortiguar el quejido delator? La escenografía de su pasión robada era un baño sin cortina, el calentador de combustible de aserrín, el techo ahumado en un rincón, el ventanuco con un cuarteado cristal translúcido, el zoclo color mamey, un hueco toscamente excavado en la pared del baño, como si una jabonera fuera una proeza imposible. Nunca amó a Nieves en otro sitio, para eso estaba Europa. Un insalvable sentido de la timidez le hacía imposible entrar en los hoteles de vidrios ahumados que se alineaban en torno al Viaducto o Calzada de Tlalpan, como si detrás del mostrador estuviera su tía Florinda con su gorro de bruja holandesa.

Julio hubiera dado cualquier cosa por ser un egipcio clásico, un azteca, un vikingo real, alguien sujeto a una disciplina amorosa ajena a las iniciativas y los caprichos nerviosos. En la adolescencia, odió el difuso beneficio de sacar a bailar a una muchacha que olía a champú de fresas químicas. Odió las nerviosas disyuntivas que podían llevar o no a bajarle el cierre del rompevientos. Carecía del sencillo heroísmo de los que se atreven a quedar mal. De buena gana, hubiera aceptado leyes incómodas, crueles ritos de paso que no dependieran de su voluntad.

Nieves representaba el misterio de la familiaridad ajena. No tenía que conocerla. El cuarto de servicio era perfecto para su situación intermedia, entre la rareza y lo común. Estaba en la casa sin pertenecer a ella, olía a leche pasada y maderas que se deshacen en las manos, un sitio para ver los gestos de siempre de su prima y respirar su sexo, el musgo insustancial, la sombra de algo salino, agua de un aire vegetal. Seguramente Fulgencia encontraba sus sábanas aún tibias cuando se acostaba después de la jornada y los respiraba con desprecio o con corrosivo anhelo, hasta que fue despedida sin motivo, esa cama se convirtió en su causa, y dejó de ser la voz al teléfono que contestaba «no hay nadie» cuando sólo ella estaba en casa.

Claudia y Sandra llevaban una agitada vida social. Esa tarde comerían con unas amigas; luego irían a clase de música. Paola y Julio disponían de unas horas para ellos.

La cocina olía a espagueti al pesto. La albahaca se había convertido en una clave para ellos. Fue lo que *no* comieron cuando al fin lograron concebir a Claudia. El ginecólogo les aconsejó que hicieran el amor en cuanto ella empezara a ovular. Paola tenía que contar los días, tomarse la temperatura a todas horas. De pronto, llegaba el brevísimo plazo fértil, con el problema de que Julio no siempre estaba ahí. Compró su primer teléfono celular como una *hot-line*, para estar disponible en cuanto su mujer le hablara. El timbre, con la estrofa inicial de «La Marsellesa», anunciaba su misión. Tomaba el tren desde Nanterre, pensando en escenas porno que casi siempre acababan siendo vaguedades eróticas sobre la hispanista española y sus posibles senos ampulosos, la pálida constelación de lunares color avena en el cuello que algún día tendría que lamer. A veces imaginaba a Paola copulando furiosamente con un hombre rapado –un futbolista o un presidiario–, o la imaginaba tatuada como una *geisha punk* o, mejor aún, siendo dolorosamente tatuada en la base de la espina dorsal. A la tercera estación confirmaba la inutilidad de sus lecturas, incapaces de proveerlo de imágenes más ricas que las de la televisión de madrugada. Veía nalgas como un sistema zoológico sin excitarse gran cosa. Pensaba en las mujeres que Tablada vio en la Quinta Avenida («tan cerca de mis ojos, tan lejos de mi vida...»), y la resignación ante las diosas intangibles lo acompañaba al descender en el andén y precipitarse hacia su casa, donde Paola lo esperaba con urgencia clínica. Copulaban con esmerado sentido práctico, ella siempre abajo para aumentar las posibilidades de embarazo. Él se untaba lubricante en el pene para consumar la erección y sustituir los impensables flujos de Paola.

La procuración de Sandra acarreó aún mayores peripecias. Además de la logística del sexo de emergencia, tenían que mantener tranquila a Claudia, que ya gateaba. «Son hijas de la voluntad», decía Paola. Luego recordaba la esforzada tarde en que él la penetró en la mesa del comedor mientras el espagueti se reblandecía en una olla y la salsa de albahaca se quemaba en otra.

Para entonces, los coitos épicos ya pertenecían a la realidad, a veces acrecentada, a veces diluida, de sus cambiantes memorias. Julio recordaba la lluvia entrando por la ventana en Florencia mientras mordía el cuello de Paola, los golpes de los vecinos de habitación en la pared de un hotel de Roma donde ellos se amaron hasta romper la cama. Escenas que perfeccionaba años después, seguro de que no regresarían.

Con la llegada de las niñas (siempre un babero vomitado, nunca un biberón a la mano), perdieron toda opción de buscarse como si se desconocieran. Algo les quedó de aquellos acostones con horario fijo, tan de hospital, tan de sexo de investigación.

Quizá el repliegue de sus caricias, la extraña objetividad con que admiraba la belleza detenida de Paola, no derivaba sólo de sus utilitarios encuentros físicos. El tiempo los había convertido en esa entidad metafísica, los padres de las niñas. Su conversación estaba hecha de las monerías de Claudia y Sandra, los desperfectos de la casa, la gente con la que habían hablado. Salvo las noches en que salían con los escritores traducidos por Paola, y el vino y la felicidad y los ojos de los otros los hacían coger rabiosamente para excitar a un invisible huésped, sus minutos de sexo se espaciaban; había, eso sí, la grata familiaridad de no tener que quedar bien y poder hablar tranquilamente del asunto. Aunque esto último también había cambiado. Julio dejó de preguntar «¿lo tuviste?» cuando ella dijo que sí y desvió la vista en busca de una imposible telaraña en la pared. Otra noche le preguntó si aún la excitaba, y aunque ella le dijo «imbécil» de gran manera, luego lo tocó como una enfermera que reconforta a su paciente.

El cuerpo de Paola cambió poco con los partos, unas cuantas estrías en el vientre, los pechos apenas vencidos, aún atractivos, unas manchitas en los pómulos que desaparecieron con visitas al dermatólogo. No todo iba mal. Se seguían buscando, con atajos cada vez más conocidos para llegar al éxtasis o fingirlo de manera tierna y convincente, sin nervios ni sorpresas ni ocasiones que los inquietaran por fallidas, aunque lo fueran.

Las traducciones de Paola salvaron y complicaron su vida erótica. En ciertas ocasiones inolvidables temblaba como si todo estuviera en juego. Aunque le convenían, Julio no acababa de aceptar que esas noches pudieran ser tan distintas de las otras; Paola se sometía a una droga, se doblaba deliciosamente, se abría las nalgas para entregarle el culo.

Al respirar el olor del espagueti al pesto y ver la cara de Paola, Julio supo que algo había pasado en su vida de traductora. «Constantino», pensó con desagrado. Ella le acarició el cuello mientras lo besaba:

–Hueles a sordomudo –le dijo.

En el metro, él le compraba cualquier cosa a los sordomudos. Le gustaba que vendieran llaveros con campanitas, flores de plástico, un delfín con vientre de agua en el que flotaba un surfeador. Los olores de la ciudad se condensaban de algún modo en su pelo, sobre todo cuando llegaba del metro con una nueva campanita. «Olor de sordomundo», lo bautizó Paola, un aroma que no le molestaba o no le molestó esa tarde. Lo desvistió y le lamió las tetillas. Dejó que el espagueti se arruinara como si estuviera ahí para eso. Se colocó arriba de él en el sofá y se arqueó tanto en el orgasmo que aferró un adorno africano en la mesa, un objeto tubular de ébano, que por un momento tuvo una mágica carga sexual y le permitió sentir a Julio que se descargaba como un jefe de tribu. «Gracias, médicos sin fronteras», pensó en su gloria de rey africano.

Comieron un queso con perejil que les supo delicioso y se burlaron del espagueti quemado con tanto cálculo. Julio sabía que estaba en un pliegue, a punto de que una mano de sombra pasara esa página.

Al día siguiente, Paola se lo dijo: Constantino Portella había recibido un premio importantísimo en Italia por el primer libro que ella le había traducido. El embajador los invitaba a cenar. El novelista le había hablado sin que ella entendiera otra cosa que su entusiasmo, pues estaba en un helicóptero.

«Los novelistas no hablan desde un helicóptero», diagnosticó Julio. Eso no iba con su imagen fija de las cosas. Le parecía perfecto que Clint Eastwood, a quien admiraba como se admira un peñasco o un precipicio, fuera dueño de un hotel o una fábrica de ropa o un restorán o todo eso junto, y que también fuera alcalde y productor de jazz y criador de cerdos y caballos. Le parecía perfecto que instalara un gimnasio y una máquina para hacer jugos en cada cuarto de hotel que visitaba. Para eso estaba el cine. Los novelistas no hablan desde un helicóptero.

Paola estaba radiante. «Lo sabía desde ayer», Julio recordó el espagueti al pesto, las caricias en la nuca, la fruición con que ella le respiró el olor de sordomudo, el cuchillo con que aguzó su corazón.

Paola admiraba su dedicación a autores minoritarios, que escapan al ruido de la época pero preservan una verdad esquiva y resistente. A veces su reverencia adquiría una molesta extrañeza, como si Villaurrutia perteneciera a un campo cuántico. «Owen», «Novo», «Gorostiza», «Pellicer», nombres de chamanes que ella respetaba como se respetan los rigores de una secta, sus plegarias abstrusas, su dieta punitiva, su monasterio en la escarpada montaña, las campanadas que de ahí salían, extrañas e insondables.

Vio las manos delgadas de Paola, tan capaces de propósitos prácticos; hacerle coletas a las niñas o tocarle el sexo a Julio con idéntica eficacia neutra. Le sería difícil sobrellevar su indiferencia, que ella dejara de creer en la secreta importancia de su trabajo. ¿Lo dejaría Paola en caso de saber que había plagiado una tesis? No, seguramente no incurriría en esa opereta italiana. Haría algo peor: perdonar su juventud, lo que robó para estar con otra mujer.

A las ocho de la mañana pasó como por casualidad por la máquina contestadora. Doce recados. La noche anterior no había ninguno. Un número rojo. Pulsó el botón con gesto inseguro. El caset tardó en rebobinarse, como las mañanas en que contenía la visionaria obscenidad de Ramón Centollo. «Una caja negra», pensó Julio. «Todo se puede destruir menos la caja negra.» ¿Había un verso de Eduardo Lizalde que decía eso o, como tantas veces, resumía un poema en un verso inexistente?

Antes del primer pitido todo fueron movimientos maquinales, tomar vasos y cucharas, sostener la cafetera con dedos resbalosos. Dejó caer todo con el primer mensaje. Los vidrios rotos, diminutos, crujieron bajo sus zapatos. Pasos de ciego mientras oía a Félix Rovirosa, con una voz inédita pero inconfundiblemente suya, un tono de recuerdo hecho pedazos: el Vikingo se había tirado de un edificio. «Te esperamos en Gayosso», concluía. La siguiente llamada volvía a ser de Félix: «el Gayosso de Sullivan, no el de Félix Cuevas». Otro mensaje registraba el incontenible llanto de una mujer, una voz tenue susurraba algo apenas audible, sílabas que no llegaban a ser palabras. Luego un desconocido hablaba con formalidad protocolaria: «Sabemos que era amigo de Juan; le agradeceríamos que nos acompañara.» El sentido de las llamadas volvía a ser el mismo: cita en Gayosso. Incluso cuando alguien se arrepentía y dejaba que la cinta girara en silencio, incapaz de confiar su desconsuelo a una grabadora, como si su impotencia pudiera eternizarse ahí, no hacía sino repetir el sitio del encuentro.

El penúltimo mensaje (Julio ya había tomado un recogedor, la vida volvía a ser un sitio concreto, con vidrios pulverizados) trajo una voz de pronto inconfundible. Olga Rojas. «Hace siglos que no nos vemos, supongo que éste es el peor de los pretextos, de cualquier forma quería verte. Tengo cosas que contarte», el acento había dejado de ser chileno con los años, o ya sólo lo era en la forma en que suavizaba el tono mexicano. Olga pronunciaba las eses del altiplano como no sabía hacerlo cuando llegó a México y su boca significaba una perfecta lejanía. Dejaba un teléfono. Julio no lo anotó en el bloc de los recados sino en una servilleta de papel para llevarlo consigo.

Olga estuvo entre ellos como algo imposible y necesario, la concreción de todas las cosas que valían la pena y no serían para ellos: el socialismo perfecto y el amor libre y el cine de autor y la poesía sin mundo o sin otro mundo que el de la poesía. Que una muchacha hubiera sido el socialismo perfecto era tan ridículo como la realidad que vivieron. Lo único que ennoblecía ese tiempo ingenuo era que transcurrió sin suceder del todo. El futuro no trajo otra aventura que la reiteración, llegó como un confuso desgaste, la pausa que él se impuso durante veinticuatro años, sin sospechar que regresaría a preguntarse si podía escapar a la repetición, a continuar de algún modo.

Exiliada, extraña, Olga encarnaba lo que ellos desconocían. Un cuerpo inminente, que en rigor no estaba ahí, el sueño de una época. Más distraída que indiferente, era la imagen a la que podían aspirar sin que les hiciera caso. La forma en que se mordía las uñas, desviaba la mirada, resoplaba sin ton ni son, hacía pensar en un estupendo nerviosismo, un desarreglo interior, el segundo exilio al que ninguno de ellos llegaría. Julio se masturbó pensando en ella sin necesidad de imaginarla desnuda; bastaba recordar sus ojos irritados por el nylon del suéter que se acababa de quitar, el pelo revuelto que tardaba segundos deliciosos en arreglarse, para sentir que el cielo estaba lleno de pájaros y la galaxia volvía sobre sí misma. Olga no tuvo pretendientes, tuvo idólatras. Nadie concibió la posibilidad de ceñir su talle ni de ayudarla a desarreglarse el pelo. Bastaba ver la resistente delicadeza con que sostenía un lápiz para saber que el mundo se extendía como una tundra helada o un campo de exterminio, pero que nada vencería las delicadas manos de Olga. Julio la amó como se ama un icono en una iglesia ortodoxa, fue un ruso ejemplar y cursi, quiso decirle «palomita mía», como aconsejaban las traducciones españolas (esos piropos de ternura terminal que sólo le oiría decir al tío Donasiano), quiso decírselo al modo de una oración, en un silencio reverente, pero ni siquiera se atrevió a eso y luego tuvo que escuchar la sentencia de Félix Rovirosa: «se puede ser sencillo sin ser Chéjov», ese escupitajo ruin, tan antirruso, tan salido de West Point, contra todo lo que defendían las débiles manos de Olga Rojas. Volvió a oír aquella voz: «Tengo cosas que contarte.» ¿Hacía cuánto que no leía a un clásico ruso?

El último mensaje hizo que soltara el recogedor lleno de vidrios. Una voz trabajada por el esfuerzo, como la de un locutor nocturno o un mánager de boxeo, alguien acostumbrado a gritar, alguien recién despedido que acaba de pasar por una juerga vengativa, un *coach* con la pelota en tercero y quince, un militar deshonrado que comanda su propio batallón de fusilamiento: «Aquí el comandante Ogarrio. Rayas me dio sus datos. Le agradezco que me llame.» La última frase salía con confianza impositiva, como si Julio ya le hubiera hablado.

Borró los recados para no preocupar a Paola, que aún dormía. En la regadera, el jabón resbaló varias veces de sus manos. Recordó al Vikingo en la Alberca Olímpica. Caminaba con parsimonia de sonámbulo sobre la plataforma de clavados, se situaba en la orilla, los dedos de los pies aferrados al filo. Entonces venía el momento de concentración, la inmovilidad

321

que en cierta forma ya era el clavado, la fuerza secreta que lo definía.

Después, el Vikingo empezó a tener prisa; el resto de su vida fue una caída en tirabuzón: estimulantes, pasiones combustibles, nervios, eslogans publicitarios, paranoia.

El Vikingo no se clasificó como clavadista olímpico. Salpicaba demasiada agua. Ahora había vuelto a lanzarse. En su último encuentro, ya tenía ojos de vértigo.

El aire fresco acentuó la quemante caricia del agua de colonia, como si se hubiera afeitado la barba entera y su piel respirara, agradablemente lastimada por el viento. Uno de los pocos días en que podía llevar suéter bajo el saco. El clima dejó de ser agradable cuando recordó ese nombre: «Ogarrio».

A diferencia del funeral de Ramón Centollo, en el de Juan Ruiz sobraba gente. Julio abrazó a conocidos que podían no serlo, veinticuatro años cambian tanto a las personas. Sonreía con la amabilidad descolocada de alguien que mira a extraños que sin embargo saben quién es él. Juan Preciado en Comala. Espectros. Sombras de voces. Rostros parecidos a recuerdos. Apariciones. Aquella anciana elegante, de pelo pintado de gris azuloso, ¿era la madre del Vikingo? Su rostro iconográfico podía ser el de alguien conocido y olvidado o el de alguna actriz de telenovela, facciones fijadas por las cámaras. Buscó en vano el rostro doliente de Vlady Vey. Siguió abrazando sacos, trajes sastre, algún suéter de cuello de tortuga. Por las rendijas que dejaban las nucas buscaba a Olga, su pelo más o menos rubio, tal vez ahora teñido. Félix Rovirosa lo abrazó por la espalda, como un afectuoso secuestrador. Tenía aliento alcohólico. Se despidió con una palmada enérgica: Gándara quería ver a Julio, eso le dijo. Entró en el perfume de dos damas extrañas y soportó el entusiasmo de un señor que aparentemente estuvo con él durante una tarde genial de Eloy Cavazos, en la Plaza México.

Alguien más le dijo que no se veían desde un 15 de septiembre, cuando se perdieron en el Zócalo, mientras tronaban cohetes y huevos rellenos de confeti, sólo ahora se reencontraban, así de confusa era la marejada de la patria.

Llegó a un remanso libre de cuerpos, donde lloraba un grupo de jóvenes. Parecían exponentes del pop argentino. Coletas de caballo, barba de tres días, ropas negras. Gente apuesta de un modo descuidado. Muchachos de clase alta con inclinaciones sensibles. Algún hijo del Vikingo y sus amigos o ex compañeros de una agencia de publicidad o «creativos» del canal. Músicos argentinos.

La única persona a la que reconoció con claridad, un ex compañero de la UAM, fue desagradable:

–Te busca un *tira* –sonrió, como si eso fuera divertido–. ¿Qué has hecho? ¡Invítame a tu próximo delito! –gritó con la misma ofensiva cordialidad con que le incrustó una tarjeta de visita en el saco.

De pronto, en un umbral distante, vio el rostro pálido, el mechón castaño claro. Olga se detenía contra un muro, como si durmiera de pie. ¿Qué sueño vertical podía tener? Trató de avanzar en esa dirección pero llegó a una isla rodeada de grabadoras. Un hombre con el rostro picado de viruela decía:

–Sólo puedo reiterar lo que informamos en la rueda de prensa. El occiso había sido requerido, el juez había obsequiado un citatorio, pero aún no había orden de arresto. Estamos aquí para presentar nuestros respetos a la familia. La investigación sigue abierta. Cualquier cosa que digamos puede prejuzgar el caso. Les agradezco su interés y el respeto al duelo de los deudos.

Julio no pudo librarse de estas palabras oficiosas. Sólo entonces comprendió que el tumulto se debía en gran medida a los periodistas. El Vikingo era ya un caso público. Julio desvió la vista al umbral de Olga. Ella había desaparecido. Olga quería hablar, lo citaba ahí, luego se iba.

Absurdo haberse puesto suéter. Estaba sudando. Tenía que salir, respirar aire.

Un hombre lo atajó al salir de la capilla:

—Mi comandante lo espera.

Tenía el pelo cortado como un hurón y porte de gimnasio. Un judicial evidente.

—Allá afuera —el hombre habló hacia sus dedos, con una voz que parecía limpiarle la mugre de las uñas.

Julio volvió sobre sus pasos, tenía que encontrar a Olga. Sintió un contacto rígido en las costillas. Se volvió.

El hombre con pelo de hurón fue más directo:

—O me sigues o me sigues.

Le había picado las costillas con dos dedos pero fue como si lo encañonara. Julio pasó del desprecio por el judicial al instantáneo terror de haberlo ofendido.

Se dirigió a la salida, traspuso el umbral, descendió las escaleras.

—Cuidado, están mojadas —el judicial habló con repentina precaución, como si temiera que Julio se fuera a descalabrar ahí y ya no pudiera ser descalabrado por él.

Salieron a la calle, frente al Monumento a la Madre. Una horrible mole de concreto, la maternidad como desprendimiento mineral, mítico peñasco del origen.

Julio fue conducido a un estacionamiento. Todo hubiera sido distinto en el Gayosso de Félix Cuevas, tan cercano a su casa; había traspasado una frontera, Sullivan, el Monumento a la Madre, la región de los muertos.

Entraron en un galerón pintado de blanco. Las columnas ostentaban números enormes: B-21, B-22... En ese momento, el judicial hizo algo extraño. Lo adelantó. Julio podía volver sobre sus pasos:

—Ni lo intentes —dijo el otro, como si lo viera por un retrovisor.

Algo retuvo a Julio en la caminata hacia una Suburban negra. Pasillo B-27. El miedo lo tenía atenazado; moverse por su cuenta era peor que ser movido.

Vio la mano grande, saturada de anillos, que abría la puerta corrediza. Aun en la sombra, el hombre tenía mal cutis. Una superficie lunar. El declarante que minutos antes dijo: «La línea de investigación sigue abierta.» Ogarrio.

–¡Qué trabajo cuesta sacarlo a bailar, mi amigo!

Julio fue empujado al interior de la camioneta.

–Ya hablé con el señor Rayas –dijo en tono humillado.

–Rayas se ocupa de asuntos pueblerinos, papá –Ogarrio lo sentó a su lado–. Nosotros somos PGR, asuntos federales y esas cosas. ¿Por qué no me devolviste la llamada?

–Fue hoy, en la mañana, vine al funeral...

Ogarrio se acercó otro poco. Julio respiró su loción, muy intensa. Limones nucleares.

–No me gusta hacer cola para bailar. Aunque estés muy buena. –Ogarrio hizo una pausa–. Me importan dos pares de vergas si tienes o si no tienes tiempo. Llámame.

–Sí. –Julio tragó una saliva amarga–. ¿Qué le pasó a Juan Ruiz?

–Tú eras de los que le decían el Vikingo, ¿no? Gente de confianza, quiero decir.

–Sí.

–Hace unos días estabas en el Parque Hundido, con tres mil dólares en tus pechitos. Te seguimos desde el banco. No le pudiste pagar las cogidas que te puso.

–¿Qué le pasó?

–No es fácil sobrevivir a un clavado de seis pisos.

–¿Se tiró?

–No tan rápido, Fitipaldi. Trabajaba para el narco, supongo que estabas enterado.

–No.

–A ver si nos entendemos. Le hablaste a tu camote Amílcar Rayas y le contaste una fantasía sobre hielo, la historia del Vikingo y los narcos. Basura que él te dijo, basura de alguien hundido hasta las cejas. ¿Hablaste de eso con Rayas, sí o no?

–Sí.

–Si no te acuerdas te paso la grabación. Gracias a tu llamada, atrajimos el caso de Ramón Centollo. Rayas estuvo en los Indicadores, estuvo en los GOPES, Grupo de Operaciones Es-

peciales, pa' que me entiendas. A veces se siente Sherlock Hol-
mes; le hace la lucha, el pobre pendejo. Es tu camote, ya lo sé,
no te me ofendas. Por tus pinches llamaditas tuve que enterar-
me de Centollo, algo que, la verdad, da mucha hueva. El hua-
chinango que me interesa es Juan Ruiz. ¿Qué sabes de él? Háblame bonito.

–¡No sé nada!

–Mira, nene, allá afuera está el Hurón. Te lo presento.
–A través de los cristales ahumados de la camioneta, Julio distinguió el bulto gordo del judicial; luego sintió un impacto en
el estómago–. Di «mucho gusto», nene.

Julio apenas podía jalar aire. Sonrió, por un reflejo equivocado. Antes de que se lo dijera el judicial, sólo Nieves lo había
llamado «nene».

–«Mucho gusto» –pronunció con esfuerzo.

Ogarrio le retorció la oreja como si fuera una tarjeta de visita.

–«Mucho gusto, Hurón.» Habla claro, nene.

–Mucho gusto, Hurón.

–Así está mejor. Límpiate los mocos con esto.

Le sorprendió que el pañuelo fuera de tela.

–No le decimos Hurón por los pinches pelos parados que
tiene. ¿Has sentido el mordisco de un hurón en los huevos?
–Ogarrio lo tomó de los testículos y se los estrujó con fuerza–.
No sentiste nada, papá, esto es sólo una caricia. El Hurón *sí*
hace daño. No le *guta* que mientas, no le *guta* nada –Ogarrio le
propinó un codazo; un sabor agrio le llenó la boca–. No me
manches las vestiduras, hijo de tu caraja madre. ¡Usa el pañuelo! Eso, eso. Así me *guta*. Estás con papi Ogarrio.

Julio apenas podía ver. El dolor le llenaba los ojos de lágrimas. Trató de limpiarse con el pañuelo; se embarró sangre en
los ojos.

–Te veo un poco confundido. Mira, yo sé que eres católico,
gente de bien. ¿Por qué no te arrodillas para hablar? Una confesión padrota en este pinche confesionario móvil. ¿Cómo ves?
¿Estás aquí?

Ogarrio lo tomó del pelo y lo obligó a arrodillarse en el piso de la camioneta.

—No te estoy pidiendo que me la mames. Háblame de Los Faraones, dime a qué te juntaste con el Vikingo en la calle de Palenque, ponle sabor al caldo, mi rey.

Los zapatos de Ogarrio estaban recién lustrados. Julio habló hacia esa peste limpia, con voz trabajada por el espanto. Dijo lo que sabía, en absoluto desorden. Fulgencia. La sobrina en Venado. Los muertos cerca de Los Cominos. Vlady Vey. Los contactos del Vikingo. James Galluzzo. El cártel del Pacífico. El otro cártel.

—¿Me quieres hacer creer que Juan Ruiz era un hombre confundido?

—Se lo estaba cargando la chingada.

—No blasfemes, culero de mierda. Si abro la puerta, el Hurón te va a abrir en canal. Le gusta cenar vísceras. Otra puta grosería y te enfrío bonito. Juan Ruiz era narco, ¿entendiste?

—¡Yo no hice nada, se lo juro, por Dios! —Julio se llevó las manos a los pómulos, húmedos de sangre y lágrimas. Cerró los ojos. Respiró el plástico del tapete, el cuero de las vestiduras. Su última morada. Pensó en Paola, sus manos delgadas, pensó en sus caricias simples y sus palabras raras, en la panza rechoncha de Sandra, en Claudia corriendo con las manos abiertas para atrapar una estrella; el llanto se volvió más abundante.

Ogarrio pareció reconocer el límite al que lo había conducido:

—Me gustan las escenas sentimentales. El romanticismo me va a acabar matando. Ya sé que no hiciste nada. Nada importante, nene.

La portezuela se abrió. El Hurón le había quitado la cartera a Julio sin que él se diera cuenta. Se la mostró a Ogarrio.

—Aquí hay coca, mi jefe —señaló un billete.

Julio sintió un diente flojo, no dejaba de tragar sangre. «El setenta por ciento de los billetes mexicanos tienen rastros de cocaína», le había dicho Juan Ruiz para atemperar sus contactos con el clan de Vlady Vey. Cuán ridículo y necesario era producir estadísticas en ese momento. «Setenta por ciento.» Quiso que lo madrearan a fondo para dejar de pensar. No quería volver a la cursilería, el último hilo cierto de su vida, los rostros de sus hijas, sus manos pequeñas, aferradas a un peluche que las llevaba al sueño.

–¿Por eso tenías miedo de verme, muñeca? –le preguntó Ogarrio.

–Lo iba a ver. Hoy. Aquí.

–Te tardaste. Papi Ogarrio tiene prisa. Quiero que lo sepas.

–Lo sé.

Ogarrio le puso la suela del zapato en la nariz, sin llegar a pisarlo. La sangre le impedía respirar a Julio.

–Me puedo olvidar de la coca que traes encima si me ayudas a filosofar un poco. Me importa dos pares de vergas que seas un drogadicto de mierda.

–Sí.

–Tu voz cuenta. Esto es una democracia.

–Sí.

–¿Te sabes otra palabra?

–Sí.

–¡Ah, qué chingón! –Ogarrio soltó una carcajada–. Éste nos salió más cabrón que bonito.

Hubo una pausa. A pesar de tener la nariz congestionada, le llegó un olor a excremento. Deseó que fuera una flatulencia de Ogarrio y no una tortura que se avecinaba.

–Huele a rosas –sonrió Ogarrio.

«Se tiró un pedo», se tranquilizó Julio.

–Filosofa conmigo, nene: a Ruiz se lo cargó la chingada, en eso estoy de acuerdo contigo, pero no lo veo como suicida. En la pared de su sala tenía una foto de cuando se lanzó de La Quebrada, un fotomural chingón, de agencia de publicidad. En la cabecera de su cama tenía otras cinco fotos. Una serie: cinco movimientos de un clavado. Ruiz quiso ir a las Olimpiadas, o de perdida a los Panamericanos. Entrenó duro pero no la hizo. El gusanito no se le quitó. Tiene un hijo que trabaja en Cancún. ¿Sabes lo que hizo el güey? Fue a visitar a su hijo y una noche, estando bien pedo, se tiró a la alberca desde su cuarto en el hotel. No se tiró de pie: fue un clavado perfecto, ¿lo sabías?

–No.

–Hablé con gente de las agencias de publicidad. Después de algunos fiestorrones tu amigo se tiró a varias albercas. Desde un techo, desde un balcón, de donde pudiera. Siempre de clavado. ¿Me entiendes? Ese cabrón no se echaba al aire para hacer un desfiguro –Ogarrio habló con repentina admiración–. Para suicidarse, hubiera escogido una pistola. O, ya puestos a tirarse, se hubiera lanzado en un clavado poca madre, con estilo. Dos testigos lo vieron caer del edificio. Iba como muñeco de trapo. Eso no cuadra. Él hubiera escogido una caída chingona de a madres, con la pinche ciudad a sus pies. Alguien le dio una ayudadita. Pero su muerte no lleva la firma de los narcos. Ellos te cortan la cabeza y te ponen el pito como un puro. Gente directa. ¿Cómo la ves? ¡Piensa, filósofo! ¡Cranea un huevo!

Ogarrio presionó con la suela del zapato. Julio escuchó el crujido del cartílago de su nariz.

–¡No fui yo! –gritó.

–Claro que no fuiste tú. Eres profesor: te faltan huevos. Haz de cuenta que estás en el aula magna, así se llama, ¿no?, ándale, imparte cátedra. Cranea.

–Era amigo de Vlady Vey –se atrevió a decir.

–La señorita Vieyra es gente de respeto. La vuelves a mencionar y te fundo. Cambia de teoría, filósofo. Juan Ruiz trabajaba para el narco. Había sido despedido de la televisión por eso. No sé si planeaba una venganza. ¿La quería hacer de pedo?

–No.

–¿Te pidió ayuda?

–Sí, pero yo no podía hacer nada.

–¿Qué clase de ayuda?

–Quería volver al canal, volver con su amiga, no sé...

–¿Y tú qué hiciste?

–Nada –Julio sollozó–. No sé nada.

–Ahora vas a saber dos cosas. No son muchas. Son *dos* cosas: te puedo detener y no voy a hacerlo. ¿Y sabes por qué?

—¿Por qué?

—Dime: «¿Por qué, señor?»

—¿Por qué, señor?

—Por este par de huevos.

No supo cuánto tiempo estuvo detenido. Lo bajaron a que orinara, luego lo amarraron a un poste durante horas, más tarde lo llevaron a un pequeño cuarto oloroso a aceite, donde lo vendaron. Sintió un escarabajo en la mejilla. Volvieron por él, le hicieron las mismas preguntas, pero en distinto orden, con énfasis en otros detalles, preguntas simples. «No quieren saber nada», pensó en un momento, «es un trámite para matarme.» Respondía lo mismo, con obstinada parquedad, incapaz de decir otra cosa. No quería defenderse, quería salir de ese círculo, decir algo que rompiera el circuito. El Hurón fumó muy cerca de él pero no le apagó la colilla en la cara. Todo podía ser peor; asombrosamente, no lo era.

Sintió hambre, un dolor agudo en el esternón, una acidez que le llegaba a la garganta, un sabor pútrido en la boca. ¿Por qué no le pegaban un tiro de una vez?

En su confusión, tardó en advertir que Ogarrio había dejado de hablarle. Durante varias horas desapareció del estacionamiento. Julio había llegado hacia las nueve de la mañana a la funeraria. En un momento, que tal vez ya correspondiera al día siguiente, alguien tocó la puerta de la covacha:

—¿Se puede? ¿No molesto?

Ogarrio había vuelto.

Julio rezó un padrenuestro, con monotonía, en silencio, incapaz de saber si pronunciaba todas las palabras.

—¿Ya entendiste?

El aliento de Ogarrio olía a tequila.

—Sí —contestó Julio, sin saber a qué se refería.

—Soy tu ley, nene, te puedo quebrar. Paola, Claudia y Sandra me van a agradecer que no lo haga. Así se llaman, ¿verdad? Es una chulada tener familia. Cuídalas bien. ¡Hurón! —se volvió hacia la puerta–. Desata al caballero y acompáñalo a la salida. Gracias por participar –Ogarrio acarició la mejilla de Julio.

Había estado tanto tiempo en el piso que le costó trabajo incorporarse. Le quitaron la venda. Abrió los ojos a una luz incierta. Los focos tenían halos tornasolados. Le dolían músculos que no sabía que existían; la espalda le ardía como si se le fuera a abrir.

–Un último mensaje: estuviste cerca de un hijo de puta. Eso no te convierte en hijo de puta. Te convierte en alguien que tiene que dar explicaciones. No lo olvides. Si mi oreja te necesita, no te hagas el remolón para venir, papá. Hurón, llévatelo a la chingada.

El judicial lo llevó a la salida del estacionamiento. Era de noche. Avanzaron por la calle hasta un lote baldío. Olía a fresca humedad. Las ventanas al otro lado del terreno tenían luces amarillas.

Había una hoguera en el lote baldío, rodeada de siluetas; las sombras se agrandaban, se doblaban en la barda del fondo y subían a los edificios. Julio sintió un sabor extraño. A carne, a carne cocida, como si sus entrañas se hubieran guisado.

El Hurón le tocó la espalda y lo revisó con detenimiento. «El afilador», pensó Julio mientras el otro le palpaba las costillas. Luego sintió un golpe preciso, impecable. Veía un anuncio de neón cuando su vista estalló en un resplandor blanco.

–Aquí, Charis. –Oyó la voz de un niño.

Respiró un olor agrio, a mugre, sudoración, trapos húmedos. Abrió los ojos y el corazón le dio un vuelco. Vio una decena de manitas negras.

–Chíngatelo –dijo una niña.

Su cuerpo fue vorazmente revisado por los niños. El contacto suave de esas manos le dolió infinitamente. Sintió un empellón. Se estiró, supo que no tenía zapatos.

Le quitaron las ropas, entre risas e insultos que los niños se dirigían de manera cariñosa.

A la distancia, se escuchaba el rumor del tráfico. Aún no

era de madrugada. Este dato mínimo, exacto, le dio una vaga esperanza.

Un niño de pelos revueltos le puso algo afilado en la garganta, un vidrio roto, tal vez. Julio no se movió.

Le pusieron una bolsa de papel en la cabeza. «No quieren verme la cara cuando me abran con el vidrio.» Los coches seguían pasando a la distancia. Los niños no volvieron a tocarlo. Se rieron, como si estuvieran locos o drogados.

Las voces se alejaron de él. Un aire frío le golpeó el pecho desnudo. Hubiera seguido ahí otro rato, sin quitarse la bolsa de la cabeza, paralizado por los golpes y el temor, de no ser porque una niña le dijo muy cerca:

–Ven, ven.

Unas manos que olían mal le quitaron la bolsa. La niña tenía costras de mugre en la cara.

Julio se incorporó. A lo lejos, las pequeñas siluetas subían a la barda del terreno, cargando trapos que debían de ser sus ropas.

–¿Me lo das? –la niña mostró el llavero de Julio, como si él pudiera negarse. Una campana de sordomudo.

–Sí.

–Chingón –ella sonrió, con dientes muy pequeños. Luego corrió hacia los demás niños.

Caminó desnudo por la banqueta. Vio una carrocería verde, el resplandor de unos faros y alzó las manos, como si se rindiera. El taxi se detuvo junto a él.

–¿Entonces qué, ya a descansar, mi amigo? –bromeó el taxista.

Julio subió al vehículo.

–Póngase esa cobija. A ver, cuénteme: ¿se salió de una caja en Gayosso o de un cajero automático? –el conductor soltó una carcajada–. Si le dijera lo que he visto...

Julio se acurrucó en el asiento. Respiró un olor parecido al de la Suburban que ahora le pareció maravilloso, un olor a hules usados. Pensó en las manos de sus hijas pero no pudo llorar. Estaba al margen de toda reacción. Cerró los ojos. Un túnel de sombra, donde una niña lo tocaba y le decía: «Ven, ven.»

21. EMBAJADA DE ITALIA

Julio pisó un muñeco chillón en el pasillo pero no despertó a nadie.

Se dio un baño caliente, tratando de volver a un entorno que podía definir como suyo, de entrar en los aromas del jabón y del champú. El agua le ardió pero secarse fue una tortura superior. El Hurón sabía cómo destrozar un cuerpo sin que se notara.

No quiso asomarse al cuarto de las niñas por temor a venirse abajo al ver sus cuerpos pequeños en las camas; no podía despertarlas con su llanto, como un inolvidable fantasma sentimental.

«Ven, ven», Nieves le había hablado en sueños y sus palabras regresaron en la boca de otra niña. ¿Acabaría de morir esa muerte? Seguía pensando en su prima, el amor desesperado y trunco, la cita incumplida, los años de separación. ¿Qué quedaba de todo eso? Luciano y Alicia, dos caminos apartados al máximo, y los recuerdos que él tenía o que tenía su piel, lo que respiraba o tocaba y aún era Nieves.

Le dolía, con la certeza con que ahora sentía un punzón en la parte baja de la espalda, que Nieves hubiera tardado siglos en saber que era zurda. ¿Qué clase de barbarie fue su infancia? Él la vio sin ser visto, al otro lado de la ventana. Impasible, con la impunidad que otorga la torpeza, ser un niño extraviado entre las patas de las sillas. ¿Pudo cambiar a Nieves, abrir para ella otro destino que no fuese la carretera en el desierto, el sol naranja que adormece, la reiteración homicida de la nada? «¡El desierto, el desierto... y el desierto!», así remataba Othón su *Idilio salvaje*. Se equivocó de plaza. Mixcoac, nido de las serpientes, con plazas como espejos. Pero fue ella quien preparó el riesgo de extraviarse, la ruleta, el desencuentro. ¿Por qué lo hizo? Las cosas volvían a Julio con una densidad adversa, como si llegaran con la cámara agravante que captó al Flaco Cerejido, el mejor entre los mejores, siendo infame.

Las fichas de su tesis, inteligentes, metódicas, rigurosas, no salieron de la caja de zapatos Blasito. El cuento «Rubias de sombra» trataba del doble y él usurpó al uruguayo. Esto lo sabía desde hacía mucho, pero ahora lo recuperaba ante la cámara escondida y sonreía como Nieves en aquella foto, amenazada por la invisible chispa de la fogata.

Recuperó el rostro de pánico del Vikingo que unas horas atrás había sido el suyo, y luego la mano que le puso en el hombro cuando Julio leyó el peor de los cuentos. Había regresado a enterrar, no a un gran amigo de otros tiempos, eso sin duda era excesivo, sino al testigo necesario, la presencia en aquel elevador, la sombra de una mano.

Sintió un ardor interno, seguido de un espasmo insoportable. ¿Le habrían reventado el hígado o el bazo?

Cerró los ojos y vio el cielo de San Luis, el cielo de su infancia, un cielo de casas bajas, tocado por ruidos de campanas. El aire, fresco en la mañana, olía al piloncillo que él había ocultado en su mochila para ir a la escuela. Al doblar una calle, junto a las piedras rosadas de un edificio, veía la silueta breve de su prima, trémula a la distancia, con esas piernas flacas, de alambre torcido, que años después estuvieron deliciosamente entre las suyas, torneadas de un modo milagroso después de los años de internado. «Fue la avena, nunca hice ejercicio», se reía ella cuando él le preguntaba por el cambio tan asombroso de su cuerpo.

Tomó un libro de López Velarde. Buscó un poema póstumo, «El sueño de los guantes negros». El manuscrito tenía algunas palabras ilegibles que gente como él, los que miran desde los pies de página, restituían entre corchetes para completar endecasílabos:

Soñé que la ciudad estaba dentro
del más bien muerto de los mares muertos.
[...]

No más señal viviente, que los ecos
de una llamada a misa, en el misterio
de una capilla oceánica, a lo lejos.

De súbito me sales al encuentro,
resucitada y con tus guantes negros.
[...]

¿Conservabas tu carne en cada hueso?
El enigma de amor se veló entero
en la prudencia de tus guantes negros.

¡Oh, prisionera del valle de México!
Mi carne [urna] de tu ser perfecto;
quedarán ya tus huesos en mis huesos;
y el traje, el traje aquel, con que su cuerpo
fue sepultado en el valle de México;
y el figurín aquel, de pardo género
que compraste en un viaje de recreo.
[...]

Un fuerte [ventarrón] como en un sueño,
libre como cometa, y en su vuelo,
la ceniza y [la hez] del cementerio
gusté cual rosa [entre tus guantes negros].

El poeta que murió sin conocer el mar, imaginaba la ciudad de México como el «más bien muerto de los mares muertos» y buscaba «una capilla oceánica, a lo lejos». Un escenario de anticuada ciencia ficción. Una iglesia como un batiscafo de metal, con un ojo náutico golpeado por el oleaje. La imagen marina se repetía, con menos fortuna, en «el océano de tu seno». El poema no había sido corregido; a saber lo que habría modificado López Velarde. Lo eficaz, en todo caso, era la visita de la amada después de la muerte, el encuentro con el cuerpo idolatrado que sin embargo no impide que el poeta se pregunte: «¿Conservabas tu carne en cada hueso?» Tal vez los guantes negros cubren los huesos de lo que maravillosamente fue su amada. Las manos desnudas del vivo toman las de la muerta y se conforman con lo que queda de ellas, los guantes negros. En la aparición, la ropa trae algo del imposible cuerpo, su vacía forma elemental. «Camisas en el viento», pensó Julio, antes de releer: «Un fuerte [ventarrón] como en un sueño». Recordó el rumor de las telas ante el precipicio. «Su tío dice que son plegarias», había dicho Eleno. El poema resultaba más misterioso que el último legado de esos combatientes; la amada regresaba para hacer de su deterioro un enigma, los dedos descarnados, ocultos «en la prudencia» de sus guantes negros. Curiosamente, las palabras ilegibles, agregadas por terceros, eran fúnebres y estaban sepultadas en corchetes: «urna», «hez», «entre tus guantes negros». Quizá «ventarrón» no lo fuera tanto, aunque para López Velarde el aire accidental solía ser mortuorio: «un golpe de viento apaga la bujía». El poeta dejó versos con huecos que convertían la lectura póstuma en una exhumación. Los sobrevivientes agregaban la hez, la urna, palabras guante en los dedos inertes del poeta.

Tal vez porque acababa de sobrevivir y de escuchar en unos labios teñidos de mugre el monosílabo que perfeccionaba en sueños («ven, ven»), sintió que algo esencial cristalizaba en el poema que exigía ser completado como un velorio interminable.

Recordó su último encuentro con Monteverde, el brazo alzado para detener un taxi, sus ojos esquivos, movedizos, atentos a su próxima cita, con ganas de dejar a Julio solo con sus interrogantes. «Cambia de río pero no de Mesopotamia», había dicho Donasiano para referirse a los muchos temas que interesaban la mente del sacerdote y a la unidad de fondo que los articulaba. La poesía, la política, la historia, los chismes de la familia eran sus ríos profundos. ¿Cuál era el agua que llevaban? ¿La fe, la religión, el principio de obediencia como acto de amor? Lo más extraño de su encuentro fue que el padre hablara de Job, el dios oculto, la creación todavía en proceso. Esas abstracciones, elegidas para desviar el tema, no hacían sino sumirlo en él.

–Te ves guapísimo –Paola le acarició la mejilla cruzada de rasguños.

Julio le dijo que lo habían asaltado, pero no le dijo que fueron niños ni le contó de Ogarrio. Inventó una navaja, un tubo envuelto en una tela con el que le habían pegado, sin dejarle huellas externas. Ella reaccionó con increíble entereza; no pensó en el crimen sino en el hecho de que él sobreviviera. A cada quien le tocaba una cuota de violencia; Julio había pasado por la suya. Una vacuna por vivir en el DF. Podían seguir allí. Habló sin el menor italianismo, como si pensar como mexicana perfeccionara su gramática.

Al entrar en casa del embajador de Italia, Julio se vio en un espejo con marco dorado. Paola tenía razón: los raspones en la cara le imprimían carácter.

A unos días de su encuentro con Ogarrio, vivía con total automatismo. El solo hecho de abrir los ojos le parecía un lujo paralizante: miraba una realidad excesiva, poblada de detalles con los que temía interactuar. Todo cobraba una textura valiosa y vulnerable. La irreal elegancia de la embajada le impresionó menos que las cosas simples que vio en su casa la noche en que sobrevivió a la madriza.

En su calidad de homenajeado, Constantino Portella había sido el primero en llegar. Un alfiler dorado sujetaba el cuello de su camisa. El traje le caía con elegancia natural, como si estuviera tan acostumbrado al protocolo diplomático como a las selvas y cañadas donde se fotografiaba. Julio le preguntó por su reciente viaje en helicóptero. ¿Qué diablos hacía ahí?

Fue un error: los demás se interesaron mucho en la respuesta. El embajador, un hombre de pelo color nieve, sonrisa pícara y voz grave, perfeccionada por el tabaco oscuro (Julio advirtió un *panatella* en su mano y otro en un cenicero, todavía encendido), sonrió con empatía cuando Portella informó que había acompañado a un escuadrón de la DEA en un recorrido de patrullaje. Constantino mencionó el modelo del helicóptero y sus novedosas condiciones de operación. El embajador estaba al tanto de esos datos; había participado en negociaciones para vender un aparato parecido en Siria. Otro de los invitados, un inglés de aspecto y acento indios que escribía para *The Guardian*, también sabía mucho de helicópteros. Tenía a sus espaldas tres corresponsalías de guerra. El trío de expertos habló con admiración del Tigre de Fuego, el Airborn Cowboy, la Pantera del Viento o comoquiera que se llamaran esos grandes helicópteros.

A excepción de Julio, nadie parecía considerar que un novelista cometía un grave error estético al hablar desde un helicóptero.

El embajador pasó a otro tema para mostrar su mundana manera de representar a su país. Acababa de ver un programa horrendo de la televisión mexicana, pero nada grave en comparación con la telebasura de Italia. Esto le permitió denostar a Berlusconi con la entrenada destreza de quien toma un cuchillo y lo encaja en una naranja para pelarla en espiral.

Todos se sintieron más a gusto al saber que el anfitrión tenía esa pésima imagen de su presidente. Estaban ante un cínico diplomático de carrera, no ante un político servil movido por intereses o, peor aún, por horrendas convicciones.

Un mesero llegó con copas de champaña, whisky, jugos, tequila. Paola tomó un agua mineral, él un whisky. La charola siguió su ronda hasta llegar a Portella, el único que eligió tequila. Su elección era «natural», un mexicano bebía tequila en cualquier contexto; sin embargo, apenas se mojó los labios.

Julio apuró un largo trago. A pesar de los analgésicos, la espalda le dolía; necesitaba que algo más lo mitigara, una versión interior de los cortinajes de terciopelo, las alfombras, los muebles de fieltro del salón.

Los siguientes invitados fueron un hombre bajo, de unos sesenta años, acompañado de una rubia espléndida, con un escote en la espalda que demostraba que no era su hija. Portella los abrazó con confianza; colocó sus manos en la suave piel desnuda el tiempo suficiente para que Julio advirtiera otro extraño triunfo del escritor: si hubiera bebido whisky, su mano estaría fría y hubiera molestado a la recién llegada.

El hombre tenía un cutis de brillantez rojiza, sonrisa rutilante, porcelanizada, un aura a prueba de reflectores, el inconfundible maquillaje del dinero. Era dueño de un emporio de conservas, según se supo de inmediato. La exportación de chiles y flor de calabaza había aumentado lo suficiente para que él creara una fundación cultural. Constantino Portella era el presidente honorario.

–Gracias a la nostalgia de los paisanos por el picante, podemos convertir chile en cultura –dijo el magnate; por si alguien pensaba que se aprovechaba de los chicanos y los braceros, añadió–: También tenemos un programa de guarderías gratuitas para hispanos en toda California.

Constantino había inaugurado la fundación con una conferencia sobre guerra y escritura, tan brillante que los quinientos asistentes se sintieron en un campo de batalla.

Paola se apartó a un rincón de la sala a hablar con la esposa del embajador. Recorrió con ella una parte de la casa y regresó a usar un recurrente italianismo: había salido «al abierto», un jardín de helechos que la embajadora cuidaba con mano prodigiosa.

Cuando pasaron a la mesa, Julio vio la tarjeta al lado de su asiento: Vanessa de Rodríguez Gámez. La rubia descomunal. Julio le buscó algún defecto físico más allá de su obvia condición de *playmate* ávida de dinero. Si se había operado los pechos, no se notaba. A su izquierda quedó un sitio vacío, reservado para Encarna Frías, la periodista que, según el entorno que hablara de ella, era definida como de izquierda, feminista o simplemente aguerrida. Llegaría cuando pudiera salir del cierre de edición.

El inglés indio quedó frente a Julio. Llevaba un pequeño tigre de metal en la solapa. Habló de un viaje que acababa de hacer a Yucatán, una región con una luz tan mágica que hacía comprensible que muchos mayas fueran estrábicos. El periodista tenía una extraña teoría de la luz. Había estado a punto de perder la vista en Kosovo. Sus ojos fueron «enganchados» (así dijo) por esquirlas de metal. Se salvó de milagro pero su vista empeoró en la nublada Inglaterra. En cambio, en México apenas necesitaba lentes. Recuperó la visión que le borró Inglaterra. La vastedad del horizonte y la luz clarísima lo habían sanado. Con sus muchos viajes de corresponsal, Jeremy o Geoffrey (Julio no pudo registrarlo) vivía en estado de *jet-lag*, intoxicación ideal para un periodista que debe ver las cosas con un filtro. Sólo en casa de Constantino Portella recuperaba la lucidez del horario; su sopa picante de camarones ajustaba el reloj biológico y le recordaba el *curry* de su abuela de Bombay. En Tepoztlán, una curandera había tratado a Jeremy o Geoffrey con hojas de sábila en los ojos. Tal vez fue eso lo que lo salvó, pero él prefería otra causa para su remedio: la luz insólita del Valle de México. ¿Cómo había podido Julio vivir tantos años en las calles europeas, que parecían un desenfocado examen de la vista?; todo quedaba cerca pero no se veía por la lluvia o esa densa confusión que era el aire.

–En cada capital de Europa hay una óptica en cada esquina –dijo en tono triunfal–. Será mi sangre india, pero no tolero la carne roja ni la falta de luz.

Esto dio pie a que el embajador lanzara una de sus frases hechas:

–Nunca bebo de día. Lo bueno de Inglaterra es que en invierno puedo empezar a las cuatro de la tarde.

Encarna Frías llegó cuando acababan la sopa, tranquilizadoramente mal vestida, de estupendo humor, justo a tiempo para escuchar a Constantino Portella:

–Acabo de estar en la Secretaría de la Defensa. Tienen un piso que no está abierto al público, con un museo del narco. Vi la pistola con cachas de oro del Chapo Guzmán, una Biblia con un receptáculo para guardar cocaína, unas puertas talladas con las efigies de unos guardianes que sostienen ametralladoras AK-47. Hay algo raro en que el ejército guarde esas reliquias.

–El enemigo les parece más poderoso que ellos. Es natural que lo admiren. –Encarna habló antes de probar la sopa.

Portella mencionó otros adversos talismanes atesorados por el ejército. La esposa del embajador le preguntó por la capilla de Malverde en Culiacán. Constantino hizo una pintoresca descripción de su último viaje: por cinco pesos, un niño cantaba «Jefe de jefes», dedicada al *capo* Amado Carrillo, del cártel de Juárez.

El peinado de la esposa del embajador, un cuidadísimo casquete en forma de castaña, recordaba los muñecos de Playmobil con los que jugaban Claudia y Sandra. La mujer había leído a Portella. «Para participar en la cena», pensó Julio. Su personaje favorito era el que se dedicaba a pasar pollo caducado de Estados Unidos a México y regresaba allá con droga. ¿Cómo se le ocurrían esas cosas? ¿Existía el comercio de pollo caducado?

–México es raro –dijo con modestia Portella.

–¿También lo del gran Ah Kay es real? –preguntó Jeremy o Geoffrey.

Julio vio la cabeza de tigre en la solapa del periodista. Ah Kay, buen nombre para un tigre.

–También eso –respondió Portella.

El envasador de chiles pidió que le contaran más:

–Ya sabes, querido Constantino, que no leo ni las etiquetas de mis latas –soltó una carcajada, como si su ignorancia cotizara en la bolsa.

Su mujer se volvió a Julio y le dijo por lo bajo:

–Chuchu es único –pronunciaba «Chucho» con lujurioso descuido.

Resultó que Ah Kay era un chino preso en Hong Kong. Le habían decomisado cuatrocientos kilos de heroína. Traficaba con drogas y gente. En el extranjero, los chinos no morían ni nacían; en rigor no existían ni migraban. Se pasaban los papeles de generación en generación. Una marea esquiva, movediza, ilocalizable. Constantino Portella habló del flujo que iba de Ensenada a California: chinos que llevaban droga. No en balde la frontera estaba llena de magníficos restoranes chinos. Por esos sincretismos a los que son afectas las fronteras, México y Estados Unidos estaban separados por ideogramas de neón.

–Me gusta cómo dice las cosas –Vanessa le dijo a Julio; la mujer agregaba la doble ese de su nombre a todo lo que podía. Una muñeca inflable que perdía presión cada tanto. Comía con frenesí. Un metabolismo de hierro, o quizá luego se encerraba en el baño a vomitarlo todo.

Mientras el novelista hablaba de narcos chinos, Julio vio el pelo de Paola, como una hoja grande sobre la superficie del agua. Recordó a Olga, que parecía dormir de pie en el funeral. También Paola tenía esa agradable verticalidad del sueño. Había traducido a Constantino Portella, conocía de sobra sus escenas; escucharlo era dormir despierta. «No le interesa», se alegró Julio. Entonces escuchó al novelista con más detenimiento: su protagonista chino tenía un tatuaje espectacular en la espalda, el Dragón de Metal del horóscopo chino. Después de trabajar en un restorán de Mexicali, llegaba a dominar el tráfico de heroína en el sur de Estados Unidos, siempre al servicio de Hong Kong.

–Es el ultracártel del Pacífico –dijo Portella–. El futuro está en la amapola; somos el segundo productor después del Triángulo Dorado (Birmania, Laos y Tailandia); aunque todo puede cambiar ahora que Afganistán se liberó de los talibanes y vuelve a producir drogas.

–Estamos usando agua con sal para conservar la flor de calabaza. Debe ser ideal para la amapola –comentó Chucho Rodríguez Gámez.

Julio pensó en James Galluzzo y sus muchos peones que iban con cactáceas molidas a Estados Unidos. El método no parecía muy distinto del de la mafia china. Gente con droga y sin papeles.

El embajador narró sus entrevistas con el secretario de gobernación, un hombre muy bien intencionado, jovencísimo, como toda la gente importante de México. Luego agregó, en tono más reflexivo, mientras se servía con buena técnica del cuchillo plano para el pescado:

–Pero las buenas intenciones sirven de poco ante los cañonazos de dólares.

Como si quisiera que los demás aprovecharan el tiempo en comer sin que se les enfriara el guiso, Portella habló con la tranquila suficiencia de quien hace interesante un programa de televisión. Tal vez las cenas de embajada servían para eso, para oír cosas que podían leerse en cualquier sitio pero cobraban importancia al ser oídas de un testigo de primera mano.

Ah Kay, el tigre en la solapa del inglés indio, había girado. Estaba de cabeza. Como si esto le diera nueva identidad, el periodista dijo:

–El problema está arriba –levantó el índice, como si el gobierno de México ocupara el piso superior de la casa (su sonrisa irónica descartaba a Dios).

Sólo Portella captó la alusión:

–Estados Unidos es el responsable. Tienen a más negros en la cárcel por temas de drogas que en las universidades. Aquí conocemos a los narcos por nombre, apodo y vicios favoritos. Ahí están tan protegidos que operan en la sombra.

Encarna Frías lo felicitó por el discurso que pronunció en Harvard. Muy valiente, muy comprometido. La periodista hablaba con ademanes entusiastas; a cada frase despedía un olor maravilloso, una fragancia sin perfume, que debía de venir de su piel, fresca a pesar del largo cierre de edición.

El aroma de Encarna mitigó un poco el disgusto de volver a

oír al novelista. Portella comparó el narco con el último círculo del Infierno de Dante, donde los dientes de Ugolino roen sin fin la nuca de Ruggieri.

—¡Las cosas que sabes! —dijo Rodríguez Gámez—. Para mí, Ruggieri era un futbolista argentino. Jugó aquí, en el Mundial, ¿no sabían?

También en eso Portella era experto. Su primera novela trataba de un crimen en el Estadio Azteca, Paola se lo había contado a Julio, que detestaba cualquier deporte que no fuera el hockey sobre hielo, donde los héroes perdían los dientes. El novelista tuvo el buen gusto de no alardear. Había entrevistado a Maradona en Cuba, posiblemente conocía en persona al otro Ruggieri, pero dejó que el magnate se quedara con la sensación de haber dicho algo sencillo que también era distinto. El escritor volvió a la *Divina Comedia*. Su edición tenía el célebre comentario de Andreoli. Julio sintió un dolor en la nuca: Ugolino roía sin fin a Ruggieri. El cabrón de Portella se mostraba más culto de lo que sugerían sus libros. Al mismo tiempo conservaba su tono casual; mencionaba el infierno dantesco para dar su siguiente salto, Julio podía olerlo: Beatriz, el Ponte Vecchio, Florencia, claves para decir «por cierto» y encomiar a la florentina de la mesa, la traductora a la que debía su premio.

Chucho Rodríguez aprovechó la ocasión para hablar de los magníficos edificios «coloniales» que había visto en Italia. Para compensar el derrape de su benefactor, Portella comentó que acababa de leer un libro de Manganelli:

—Sólo me gusta la literatura que no puede adaptarse al cine —sonrió, sabiendo que el comentario lo hacía simpático. El más cinematográfico de los autores admiraba a su perfecto opuesto.

—¡Qué cosas dices! —exclamó el embajador, convencido de que Manganelli era un plomo.

Durante unos minutos se elogió la fibra narrativa de Portella (o algo parecido). El embajador brindó por el premio que les había dado oportunidad de reunirse.

El tigre Ah Kay estaba otra vez en posición correcta. Miraba a Julio con ojos encendidos.

—La verdad, estoy muy contento —dijo el invitado de honor—. Pero el mérito es de Paola, ella me escribe mejor de lo que soy.

Julio alzó su copa pensando en cómo sabría la cicuta.

Con las palabras de gratitud de Portella pasaron a un salón, distinto del anterior. En una mesa de centro había una caja de puros. Ya asumido su papel de intruso en el gran mundo, Julio optó por un Cohiba. Había bebido bastante en la mesa, no solía mezclar vino blanco con vino tinto. Aun así aceptó un oporto.

Se sentó en un sillón individual para no tener que compartir conversaciones. Paola estaba con Encarna al pie de la chimenea. ¿De qué hablaban? ¿Las Brigadas Rojas todavía eran interesantes o ya estaban en los delitos de Berlusconi?

Libre del pausado protocolo de la mesa, el hombre del *Guardian* habló como si le hubieran dado cuerda. Tenía conjeturas para todo: la asombrosa falta de seguridad en la oficina del canciller alemán en Berlín; el papel de los integristas en la reconstrucción de Irak; la justicia del ataque aliado en Kosovo; la innegable necesidad de la primera guerra del Golfo. Sus palabras llegaban al sillón de Julio como esquirlas apagadas. ¿En algún momento dijo que su abuelo se dedicaba a cazar tigres de Bengala? Se tocó el pecho, una asociación conmemoraba a los antiguos depredadores.

Encarna Frías se apartó de Paola, que hablaba en italiano con la esposa del embajador (milanesa, con erres guturales). La periodista se acuclilló junto al sillón de Julio, con flexibilidad sorprendente. Estaba consternada por la muerte de Juan Ruiz. Sabía que era su amigo. Ella había salido con él hacía siglos.

—Ya ves cómo es México: cien millones de desconocidos y un grupito que te encuentras en todas partes. Me dijo que escribías cuentos geniales. Constantino es un adorado, pero nunca va a lograr otra cosa que tener éxito.

Encarna le simpatizaba por su incombustible buen humor en las barricadas de las luchas sociales, pero no podía recordar una frase de ella. Portella, al menos, comparaba el sistema solar con un velódromo.

En ese momento se les acercó el novelista:

–¿Te lo puedo robar un ratito? –le preguntó a Encarna.

Constantino conocía bien la casa. Tomó por un pasillo.

Tres días atrás, Julio estaba tirado en un pasto revuelto y sucio, desnudo, asaltado por niños sin armas. Una situación tan irreal como la de esa mansión con luces indirectas, donde las conversaciones zumbaban como una eficaz colmena y un mesero de guantes traía chocolates trufados.

Llegaron a un despacho apartado. Portella llevaba un vaso de agua. Lo dejó sobre una mesita que sostenía un teléfono y una agenda de cuero. Había dos sillas incómodas, de sala de espera. Ahí se sentaron.

–Odio estas reuniones –dijo Portella–. No me crees, ¿verdad?

–No.

–Lo hago por obligación. El único lugar que me interesa es el cuarto donde escribo.

–¿Y por qué no escribes sobre tu cuarto?

–Ya lo hizo el conde Xavier de Maistre. Dos veces: también escribió la expedición nocturna alrededor de su cuarto.

Las referencias librescas de Portella lo incomodaban; eran más variadas que las suyas y dificultaban descartarlo como el simio intuitivo que perpetra *best-sellers*. Para colmo, sonaba sincero:

–Nadie escoge a sus lectores. Eso es obvio. Si vendes mucho, no te toman en serio. Es la ley.

–¿Y el premio de Italia y los otros que te han dado?

–Hay un tope para eso. Nunca llegaré a las grandes ligas. De pronto me escogen porque les falta un latinoamericano temático: «el hombre que desafió al narcotráfico», mamadas de ésas.

Los ojos de Portella, de un café claro, parpadeaban más rápido de lo común. Recientemente, se había dejado la barba y le sentaba de manera opuesta a Julio. Julio *era* su barba; si se la quitaba, sus hijas lloraban y Paola sentía que lo estaba engañando con un vendedor de seguros. El rostro de Constantino dependía mucho menos de ese apéndice. Julio había visto suficientes fotos para saberlo; afeitado se veía igual, si acaso un poco más joven y exitoso. La barba, apenas gris, le agregaba cierto interés, un tolerable descuido, alguien en tan buena forma podía darse el lujo de ostentar un asomo de vejez, cansancio, un desaliño que lo volvía próximo. No tenía el corte rasante de los abogados con barba. Se cuidaba menos la cara que Julio.

—Félix está muy preocupado.

—¿Por el Vikingo? —Julio trató de ser irónico.

—Por ti. Te necesitamos en el proyecto. Dice que te quieres ir. —Portella lo vio de frente; parpadeó dos veces antes de decir—: Tal vez no tenga buena prosa pero tengo buenos informantes, y tú me pareces esencial. Estuve leyendo lo que escribiste. Conoces Los Cominos de primera mano...

—¿Qué le pasó al Vikingo?

—¿Por qué me lo preguntas?

—No tienes buena prosa pero tienes buenos informantes.

—Trabajaba para el cártel del Pacífico. Quiso meter el narco en el canal. No pudo con la presión y se suicidó, o alguien se le adelantó.

—Él siguió a Vlady. Estaba loco por ella.

—Los contactos con el narco eran de él. Vlady no tiene el menor problema. Es la versión de Félix, la mejor que podemos tener, ¿no crees? —subrayó la pregunta con una sonrisa impositiva—. Supongo que ya te interrogaron, de la PGR.

Recordó al inolvidable Ogarrio: estar cerca de un hijo de puta no lo convertía en hijo de puta. Su condena era dar explicaciones. ¿Debía repetírselas a Portella?

Sólo entonces entendió su encuentro con Ogarrio. No lo interrogaron para saber algo; las preguntas fueron burdas, monótonas. En realidad fueron respuestas; todas implicaban que el muerto era narco. El hijo de puta del que estuvo cerca. Tener otra versión era un suicidio. Ésa era la enseñanza de Ogarrio. Si desafiaba la verdad que le imponía, como mínimo le meterían coca en su cartera para detenerlo. ¿Había un máximo en esa franja de vejámenes? El secuestro de sus hijas, como mínimo.

347

—Están construyendo un culpable –dijo Julio.

El novelista sonrió con franqueza:

—Hablas como uno de mis personajes. «La realidad imita...»

—La realidad no da para más, Constantino. Le están cargando al Vikingo todos los sambenitos. Cualquier vínculo con el narcotráfico va a ser obra suya. ¿Conoces al comandante Ogarrio? Me partió la madre para que yo entendiera eso. La muerte de Juan les vino como anillo al dedo.

—¿Quieres saber más de Ogarrio? Tengo conectes en la PGR.

Las palabras de Portella sonaban seguras, pero navegaban en la superficie de los hechos. Julio no se iba a enfrentar a Ogarrio, que le roía la nuca.

—Félix jode mucho, ya lo sé –continuó Portella–. Quiere que tú estés en todo, que le pases informes de los cristeros y además salgas en el documental sobre el milagro como testigo de los hechos. Todo eso es excesivo; basta con que des datos de tu familia.

—Ya di los que tenía.

—Basta con que estés disponible para consultas. Félix lo entenderá. Lo importante es que no cortes el vínculo.

Julio no podía permitir que Félix denunciara el plagio de la tesis que lo llevó a Florencia y a Paola. Constantino Portella ignoraba sus razones, pero esas razones lo beneficiaban. Tal vez de eso dependía su buena estrella.

—Seguiré en el proyecto –Julio apagó su puro, aunque aún le quedaba la cuarta parte.

—Gracias, te lo digo en serio –Constantino se puso de pie, le dio un abrazo, le acarició la nuca como si fueran basquetbolistas luego de un enceste–. No te vas a arrepentir.

Julio había tirado ceniza en la alfombra. Se iba a arrodillar para recogerla, cuando vio a Encarna en el umbral del cuarto.

La periodista se acercó y se sentó en la silla que había dejado Constantino.

—Me pregunto de qué hablaban. Es rarísima la forma en

que se reparte la fortuna. Las guerras, las reputaciones, los amores, todo depende de chiripas. Eso ha sido mi vida en el periódico: seguir chiripas. ¿Hay otra cosa?

–Sí, lo que viene después: jugar mal y saberlo, perder una oportunidad pero recordarlo.

–Eso ya no le interesa al periódico, es literatura.

Julio vio el agradable pelo cenizo de Encarna; las arrugas de expresión le otorgaban un aspecto de beneplácito permanente, algo extraño, más bien admirable, en alguien que había cubierto tantos abusos y horrores.

–Por desgracia, no escribo cuentos. Soy demasiado impaciente y nunca he encontrado un adverbio que me disguste. ¿Sigues escribiendo?

Julio sintió un raro impulso confesional. Dijo que no escribía más, y luego contó «Rubias de sombra». Una de las protagonistas se mordía las uñas. Para no hacerlo, se las cortaba obsesivamente, muy al ras, pero siempre olvidaba una. A esa uña le decía «el testigo». El cuento reelaboraba el tema del doble. La rubia moría, confundida con otra. Los demás personajes ignoraban la identidad del cadáver. Sólo el lector sabía lo que pasaba. En el último párrafo se describía el cuerpo de la muerta, con su uña larga en el meñique, el «testigo». La trama giraba en torno a la plaza de toros y la sección de sombra donde se sentaban las rubias, una forma bastante obvia de encarar la sexualidad de la muerte y los ritos del azar, aunque a él le seguía gustando la ambivalencia del título, el contraste entre el pelo y la oscuridad, el eclipse de una mujer que en verdad es otra.

Le costó trabajo concluir el relato. Había dejado de ser suyo. No estaba en funciones.

Encarna tenía el rostro ideal de quien presta atención o finge que lo hace de modo convincente. Difícil estar con ella sin asumir un tono confesional. Parecía pensar en su próxima pregunta.

Julio había oído a Encarna en programas de radio. Hablaba en un disfrutable tono nervioso, como si acabara de pasar por uno de esos chaparrones que se desplomaban sobre la ciudad de México, tuviera los zapatos mojados y sin embargo no pudiera dejar de hacer preguntas:

—¿Cómo se te ocurrió lo de las uñas?

—Desde niño siempre me olvido de cortarme una uña, pero el cuento se me ocurrió en un taller al que iba una rubia; se mordía todas las uñas pero dejaba intacta la del meñique. «Es mi postre», decía, como si se reservara lo más sabroso. Nunca la vi comer su postre.

Ella le contestó como si aguardara su llamada. Se moría de ganas de verlo, desde el otro día lo buscaba, pensaba encontrarlo en el funeral del Vikingo, pero no se pudo, también había estado en el de Centollo, incluso se topó con él en Gayosso, bajando la escalera (¿era él?), no pudo saludarlo entonces, estaba alteradísima, qué vida llevaban, puros entierros, cosas de viejos.

No lo citó en su casa y esto decepcionó a Julio. Esperaba ver cómo la había rodeado el tiempo, las huellas de sus maridos (¿serían varios?), una composición de lugar más personal que el sitio donde le pidió que se reunieran: San Ildefonso.

«Atrás del Templo Mayor», precisó, como si él fuera japonés. Veinticuatro años atrás ella escribía cuentos ubicados en las casitas de colores de Valparaíso; sus personajes fumaban cigarros raros y le iban a la Universidad de Chile, «El ballet azul». Ahora le explicaba la ubicación de la antigua Preparatoria Nacional, donde López Velarde dio clases. Julio se sintió un erudito al revés, que se aleja a medida que conoce.

Entró en el patio de San Ildefonso. En su caso, esto ocurría cada doce o quince años y le permitía asombrarse de la extraña decisión de hacer murales en las paredes. Vio a los superhéroes de colores. Si fuera un turista normal, pensaría que eran extrañamente mexicanos. Si fuera un mexicano normal, no los vería.

—¡Estás delgadísimo! —al otro lado del patio con arcadas estaba Olga.

Julio se había acostumbrado a su mala vista y disfrutaba las modificaciones de la proximidad. Se acercó al pelo vagamente rubio. Olga cambió en los treinta metros que recorrió para llegar a ella. Fue como una actriz que reaparece luego de mucho tiempo de no salir en películas; luego vino una incómoda revelación (la posible madre de la actriz), y por último, la imagen agradable y tranquilizadora de una mujer con un atractivo suficientemente convencional para ser su esposa. Al besarla en la mejilla y respirar su perfume y su pelo (un pelo todavía denso, con brillo natural), reparó en que ella no había dado un solo paso para ir a su encuentro. «Una estatua distraída», pensó él. Siempre había sido así; se abstraía, en un duermevela vertical, mientras los objetos circulaban a su alrededor.

Olga preparaba una investigación sobre el muralismo. Le encantaba ir al centro, pero casi no salía de su casa; su marido tenía esclerosis múltiple. Era pintor y llevaba la enfermedad con una entereza ejemplar; se pasaba el día viendo diapositivas de los museos del mundo sin dejar de sonreír, como si hubiera accedido a un nirvana feliz, una inmovilidad en la que sólo existían obras maestras.

Olga lo tomó del brazo. De manera típica (o que a él empezaba a parecerle típica), lo citó en San Ildefonso pero quería ir a otro sitio. Gente de rodeos, así era Olga. Traspusieron el patio de los naranjos, rumbo a una calle donde tres coches tenían la cajuela abierta para ofrecer mercancías: perfumes franceses hechos en Corea. La universidad había puesto un restorán genial a una cuadra, eso dijo Olga. Las arrugas de expresión le otorgaban un aire concentrado; una cuña entre las cejas y las marcas de firmeza de la nariz a los labios sugerían que dudaba menos que en otro tiempo.

En el restorán, Olga se sentó y cruzó las piernas, delgadas, enfundadas en un pantalón negro que desembocaba en una trabilla ajustada al pie (mientras hablaba, movía el pie, descalzándose el zapato sin tacón). De vez en cuando, Julio desviaba la vista a una serigrafía: una calavera rodeada de magnolias.

Tardaron un capuchino en ponerse al corriente de sus vidas. Eso les pasaba por no haber padecido guerras ni desplazamientos forzosos.

Olga trabajaba en Investigaciones Estéticas. Le iba bien: congresos en el extranjero, dos libros sobre pintura mexicana traducidos al inglés, alumnos desperdigados por el mundo (dos de ellos en Nanterre, que no habían cumplido el encargo de buscar a Julio). Se había casado dos veces. El «borrador», así lo dijo, fue un célebre actor de los ochenta. Julio no pudo conocerlo en su apogeo. Aun así, le llegó un rostro de galán árabe y mirada de rencilla, muy del cine mexicano. Un alcohólico y un mujeriego eminente. Ahora vivía en Xalapa, embaucando a actrices de dieciocho años. Con Julio todo había sido distinto. Sí, el pintor se llamaba como él.

Pensó en el rumor que lo cercaba desde su regreso a México. ¿Se debía tan sólo a que ella se había casado con un tocayo suyo?

—Me urgía verte —Olga encendió un cerillo; lo sostuvo sin acercarlo al cigarro y casi se quemó los dedos. Sonrió, nerviosa, y él advirtió que tenía un incisivo encima de otro. Eso era nuevo. Una maravilla que no se hubiera puesto frenos en la boca.

Finalmente encendió el cigarro. Soltó el humo por la nariz. Volvió a hablar:

—De algún modo, todo tiene que ver con Félix. Supongo que tú, por estar tan lejos, no tuviste chance de odiarlo. Cuando todavía leía era admirable, de un rigor imponente, pero jodía que ese rigor perjudicara siempre a alguien. Nunca dejó de ser un cadete de West Point. Necesito una copa.

El mesero había desaparecido. Julio fue a la barra. No había nadie. Hizo ruido con sus llaves sobre el mostrador. Al cabo de unos minutos apareció un empleado con un tamal en la mano.

—Perdón, es que el Papa está en la tele —dijo.

Eso explicaba su ausencia, pero no el tamal.

Julio pidió dos brandys. Volvió a la mesa.

—Nos encontramos en Radiología.

—¿Quiénes?

—Félix y yo.

—¿Estás mal?

—Llevé a Julio a que le tomaran una placas. Félix iba a que lo radiaran. Estuvo muy grave. ¿Lo sabías?

—No.

—Hace unos seis años le encontraron un cáncer de testículos. Tuvo una metástasis en los ganglios. Lo abrieron en canal. Dejó de publicar ensayos por ese tiempo, se le cayó el pelo, del que está tan orgulloso. Cuando lo vi en Radiología apenas lo reconocí. ¡No tenía ni cejas!, la piel se le había puesto morada. Te voy a decir algo horrible: nunca antes me pareció tan agradable. Ya ves la sonrisa que tiene, de diablo sarcástico. En esa cara de enfermo terminal su sonrisa era conmovedora, desafiante. Iba solo, le pregunté si tenía familia y los ojos se le llenaron de lágrimas. ¡Félix Rovirosa enternecido! Claro, sentía piedad de sí mismo, pero de cualquier modo. Nos hicieron esperar horrores y me contó que había ido a Toluca, con una curandera que daba agua milagrosa, a Tlacolula, con unos brujos que le pasaron un huevo por la piel hasta que se le puso negro, «mi tercer huevo», bromeó, estaba dispuesto a hacer cualquier cosa para librarla, sólo entonces descubrí que tenía unas cuentas en la muñeca: abrió el puño y me mostró un pequeño crucifijo. Siempre había sido católico, eso lo sabía, pero me parecía más una pose. Lo busqué después, nos seguimos viendo, y entonces pasó algo muy loco. Julio se puso celoso. Nunca de los nuncas lo había sido. ¿Conoces su obra? —sonrió Olga.

—Poco —mintió Julio.

—Expresionismo abstracto. Haz de cuenta Pollock, pero más nervioso. Su carácter no es así, tal vez porque dejó todas sus pesadillas en esos chisguetazos. Te iba a decir que era tan poco celoso que me animó a posar para Toño Salgado, que hacía su última serie de desnudos. A mí me daba hueva porque de joven no estuve tan mal y nadie me pintó, y ahora iba a salir como esos trozos de carne intensa pero horrible de Lucian Freud. Me negué hasta que me di cuenta de que Julio se excitaba con la idea. Ya estaba en silla de ruedas, el pobre. Le di ese gusto de mirón, todo para quedar horrenda en la pintura: Toño estaba viajando en peyote por ese tiempo. Total que no fue celoso hasta que sintió que la enfermedad de Félix competía con la suya. Entiende que yo busque un amante, pero no que busque otro enfermo. Curioso, ¿no? Dejé de ver a Félix y me perdí su cambio de piel. Se renovó, como el dios Xipe-Totec, Nuestro Señor el Desollado.

—No sabía nada de la enfermedad.

—Ya recuperó su aspecto de antes, dejó de escribir ensayos persecutorios, fue a Japón, se casó, empezó con los extraños trabajos que ahora tiene. Se hinchó de dinero, como si la salud estuviera ahí. Además, adora a su mujer. Sumi es tan frágil que casi justifica que alguien haga estropicios por ella. En fin, supongo que es muy jodido ver la muerte de cerca; Félix sintió que había sufrido lo suficiente para arrebatar lo que fuera —Olga bebió un trago; el cuello se le movió con suavidad; luego torció la boca—. Sabe del carajo, pero prefiero que pienses que lo que te voy a decir te lo dijo una borracha.

—Félix cree que tú y yo anduvimos —se atrevió a decir Julio.

—¿Que cogimos? —Olga soltó una carcajada—. No puede ser que se acuerde.

—¿Cogimos?

—No seas menso. Les dije que yo era tu amante.

—¿Yo? ¿Por qué? —a Julio le llegó el turno de que el licor le supiera mal.

—Ya ni sé. ¡Qué pendejada! No es posible que sean así, como si tuvieran catorce años.

—Desde que regresé, una de las cosas más importantes que *no* me han pasado es haber sido tu amante. Y te advierto que la mayoría de cosas que son importantes para mí no me han pasado. Félix me odia por eso.

—Cuando leíste «Rubias de sombra» odió que tuvieras ese

talento y dijo que por lo menos no tenías pegue con las mujeres. No sé por qué sentí un ánimo justiciero, nunca he sido así.
Es más, yo me creía muy tímida, me creo muy tímida. Perdón,
pero le dije, textualmente, que te la había chupado, con esas
palabras. Era más creíble, ¿no?

—Sí.

—Les dije que te la chupaba desde hacía meses y ellos ni sabían. Era como si hubiera defecado ante ellos. No sabían qué
hacer. Estaban paralizados. No sé de dónde me salió eso, fue
una catarsis, como si el exilio se fugara por esa boca que soltaba
injurias. Sentí un poder enorme, nuevo, que me fascinó y luego
me aterró y no volví a usar. Para entonces ya nos habías dicho
que te ibas a Europa; les aseguré que me quería ir contigo pero
tú no querías, amabas a otra, ¿y entonces sabes qué pasó?, me
solté llorando, llorando de verdad, a mares. No sé por qué. No
te quería ni pensaba en ti, y de pronto te defendía, con la mayor obscenidad posible, y algo se rompió, como si sintiera tristeza del mundo y de los pobres estúpidos que éramos todos nosotros, supongo que yo también sabía que no ibas a escribir
nada después de ese cuento, perdón por decirlo, tal vez esto se
me ocurrió después y ahora te parece abusivo, pero esa tarde
algo anunciaba que nadie se saldría con la suya. Félix tenía razón y como tantas veces fue horrible que la tuviera. Algo se su-
blevó dentro de mí, sentí una rabia inmensa. Algo tenía que
salvarse ahí.

—A todos nos gustabas. De una manera temible, paralizante.

—Tal vez estaba harta de eso; nadie se me acercaba de verdad;
Félix me escribió un poema donde yo era primero una cierva herida y luego una diosa celta. ¡Qué espanto! —sonrió Olga.

—¿A quién le hubieras hecho caso en el taller? —preguntó
Julio.

—¡A nadie! Eran unos tarados, unos más simpáticos que
otros, pero tarados todos. Estaba sola, pero no pa' tanto. De todos modos, hubiera preferido que me invitaran a salir en vez de
pensar que era un cierva y además herida. —Olga hizo una pausa—. ¡Es increíble que Félix se acuerde de esa mentira!

—¿Y Ramón Centollo?

—¿Ramón qué?

—Saliste corriendo de su funeral; chocamos en las escaleras.

—No te vi, me sentía pésimo. Lo quise muchísimo, lo admiraba de verdad; siempre pensé que era el mejor de todos, y ya ves.

—Alardeaba de haber sido tu amante.

—Eso sí fue cierto; bueno, con Ramón era imposible saber qué función jugabas. Digamos que estuve desnuda con él un par de veces y se entretuvo a su manera. Tampoco en el sexo usaba puntuación.

—¿Y eso no se lo dijiste a Félix?

—¿Para qué? Ramón nos parecía un genio. Eso le hubiera parecido normal. Tú resultabas más escandaloso, y además no me querías —sonrió Olga—. Pensé en escribirte cuando supe que Nieves se quedó aquí. Todos dicen que Paola es un encanto. No te fue mal, ¿no?

La última frase tenía un dejo amargo. Palabras en espejo. Julio pensó en el galán árabe con mirada de rencilla y en el nirvana del pintor paralítico.

—¿Sigues viendo a Félix? —le preguntó Julio

—Poco. Me pidió que coordinara un libro de arte para el canal. Joyas virreinales, tallas en marfil, cosas para ricos. —Vio el reloj—. ¿Caminamos un poco?

23. UN COMITÉ

En el centro el aire tenía una consistencia más densa y gris. Algo se pudría en esa zona desde tiempos aztecas. Pasaron entre vendedores ambulantes y Olga dijo:

–La verdad, esto es una celada. Te están esperando.

–¿Quiénes?

Ella se detuvo, tomó a Julio del antebrazo. Un avión o un helicóptero reventaba el cielo cuando Olga habló del comité cívico. México era así, él seguramente lo entendía, aunque tal vez no, a fin de cuentas ella había necesitado un trago de brandy para justificar la inocente trampa en que lo había metido, hubiera sonado rarísimo que lo invitara desde el principio a una nueva sesión con Orlando Barbosa.

–¿Te acuerdas de él? –Olga se arregló el pelo de modo nervioso.

–Claro.

–Nos vemos aquí cerca –dijo ella. La frase era todo lo sencilla que podía ser y sin embargo parecía decir varias cosas a la vez. Los ojos de Olga buscaban algo que no estaba ahí. «Nos vemos aquí cerca», un eufemismo acaso equivalente al de «salimos». La mirada de Olga volvió a cargarse de la tristeza que él conocía tan bien. Julio pensó en el pintor paralítico. «Barbosa le sobra un poco, pero no se lo quiere quitar de encima.» Tal vez había establecido una relación íntima con él para paliar la soledad y recuperar un saldo sentimental de otros años. Difícil saberlo. En todo caso, el brandy que bebió para darse calma o ánimos no había surtido efecto. Olga se sentía incómoda; lo metió en una pequeña trampa para que él volviera a encontrarse con Barbosa. No actuaba por sí misma. Tal vez no fueran amantes, pero ella estaba ahí porque el antiguo maestro lo quería:

–Pensó que si él te hablaba, te daría flojera verlo. «Tú tienes más misterio», me dijo; ya ves cómo se las gasta –Olga señaló la calle por la que debían doblar. Luego siguió hablando de Barbosa. Decepcionado de los talleres literarios en los que buscó en vano talentos que se consolidaran en el futuro, encontró nuevos estímulos en las reuniones de jubilados, que se interesaban en la literatura como pasatiempo y no tenían otra cosa que perder que sus horas libres. A últimas fechas se habían concentrado en un autor cuya posteridad en parte dependía de Julio–. Ya te dirá él –remató Olga.

Julio no quiso pensar en la clase de posteridad que él podía administrar. Le preguntó por el grupo.

Una vez al mes, Barbosa se encontraba con los suyos ahí a la vuelta, donde el escultor Jesús Contreras tuvo un estudio. ¿Se acordaba él de Contreras? Perdió un brazo y esculpió la estatua *Malgré tout* que estaba en la Alameda. La mujer de mármol que se arrastra contra el oleaje de la adversidad. Aquel dramático escultor había sido novio de Margarita Quijano, la maestra pretendida por López Velarde, la muchacha que llegaba como «un huracán de metafísica». De manera espontánea, sin el menor programa, varios devotos del poeta empezaron a reunirse en el antiguo estudio de Contreras. Por eso ella le pidió que se vieran en San Ildefonso, atravesar la ciudad era una proeza nacional, lo sabía, mil perdones, pero valía la pena conocer a esa gente. Sobre todo, valía la pena que lo conocieran. Orlando estaba ilusionado con el reencuentro.

Mientras decía esto último, Olga se introdujo en una vecindad cercana a la Plaza de Santo Domingo. Subió por una vetusta escalera de metal hasta una terraza donde se veían las viejas azoteas del centro, sembradas de antenas de televisión y tanques de gas.

Al fondo de la terraza había una especie de bodega. «El estudio», supuso Julio. En la puerta había una etiqueta del Censo. Curioso que alguien viviera en ese galerón.

Pasaron a una estancia amueblada con tres juegos de mesas de picnic; los bancos estaban empotrados a las mesas. Las paredes habían sido pintarrajeadas por manos muy posteriores a Jesús Contreras.

–Te presento al Colectivo –Olga señaló a siete personas que bebían cerveza Sol.

Julio vio a un chino, pero no se detuvo mucho en él porque distinguió los caireles cenizos y la sonrisa inmodificable de Orlando Barbosa. Sintió una extraña emoción al abrazar a su antiguo maestro de taller.

Luego una mujer delgada y joven, con un pelo de corte masculino y un pañuelo rojo al cuello, le tendió una mano en la que parecían faltar dedos. Un hombre de sonrisa benévola y anteojos de alarmante grosor blandió la edición de Archivos del poeta en señal de reconocimiento. Aunque todos bebían cerveza, una mujer de overol le dijo:

–¿Un agüita de piña?

Julio recordó el aire festivo y los cuartos maltratados donde se reunían los miembros del Partido Mexicano de los Trabajadores, en el que militó unas dos semanas para quedar bien con el Flaco. Esto no era exactamente lo mismo pero se le emparentaba. Una reunión de padres cuyos hijos luchan lejos, por una causa seria. Probó el agua de piña. Horrenda, ácida, como la del supermercado al que él iba en París.

Olga aplaudió para someter las conversaciones dispersas:

–Queríamos platicar contigo, Julio, perdón por la encerrona, pero en verdad nos urgía.

Las paredes tenían formas sinuosas de anémonas o células, todas ellas involuntarias. Las bancas habían sido dispuestas para trabajar en grupos en un taller de gráfica popular. Tal vez los alumnos probaban los colores sobre el muro y luego pintaban. Julio trató de distinguir una silueta en las serpentinas de colores mientras Olga explicaba que desde hacía años leían poesía y ahora estaban consagrados a López Velarde. Lo habían leído antes por separado, sin ponerse de acuerdo ni discutirlo, a fin de cuentas era el poeta íntimo de la nación. Fue el azar y el reencuentro con Orlando Barbosa, recién regresado de Tabasco, donde había fundado talleres en comunidades indígenas, lo que los unió (Olga subrayaba la centralidad de Barbosa, como si el posible amante se pudiera poner celoso al no recibir de ella el trato de maestro).

–El Colectivo nos da una oportunidad de venir al centro.

Dedicaban el primer miércoles de mes a recorrer las librerías de viejo en Donceles, espiar a los escritores públicos en Santo Domingo, comer en alguna fonda típica, darse una vuelta por las exposiciones de San Ildefonso o las conferencias del Colegio Nacional. Mientras Olga inventariaba estas actividades, Julio desvió la vista a Barbosa, que miraba el techo. Imaginó el cercano hotel de paso donde quizá él obtenía el tardío triunfo de desnudar a Olga.

Eran un grupo social extraño, así lo dijo su amiga; leían, pero eso no les bastaba; como no tenían ínfulas de escritores habían integrado ese comité de lucha; querían defender causas literarias.

–Ya te habrás puesto al tanto con el ambiente nacional –Olga se dirigió a Julio–. En México hay más grupos de protesta que problemas.

–Lo raro es que los problemas acaban ganando –dijo la señora del agua de piña.

–Son como Alemania en el Mundial –terció el hombre que llevaba la edición de Archivos.

–¿Por qué luchan? –Julio trató de darle cierta realidad a la situación.

Olga vio a Barbosa, como si pidiera una indicación. Luego habló de lo raro que se había vuelto todo en México, el regreso de los católicos, los crucifijos de neón que se vendían en el metro, el misticismo de botica que se respiraba en todas partes.

El chino comentó algo, con acento de la colonia Guerrero. Julio no alcanzó a oírlo porque Orlando Barbosa se interpuso con voz recia: el Colectivo ahí presente quería defender el carácter laico de López Velarde.

Olga había mentido por Julio muchos años atrás, con deliciosa obscenidad, sin que eso le ayudara gran cosa. De cualquier forma, le dio gusto que lo hiciera. La vio recargada en la pared. Parecía difícil que volviera a hablar; se replegaba para que Barbosa entrara en escena; cerraba los ojos. «La estatua dormida», pensó Julio.

Julio recuperó el agrio regusto de la piña cuando su antiguo maestro comentó las cosas que había averiguado: Félix Rovirosa fraguaba una telenovela sobre la guerra cristera, la Casa del Poeta se había convertido en un bastión de propaganda religiosa, corrían rumores sobre la canonización de López Velarde.

—El país está de la chingada, pero no va a caer sin resistencia. Aquí nada se organiza con tanta facilidad como una marcha.

Orlando había dedicado cuatro décadas a leer pésimos manuscritos y creer en causas perdidas. Estaba gordo, el posible alcoholismo le había dejado bolsas bajo los ojos y una enrojecida orografía en la nariz; usaba anteojos de un grosor alarmante y sin embargo conservaba su apasionado interés en lo que está a punto de estropearse o de no llegar a suceder.

—López Velarde fue un magnífico hereje, Julio. «Que vengan a nosotros a aprender / cómo se dilapida todo el ser.» ¡Ése no es el credo de un católico practicante! ¿Y qué tal cuando habla de «las monedas excomulgadas / de nuestro adulto corazón»? El poeta está dispuesto a pagar por su sacrilegio. De ahí el arrojo y la quemante fuerza de su poesía. Hace siglos que no nos vemos, Julio. No sé lo que te ofreció Félix, supongo que andas destanteado con el regreso. Hay que frenar la locura que se avecina. Una vez soltado el mito, eso no lo endereza nadie.

López Velarde había escrito de espaldas a cualquier idea de la repercusión, en periódicos perdidos de provincia, con una apasionada audacia, sin otra ambición que ser leído por la amada de turno o un puñado de amigos, con un fervor por el oficio difícil de concebir en tiempos en que los recitales de poesía eran una rama del turismo. Aquel trabajo en la sombra adquiría curiosa resonancia en ese cuarto. Constantino Portella, tan asentado en el gusto de la gente, vivía para idear conspiraciones, pero nadie conspiraría por él. «Los que piden claridad literaria piden, realmente, una moderación de la luz», había escrito López Velarde. Portella procuraba la claridad de la poca luz, no el deslumbramiento. Nunca juntaría gente en una azotea, con ese aire de secta, ni provocaría que un lector fuera interrogado acerca de sus intenciones. Monteverde tenía razón: ciertas ideas ganaban fuerza con el convencimiento de unos pocos, los suficientes para luchar con denuedo por una causa, pero nunca tantos como para banalizarla. ¿Cómo saber cuál era el límite correcto? ¿Fue eso lo que el sacerdote quiso decir con la resurrección de Cristo ante unos cuantos? ¿Calculó el número de sus testigos? El milagro se desplazaba al hecho de encontrar un público en cantidad ideal para defenderlo.

Las miradas aguardaban el punto de vista de Julio Valdivieso.

Soltó un alegato en favor de un López Velarde complejo, tan creyente como arrepentido. No podía aceptar la tesis de Orlando Barbosa, del hereje o el pecador *full-time;* se trataba de otra simplificación. Vio a Olga como si discutieran de otra cosa. Tal vez Barbosa buscaba prestigiar su propia lujuria con la filiación de López Velarde como potro del deseo; posiblemente, Olga lo necesitaba mucho menos de lo que él deseaba y sólo en las citas compartían un pleno erotismo.

Julio escapó lo mejor que pudo de agredir a su antiguo maestro; conocía la terquedad de aquel cuentista sin obra, sus ganas de ser maestro para tener la última palabra. Habló en tono monocorde, como el que quizá tenía Ramón cuando recorría las calles del centro, practicando la costumbre «heroicamente insana de hablar solo».

–Óyeme, déjame que te diga una cosa –el hombre que no soltaba la edición de Archivos habló con fuerte acento norteño–: Ramón dijo que era «un harén y un hospital». ¡Sufrió el sexo, se enfermó de él!, ¿cómo chingados no? ¿Dónde diantres ves al católico practicante? La religión se hizo metáfora en él. Mira nomás –abrió el libro en una página señalada con el cordón del lomo, pero recitó de memoria–: «el surco que dejó en la arena mi sexo, en su perenne rogativa». Lo que ese señor pide es muy terrestre, ¿no te parece?

–El deseo es para él «un corazón sin brida» –dijo el chino de la colonia Guerrero.

–¡Era caliente de a madre! –exclamó el hombre de Archivos–. Dejaba pasar dos o tres tranvías y sólo se montaba cuando veía un asiento disponible junto a una joven guapa.

Julio desvió la vista a un señor con suéter de Chiconcuac y cuidadísima barba blanca. «Starsky», pensó. «Starsky jubilado.» Su insomnio lo había vuelto adicto a las repeticiones de *Starsky & Hutch*, ese absurdo programa criptogay con un detective enfundado en un suéter de Chiconcuac. Tal vez incitado por la mirada de Julio, que veía las grecas del estambre como descifrables jeroglíficos, el Starsky de la barba tomó la palabra:

–Ramón sabía que pecaba y no se detenía. –El hombre tenía un fuerte acento norteamericano–. No sé si fue un hereje pero no fue un santo.

Luego contó que venía una vez al mes de San Miguel de Allende. Había descubierto al poeta allá, en la traducción de Beckett, que ahora le parecía abominable.

–Félix se ha rodeado de gente poderosa, abyecta –dijo Orlando.

–No podemos regalarles a Ramón –intervino la mujer del agua de piña.

–«Con la Iglesia hemos topado, Sancho» –el ejemplar de Archivos fue blandido como un blasón.

Momentos atrás, Olga le había hablado de los padecimientos de Félix, el cáncer que sobrellevaba casi en secreto. En un tono comprensivo (mejor: conmovido) le dijo que interpretaba su acercamiento a los poderosos como un desesperado afán de compensación y de dejarle algo a Sumi, a quien tanto quería. Ahora, la participación de Rovirosa en el canal simplemente resultaba ruin. Imposible matizar en ese ambiente de asamblea.

–¿Qué piensan hacer ustedes? –La mujer del agua de piña lo miró con hermosos ojos tristes en los que él era «ustedes».

Julio insistió en la compleja fascinación del poeta y la necesidad de preservar su misterio, su condición indescifrable. ¿Qué carajos significaba que se presentara a sí mismo como «acólito del alcanfor»? La imagen fue insondable para algunos de sus amigos más próximos, que lo desafiaron a explicarse, pero el poeta no cayó en pecado de aclaración; había que entenderlo así.

—También lo que no se entiende comunica. —Julio se había refugiado en su tono profesoral. Universidad Nanterre, Departamento de Español, «Archipiélago de soledades: la poesía mexicana moderna».

Olga lo vio con simpatía. Julio no había cambiado del todo. Estaban ahí como en una versión desfasada y loca del taller. Años atrás, confundieron su dificultad para vivir con ideas para escribir; ya estaban a salvo de esa ilusión; podían refugiarse en sitios como ése, ajenos a la costumbre y sus urgencias, en un tiempo encapsulado, donde lo único actual eran las circunstancias íntimas del poeta «colgado en la infinita agilidad del éter».

Discutían, pero discutían en semejanza; habían leído los mismos libros, habían visto las mismas películas. Félix Rovirosa también, pero él era distinto, el cabrón tenía «su» tesis en una caja fuerte.

Julio entendió la misteriosa utilidad de la expresión «acólito del alcanfor», una misteriosa evaporación fragante. Fue evasivo. Él no podía decidir por su tío Donasiano ni tenía mayor ingerencia en los planes del canal; lo raro es que no hubiera habido antes telenovelas sobre los cristeros o López Velarde, el poeta muerto a los treinta y tres años después de que una gitana le vaticinara su destino, un soltero extraño, misteriosamente rechazado por las mujeres que lo amaban. Los componentes del drama estaban ahí desde hacía mucho.

Tal vez movido por el placer de disertar, Orlando Barbosa agregó otros detalles, sin reparar en que agregaba argumentos en favor de Julio:

—López Velarde guardaba luto por su padre y sufrió mucho con la muerte de Saturnino Herrán, tres años antes que la suya.

Luego vino la muerte del papá de Gorostiza, que también lo afectó mucho. «No hay dos sin tres», decía Ramón...

De golpe, Julio recordó la frase en latín del padre Monteverde. Había dicho eso, por teléfono, a un jesuita chino. «No hay dos sin tres.»

—Ramón se sentía tocado, su productividad había sido inmensa —continuó Barbosa—. Trabajaba en Gobernación, daba clases en la preparatoria, estudiaba con Alfonso Caso, escribía caminando, iba de burdel en burdel, rara vez faltaba al teatro, se metía en política, tanta vitalidad era un incendio, y aún se daba el lujo de perder el tiempo. Vigiló a Margarita Quijano durante tres años sin dirigirle la palabra. Otra vez el número fatídico. La siguió en «una vacua intriga de ajedrez» hasta que se atrevió a hablar con ella.

Orlando había asumido su habitual tono de maestro:

—Cuando preparaba el asedio, el poeta veía su vida como una paralela de la de Margarita. Así habló de sus destinos unidos y separados:

> Dos péndulos distantes
> que oscilan paralelos
> en una misma bruma
> de invierno.

Orlando continuó, sin perder impulso:

—Esos péndulos medían un tiempo inerte, que sólo pasaba en la cabeza del poeta. En la crónica «Don de febrero» habla de Margarita, su «anhelo despótico de cosas perennes» y su letra, «con mayúsculas absolutistas». Ella había nacido en la costa, en La Paz; a él le gustaba su «fiereza desvalida, hecha de mirar el mar». Una chica superpoderosa y vulnerable, marcada por algo que dejó atrás, algo a lo que supo sobrevivir:

> ¿Ganaste ese prodigio de pálida vehemencia
> al huir con un viento de ceniza,
> de una ciudad en llamas?

¿Adónde iba Orlando con ese fragmento de vida? Sin pensarlo mucho, sólo por justificar su presencia, Julio dijo:

–Ella pactó con él que no revelaría la causa por la que no se casaron. ¿Qué le dijo Ramón?

–De todos sus amores fue el único en el que mezcló inteligencia y corazón. Pero hubo una discrepancia; ella lo rechazó de modo inapelable. Él le contestó: «Lo entiendo, pero no lo abarco.» Ramón insistió días después con el padre de la chica. Una bobada. ¿Cómo podía pretender que él influyera si ella ya lo había rechazado?

El hombre de Archivos alzó la mano:

–Escribió «La lágrima» para desahogarse. Oigan estos versos de puro chipotle:

> encima
> del soltero dolor empedernido
> de yacer como imberbe congregante
> mientras los gatos erizan el ruido
> y forjan una patria espeluznante...

Orlando Barbosa escuchó con mirada encendida. «Cree que los versos caen en su favor», pensó Julio.

–Es genial la imagen ruidosa de los gatos en plena cópula, ellos producen la «patria espeluznante», la reproducción a la que ni Margarita ni Ramón tienen acceso –comentó Orlando Barbosa.

La tertulia proseguía con feliz automatismo, al margen de la discusión inicial que los había reunido.

–La verdad –intervino Olga–, sobraban motivos para rechazar a Ramón. Nos cuesta creer eso desde la veneración de su poesía, pero cualquier mujer inteligente le hubiera dado calabazas. Era un histérico, un inmaduro, un putañero. Se estudiaba a sí mismo el día entero, se fascinaba de un modo masoquista, con «intensidades corrosivas». Eso es interesante en la poesía pero no en el desayuno. Además, era feo.

–¡Pero si tuvo gran pegue! –Orlando dirigió una mirada a Olga, como para que recordara su propia irradiación erótica.

367

–Tuvo gran pegue su pasión, siempre desmedida, siempre utópica. Las mujeres reales le quedaron lejos, no tanto porque él dudara entre las putas y las santas sino porque a ninguna mujer interesante podía gustarle alguien que se sufría tan apasionadamente a sí mismo.

–¿O sea que no hubo pacto con Margarita? –insistió Julio–. Ella dijo que se llevaría su secreto a la tumba, como un mandato divino.

–Habla usted como cura de pueblo –dijo el hombre de semblante oriental.

–Yo creo que no hubo pacto –respondió Olga–. Ella se llevó el misterio a la tumba, tantos años después, porque era una gente de una pieza. Fuera cual fuera la razón por la que rechazó a Ramón, se trataba de un obstáculo, de un defecto, y no iba a decirlo porque la mitificación ya estaba en curso. Ella no era de las que humanizan al genio mostrando sus horrores. Una persona impecable, así la describe todo mundo. Ramón no la merecía; buena parte de la gracia de ella consistió en hacer creer que sí la merecía.

Starsky alzó la mano para pedir la palabra. Se puso de pie. Habló haciendo ademanes rígidos, como un *coach* que se dirige a un equipo. Julio no oyó lo que dijo porque pensaba con fascinación en el destino de Starsky. Atrapado durante años en su suéter de Chiconcuac, asedidado por la edad y la pérdida de *rating*, había decidido retirarse en los jardines con buganvilias de San Miguel de Allende, bastión de la acaudalada bohemia de Estados Unidos. Ahí descubrió a López Velarde y ahora recorría sus versos como antes recorrió las calles del hampa en su vertiginoso coche anaranjado. ¿No pasó algo semejante con el hombre que fue Tarzán, Johnny Weismüller? Murió en Acapulco, rodeado de simios. La única oración fúnebre que recibió en su sepelio fue un largo aullido de hombre mono. ¿Y Barbara Hutton, que se construyó una casa japonesa en Cuernavaca? La suave patria era el retiro de los *freaks* del cine gringo. Julio divagaba. Tenía que respirar la fresca peste de las alcantarillas allá afuera.

Starsky recordó que mucha gente, en esos mismos momentos, hablaba de López Velarde. Un logro único. Cuando Borges le preguntó a Paz a qué sabía el agua de chía, mencionada en «La suave Patria», el mexicano respondió que sabía a tierra. Ya inverificables, las minucias velardianas se inscribían en la leyenda. Lo único comprobable era el fervor de sus lectores.

Julio se disculpó y salió a la terraza. El cielo se había nublado. Muy a lo lejos vio un anuncio de neón. Estaba ahí desde que él era niño en los años cincuenta. Dos calcetines caminaban en la noche.

Olga lo alcanzó al borde de la terraza. Había oscurecido pero aún se detectaba un tenue resplandor violáceo entre nube y nube.

–Estamos un poco locos –dijo ella–, pero nos divierte que el poeta nos reúna. Ya es un logro, ¿no?

La puerta había quedado entreabierta. Adentro se discutía con la apasionada irrealidad del detalle.

Sopló un viento fresco. Olga se frotó los antebrazos:

–Ahorita vengo.

El chino de la colonia Guerrero advirtió que Julio quedaba libre y salió a decirle algo:

–Le manda saludos Juan Pedro –le tendió la impresión de un correo electrónico.

«Juan Pedro» era Jean-Pierre Leiris. Pertenecía a una red de apoyo a grupos latinoamericanos como el que ellos integraban. En forma no muy apreciativa, se refería a la repatriación de Julio Valdivieso. También a él le preocupaban sus vínculos con la televisión. ¿Qué persecutoria ONG lo mantenía al tanto de lo que él hacía?

El hombre se despidió con una palmada. ¿También el comandante Ogarrio sabía que estaba ahí? «Un paraíso repleto de ojos.» ¿Dónde había leído eso? ¿Había mejor descripción del infierno?

Olga regresó con una bufanda que le cubría media espalda. Sostenía dos *caballitos* de tequila:

—Por los viejos tiempos —brindó.

Julio parecía provenir del espacio exterior para aterrizar en la vida que siguió sin él, donde ella fue su amante imaginaria, sólo por joder a los otros, sin calcular la fuerza de su mentira.

Olga volvió al tema. ¿Tenía que pedirle perdón por amarlo como calumnia? Seguramente sí, aunque ojalá hubiera sido tan guarra como sus palabras, y no se refería a él, no lo estaba acosando ahí, un cuarto de siglo después, sino a las ganas que tenía entonces de reventar, arañar y escupir por el exilio y todo lo que no podría olvidar. Lo asombroso fue que olvidó hasta su acento, el tiempo trabajaba de maravilla, eso creía ahora, incluso tenía una honda nostalgia de lo que no vivió, el México perdido que asomaba en los poemas de López Velarde o en una plaza cualquiera, con los globos y su estallido de colores. ¿Estaba contento de volver?

Julio se asomó hacia abajo. En la calle aledaña los mendigos juntaban cartones para pasar la noche entre cáscaras de frutas y basuras del comercio ambulante. Tal vez en esos momentos el Hurón tomaba su droga o ultrajaba a alguien; una mano poderosa y anónima firmaba un cheque para patrocinar la nueva decencia; Félix volvía a su pasión de comparatista y revisaba la tesis del uruguayo, y sin embargo, a Julio le gustaba estar ahí. Pero no lo dijo. Vio a Olga. ¿Qué clase de vida había llevado? Pensó en los péndulos paralelos y distantes de López Velarde, en su certeza de que el misterio profundo, por oculto que esté, acaba por salir del pozo. «Si quieres seguir copiándote en un espejo de agua, desciende a sentarte en el brocal de un pozo de provincia», recordó. El agua aletargada esperaba algo que la despertara, palabras como centavos.

«Algo muy hondo en mí se escandaliza», la emoción velardiana solía seguir un curso descendente, se precipitaba al «yacimiento de las almas». Julio recordó las ráfagas del Batallón de los Vientos. ¿Serían creíbles esas ánimas en la televisión, al volver con rostros y nombres de actores? Copias de copias, como la gente que él recuperaba, espectros a los que se interponía un recuerdo.

—¿De veras crees que Margarita lo rechazó? —le dijo a Olga.

—Estoy segura.

Olga pasó su mano por la espalda de Julio, como si esa mano, idolatrada en otro tiempo, supiera algo que el resto del cuerpo no sabía.

—¿Estás bien? —le preguntó Olga.

Julio temblaba.

—Te acordaste de ella, ¿verdad?

—¿Cómo sabes?

—Te pusiste blanco cuando hablé de Margarita. Una vez te vi con ella y luego me la encontré, cuando ya te habías ido a Italia. Me pareció preciosa. La vida se le salía por los ojos. ¿Te importa que hablemos de ella?

Julio no contestó. Dejó que Olga pensara por su cuenta en la muchacha extraordinaria que lo quiso y luego no lo quiso, combinación infame.

—¿Te encontraste a Nieves? —Julio habló como si volviera de muy lejos—. ¿De qué hablaste con ella?

—De ti, ¿de qué iba a ser? No te podíamos desperdiciar —Olga lo golpeó con un débil puño, bromista—: durante unos meses de los años setenta fuiste interesante —señaló a la distancia—. Mira, ¡los calcetines! —conservaba la sonrisa que Julio había creído reconocer a lo largo de los años en diversas actrices de Hollywood que no se parecían nada entre sí pero lo remitían de manera inconfundible a Olga, la clave que las unía.

Desde su infancia, esos calcetines de neón caminaban en la noche. Vio a Olga.

—Necesito otro tequila, pero no quiero volver adentro.

—Voy yo —se ofreció Julio.

—Ni se te ocurra, te van a atrapar.

Olga se resignó a oler el alcohol en su vaso. Habló así, como si se sirviera de un micrófono, que en este caso amortiguaba sus palabras:

—Nieves me pidió que si alguna vez te veía, te dijera que había tirado una moneda por ti en el pozo, con la mano izquierda. Insistió en eso, la mano izquierda.

Olga se ajustó la bufanda. El viento arreciaba.

—Me acuerdo de sus ojos; brillaban mucho, como obsidiana mojada; esos ojos sólo se consiguen en diez generaciones de mirar el desierto.

Julio recordó la frase del poeta: «Lo entiendo, pero no lo abarco.»

—¿Seguías enamorado de ella? ¿Sigues enamorado de ella?

—No.

—No te creo.

—Supongo que es inevitable. ¡Esos pinches calcetines! —dijo Julio.

La noche parecía avanzar hacia ellos, como una corriente que pasaba sobre sus cabezas.

Julio estuvo a punto de preguntarle si quería a Orlando Barbosa. Era obvio que lo quería lo suficiente para servirle de señuelo y atraer a Julio.

En el cuarto de la terraza la algarabía subía de tono.

—Dile a tus amigos que cuentan conmigo.

—Ya lo saben —contestó Olga.

Se preguntó cómo sería esa parte de la ciudad antes de la luz eléctrica, cuando la laguna inundaba las calles.

Tomó la mano de Olga y le revisó las uñas. Se las seguía mordiendo. Menos el dedo meñique. Le acarició la uña salvada. Copió las manos de Olga en su único buen cuento. El detalle decisivo seguía ahí.

24. CARTAGINESES

Estaba seguro de que Rayas le colgaría el teléfono, pero Julio no podía dejar de hablarle. Era su forma de homenajear a Ramón Centollo. Llamaría aunque no lo oyeran. El comandante fue tan parco como en su llamada anterior, pero esta vez no colgó.

Rayas tenía que ir a un juzgado en Observatorio. Lo citó en una explanada, junto a una oficina de la Marina cercana a un corralón de automóviles. Todas las señas eran nuevas para Julio. Tomó un taxi. El conductor conocía bien el corralón, pero no la explanada; se hizo un lío en las vías del ferrocarril a Cuernavaca; pasó dos o tres veces junto a las largas alambradas donde los coches se oxidaban; logró que un fragmento de ciudad de unas ocho manzanas fuera un dédalo inextricable hasta que vieron un revoloteo de palomas: la explanada. Amílcar Rayas estaba vestido de negro, como si la bandera de la plaza ondeara a media asta.

Se saludaron con educada parsimonia. La presencia del policía imponía una voz baja, una tos siempre inhibida. Después de un rato veían las palomas en silencio, sentados en una banca. Julio se animó a hablar. Preguntó por el caso de Ramón Centollo.

–Fui relevado –dijo Rayas, en forma escueta–. La PGR atrajo el expediente. En Ciudad Juárez hubo ajusticiados de la misma manera; los de la Procu piensan en un delito federal. Usted los puso en la pista del narco.

Julio habló del Vikingo a un teléfono fatal. Lo sabía. Pero también sabía que Rayas le dio una cita en falso con su amigo.

–Juan Ruiz no fue al Parque Hundido. La gente de Ogarrio me siguió ahí.

–Lo seguían desde antes, no porque yo lo mandara ahí. Ellos ya habían detenido al Vikingo, querían estudiarlo a usted –Rayas sacó un Delicados–. Dicen que se van a acabar estos cigarros. Tengo que apurarme.

–¿Juan Ruiz se tiró o lo empujaron? –preguntó Julio.

–¿Qué más da? Está muerto.

–Ogarrio me reventó los testículos.

–¿Le van a doler menos si sabe cómo se mató su amigo?

–Sí, me van a doler menos.

Rayas sonrió. Inició la respuesta por una punta muy lejana. Su oficio era cada vez más raro y limitado. Él había nacido en la sierra de Chihuahua. Ahí, cada seis meses llegaba un curandero; iba tan poco que no sólo les vendía los remedios sino las dolencias que podían tener hasta su siguiente visita. Más valía saber de qué se iban a enfermar. Muchas veces los remedios eran peores que las enfermedades que les recetaba:

–Olvídese de sus huevos, con todo respeto.

–¿Qué le pasó al Vikingo?

–No tengo acceso a su expediente. Para estas alturas debe estar tan abultado que le pasó cualquier cosa.

El diálogo no avanzaba. Entonces ocurrió un pequeño horror de plaza pública: Julio vio a un hombre encorvado por un cilindro. No soportaba la música desvencijada de los organilleros.

Se puso de pie y alcanzó al cilindrero antes de que enderezara su instrumento. Al hombre se le había caído la gorra. Julio la recogió y depositó ahí un billete de diez pesos. Le pidió que no tocara, sin prepotencia, con la desesperada y temible sinceridad de los psicóticos. El hombre agradeció en forma untuosa, inclinó su espalda lastimada de tanto cargar el aparato, dijo «sí, mi jefe». Dejó a Julio en silencio, lleno de culpa.

Amílcar sonreía:

—¿No le gusta la música?

—Menos que Ogarrio. ¿Y usted por qué se llama Amílcar?

—Cosas de Cartago. Mi abuelo se llamaba Asdrúbal, mi padre Aníbal. Venimos de un aserradero que se jodió. Todo el pueblo se mudó. Tuvimos que fundar otra ciudad, al otro lado de unos montes pelones. Poca gente ha visto surgir una ciudad. A mí me tocó. Supongo que los catequistas que subían a la sierra llevaron lecturas y el cuento de Cartago. La imagen prendió; era ideal para un pueblo que se mudaba con vacas a modo de elefantes entre los picos nevados. Fundamos Cartagena de los Pinos. Luego la inquina de Roma le puso Ciudad Ignacio Zaragoza.

—¿Dónde queda Roma?

—Aquí.

«Rayas está loco», Julio estaba admirado de no haberlo advertido antes. «Un pinche orate.» Los infinitos crímenes impunes que había visto lo hacían desvariar. La sangre negra en los cuerpos, la carne acuchillada había producido a ese lunático con aura de seminarista. «Una bala te mata, mil te mandan a la luna», pensó Julio. Mil balas ajenas, perdidas y encontradas. Sin embargo, Amílcar Rayas conservaba su aire de cansada serenidad:

—Así hablamos en mi pueblo: somos Cartago, los demás son Roma. Nos tocó la de perder, como dice la canción —sonrió—. Ya le dije que estuve con los jesuitas; en la clase nos dividían en romanos y cartagineses. Fui jefe de batallón de elefantes. Tres años seguidos. Tres. Todo un récord. ¿Entonces qué, mi amigo? A usted le rompieron los cojones y yo estoy loco, ¿no? —Rayas soltó una carcajada—. Supersticiones de mi tierra y de los jesuitas, no se las tome en serio, pero así me llamo. Ya no estoy en lo de Centollo, no como un caso despierto, pero le cuido el sueño, por si las moscas. Estuve con Félix Rovirosa. —Hizo una pausa aún más prolongada—. Le voy a decir algo, así entre cartagineses. El doctor Rovirosa me buscó a través de los contactos del canal con la policía del DF. Se puso a mi disposición para que lo investigara a fondo; a él y a toda su gente. In-

375

sistió mucho en que lo hiciera. Hay rumores que pueden perjudicar al canal. Hace unos días, me dijo que la PGR tenía en la mira a dos testigos míos, Ruiz y usted. Él lo cuida a usted de un modo especial; quiere ser él quien disponga de su suerte.

—Es usted buen psicólogo.

—Soy buen cartaginés. Ogarrio ya me había quitado el caso Centollo. En esos días llovieron noticias del narco, filtraciones fuertes. La llamada que usted me hizo fue una gotita de ese reguero. La PGR exageró o de plano construyó a un culpable. Urgía detenerlo. Si quiere un consejo se lo doy: nada le conviene tanto como pensar que su amigo fue culpable. Es responsable de lo que sea. De la pérdida de Texas, si hace falta.

—¿Y usted ya no va a hacer nada?

—Ya le dije que los crímenes duermen en mi despacho. Sé cómo los acuesto pero no cómo se despiertan. En el canal saben que usted y yo nos vemos. Lo saben ahora mismo. Tal vez nos filman desde una de esas ventanas —señaló un edificio burocrático frente a él—. Pero no nos oyen. Aquí a la vuelta, la Marina tiene un radar que impide que nos microfoneen. Por eso lo cité aquí. ¡No hubieran captado ni al cilindrero!

—¿Entonces no vamos a saber nada de Centollo?

—Un resultado normal, estadístico —Rayas soltó humo por la nariz, como él lo hacía, como si tuviera una técnica especial—. Pero sí puedo darle una información sorpresa. Sé cómo murió Juan Ruiz. Yo lo maté.

Desvió la vista a su cigarro:

—Todo se acaba. ¿Quién iba a creer que México podría existir sin Delicados? —Volvió al tema—: Necesitaban sacarlo de la jugada de la manera más limpia posible. Se lo digo porque es un dato muerto, no sirve de nada pero a usted le puede servir de algo. Ogarrio me pidió que lo viera.

Julio sintió el dolor en la nuca que no podía desligar del judicial.

—El caso ya era suyo —prosiguió Rayas—. Me dijo que Ruiz quería confesar y prefería hacerlo conmigo. Yo lo había buscado por el caso Centollo, él estuvo en Gayosso, firmó el Libro de Condolencias. Hablamos con calma, en buenos términos. En la Procu me dicen el Confesor. Después de una madriza fuerte, llego yo y me sueltan todo tipo de pecados. Tengo modos más suaves, ya lo ve. Ogarrio me mintió. Juan Ruiz no quería verme. Pero lo raro no es eso. Me asombra la finura de su pensamiento. Llevó a Ruiz a un sexto piso, un departamento de seguridad de la PGR. Da a tres embajadas y ahí viven muchos diplomáticos. Zona de vigilancia. Ogarrio me dio las llaves para entrar. «Cita a ciegas», dijo. Tuvieron ahí a Ruiz durante horas, tal vez días. Lo madrearon a más no poder, lo rellenaron de coca, le mostraron fotos de cadáveres mutilados. Encontré varias en la sala, tiradas por todas partes. Apenas las vi porque buscaba a Ruiz. Lo hallé en la terraza, arrodillado. Lo habían encerrado ahí. La reja que daba a la terraza tenía candado. Tuve que usar una de las llaves que me habían dado. En lo que forcejeaba con la cerradura, él se alejó hacia la baranda. Cuando abrí la puerta ya había caído. Dejó un reguero de fotos en las baldosas. Ésas sí las revisé con cuidado. Era yo. O más bien: era mi cadáver, o más bien mi cadáver mordido por un coyote. El *photoshop* hace maravillas.

–¿Usted estaba muerto en la foto? ¿Por qué?

–Ahí entra la brillantez de Ogarrio, su toque artístico. Ruiz estaba en las últimas. En el círculo de amenazas que maneja Ogarrio, seguramente entró ésta: yo, el policía bueno, su posible última esperanza, había muerto, sacrificado horriblemente. Yo era el ejemplo de lo que a él le pasaría. Al verme llegar, podían suceder muchas cosas pero pasó la que más quería Ogarrio. Vaya usted a saber lo que le habían inyectado a Ruiz. Lo tenían reventado. Me vio como si yo fuera un aparecido. Para él, yo estaba muerto y también estaba ahí. Juan Ruiz cayó al vacío ante un testigo.

–Ogarrio me dijo que no creía en un suicidio.

–En las actas la verdad es una sola: Juan Ruiz cae al verme. Se lleva un susto del carajo y se desploma. Muerte por imaginación. Le dieron algo para acelerarle el corazón. En todo caso no hubo autopsia, no fue necesaria. Yo estaba ahí para testificar.

Brillante, ¿no?, usar de testigo a tu rival. Ni se suicidió ni lo mataron, se murió.

—¿Y si el Vikingo lo veía como su salvador y le pedía protección?

—Eso podía pasar, pero sólo hubiera retrasado su caída. Estaba bajo la jurisdicción de Ogarrio, como testigo protegido, imagínese nomás. Yo se lo hubiera tenido que devolver a él.

—¿Por qué sigue metido en esto?

Amílcar Rayas sonrió:

—Roma gana las guerras pero nosotros hacemos los refranes. El último testigo es un cartaginés. Le parecerá petulante pero hemos resuelto algunos casos, temas pequeños, arrugas en la historia, pero ahí están.

El investigador señaló el edificio desde donde podían filmarlos:

—Le conviene mostrarse conmigo. Pensarán que me teme. Verán el video sin sonido y creerán en su debilidad. No saben que los dos somos débiles. Y eso los va a joder. De aquí a varios elefantes, pero los va a joder.

25. LICENCIADO VERDAD

Amílcar Rayas se atribuía un logro negativo: haber matado a Juan Ruiz. Estuvo ahí, en la terraza final, pero su hipótesis sonaba tan increíble como cualquier otra. El Vikingo lo vio en medio de su desesperación y su delirio no como un resucitado sino como un muerto vivo, y eso lo ayudó a caer. «Muerte por imaginación», un asesinato incomprobable. El único asomo de vanidad de Rayas había sido ése, creerse protagonista de algo más interesante como explicación que como realidad. Ogarrio jugaba con cartas fuertes, era cierto, pero su rival agregaba una sofisticación difícil de atribuirle al judicial. «El puto azar», pensó Julio, eso fue lo que buscó con Ruiz en un sexto piso, casi cualquier combinación de circunstancias acabaría con el cuerpo despeñado rumbo a la calle. Rayas buscaba un designio para sentirse derrotado en forma más importante. Un investigador inútil, incrustado en los separos como símbolo de lo que no podía ocurrir. Se necesitaba estar muy al margen de la realidad para seguir ahí. Un sacristán fallido, con un principio de psicosis, un cartaginés entre romanos.

A Julio le sorprendió que le hablara al día siguiente, en tono bastante animado:

—Tenemos a un presunto homicida de Ramón Centollo —dijo, con la voz objetiva de quien hace una declaración de prensa.

«Un teléfono sucio», pensó Julio, fascinado de usar por instinto expresiones policiacas.

–Quiere entregarse –continuó Rayas–. Aún no lo recibimos. Quiere negociar sus condiciones. Pidió trato de testigo protegido. Está con su abogado. ¿Nos vemos allá?

¿Podía el autor del crimen recibir trato de testigo? Un ruido interrumpió la comunicación.

–Estoy en la calle. ¿Le parece bien a las cinco?

Rayas dijo una dirección. Su coche pasó por un túnel (conducía su auxiliar porque varias veces gritó «¡Hormiga!»). La línea se perdió.

A las cuatro salió de su edificio con la sensación de ser vigilado. ¿Lo habían filmado en la plaza mientras hablaba con Rayas, habían interceptado la llamada del celular? Más aún: ¿Rayas trataba de implicarlo en algo? «Un paraíso lleno de ojos.» ¿Se acostumbraría a vivir bajo esa invisible y continua vigilancia? En la televisión había visto escenas inauditas: el ojo público invadía zonas de extrema privacía, reos copulando en una cárcel de máxima seguridad, un político recibiendo billetes en un portafolios. La realidad agregaba detalles de una sordidez irrebatible: una bolsa de pan Bimbo llena de dólares, un cómplice del narcotráfico arrestado con una camiseta del Cruz Azul. La nueva realidad no mostraba el previsible emporio de los narcos decorado con columnas de oro y jirafas de peluche púrpura; el escenario no protegía con la sensación de que el mundo del hampa es un delirio incompatible, ajeno al espectador. La corrupción portaba las insignias más banales. Una bolsa de pan Bimbo, una camiseta del Cruz Azul. Tal vez en esos momentos Julio ingresaba a la infinita cadena de las normalidades que se filman y registran para mostrar después que en esa secuencia sin relieve anida el mal.

Había algo curioso en ir a Licenciado Verdad. Conocía bien esa pequeña calle del centro, a unos metros del Zócalo, donde se alzaba la iglesia de Santa Teresa, ahora convertida en museo y templo del *performance*. Ramón López Velarde había sido velado en esa calle y ahí había estado la primera imprenta del país. Como en tantas cosas, había una disputa al respecto. Julio había trabajado el tema para los cursos panorámicos que daba en sus tiempos de La Haya, antes de que pudiera concentrarse en los autores que a muy pocos interesaban. El primer impresor reconocido de México, Juan Pablos, se instaló en una Casa de Campanas. Así se le decía a la fundidora donde produjo sus caracteres tipográficos y que, naturalmente, dependía de los campanarios vecinos. Según algunos datos, a mediados del siglo XVI, la Casa de Campanas estaba en Moneda y Licenciado Verdad, pero otros historiadores la habían localizado un poco más allá, en una calle que ahora daba a las ruinas del Templo Mayor. La confusión podía venir de que en Moneda estaba la fundición donde se acuñaban pesos, pero no se hacían campanas. A Julio le intrigaba el doble origen conjetural de los primeros tipos móviles: monedas o campanas. Un verso de López Velarde unía bien las dos opciones: «las campanadas caen como centavos». El poeta nacional fue velado en el sitio donde comenzó la imprenta, una casualidad casi forzosa para su leyenda. Su alma atribulada registró el valor cotidiano y trascendente de las palabras: monedas y campanas. Y luego estaba el nombre de la calle, Licenciado Verdad, como un personaje cervantino, un abogado que estudió en San Ildefonso, fue pionero de la lucha por la independencia, murió antes de que la guerra comenzara, tal vez asesinado. Su mejor legado era su nombre.

Julio sorteó a los mestizos disfrazados de indígenas de gran penacho que saltaban en el Zócalo. Seguramente entró en varias fotos de los turistas japoneses que buscaban el mejor ángulo de la Catedral.

El despacho estaba junto a una tienda de uniformes e insignias para soldados. Julio no sabía que los galones pudieran comprarse. Fiel al nombre de la calle, la tienda no parecía mostrar disfraces sino atuendos reglamentarios. Tal vez cuando un oficial era ascendido tenía que comprar ahí los blasones que no podía darle el Estado. En todo caso, era curioso que la concesión de esos objetos estuviera en un negocio con aspecto de papelería de pueblo.

Entró en un edificio oscuro. Se detuvo un momento, tratando de acostumbrarse a las sombras. Un cerillo se encendió al fondo del pasillo. Vio el rostro, cárdeno ante el resplandor de la flama, de Amílcar Rayas.

Julio fue a su alcance.

—Nos volvemos a encontrar —dijo Rayas, como si no lo hubiera citado ahí.

No había elevador. Tomaron la escalera. En el rellano del segundo piso, Amílcar se detuvo a explicar que iban a ver al licenciado Segura, un anciano que asombrosamente seguía litigando.

—Me da gusto verlo —añadió Rayas.

¿Era ésa su manera de hacer amigos, invitar a alguien a una parte de su jornada? Julio había mostrado tanto interés en el caso del Vikingo que quizá lo compensaba con la indagación acerca de otro amigo muerto. ¿Podía haber otro motivo? Rayas parecía incapaz de dobleces, así se lo había hecho sentir, asimilándolo a su vaporoso club de cartagineses. Quizá tantas cosas inciertas producían por acumulación y contraste algo en sentido opuesto, la oportunidad de ver algo claro y nítido. Quizá el nombre de la calle obró en el policía con el mismo poder que obraba en Julio y lo llevó a buscar un testigo imparcial para sus procederes. Sí, quizá no estaban ahí por las cosas sino por el nombre de las cosas. Razón suficiente.

Abrió la puerta del despacho una mujer con delantal y agujas de tejer:

—¿Vienen a ver al jefe grande o al jefe chico?

—Al jefe detrás del jefe —sonrió Rayas.

—El grande, ¿no? —la mujer señaló unos sillones de cuero color vino con su aguja de tejer. Luego caminó con enorme lentitud por el pasillo. Estaba en pantuflas.

En la penumbra de la sala, Julio distinguió una escupidera

cromada en un rincón. La mesa de centro estaba atiborrada de revistas despellejadas. Julio revisó algunas por no dejar. Asuntos nimios de la cultura pop de los años ochenta. Los Polivoces, ya separados, aún tenían proyectos.

La ventana esmerilada, por la que entraba una luz exigua, tenía una larga cuarteadura, sometida con varias capas de *masking tape*.

Un silencio profundo acompañó su espera, como si no estuviesen en el centro de la ciudad, o quizá, justamente, eso significara estar en el centro, el ojo inmóvil, silencioso, vacío, orbitado por el caos.

La mujer regresó y, sin decir palabra, volvió a tejer. «Teje el silencio», recordó Julio. A López Velarde le fascinaban las mujeres que tejían, pero hubiera detestado a ésa.

–Bueno... –dijo Amílcar Rayas.

–Que orita viene –intervino la mujer, sin despegar la vista del estambre.

Se oyó el chirriar de una puerta. Al cabo de un rato, crujieron las duelas del pasillo.

Un hombre pálido se aproximó al vestíbulo. Agitó la mano y su ademán olió a lavanda y naftalina.

–Esto se cae a pedazos. Mi hijo se mudó a Santa Fe y ya despacha ahí. Tiene un «edificio inteligente», ¡háganme el favor!

Empujó una puerta. Pasaron a una habitación donde las persianas cumplían con la aparente obsesión del abogado de mitigar la luz.

Había dos radiadores encendidos, uno hacia el escritorio y otro hacia un sillón individual, de cuero color verde botella, donde un hombre se rascaba las sienes, el mentón, la frente. Imperaba un calor seco.

Julio se concentró en el cliente del licenciado Segura, que no dejaba de moverse.

–No se asusten, padece mal de Tourette. Es inofensivo. El señor Edgar Noriega.

Atrás del muchacho, en un sofá sumido en la sombra, estaba un hombre fuerte, rapado, con los brazos cruzados y una banda de cuero en cada muñeca. Parecía un guardaespaldas musulmán.

El abogado lo presentó:

–El compadre Aquitanio.

–Para servirles –respondió el hombre con voz aflautada, difícil de asociar con su corpulencia.

Se oyó el agua de un excusado, el chorro del lavabo. Una puerta se abrió en el muro de madera.

–La señora madre –dijo Segura.

–Mocho gosto –saludó la mujer.

Mientras oían el relato del abogado, Edgar Noriega se agitó en el sillón verde, a veces balbuceaba algo, salivaba, parecía a punto de ladrar; se tocaba partes del cuerpo en un patrón que empezó a ser matemático: tres veces la frente, dos el pecho, otras dos los codos.

El abogado informó que su cliente estaba dispuesto a confesar. Se entregaría si pactaban una condena mínima. No había querido ir a la PGR. Conocía a un juez que podía obsequiar una orden que regresara el caso a la policía del DF. Continuó en una maraña de legalismos que esquivaban leyes. Julio retuvo el dato esencial: Edgar Noriega había actuado por ofuscación religiosa, algo fácil de comprender.

Noriega hizo un gesto que parecía una muy compleja forma de persignarse.

–¿La enfermedad que tiene es mental? –preguntó Rayas.

–No –contestó el propio Noriega.

–¿Entonces qué ofuscación tuvo?

–De la conciencia, fanatismo.

–¿Usted se declara culpable? –le preguntó Rayas.

–Sí, por María Santísima. Por ésta –trató de besar sus dedos en cruz; no lo logró.

Rayas se dirigió al abogado:

–Los crímenes se cometieron con arma blanca, con un golpe de gran precisión.

–Hay enfermos de Tourette que son cirujanos o pilotos de

384

aviación –dijo Segura–. Ahora anda nervioso. Sus ademanes son como un rezo para tranquilizarse, pero cuando quiere hacer algo lo logra.

–¡Fui yo! –gritó Noriega, con ojos encendidos.

–Pero si no puede ni besar sus dedos.

–¡Fui yo! –Noriega produjo un ruido agudo, como si estuviera a punto de ahogarse. El compadre Aquitanio se incorporó; le puso una mano en el hombro. Noriega volvió a hablar–: Por la Iglesia de los Siete Príncipes que fui yo. Van a arder en las llamas del infierno si no me creen. Fui yo. Les pido que me maten. Es lo que quiero. ¡Porfavorcito!

–Aquí no hay pena de muerte –Rayas alzó los brazos.

–Porfavorcito: máteme usted. –Noriega vio al inspector con ojos suplicantes–. Fui yo. Ya se lo dije a la televisión.

–¿Fue a la televisión? –preguntó Rayas.

–No. Hizo un video –dijo Segura–. En su casa. Aquí lo tengo. El señor vino para eso –señaló al compadre Aquitanio.

El hombre rapado se dirigió hacia un aparato y se arrodilló a ajustar un cable.

Noriega volvió a gritar:

–Por el credo y los veinte misterios, por las noches de novena y la cuaresma opaca, fui yo. ¡Mátenme, má-ten-me!

Rayas sacó un Delicados. Lo encendió. Tuvo que frotar tres veces el cerillo.

–No se puede fumar aquí. Tengo asma –dijo el abogado.

Rayas lo ignoró. Exhaló el humo por la nariz, en gruesas columnas, luego tiró ceniza en el piso. Había perdido el porte de seminarista, buscaba un sitio para dejar su cigarro.

–Mire usted, licenciado, su caso me importa dos pares de vergas. No puede ser que me haya traído a ver a este pinche orate.

–Os on mochocho sonsoro. Moooy sonsoro –intervino la madre, afectada de una tara lingüística más grave de lo que Julio creyó en un principio.

–¿Tan jodido está usted de dinero? –Rayas le preguntó a Segura–. Este adefesio no puede ni sacarse la verga para orinar. Lo tiene que ayudar su mamita –señaló al compadre Aquitanio.

–¡Mos rospoto! –exclamó la madre.

–Hijos de la chingada –Rayas estaba fuera de sí.

Aquitanio encendió la televisión. Vieron el rostro pálido de Noriega en la pantalla.

–Está amarradito, para no asustar con sus ademanes –explicó el masajista.

Noriega se confesaba entre imágenes no siempre coherentes: «Fui el alacrán de la venganza. Obré para limpiar los pecados. Merezco un castigo, que me maten y me vean los niños. También yo merezco la daga de San Jorge.»

No daba datos concretos. Un discurso fanático, insoportable. Insistió tanto en que los niños vieran su calvario y su cadáver que Julio recordó una curiosa escena con su padre. Salvador Valdivieso nunca lo llevaba a la peluquería; él mismo le cortaba el pelo, en un severo casquete corto. Tenía una pequeña podadora y tijeras especiales. Para mantenerlo tranquilo le contaba «cuentos», que en realidad eran horrores de la guerra cristera, no conocía muchas aventuras. Entre el triscar de las tijeras, caían cuerpos fusilados, sin ojos en las cuencas. El Niño de los Gallos formaba parte de ese repertorio.

Ante la avidez de Edgar Noriega por inculparse y convertirse en carne castigada, Julio recordó los dedos rígidos en la nuca, la toalla en el cuello, el olor del alcohol de caña, nunca la loción vetiver del abogado. La mayor proximidad física que compartieron tuvo que ver con el espanto que lo fijó a la silla, los ahorcados que aceptaban el más allá para seguir creyendo.

En el video, el supuesto homicida siguió pidiendo un castigo tan inverosímil como sus delitos hasta que la pantalla se llenó de ceniza blanca.

Julio casi disfrutó la ira de Amílcar Rayas:

–Mande su pinche video a *Cámara Escondida,* para que vean la vida privada de los orates.

–Ni siquiera lo ha interrogado –dijo Segura–. Pregúntele por las armas, dónde las obtuvo, dónde las dejó.

–Ya las conozco: dos pares de vergas. ¿Pero qué le digo a usted, que no se le para? ¿Se acuerda de lo que es una verga?

Debe haber tenido una porque su hijo de puta trabaja en Santa Fe. —La piel de Rayas estaba tan enrojecida como cuando prendió un cerillo en la planta baja. Julio pensó en el jamón curtido que su tío guardaba en la caja fuerte.

—Vámonos —Julio le dijo al comandante.

—Tómeme las huellas —Edgar Noriega alzó sus dedos temblorosos.

Tres días después, Amílcar Rayas le habló a Julio. Había hecho investigaciones sobre Noriega, por no dejar. No tenía que darle explicación alguna a Julio, pero había roto la imagen construida ante él y tal vez deseaba reivindicarse. Seguramente se comportaba a menudo como lo hizo en el despacho del abogado. Esa capacidad para agraviar no se improvisaba así nomás. Quizá de vez en cuando necesitaba a alguien con quien usar el tono especulativo y reposado, de extrema resignación ante la adversidad, que Julio parecía fomentar en él. O quizá, porque a fin de cuentas todo era posible, le soltaba información a Julio por si Ogarrio volvía por él. ¿Se había convertido en eso, un mensaje latente entre dos policías en pugna? Pese a todo, le simpatizaba Rayas; su arrebato del otro día invalidaba argucias, posibles maquinaciones.

Julio escuchó su relato: Noriega era un burdelero eminente, la sífilis ya le había tocado el cerebro, quería purgar sus pecados. Las putas le decían Carne Trémula. «Gran apodo», comentó Rayas. Su madre era la lavandera del abogado Segura; el verdadero autor del montaje era él. Llevaba años sin litigar, ésa era una oportunidad de vindicarse. «Viagra jurídica, eso quiere el pinche viejo», Rayas retomaba el tono que usó en Licenciado Verdad.

26. PANTALLA DE PLASMA

En su camino al despacho de Félix Rovirosa, Julio pasó por tres detectores de metales. Dejó su pasaporte en la recepción (seguía identificándose así, como un recién llegado) y recibió un ostensible gafete a cambio. Fue escoltado por un guardaespaldas que llevaba un *walkie-talkie*. Recorrió pasillos en un trazo de grecas.

Le impresionó lo pequeña que era la oficina de Félix. La única ventana, cubierta por una cortina, daba al pasillo. Un despacho de combate. Ahí estaba el grabado de siempre, el guerrero junto a la ciénega roja. También una televisión encendida.

–Un *casting* –informó el comparatista.

Un hombre con el rostro arrugado por el sol leía:

> y en las tinieblas húmedas me recojo, y te mando
> estas sílabas frágiles en tropel, como ráfaga
> de misterio, al umbral de tu espíritu en vela.

El hombre que hablaba en la pantalla parecía no haber leído un poema en su vida; sin embargo, sus vacilaciones lo hacían más convincente.

Félix pulsó el control remoto. La imagen se dobló en una línea, sin apagarse del todo. «Sílabas frágiles en tropel», recordó Julio.

Félix había cambiado en una época en que nadie cambia.

«A partir de cierta edad, la gente no mejora, sólo engorda», recordó la frase del Flaco, ya no tan flaco.

Olga Rojas había abierto una ventana curiosa hacia Félix: estuvo muy enfermo, no quería que su mujer lo supiera, sus decisiones respondían al ánimo de quien tiene prisa.

Julio vio sus ojos enrojecidos.

–¿Cómo está Sumi? –preguntó.

–Igual –comentó él, con la resignada calma de quien se refiere a un convaleciente eterno–. Gracias por preguntar –le tendió una carpeta.

–Constantino me pasó tus últimos informes. De primera, te lo digo en serio. Necesito que cheques unos datos. Yo tengo la cabeza en mil lados.

«Sigue enfermo», pensó Julio. ¿Habrían vuelto a radiarlo?

–Constantino me advirtió que no es prudente que salgas en los testimonios del documental de López Velarde. A lo mejor te tiene celos. Le parece oportunista que anuncies un milagro en la hacienda de tu familia. Tal vez tiene razón. ¿La tiene?

–Te dije que no quería salir en ese programa.

–Porque no querías cooperar; ahora que me mandaste nuevos datos, las cosas cambian. Sigues dentro, eso me gusta. Pero Constantino te tiene tirria. Eso me gusta más –sonrió, por primera vez de buen humor.

El novelista era más hábil de lo que pensaba. Había escrito informes en nombre de Julio y criticaba sus ansias de protagonismo. Así hacía creíble que los informes fueran de Julio. «Me protege y me vende, el muy cabrón», Julio no podía mostrar su malestar. Se limitó a alzar los ojos, aludiendo a alguno de los muchos malentendidos de los que está hecha la vida.

–Constantino es una fiera, con una capacidad de trabajo infinita. Respeta mucho los informes que le pasas pero te quiere mantener a raya. No te preocupes, para eso están los cuates.

Aunque la última frase era animosa, el rostro de Félix se torció en un rictus incómodo. Tal vez sufría un espasmo. Cerró los ojos. Cuando los abrió, miró un punto fijo en la pared. «Tiene vértigo. Lo están radiando. No quiere que lo sepa.»

¿Qué era lo que su apenas amigo llevaba dentro? Había estudiado a Tablada en japonés, le habían quitado un testículo y una cadena de ganglios, había aprendido a enrollar calcetines en West Point; estaba repleto de cultura y dolor y estupenda memoria. También tenía los días contados. Actuaba con un itinerario de emergencia. Posiblemente Julio moriría antes, pero tenía la ventaja de no saberlo.

El guardaespaldas regresó a la oficina. Tuvo que inclinar la cabeza para pasar por la puerta:

–El señor está esperando –dijo.

Félix abrió un cajón. Julio alcanzó a ver al menos cinco frascos. El comparatista tomó dos pastillas. Las tragó en seco. Hizo un gesto con la cabeza en dirección de Julio. El gesto con que un capitán de submarino ordena que se dispare el último torpedo. Una misión. En llamas.

«El señor.» Dos palabras en cada bocina de ese emporio lleno de bocas invisibles. Murmullos. Ecos. Ecos de murmullos. El impronunciado nombre de José Atanasio Gándara flotaba en la atmósfera como una fragancia audible, aturdía como sólo aturde el silencio.

El camino fue larguísimo. Salieron del edificio, pasaron por estacionamientos, bodegas con restos de escenarios, algo que parecía la parte de atrás de una lavandería industrial, un estudio en construcción, un comedor para reclutas o enfermeras, un patio donde cinco mosqueteros intercambiaban bigotes, hasta llegar a una plazoleta donde se abrió una reja eléctrica. Julio alzó la vista. Una torreta de vigilancia controlaba su llegada.

Una fuente bañaba a un Poseidón equívoco. La sonrisa excesiva le quitaba majestad; parecía un vitaminado locutor del océano. Más allá de la fuente, un Mercedes, un BMW, una limusina blanca de boxeador negro. Pero el lujo no estaba ahí. El lujo estaba en la invisible seguridad. El guardaespaldas quedó del otro lado de la reja.

Entraron en una pequeña casa sin pasar por detectores de

metales. Julio sintió que se hundía cinco centímetros en la alfombra.

Fueron recibidos por una edecán que iba descalza. Llevaba una minifalda retro, de tiritas metálicas que, a veces sí, a veces no, dejaban ver su diminuto calzón. Les ofreció un capuchino, un whisky, un sushi. Tal vez no había detector de metales para permitir que esa falda magnetizara en libertad. Julio ya sabía que «el señor» pertenecía a la vieja escuela de los magnates que en todo momento se representan como magnates. Pero no conocía la grotesca perfección de esa conducta.

La chica descalza trajo capuchinos y fue relevada por una esbelta secretaria de traje sastre clásico. Su misión consistía en preguntar: «¿Todo bien?», en un tono ilustrado. Sólo en un país de castas dos palabras podían marcar un absoluto giro en el nivel de educación. La mujer de traje sastre permaneció ahí el tiempo suficiente para que ellos pensaran que podía estar casada con un príncipe mediterráneo y sin embargo se dedicaba a prestigiar las antesalas de Gándara.

La tercera mujer que llegó a verlos tenía ropas casuales, agitado pelo castaño, ojos inteligentes. Había sido alumna de Félix Rovirosa y acababa de estar en Japón. Hablaron de sintoísmo y danza buto con un grado de conocimiento que ofendió a Julio, sólo adiestrado en asuntos japoneses a través del gato cósmico Doraemon, que veían sus hijas.

Cada mujer que llegaba a verlos representaba una superación intelectual y una degradación erótica de la anterior, como si Gándara quisiera probar así su sistema del mundo.

El magnate los hizo esperar el tiempo suficiente para que Julio hojeara una improbable revista de Derecho de Yale y supiera, por un hombre de traje platino y bigote trazado en lápiz, que en esos momentos «el señor» firmaba un acuerdo con Calamar Titón Rodríguez, nuevo emperador de la salsa. «La limusina blanca», pensó Julio.

Luego les informaron que «el señor» se había reunido con su médico. Calamar Titón Rodríguez salió por alguna puerta que ellos no veían. La chica descalza llegó a ofrecerles «otro sushi». Luego sonrió, de un modo experto y perturbador, que significaba: «Ya sé que les traje capuchino, ¿no es una maravilla que yo sea tan estúpida?»

Julio empezó a preferir a esta mujer, anticipando las delicias de ser un imbécil entre sus manos. Las leyes de José Atanasio Gándara convencían pronto. En México aún se podía actuar como un psicótico rey de Persia. Y «el señor» lo sabía.

Una voz llenó el pasillo:

—¿Dónde se esconden?

Gándara llegó con cara de rescatarlos de un sótano. Rara vez salía en televisión y quizá difundía adrede malas fotos de él. En persona lucía más joven, más alto, más apuesto. Julio desvió la vista a su piel detrás de las orejas. No encontró rastros evidentes de cirugía plástica, pero el cutis tenía un aspecto más terso y un color más rojizo de lo habitual. El rasgo saliente de su fisonomía era el mentón impositivo, con un hoyuelo perfecto para un frijol. Kirk Douglas en un papel de faraón.

Julio no podía saber si Gándara usaba groserías en cualquier circunstancia o sólo para hacerse el próximo con los intelectuales:

—Ando en chinga, Félix —puso su mano en el hombro de Julio y le dijo—: Este cabrón no quería que yo te conociera; ya sé que tú pones los sesos y él se la pasa chingando la borrega —señaló el pasillo, con la palma extendida.

Pasaron a un despacho con suficientes muebles para sentar a unos veinte visitantes.

—Soy un poco infantil, Julio, aquí tengo mis juguetes.

Gándara lo llevó a una mesa donde se encontraba su imperio en miniatura. Una inmensa maqueta mostraba su jet favorito, el yate con una eslora tan larga que no había cabido en el muelle de San Diego (Gándara tuvo que comprar la marina entera para atracarlo), su chalet en Aspen, el castillo Tudor en Gales, la casa con siete terrazas descendentes en Acapulco y otros edificios que no identificó para Julio.

—Soy muy golfo, Julio, con tantos pasatiempos apenas me dedico a trabajar. Si no es porque Félix se la pasa chinga y chinga ya no me ocuparía de nada. *Por el amor de Dios* es otro rollo: un proyecto personal, el único que tengo ahora, quiero que lo sepas. ¿Estás contento? Quiero que este pendejo te trate poca madre. –Mientras más maltrataba a Félix, mejor le caía Gándara, algo que, por supuesto, el magnate sabía de sobra.

Julio advirtió que lo único que faltaba en ese sitio era una televisión. Se lo dijo a su anfitrión.

Gándara rió de buena gana:

–¿Para qué, si pasan pura mierda? Luego te llevo a la sala de tele. En ese mismo sillón, donde estás tú, se sentó Constantino –Gándara habló como si se refiriera a un trono–. Todas las viejas están enculadas con él. El canijo aceptó la chamba para ligar. No lo culpo. En cambio, yo ando rejodido. Tengo unos dolorcitos que me hacen pensar. ¿Saben en qué pienso? Cuando me toque la hora me voy a ir en el yate, con mi mujer y el doctor; le voy a pedir que me inyecte algo que me incendie de placer. Lo he pensado muchas veces, ¿y saben qué?, ya hasta le traigo ganas a ese momento.

Julio había visto fotografías de la esposa de Gándara, perfecta para la clase de funeral que él ideaba.

–¿Sabes cómo se me ocurrió eso? Después de la muerte de Juan Ruiz. El cabrón estaba más loco que un pinche chivo pero me caía a toda madre. Le agarré mucho afecto. Y eso de que se cayera de ese modo, después de haber sido clavadista. No me lo puedo sacar de la cabeza. Con decirles que empecé a planear mi propia muerte. No me quiero ir sin control.

Julio asoció la idea del yate con un funeral vikingo, pero no se atrevió a decirlo ni a mencionar el apodo de su amigo.

Félix le había dicho que «el señor» no tenía paciencia para leer una sola cuartilla. Un iletrado ejemplar. Había que contarle los proyectos. ¿Estaban ahí para eso?

–El otro día este cabrón me hizo chillar con los poemas de Velarde. Tuvimos una lectura chingona, con un actor que yo pensaba que sólo sabía anunciar sidra Santa Claus. El proyecto es tuyo, pídeme lo que quieras, tienes acceso directo, *no strings attached* –agregó en perfecto inglés.

Se oyó un bip al fondo de la sala.

—¡Ah, cómo chingan! —dijo Gándara—. ¿Por qué no le enseñas el cuarto de la tele? —le dijo a Félix.

Fueron a una puerta lateral que abría hacia una escalera descendente. Bajaron a un sótano. Las luces se encendieron en cuanto pisaron el suelo.

Julio estaba preparado para el derroche pero no para la extravagancia con que Gándara usaba su dinero. Una bóveda de titanio con butacas para veinte personas, frente a una inmensa televisión. Pero no era eso lo que llamaba la atención. Más allá de la pantalla había un esqueleto de dinosaurio.

Félix giró un *dimmer* en la pared, las luces se apagaron poco a poco. Los huesos del dinosaurio eran perceptibles en la sombra. Una cortina negra los cubrió con un mecanismo eléctrico. La televisión se encendió.

Julio ocupó una butaca de cuero morado. Se acordó del cine Alameda de San Luis, menos estrafalario que ese sitio, con balcones coloniales a los lados y estrellas en el techo.

Luego, en la pantalla, vio el cielo azul de Los Cominos, la noria, las paredes descascaradas de la hacienda. Félix le explicó que Gándara estaba fascinado con la locación. En caso de que quisieran vendérsela no habría problema. El comparatista hablaba junto a la pantalla, de vez en cuando la tocaba, como un hombre del tiempo que señala una nubosidad variable. La pantalla era blanda, de plasma.

Vieron una toma de la poza:

—El segundo milagro —dijo Félix. Sus dedos se hundieron apenas en la superficie, como si provocaran burbujas en la poza.

Julio recordó cuando se estaba ahogando en Chacahua, la vida que se iba, los ojos muy abiertos hacia la superficie que se revolvía en círculos concéntricos. ¿Por qué lo salvó Félix? ¿Qué sentiría ahora? ¿Le daba rabia haber rescatado una vida cuando no podía salvar la suya? «Lo que a este país le falta es honor», eso dijo cuando se creía un guerrero altivo. La cuerda se le había acabado; no tenía tiempo para soluciones épicas, quizá nunca lo tuvo.

Las huellas de sus dedos quedaron por un momento en la pantalla. Cuando Julio se hundía, lo único vivo en él eran las burbujas que soltaba, el resto de su oxígeno. Una suerte que un cadete de West Point estuviera al lado, dispuesto a reaccionar sin nervios y soportar sus golpes.

—¿Por qué me sacaste del agua? —le preguntó Julio.

—¿De qué hablas?

—Me salvaste. En Chacahua.

—Te estabas ahogando, ¿qué querías que hiciera?

—¿Volverías a hacerlo?

—Estoy muy gordo, me hundiría contigo —sonrió.

—¿No perdiste peso con el cáncer?

—¿Quién te dijo eso?

Félix apagó la televisión. Encendió las luces. Por primera vez en ese día parecía en verdad vivo, alterado. Se pasó las manos por el pelo. Hizo una pausa. Luego habló, hacia la alfombra:

—Ayer me habló Olga. Estaba muy rara, como avergonzada de algo. Me dijo que nunca anduvo contigo. ¿Qué chingados me puede importar a mí? Le dolía haberme mentido. Supongo que lo que quería decirme era otra cosa. Le pedí que no hablara de mi enfermedad. ¿Ella te lo dijo?

Julio recordó a Olga en la azotea, mientras oscurecía en la ciudad, la uña que seguía sin morderse, su testigo.

—La verdad, importa poco quién te lo haya dicho. No quiero que se sepa, eso es lo que importa.

—¿Por qué?

—¿Por qué crees? ¡Por Sumi!

Vio los ojos de Félix, desvelados. Su amigo habló con dificultad.

—Me enfermé hace seis años, antes de conocerla. Ella cree que estoy entero. No puede saber que tengo una recaída. Está enferma, mucho menos que yo, pero con síntomas más molestos. Tengo que cuidarla, no puede saber que me voy a ir. ¿Lo entiendes?

Julio no contestó. Fue un alivio oír un ruido a sus espaldas.

—¡¿Muchachos?! —Gándara descendía por la escalera.

¿Había oído el monólogo interrumpido de Félix? O más aún: ¿lo había grabado? «Lo hace por Gándara», pensó Julio. Quería mantener en secreto su enfermedad para no ser relevado en el trabajo. Julio no quería ceder a la idea de un Félix compasivo: «No piensa en Sumi; es el canal: no quiere perder el control.»

Esperó a que Gándara terminara de bajar la escalera. No pensó mucho en la frase, nunca hay buen modo de comunicar pésimas noticias:

—Los huesos de dinosaurio nos pusieron trágicos —le dijo a Gándara—. Estábamos hablando del cáncer de Félix.

Gándara no se sorprendió.

—Lo estamos cuidando, Julio. Ustedes los bohemios se descuidan mucho. Félix adora a su mujer, es algo que le admiro. Yo mismo lo he llevado en secreto a Oncología, para que ella no sepa nada. Tengo fama de cabrón, pero mi gente es mi familia. Qué bueno que estés en el secreto. Bienvenido al clan de apoyo.

Julio se sintió perfectamente ruin. Si hubiera jodido a Félix no se hubiera sentido ruin. Misterios del alma, así podría llamarse otra telenovela del canal. Félix lo salvó, Félix lo manipulaba. ¿Los dos actos formaban parte de la misma voluntad? ¿Se sentía su dueño o alternaba los golpes con los favores como si unos se alimentaran de los otros? Félix empezaba a conmoverlo, ¿era ése su triunfo o su despedida?

Las aspas de un helicóptero anunciaron que Gándara tenía que irse. El magnate lo abrazó:

—Un gustazo, Julio. No te pierdas —su aliento olía a *ginseng*.

Julio Valdivieso había tenido sus históricos minutos con una leyenda siempre agrandada por el rumor: Gándara le había dado una casa al empleado que le devolvió un billete de diez pesos que se le había caído; le había regalado su peso en oro a la adolescente con la que pasó dos noches en Veracruz; había comprado un equipo de béisbol para que su tercer suegro tuviera un pasatiempo. El folklor del gran dinero en un país de feria había pasado ante Julio. No habían tratado nada. Gándara quería mostrarse, hacer el *tour* del propietario, revelar el alcance de su emporio, la infalibilidad de la telenovela. Hicieran lo que hicieran, todo sería un éxito.

¿Qué quedaba del Vikingo? Una idea para un funeral. Huesos de dinosaurio.

–¿Te arrepientes de que te haya salvado?

–A veces.

–Eso habla bien de ti. Con tal de que no te dé coraje. –Félix le mostró la cicatriz en la muñeca–. En este valle de sentimentales, nunca sabes a quién puedes ofender con un favor. Menos si es de vida o muerte.

¿Era eso lo que le molestaba más de Félix, deberle algo? ¿Había tratado de protegerse todos esos años de la gratitud que le debía?

–Olga se sigue comiendo las uñas –dijo en tono apocado.

–Menos una –sonrió Félix–. Recuerdo el detalle de «Rubias de sombra». ¿Te sorprende mi erudición? ¿Sabes qué? Pensé que no volverías al trabajo. Estaba seguro de haber hecho un mal cálculo. Pensé que te encabronaría tanto ver la tesis en mis manos que te irías derechito a la chingada. Sólo hay algo peor que un frustrado, un frustrado orgulloso. Al menos no eres orgulloso.

Le sentó bien que Félix recuperara el ultraje como una forma del afecto.

–Bonitas oficinas, ¿no? –el comparatista giró el *dimmer*.

Subieron la escalera. Sin la presencia del dueño, el despacho trabajaba con frenesí, como si gestionaran todo a escondidas para no molestarlo cuando regresara. Diez o quince personas comentaban cosas en los pasillos, hablaban por celulares, revisaban un fax en grupo. Una colmena al tope del zumbido, las muchas voces que, dijeran lo que dijeran, rezaban la misma letanía: «El señor. El señor Atanasio Gándara. El señor José Atanasio Gándara. El señor licenciado José Atanasio Gándara. El señor.»

27. CONSTANTINOPLA

En una tortería, rodeado de dos televisores que colgaban del techo, Julio se enteró de que Edgar Noriega había saltado a la fama. El hombre conocido en los burdeles como Carne Trémula decidió entregarse en un estudio de televisión. No confiaba en la justicia, dijo, tan corrupta, tan interesada. Seguramente lo habían sedado para que se moviera poco. La cámara lo tomaba muy de cerca. ¿Sus manos estaban amarradas a la silla?

El presunto asesino se incriminaba sin miramientos, en el mismo tono confuso y profético que Julio escuchó en el video mostrado en la oficina de Segura. Pero había perfeccionado su narcisismo sacrificial, el Gólgota que merecía. Pidió que lo crucificaran en el Zócalo, durante la emisión del noticiero en el que ahora declaraba, mientras el pueblo le cantaba «Las golondrinas». Este último deseo era tan ridículo y preciso que lo volvía peligrosamente realizable.

El locutor le preguntó si alguien con su discapacidad podía apuñalar con destreza. A continuación, se mostró un video donde el implicado encajaba una aguja larga en un muñeco de trapo. Una escena absurda, repetida varias veces, la última de ellas en cámara lenta.

El locutor conminó a las ineptas autoridades a actuar con responsabilidad ante la evidencia que había sido revelada. Había un nuevo testigo para el caso: todo México.

«O crees o te lleva el diablo», la frase, grabada en el puñal de un combatiente cristero, regresaba una y otra vez a Julio. ¿Habría forma de reproducir en televisión el fanatismo y la estrategia sobrenatural de un ejército que confiaba más en el cielo que en las armas?

En la época de mayor represión, se llegó a castigar con un año de cárcel a quien tocara las campanas. Aunque Julio no compartía el desprecio por la vida de los cristeros, admiraba su entrega, su lucha con bombas de chile y cal viva contra un ejército en regla. «O crees o te lleva el diablo», el puñal en la yugular, Carne Trémula convertido en un amenazante apóstol. ¿Hasta qué punto el propio Edgar Noriega estaba engañado por su delirio? Algo era cierto: a partir de su aparición en la pantalla, sus palabras cobraron imborrable realidad. No llegaría a ser crucificado en el Zócalo, pero sobrarían voluntarios para cantarle «Las golondrinas».

Julio buscó al padre Monteverde con la misma insistencia con que meses antes procuraba evitarlo. El sacerdote trató de posponer el encuentro.

–Ando del tingo al tango –dijo.

Julio lo presionó hasta obtener una cita entre otras citas.

Monteverde tenía que ir a la casa de la Compañía de Jesús en la Colonia Roma. Le dijo que se encontraran muy cerca de ahí, en la Plaza Río de Janeiro, junto a la réplica del David.

Julio llegó con suficiente anticipación para ver dos conectes de mariguana entre los árboles y a dos niños caer de sus triciclos.

El sacerdote llegó retrasado y a la carrera, como siempre.

–«Del tingo al tango» –dijo Julio.

–Es mi cruz –sonrió Monteverde.

Llevaba un suéter de cuello de tortuga que le daba un aire de rigidez, como si debajo tuviera el collarín sacerdotal.

En forma atropellada, Julio le habló de Edgar Noriega, sus sesiones con Amílcar Rayas, la fabulación cartaginesa que se había inventado.

–Curioso que me lo diga aquí, en la Roma. Estoy con usted, don Julio, todo esto es un berenjenal, ya se lo dije el otro día, saliendo del bautizo. Hay cosas que sólo podrán moverse cuando el agua esté quieta.

–«El dios oculto».

–¿Se acuerda de eso? Uno nunca sabe si predica en vano.

–¿Conoce el Batallón de los Vientos?

–Un sitio espantoso.

–¿Eso le parece? ¿De veras?

–Estoy tan harto del martirio y de la sangre como debe estarlo su amigo el policía.

–No es mi amigo.

–El cartaginés que le cae bien, pues. También habló conmigo. Si le interesa el tema, le digo que estoy harto del culto a la muerte y el éxtasis del dolor. ¡Es como una película sado! ¿Ha visto alguna?

–No.

–Yo tampoco. Supongo que la vamos a ver cuando crucifiquen al tal Noriega, con latigazos en cámara lenta. Estoy hasta el gorro de la exaltación del martirio. Cristo también fue otra cosa. –Hizo una pausa–. Me equivoqué, don Julio. ¡Pensar que casi nos metimos en un enredo público! Su tío es una persona buenísima, espero no haberle quitado el tiempo o la paciencia. Vivimos entre puros simulacros y suplantaciones, ¿de qué sirve arrojar una verdad? No supe verlo, algunos amigos me previnieron, pero me dejé tentar. Pecado de vanidad, supongo, la parte de *showman* que amenaza a todo sacerdote. Le pido perdón, Julio.

–No tiene por qué hacerlo.

–Lo distraje, lo saqué de sus cosas, tal vez le alboroté en vano sus ideas del poeta. Usted estuvo en Lovaina; pensé que podría facilitarme algunos vínculos. Ahí estuvo el *think-tank* del papa León XIII. Su campaña *nova et vetera* influyó mucho en nuestro Ramón: lo de siempre visto con ojos nuevos. Me interesa el impulso religioso de amar lo sabido como novedad y de aceptar el futuro como costumbre. Hay mucho de Ramón en todo eso. Llegué a pensar que podíamos viajar a Bélgica usted y yo, darnos una vuelta por la Universidad Católica, ya sabe lo portátil que soy. Será para otra.

—¿Renuncia a todo el proyecto? ¿Y la prueba que lleva en sus manos? —Julio señaló los dedos del cura.

—Hay que adaptarse, como diría San Ignacio. Estuve platicando con un amigo jesuita —señaló hacia un rincón de la plaza—. Nada como la Compañía para un curso de supervivencia.

—¿Qué va a hacer?

—¡Me habla como si me fuera a tirar de un puente!

Julio vio la sonrisa manchada. El otro continuó:

—Tengo que hacer ajustes, estoy cansado de la vida pastoral, perdido en rancherías. Además, recuerde que yo no me mando a mí mismo. Hay que hacer canijas negociaciones. A veces, un sacerdote tiene que vivir con presión de buzo.

—¿Félix Rovirosa lo decepcionó?

—Hay quienes dicen que Juan Pablo II es la mezcla de la Edad Media y la televisión. Dos pilares equivocados. Ahora, la mejor forma de divulgar una verdad, una verdad fuerte, resistente, es esconderla, guardarla hasta que encuentre su propio espacio y estalle. La propaganda sirve de muy poco. Su amigo Félix es un vendedor de espejos, nada más.

—En Los Cominos dijo que México había cambiado.

—Sí, pero cambió para atrás. En vez de un presidente patriarcal tenemos una confederación de autoritarismos: el viejo PRI, el PAN, los católicos recalcitrantes, el Opus, los narcos, los judiciales, la televisión. Los une la sangre, el culto de la muerte. Le digo que estoy hasta el copete de la imaginería mortuoria. ¿Le parece extraño en un sacerdote?

Julio pensó en los cuadros de su casa de San Luis, en el inmenso retrato de San Dimas crucificado que se le aparecía de niño. Pero no dijo nada, ni hacía falta; Monteverde peroraba por impulso propio:

—El catolicismo puede existir sin la fijación de la muerte. La Iglesia de Constantinopla intentó otro relato, un cristianismo centrado en la vida y el milagro, no en la exaltación del calvario. Es curioso que la posteridad de Jesús dependa sobre todo de su final, el suplicio en la cruz, como en el drama cristero. El misterio de Ramón es uno de los secretos que tendrán que esperar.

–¿A qué?

–A que cambie la luz, don Julio –Monteverde vio el cielo gris y lo enmarcó en sus dedos, como si fuera a tomar una fotografía.

Al regresar a su departamento, Julio tuvo la decisiva impresión de haber alquilado una familia. Sandra, Claudia y Paola se reían de algo tan indescifrable como los dioses de madera que los médicos sin fronteras habían conseguido en Oceanía o el Congo.

Además, Paola tenía la satisfacción de un fin de etapa. Había terminado su nueva traducción de Constantino Portella. La novela se caía al final; bueno, desde el principio era un poco endeble, pero se podía oler que tendría un «suceso clamoroso». Julio había renunciado a corregirle italianismos como había renunciado a buscarla en medio de la noche o a alterar la neutralidad de su rutina, las negociadas horas en común.

Cuando las niñas se acostaron, el pelo húmedo y fragante, Julio no pudo terminar de leerles el cuento de las nubes enojadas porque se durmieron de inmediato. Se habían divertido tanto en la tarde, explicó Paola.

La sirvienta se tardaba en lavar los platos.

–Lo hago yo –dijo Paola.

«Va a decirme un secreto. Un secreto que le gusta.» Julio vio la boca a punto de sonreír, en contradicción con la mirada grave. En muchas otras ocasiones le había cautivado ese anuncio de felicidad en medio de la borrasca, la lluvia que vendría, un clima de brandy y estornudos. En otros ámbitos, en Florencia o La Haya, esa manera inocente de desafiar lo que estaba afuera, de tocar apenas la intemperie, el agua fría, le gustaba de un modo impreciso. Paola sonreía y veía hacia abajo, se quejaba de algo, no mucho, entraba en una zona molesta pero que a fin de cuentas les hacía bien y anunciaba que terminarían buscándose el aliento, como si la queja amable fuera el preludio del placer, algo que molestaba dichosamente, y le permitía recordar a Julio: «El chiste es que me duela, nene.» Nieves se mezclaba estupendamente con sus cuerpos.

Paola había llegado al final de la novela y quería decir algo, algo que la llevaba a hacer una bolita perfecta con el migajón de un pan, rascarse la media a la altura del talón, encender un cigarro, dejarlo entre los dedos, inerte, esperando que la ceniza formara una curva tan incómoda y admirable como lo que ella iba a decir, algo difícil, aunque la sonrisa insinuara que podía ser bueno a fin de cuentas, para eso estaban las comisuras de la boca, la risa que aún no existe pero se anuncia, anticipando que lo raro o lo difícil o lo inoportuno pueden ser versiones de lo deseado.

–¿Qué le pasa a Constantino? –preguntó Julio, por no preguntar qué le pasaba a ella.

–¿Cómo sabes que le pasa algo?

–Lo supuse. Félix lo elogió y ya sabes lo peligroso que es eso.

Paola quiso mantener la voz serena, quizá no tanto por nervios sino para no mostrar demasiado interés en lo que decía.

Constantino Portella había ido a rodar con la segunda unidad de la telenovela, al mando de Feruccio. Tomas en el desierto. En un caserío encontraron una casa de seguridad de narcos, ya explorada por la DEA y la PGR (curiosa, la autoridad con que pronunciaba esas siglas decisivas de la vida mexicana, ignoradas por ella hacía apenas unos meses y que ahora repetía como los siete pecados capitales memorizados en el catecismo y la *Divina Comedia*). Obviamente, Constantino no llegó ahí por casualidad. Había recibido un «pitazo». Le describió a Paola una pista de aterrizaje clandestina, el lujo tailandés con que los narcos vivían dentro del rancho, el búnker donde se refugiaron durante días, con tanques de oxígeno y comida, el túnel que no llegaron a terminar y que se dirigía, en incriminante línea recta, a la hacienda de San Damián el Solo. Aún faltaban kilómetros para salvar esa distancia pero debía ir ahí, los narcos hacían obras que requerían un esfuerzo extravagante. Con ese túnel, los cultivos del gringo Galluzzo hubieran tenido una avioneta a su disposición para ir al otro lado. Constantino barajaba nuevas hipótesis sobre esa muerte.

La ceniza cayó sobre el dorso de la mano. Paola gritó como si apenas ahora descubriera que tenía el cigarro encendido. Julio no había querido avisarle, paralizado ante las certidumbre con que ella hablaba de «barajar hipótesis» en un tono de corresponsal de guerra.

Desvió la vista. Cada objeto de esa casa había llegado ahí por una rara supervivencia, acarreado entre bombas, transfusiones de sangre, cuerpos cargados en pedazos, en medio del fango y de la lluvia. Había gente que se arriesgaba para imponer un orden central en la tormenta; Constantino, en cambio, no hacía otra cosa que fisgar por morbo, para exaltar su vanidad. Julio lo pensó para adelantarse a lo que suponía que iba a llegar, abrió una botella azul de ginebra, tomó un trago largo que le supo tan mal como la hipótesis que mencionó Paola, lo que Constantino barajaba: Galluzzo había trabajado con su loca misión psicodélica, como un emisario mudo de los dioses del desierto, hasta que sus plantas interesaron a otra gente, entraron en una red que acaso él no llegó a entender del todo. Luego lo sacrificaron, tal vez sus mismos subordinados. Esa muerte no llevaba la firma de los narcos. «Le dieron su agüita», Julio recordó las palabras de Eleno. Gente del campo que empezaba a comprender las rutinas del delito, a integrarse a la red, aprendices de contrabandistas. Los siguientes muertos, los cuerpos decapitados, no dejaban lugar a dudas. Otro cártel había actuado. La Puerta de Babilonia había quedado abierta, en espera de que otras manos activaran el picaporte.

Paola llegó a lo que le importaba y provocaba la vibración en las comisuras de su boca: temía que algo saliera mal, Constantino había ido demasiado lejos, esa misma tarde la había llamado un amigo común de Tepoztlán y tenía tres *mails* de otra amiga, en apariencia íntima, a quien le decían la Chacha. Ambos temían lo peor. Sólo unos cuantos estaban en el secreto, los más próximos a Constantino. Ella no podía dejarlo fuera a él, Julio, por más que trabajara para el canal.

Vio la botella azul, el pequeño acuario que podía filtrarle el mundo. «Le parezco un peligro para Constantino», paladeó cada sílaba, con una dosis de ginebra, una bebida para sentirse extranjero en esa casa. «Teme que la delate.»

–Tenía que decirte.

Paola encendió otro cigarro y ahora sí aspiró con fuerza, una y otra vez, tal vez midiendo el daño que causaba en Julio, o ni siquiera eso, absorta en su propia sinceridad, en decir cosas que podían arruinarlos a todos. Constantino se había metido como cabeza de turco en el feudo de Gándara. Aceptó escribir el guión de la telenovela para explorar los contactos del canal y la Iglesia con el narco. Había hecho tomas clandestinas con una diminuta cámara digital; se jugaba el pellejo, ella no debería decir eso, no debía decir nada, cada palabra suya hacía más arriesgada la vida del novelista, pero no podía con la tensión, tenía que hacer explicable la forma en que se mordía las uñas, quemaba la lasaña y veía el techo a las tres de la mañana (lo más asombroso de esas cosas era que Julio no las había advertido), tenía que decírselo a él; no bastaba desahogarse con frases rotas y casi en clave con un par de amigos íntimos, gente magnífica que él no conocía. Las manos de Paola temblaban; tenía la sensación de haber concluido el libro de un muerto, el testamento de un fantasma; había pasajes horriblemente premonitorios. No hablaron de eso en la llamada que él hizo desde el desierto, Constantino se cuidaba mucho, un experto en secrecía. Pero ahora, y se le escapó un sollozo, sonaba muy tenso. Le preguntó por las niñas, le dijo que las cuidara, habló con una de ellas, divino, cariñosísimo, no podía ser que le pasara algo, Paola temía lo peor. Abrazó a Julio y él respiró el humo en su pelo, mezclado con un aroma a hierbabuena. Ella murmuró algo contra su suéter, mojándolo de saliva, pidiéndole perdón por abrumarlo de ese modo, a fin de cuentas él trabajaba para la gente a la que Constantino traicionaba, pero tenía que decirle, tenía que decirle. Lloró un rato mientras él le acariciaba el pelo, pensando en lo último que le había dicho Félix, los datos de primera fila que le había pasado Constantino, supuestamente elaborados por Julio.

Paola se sonó con la servilleta, la dejó sobre su plato, los descuidos mínimos le importaban poco. Él cortó un trozo de queso, sólo por normalizar la escena con un gesto.

Su mujer volvió a hablar. Constantino huía del éxito de sus ficciones, quería hacer otra cosa, sentar un precedente, abrir un archivo oculto, mostrar un horror sin otra inventiva que la realidad. Quería hacerlo a cambio de todo lo que había recibido. Julio se acarició la mancha de saliva en el pecho. Se había convertido en un hombre que come queso mientras su esposa habla de su terrible preocupación por otro hombre. Tal vez lo admiraba demasiado para amarlo. «La idolatría quita menos botones que la insistencia», otra frase del Flaco, referida a un actor de telenovelas que no ligaba. Lo inadmisible es que ella pidiera perdón por decir eso, como si él pudiera entregar al héroe. Por supuesto, podía entregarlo. Pero no estaba en otro bando. No tenía bando. Paola ignoraba el chantaje de Félix que lo había retenido en el proyecto. Sintió el filo detestable del cuchillo que no podía encajar a Constantino. *Be my guest.* Anfitrionismo.

De algún modo, el novelista ya se sentaba a esa mesa, se quitaba ahí mismo sus zapatos, acariciaba el pelo de sus hijas. Seguramente sabía más cosas de ellas que él, tan zombi en los últimos tiempos. Constantino era la mancha que ella miraba en el techo, el esquivo espíritu en su computadora y las hojas regadas por el piso, el nombre que repetían esos amigos, la Chacha que lo quería tanto. Todo se empañaba de una sensación de muerte, y sin embargo no había nadie dispuesto a dar tanta vida como Constantino, incluso preocupado en ayudar a Julio en el canal.

Lo más aterrador de esa situación: Julio entendió lo agradable que sería la vida en el departamento si él no estuviera ahí, si se convirtiera en su propio médico sin fronteras y desapareciera con un buen motivo, dejando una incomprensible figura de arcilla en la mesa de la sala.

28. EN EL DESIERTO

Subió al autobús sintiendo aún la tenue caricia de Paola, una despedida de andén, de mano nerviosa que no alcanza del todo a quien sale de ahí. Ella no fue a la terminal, lo despidió en la casa, con la cansada renuncia de quien no puede retener al pasajero.

La noche anterior concluyó con una cena magra y la insistencia de Julio en que no se preocupara, Constantino sabía lo que hacía, nadie sería capaz de descubrirlo en el canal, todos eran unos trepanados en estado de éxtasis.

Ella se tendió en la cama sin cambiarse y no despertó hasta la mañana siguiente. Llevaba mucho sin dormir bien. Aquel sueño profundo delataba el agotamiento de las noches anteriores, lo que él no había advertido, inmerso en su laberinto de ser cartaginés.

Había ocultado su encuentro con Félix y sus golpes sin mayor problema. No dijo que unos niños de la calle se llevaron su reloj ni que desconfiaba de todo lo que la sirvienta podía saber de ellos. Ni siquiera mencionó el banal descubrimiento sobre el Niño de los Gallos, el idiota que hizo posible la leyenda. Julio asumió estos silencios como un código para vivir en zona neutra sin suponer que también ella aportaba su cuota de silencios, el temor de lo que se desdoblaba más allá de la traducción, traduciéndola a ella.

La ciudad empeoró a medida que el autobús buscaba una

salida. Recobró los elogios justos que había dirigido a Constantino, los párpados narcóticos de Paola, ganando al fin el sueño. El novelista lo ayudaba de modo convincente, fingiendo que le tenía mala uva. Todo se trababa con automatismo, el nombre de Julio podía circular entre los otros sin que él decidiera nada. Podía alejarse.

Había hablado con su tío a las seis de la mañana. Creyó oír un gallo. Avisó que iría a verlo. Le conmovió la exagerada alegría del tío.

Cuando las niñas despertaron, él ya había hecho la maleta. Claudia le pidió que le trajera un pingüino de su viaje.

Paola abrió los ojos a una mañana en la que él ya estaba un poco lejos. Julio informó que el tío Donasiano estaba enfermo, nada definitivo, pero tenía que verlo, pasar unos días con él, aún no sabía cuántos. Había preparado jugo de naranja para todas, él no tenía tiempo de desayunar, ya tomaría algo en la terminal.

Paola trató de acariciarlo y en cierta forma lo hizo, como si borrara el reflejo que él había dejado en una ventana.

¡Qué frías podían ser las mañanas en el campo! El aire calaba de otro modo. En la troje, Julio caminó al baño sin saber si el temblor en sus miembros representaba una tonificante vitalidad o la prueba de que el aire puro sólo servía para que él diera el viejazo. Pingüinos. El Vikingo. Figuras del frío.

En el patio respiró el olor de la tortilla quemada, el filo mineral del desierto, las constancias de su niñez, cuando sólo pensaba en irse de ahí. Durante años tuvo la sensación de abrir y cerrar esas puertas demasiadas veces, más que cualquier otra puerta de su vida futura. Tenía que irse, salir de esos cuartos hechos para atraparlo.

Ahora tocaba con gusto los muros despellejados, aspiraba el olor a encierro y pelos de coyote en los salones, a guano de murciélago en el patio. Algo lo desafiaba sin incriminarlo del todo. Prometió irse lejos, ser de otro modo en otro sitio. A fin de cuentas lo había hecho.

De niño, cuando dormitaba en la escuela, pensaba en la huerta de Los Cominos, llena de ruidos minuciosos, en las cacerías de venados en la sierra, en el descanso para comer garambullos en la sombra azul del monte, en las corretizas de liebres en la nopalera. El mundo que valía la pena era la hacienda, donde sus padres fueron jóvenes y en cierta forma lo seguían siendo. Sin embargo, todo invitaba a la partida.

Pasó junto al brocal del pozo. Pensó en lo que le dijo Olga. Nieves había tirado una moneda, con la mano izquierda.

Desde sus primeros meses en Italia, admiró esa costumbre para tranquilizar a los que parten: la moneda en la fuente, una apuesta para regresar. Nieves lo confundió al citarlo en plazas como espejos y tal vez ni siquiera fue a la cita, pero arrojó esa moneda por él. ¿Para qué?

Una risa fuerte salió de la cocina. Herminia festejaba un chiste con los perros a los que les tiraba tortillas duras.

–¡Joven Julito! –le dijo con el aire de sumiso afecto que duraba menos que el desayuno (para el pan dulce, volvía a ser la adusta deidad azteca que sólo conocía malas noticias).

Una lagartija amarilla recorrió la mesa de la cocina. Casi fue alcanzada por la jerga de Herminia.

–Jijas del maiz, cada día son más.

Julio se vio en el trozo de espejo (un triángulo irregular) que Herminia había colgado junto al fogón. Una cara trabajada por ideas revueltas.

Su tío ya había desayunado. Estaba con Luciano en alguna de las represas que seguían perdiendo agua. Llegó al poco tiempo, con gran estrépito de la *pick-up*.

Julio le vio la mano derecha, engarruñada.

–Un malestar del alma –explicó Donasiano–:... del *alma*-naque. Demasiados días tiene esta mano. ¡Qué bueno que viniste!

Se fundieron en un abrazo. La chamarra de piloto de la Segunda Guerra le trajo otras asociaciones de la hacienda, el mundo viril, deportivo, de los jóvenes depredadores que se divirtieron ahí a pesar del cerco de la historia. El tío rara vez participó en esa festiva cofradía de sangre y pólvora, pero su chamarra olía así.

Donasiano había incluido a Julio en el mazo de una baraja. No podía verlo sin llamar a Alicia y Monteverde. Ellos llegarían tan pronto como pudieran.

Recorrieron el pueblo, tomado por un movedizo ejército de gente que inspeccionaba locaciones. Se habían abierto bodegas cerradas desde la Revolución. Encontraron un alambique para hacer mezcal y toneladas de papeles. Todos los documentos habían ido a dar a la troje donde Donasiano guardaba las pinturas de Florinda. En San Damián el Solo se drenaban los pasadizos anegados de la mina para hacer misteriosas tomas subterráneas.

–¡Me siento como caballo sobrado, sobrino! El corral me queda chico –dijo el tío con gusto.

Aunque jamás depondría el rencor que le guardaba a los agraristas, los trataba con mayor condescendencia, incluso les ofrecía papeles de extras en la futura telenovela.

La noticia de que llegarían actrices y actores famosos o conocidos por un comercial de productos que ahí jamás se habían vendido transformó la vida del pueblo. Unos se aprestaban a despotricar con renovadas causas, otros pensaban en vender tasajo y queso fresco, otros se entregaban al cambiante sueño de imaginar su choza o su cubil o sus cabras dentro de la televisión.

Donasiano era el portador de ese futuro y recibía un trato deferente. Por mucho que se quejara de los homínidos entre los que vivía, lo habían tratado con el respeto de quien reparte aspirinas y media entre conflictos con la autoridad de quien conoce bien los defectos íntimos ajenos y dice muy poco de ellos. «Me perjudican de usted», le gustaba decir. Los mismos hombres que lo trataban con miramientos le arrojaban un animal muerto al pozo con agua de beber. Ahí la reverencia se llevaba bien con el rencor. Desde la llegada de los fuereños, Luciano no había encontrado ninguna gallina muerta.

El tío quiso mostrarle la poderosa virtualidad que había adquirido su presencia. Lo saludaban más, le pedían menos. Hasta Don Bob se acercó a untarse contra su pierna, como si olfateara la fortuna que cortejó en galgódromos lejanos.

Dos torretas demarcaban el límite donde las casas desaparecían entre campos de nopales. Estructuras simples (cuatro palos largos con tablones horizontales), como puestos de vigilancia chichimecas. Ahí se colocarían cámaras para tomas panorámicas.

De poco sirvió preguntarle al tío lo que haría después de la telenovela, cuando el sitio fuera famoso y pudiera convertirse en un hotel para amantes del silencio. Donasiano estaba en un presente inagotable, urgido de arreglos; sobraban tejados que podían venirse abajo.

El día fue cansando a Julio mientras el tío recobraba ánimos. A cada rato algún joven tatuado se acercaba a Donasiano a pedirle sugerencias. Su temperamento, mezcla de espontánea extravagancia, terquedad reaccionaria e inventivas chifladuras, producía un efecto de irresistible simpatía entre los muchos y no siempre definibles colaboradores del canal.

—Eres el único con cara de ánima en pena —le dijo el tío a Julio cuando se quedaron solos después de la cena.

El tío se había sacado las botas; frotaba sus calcetines de cuadros sobre una piel de lobo. Julio hubiera querido permanecer en la mecedora, sin otra actividad que oír los grillos en el patio. El tío le contó un sueño recurrente. Tendía una vía de ferrocarril en una planicie bajo el sol. Al llegar al final, los rieles se habían derretido. Toda su vida entraba en esa angustia, la de esforzarse en hacer algo a fin de cuentas innecesario. Ahora podía ver los rieles hacia atrás, largos, bruñidos, maravillosamente paralelos. Aunque se derritieran en la siguiente escena, los rieles habían llegado ahí. Donasiano había hecho lo posible, lo que un hombre puede arrastrar. Tal vez eso no significara tener destino sino tener esfuerzo, pero le bastaba.

El rodaje inminente —las paredes viejas pensadas como historia— lo ayudaba a situarse en un plano fantasmagórico. Los recuerdos, los anhelos vencidos, las suposiciones a destiempo adquirían realidad. También para él, José Atanasio Gándara se había convertido en «el señor».

Lo único que lamentaba, y se lo decía con la torpeza de la gente del desierto que ha comido demasiada carne dura, cuando no cruda, era la cara larga de Julio, su aire de cordero sacrificial, como si aún siguiera lejos. Tal vez se fue demasiado tiempo, un forastero que paga siempre con la moneda equivocada. ¿Era eso, el país ya no era suyo? No dejó que contestara, ni Julio quiso hacerlo. Donasiano estaba en su monólogo de rey viejo, monarca de un mundo en repliegue. Vio a Julio con los ojos pequeños que se le habían gastado poco a pesar de tantas lecturas. Respetaba su recelo ante la beatificación de Ramón; Julio jamás había sido oportunista, pero quizá hallara papeles de interés. Muchas cosas habían salido a flote en la meneada de cosas que habían hecho, a saber si alguna tocaba la vida de Ramón.

Julio se vio a sí mismo en el Jardín de Luxemburgo, o más bien vio al que él era hacía unos meses, un profesor deseoso de recibir un beneficio del temible Félix Rovirosa. Ahora, el comparatista había dejado de ser temible o sólo lo era por la compasión o el raro afecto que podía provocarle. Saberlo enfermo o recordar que lo salvó en Chacahua podían menos que otro detalle. «Sumi no debe enterarse», insistía Félix.

—¿Por qué volviste, sobrino?

Esta vez el tío sí aguardó una respuesta. Julio escogió una pregunta:

—¿A qué vino Nieves?

—¿Nieves? —el tío preguntó asustado.

—Cuando le pidieron que se reuniera con Florinda.

—Ah, ¡entonces! —Donasiano exclamó aliviado. La historia no incluía fantasmas—. La reprendió, ya lo sabes. A eso se dedicaba Florinda. Una generala, la más temible que he conocido. Supongo que nunca me casé por el miedo de que pudiera haber otra mujer igual. Con ella tuve. Odiaba en seco, sin necesidad de ayuda.

—¿Qué le dijo a Nieves?

—No sé, no soy muy amigo de los chismes, ya lo sabes.

—Vi a una amiga en México, me contó de Nieves. Después de ver a Florinda decidió quedarse. Yo quería que se fuera conmigo, a Italia. ¿Qué pudo haberle dicho? A Nieves la tía le horrorizaba.

—A mí también.

Julio desvió la vista a la puerta. Por el hueco de abajo, dos lagartijas asomaban la cabeza.

Pasó varios días sin saber si debía permanecer ahí o regresar a la ciudad a acabar algo incierto. Habló con Paola. Le molestó saber que todo seguía bien, aunque así fuera mejor.

Alicia y Monteverde hacían preparativos para llegar a Los Cominos. No era ése el motivo que lo retenía. Julio mató el tiempo de cualquier forma, comía poco, el rostro se le hizo más anguloso y las uñas le crecieron en forma extraña, como si tomara un estimulante. La famosa cal de las tortillas de pueblo, tal vez. Una tarde atrapó una lagartija de la cola, con uñas como garras.

Los empleados del canal llegaban a hacer trabajos precisos de utilidad abstracta. Instalaban una pequeña central eléctrica en un rincón del pueblo, levantaban otra mirilla de observación en las afueras, aplanaban un camino como si tuvieran que usarlo de emergencia, luego desaparecían y volvían con afanes parecidos. A veces le dejaban a Julio una revista. Leyó reportajes que hablaban del entrampado tránsito a la democracia; la Iglesia protestaba por una cosa o por otra, protestaba mucho en esos días; una actriz a la que él deseó con constante lujuria en sus noches adolescentes había muerto en España, donde era una desconocida; el crimen encontraba nuevas formas de organizarse, había bandas raras, secuestros, amenazas; se hablaba muy poco del narco, quizá ésa fuera la peor de las noticias, un misterioso velo de control.

Al ver el complicado engranaje que preparaba el inicio de la telenovela, tuvo que admitir algo incómodo: el ritmo tranquilo con que se trabajaba después de la muerte del Vikingo, como si su amigo hubiera absorbido cualquier tensión que pudiera producirse.

Una mañana, una cuadrilla de perros recorrió el pueblo.

—Están entrenados contra bombas —le explicó Eleno.

Los perros podían olfatear muchos tipos de amenazas. Corría el rumor de que Gándara se animaría a dar el «pizarrazo» inicial de la telenovela. Los perros estaban ahí por eso.

Don Bob corrió entre ellos, como si quisiera mostrarles lo que les faltaba. Saltaba sin motivo, hacía cabriolas.

—También él anda como caballo sobrado —comentó Donasiano.

Un aire de pesadilla recorría el país y sin embargo, al hablar con su mujer o las niñas, se asombraba de que la vida fuera tan posible. Quizá sus ojos agregaban algo a las noticias que leía como un zombi de película que atraviesa una ciudad sitiada, un tiempo sin tiempo, donde nadie ganaba ni perdía, la patria como un hipódromo quieto.

De pronto se saturó de noticias que parecían escombros; no pudo seguir leyendo reportajes. Se refugió en la biblioteca del tío. Encontró un misal color vino en su escritorio, repasó una letanía sin extraer sentido alguno de las frases, abrió una novela que adoró en su juventud, cuando leía con la envidiable barbarie del que vive en las páginas. Releyó un pasaje. Era malísimo.

Una tarde sorprendió a Herminia en la cocina, después de una de sus carcajadas. Le pareció ver que arrojaba una lagartija a un perol. Tuvo la instantánea certeza de que la sopa amarilla del tío llevaba lagartijas, la plaga que prosperaba en todos los rincones.

En ese territorio donde antes se aventuraban tigrillos que venían de la Huasteca o de la costa, y donde podían matarse docenas de venados en una batida, sólo quedaban lagartijas que parecían de plástico.

Montó a caballo pero se aburrió pronto. Las ingles le dolían, no conseguía llevar al animal donde quería, bastaba que pusiera las riendas en dirección del pueblo para que el otro trotara de regreso, aburrido de ser caballo.

Le vino mejor la moto del sacerdote. Monteverde la había dejado ahí, al cuidado de Eleno. El Hombre Orquesta la mantenía a punto.

Desde los tiempos de Florencia, cuando bajaba la cuesta de Fiesole en una Vespa, entre monjas en motoneta, no había sentido el serpenteante vértigo de la moto.

Fue a la huerta todas las tardes. Don Bob lo perseguía en la calle, tratando de morderle el neumático delantero. A la distancia, sobre una torreta, alguien agitaba un banderín.

Le gustaba verse reflejado en el agua negra de la poza. Acaso por efecto de la sombra, sintió que también la barba le había crecido sin moderación. Parecía el tío del Che Guevara, algo bastante lógico, tomando en cuenta que se dejó la barba en imitación del Che, y algo molesto, tomando en cuenta que no quería recordarlo.

Poco a poco se envalentonó con la moto. Ensayó saltos en un bordo, los pulmones llenos de aire fresco y polvo y entusiasmo.

En las tardes llovidas el aire olía a tierra mojada, una atmósfera de intemperie íntima, donde los pasos parecían darse en una alcoba.

Pensó en los pilotos que tanto le gustaban de niño, las piruetas pulcras y elementales que trazaban en el cielo. Trató de imitarlos con la moto. Se entregó a ese ejercicio con gustoso infantilismo. Atropelló milpas y barbechos, salió disparado por un terraplén, derrapó con emoción al filo de una cuneta. Regresaba a la hacienda tonificado, aunque sin mucho apetito, eso era algo que no volvía. Cada vez más flaco y encorvado, respiraba en sus manos un delicioso olor a gasolina.

Se aventuró por caminos que lo alejaban de la hacienda. Llegaba a algún caserío, donde le ofrecían galletas secas o un té de canela con extraña reverencia. Tardó en comprender que lo tomaban por un nuevo sacerdote. Monteverde articulaba los rancheríos con su motocicleta, se detenía unos minutos para rezar por un difunto o dar la extremaunción; más importante que sus palabras era el hecho de llegar hasta ahí. El polvo que levantaba en esas tierras parecía una forma del rezo.

Julio aprendió a respetar las miradas expectantes de las mujeres (rara vez quedaba un hombre en esos caseríos). No se atrevió a decirles que no era sacerdote ni a usurpar plenamente esa función. Colocaba una mano grave en las cabezas; para ellas parecía ser suficiente.

No quiso ir a sitios distantes o demasiado decisivos, la Puerta de Babilonia, el Batallón de los Vientos. Temía perderse; además, se trataba de lugares escarpados, de difícil acceso con la moto, que bastaba ver una vez para llevar en el pecho como un peso mineral.

En casi toda la región había lagartijas. Siguió a una cría que parecía un juguete japonés hasta dar con unos delicados pies descalzos. Entonces aún no era *la* mujer, pero al alzar la vista supo que lo sería. El pelo negro, recién mojado, le caía como un telón sobre los hombros, los pezones le abultaban apenas la blusa color crema. Ella le ofreció un plato con maíz y carne de gallina.

Mientras masticaba, Julio contó tres niños en derredor. Por sus edades, le calculó unos treinta años a la mujer, aunque en el campo nunca se sabía. Le preguntó por su marido y escuchó sin dolor que había muerto, al otro lado o cruzando la frontera, ella no sabía bien. Sus labios color de rosa tenían una forma de volverse violáceos al sonreír, siempre de modo triste.

–Usted no es padre, ¿verdad? –Fue la primera que puso en duda el sacramento que le otorgaba la motocicleta.

–Soy amigo del padre –contestó.

Esa noche se acostó con la mujer, sobre un petate. Entró en ella cuando los niños ya dormían, rodeados de gallinas. Su aliento olía a un perfume vegetal, a plantas que no había en el desierto. «Salte antes», susurró ella, hablándole por primera vez de tú, con tranquilidad mundana, segura de que él lo haría. Lo besó con labios duros, muy cerrados, y luego le lamió la oreja. Julio la acarició sin desvestirla. El cuerpo delgado y tenso le gustó como ningún otro, pero su mente entorpecía las cosas. Pensó que los músculos magros y fuertes venían del trabajo excesivo y la malnutrición. Se llamaba Ignacia. Durante el orgasmo sonrió con dientes muy pequeños, blanquísimos; se quejó muy despacio contra su oreja, descargando su placer en un murmullo sin palabras.

Fue él quien lloró, conmovido por la inmensa soledad que la noche arreglaba de otro modo. También su llanto le pareció natural a ella, como si aguardara cualquier reacción de él.

Volvió a visitarla, cada tres o cuatro días. Una noche ella le dijo «estoy con luna», para referirse a la menstruación. Él contestó que no le importaba. «No hay agua», agregó ella. Tampoco eso le importaba a Julio.

El día de Ignacia estaba lleno de infinitas actividades mínimas. No le quedaba tiempo para divagar o sencillamente carecía de sentido de la curiosidad. No le hacía preguntas a Julio. Tenía un radio en el que oía programas hablados, nunca música. Imaginaba las caras de los locutores como barajas de la lotería.

Una madrugada salieron al descampado. Julio vio una estrella fugaz. Le dijo a ella que pidiera un deseo. «Eso es de indios», le contestó.

Ignacia comía con bocados muy pequeños, rodeada de sus hijos, en profundo silencio. Julio nunca atestiguó una queja, un llanto, un berrinche. Los hijos de Ignacia vivían en una educada y armoniosísima tristeza.

Una tarde ella le enseñó un machete. Se lo habían dado las comadres. Sabían que él la visitaba. Alguien podía ofenderse. Ignacia le explicó que no tenía «quevere» con nadie, pero lo hizo mientras se echaba agua en el cuerpo con una lata. Julio vio su piel, erizada por el agua fría, y no le creyó.

Otro día hablaron de Monteverde, que tardaba tanto en llegar a Los Cominos. Ella agregó, en forma enigmática: «A lo mejor no sólo vuelve por la moto.» Bajó la vista, como si le co-

417

nociera o le debiera algo al cura. De manera instintiva, Julio vio las manos de un hijo de Ignacia; buscó en ellas el pellejo que Monteverde tenía entre los dedos. La seña no estaba ahí. Tal vez ella se refería a algo más abstracto, el posible pecado que cometían.

En esos días alcanzó algo cercano a la felicidad. Sabía que se trataba de una dicha suspendida, que se fundaba en no estar en otro sitio, como un enfermo que supera una operación pero aún convalece, al margen de su trajín ordinario. A veces esa dicha le parecía una espera; pensaba en llevarse a Ignacia a la hacienda. Podrían habitar alguna de las zonas apartadas, como una tribu invisible.

29. FUERA DEL MUNDO

Paola le habló una tarde en que él había trazado ochos en la arena. Estaba contento y la saludó con irresponsable alegría. Ella le recordó que tenía dos hijas. Julio no lo había olvidado. También era tío de Alicia, que estaba por llegar a Los Cominos, tenía cosas que resolver ahí. «Me gustaría que te oyeras», dijo Paola, como si él careciera de contacto con su propia voz. Se vio las uñas en ese momento. Casi con gusto, pensó en la alarma con que ella le vería las manos. Colgó el teléfono con un aire sonambúlico, sin saber si habían quedado en algo.

Esa tarde derrapó junto a la poza de la huerta. Cayó en una zona de guijarros y sintió la frescura del agua. Su cabeza dio contra una roca. Antes de perder el conocimiento, pensó en una palabra: «Chacahua». Lo último que recordó fue el movimiento, dichoso aun en la caída, con que había atravesado el campo bajo una luz dorada.

Eleno lo encontró horas más tarde, en la orilla. Aprovechó el agua de la poza para ponerle una compresa húmeda en la frente. Lo llevó a la hacienda, donde él recobró el conocimiento a eso de las ocho de la noche. Herminia estaba ante él. Le ofreció una cucharada de sopa amarilla. Julio no tuvo fuerzas para negarse.

La sopa sabía deliciosa, lo mejor que probaba en mucho tiempo. Comió con voracidad, manchándose la barba.

Al día siguiente caminaba con pasos descompensados, como

419

si tuviera que aprender algún movimiento adicional que no alcanzaba a recordar.

Le dijeron que había tenido fiebres y delirios. Aparentemente gritó mucho antes de volver en sí. No le importó gran cosa dar ese espectáculo, había perdido el pudor en Los Cominos, pero le entristeció no poder usar la motocicleta. Eleno pasó dos días haciendo reparaciones, sin quejarse, con la entereza práctica con que hacía todo. Julio se sentó en una piedra para verlo pulir piezas cromadas, en silencio, como si la moto fuera un altar o una instalación de arte.

Le pidió a Eleno que hiciera una diligencia por él. Empezaba a dar las señas para llegar a las biznagas que rodeaban la casa de Ignacia cuando el capataz dijo:

—Ya le avisé, pierda cuidado —se quitó el sombrero, por respeto a lo que diría a continuación—: no sabía si usted sería un finado, don Julio; luego la gente se preocupa. Ella, por lo menos.

«Ella, por lo menos», pensó Julio, con un intenso amor por el cuerpo casi anónimo que había dormido con él. Sólo entonces reparó en el sueño profundo que alcanzaba en el petate, sobre el hombro apenas cubierto de polvo de Ignacia.

Sentía espasmódicos dolores de cabeza, a veces oía un zumbido. Le daban fiebres en las noches, sus sueños eran agitados. Al doblar un pasillo, creía atisbar una presencia.

Tenía que recuperar la facultad de caminar con soltura. Descubrió la utilidad de una rama para equilibrar sus pasos. Con ese rudo bastón pudo volver a la poza.

Se tendió un rato, usando como almohada la piedra en la que casi se desnució. Dormitó mientras el sol hacía arabescos en sus párpados.

Una voz lo sacó del ensueño:

—La tía Carola sabía encender las llamas. ¿Se acuerda de la cocina integral? Ella se fue muy lejos.

Julio abrió los ojos. La luz lo cegó en tornasolados círculos concéntricos.

—Aquí todo se sabe.

¿Quién hablaba? Julio se volvió. Una silueta negra se acuclillaba en la sombra.

—Al menos lo saben los perrillos:

Fuera del mundo van un coche,
un estudiante de Santo Tomás
y un perro que les ladra sin motivo.

Julio trató de volverse pero un dolor intenso lo retuvo. Una punzada le recorrió la espalda hasta el nacimiento de la columna. Luego sintió un cosquilleo, como si una lagartija pasara por su espina dorsal.

El otro volvió a hablar:

—«Un estudiante de Santo Tomás». Alguien que vive bajo el lema «ver para creer». Lo curioso es que vayan fuera del mundo y un perro, su último testigo, les ladre sin motivo, o sin otro motivo que esa rabia o envidia que a los perros les dan las ruedas. Las cosas pasan pero queda un perro, al menos en estas rancherías. No tienen raza, a veces no tienen nombre ni dueño, pero andan por ahí, fisgando. El estudiante necesita ver para creer, pero nunca ve lo mismo que el perro. Así fue con el perro de Florinda.

—¿Qué le pasó? —Julio habló como si tuviera la boca llena de arena.

—Estuvo en esta poza cuando ella sacó al hombre. —Hubo una pausa llena de ruidos de pájaros; Julio quiso hablar pero no pudo—. Él iba atado y ella no sabía nadar, pero lo sacó.

«Lo sacó un milagro», pensó Julio.

—El milagro fue Florinda. Se lanzó sobre él. Era su prisionero, pero lo quería. Sólo entonces lo supo. Lo tenía en el cuarto del cacomixtle, olía a deyecciones, le faltaban las orejas, era ateo, pero ella lo amaba. Lo desamarró al salir. Cortó la cuerda a mordiscos, como una perra con un cordón umbilical. Lo besó y lloró sobre él. Perdió la virginidad sobre ese cuerpo mojado. Saturnino, el padre de Eleno, los encontró mezclando las lágrimas y la saliva.

«Saturnino los delató.»

–No. Volvieron a vivir como antes. Él en su celda de prisionero, pero ahora más limpio, casi peinado. Leía los libros que ella le llevaba. Florinda quedó embarazada, hizo averiguaciones en Los Faraones; consiguió una mezcla de agua podrida. Expulsó al niño o al trozo de tasajo que iba a ser un niño en esta misma poza. Por eso mató al perro. La había visto. La vio con el hombre. La vio tirar a su hijo, o a su trozo de hijo. Lo disecó para mortificarse. Ver para creer.

«¿Y por qué no mató a Saturnino? Él también la vio.»

–Saturnino la ayudó, la trajo aquí, le dio un paliacate para morder mientras pujaba, le limpió las lágrimas. Ella le dio el anillo de ópalo para agradecerle. El capataz veía lo que fuera pero no importaba, como si lo viera Dios. Él se llevó al hombre lejos, a un convento. Ya había aprendido lo suficiente para vivir ahí. No usó la camioneta para no hacer ruido ni despertar sospechas. Fue a caballo. El caballo se vino abajo con un cólico; siguieron a pie hasta que el otro no pudo más, derrengado como estaba de tanto encierro. Saturnino lo cargó durante un día y una noche hasta el convento. Regresó sin descansar, por donde vino, sin decirle nada a nadie.

«¿Cómo se supo, cómo sabemos?»

–Las comadronas son chismosas –aunque no veía la cara del hombre, Julio supo que sonreía–, y siempre queda un perro para ver algo –el hombre soltó un suspiro–. La próxima vez que te ahogues que sea en una poza más bajita. Me costó mucho traerte a la orilla.

Despertó al borde del agua con un intenso dolor de cabeza. El sol había declinado y un resplandor ambarino rodeaba las ramas de los árboles. Las golondrinas trazaban veloces curvas. ¿Cuánto tiempo había dormido? Se tocó el pecho: sus ropas estaban secas. Algo se le cayó de entre las ropas. Una moneda, un veinte antiguo, de los que justificaban la frase «¿águila o sol?». ¿De dónde había salido? El sueño resultaba demasiado vívido, entre otras cosas porque soñó que despertaba y no podía moverse.

El camino de regreso a la hacienda fue extenuante. Se sentía apaleado, como si siguiera delirando después de su accidente o como si fuera su puro espectro y caminara a fundirse con el cuerpo que estaba en la cama con mosquitero de la hacienda.

Durmió doce horas seguidas, o eso calculó. Abrió los ojos ante las canicas negras del perro. Eleno estaba junto a su cama, como en la mañana en que volvió en sí. Al igual que entonces le dijo con alegre solemnidad:

—Bendito sea Dios, don Julio.

—¿Estaba mojado, cuando me caí? —preguntó en forma instintiva.

—¿Como no iba a estar mojado si se cayó en la poza? Se debe haber desmayado del esfuerzo para salir. Si no me avisan a tiempo no llego por usted.

—¿Quién le avisó?

—Nadie. Dieron tres toquidos en la pared. Mi cuarto da a la calle. Tres toquidos es que pasó algo. La clave del pueblo.

—¿Cómo supo que yo estaba en la poza?

—Era ahí o en casa de Ignacia. Perdone, pero sus rumbos se conocen. Lo bueno es que ya está con bien.

Julio se incorporó. Sobre el buró, junto a su reloj detenido por falta de cuerda (absurdo que en la era del cuarzo usara ese vejestorio) estaba la moneda de veinte centavos.

—¿Y ese veinte?

—Usted lo traía, aferrado en el puño, con la fuerza de los muertos. No quise abrírselo hasta que no estuviéramos aquí. Dicen que la gente agarra su vida con un puño cuando anda muy apurada. Si le abría el puño, la vida se le iba.

Julio vio el anillo de ópalo. El Hombre Orquesta prosiguió:

—Luego ya vino el doctor de San Luis y le abrí la manita. ¿Colecciona monedas? Tengo algunas más viejas que ésa —acarició el lomo del animal disecado.

Julio bebió un vaso de agua. Contó lo que le había pasado en la poza: la historia de Florinda, su aborto, el viaje de Saturnino al convento, cargando el cuerpo del maestro.

El capataz confirmó todo con rudos monosílabos, como si el otro le preguntara por las piezas sueltas de la motocicleta.

¿Regresó a la poza o soñó que lo hacía? ¿Conocía la historia desde siempre, como tantas que volvían a partir de su regreso? ¿Fue una de las historias que oyó de niño, al pasar de noche por un pasillo rumbo al baño, algo que no supo acomodar y sólo ahora adquiría sentido? ¿No debía acatar de una vez por todas el refrán italiano de Paola y silenciar lo inexplicable con «agua en boca»?

Vio la moneda en el buró, común y corriente, extraordinaria. No cayó en el pozo sino en la poza. ¿Fue eso lo que dijo Nieves? Olga no podía saber la diferencia.

La elección del agua oscura en la huerta indicaba lo que ellos habían sido, un sitio al margen, ahogados que reaparecían. «Alguien me puso la moneda para volverme loco», pensó, mientras le llegaba un bullicio del patio. Eleno lo había dejado solo.

¿Regresó a la poza en el delirio, el sueño o el recuerdo? La moneda era normal, no tenía por qué complicarla, uno de los muchos objetos que aparecían en esa hacienda donde tanta gente metía las manos. Y sin embargo, sólo ahora conocía la historia de Florinda. Ella pintaba la poza, el agua negra y convulsa, no para recordar la salvación del cristero sino su inolvidable perdición. Disecó al perro para eso, para ser una con su gozo y su pecado. ¿Le contó la historia a Nieves cuando ella llegó ahí a ser corregida? Florinda amó en medio del horror a un preso sin orejas que durante años no conoció otro baño que la poza. Inflexible como era, renunció a su pasión. Tal vez sólo se permitió tocar el cuerpo porque lo había salvado, como si ella mereciera ese peaje extremo y él no pudiera negarlo.

Se dio un baño y a pesar del hilillo infructuoso que caía de la regadera recuperó la dicha de frotarse bajo el agua. Oyó ruidos inclasificables. Se vistió con una camisa blanca que no se había puesto desde su llegada. De algún modo intuyó que se celebraba algo en otra parte de la hacienda.

Monteverde estaba junto al pozo. Llevaba una casulla verde esmeralda. Las paredes que daban al patio habían sido pintadas durante el desmayo de Julio. El sitio tenía la acrecentada realidad de un *set*. Se había llenado con electricistas, carpinteros, gente de *walkie-talkie*, personal de la televisión.

Monteverde bendijo la hacienda para el inicio del rodaje con un hisopo demasiado grande, o eso le pareció a Julio. Los empleados (fácilmente unos cuarenta) se arrodillaron en el patio. Julio recordó las ceremonias a la intemperie de los cristeros, el pueblo arrodillado antes de morir.

En su sermón, demasiado largo para ese sol de justicia, Monteverde habló de la guerra de las imágenes y la necesidad de actualizar la iconografía de la fe. Seguramente pocos lo entendieron, pero eso era lo que se esperaba de un sacerdote, y Monteverde no podía sustraerse a su impulso retórico. En algún momento hizo un ademán mecánico, llevando el ritmo de sus frases; encogió el pulgar y lo presionó en la mano, varias veces. «Zapping», pensó Julio. Quizá sólo él percibió que el gesto tenía una rara forma de ser apropiado.

Los feligreses llevaban chamarras con motivos deportivos y camisetas que aludían al *heavy-metal*, al fútbol americano, a otras potestades. Reconoció un Zapata, un Pokemon, un Che Guevara. Tuvo la impresión de que, aparte de él, nadie se quedaba sin comulgar.

Terminada la misa, el cura descubrió a Julio. Abrió mucho los brazos:

—¡Le ha crecido una barba de misionero, don Julio!

El sacerdote le pidió que lo acompañara a la iglesia de Los Cominos. Encontraron una grey distinta: mujeres de rebozo enlutado, ancianos de pantalón de manta, tres perros infaltables. Un hombre desdentado llevaba una gorra de Batman, regalo de algún empleado del canal.

A lo lejos, más allá del antiguo cuartel de los lanceros, las torretas habían crecido. Sostenían grandes reflectores para tomas nocturnas.

Julio se apartó de Monteverde, muy asediado por la gente, y volvió a la hacienda.

Antes de entrar, sostuvo la aldaba del zaguán, sólo por el gusto de sentir algo sólido en la mano. Entonces la vio en la bocacalle.

Quizá le impresionó primero la mirada huidiza, el brillo negro de los ojos, o quizá le impresionó la sonrisa con la boca cerrada, los labios apenas tensos, o la blusa, ni blanca ni crema, entre el rosa y el naranja suave, un color que tal vez fue encendido y se había desteñido o mezclado con otro, un color de tiempo. Quizá luego le impresionaron las manos entrelazadas, inmóviles, de quien no avanza pero quiere hacerlo, o la falda como un blusón o algo que era cualquier cosa menos una falda, o el pelo partido en dos, recogido en un moño tenso, casi neurótico, que sin embargo no provocaba el aire altivo del pelo que se restriega tanto. Estaba quieta, pero lo miraba como si fuera él quien llegara y ella no supiera si debía recibirlo o no.

Julio se acercó, con pasos chuecos por las piedras, la caída reciente, el mucho reposo. Los ojos de Ignacia lo buscaban, conociéndolo, entrando en él, sabiendo lo que tenía, oliéndolo de cerca. Ignacia sonrió y por alguna razón él vio sus propias manos, sus uñas horriblemente largas, y se detuvo, justo a tiempo para que ella diera media vuelta. Había estado ahí, en una violenta espera, había visto los pasos quebrados que él podía dar hacia ella. Estuvo ahí, recargada en la pared, la mejilla vuelta hacia un viento que le quitaba algo.

Ignacia caminó de prisa, se alejó de su vista. A Julio le dolió un músculo raro. Se quedó ahí, clavado entre las piedras.

Ignacia olía a plantas en sus muslos flacos y húmedos, a un desconocido vegetal en la garganta. Se había acercado hasta la hacienda. ¿Desde cuándo estaba ahí? Julio sintió una dicha descomunal, inmerecida. Luego pensó en el machete en casa de ella, como si la felicidad fuera una venganza. Se sintió ruin de

426

un modo espléndido, poderoso, capaz de hacer de su dicha una afrenta. Vio el cuerpo joven que se abría para él entre el polvo, la botella ahumada que contenía un agua quieta con pétalos chiquitos, con la que ella se untaba el cuello. Bajo la luna, Ignacia lo miraba como si hasta entonces hubiera estado loca y ahora entendiera algo, y él sentía un temor confuso y fascinante; en cierta forma, esa locura era la tranquilidad que empezaban a perder y los obligaba a otra cosa, exigía una respuesta, cruel y sencilla, como la sangre que le brotó una vez de la nariz, «orita se me pasa», dijo Ignacia, y fue cierto. Era débil y de una fuerza irresistible. Julio la sostenía en vilo con la turbadora sensación de quien sostiene nada.

«Los Cominos, muchas nadas.»

—No se preocupe, don Julio, la moto tiene compostura —le dijo Monteverde.

Estaban en la biblioteca, sin el tío, que había tomado un purgante con tomillo («gran bactericida») y no iba a salir de su cuarto.

El sacerdote pidió disculpas por su tardanza en volver a Los Cominos. Hacía preparativos de viaje, tenía que atar cabos sueltos por todas partes.

—Le encomendé la moto a San Cristóbal, patrono de choferes y navegantes, algo hizo por usted porque lo sacó del agua. ¿Un mezcalito, don Julio?

—No. Tengo la cabeza muy revuelta.

El sacerdote sonrió mientras se servía en una copa coñaquera. Sus botas estaban manchadas de lodo.

—Lo conocen mucho en las rancherías —dijo Julio.

—Conocen mi moto. Me temo que nunca los atendí lo suficiente.

—Habla en pasado.

—Me mudo. Un viaje de estudios, interesante, pero un poco a destiempo. Tal vez nos veamos en las Europas.

—No voy a regresar a Francia.

—Ah, caray, es usted un saco de sorpresas. ¿Y eso?

—Supongo que me cansé de ser extranjero. Tampoco aquí encajo muy bien, pero ya me hallaré.

—La verdad, lo envidio.

—¿Lo mandan a la fuerza?

—La obediencia es un principio de amor, don Julio, no lo olvide.

«Ver para creer», Julio recordó la voz que habló en la poza. Florinda amó y pecó y quiso que su perro la viera desde el buró, el testigo la obligaba a recordar. Félix lo sacó del mar en Chacahua para adueñarse de él, un rescate con algo de secuestro. ¿Por qué salió por segunda vez del agua? ¿Para recibir la moneda que había tardado tanto en caerle dentro?

—Averigüé cosas de mi tía Florinda. El hombre no salió solo del agua. Ella lo sacó y no sabía nadar. Ése fue el milagro.

—¿Por qué no lo contó así?

—Fueron amantes, tuvieron un hijo, lo tiraron al agua, Eleno lo sabe. Su padre estuvo ahí. Horrores naturales. Cosas del campo.

—¿Quién le dijo eso?

—La figura, el que me sacó del agua o el que soñé o aluciné que me sacó del agua.

—La vida está hecha de malentendidos, don Julio. ¿Quiere quedarse con la moto?

—¿Y quién sigue con la causa?

—¿Cuál causa?

—¡Ramón, por Dios!

—Habla usted como cura de pueblo —Monteverde mostró sus dientes manchados—. Eso fui, traté de serlo de la mejor manera. —Hizo una pausa; se acarició el pellejo entre los dedos, como para señalar que no olvidaba su milagroso origen; luego continuó—: Ramón fue monaguillo en su infancia, ¿y sabe dónde descubrió el cuerpo de la mujer? ¡En un viejo retablo! Ahí estaba pintada la estampa de una belleza sufriente y desnuda. La pecadora del purgatorio. El padre Reveles vio el éxtasis del muchacho ante esa imagen y lo empujó al mundo, para que se probara en él. El padre quiso que conociera el siglo. Ramón salió de ahí con una confusión esencial y entregó su carne como un martirio. Ya sé lo que piensa, no quiero que volvamos a discutir el tema. Desde niño lo sedujo una víctima, el Ánima Sola. La mujer castigada no fue para él un motivo de espanto sino un aliciente para su piedad erótica, si así se le puede llamar. Cuídela, don Julio. –Aunque le tendió las llaves de la moto, Julio sintió que la cabeza le martilleaba.

«Quiere que le pregunte de Ignacia.»

–Al final, nuestros papeles se invierten –sonrió el cura.

«Le dejó el machete.» «O crees o te lleva el diablo», recordó.

–¿Seguirá buscando cosas del poeta? Yo prefiero que se escondan, que ganen fuerza –dijo Monteverde.

–¿Qué más quiere esconder?

–¿A qué se refiere?

«El hijo negativo», Julio recordó su primera conversación con Monteverde.

–Su Ánima Sola, sus hijos.

–Aquí todos fueron mis hijos por un rato, pero no serán mis huérfanos. Ya le digo, mi moto tenía más éxito que yo.

–¿Lo obligan a irse?

–Me gustan los estudios, no puedo quejarme. Inicio un nuevo ciclo, una oportunidad de actualizarme en teología. Los años pasan volando, ya nos veremos.

–Se aleja, pues, ¿de sus «funestas dualidades»? ¿También usted hizo de su carne un altar? Creo que eso dijo de Ramón, ¿no?

El cura apuró su copa:

–Eso se está poniendo de moda. ¿Ha visto al supuesto asesino del poeta que fue su amigo? Primero confesó su asesinato en televisión; ahora confiesa todos los pecados que lo llevaron a cometerlo. De la culpa pasó a la pornografía –su voz adquirió un tono más recio–. Me gusta que esté aquí, don Julio. La Providencia trabaja por caminos misteriosos. Pensé que López Velarde le interesaría, pero no que se instalara por aquí. Algo más fuerte se movió con esas fichas. ¿Me sigue?

Julio pensó en las piernas de Ignacia, en la línea blanca que le atravesaba un muslo, como una cicatriz en diagonal. «Es mi marca», le decía ella. A veces, después de hacer el amor, la línea parecía borrarse, luego reaparecía, trazada por un lápiz afilado.

¿Conocería Monteverde esas piernas delgadas que seguían tan bien los movimientos de Julio en el petate? ¿La había marcado él y ella no quería decirlo? «Cuídela», había dicho el cura refiriéndose a la moto que lo llevó a Ignacia.

—¿Fingió que la causa le interesaba para que yo viniera aquí?

—«¡La causa!» Habla usted como un cristero, don Julio. La santidad de Ramón me interesa, pero no tiene oportunidad, ya se lo dije. Fanáticos televisivos, es lo que ahora vende. Hay que esperarse. Pero usted está aquí. No soy el responsable, si acaso fui el mensajero. Me voy, don Julio, hay mucho que proteger aquí.

—¿Por qué no se queda usted?

—Me sacan de la jugada, ya se lo dije.

Quizá la pugna entre la fe y la transgresión de la que tanto habló en su primer encuentro tenía un sesgo autobiográfico. Quizá necesitaba la figura del pecador arrepentido para sobrellevarse a sí mismo. Se despedía de modo extraño, como si le heredara algo. Ése había sido su tono desde el principio, pero Julio lo asoció entonces con sus sobrinos.

—Conoce a Ignacia, ¿verdad?

—Son ranchos, don Julio, «caseríos de estallante cal», como diría el poeta. Conozco hasta a sus perros.

—¿Y a sus hijos, de quién son?

—Un pelado que se fue al norte, ¿qué más da? Traté de ayudarla en un tiempo, con recursos de la diócesis. No se dejó. Esa mujer vivía en una miseria altiva hasta que llegó usted.

De nuevo, Monteverde parecía comprender demasiado. A Julio volvió a dolerle la cabeza. El sacerdote abrió un bolso negro.

—Eleno no siempre puede protegerlo —dijo, y sacó un objeto reluciente.

El sacerdote le tendió un puñal. «Mi dueño no tiene prisa», decía la hoja.

—Le pedí a Eleno que lo hiciera en Zacatecas. Puede serle útil en estas tierras, pero no se precipite.

Por un momento, Julio se dejó ganar por otra idea. El verdadero dueño del cuchillo era Monteverde; se lo dejaba en prenda y no tenía prisa en recuperarlo. Su anfitrión.

¿Sabía desde el principio que la beatificación era un disparate y actuó así para que él lo suplantara en esa región abandonada? Julio sintió el filo en sus dedos. ¿Qué hoja abrió la carne delgada de Ignacia? A veces, ella le mordía «el pellejo del corazón», muy despacio, sin hacerle daño. No tenía curiosidades o no tenía otra curiosidad que ese gesto; Ignacia no hurgaba en sus recuerdos, como si también los de Julio fueran terribles y él no debiera conocer por qué una cicatriz en diagonal le atravesaba el muslo. Pensó en el último poema de Othón, el puñal en el corazón de la mujer. La cabeza le daba vueltas.

Monteverde se puso de pie:

—Es bueno tener rivales como usted, don Julio. En cambio, los amigos que piensan como yo aprecian mi silencio. Lo voy a extrañar.

Julio volvió a caer en el letargo mineral que definía sus horas. Cuando despertó, el tío estaba junto a su cama, de espléndido humor:

—¡Qué bien me hizo ir tantas veces a Juárez! —la purga lo había tonificado.

Además, Alicia había anunciado su llegada para esa tarde.

Fueron al comedor, donde había unas veinte personas. La fragancia de los frijoles con epazote se mezclaba con los olores del trabajo, la pintura, el plástico. La nueva atmósfera ganaba fuerza sobre las pieles disecadas, el encierro, los papeles ahumados.

Julio comió un taco de pie y siguió al tío a una nave al fondo del terreno. La puerta tenía un candado inmenso, en forma de corazón. Donasiano separó la traba de metal como si abriera un fruto. Empujó la puerta de madera.

Un pájaro entró por la claraboya al fondo de la nave.

—Aquí se hacía mezcal —el tío señaló una enorme muela de piedra.

Los derrumbes de la hacienda habían ido a parar a ese sitio, en espera de que la herrería de una ventana volviese a ser necesaria. El polvo picaba en la nariz y se hacía más irrespirable a medida que avanzaban hacia los anaqueles, cubiertos de gruesas mantas. Por las siluetas, se diría que ocultaban animales prehistóricos.

Donasiano le pidió ayuda para levantar una manta, tan gruesa como la de una tienda de campaña. Para quitarla por completo hubieran necesitado la fuerza de cinco hombres. Se limitaron a entrar en la sombra de la tela para ver los entrepaños encaramados unos arriba de otros, la profusión de cajas de cartón, los papeles envueltos en bolsas de plástico. Cerca de Julio había un morral. Revisó el contenido. Libros antiguos. Sobre plantas medicinales, conformación de las haciendas, aves de México, la guerra chichimeca, pesados anuarios estadísticos.

Fue un alivio volver a respirar el aire polvoso de la troje. Julio subió a un montón de cascajo. Contó cuatro cuerpos cubiertos de tela. Los papeles se deberían contar por decenas de miles.

–No sé lo que hice –sonrió el tío–. Compré archivos enteros cada vez que el reparto agrario jodía a alguna familia con algún grado de educación, y ya ves, una selva oscura. Allá al fondo están los cuadros de Florinda, sus marinas locas –señaló un anaquel que parecía más ordenado, lienzos envueltos en gruesas rebanadas de hule–. Rovirosa me dijo que se necesita un conservador para todo esto. Los papeles van a estallar en estas condiciones.

–El papel no estalla.

–Se va a joder, pues. Alguien tiene que clasificarlos. Pensé que yo me dedicaría a eso. Fue una pesca milagrosa, pero a mí ya sólo me interesan sardinas de lata. Y alguna sirena que vendrá a la telenovela. He visto fotos, no te creas que pierdo el tiempo.

Un rayo de sol caía en diagonal por el hueco abierto en el techo de bóveda.

–Quiero que razones todo esto. Necesito tus sesos, sobrino. Rovirosa me va a hacer una oferta. Dice que a esto se le puede sacar bastante jugo. Si algo bueno sale de los papeles, quiero que tú lo controles. Por cierto, el doctor Rovirosa te manda saludos, está muy contento con tu última entrega –el tío le puso la mano en el hombro.

Salieron de la troje. El cielo era de un azul purísimo. Un zenzontle lo cruzó como una línea negra y cayó en picada, hacia otra claraboya, tal vez.

Fue un lío localizar a Paola. Julio habló con las niñas y sintió punzadas en una víscera ilocalizable. Le costó mucho desprenderse de esa plática en la que un nuevo animal tenía gripe, unas ronchitas rojas en la panza, temperatura y pesadillas. Sandra le había puesto a un ratón Jorge Valdivieso, nombre absurdo para un ratón y más para un peluche, pero así crecía la familia.

Después de múltiples intentos y pausas barridas por la tormenta de las malas comunicaciones, dio con Paola. ¿Había algo más extraño que oír el mar en el teléfono? ¿Dijo eso López Velarde? Oyó la voz de Paola en el oleaje de las líneas pueblerinas. Ella había escogido tratarlo con serenidad. Un tono pausado y algo teatral, con un acento superchilango, como si hablara así en beneficio de él, sugiriendo que si pasara al italiano o a una variante más espontánea del español lo insultaría como se merecía; Paola deponía la hostilidad en favor de las niñas. Una fuga hacia adelante, un borrego loco, eso era Julio a los cuarenta y ocho. Constantino seguía enviando reportes por Internet en su nombre. Félix había hablado a la casa para felicitar a Julio, «ese loco imposible». Paola lloró al decir esto último, guardó un silencio que tal vez fuera cómplice, y él pensó en algo que habían discutido tantas veces, la curiosa forma en que la gente se divide entre los que se van y los que se quedan, los que viven para una constancia y una repetición y los que necesitan un aire siempre extranjero, un idioma en el que encajan palabras inseguras, la falta de pertenencia como mayor seguridad. Julio fue de los segundos y supo compadecer a los primeros, a Nieves, que sacrificó su horizonte extenso, lo que para ellos equivalía a la vida. Quizá demasiado tarde había cambiado, lo supo por el silencio de Paola. Los que se van, los que se quedan, dos tribus sin elección, hasta que algo, una carta en tiempos en los que casi no hay cartas, cambia las cosas. Los años habían vivido por él su ausencia, como fantasma y chisme y mala sombra. En Florencia, La Haya, Lovaina y París carecía de ausencia, sitios en los que estuvo, cargados de recuerdos, casi siempre agradables, pero donde nada adquiría la atronadora urgencia del regreso. Una extraña estática, un viento estepario, se apoderó de la llamada. Paola le dijo rápido «te quiero mucho», como si el ruido raro pudiera suprimir esas palabras. «Yo también», un soplido tenue en el viento telefónico. Julio estaba loco. La línea recuperó cierta nitidez. Paola contó que haría un viaje «a cuatro» a Puerto Vallarta, no estaría ahí la próxima semana. El italianismo decía mucho y decía poco. ¿«A cuatro» eran Paola y tres amigas o una familia ya reconstruida? Tal vez cedió a esa fórmula para que Constantino no destacara mucho. Julio se resistió a preguntar si el novelista, tan ocupado como estaba en sacar adelante dos trabajos, uno de ellos (el más personal) con una faceta clandestina, haría el viaje. Colgó y le costó trabajo soltar la bocina. Los que se van, los que se quedan. El infinito tedio de quedarse fue la opción de ella, para quien inventarse una normalidad podía ser una aventura. Julio no quería sustraerse a su último regalo, el dolor de no tenerla, su largo regreso, la opción de ir hacia atrás, o acaso, de pensar que en medio de las nadas Los Cominos podía evitar la repetición, lograr que algo continuara.

Al caer la noche oyó el sonido de un violín. Fue invitado por un grupo de trabajadores a compartir una botella de mezcal. Cantaron canciones de rencor ranchero, con voces urbanas. Entre una pieza y otra caían frases como «vamos a necesitar un gráfico», «la información que yo tengo»..., gente productiva, con seguridades de oficina. Entre ellos, dos peones que no cantaban, miraban sin ver, con ojos abultados. La sonrisa se les congelaba en la boca. Sus manos correosas, fuertes, sostenían

435

pañuelos (azul celeste uno, crema el otro) que cada tanto pasaban por la frente y los ojos. Julio sintió el ardor del alcohol en las venas. Pensó en el cuchillo que le dio Monteverde. También pensó, con desesperación, en la posibilidad de volver a la choza y que ella no estuviera ahí. Imaginó una escena de espagueti-*western*, su imaginación rústica no daba para mucho: se vio entrando en una casucha devastada de la que salía humo, un humo irreal, emanado de los muros a los que no consumía, las pocas pertenencias revueltas con dramática disposición, rastros húmedos de *algo* en el piso de tierra. «Mi dueño no tiene prisa», recordó, y le hizo bien hacerlo.

Bebió y canturreó a destiempo, como un actor mal doblado. Los del canal le decían «licenciado», pronto pasaron al «lic», más tarde alguien le dijo «doc». Se discutió dónde colocarían el *trailer* de Vlady Vey sin la obscenidad que Julio hubiera esperado. La actriz inspiraba una tediosa reverencia, como si fuera la madre de todos los borrachos.

Luego el del violín tocó la armónica. Una bolsita de garbanzos enchilados circuló de mano en mano. Julio se emocionó con alguna canción corajuda.

Salió a orinar al patio. A lo lejos, alguien caminaba con una linterna. Debía de ser Eleno, en su perpetua función de centinela. Había visto todo en esa hacienda. Cada cosa que pasaba ante sus ojos sólo podía ser natural. Su padre acompañó a Florinda a la poza con una lealtad muda y orgánica. Estaba ahí, poseído por esa tierra, como su eje secreto.

Julio divagaba al llegar a su cuarto. Encendió el foco y vio el molesto resplandor rojo de las revistas; prefirió apagar la luz y avanzar a tientas. Se desplomó en la cama y respiró una curiosa fragancia en la almohada, como si alguien hubiera dormido ahí minutos antes; un olor a pelo recién lavado, un olor de mujer. Encendió la luz del velador. En el buró, junto al perro, había un papel bien doblado. Era un mensaje de Alicia. Estaba en la hacienda, no quiso buscarlo en la «fiesta». Se verían al día siguiente.

31. EL VIEJO POZO

Desde su aspecto, Alicia volvía absurdo el desayuno. Estaba vestida como un repartidor de pizzas: camiseta blanca, zapatos tenis, gorra de beisbolista, rompevientos negro. Demasiado flaca, con la palidez de quien vive de noche. Se veía incongruente ante el platón de cerámica con pan dulce, las tunas recién peladas, el plato de huevos rancheros que Herminia le puso enfrente sin preguntar. Movía un café negro con desgano cuando vio a Julio.

En un español mucho más asentado que el de su visita anterior, habló con entusiasmo del aspecto de *set* que cobraba la región entera. Le mostró fotos polaroid de unas lagartijas amarillas saliendo de una tumba. Sí, estuvo en el camposanto, rodeado de reflectores, parasoles y espejos para las primeras tomas de *Por el amor de Dios*. También se había detenido en un círculo de *trailers*, como un campamento piel roja, en un llano donde antes sólo había correcaminos.

Feruccio y Navarrete le habían pedido ideas para el fondo musical. Utilizarían *hip-hop* guadalupano, corridos tex-mex, redoba *tecno*. «El señor» estaba fascinado con la idea del guadalupanismo pop y la integración fronteriza del culto.

Sin dejar de mover el café, Alicia le contó de un colectivo de Sausalito y otro de Sacramento dedicados a recoger música alternativa.

A partir de esta plática, más deshilvanada por la falta de

437

atención de Julio (todavía un latido en las sienes, la vista no muy despejada desde el accidente) que por las incorrecciones de su sobrina, Julio supo que Constantino Portella había introducido una ruptura temporal en el guión: la guerra cristera se narraría desde el presente; los herederos de esa fe se contarían la historia entre sí. A las vicisitudes de los años veinte, se agregaría la de una familia dispersa, con hijos en Estados Unidos, algún fanático de ocasión, un tío catequista en una comunidad indígena.

Alicia no tocó el pan que Eleno había traído de Los Faraones. Las cosas que tenía que decir le llenaban la boca, como si hubiera recorrido el desierto desde Los Ángeles en un silencio del que debía recuperarse.

Cuando finalmente bebió el café, Julio entró en el tema de su accidente. Habló de la motocicleta. Ella sonrió de un modo espléndido, sorprendida de imaginar a su tío en ese aparato.

Julio habló de su delirio, el extraño regreso a la poza, la voz del desconocido, la incertidumbre de su supervivencia.

—Es como si lo siguiera soñando. Tengo las ropas mojadas, luego ya no. Al despertar tenía esto en la mano —mostró la moneda de veinte centavos.

—¿Al despertar o al salir de la poza?

—Supongo que es lo mismo.

—Te ves repálido.

—Una amiga me mandó un recado de tu mamá. Dijo que tiró una moneda en el pozo para que yo volviera.

—O tal vez para que te «cayera el veinte». Se quejaba mucho de que los veintes no me caían. Pensaba que todos éramos teléfonos con la moneda atascada. Se desesperaba mucho. Me caía mal cuando quería que la entendiéramos a lo loco. Luego se le quitaba pero en esos ratos me caía mal.

Salieron al patio.

—Qué frío hace en el campo. ¿Leíste el cuaderno? Mi mamá tenía una letra horrible.

En el patio de los naranjos, tres empleados desplumaban un guajolote. Alicia y Julio se alejaron de ahí. En el segundo patio, encontraron una estruendosa hélice en movimiento. La reparaban para producir tolvaneras en la telenovela, según explicó un hombre de overol. Siguieron hacia la nave de los documentos.

Julio le contó la historia de la mano izquierda, quitándole importancia al asunto, como una de las muchas molestias que entonces eran bastante tolerables. El pasado, un lugar donde pasan cosas raras.

–Todo lo que dicen de Florinda me da miedo, *quite creepy* –dijo Alicia.

El candado en forma de corazón estaba abierto. Julio empujó la puerta.

–Por ahí están sus cuadros, y los papeles de la familia –le dijo a su sobrina.

Adentro, las palabras se asentaban de otro modo, vencidas por el polvo. Julio levantó una punta de la tela de lona. Anaqueles con libros, periódicos amarillentos, fotos dobladas. Creyó distinguir un brillo de alarma en los ojos de Alicia.

–El tío Donasiano no sabe qué hay. Juntó todo «por si acaso».

Alicia se mordió el labio inferior.

¿Tenía sentido leer o siquiera ordenar todo eso? Tal vez los datos, los viejos informes, los saldos de otro tiempo, no harían otra cosa que incriminarse unos a otros, como secretos mal guardados.

Una detonación llegó de un sitio vecino; los muros se cimbraron. Una arena finita cayó del techo. Algo parecido a un murmullo recorrió la nave. Julio soltó la lona.

Alicia se sacudió el pelo. Volvieron sobre sus pasos.

Había dos piedras junto a la entrada; ahí el aire era algo que volvía a moverse. Antes de sentarse, ella ya había empezado a hablar de su madre.

Nieves le había contado del plan absurdo y divertido de huir a Italia con Julio, una irresponsable travesura adolescente, un primer romance triste e imposible, como deben ser los primeros romances. Le contó lo mucho que lloró cuando se separaron, los días encerrada en su cuarto, tocando fondo junto a demasiados litros de helado y una tortuga de peluche que volvía a ser esencial, hasta que se enamoró de un tonto que la hizo muy feliz y luego de otro y finalmente del que sería su marido, no fueron muchos sus amores. Por esas historias, ella, Alicia, había aprendido a odiar a Florinda como a una fuerza sorda y maligna, una castigadora sin reposo; nunca supo lo de la mano izquierda, eso mostraba hasta dónde podía llegar.

Julio recordó el pavor que le daba dormir en el cuarto vecino al de su tía, el asco de sentir su lunar con pelos al darle un beso, sus deprimentes manos blancas de mujer sola. Ahora, en el desorden de los años, tan semejante a los papeles juntados por su tío, también podía verla como víctima. Condenada a cuidar a su madre, en una soltería predestinada, Florinda se horrorizó de sí misma al punto de no poder verse en los espejos, y pese a todo conoció el amor, el amor como un fardo y una condena, el amor de un preso sin orejas, embrutecido por el encierro, el amor de un enemigo. Se buscaron y se dejaron de un modo animal, con la ayuda de Saturnino y de Eleno, que miraba como si nada pudiera repugnarle, como si ver fuera sacarle tripas a un borrego. Ante él, nadie necesitaba la sonrisa descolocada de quien se sabe visto sin remedio. Florinda abortó en la poza a la que todo iba a caer, un hijo como un trozo de tasajo, otra moneda extraviada.

Sentado en la piedra, Julio le habló a Alicia del perro en su buró, disecado para recordar la caída y las delicias de la caída. Así fue la mujer que amarró a Nieves a la silla.

Habló en un tono que quiso ser neutro, borrando cosas, quitándole hierro a los caprichos, normalizando hacia atrás, repitiendo detalles nimios para simular que había lógica en todo aquello.

–Hablas como si me fuera a dar una pesadilla. –Alicia trazó un pez con una rama en la tierra seca–. Florinda le dijo otras cosas a mi mamá. Cosas de ti –añadió.

«La serpiente entre los muslos de Caín.» Julio había oído sus estallidos bíblicos; recordaba a la perfección su gorro de bruja holandesa que se justificaba al decir: «Te refocilarás en el averno.» Se necesitaba estar bastante viejo para haber conocido a alguien que decía «averno» con espontaneidad (y llegaba a convertirlo en sinónimo de discoteca).

Alicia vio a Julio.

—Mi mamá no me dijo que cogieron pero supongo que cogieron. Mi mamá no era tan tonta. ¿Cogieron?

—Soy de otra época, Licha.

—¿Entonces no se cogía?

—Entonces se decían otras palabras; «averno», por ejemplo.

—No importa, hombre. Ya te pusiste colorado —su sobrina le tocó la mejilla; tenía la mano helada—. Estás tibiecito. Supongo que eso le gustaba a mi mamá. Se quejaba siempre de tener los pies fríos.

—¿Qué le dijo Florinda?

Alicia desvió la vista a la intemperie, como si necesitara distancia para volver a ese pasado.

—Le habló de su mamá, de mi abuela, Carola.

Por la puerta entreabierta Julio veía las sombras dentro de la nave, los lomos prehistóricos cubiertos de lona, y entendió, aun antes de oír del todo a su sobrina, como si vomitara un agua estancada desde hacía años, entendió la oportunidad que recibió Florinda, la ruleta donde podía apostar sin riesgo a un triunfo pleno: Julio denunció la supuesta infidelidad de la tía Carola, ella huyó por la vergüenza que él le ocasionó; le atribuyeron un romance con su jefe de nuca colorada, la cercaron, la vieron feo, de lado, por la espalda, la rondaron con murmuraciones, hasta que el niño habló. Julio había pasado las vacaciones con ella en el almacén. La quería mucho y precisamente por eso, para mandarla lejos, la delató: Carola se «entendía» con las manos cubiertas de pecas del jefe, con el lápiz que movía al compás de un *swinging jazz*, con los conos de papel supermoderno que recibían agua electropura, con todo lo que no fuera la familia, esa posibilidad viva del pasado. El tío Chacho oyó la confesión balbuceante, llorosa, definitivamente mongólica de su sobrino: «¡Sí, se entienden mucho!», y quedó al borde del suicidio. Carola huyó para no ahondar el drama. Luego vino lo peor (lo peor en la versión de Florinda): todo era mentira, Julito inventó la historia.

Todos querían corroborar la calamitosa vida de Carola, pero sólo hubo un instrumento de la verdad, Julio, el mirón en el sofá. Costaba trabajo creer que un inocente que llevaba el nombre del Niño de los Gallos tuviera malicia para distorsionar los hechos, pero así había sido. Julio adoraba a Carola. Mataba lo que amaba; no nació para salvar sus gallos sino para desnucarlos. Testificó en falso. Eso fue lo que Florinda le reveló a Nieves, impertérrita, guiada por su inflexible mundo interior, dominado por los vaqueros justicieros de *Alma Grande*, incapaces de perdonar a un cobarde, y las horribles noticias de la revista *Time* que en su mente punitiva se traducían en merecidos anticipos del apocalipsis.

–El Niño de los Gallos era un subnormal –murmuró Julio, como si eso tuviera importancia en ese momento. Contó la historia, como una de las «confidencias de tedio» que podían gustarle a López Velarde pero no a su sobrina.

¿Qué hilo podía jalar? ¿Cómo reproducir el momento de asfixia en que expulsar a la tía Carola de la grey significaba liberarla, dotarla de un porvenir distante, venturosamente ajeno, de cocinas integrales, dorados rostipollos, desconocidos superhéroes? ¿Dónde estaría ahora, aún sería capaz de teclear con maniática celeridad? Julio se limpió la garganta.

–Mentí. No podía hacer otra cosa. Era un niño.

–Lo curioso vino después. El jefe de mi abuela, el gringo ese, murió en un baño de Sears, apuñalado por un amante, un empleado del almacén.

–¿Florinda se lo dijo a tu madre?

–No, eso lo supo después; se lo contó Klaus Memlig, que tenía contactos en Sears. A mi mamá, Florinda sólo le dijo que tú quitaste de en medio a Carola. Le metió culpa, pues.

–¿Por qué no buscaron a tu abuela, si sabían que era inocente?

De pronto Alicia conocía mejor su pasado:

442

—No podían arrepentirse, les daba demasiada vergüenza haberse equivocado, además ni sabían dónde estaba. *Who knows?* Borregos locos.

Nieves valoraba ese episodio lo suficiente para habérselo contado a Alicia cuando ella tendría unos diez años. ¿Por qué lo hizo? Ese tipo de historias se reservan para las complicidades de la adolescencia, los primeros novios de la hija, el momento en que las mujeres cruzan caminos que involucran a los hombres. ¿Necesitaba sacarse el peso de encima, justificarse ante ella? ¿Preveía que podía morir, había llegado a anhelar el torpor que la vencería en la carretera? ¿Los testigos evitaron revisar la cajuela de guantes donde yacía el frasco de somníferos?

—Para haber oído la historia a los diez años la recuerdas muy bien.

—A veces sueño con mi mamá. Me vuelve a contar lo mismo.

Julio trató de imaginar las vacilaciones de Nieves. A donde fueran tendría que vivir con la mentira de Julio. Su delación, inocente, obligada, sirvió para que su madre huyera y para que Nieves cultivara el inmoderado odio a la mujer que no estuvo con ella. Tarde o temprano le pasaría la factura a Julio.

—Lo explicas demasiado bien —dijo Julio.

—Llevo años pensando cómo explicártelo.

—¿Por qué?

—Por si preguntabas. Los dos perdimos a mi mamá.

Imaginó a Nieves peinando a su hija y contándole «cosas de su vida», como solían decir los cuentos infantiles. Si lo hizo desde entonces fue porque temía morir con el secreto y que él no lo supiera. ¡Con lo fácil que hubiera sido mandarle una carta! Acaso ése fue su último acto de amor. Tal vez ella sí fue a la cita en Mixcoac, a la plaza verdadera, la de *Pasado en claro*, título progresivamente irónico. Tal vez ahí pensó que él se había arrepentido y no quiso vivir la humillación adicional de tampoco hallarlo en el aeropuerto. De cualquier forma, lo que dijo Florinda la alejó de Julio; pasara lo que pasara, esa noticia ganaría fuerza; mejor lo inevitable, la vida ordenada de provincia, el tedio en el que quizá fue dichosa, hasta que ya no lo fue tanto y se salió de la carretera. De algo podía estar seguro: de haber vivido con ella, nada hubiera sido tan importante como no haber vivido con ella. Nieves depositó su moneda para un futuro en el que ya todo se hubiera jugado, un tiempo en que al fin pudiera caerle el veinte.

–Ven –le dijo a Alicia.

Fueron al pozo. Julio recuperó el olor del metro de París. La estación Reamur-Sebastopol, donde se encajonaba el aire usado, esa mezcla peculiar de humedades, sudoraciones, cosas que envejecían bajo la tierra.

Durante años, la hacienda tuvo una tortuga al fondo del pozo, para purificar el agua. Tal vez venía desde tiempos de sus bisabuelos, las tortugas viven mucho. «¿Te fuiste al pozo?», le preguntaba Paola cuando él caía dentro de sí mismo. Repasó los versos canónicos:

> El viejo pozo de mi vieja casa
> sobre cuyo brocal mi infancia tantas veces
> se clavaba de codos, buscando el vaticinio
> de la tortuga...

Recordó la escena de su separación de Nieves, contada por Alicia. El encierro con muchos litros de helado, una tortuga de peluche, la tristeza de fin de mundo de la que no era tan difícil salir, todo amor se olvida.

Julio se había quedado con el reverso de la historia, lo que nunca acaba de pagarse ni pierde fuerza, la oportunidad perdida.

Sacó la moneda, se la mostró a Alicia, y la dejó caer. Esperó oír el ruido del agua al fondo o un plaf seco de la tierra. No hubo nada, como si el túnel vertical fuera infinito.

Alicia lo abrazó por la cintura y Julio recordó la última vez que vio ese gesto en sus padres. Estaban ahí, al lado del pozo. Rara vez se tocaban, las caricias parecían sobrarles, resultaba una proeza mental atribuirles la cercanía necesaria para concebirlo. Sin embargo, una tarde en la hacienda se habían abrazado así, el brazo de ella en la cintura de él, la mano grande en el hombro de ella.

Julio los vio a suficiente distancia para no entrar en su campo de visión. Se ocultó tras un pilar y entonces, por única vez, vio el rostro joven de su madre, el rostro que alguna vez tuvo y atrajo a su padre, un rostro ajeno, inédito, la sonrisa con la que enfrentaba un mundo donde Julio no existía, la vida que llevaba sin su presencia ni su pesada aura, donde no conocía la risa sin contexto de quien entrega cuentas mal saldadas. Un rostro que siempre le estaría negado.

Julio se acercó y ella lo vio. Prodigiosamente, su madre volvió a ser la mujer insípida que conocía, banalizada por sus ojos, incapaz de sorpresa y ocultamientos ante el testigo que nació para verla y transformarla en otra, y acaso para que su padre estudiara las condiciones en que es justo que alguien vea, los ojos que le quitaron su existencia al margen y la volvieron común de tanto verla.

Al final del poema de López Velarde sobre el pozo, cambiaba el punto de vista y el amante despechado se veía desde lo hondo, anhelando a la amada como una de las estrellas de allá afuera, esperando que, al asomarse a él, perdiera el paso y cayera al fondo. Él no podía quejarse, ya no; a destiempo, si se quiere, pero no dejaba de recibir visitaciones.

Esa tarde, Julio recibió un paquete de Federal Express, como si también él participara del frenesí laboral que dominaba Los Cominos. Una caja del tamaño de una pizza. La destripó en el patio, con el cuchillo de monte que le había regalado Monteverde. Abrió la tapa. Ahogada en hojuelas de poliuretano, estaba la tesis color vino.

Felix Rovirosa había escrito una nota en tinta verde: «Te la has ganado. Ahora sí. Gracias. Félix».

Por lo visto, Constantino Portella había hecho tan buen trabajo fingiendo que sus reportes provenían de Julio que el comparatista ya no necesitaba extorsionarlo. Podría haber guardado la tesis para el fin de la telenovela; la entrega anticipada lo hacía ver elegante, incluso generoso. No lo sacó del agua en vano. Más que de chantaje, la tesis sirvió de motivación extrema. Su antiguo amigo le tenía confianza.

Posiblemente, Félix deseaba reparar ciertas heridas ante el eventual regreso del cáncer. O tal vez se había reunido con Olga y entre ambos decidieron que Julio merecía un poco de calma. Todo gracias a Portella, que se jugaba el pellejo y hacía un doble trabajo. Julio se libraba de una acusación de plagio gracias a que alguien lo suplantaba en otro empleo.

¿El comparatista habría fotocopiado la tesis? No, esto carecía de sentido en alguien que se aplicaba a sí mismo las desagradables normas de inflexibilidad que aplicaba a los demás.

Hojeó la tesis, desactivada, inofensiva. Lo único que quedaría de ella: el eterno odio a Supertramp.

La llevó a la troje de los documentos. La dejó en un estante cualquiera. Salió tosiendo.

En sus tiempos de crítico, Félix Rovirosa no hubiera dado un clavo por las titánicas novelas de Portella; ahora, dependía de sus voluntariosos y eficaces esperpentos. En un momento de ingenuidad, mientras aguardaban en la sala de espera ante la chica de minifalda cromada, Julio le preguntó a Félix si Gándara apoyaba a algún partido político. «Al del dinero», respondió el comparatista, con una sonrisa que se alargó demasiado, como agregando un comentario: «¿No es lo que hacemos todos?» No, al menos Portella no era así, no del todo. El novelista trabajaba para el antiguo estudioso de Tablada y el *koan* japonés, pero no pertenecía al partido del dinero. Tenía suficiente para dedicarse a otras cosas, se arriesgaba para llegar a informaciones que sólo podía conocer en el vientre de la bestia. Como el padre Monteverde o Amílcar Rayas, trataba de rectificar el caos, y quizá tuviera mayor fortuna que ellos. Monteverde había sido desviado de su ruta; lo mismo pasaba con el inspector cartaginés. Tal vez a Portella lo matarían pronto, o tal vez sus archivos secretos, las terribles conexiones que fuera capaz de revelar, serían disfrutados como ficción. A fin de cuentas, en México las fabulaciones conspiratorias gozaban de mayor prestigio que las limitadas informaciones reales. Aunque escribiera un reporte crudo, jurando que todo era verdad, sería interpretado de otro modo. Portella se había creado un contexto poderoso de fabulador de éxito: los horrores auténticos podrían parecer triunfos de su imaginación; en el fondo, le convenía ser leído en esa clave amortiguadora. Esta opción le pareció odiosa a Julio, no tanto porque al fracasar en su sinceridad Portella se impusiera como el gran novelista que nunca sería, sino por lo que significaría para Paola. Podía imaginarla contenta y preocupada al lado de Constantino, temiendo amenazas telefónicas, espiando por la ventana de la cocina para ver si el extraño coche negro seguía ahí. Pero le resultaba insufrible verla feliz, sobreviviéndolo sin paranoia. El destino de Paola dependía de la fortuna que tuvieran las verdades indagadas por Constantino. Si eran leídas como testimonio, los nervios, el exilio de Portella y la compasión de Julio estaban asegurados; si todo volvía a ser novela, peligro inofensivo, celebraciones de una imaginación febril, tendría que acostumbrarse a ese desenlace difícil de aceptar por conveniente, la felicidad de sus hijas en la alberca de Tepoztlán.

Paola le habló desde Puerto Vallarta. Claudia tenía amibas pero ya estaba mejor, Sandra detestaba las aguamalas, bueno, a últimas fechas detestaba muchas cosas. ¿Podía mandarlas a Los Cominos? Ella estaba a «punto de tirar la esponja», a tope con la llegada de sus padres. ¿No se lo había dicho? Pasarían un mes largo con ella, se morían de ganas de conocer el país donde estaba tan contenta. Llegaban en dos semanas. Los llevaría a Taxco, Puebla, Cholula.

Julio estuvo de acuerdo. Eleno iría a San Luis a recoger a las niñas, donde las dejaría Portella, su nuevo protector. Una tribu revuelta, donde los agravios contenidos se confundían con vínculos, o quizá empezaban a crearlos.

Donasiano entró en el momento en que él colgaba el auricular.

—¿Al fin oyes buenas noticias? Te mejoró la cara, sobrino.

No había un espejo cerca de ahí. Julio no supo si en verdad irradiaba la dicha que el tío le atribuía. Donasiano estaba tan contento que los demás le parecían dueños de un resplandor interno. Al día siguiente comenzaba la telenovela. Había guardias por todas partes. Don Bob corría como loco entre los perros buscabombas. «El señor» pasaría media hora en la hacienda. Daría el *pizarrazo* para comenzar el rodaje. Habían apisonado un terreno rectangular para que aterrizara su helicóptero.

Julio quería estar a solas con lo que Paola le había dicho, la forma en que tramitaban su separación con progresivo afecto o convertían el estar lejos en otra forma de estar juntos.

Se aisló en su cuarto. Acarició el perro en el buró, testigo de testigos, un dios egipcio en la cripta equivocada.

Durmió un rato y soñó con un desierto atravesado por tranvías. Al fondo, Los Cominos era una terminal en la ondulante línea del horizonte.

Un golpe en la madera lo sacó del sueño. Alguien aporreaba la puerta. Julio vio el foco alto y amarillo, orbitado de moscos. Abrió.

Era Alicia. El viento había logrado revolverle el pelo de muchacho.

—Se llevaron las cintas.

—¿Quiénes? —preguntó Julio, sin saber de qué cintas se trataba.

Su sobrina lo tomó del brazo. Enfilaron hacie el galpón y sólo entonces supo a qué se refería.

Alicia llevaba una linterna. Alumbró el terreno lleno de abrojos donde había pisado la penca de nopal. Sombras confusas demarcaban el límite de la hacienda.

Un velador dormitaba en una silla. Se asustó al verlos y

alzó las manos, como si Alicia y Julio llegaran armados. Tenía un gafete del canal y gorra de beisbolista.

—Estamos buscando el radiostato —dijo Julio.

—Aquí es la bodega de vestuario, joven.

El velador se incorporó. Empujó las puertas de caballeriza. Encendió la luz.

Sólo la estructura de madera y tabicón recordaba la visita anterior. Largas barras de luz fluorescente iluminaban estructuras con tubos de metal de las que colgaban trajes cubiertos de hule. Julio distinguió hábitos de monjas, casullas de sacerdote, ropas campesinas, suficientes camisas para vestir al Batallón de los Vientos. Un anaquel con puertas de vidrio contenía utilería: escapularios, crucifijos, cilicios, trozos de cruz, sogas teñidas de sangre, una alforja balaceada, una Biblia quemada, un relicario de madera, estampas de la Virgen, una custodia sacramental, un cáliz de plata repujada, un cordón de San Francisco, una sandalia impar y agujereada, objetos de la fe y el sufrimiento.

El inventor de todo eso había caído de una azotea. «Muerte por imaginación», recordó Julio. Aunque tal vez no había un inventor de todo eso. Algo más fuerte e imprecisable decidía que esa historia se contara. La fuerza de las cosas. Una legión anónima.

—¿Adónde llevaron lo que había aquí? —preguntó Julio.

—Sepa —dijo el velador.

Fueron a la nave de los documentos.

Esta vez, la puerta estaba cerrada. Llegado el momento del rodaje, Donasiano separaba sus cosas.

Alicia vio el cerrojo en forma de corazón.

—¿Sabes a qué entraría ahí?... —El viento le movió el pelo en la frente—. Cierra los ojos.

Julio obedeció. Alicia puso una caja de cerillos junto a su oreja y la agitó como una sonaja.

32. ELENO

Una gota de agua cayó en la frente de Julio. Despertó bajo un rumor extraño. Llovía en Los Cominos. El aire del cuarto, por lo común polvoso, tenía una atmósfera de escafandra. Un hilo de agua bajaba en la pared de enfrente, gotas tintineaban sobre un cenicero de metal. Se asomó por la ventana: charcos color canela y Eleno en botas de hule, una bolsa de plástico en la cabeza, tan bien atada como el paliacate de Morelos. La hacienda, muy poco habituada a los torrentes, escurría por todas partes.

Un perfume humedecido llegaba de algún sitio, como si la lluvia activara una fragancia oculta. López Velarde había rimado a San Isidro Labrador, patrono de las lluvias, con «acólito del alcanfor». Sus mejores amigos lo desafiaron a que aclarara el sentido de la expresión. El poeta se alzó de hombros. Esa mañana, rodeado de lluvia, evocaciones velardianas y una vieja materia perfumada, también él se sentía un poco acólito del alcanfor.

Su tío lo aguardaba en la biblioteca, tan llena de tambos para recibir agua como la Biblioteca de la Ciudadela en el DF.

—¡Décadas de lluvia seca y de repente este aguacero, sobrino! ¿La cólera o el bautismo de los dioses? Se canceló el inicio de la telenovela. Estamos como para filmar un romance en

450

Normandía. ¡Con las ganas que le tenía al rodaje! Me desperté en pie de guerra. No sabes lo bien que me hizo la purga, o tal vez fue la emoción de ver a tantas jóvenes sanforizadas. Están acampando en los *trailers*, como comanches de lujo. Unas chicas que son un primor. Me siento fuerte. —Le dio un mordisco a un mendrugo, esparciendo migajas sobre su camisa; se había puesto una corbata roja para el inicio del rodaje—. Tengo un organismo primitivo pero resistente, he llegado a la conclusión de que soy una especie de amiba. Vivo bien en aislamiento, pero a veces necesito el contagio. Estuve leyendo un trozo del guión, me lo pasó Ferruccio, un chamaco de oro, ya me hizo un enlace para un curso de jardinería de Luciano en Italia. ¿Cómo la ves? Seguirá tus huellas, pero haciendo publicaciones vegetales. Te decía que leí parte del guión. ¡No sabes qué porquería tan fantástica! —soltó una carcajada y una lluvia de migajas fue a dar a una piel de coyote—. Estoy asombrado de la irrealidad a la que se llega en televisión, tal vez eso sea lo bueno. Tengo una teoría: la televisión no pertenece a la cultura sino a la neurología; estimula un enlace de neurocircuitos que te permite ver en estado de zombi, suspendiendo el juicio. Y no sólo eso, también los que están dentro de la pantalla se encuentran alterados; el efecto de las cámaras produce una especie de trance, como el aura luminosa que ven los afectados de jaquecas y que tantas veces se confundió con las apariciones religiosas. Las personas se vacían de sí mismas, sin pudor alguno, porque eso no las compromete; es como si no fueran ellas. Ayer me pidieron un comentario sobre el inicio del rodaje para un documental que seguirá toda la telenovela. No sabes la de zarandajas que dije, migajas tontas como las que ahora escupo, pero eso sí, hablé en tono de Zeus tonante, un obispo ebrio de colonche, una abadesa en su empacho de mejor merengue, un *gentleman* en combate, alguna vez los hubo, no lo dudes, lucí mi corbata de guerra. Hazme el favor, ¡un hacendado con corbata! Estaba como en éxtasis, vaciándome sin ser yo, dichoso como lagartija en tumba ajena, una droga, sobrino; ya necesito volver a declarar para calmarme.

Julio advirtió las arbitrarias dotes de telegenia de su tío. Un excéntrico que cautivaría sin que la gente se llegara a enterar de qué hablaba.

—Tres o cuatro homínidos me observaban con el respeto que se le concede al portento incomprensible. La gramática no llegó al reparto agrario. Dos frases bastan para revelar tu sitio en este país de castas. López Velarde romantizó el habla popular; el lenguaje en realidad ha sido patrimonio de los ilustrados, y de unos pocos esclarecidos al natural, como ese maestro al que los cristeros le rebanaron las orejas.

—Florinda lo quiso bastante, ¿verdad?

—Lo suficiente para arrepentirse y pintar sus aguas negras. Mira nomás.

El tío Donasiano se incorporó. Le pidió que fueran a otro sitio. Cruzaron el pequeño cuarto donde los parientes estaban fotografiados en sepia y fueron a un salón que rara vez se usaba.

—Los metí aquí, para protegerlos del agua. Uno de los pocos cuartos sin goteras —Donasiano señaló los óleos recargados en las paredes—. Esto parece la pesadilla de un pulpo.

De lejos y con la habitual mala iluminación de la hacienda, los cuadros no parecían representar otra cosa que convulsas mareas negras. Julio se acercó a ellos, con cierto temor de que eso cobrara otro sentido. Creyó distinguir algún perfil humano y un racimo de algas, pero de manera bastante vaga. Por fortuna, esas siluetas podían sobrellevarse como casualidades. La tía Florinda, superconcreta en cualquiera de sus juicios, en la pintura detestaba la figuración tanto como en los espejos.

—Supongo que le pasaba lo mismo que a mí con la televisión —comentó Donasiano—: un flujo mental sin objetivo definido o sin otro objetivo que ese torrente, como la canija lluvia que no escampa —señaló el techo libre de goteras.

—¿Dónde estaban los cuadros?

—En la nave de los documentos, ya te lo había dicho. Pero ahí entra agua por la claraboya. No es un sitio muy seguro. En cualquier momento un estante puede venirse abajo. He juntado todo con las uñas, como estos pellejos que me rodean —señaló las pieles de coyote–. Está en mi naturaleza almacenar. Soy hombre de troje. El padre Torres tenía razón; lo mío no es el discernimiento sino la suma. Demasiadas generaciones vivieron antes que yo en este desierto. Aquí todo opera por acumulación. Necesitas una inmensidad de terreno para salvar unas cuantas plantas. Eso se organizó hace siglos, a punta de machete, pero se organizó. La revolufia fue una diseminación, ahí estuvo su fallo, la tierra quedó reducida a terrones y luego la gente tuvo que salir disparada al otro lado. Sólo el gringo Galluzzo juntó suficientes tierras inútiles para volver a las cactáceas, y ya ves cómo le fue. Me han llegado noticias de que sus clientes eran narcos. Lo dicen por todos lados, los chamacos de gorra y zapatos de hule del canal. ¿Te acuerdas lo que Othón decía de los automóviles? Le parecía que iban en calcetines. Todos esos muchachos de zapatos tenis pisan demasiado suave, como si el desierto fuera un hospital.

Julio volvió a ver los cuadros. Cabelleras revueltas bajo el agua. ¿Podían representar eso? Florinda en su impulso de rescate y arrepentimiento y desenfreno.

–Era una pintora inagotable pero secreta. No quería que viéramos sus cosas. Se encerraba a pintar, con muy poca luz. Bueno, para pintar esto no se ocupa mucha luz.

Donasiano se ajustó el nudo de la corbata, feliz de habérsela puesto, aunque fuera inútil:

–Me siento como los ahorcados contentos de la Cristiada. Esta corbata es una joya, no sé cómo me he privado tanto tiempo de ella. ¿Sabes qué, sobrino? –Donasiano lo tomó del antebrazo, con fuerza extrema–. Florinda sólo dejaba que una persona la viera pintar: Nieves. Tu prima ya casi nunca venía por aquí; sus niños eran muy guerrosos y Los Cominos se había convertido en una ruina, o en algo peor, el museo de una ruina. Pero si acaso venía, tu tía la llevaba al «estudio», como le decía al cuarto del cacomixtle.

–¿Ahí pintaba?

–Sí, le gustaba ese cubil estrecho y pestilente. La estancia del maestrito la trastornó. Hasta que Saturnino tuvo a bien llevárselo, tuvo que cargarlo en medio del desierto, una odisea, una odisea con espinas, como todo aquí. Te decía que Nieves llegaba, ya muy mansita, no la chiquilla alebrestada que tú conociste ni la adolescente marimacha y flaca de la que te enamoraste, sino una mujer serena.

—O aburrida.

—Aburridísima, eso sí, ¿qué más se puede hacer por acá? ¿Te acuerdas de las caras de yeso en la casa de Jerez de López Velarde? ¡Tienen «párpados narcóticos»! Un gesto muy regional.

—Decías que Nieves la veía pintar.

—Sí. Florinda le decía «mi crítica de cabecera». A saber qué diantres podía criticarle, si siempre pintaba igual. Eso sí, congruente sí era tu tía. Sin gracia pero congruente.

Nieves arrojó su moneda en el agua en que nadó Florinda, que no sabía nadar. Él la devolvió al pozo, en un intento de imponer un orden. Pero el pozo no produjo sonido alguno. Quizá ahora, lleno de agua de lluvia, la moneda tendría ahí otro sentido.

Nieves se había despedido, dejando mensajes abiertos que nunca acababan de decirse: le pidió al Flaco que le recordara a Julio que ella seguía leyendo *Pasado en claro*, tal vez más en alusión al título del poema que a la plaza, ya inútil, donde no se vieron; le dijo a Olga que arrojó una moneda en el pozo (o la poza), con la mano izquierda, una invitación rebelde para volver; preparó el encuentro entre su hija y él como algo ya ocurrido y llorado y llevadero, el amor imposible que cada quien necesita o se inventa para interesar su futuro.

Tal vez ahora estaba ante otra clave de Nieves. Florinda le dejaba ver esas telas en la celda donde estuvo cautivo el cacomixtle y luego su amante. Quizá no sólo fue la inflexible pariente que le habló de Carola y metió cizaña a sabiendas de que a él lo obligaron a mentir, sino que le reveló su propio amor y su dolorosa pérdida. Esto no podía contárselo Nieves a Alicia a los diez años, pero empezaba a explicar las cosas de otro modo. Bajo la lluvia que iba tan bien con ellos en esa tierra donde no llovía, los óleos parecían agregar algo; habían operado como un rezo o un mantra, insistían en el mismo sistema, una reiteración del agua a la que no se podía volver, o tal vez sí. Florinda, horrible más por vocación que por sus convencionales rasgos sin chiste, se confesó de algún modo ante Nieves; aprovechó a la sobrina para demostrar lo difícil que había sido querer a alguien en ese lugar seco, hecho de abandono y rencor y mala sangre, y lo mucho que ella había querido a ese hombre sin orejas. Le dejó ver sus pinturas que sólo tenían que ver con eso, una artista conceptual en su vanguardia oculta; se curaba en trazos místicos, delatores para Nieves, que la conocía de otro modo. Una artista salvaje, con la destructiva pasión sincera de la india brava de Othón. Nieves optó por seguir en ese sitio. Los que se van, los que se quedan. Las pinturas de Florinda no implicaban la adopción de la norma, la tranquila resignación de la costumbre, sino el dolor de la costumbre.

–¿Por qué iba Nieves en la carretera? –Julio le preguntó al tío.

–No lo sé. Vino a vernos en su camioneta, una camioneta de señorona, no como la Willys que usamos para trabajar. Nos dijo que iba lejos y el bendito Eleno se ofreció a manejar. Pase lo que pase, él no se duerme. Boby, el marido de Nieves, había perdido sus lentes y no podía manejar. No era de esos, ¡como yo!, que se alebrestan si maneja una señora. Un buenazo de los de aquéllos. Quiso mucho a tu prima, de eso puedes estar tranquilo.

–¿Pero no dijo adónde iba ni por qué?

–Viajaban bastante. Su papá, el pobre Chacho, dejó propiedades en Ciudad Valles, y a veces iban de compras al otro lado o tomaban el coche hasta Tampico, para ver salir el sol.

–¿Y no crees que se salió adrede del camino?

–¡Válgame Dios! Las pendejadas que llega a decir un profesor. Tenía dos hijos, Julio, con eso no se juega. Fue la maldita suerte.

–Le dijo cosas a Alicia, como si supiera que iba a morir.

–Nadie se va sin premoniciones. Nos puede tocar en cualquier momento. ¡Hasta a mí, que tengo la resistencia de una amiba! Si dijo algo fue porque ella quería que su hija lo supiera

455

y punto. Y haz el favor de no repetírmelo que luego me acuerdo de demasiadas cosas. Ayer estaba buscando mi jamón porque lo saqué de la caja fuerte y de pronto me puse a pensar en una chinita que conocí hace como dos eras geológicas. El rodaje de la telenovela me puso nostálgico, con tantas ropas de época que andan ahora por el pueblo.

–¿Una chinita de China?

–¿Pero cómo se te ocurre? Aquí las chinitas son de Los Faraones, como mucho del Sigilo o Mina Grande. A ver si nos orientamos: chinitas por el pelo chino, no por los ojos. Vi un blusón idéntico al que ella usaba. No sé cómo sería por abajo porque nunca conocí mujer. Así como lo oyes. Soy un bicho raro, pero no tan raro para copular con una oveja. Las amibas nos defendemos solas. Tengo un libro de láminas. Pornografía medieval. Estoy enterado de los mapas femeninos, pero sólo a dos tintas.

–¿Y qué pasó con la chinita?

–Me tuvo medio engatusado. Las tres veces que la vi, que no es mucho. El sol le daba en los brazos, porque los llevaba descubiertos, ¿y sabes qué? Parecía traspasarla. Como si fuera una vasija. No era muy blanca, aquí nadie lo es, pero el sol la transparentaba. Una chinita de cerámica. Sería mucho decir que de alabastro, pero por ahí iba. No le hablé, para no complicarme, y no me arrepiento. Para locuras, las de Florinda. Ella fue la capitana del desorden, y al mismo tiempo fue nuestra tirana. Los adefesios dan para mucho. Hay que admirar cómo sufrió; si no, hubiera perdido fuerza entre nosotros. Se maltrató más de lo que maltrató a cualquiera. ¡Ah, te hablaba del jamón! Ya ves lo que pasa con los recuerdos. Tardé dos horas en hallarlo por pensar en la chinita. No me cuentes cosas, ya ves que yo no te pregunto. ¡Lucianito!

Julio se volvió. Su sobrino entraba en el salón, con una maceta en la mano.

–Se nos murieron las hortensias. Nadie sabía que iba a llover. Ni Eleno, que siempre ve la primera nube de agua en la sierra.

Luciano venía empapado.

–Ponte una cobija, por Dios. Y échate tus cafiaspirinas. Por una vez trátate bien, como si fueras tu propio gallo.

Luciano salió del cuarto. Sus botas rechinaban por el agua.

–Mira nomás esas huellas –Donasiano señaló el rastro que su sobrinieto había dejado–. Aquí nadie sabe conducirse con el agua. Una llovizna leve y florecen los pendejos. Somos gente de secas. Ya ves cómo me lanzo al disparate con estas humedades.

De nuevo los pasos rechinantes:

–Teléfono, tío –Luciano le entregó a Julio el aparato inalámbrico.

Al fin la comunicación coincidía con el clima. Julio escuchó la voz de Amílcar Rayas en la nubosidad variable de la línea.

–Le tengo noticias. –La voz del comandante sonaba firme–. Hemos hecho avances; ya hay detenidos. Una célula fanática, como pensamos desde un principio. ¿Sabe cómo se llama? Ahí está la gracia: Quo vadis? No andábamos tan desencaminados hablando de Cartago. Estos locos se creen nuevos gladiadores, niños ricos metidos a redentores.

–¿Y Carne Trémula?

–Ya sacó su tajada. Al que no lo calienta ni el sol es al licenciado Segura. Hizo el ridículo con ese cliente.

–¿Cómo los detuvieron?

–Su nueva víctima era un sacerdote de Ocosingo, un cura izquierdoso. Andaba por acá en la capital. Pero no sólo es teólogo de la liberación sino también karateka; esquivó el aguijonazo y agarró a uno de los implicados. Nos lo trajo en prenda. Un tipo vestido como figurín. Ni sus calzones eran mexicanos. Ya tuvimos careos con los demás. Puro gladiador de boutique. Tipos bien parecidos. Costó trabajo perjudicarlos en las fotos. Si los tomamos como llegaron, la ultraderecha hubiera parecido una invitación a una discoteca.

–¿El caso no era de Ogarrio?

–El ministerio público recupera de cuando en cuando unas milpas, no se crea. Ogarrio lo tomó bien. Está cooperando. En fin, quería contarle.

–¿Por qué?

–La última vez que nos vimos estuve medio energúmeno. Quería que se llevara otra impresión; además, me gustaría que luego habláramos.

–¿De qué?

–Los niños de Quo vadis? me soltaron rollos cristeros, sinarquistas, de los legionarios de Cristo. A mí todo me suena a fascismo puro pero me faltan luces. Ayer no me presenté a un examen de Derecho. Me temo que mi jefecita se quedará sin ese gusto en el más allá. No hay tiempo para leer.

La voz de Amílcar Rayas se ahogó en la distancia; el teléfono volvía a fallar.

–¿Qué pasó, sobrino?

Julio le contó la historia a Donasiano, en presencia de Lucianito, inmóvil ahí, como otro acólito del alcanfor.

–A mí me encantó la novela de Sienkiewicz. ¿La has leído?

· –No.

–Ganó el Premio Nobel, pero a veces ni eso sirve. López Velarde la leyó, de seguro, fue un libro muy favorecido en estas regiones. ¿Te acuerdas de Ligia y Zoraida en el poema que dice: «Me asfixia, en una dualidad funesta, / Ligia, la mártir de pestaña enhiesta, / y de Zoraida la grupa bisiesta»? Ligia es la protagonista de *Quo Vadis?*, la «mártir de pestaña enhiesta». Hay una escena genial en la que ella es atada desnuda a la cabeza de un toro en el circo romano. En tiempos de la persecución religiosa hubo muchas células de resistencia que se llamaban Quo Vadis? Zoraida era una nalgona, con carnes divisibles por cuatro. Así se las gastaba Ramón.

«El azar está loco», la frase se le impuso a Julio. La célula Quo Vadis? lo hizo pensar en el circo romano de la televisión donde Carne Trémula pedía que lo condenaran.

–Mira nomás qué chiripa –dijo entonces Donasiano–. Te hablé hace un rato de la chinita y sus brazos transparentes contra el sol. Esa imagen me cautivó antes en la Ligia de *Quo Vadis?*, una belleza pálida como un ánfora. Mi chinita era de otro barro, pero tal vez me gustó tanto porque ya venía leída. Las mártires están hechas para quebrarse. Yo no me compliqué con ese tiradero. A veces pienso que sí lo hice y le confieso mis pecados imaginarios a Monteverde; son como novelitas rosas, pero le hago la lucha. No sabes cómo me va a hacer falta el sacerdote, con tantos temas que le interesan. Hablar con él es una delicia, me lo mandaron demasiado lejos, a Suiza o alguna otra Patagonia donde la mayor tragedia es que un tren llegó impuntual. Qué bueno que estás aquí. Me dijo que piensas echar raíces –esta última frase salió en tono tímido, como si el tío temiera disuadirlo con el gusto que le daba tenerlo ahí.

–Es posible, sí.

–Necesito que me prestes tus orejas de vez en cuando. Serás un buen sustituto del cura. No te diré cosas molestas; me gusta mucho hablar, siempre y cuando no sienta que estoy detrás de las palabras, y tampoco me gustan los chismes; pláticas como las de Monteverde, sí. Aquí el único que oye a todos es Eleno. No sé qué pensará porque nunca dice nada. Un santo discreto. ¡Y pensar que su compadre Librado es recitador! Un recitador de pueblo, allá en Jerez.

Julio sintió un pálpito al decir:

–Lo oí. Me recitó un poema en el teatro.

–Ese mismo, un tipo engolado. Lleva dentro rollos y rollos de papel. Es como una sinfonola de poesía. Le das un billete y te recita a quien quieras, bueno, no le pidas a los modernos.

Donasiano encendió una linterna y la orientó hacia los cuadros.

–¿Sabes qué? –El haz de luz pasaba de una superficie a otra–. Estas pinturas no sirven para otra cosa que para cuidarlas pero no puedo dejar de cuidarlas. Me dio miedo que les pasara algo donde estaban. Lo demás me tiene sin cuidado –se volvió hacia Julio–. Lo demás es para ti.

Durante la tarde, Julio pasó de un lugar a otro de la hacienda, protegiéndose con un cartón. Nadie tenía paraguas. La lluvia cobraba la dimensión de un cataclismo menor que interrumpía la costumbre y cambiaba el carácter. La gente pasaba sin decir palabra ni alzar la vista, los pies sumidos en el lodo, los oídos aturdidos por el inverosímil chipi-chipi. Todo olía a humedad y carbón de los anafres.

Eleno había matado un borrego con ayuda de Luciano para celebrar el inicio del rodaje. Tuvieron que tasajearlo para mejor ocasión. Llegaban noticias difusas sobre la nueva fecha de arranque, como si estuvieran en un barco que dependiera de los cambios del temporal. Un *walkie-talkie* le dijo a otro que sería difícil comenzar antes de una semana, los paisajes debían quedar «peinados». Esta última expresión prendió y se transmitió de boca en boca con los vasitos de mezcal y el café con canela, le dio concreción técnica a la espera, casi adquirió un valor calorífico para matar el calosfrío de la lluvia vista desde una casa de paredes anchas. No podían hacer nada pero tenían la certeza de que comenzarían con un paisaje bien peinado.

Julio trató de no mojarse pero al cabo de dos horas se resignó a estar empapado.

Llegó al cuarto de Eleno pensando en las muchas calles que había recorrido con el consuelo de que alguien lo viera de espaldas y admirara sus hombros cargados de soledad, como él había admirado los de Alain Delon en su papel de samurai, el triste y entrañable asesino de esa película a la que volvía más en la imaginación que en el recuerdo.

Quería hablar con el Hombre Orquesta de su compadre Librado, el recitador del teatro de Jerez, pero al tocar la puerta y pasar al cuarto supo lo difícil que sería decir algo. Eleno vivía en un lugar increíblemente angosto. El techo era bastante elevado a la altura de la puerta pero seguía un arco y se volvía opresivo en la cabecera de la cama (el capataz dormía con la pared a unos centímetros de sus ojos).

Tal vez por el efecto de la lluvia, el cuarto sin ventanas daba una impresión de camarote.

—Perdone la estrechez, don Julio —Eleno advirtió su dificultad para acomodarse en una silla de palo.

—¿Por qué no se pasa a otro cuarto?

—Estoy bien aquí, pierda cuidado. Este cuarto es chico por dentro pero grande por fuera —sonrió, con sus dientes macizos—. Tengo todo el desierto alrededor. Vengo de Jalisco, donde nos quemaron todas las casas. Me crié en Tepatitlán, San Miguel el Alto, Guadalajarita. Ahí nos reconvenían: «Haz tus casas en el viento porque si las haces en el suelo te las van a quemar.» Mejor así, ¿no le parece?

»Esta lluvia me recuerda una que cayó cuando los cristeros. Los alzados estaban en el monte, de noche, bajo un aguacero. Cada vez que caía un rayo se veía a los combatientes, de pie, como sembrados en el monte. Luego no se veía nada, hasta que otro rayo volvía a sembrarlos ahí.»

Tal vez la lluvia afectaba a Eleno. Hablaba más de lo común. Alguna vez el tío Donasiano le dijo que ninguna conversación superaba a las que ocurrían en el desierto. «Las grandes religiones sólo podían inventarse en el desierto, o en alguna montaña loca», afirmó Donasiano. «Inventos de gente que sólo habla por casualidad; el primer milagro de la religión es toparte con alguien en el desierto. Si naces en un lugar vacío, la cabeza se te llena de otro modo. El más allá lo inventó un pastor al que se le perdió una borrega en el desierto.»

—Crecimos de prestado —continuó Eleno—. Cuando mataban a un niño en la guerra, le quitaban los zapatos para mí. A veces me quedaban, a veces no. Chancleteé mucho de chamaco. Apenas conservábamos bastimentos en la casa, por si nos teníamos que juir de nuevo.

—Le quería hacer una pregunta.

—Diga usted. Estoy para servirle.

—La moneda. ¿Usted la puso en el buró?

—Ah, qué don Julio, ¡otra vez la burra al trigo!

—Quiero saber qué pasó. Tal vez usted la olvidó ahí.

—¿Ya no cree que la halló en la poza?

—No sé. Estuve inconsciente mucho rato.

—¿Qué más da? El padre lo vio muy desmejorado. Me pidió que le echara un ojo.

—¿Desde cuándo conoce a Monteverde?

461

—Sepa. Desde siempre. Desde que Pico de Oro empezó a predicar en el seminario.

—¿Pico de Oro?

—El maestrito sin orejas. Ya le digo que se volvió pacífico, tenía un verbo finito finito, y una voz para cantar que te trozaba por dentro. A veces su tía le mandaba algún regalo. Cuando ya estaba en el convento, le pidió un armonio a su tía, con eso de que era muy musical. Fíjese usted la mala suerte: me le dio un cólico a mi caballo y tuve que llevar el armonio en la espalda hasta el dichoso convento. Fue en ese viaje que conocí a Monteverde. Yo iba inclinado por el armonio y quedé careado con él, en la puerta del convento. Nos aprontamos a meterlo juntos. Un chamaco muy despierto. Estaba allí con los niños expósitos. No tenía familia. Ya sabe usted lo de su milagro, pues. Los Cominos fue para él su familia, desde entonces quería venir aquí.

—¿Y no tuvo hijos?

—¿El padrecito? ¡Válgame, don Julio!

—La moto lo llevaba muy lejos, ¿no? Podía conseguirse una familia en las rancherías.

Eleno se pasó las manos por las sienes, azuladas a sus posibles setenta años.

—Él lo esperaba a usted, don Julio. Usted es su familia.

—¿Por qué?

—Ya le digo, apenas conoció a su gente. En estas soledades las familias andan lejos.

Julio recordó la devoción fanática con que las sirvientas de Los Faraones coleccionaban datos y fotos de gente a la que muchas veces nunca conocían. Eleno era el gestor de todos esos viajes. Pero a él parecían no importarle nada las historias ajenas. Sucedían, eso era todo, como el clima.

—¿Por qué? —insistió Julio.

—Él va con sus tiliches de un lado a otro. De pronto llega de mañanita y a la tarde ya se juyó para otro sitio. No echa raíces, nosotros somos sus raíces. La lluvia me afloja el coco, don Julio.

¿Qué sabía Eleno? Tal vez ni siquiera con la lluvia llegara a decirlo. «El dios oculto», recordó Julio. Un hombre que caminaba por el desierto, con un peso descomunal, sin quejarse nunca.

—Librado, el recitador del teatro, es su compadre, ¿no?

Eleno asintió.

—¿Sabe lo que recita?

—Los libros no son mi fuerte. He cargado todos los de su tío y sé lo que pesan. Nada más.

—¿López Velarde, le suena de algo?

—Hombre, en Jerez hay unos helados que se llaman así. El padrecito me dio su libro.

De una caja de galletas sacó un ejemplar de López Velarde.

—Señaló un poema para que Librado se lo recitara a usted —mostró la página, señalada con un lápiz diminuto: «Nuestras vidas son péndulos», el poema que Librado recitó desde la oscuridad de un palco.

Monteverde había preparado su llegada, necesitaba un cebo para el profesor que venía de Francia y confiaba en que otras cosas lo retendrían ahí. Tal vez ni siquiera tomó muy en cuenta lo de la beatificación de López Velarde, un disparatado auto sacramental para divertirse, para picarle la curiosidad y hacerlo llegar ahí, a él, que no habría ido por ninguna causa familiar y necesitaba el sensacionalismo de los entendidos, la promesa de un inédito. Escogió que Librado recitara un poema sobre las vidas paralelas, los péndulos que no se tocan. Julio ponía sus pasos en las huellas de Monteverde, con zapatos prestados como los que tantos años llevó Eleno.

El cura había jugado bien sus cartas.

Vio el anillo de ópalo en la mano de Eleno.

—¿Conoce los cuadros que pintó mi tía?

—También los he cargado, don Julio.

—¿Y los ha visto?

—Pues verlos verlos, no. Si acaso se ve la oscuridad —sonrió Eleno—. Parece que ya amaina —se refería a la lluvia; habló viendo el techo.

—¿Entonces usted no puso la moneda en el buró?

—Si consintiera en mí, me quedaría viendo los montes, pero siempre hay tiliches que juntar. Me la paso junte y junte. A veces se puede caer algo. Así, de intento, yo no le puse nada. Por ésta —se besó los dedos en cruz—. Será que lo que usted halló de mí fue un descuido. Igual se me pudo caer en la poza; llevo fierros viejos por todas partes. No se disguste, don Julio. Dispénseme por lo que haya sido.

—Pierda cuidado.

Julio abrió el portón de la hacienda. El olor a tierra mojada le llenó los pulmones, algo se le había aflojado, como si también a él le hubiera llovido por dentro. «Dime lo que te duele», le preguntaba Nieves, y él nunca pudo hacerlo, demasiado tieso e inseguro para decirle la forma en que la quería, lo mucho que ella le dolía para bien y para mal. Había regresado a recoger su moneda y a tirarla al pozo. Sintió una energía salvaje, como si pudiera hacer buena esa tierra, como si el pasado hubiera al fin ocurrido y lo dejara ahí, en el brocal del pozo, para seguir, hacia adelante, hecho abismo, aire que no encuentra fondo ni pisada, una casa en el viento, puras nadas: Los Cominos.

33. TIERRA ADENTRO

—Detrás de la puerta está el mar —anunció Alicia.

Julio empujó el portón de madera apolillada. Cerró los ojos. Oyó un crepitar tenue, de gotas sobre el agua, un rumor de viento y luego el oleaje, la marejada que nunca vio Ramón López Velarde y de donde él salió gracias a la mano de Félix.

Un humo denso opacaba las cosas, los cuerpos prehistóricos que servían para contener documentos. ¿En cuál habría puesto la tesis del uruguayo? No lo sabía, de nuevo el olvido llegaba en su ayuda.

Por la claraboya el sol caía en diagonal, aún sin mucha fuerza.

Se oyó un silbido al fondo de la nave. Julio creyó distinguir una silueta. Alicia le tocó el hombro, animándolo a seguir.

A lo lejos, pudo discernir a Luciano entre una nube blanca, la cabeza cubierta por un trapo, como un musulmán en una tormenta de arena. Llevaba guantes de electricista.

Julio avanzó entre escombros, piedras, trozos de cal. El aire picaba en la nariz, como si el humo estuviera enriquecido con pimienta. La sensación de asfixia se hizo más intensa.

La luz de la claraboya le golpeó el rostro. Un sol quemante, seco. Había ascendido a un montículo de escombros. Desde ahí vio los anaqueles como esqueletos. Luciano había retirado las lonas y la mayoría de los periódicos y las revistas. Los papeles se apiñaban en un montón inmenso sobre la muela de piedra que sirvió para hacer mezcal. Su sobrino había trabajado toda la noche.

Un pájaro entró un momento por la claraboya, hizo una cabriola desesperada y subió al cielo. Julio volvió a cerrar los ojos, sintiendo el aire ardiente. Una película amarilla vibró en sus ojos.

—Ya mero —le dijo Alicia.

Al fondo, Luciano seguía silbando. Julio reconoció la tonadilla: «Carabina 30-30», la misma que se usaba para «El Corrido del Niño de los Gallos».

Un golpe de aire removió el humo. Ascendió otro poco, al fin vio el fuego en la base de la muela.

Tal vez porque los papeles eran viejos crujían de un modo único, sabroso, resistente. Los ojos de Luciano brillaban, encandilados por la lumbre. De algún sitio llegó una brisa momentánea. El día llegó a Julio como un abrazo fresco, pero sólo por un instante, luego sintió el aire reventado por los documentos.

Olga le había pedido ayuda, que no vendieran nada, que preservaran lo que el tío había juntado, lejos de Félix y sus reflectores. A saber lo que ella pensaría de esa manera extrema de apoyar su causa. Las palabras ardían ante los ojos de Julio; si alguna valía la pena regresaría por otro sitio, con la fuerza del secreto. ¿No fue eso lo que dijo Monteverde? Las revelaciones no se notaban en tiempos de exhibicionismo, había que esconderlas para darles fuerza, ocultarlas, pasar la página. «Una piedra encima», recordó el italianismo de Paola. La figura del testigo que se borra, se hace humo.

La mirada y el turbante de Luciano eran los de quien celebra un rito, pero la tonadilla le daba un aire campechano, de carpintero que pule una silla, una canción sobre desgracias legendarias que se han vuelto fáciles de silbar.

La gracia de Luciano consistía en silbar como si no aludiera a nada. En su boca, el corrido perdía relación con los documentos que arrojaba al fuego. Sonreía con avidez ante las llamas, revelando lo malo que era el dentista que visitaba en San

Luis. El más pequeño de la tribu tenía la risa rota. Apagaría la luz y sonreiría al último, con malos dientes.

Un remolino de cenizas llegó a las manos de Julio. Hojuelas negras, letras calcinadas, indiferentes a la gravedad y al tacto. Sonrió, pensando en la posibilidad de que eso fuera un inédito de López Velarde, algo que le hubiera servido más a él que a la ya inmodificable memoria del poeta. Pensó en las manos de Félix; tal vez temblarían ante esas cenizas, o tal vez no, tal vez también él se resignaría ante ese incendio sin fotocopias, la tesis, periódicos católicos de una provincia desaparecida, anuarios, cartas, algún poema desconocido, garabatos de la codicia, letras sueltas, la inicial mal trazada de su nombre, el flaco cuchillo, ya escurrido entre las llamas. «Haz tus casas en el viento», había dicho Eleno, repitiendo un dicho cristero.

¡Con qué felicidad su sobrino destruía los papeles que desconocía, descubriendo el gozo primario de la piromanía! Afuera se oyó un galope. Más lejos sonó una campana. Tal vez avistaban la humareda. Pero el ruido que importaba estaba cerca. Un crepitar salía del fuego.

Julio cerró los ojos, y vio el mar.

Le pidió la *pick-up* a Eleno, que se acercaba con mantas, seguido por dos empleados con extinguidores.

—¿No se va a quedar al inicio de la película? —le preguntó el Hombre Orquesta.

—No.

—Válgame. ¿Y va lejos? ¿Le preparo un refrigerio?

Curiosa la suavidad con que las palabras salían de esa cara trabajada por el sol, el viento cargado de polvo, la sequía.

—No dilato —dijo Julio.

El fuego se reflejaba en los ojos del capataz. Julio se volvió. Luciano había abierto el portón de la nave. Las llamas consumían las armazones donde habían estado los papeles.

—Siento como si me hubieran hecho una méndiga liposucción.

Donasiano estaba a sus espaldas. Sonreía ante el espectáculo de las flamas.

–Este incendio me adelgazó diez kilos, sobrino. Me siento como de mármol. Voy a poner un gimnasio en esa nave, un gimnasio griego, para ninfas y semidioses –le puso una mano en la espalda, y luego, como si ésa fuera una seña convenida para reanudar una secuencia, le dijo, muy cerca de su oído–: Ya dejó de llover.

Salió del pueblo con excesiva precaución. Don Bob se cansó de seguirlo al trote. Prefirió ladrarle a la rueda que giraba sin avanzar de un afilador de cuchillos.

Después del chubasco, una luz dorada bañaba el semidesierto, los tordos saltaban de penca en penca, los cerros eran recorridos por las movedizas sombras de las nubes.

Pensó en los muchos regresos de Ramón López Velarde, que tantas veces hizo las rutas entre Jerez, Zacatecas, San Luis Potosí, la ciudad de México. En plena Revolución, encontró la casa familiar como «el edén subvertido que se calla / en la mutilación de la metralla»; recorrió los cuartos de siempre alumbrado por una insegura lámpara de petróleo:

> Cuando la tosca llave enmohecida
> tuerza la chirriante cerradura,
> en la añeja clausura
> del zaguán, los dos púdicos
> medallones de yeso,
> entornando los párpados narcóticos,
> se mirarán y se dirán: «¿Qué es eso?»

Recordó el peso leve de Alicia entre sus brazos, lo que quedaba de Nieves, mientras oía la tos que atribuyeron a Ramón. A saber si todo formaba parte de una bizarra comedia de provincias, el tío y el cura divirtiéndose a costa de ellos con falsos misterios y las claves precisas que les ayudaba a colocar Eleno, el fantasmón *factotum*, «el santo discreto», como lo llamaba el tío. ¿También las cintas habían ardido en el *auto da fe* de la nave? Poco importaba ese rescoldo asmático, otra ceniza.

El horizonte se abría, con una luz de miel, salpicado de plantas espinosas, de una belleza insoportable. El poeta cargaba su regreso de una definitiva pesadumbre: «Mi sed de amor será como una argolla / empotrada en la losa de una tumba.» Más avejentado que el soltero que trazó ochos en el cuarto de la soledad y escribió esos versos de vida difícil, Julio sentía un impulso leve. No regresaba ni reanudaba algo: seguía.

Tomó el camino que había hecho varias veces en motocicleta, sorprendido de que todo fuera o pareciera tan lento en la *pick-up*.

El día se alargó lo suficiente para que él pensara con tal fijeza en una cosa que creyó ya haberla hecho. Le pareció que, antes de salir, había desprendido al perro disecado del buró y ahora lo aguardaba sobre su cama, como un agonizante, para recibir adecuada sepultura. El perro de Florinda no merecía arder entre las llamas. Lo desprendería con el puñal que le dio Monteverde y lo enterraría junto a la poza, como un venerable perro azteca.

Se acercaba al límite con Zacatecas. La tierra se volvía más rojiza y pedregosa, las cactáceas aumentaban de tamaño. Recorrió un extenso bosque de órganos. De cuando en cuando, las espinas raspaban las ventanillas, como uñas fabulosas.

En los vaivenes del paisaje pensó en los muslos de Ignacia, en cómo se acoplaban a sus movimientos, en su espalda arqueada y su vientre plano, marcado por una cicatriz blancuzca, no tan evidente como la raya en diagonal que le cruzaba el muslo, en el olor vegetal que exhalaba su garganta, en medio de tantas piedras, en la forma en que le chupaba un antebrazo, como un guaje del que pudiera sacar agua, en su piel limpia y sin embargo siempre tocada por el polvo.

Vio la choza a la distancia. Avanzó hasta llegar a unos cinco metros de la cuenca de madera anegada de agua de lluvia. El terreno estaba moteado de huellas de charcos como cráteres rojizos. Tardó mucho en abrir la puerta, tardó más en bajar de la *pick-up*. Todo cobraba una densidad de «alcoba submarina», como si se moviera en el agua o como si no avanzara él sino su imagen soñada desde la poza. Luego sopló un poco de aire.

Las gallinas de costumbre no estaban ahí. Pensó, con desesperación, que había llegado tarde, como si despertara mal y a destiempo del delirio que lo tuvo postrado en la cama.

Más cerca de la choza, oyó la voz de la mujer. Se detuvo un momento en el quicio de la puerta. Uno de los niños estaba sentado a la mesa de palo. Escribía en un papel roto, muy cerca de la hoja, como si tuviera mala vista. Ignacia le llevaba la mano. Julio se acercó y vio el esplendor elemental de la caligrafía. Letras redondas, cerradas, firmes. Una gota cayó sobre el papel. Julio estaba llorando. Ignacia sonrió, como si todo fuera normal, mientras él sentía sus inconcebibles ropas mojadas, aferrado a una moneda vieja, y también sentía la mano que lo sacaba de ahí y lo ponía en la orilla, fuera del mundo, donde se oía el paso de una carretela, con un estudiante de Santo Tomás al que un perro ladraba sin motivo.

–Hice agua de semillas –Ignacia le tendió un tarro.

Julio bebió.

–¿A qué sabe? –le preguntó ella.

Julio cerró los ojos.

Cuando los abrió, todo estaba un poco nublado. Sintió que salía del agua.

Ignacia aguardaba su respuesta. Lo vio con intención de algo, como si él fuera un problema y eso le gustara.

–Sabe a tierra –dijo Julio.

ÍNDICE

III. EL TERCER MILAGRO